Hanni Münzer

Showdown – Die Akte Rosenthal – Teil 2

PIPER

Hanni Münzer

# Die Akte Rosenthal

## Teil 2

Thriller

Band 3 der Seelenfischer-Reihe

PIPER

*Mehr über unsere Autoren und Bücher:*
*www.piper.de*
*Aktuelle Neuigkeiten finden Sie auch auf Facebook, Twitter und YouTube.*

Von Hanni Münzer liegen im Piper Verlag vor:

Die Honigtot-Saga:
Band 1: Honigtot
Band 2: Marlene

Die Seelenfischer-Reihe:
Band 1: Die Seelenfischer
Band 2: Die Akte Rosenthal – Teil 1
Band 3: Showdown – Die Akte Rosenthal – Teil 2
Band 4: Das Hexenkreuz – Die Vorgeschichte zu »Die Seelenfischer«

Ausführliche Informationen finden Sie auf:
www.hannimünzer.de

FSC
www.fsc.org
MIX
Papier aus verantwortungsvollen Quellen
FSC® C083411

Geänderte Taschenbuchausgabe
Mai 2017

Erstausgabe 2013
Umschlaggestaltung: Mediabureau Patrizia Di Stefano, Berlin
Umschlagabbildung: Chad Kleitsch/Getty Images (Blüte); Duncan Walker/Getty Images (Rahmen); John Harper/Getty Images (Stadt)
Karte: Cartografia
Satz: Satz für Satz, Wangen im Allgäu
Gesetzt aus der Dante
Druck und Bindung: CPI books GmbH, Leck
Printed in Germany ISBN 978-3-492-30964-6

»Geld ist der Mist des Teufels.«

Papst Franziskus

## Hinweis der Autorin

Dies ist eine fiktive Geschichte und frei erfunden. Ich schwöre!

Alle Namen, handelnden Personen und Begebenheiten sind daher ein Urprodukt meiner Fantasie. Sie allein ist schuld.

Würde ich das Gegenteil behaupten, würde man mich verhaften.

Etwaige Personen- oder Namensähnlichkeiten bitte ich daher zu entschuldigen, diese lagen nicht in meiner Absicht.

Alles, was nicht erfunden ist, ist wahr.

# Erstes Buch

*Die Büchse der Pandora*

»Schicksal ist nur ein anderes Wort dafür,
dass Gott nichts erklären muss.«

Rabea Rosenthal

# Kapitel 1

## *I-00120 Vatikanstadt*

»Carlotta van Kampen ist tot.«

»Halleluja! Was für eine wunderbare Nachricht.« Kaum ausgesprochen, nahm das freudige Gesicht des Mannes einen salbungsvollen Ausdruck an, als hätte ein Regisseur ihm eine neue Rolle zugeteilt. Er bekreuzigte sich, faltete die Hände und sprach ein kurzes Gebet. Dann streifte er auch diese Rolle ab. Lauernd fragte er: »Wie?«

»Sie wurde vor ungefähr einer Stunde in Barcelona erschossen.«

»Erschossen?« Der Mann fuhr von seinem Schreibtisch hoch. »Herrgott noch mal, was für ein Aufsehen! So geht das nicht. Was fällt unseren Leuten ein?«, blaffte er sein Gegenüber an.

»Nein, nein, Eminenz«, stieß sein Gegenüber hastig hervor, »ich versichere Euch, niemand von uns war in die Angelegenheit verwickelt. Es scheint eine ihrer eigenen Angestellten gewesen zu sein. Eine Brasilianerin. Mehr hat unser Kontakt in Spanien bisher noch nicht in Erfahrung bringen können.«

»Wunderbar!« Der Kardinal rieb sich die Hände. Glück musste man haben. Da hatte ihm doch glatt jemand anderes die Arbeit abgenommen. »Das dürfte uns die Sache künftig erleichtern.« Er hielt kurz inne, dann sagte er: »Unser Mann im Van-Kampen-Aufsichtsrat soll auf den Nachlassverwalter einwirken. Ich will endlich das Geschäft abschließen, und vor allem will ich die Dokumente zurück, die uns dieses Weib gestohlen hat.« Bis heute war es ihm ein Rätsel, wie die Holländerin es geschafft hatte, dem Kirchenstaat so viele Jahre erfolgreich die Stirn zu bieten. Die sorgfältig vorbereiteten Klagen, die er in den letzten Jahren gegen die van Kampen eingereicht hatte, waren bisher stets von den Gerichten abgewiesen worden. Niemals hätte er gedacht, dass die Frau über derart einflussreiche Verbündete verfügte. Sie reichten bis in höchste Regierungskreise. Leider saßen dort nicht wenige Kirchenhasser.

»Eminenz, ich fürchte, es ist ein zusätzliches Problem aufgetreten.«

Der Kardinal sah seinen Sekretär scharf an. Für ihn gab es keine Probleme. Nur Aufgaben, die es zu lösen galt.

Der Sekretär bemerkte seinen Lapsus und berichtigte sich, wobei er ins Stottern geriet. »Ich meine, also … da ist …«

»Herrgott, Enzo! Was soll denn das? Ich habe nicht ewig Zeit. Ich muss gleich zu einem Konsistorium mit dem Heiligen Vater.«

Pater Enzo gab sich einen Ruck. Diesmal sprudelten die Worte nur so aus ihm heraus. »Es gibt eine Erbin. Die Tochter der van Kampen. Sie ist verheiratet und hat einen Sohn.«

»Was? Lucia van Kampen ist wieder aufgetaucht? Aber sie galt seit neun Jahren als verschollen! Pater Filiberto hat mir schon vor Jahren glaubhaft versichert, dass sie tot sei.«

»Leider nein. Und da ist noch etwas. Sie ist mit Lukas von Stetten verheiratet. Er ist der Vater ihres Sohnes.«

»Der Schützling dieses Verräters Bentivoglio? *Der Ex-Jesuit*?« Der Kardinal griff nach dem Kreuz auf seiner Brust. Die scharfen Kanten schnitten in sein Fleisch und halfen ihm, seine Gedanken zu ordnen. Er selbst hatte Pater von Stetten vor knapp zwei Jahren, nach dem Verschwinden von Carlotta van Kampen, als unwichtig eingestuft und angeordnet, ihn nicht weiter zu überwachen. Ein kapitaler Fehler – und nicht sein einziger in diesem Fall. Er hätte nicht auf Pater Filiberto hören sollen, als dieser vorschlug, keine weitere Zeit auf die Suche nach der Van-Kampen-Tochter zu verschwenden. Er zürnte sich selbst. Ab sofort würde er die Dinge wieder selbst in die Hand nehmen!

Dabei hatte er schon genug andere Sorgen. Der neu gewählte Papst sprühte geradezu vor utopischen Ideen. Ein lästiger und gefährlicher Mann. Erst kürzlich hatte er in einem Interview, das in sechzehn Jesuiten-Zeitungen erschienen war, behauptet, dass der Hof die Lepra des Papsttums sei! Natürlich wurde das weltweit publik. Der Kardinal empfand die Aussage als empörend, ja, geradezu blasphemisch. Nicht minder anstößig fand er den Ausspruch, dass Geld der Mist des Teufels sei.

Wer hatte denn all die Jahrhunderte die mühevolle Arbeit getan, die Gelder eingetrieben und dem Papst den Hof erhalten? *Männer wie er!* Und jetzt bezeichnete er ihn und seine Vorgänger als Lepra? Wo wäre das Papsttum heute, ohne die Kurie und die verantwortungsschweren Entscheidungen, die diese über die Jahrhunderte hatte treffen müssen? Nirgendwo – weil es nämlich kein Papsttum mehr gäbe! *Was bildet sich dieser Mann ein! Fast zweitausend Jahre Papsttum einfach so vom Tisch wischen zu wollen wie lästige Krümel?* Nein, er würde sich sein Lebenswerk von diesem Mann nicht zerstören lassen! Der Kirchenstaat, der Erhalt seiner Institutionen und Traditionen waren sein Leben. Er wusste genau, woher der Wind wehte: Der Papst war treuer Jesuit und nahm der Kurie noch immer das Verbot seines Ordens von 1773 übel!

»Von Stetten war vor Ort in Barcelona, als die van Kampen erschossen wurde. Mit seiner Frau«, holte Enzo den Kardinal aus seinem inneren Widerstreit zurück. »Und da ist noch etwas.« Enzo stockte und knetete seine Hände.

Der Kardinal sah seinen Sekretär auffordernd an, eine Zornesfalte wie ein großes V in die Stirn gegraben.

»Saul Kaschinski wurde in Spanien verhaftet.«

Der Kardinal explodierte endgültig und schlug mit der flachen Hand auf den Schreibtisch. »Ja, bin ich denn nur noch von unfähigen Idioten umgeben! Wie konnte das passieren? Es hieß doch, er sei der Beste in seinem Fach.«

»Kaschinski wird nicht reden, außerdem hat er alle Anweisungen anonym erhalten. Nichts in der Kommunikation weist auf eine Verbindung zu Rom hin«, beeilte sich Enzo zu antworten. »Aber wir müssen eine Entscheidung treffen«, ergänzte der Sekretär vorsichtig. Er mied Augenkontakt und schielte stattdessen auf die Statue einer betenden Madonna, die hinter seinem Dienstherrn auf einem Sockel thronte.

Der Kardinal hatte verstanden. »Ihr meint wohl, *ich* muss eine Entscheidung treffen.« Er lehnte sich in seinem Sessel zurück und überschlug seine Optionen wie ein Schachspieler. Entweder Kaschinski wurde so schnell wie möglich eliminiert, oder er sorgte dafür, dass der Mann Unterstützung erhielt. Rasch schob er die verschiedenen Konstellationen in seinem Kopf hin und her, erwog, auf welche Figuren er verzichten konnte, und fällte seine Entscheidung.

»Gut, veranlasst, dass Kaschinski heil aus der Sache herauskommt. Es zeigt ihm unsere Macht. Dann hol mir unseren Paulus hierher. Es wird Zeit, dass er wieder zum Saulus wird. Und ich will die Akte Lukas von Stetten auf meinen Tisch.«

»Ich habe sie bereits hier, Eminenz.« Enzo reichte ihm beflissen den Aktendeckel, den er unter den Arm geklemmt trug.

»Wenigstens habt Ihr einmal mitgedacht«, sagte der Kardinal gönnerhaft. Er schlug die Akte auf, überflog sie kurz und zeigte dann mit einem sorgfältig manikürten Finger auf einen Namen.

»Das ist die Schwachstelle. Hier sollten wir ansetzen. Zeit für Plan B.«

Zwei Stunden später pfefferte der Kardinal eine rote Projektmappe, auf der das Siegel des Papstes prangte, auf den Schreibtisch. Er fluchte, was das Zeug hielt, wobei sich Worte wie »Dilettant«, »Humbug« und »hirnverbrannt« noch als geradezu höflich ausnahmen. Sein Sekretär Enzo machte sich inzwischen so klein wie möglich und wartete, bis der Sturm vorübergezogen war.

»Enzooooo …!«

»Ich bin hier, Eminenz.« Enzo trat mit einem gold glänzenden Tablett näher und stellte ein Gläschen Grappa nebst zugehöriger Flasche vor seinem Superior ab. *Eucharistie speciale* für Seine Eminenz.

Der Kardinal stürzte das erste Glas im Stehen hinunter. »Unfassbar, jetzt will er eine Untersuchungskommission einberufen, die die Vatikanbank prüfen soll! Schon wieder! Kaum bin ich den einen losgeworden, fängt der nächste damit an. Wie soll man denn da noch in Ruhe arbeiten können?«

Enzo war klar, über wen sich Seine Eminenz echauffierte: über den amtierenden Papst und dessen Amtsvorgänger, den emeritierten Papst. Das zurückgetretene Kirchenoberhaupt hatte inzwischen die päpstliche Sommerresidenz in Castel Gandolfo verlassen und war in das ehemalige Nonnenkloster Mater Ecclesiae in den Vatikanischen Gärten gezogen. Die ihm verbliebene Erdenzeit konnte er dort nur deshalb in Kontemplation verbringen, weil er zugestimmt hatte, auch da zu bleiben. Der ehemals mächtigste Mann des Kirchenstaates, zumindest nach Einschätzung der Öffentlichkeit, würde seine alte Heimat niemals wiedersehen. Er saß in seinem italienischen Käfig fest. Nur der Tod würde ihn von Rom scheiden.

Enzo verharrte stumm und reglos. Er wartete auf weitere Anweisungen Seiner Eminenz. Sein Superior hatte sich inzwischen sichtlich beruhigt.

»Also gut«, sagte der Kardinal und ließ sich in seinen Louis-XVI.-Sessel hinter dem Schreibtisch fallen. Er faltete seine Hände mit großer Geste, als hätte er vor zu beten, aber Enzo kannte seinen Brotherrn und wusste, dass er über seine nächsten Maßnahmen nachdachte. Er diente dem Kardinalstaatssekretär Finzi-Contini seit acht Jahren und bewunderte ihn sehr, denn der hatte, selbst wenn die Widrigkeiten sich noch so hoch auftürmten, stets eine Lösung gefunden. Das Leben eines Kurienkardinals war in der Tat beschwerlich, und Enzo war stolz darauf, ihn bei seinem harten Tagwerk unterstützen zu dürfen.

»Passt auf, Enzo. Zunächst holt Ihr mir Erzbischof von Elsterich an den Apparat.«

Enzo nickte. Ihm leuchtete ein, dass Seine Eminenz mit dem Erzbischof über die Stiftung *Kind und Brot* konferieren musste.

»Dann möchte ich mich mit unserem deutschen Adeligen besprechen. Aber nicht telefonisch. Er soll hierherkommen, am besten noch heute Abend. Ja, das ist gut, laden wir ihn zum Essen ein. Sagt der Küche Bescheid, dass ich heute um 21:00 Uhr ein Menü mit Rinderfilet wünsche. Blutig. Der Deutsche liebt blutiges Fleisch.«

Enzo wusste das natürlich, es zu wissen, gehörte zu seinen Aufgaben. Mit dem *Deutschen* war Kardinal Dieter von Unterberg gemeint, kommissarischer Leiter des Istituto per le Opere di Religione, kurz IOR. Enzo beschäftigte sich gedanklich viel mit dem IOR. Die Institution war dem Heiligen Stuhl 1887 von der italienischen Monarchie für den Verlust des Staatsterritoriums des Kirchenstaates zugestanden worden. Bis 1942 war nur wenigen Eingeweihten die Existenz dieser Verwaltung überhaupt bekannt gewesen. Unter anderem erfolgte bis ins Jahr 1929, vor der Unterzeichnung der Lateranverträge, die Auszahlung der Papst-Apanage durch das IOR. Böse Zungen behaupteten, dass sich Mussolini mit den Lateranverträgen, die dem Vatikan politische und territoriale Souveränität zusicherten, die Zustimmung des Papstes für ein faschistisches Italien erkauft hatte. Angeblich versüßt mit einer Zahlung im heutigen Gegenwert von 1,5 Milliarden Euro – ein äußerst lukrativer Ablasshandel für das IOR.

Heute war das IOR der Allgemeinheit als Vatikanbank bekannt und allein dem Heiligen Vater unterstellt. Er war ihr einziger Aktionär, und sie war nicht der Kontrolle italienischer Aufsichtsbehörden unterworfen. Wohl deshalb war sie als solche ständiger Gegenstand der wüstesten Spekulationen und

Behauptungen. So wurde kolportiert, dass die Vatikanbank in Geldwäschegeschäfte mit der Mafia verstrickt sei, Korruption und Steuerhinterziehung fördere, Morde in Auftrag gebe und terroristische Akte finanziere. Der Vatikan, in einem Atemzug genannt mit Terrorismus! *Ungeheuerlich!*

Währenddessen war der Kardinal in seinen Instruktionen fortgefahren. Jetzt wirkte er listig. »Ich habe dem Heiligen Vater den Vorschlag gemacht, noch eine weitere Kommission ins Leben zu rufen: eine unabhängige Ethik-Kommission, die sich der Untersuchung von Missbrauchsfällen und Verschwendungssucht innerhalb des Klerus annehmen soll. Erstaunlich, wie sich alle gleich – sobald auch nur das Wort Ethik fällt – in dessen Glanz sonnen. Seine Heiligkeit hat mir stante pede den Auftrag erteilt, eine Liste geeigneter Kandidaten zu erstellen. Es sollten mindestens sechs bis acht sein. Mach dich gleich daran, Enzo. Hier«, der Kardinal kritzelte einige Namen auf einen Notizblock, »diese drei hier müssen unbedingt dabei sein, beim Rest ist Euer Kopf gefragt. Ach ja, es sollen ausschließlich weltliche Kandidaten herangezogen werden, und schon gar kein Kurienangehöriger«, fügte er wie beiläufig hinzu. Dabei war das der Clou daran – *sein* Meisterstück. Den Einwand des Papstes hatte er mit einem einzigen Argument widerlegt: dass die Ethik-Kommission dadurch hundertprozentig unabhängig sein würde. Vor allem schloss dieser Schachzug aus, dass ihm jemand aus dem Klerus dreinreden könnte.

Enzo starrte indes verwirrt auf die Namen. Zwei davon waren ihm bekannt. Doch der dritte Name war es, der ihm völlig unverständlich erschien, ihn beinahe entsetzte. Einmal mehr konnte er dem Gedankengang des Kardinals nicht folgen. »Eine Frau, Eminenz?«, rutschte es schneller aus ihm heraus, als ihm lieb war.

»Aber natürlich, das ist ja der Sinn einer unabhängigen Kommission, Enzo. Gemischte Ansichten. Eine Kandidatin reicht auch nicht, ich stelle mir mindestens noch eine weitere vor.« Der Kardinal lächelte und wirkte mit einem Mal sehr zufrieden. Er war wieder in seinem Element: dem Ränkeschmieden. Sein Vorschlag zur Ethik-Kommission war ein Schnellschuss gewesen, ein Befreiungsschlag als Gegengewicht zu der vom neuen Papst angeordneten Untersuchung der Geschäfte der Vatikanbank. Inzwischen trieben seine Gedanken immer mehr Blüten, da er die Möglichkeiten erfasste, die ihm *seine* Kommission bot.

Er würde bei der Kandidatenliste genauso vorgehen wie amerikanische Anwälte bei der Geschworenenauswahl in einem Gerichtssaal. Er würde Enzos Kandidaten noch ein paar Namen hinzufügen, alle eher untragbar, damit der Papst sie ablehnen konnte. Und dann würde er dafür Sorge tragen, dass allein seine Kandidaten zum Zuge kamen. Die Kommission würde nach seiner Pfeife tanzen, sie würde nur die Informationen erhalten, die er vorab abgesegnet hatte. Die Krönung aber war, wen er als Leiter für die Ethik-Kommission auserkoren hatte. Jemanden, den der Papst auf keinen Fall ablehnen konnte. Durch seine Wahl konnte er zwei Fliegen mit einer Klappe schlagen. Er war ein Genie! Er drehte sich zu dem an der Wand angebrachten Kreuz um, sprach ein kurzes Gebet und dankte Gott für seine Geistesgaben.

Sein Coup entschädigte ihn ein wenig dafür, dass er erneut nicht zum Papst gewählt worden war, und das, obwohl seine Verbündeten Wort gehalten und ihm unter anderem alle Stimmen der amerikanischen Kardinäle gesichert hatten.

Trotzdem wusste er, dass es ihm vorherbestimmt war, eines Tages den Fischerring zu tragen. Seine Gedanken schweiften dreißig Jahre zurück, verharrten einmal mehr an jenem schicksalhaften Tag in Amerika, als sein Freund zu ihm sagte …

»Jetzt komm schon, Clemente! Diese Schamanin ist unglaublich. Du musst die Frage nur denken, und sie gibt dir darauf eine

Antwort. Wenn ich es nicht selbst erlebt hätte, ich würde es nicht glauben.«

Der Angesprochene schüttelte unwillig den Kopf. »Du weißt, Tommaso, ich habe mit solchem Humbug nichts zu schaffen!«

»Papperlapapp«, erwiderte sein Freund unbeeindruckt und stellte seine Kaffeetasse ab.

Die beiden jungen Priester saßen im Frühstücksraum des Hilton Hotel Bonaventure in Montreal. Der Bischof von Chicago, dessen Delegation sie während seiner zehntägigen Kanada-Rundreise angehörten, hatte ihnen heute freigegeben. Der Bischof litt an einer Magenverstimmung.

Tommaso hatte dies respektlos mit: *Der Gute hat sich schlichtweg überfressen* kommentiert und sich über den freien Tag gefreut. »Humbug ist so oder so Ansichtssache«, fuhr er nun fort. »Sind wir nicht vom selben Fach? Wir wollen Leuten unseren Glauben nahebringen, ohne dafür einen direkten Beweis zu liefern. Jetzt gib dir einen Ruck, Clemente. Von hier nach Hogansburg ist es ein Katzensprung, kaum achtzig Meilen. Und die Gegend ist sehr schön. Außerdem heißt unser Hotel hier nicht von ungefähr *Bonaventure*, gutes Abenteuer! Das ist ein Zeichen. Also ich«, Tommaso fuhr sich mit der Serviette über den Mund und erhob sich, »werde auf alle Fälle fahren. Der Wagen ist schon bestellt.«

Clemente musterte seinen Freund und Kollegen scharf. »Dir geht es doch gar nicht um diese Wahrsagerin. Das Casino lockt dich.«

Tommaso fasste sich theatralisch ans Herz. »Getroffen! Ein Grund mehr, dass du mitkommst, Clemente. Oder willst du mich ganz allein dem Spielteufel überlassen?« Er lächelte entwaffnend.

Clemente warf seine Serviette mit einer resignierten Geste auf den Teller und stand nun auch auf. »Ehrlich, Tommaso, manchmal frage ich mich, warum du Priester geworden bist.«

»Wieso denn? Gott hat uns erschaffen, wie er alles erschaffen hat, also auch das Vergnügen. Warum sollte ein Priester nicht das Leben genießen? Ich finde sogar, es gehört zu seinen Pflichten, seiner Gemeinde ein lebenswertes Leben vorzuleben.«

»Dazu gehört aber sicher nicht, den Klingelbeutel im Casino zu verspielen.«

»Ich bin froh, dass du nicht Kollekte gesagt hast … Kommst du nun mit?«, wiederholte er seine Frage und sah seinen Freund auf eine Weise an, die selten ihre Wirkung verfehlte. Er und Clemente stammten aus demselben apulischen Dorf und waren als Nachbarskinder aufgewachsen. Von klein auf waren sie unzertrennlich gewesen, hatten alles gemeinsam unternommen. Am Tag, als Clemente verkündet hatte, dass er Priester werden wolle, war es für Tommaso selbstverständlich gewesen, seinem Freund auf dessen Lebensweg zu folgen.

Nach seiner Weihe wurde Tommaso eine Gemeinde in den Abruzzen zugeteilt, Clemente ging nach Rom. Und so hatten sich die beiden Freunde für eine Weile aus den Augen verloren.

Tommaso legte keinen übermäßigen Ehrgeiz an den Tag, ganz im Gegensatz zu seinem Jugendfreund. Clemente Finzi-Contini hatte bereits begonnen, sich in der Kirchenhierarchie nach oben zu arbeiten, und fungierte seit einem Jahr als Privatsekretär des Bischofs von Chicago, der reichsten Diözese der USA. Vor drei Monaten hatte er seine Beziehungen genutzt und Tommaso aus Santo Stefano di Sessanio zu sich nach Chicago geholt. Auch wenn Tommaso nicht den gängigen Konventionen eines Priesters entsprach, so war er doch seinem Freund gegenüber hundertprozentig loyal. Das war es, was für Clemente zählte. Wenn er sein hochgestecktes Ziel erreichen wollte, musste er sich von Beginn an mit loyalen Mitstreitern umgeben.

»Du machst schon wieder dein Karrieregesicht«, feixte Tommaso, der das Mienenspiel seines Freundes beobachtet hatte. »Vielleicht möchtest du der Schamanin eine ganz bestimmte Frage stellen, hm?«

Clemente sah Tommaso grimmig an. »Vergiss es.«

»Ach, komm schon. Ich weiß, du bist immer noch verschnupft, weil ich letzte Woche ausgebüxt bin.«

»Ja. Weil ich wegen dir den Bischof anlügen musste. Ich habe dich nicht zu mir geholt, Tommaso, damit du mir Schwierigkeiten machst.«

»Du hast doch gar nicht richtig gelogen, das war nur eine kleine Ausflucht zu aller Zufriedenheit.«

Clemente seufzte. »Du bist so glatt wie die zugefrorene Hölle. Vielleicht solltest du lieber auf Politik umsatteln.«

»Merkwürdig, und ich dachte, da wäre ich längst gelandet«, konterte er unbekümmert. »Sieh es so, Clemente. Hätte ich nicht diese kleine Fahrt unternommen, wäre ich niemals dieser unglaublichen Frau begegnet. Das war Fügung. Und wenn wir Priester nicht an Schicksal glauben, wer sonst?«

Zwei Stunden später parkte der Mietwagen der beiden Priester vor dem Akwesasne Mohawk Casino, und wiederum eine Stunde später hatte Pater Tommaso eine Audienz, wie er es nannte, bei der Schamanin erwirkt. Sie würde sie am frühen Nachmittag empfangen.

»Ich lasse dir den Vortritt«, sagte Tommaso, als es so weit war, und schob seinen weiterhin widerstrebenden Freund über die Schwelle des Blockhauses, das am Rande des Casino-Parks lag.

Unvermittelt fand sich Clemente in einem einzigen großen Raum mit bodentiefen Fenstern wieder, der so gar nicht seinen Vorstellungen der Örtlichkeit einer Wahrsagerin entsprach. Misstrauisch musterte er die Umgebung, davon überzeugt, doch noch Flitterkram, Räucherstäbchen und eine Kristallkugel zu entdecken, wenn er nur lange genug danach Ausschau hielt. Stattdessen präsentierte sich ihm der lichtdurchflutete Raum geradezu klinisch nüchtern. Seine sparsame Möblierung bestand aus einer weißen Ledercouch mit passenden Sesseln und einem Tisch, es roch angenehm nach Holz und frisch gebrühtem Kaffee. Einzig der eindrucksvolle Webteppich, der indianische Jagdszenen zeigte und die gesamte rückwärtige Wand einnahm, zeugte von der Herkunft seiner Gastgeberin.

Auch die Schamanin überraschte ihn. Sie war winzig, und ihre alterslose Erscheinung strahlte eine stille Würde aus, die ihn wider Erwarten beeindruckte, aber da war noch mehr. Clemente ertappte sich dabei, wie er den Blick nicht von ihr wenden konnte. *Hypnotisierte sie ihn etwa?* Tatsächlich waren ihre Augen ungewöhnlich: eines blau, das andere sienafarben. Er suchte sich ihr zu entziehen, indem er sich auf den türkisfarbenen Stein an ihrem Hals konzentrierte, doch dieser hatte dieselbe Wirkung auf ihn, als wäre der Stein das dritte Auge der Schamanin. Was geschah mit ihm? Ohne sein Zutun hob sich sein Kopf, und er begegnete erneut ihrem Blick. Ein seltsames Gefühl, ausgehend von seiner Mitte, breitete sich nun in seinem Körper aus, als würde er sich von sich selbst entfernen, transferiert werden in eine andere Welt, in der er kein Wesen aus Fleisch und Blut mehr war, sondern eine durchsichtige Hülle, seltsam substanzlos und bar jeglichen Schutzes. Er ahnte, dass die Schamanin in sein Innerstes eindrang, seine Geheimnisse aufspürte, seine Seele nach außen kehrte. Und er konnte nichts dagegen tun. Er war machtlos, ein Gefangener ihres Willens. Als sie von ihm abließ, wusste er zunächst nicht, wie er reagieren sollte, kämpfte mit einem Bündel widersprüchlicher Emotionen. Er war erbost über ihre Dreistigkeit, sich einfach seines Geistes zu bemächtigen, und gleichzeitig verärgert über sich selbst, weil er sich derart von dieser Hexe hatte übertölpeln lassen. Nur knapp entkam er dem Impuls, ihr sein Kreuz entgegenzuhalten und ein *vade retro, satana*! entgegenzuschmettern. *Jesus Christus, er sollte hier schleunigst verschwinden!* Doch wie sähe das aus? Er, Clemente Finzi-Contini, floh vor dieser Kassandra? Niemals! Er richtete sein angeknackstes Selbstbewusstsein wieder auf, indem er sich auf seine beträchtlichen Fähigkeiten besann, die ihm bereits die Tür zu Aufstieg und glänzender Karriere geöffnet hatten, rückte seinen Kragen zurecht, der ihm urplötzlich zu eng erschien, und folgte der eleganten Handbewegung seiner Gastgeberin, Platz zu nehmen. Sie schenkte ihm Kaffee ein, reichte ihm die Tasse und setzte sich ihm gegenüber. »Ich habe auf Sie gewartet«, eröffnete ihm die Frau in einem seltsam melodischen Englisch mit französischem Akzent. Dabei fixierte sie ihn weiter mit ihren markanten Augen. »Ich kenne Ihre Frage und die Antwort darauf, junger Priester. Darum frage ich Sie: Ist es Ihr freier Wille, sie zu hören? Hier und heute? Das Schicksal ist ein launisches Element, es ist weder männlich noch weiblich, *es ist*, und doch ist uns Seelen vom Moment der Zeugung an alles vorherbestimmt. Sein Schicksal zu kennen bedeutet nicht, es zu lenken. Der Stern folgt stets seinem eigenen Weg. Manchmal ist es besser, nicht zu wissen, wohin er uns führt.«

Nicht nur ihre Augen waren ungewöhnlich, stellte Clemente fest, sondern auch ihre Stimme. Sie war wie geschaffen, um die Sinne zu streicheln. *Oder um die Hölle zu verheißen.* Sein Unbehagen in Gegenwart dieser Frau wuchs. *Er hätte sich nicht von Tommaso überreden lassen sollen!* Eigentlich war er nur hierhergekommen, um seinem Freund zu beweisen, dass seine Begeisterung für die angeblichen Fähigkeiten dieser Kassandra Nonsens war, sein Freund schlichtweg Hokuspokus aufgesessen war. Er hatte das Weib entlarven wollen und sich vorgestellt, seine Kräfte mit den ihren zu messen, überzeugt davon, dass sein Wille stark genug sei. Und war eines Besseren belehrt worden, wusste, dass er die brennende Frage seines Lebens – die eine Frage, die ihn umtrieb, seit er zum ersten Mal das Priesterseminar betreten hatte – nicht vor ihr verbergen konnte. Er nickte ihr wie unter Zwang zu.

Und die Schamanin antwortete. Ihre Worte fügten sich wie zu einer kleinen Melodie zusammen, und es war jene Harmonie, die sich Clemente zu hören erhofft hatte. Eine Antwort, die ihm sein großes Schicksal verhieß – das Lied von Macht und Einfluss.

Der forschende Blick seines Sekretärs holte den Kardinal in die Gegenwart zurück. Er genehmigte sich noch einen Grappa, und während er ihn trank, ließ er sich ihre Worte noch ein wenig auf der Zunge zergehen, kostete ihre Essenz, wie er den Alkohol genoss. Die Frau hatte ihm im Grunde nur das bestätigt, was er selbst längst gewusst hatte – nicht dass er viel auf ihr Wort geben würde. Doch sein Tag würde kommen, etwas würde geschehen.

Mit Spannung wartete er daher darauf, was die Vorsehung für Lorenzo, den neuen spanischen Papst, bereithielt.

Am übernächsten Morgen verkündete ihm Enzo mit kaum verhohlenem Triumph in der Stimme, dass Saul Kaschinski auf freiem Fuß sei und bereits mit einem sicheren Mobiltelefon ausgestattet worden war. Er übergab dem Kardinal die Nummer.

Sobald der Sekretär sein Büro verlassen hatte, nahm der Kardinal einen Schlüssel von der Kette um seinen Hals und sperrte seine Schreibtischschublade auf. Darin lag sein geheimes, abhörsicheres Handy. Selbst Enzo musste nicht alles wissen. Er wählte die Nummer. »Ich bin es. Nein, danken Sie mir nicht. Sie bekommen noch eine letzte Chance, sich zu bewähren. Ihr Auftrag lautet: Finden Sie einen Mann namens Massimo Trapano. Er ist seit jeher das technische Genie hinter der Holländerin. Er ist genauso fanatisch wie dieses gottverdammte Weib und hält sich irgendwo versteckt! Ich übermittele Ihnen gleich die wenigen mir bekannten Daten zu Trapano. Wenn Sie ihn gefunden haben, holen Sie alles aus dem Mann heraus, was er über die Dokumente weiß, die er und van Kampen meiner Kirche gestohlen haben. Anschließend liquidieren Sie Trapano und stecken sein Labor in Brand. Es soll nichts von ihm übrig bleiben als graue Asche. Verstanden?« Er sandte die vorbereiteten Daten ab, dachte kurz nach und tätigte noch einen Anruf. Zeit, sich wieder um diesen Lukas von Stetten zu kümmern.

Er gab seine Instruktionen durch, legte auf und lehnte sich zurück. Gleich hatte er noch einen Termin, aber danach würde er sich ein gutes Essen in seiner Lieblingstrattoria auf der Piazza del Popolo gönnen. Er hatte einen Bärenhunger. Intrigen machten ihn immer hungrig.

# Kapitel 2

## *Nürnberg/Deutschland – zwei Monate später*

»Unfassbar, dieser Sumpf.« Lukas raschelte mit der Nürnberger Zeitung, hinter der er seit einer Viertelstunde verschwunden war.

Magali seufzte vernehmlich, entwand Matti das offene Glas Nusscreme und schraubte es zu. Auf dem Brot ihres Sohnes türmte sich bereits ein bedenklicher Berg davon, von seinen Fingern und dem Gesicht ganz zu schweigen. Doch ihr Seufzer galt nicht Matti, sondern ihrem Mann. Seit drei Tagen kannte er kein anderes Thema; sie hoffte, dass wenigstens heute der Kelch an ihr vorübergehen und ihr ein neuerlicher Vortrag erspart bliebe. Vergeblich.

»Ich begreife nicht, wie das derart eskalieren konnte«, klang es erbost hinter der Doppelseite hervor. »Das Laimburger Bistum ist doch kein Hasenzuchtverein! Wenn der dortige Bischof Millionen verpulvert, um sich ein Luxusdomizil samt Privatkapelle hinzustellen, das noch dazu jeder Spaziergänger in jeder Bauphase begutachten kann, muss das doch irgendjemandem früher aufgefallen sein! Das ist gelebter Feudalismus. Bischof Titus von Elsterich schadet der Kirche ungemein. Was sage ich, das gesamte Ansehen der Kirche steht durch ihn auf dem Spiel«, ereiferte sich Lukas weiter. »Der neue Papst sollte hart durchgreifen und den Mann so schnell wie möglich von seinen Ämtern entbinden. Alles andere wäre nicht glaubhaft. Weißt du, was ich denke? Da steckt mehr dahinter. Der Bischof war das nicht allein. Er wurde gedeckt, wahrscheinlich sogar vom dortigen Kirchenrat.«

Magali ergab sich in ihr Schicksal. »Vermutlich hast du damit deine Erklärung.« Dann fiel ihr noch etwas ein. »Hieß es nicht in den Nachrichten, dass dieser Bischof unlängst nach Rom gereist wäre, um mit dem Papst zu sprechen?«

»Das ist es ja, was ich meine! Bischof von Elsterich sitzt dort seit Tagen fest und wartet auf eine Audienz beim Heiligen Vater. Bei allem Respekt für dessen Amtsgeschäfte, aber das dauert zu lange und schafft der Presse Raum für Spekulationen.« Endlich ließ Lukas die Zeitung sinken und nahm einen Schluck aus seiner Tasse. Er verzog das Gesicht. Sein Kaffee war längst kalt geworden.

Magali unterdrückte den Impuls, ihm frischen nachzuschenken, obwohl die Thermoskanne direkt neben ihr stand. Schließlich vernachlässigte er das gemeinsame Frühstück seit einer geraumen Weile. Sie verstand zwar, dass es ihm wichtig war und er sich zu Recht darüber aufregte, wie einfach es diesem Bischof möglich gewesen war, Kirchengelder zu verschwenden. Aber sie fand auch, dass es irgendwann einmal genug sein musste. Schließlich war Lukas kein Jesuit mehr, die katholische Kirche nicht mehr sein Arbeitgeber, und *ihrer* Meinung nach sollte er langsam mehr Abstand zu deren Angelegenheiten bekommen.

»Findest du nicht, dass du dich zu sehr in die Sache hineinsteigerst?«, sagte sie nun doch, während sie Matti erneut das Glas Nusscreme wegnahm und es aus seiner Reichweite schob. Der Junge zog eine Schnute und murmelte: »Menno.«

»Wieso denn? Das ist ein unfassbarer Skandal und …«

»Ich wünschte«, fiel ihm Magali ins Wort, »die Öffentlichkeit hätte sich genauso laut, breit und lange echauffiert, als die Missbrauchsfälle durch den Klerus bekannt wurden. Mir kommt es so vor, als würde sich jeder nur noch für diesen verschwenderischen Bischof interessieren – als wäre Geld wichtiger als die armen Kinder.« Magali sagte dies schärfer als beabsichtigt. Sie war zwar erst im vierten Monat, doch die Hitze der letzten

Tage hatte ihr zugesetzt. Ihre Beine waren geschwollen, und sie fühlte sich erschöpft. Lukas sah sie überrascht an. »Was ist los, Magali? Geht es dir nicht gut? Ist etwas mit dir oder dem Baby?«, reagierte er besorgt auf ihren ungewohnt gereizten Ton.

»Alles gut, ich würde nur gerne wieder einmal mit meinem Mann frühstücken und nicht mit einer Zeitung. Ich vermisse unsere Morgengespräche.« Magali lächelte schief. Sie war sich selbst unangenehm, wenn sie angespannt war.

»Du hast recht, entschuldige. Ich bin kein guter Ehemann«, sagte Lukas angemessen zerknirscht. »Ich werde mich künftig im Stillen aufregen und die Zeitung nach dem Frühstück lesen. Bekomme ich jetzt frischen Kaffee?«

Magali lächelte. Ertappt. Sie griff nach der Kanne und schenkte ihm nach.

»Worüber möchtest du reden?«, fragte Lukas, nachdem er einen Schluck genommen und sich bequem im Korbstuhl zurückgelehnt hatte. Es war ein herrlicher Morgen, und sie genossen ihr Frühstück auf der Terrasse. Obwohl es erst kurz nach sieben Uhr war, besaß die Sonne schon viel Kraft.

»Zum Beispiel, wie es mit dem Angebot deines Vaters steht?«

»Ah, ich verstehe. Der Vorsitz der Stiftung.« Lukas rollte mit den Augen. »Hat Mutter dich deswegen wieder geplagt?« Er war am Abend erst spät von einer Lehrerkonferenz heimgekehrt, und Magali hatte bereits geschlafen.

»Ja, sie rief gestern Nachmittag an. Sie versucht weiter, mich als Verbündete zu gewinnen. Die üblichen Argumente, dein Vater wäre zweiundsiebzig und sollte endlich anfangen kürzerzutreten. Darüber hinaus versteift sie sich in letzter Zeit immer mehr darauf, dass du als Lehrer nicht deine vollen Möglichkeiten ausschöpfst.«

»Also die alte Leier.«

»Genau.«

Lukas schüttelte den Kopf. »Ich frage mich noch immer, wie sie es geschafft hat, Vater so weit zu bringen, tatsächlich abtreten zu wollen und mir auch noch seine Position anzubieten.«

»Ich würde sagen, mit steter Hartnäckigkeit? Dieselbe Methode, die sie immer anwendet? Irgendwann wird man so davon zermürbt, dass Nachgeben das kleinere Übel ist.«

Lukas schmunzelte. »Ist wirklich alles mit dir in Ordnung? Plagen dich etwa Schwangerschaftshormone? So spitzzüngig kenne ich dich gar nicht.«

»Nur eine Feststellung. Außerdem kennst du ihre Art besser als ich. Sie ist deine Mutter. Und sie ist wirklich unanständig hartnäckig, wenn sie etwas erreichen will. Immer wenn das Telefon in letzter Zeit klingelt, ist mit hoher Wahrscheinlichkeit sie am anderen Ende. Du weißt, ich mag sie und wir verstehen uns prima, aber inzwischen graut mir fast davor, an den Apparat zu gehen.« Als hätte sie es heraufbeschworen, klingelte das Telefon. Lukas und Magali sahen sich in stillem Einverständnis an. Keiner der beiden rührte sich. Niemand rief sie um diese Uhrzeit an, außer Evelyn von Stetten …

»Ich gehe schon!«, rief Matti eifrig, sprang auf und rannte davon, gefolgt von den drei Hunden des Haushalts, die ihn selten aus den Augen ließen.

»Von Stetten«, rief er atemlos in den Hörer. So meldete sich sein Vater immer.

Die Person am anderen Ende stutzte kurz ob der jungen Stimme. »Äh, mit wem spreche ich, bitte?«

»Na, mit mir! Wissen Sie denn nicht, wen Sie angerufen haben?«, wunderte sich Matti.

»Doch, ich …«

»Und wer sind Sieeee?«, fragte Matti gedehnt.

»Mein Name ist Pater Anton Gänserich, und ich rufe aus Rom an …«

»Ah, Sie sind das. Der Gänserich. Tiere vom Bauernhof haben wir neulich in der Schule durchgenommen.«

»Wie bitte?« Bevor der Mann weitersprechen konnte, meinte Matti eifrig: »Sie wollen sicher meinen Papa sprechen. Papaaaa …«, brüllte er los, sodass der Mann am anderen Ende des Hörers zusammenzuckte. »Es ist für dich!«

»Wer ist denn dran?«, rief Lukas fast genauso laut von der Terrasse zurück.

»Eine männliche Gaaaans!«

Zehn Minuten später legte Lukas den Hörer auf. Er fand Magali in der Küche beim Ausräumen der Geschirrspülmaschine. Er wirkte fassungslos. Magali sah es sofort. »Ist etwas passiert? Wer war das?«

»Das war der Präfekt des Päpstlichen Hauses und gleichzeitig auch Privatsekretär des Papstes, Kurienbischof Gänserich.«

»Und was wollte er von dir?«

»Er hat mir angeboten, den Vorsitz einer unabhängigen Ethik-Kommission zu übernehmen, die diverse Vergehen des Klerus untersuchen soll. Ziel ist es, das Ansehen und die Glaubwürdigkeit der Staatskirche in der Öffentlichkeit wiederherzustellen.«

Magali fühlte eine leichte Schwäche. Für sie stand sofort fest, was dies bedeutete: Die Kirche streckte erneut ihre gierigen Finger nach Lukas aus! Nach außen hin wirkte sie ruhig, aber innerlich zitterte sie. Vorsichtshalber stellte sie den Stapel Teller auf der Anrichte ab. Sie sah ihren Mann prüfend an, erkannte, wie es in ihm arbeitete, dachte an seine Bemerkungen zur Affäre von Elsterich und verkündete: »Du solltest es deinen Eltern sagen.«

»Was meinst du?«

»Dass du dieses Angebot annehmen wirst, Lukas. Ich sehe es dir an. Einmal Jesuit, immer Jesuit. Deine Kirche ruft dich, sie braucht dich. Damit ist der Vorschlag deines Vaters vom Tisch. Das meine ich.« Magali wandte sich von ihm ab. Tränen schossen ihr in die Augen. Was war nur heute mit ihr los? So kannte sie sich selbst nicht. Doch wenn sie ehrlich war, hatte sie bereits länger eine dunkle Ahnung, dass sich neuerliches Unheil über ihr zusammenbraute – genau genommen seit dem Tag vor zwei Wochen, als der Bote ihr das Kuvert des Schweizer Notars mit dem Schließfachschlüssel ihrer Mutter überbracht hatte. Sie hatte in einem ersten Impuls sofort Lukas angerufen, bei seinem späteren Eintreffen jedoch behauptet, den kleinen Schlüssel im Affekt die Toilette hinabgespült zu haben.

Sie hatte es auch wirklich vorgehabt, aber im letzten Moment war sie vor dieser endgültigen und vielleicht vorschnellen Entscheidung zurückgeschreckt. Stattdessen hatte sie den Schlüssel im Gartenhaus versteckt. Es war diese Lüge, die sie beschäftigte und zermürbte. Sie stand zwischen ihr und Lukas, und ganz offensichtlich ließ sie ihr schlechtes Gewissen nun an ihm aus. Sie war ungerecht.

Lukas war mit zwei Schritten bei ihr, drehte sie zu sich herum, sah ihre Tränen und zog sie fest in seine Arme. »Mein armer Schatz, was stellst du dir denn vor? Dass ich wieder in den Orden eintrete? Sicher nicht. Ich war Jesuit, ja, aber jetzt bin ich Vater und Ehemann. Wenn du mich so gut kennst, wie du sagst, dann müsstest du wissen, dass meine Familie das Wichtigste für mich ist. Niemals würde ich eine solch weitreichende Entscheidung ohne dein Einverständnis treffen.« Lukas streichelte ihren Rücken. »Es ist das Baby, oder? Lucie hat mich gewarnt, dass dich Hormone plagen. Gar nichts ist entschieden, hörst du? Außerdem weiß ich selbst viel zu wenig über die Angelegenheit. Bischof Gänserich schickt mir die Projektunterlagen heute noch per Boten. Lass uns am Abend darüber sprechen. In Ordnung?« Magali nickte. Lukas warf einen Blick auf seine Armbanduhr. »Es wird spät. Ich muss zum Unterricht.« Er küsste sie und ging.

*Hormone!* Magalis irrationale Wut drängte erneut an die Oberfläche. Es waren weder die Hormone noch die Hitze, die ihr einen Streich spielten, doch sie ließ Lukas lieber in dem Glauben.

Sie fuhr sich sachte über die leichte Wölbung ihres Bauches. Unwillkürlich drängte sich in ihr Gedächtnis, wie sie nach Lukas' Heiratsantrag tagelang mit sich gehadert hatte. Obgleich sie ihn liebte, hatte sie lange gezögert. Ohne Frage war Lukas dabei schonungslos ehrlich zu ihr gewesen und hatte keinen Hehl daraus gemacht, dass es ihm in erster Linie darum ging, dass sein Sohn Matti in geordneten Verhältnissen aufwuchs – und das bedeutete für ihn und sein konservatives Weltbild: mit *beiden* Eltern.

Seine Vatergefühle in Ehren, aber welche Frau wollte nicht wiedergeliebt werden? In den letzten beiden Jahren hatte sich Magali so manches Mal gefragt, ob sie sich nicht selbst belogen, sich nicht alles schöngeredet hatte. Wie viel unerwiderte Liebe ertrug ein Mensch? War es ein Fehler gewesen, Ja zu sagen, in dem Wissen, dass ihre Gefühle für Lukas eben nicht so abgeklärt waren wie die seinen? Letztendlich hatte Matti den Ausschlag gegeben. Wie jeder Junge hatte er sich nach einem Vater gesehnt und Lukas vom ersten Tag an vergöttert. Es war für sie wunderbar gewesen, ihren kleinen Sohn so glücklich zu sehen. Hatte sie das Recht, ihm ein Leben mit seinem Vater vorzuenthalten, nur um sich selbst zu schützen?

Seitdem hatte sie sich an den Gedanken geklammert, dass sie Lukas noch immer verlassen konnte, bevor sie an ihrer unerwiderten Liebe zerbrach – sobald Matti groß genug wäre, um auf eigenen Füßen zu stehen. Stattdessen hatte das launische Schicksal eine Unpässlichkeit ausgenutzt und sie ungewollt zum zweiten Mal schwanger werden lassen. Und Lukas ließ keine Gelegenheit aus, um ihr zu zeigen, wie sehr er sich auf sein zweites Kind freute.

Sie hörte Matti auf seine unnachahmliche Art die Treppe herabrumpeln, gleich darauf stürmte ihr Sohn in die Küche. Sein Ungestüm riss sie aus ihren trüben Grübeleien. Sie wischte sich kurz über die Augen, sammelte sich und drehte sich mit einem Lächeln zu ihm um. »Na, du kleiner Krawaller? Hast du deinen Rucksack gepackt? Alle Bücher für heute dabei?«

»Klaro, Mami.«

»Gut«, sie reichte ihm eine blaue Plastikdose, »hier ist dein Pausenbrot, steck es ein. Aber diesmal isst du auch deinen Apfel auf und bringst ihn nicht wieder mit nach Hause, hörst du?«

»Klaro, Mami.« Matti grinste quer über das Gesicht.

»Ich kenne dich, junger Mann. Ich sagte aufessen, nicht irgendwo wegwerfen. Woanders …«

»Ja, ja, Mami«, unterbrach Matti sie altklug, »woanders verhungern die Kinder. Ich weiß. Tschüüüüüss.« Er stob davon, gefolgt von der bellenden Dreierbande. Gleich darauf fiel die Haustür ins Schloss. Die Hunde trotteten in die Küche zurück und bauten sich wie Orgelpfeifen vor Magali auf. Eine stumme dreifache Aufforderung.

Magali sah sie an, die beiden Shih Tzus und den jungen Golden Retriever, den ihre Mutter ihrem Enkelsohn in Barcelona geschenkt und den Matti Pepe getauft hatte. Pepe war schon wieder gewachsen. Magali seufzte. Auch Matti wurde viel zu schnell groß.

»Na, ihr Rabauken? Wir gehen gleich spazieren.« Drei Ruten wedelten. »Aber ich muss vorher noch telefonieren.«

Wie an jedem Morgen und Abend wählte sie die eingespeicherte Nummer des Untersuchungsgefängnisses in Barcelona. So oft es die spanischen Behörden erlaubten, sprach sie mit Consulea. Heute hatte sie kein Glück. Sie hatte für ihre Ziehmutter die teuerste Anwaltskanzlei Spaniens engagiert und sie inzwischen zweimal besuchen dürfen. Im September begann der Prozess. Sie würde alles dafür tun, um Consuela so schnell wie möglich aus dem Gefängnis zu holen.

Kurz darauf verließ sie mit den drei Hunden das Haus. Es fiel ihr nicht auf, dass sie dabei beobachtet wurde.

# Kapitel 3

Am Abend wälzte sich Magali schlaflos im Bett. Es war nicht nur das schlechte Gewissen wegen ihrer Schlüssel-Lüge, das sie wach hielt. Ihr war klar geworden, dass sie sich in den letzten Wochen, seit ihrer Rückkehr aus dem kleinen Landhaushotel in Tirol, in einer Art trügerischen Hoffnung gewiegt hatte – schließlich hätte es seither nicht besser zwischen ihr und Lukas laufen können.

Anfangs hatte es sie zutiefst beunruhigt, als sie von der Rückkehr seiner Jugendliebe Rabea erfahren hatte. Inzwischen war sie jedoch der Überzeugung, dass es das Beste war, was ihnen hatte passieren können.

Zwei lange Jahre hatte sich Lukas abgekapselt und einer nicht erfüllten Liebe nachgetrauert. Durch den vermeintlichen Tod der Journalistin hatte er nie die Chance erhalten, richtig mit der Vergangenheit abschließen zu können. Lukas' Jugendliebe hatte auf diese Weise mehr zwischen ihnen gestanden, als wenn Rabea noch am Leben gewesen wäre.

Nachdem die Journalistin quicklebendig wiederaufgetaucht war, hatte Lukas schließlich doch noch die Möglichkeit erhalten, mit ihr ins Reine zu kommen. Und er hatte sich für sie, Magali, entschieden!

Zum ersten Mal überhaupt hatte Magali ihr Leben als perfekt empfunden: Sie hatte ein gemütliches Heim, einen Mann, den sie liebte, einen wunderbaren Sohn, und nun erwartete sie ihr zweites Kind. Sie und Lukas würden ihre Kinder großziehen, ihnen ihre Werte vermitteln und sie auf ihr Erwachsenenleben vorbereiten. Erfüllung fanden sie beide in ihren Berufen als Lehrer und Kindergärtnerin. Das stille Glück, es war zum Greifen nahe gewesen.

Doch seit Heinrich von Stetten seinem Sohn angeboten hatte, die Von-Stetten-Stiftung alleinverantwortlich zu übernehmen, hatte eine schleichende Unruhe Besitz von ihr ergriffen. Mit jedem Tag, der verging, war ihr bewusster geworden, wie sehr sie darauf gehofft hatte, Lukas würde ablehnen. Er hatte es nicht getan, hatte sich bisher um die Entscheidung gedrückt, und deswegen hatte sie ihm unbewusst gegrollt. Sie kam nicht dagegen an. Magali war nicht stolz auf ihren Egoismus – aber die Wahrheit war, dass sie nicht wollte, dass sich ihr Leben erneut änderte –, was unweigerlich der Fall wäre, wenn Lukas das Angebot annähme. Ihr Schwiegervater war ein Vollblutunternehmer, ein Mann, der sich nie gescheut hatte, mitunter harte Entscheidungen zum Wohle seiner Firma zu treffen. Ihr Lukas war anders. Sollte er sich der Herausforderung stellen, würde dies ihr Leben erneut belasten. Was sein Vater allein entschied, würden Lukas und sie dann gemeinsam beratschlagen. Wie sie es bereits in den Fragen taten, die ihr eigenes Unternehmen betrafen, das Erbe ihrer Mutter. Lukas unterstützte sie sehr, und er konnte das Gleiche von ihr erwarten. Doch sie fürchtete, alldem nicht gewachsen zu sein. Sie war keine Unternehmerin, so wie ihre Mutter es gewesen war. Und Lukas war nicht der Unternehmer, den sein Vater in ihm sehen wollte.

Das Erbe ihrer Mutter hatte sich längst wie eine giftige Wolke über ihr Leben geschoben. Ginge es nach ihr, hätte sie sofort alles verschenkt. Abgesehen davon, dass dies eine utopische Vorstellung war, durfte sie bei ihrer Entscheidung nicht allein an sich denken, sondern musste auch die vielen Menschen, die für Van-Kampen-Enterprises arbeiteten, berücksichtigen. Weltweit waren es an die zwanzigtausend. Dieser Verantwortung konnte und wollte sie sich nicht entziehen. Sie würde jedoch auf einer weitgehenden Zusicherung bestehen, dass niemand seine Arbeit bei einem Verkauf verlor, weil Unternehmensteile zerschlagen oder weiterveräußert würden. Magali seufzte. Natürlich wusste sie, dass diese Vorstellung genauso unrealistisch war, wie alles zu verschenken. Mittlerweile wurde sie zunehmend vom Aufsichtsrat und den diversen Geschäftsführern bedrängt. Jeder schien etwas von ihr zu wollen, ihr E-Mail-Account quoll über, und ihr Handy hatte sie deshalb die meiste Zeit abgeschaltet. Für ihre privaten Telefonate hatte sie sich deshalb ein zweites Handy angeschafft. Mehrere Interessenten hatten bereits Konzepte zur Anteilsübernahme vorgelegt. Doch noch waren ihr die Hände gebunden. Van-Kampen-Enterprises waren eine Aktiengesellschaft, ihre Mutter Mehrheitsanteilseignerin. Mit ihrem Tod und dem damit verbundenen Erbe musste der Wert des Unternehmens in aktuelle Zahlen aufgeschlüsselt werden, von der Berechnung des Börsenwerts bis hin zur Ermittlung des Verkehrswertes zur Festsetzung der Erbschaftssteuer. Es war alles furchtbar kompliziert. Ihr Schwiegervater hatte ihr angeboten, sie zu unterstützen, und ihr seinen langjährigen Justiziar und Freund, Karl Benrath, zur Seite gestellt.

In den letzten Wochen hatte sie zahllose Treffen mit Wirtschaftsprüfern oder Benrath selbst gehabt, die ihr eine Vielzahl an Dokumenten mit imposanten Überschriften vorlegten. Sie musste Schriftstücke unterschreiben, von deren Inhalt sie wenig verstand. *Aber sie wollte all das nicht!* Weder die Verantwortung, die auf ihr lastete wie ein Fels, noch die Erinnerungen, die durch das Erbe ihrer Mutter zum Leben erweckt worden waren. Alles, wonach sie sich sehnte, war, endlich mit der Vergangenheit abzuschließen und ihren ruhigen Lebensrhythmus wiederaufzunehmen. Sie hatte sich bisher an die Hoffnung geklammert, dass all ihre momentanen Sorgen, all die Verantwortung, die sie nicht wollte, nur eine vorübergehende Phase in ihrem Leben darstellten.

Sollte sich Lukas am Ende jedoch für das Angebot seines Vaters entscheiden, würden sich ihre Lebensumstände so oder so ändern. Der Gedanke daran, bei gesellschaftlichen Ereignissen repräsentieren zu müssen, behagte Magali überhaupt nicht. Bisher hatte sie die Öffentlichkeit weitgehend meiden können, die ihre Heirat in die Von-Stetten-Familie mit sich gebracht hatte – dank Lukas' Unterstützung. Und jetzt gab es ein zweites Angebot. So wie die Dinge lagen, hatte sie die Ambitionen ihres Mannes falsch eingeschätzt; er war nicht in jenem Zufriedenheitskokon eingesponnen, den sie meinte geschaffen zu haben. Offenbar konnte er sich durchaus eine andere Perspektive vorstellen, als bis zu seiner Pensionierung als Lehrer am Melanchthon-Gymnasium zu arbeiten.

Sie hätte es wissen müssen, es entsprach dem Charakter ihres Mannes. Lukas besaß Ehrgeiz. Schließlich hatte er sich einmal zum Jesuiten berufen gefühlt und war den beschwerlichen Weg bis zur Priesterweihe gegangen. Sie hätte die Zeichen längst erkennen können, denn ihr Mann hatte kürzlich seine Arbeit an der in Rom abgebrochenen Promotion wiederaufgenommen.

Mit dem Anruf von heute Morgen war ein altes Gespenst zurück: die katholische Kirche. Es hatte bereits ihre Kindheit überschattet, weil ihre Mutter Carlotta ihren manischen Hass auf die Kirche und ihre irdischen Vertreter über alles andere gestellt und ihrer einzigen Tochter diesen Hass mit der Muttermilch eingeflößt hatte.

Magali hatte sich dem verderblichen Einfluss ihrer Mutter erst spät entziehen können; dennoch war sie bisher davon überzeugt gewesen, sich von dieser Indoktrinierung befreit zu haben. Bis der heutige Tag sie eines Besseren belehrt hatte.

Schon als Lukas sie in der Küche über den Inhalt des Telefonats mit dem Papstsekretär informierte hatte, hatte sie begriffen, wie unverbrüchlich ihre Mutter sie mit ihrem Hass auf die Kirche infiziert hatte, wie tief er in ihr verwurzelt war; er glich einem konditionierten Reflex. Sie hatte dieses Gefühl unter

Kontrolle gehabt, solange die Kirche keine Gefahr für sie darstellte. Doch jetzt hatte sie erneut ihre gierigen Finger nach Lukas ausgestreckt. Weit mehr als das Angebot seines Vaters lockte ihren Mann jenes des Papstes. Lukas drängte es danach, nach Rom zu gehen, für die Kirche da zu sein und zu ihrer Rehabilitation beizutragen. Die Erkenntnis traf Magali bis ins Mark. So wie sie sich nie gänzlich von den Einflüssen ihrer Kindheit freigemacht hatte, erging es auch Lukas, der, wie er ihr erzählt hatte, als Kind viel Zeit mit seinem Onkel, dem ermordeten Bischof von Bamberg, verbracht hatte. Ihre Kindheit hatte sie beide tief geprägt. Magali fragte sich nicht zum ersten Mal, ob sie ein Leben lang für ihre Mutter würde bezahlen müssen.

Sie starrte an die Decke und dachte an den zurückliegenden Nachmittag. Sie hatte den Umschlag mit dem vatikanischen Siegel entgegengenommen. Der Bote hatte ihn ihr erst ausgehändigt, nachdem er telefonisch Rücksprache mit seinem Vorgesetzten gehalten und sie ihm ihren Personalausweis gezeigt hatte. Die katholische Kirche und ihre verdammte Geheimniskrämerei!

Bis zu Lukas' Heimkehr war sie um das Kuvert herumgeschlichen, das Symbol für die Rückkehr des Feindes in ihr Leben. Natürlich war ihr klar, dass sie überreagierte. Aber sie kam nicht dagegen an, war zwischen Anspannung und Gereiztheit gefangen. Kein zuträglicher Gemütszustand für eine Schwangere und leider förderlich für Kurzschlusshandlungen – wie sie noch feststellen würde.

Lukas hatte zwei Stunden über dem Inhalt der Projektmappe gebrütet. Für Magali waren es die zwei längsten Stunden ihres Lebens gewesen. Nachdem sie Matti mit den üblichen abendlichen Querelen – »Ich bin aber noch gar nicht müde, Mami!« – zu Bett gebracht hatte, hatte sie sich zu Lukas gesellt und sich dem unerwarteten Vorstoß aus Rom gestellt. Schlussendlich war ihre Diskussion in ein hitziges Wortgefecht ausgeartet. Magali musste zugeben, dass sie Lukas zugesetzt hatte. Warum hatte er aber auch erneut ihre Schwangerschaftshormone ins Spiel bringen müssen? »Warum müssen Männer Frauen immer auf ihre Emotionen reduzieren?«, hatte sie ihn daraufhin angefahren.

Am Ende hatte sie sich selbst überrascht und einen Entschluss gefasst, mit dem sie ihrem Mann quasi einen Freibrief ausstellte. »Ich werde dir nicht im Weg stehen, Lukas. Im Gegenteil, ich möchte, dass du das Angebot des Papstes annimmst. Es ist eine reizvolle Aufgabe, und ich kann gut verstehen, dass es dich dazu drängt. Was ich aber keinesfalls möchte, ist, dass du wegen mir darauf verzichtest und das irgendwann zwischen uns steht.«

»Aber du bist schwanger, und …«

»Wenn du jetzt noch einmal die Worte *schwanger* oder *Hormone* in den Mund nimmst, ich schwöre dir, Lukas, bekomme ich einen Schreikrampf!«

Lukas lächelte schief. »Noch einen? Das werde ich sicher nicht riskieren. Ich wollte eigentlich sagen, dass ich dich während deiner Schwangerschaft nicht allein lassen will. Ich habe bereits die von Matti versäumt.«

»Da hast du nicht viel verpasst und wirst du auch jetzt nicht. Ich werde jeden Tag dicker, unansehnlicher und damit unausstehlicher. Außerdem wäre es nur für ein halbes Jahr. Mit dem Flugzeug ist man in drei Stunden in Rom. An den Wochenenden kommst du entweder nach Hause oder Matti und ich besuchen dich. Und zur Geburt wirst du ja wohl freibekommen. Ich rufe dich bei der ersten Wehe an, versprochen. Also, worauf wartest du? Auf nach Rom!«

»Du bist einfach unglaublich, Magali. Weißt du das?«

Endgültig entschieden hatte sich Lukas noch nicht. Zumindest behauptete er das, als er sie in seine Arme zog.

Dafür stand ihr eigener Entschluss fest. Sie würde in die Schweiz reisen. Magali war endlich klar geworden, warum sie den Schlüssel zum Schließfach ihrer Mutter behalten hatte.

# Kapitel 4

## *Berlin/Deutschland*

Der Taxifahrer hatte es sich nicht nehmen lassen, Rabeas Rollkoffer und ihre Reisetasche bis vor ihre Wohnungstür zu tragen. Sie bedankte sich mit einem Extra-Trinkgeld und schloss die Tür auf.

Ihre neue Wohnung im Berliner Bezirk Pankow lag nur einen Straßenzug von ihrer alten Wohnung entfernt, die nach ihrem vermeintlichen Tod aufgelöst worden war. Jules hatte dafür Sorge getragen, dass ihre Möbel und Habseligkeiten unter falschem Namen eingelagert worden waren. Ihr neuer und alter Arbeitgeber, der Berliner Sender, der sich neuerdings BBCo. – Berlin Broadcast Company – nannte, hatte ihr die Wohnung besorgt. Bereits vor ihrer Reise nach Washington hatte sie den Spediteur beauftragt, ihre Sachen an die neue Adresse zu liefern.

Da sie das Auspacken auf ihre Rückkehr verschoben hatte, sah es in ihrer Wohnung entsprechend aus. Überall standen wahllos Umzugskisten verteilt, und auf dem hellen Laminat wimmelte es von schmutzigen Schuhabdrücken. Rabea seufzte. Aufräumen und Putzen. Ihre absoluten Lieblingsbeschäftigungen … Zunächst aber brauchte sie einen *richtigen* Kaffee. Das dünne Gebräu, das man in der Touristenklasse einer amerikanischen Airline vorgesetzt bekam, verdiente diese Bezeichnung kaum.

Danach würde sie die Redaktionssekretärin anrufen. Gerda Pratschke sammelte nicht nur mit Leidenschaft Entenfiguren aller Art, sondern war, wie sich unlängst herausgestellt hatte, auch eine große Katzenliebhaberin. Frau Pratschke hatte sich sofort bereit erklärt, Rabeas kosmopolitisches Kätzchen, das bereits Tanger, London und nun auch Berlin bereist hatte, während Rabeas Abwesenheit zu versorgen. Seit London besaß es auch einen Namen. *Hobbit*. Ryan hatte es so getauft. Weil es genauso klein war und eine beinahe so lange und gefährliche Reise hinter sich gebracht hatte wie Frodo und seine Gefährten. Die Erinnerung an den großen, durchtrainierten DIA-Agenten Ryan MacKenzie, wie er bäuchlings auf dem Teppich lag und mit der winzigen Hobbit spielte, zauberte ein Lächeln auf Rabeas Gesicht. Unvermittelt fror ihr Lächeln ein. Aus dem Augenwinkel hatte sie eine Bewegung wahrgenommen. *Sie war nicht allein!* Jemand war in ihrem Schlafzimmer!

Blitzschnell kalkulierte Rabea ihre Möglichkeiten. Zurück zur Haustür konnte sie nicht, dazu müsste sie am Schlafzimmer vorbei, dessen Zugang sich links hinter ihr befand. Blieb als Fluchtpunkt das Wohnzimmer mit der integrierten Küchennische. *Küche! Messer!* Sie brauchte ein Messer! Dann fiel ihr ein, dass sie den Messerblock noch gar nicht ausgepackt hatte, und sie verfluchte ihre Nachlässigkeit. Aber sie könnte dennoch versuchen, die Wohnzimmertür zu verschließen, auf den Balkon zu flüchten und von dort aus Hilfe zu rufen. Ihr Handy steckte in der Jackentasche. Sie ließ sich nichts anmerken, machte einen Schritt auf das Wohnzimmer zu, hatte bereits die Schwelle erreicht, als eine männliche Stimme hinter ihr sagte: »Willkommen zurück. Ich hoffe, Sie hatten eine angenehme Rückreise, Frau Kennedy.«

Rabea fuhr herum. In der Schlafzimmertür stand ein gedrungener Mann mit olivenfarbener Haut und kahlem Kopf. Neben seiner eleganten Aufmachung im Nadelstreifenanzug, lila Seidenhemd und Hermès-Krawatte fiel Rabea die goldene Nadel in Form eines Kamels auf, und dass seine Hände in schwarzen Lederhandschuhen steckten. Sie versteifte sich. Dieser Eindringling wollte keine Spuren hinterlassen. Dennoch war er gekleidet wie ein Dandy, so auffällig wie ein Rabe zwischen einer Schar weißer Tauben. Da Rabea nicht davon ausging, dass er geistig beschränkt war, tippte sie auf das Selbstbewusstsein arabischer Despoten. Oder er war einfach nur ein eitler Fatzke.

Der Mann ließ ihr Zeit, um ihn zu sondieren. Dabei lächelte er höflich und wirkte so entspannt, als wären sie heute verabredet gewesen. Ein Profi, kaltblütig bis in die Fingerspitzen. Rabea ahnte seit der ersten Sekunde, mit wem sie es zu tun haben dürfte. »Ich nehme an, Ihr Name lautet Yussuf?«

»Ah, ich sehe, unser gemeinsamer Freund Lafitte hat Ihnen bereits von mir erzählt! Ich hoffe, mit Rücksicht auf Ihre Gesundheit, dass es nicht zu viel war. Wollen wir uns setzen?« Er vollführte eine Geste in Richtung Wohnzimmer, als wäre er der Hausherr.

»Nein, ich stehe gern.« Rabea sah keinen Grund, höflich zu sein. »Warum sind Sie hier? Was wollen Sie?«

Der Mann schüttelte in gespieltem Bedauern den Kopf. »Unhöflichkeit ist der Untergang des Abendlandes.«

»Ach ja?«, erwiderte Rabea beißend. »Wie höflich ist es denn, in meine Wohnung einzubrechen? Aber da Sie scheinbar so viel Wert darauf legen … Dann seien Sie jetzt so höflich und verschwinden. Ich bin müde und würde gerne einen Kaffee trinken. *Und zwar allein.*«

Der Mann lachte sichtlich amüsiert. »Sie sind sehr erfrischend, Frau Kennedy, oder darf ich Sie Rabea nennen?«

»Ich ziehe Rosenthal vor.«

»Stolz auf die jüdische Herkunft?«

»Was wollen Sie von mir?«, ging Rabea nicht darauf ein.

»Ich schätze es, wenn meine Gesprächspartner gleich zur Sache kommen. Ihrer Bitte, Sie zu verlassen, werde ich entsprechen, allerdings erst, wenn Sie sich kooperativ gezeigt haben und meine Frage beantworten. Wo ist Ihr Freund Lafitte?«

Jetzt war es an Rabea, Heiterkeit zu zeigen. »Damit beleidigen Sie seine Intelligenz. Sie glauben doch nicht im Ernst, dass er mir das verraten hat?«

»Vermutlich nicht. Aber Sie haben sicher eine Ahnung, wo er sich aufhalten könnte … Außerdem werden Sie etwas vereinbart haben, eine Art Code, wie Sie in Kontakt treten können. Ein toter Briefkasten, ein bestimmtes Kleidungsstück, das Sie tragen, oder eine Anzeige in einer Zeitung. Es gibt viele Möglichkeiten.«

»Weder noch. Ich habe die letzten beiden Jahre isoliert verbracht. Das müssten Sie doch wissen.« Rabea lächelte verbindlich.

Yussuf trat einen Schritt auf sie zu. Jegliche Jovialität war aus seinem Gesicht getilgt. Rabea widerstand dem Impuls, einen Schritt zurückzuweichen. Nach außen hin unbeeindruckt, hielt sie dem Blick seiner kleinen, stechenden Augen stand, während sich ihr Herzschlag beschleunigt hatte. Sie würde keinesfalls den Fehler begehen, diesen Mann zu unterschätzen.

»Geben Sie mir Ihr Handy.« Yussuf streckte seine Hand auffordernd aus. Rabea wich nun doch einen Schritt zurück.

»Nein.«

Plötzlich hielt Yussuf eine Waffe mit Schalldämpfer in der Hand. Er musste den Taschenspielertrick lange geübt haben, die Geschwindigkeit, mit der dies geschehen war, grenzte an Zauberei. »Sie sind zu klug, um zu diskutieren. Sie wissen, dass Sie keine Wahl haben, als zu kooperieren. Es sei denn, Sie möchten hier und jetzt sterben. Möchten Sie sterben, Rabea?« Das letzte Wort klang sanft und lauernd zugleich.

Einen unausgeglichenen Moment lang war die rebellische Rabea in ihr versucht, Ja zu sagen. Einfach, um zu sehen, wie Yussuf darauf reagieren würde. Sie glaubte nicht, dass er sie töten würde. Nicht sofort jedenfalls. Noch brauchte er sie. Sie war seine einzige real existierende Verbindung zu Jules. Aus Yussufs Sicht hatte Jules seine gesamte Existenz für sie riskiert, sie war der Grund für sein Untertauchen. Rabea verneinte nun seine Frage, indem sie stumm den Kopf schüttelte.

»Gut, gehen Sie voran ins Wohnzimmer und setzen Sie sich.«

Rabea tat wie geheißen und ging mit gesenktem Kopf voraus. Dabei drehte sie sich gerade so weit, dass Yussuf hinter ihr nicht sehen konnte, wie sie mit der Hand unauffällig in die Tasche ihres Blazers fuhr und nach ihrem Handy tastete. Sie konnte so tun, als hätte die Sicherheitskontrolle am Flughafen ihr Mobiltelefon außer Gefecht gesetzt. Aber was sollte das bringen? Yussuf würde es mitnehmen; ein Mann wie er hatte zweifellos genug Leute an der Hand, die ihr Handy knacken konnten. Und wenn schon … Über Jules würde er ganz sicher nichts darauf finden. Jules würde auf eine andere Art mit ihr in Kontakt treten – falls er es wollte. Und natürlich hatte Yussuf recht, es gab den geheimen Code. Dann durchzuckte sie ein Gedanke. Aber ja! Sie hatte doch etwas, das sie gegen ihn einsetzen konnte! *Ihr zweites Handy*. Das, das sie aus den USA mitgebracht hatte. Ihre Daten waren darauf gespiegelt, aber es verfügte im Gegensatz zu ihrem anderen Handy über ganz spezielle Features. Es war in der Tat ein *smart phone*, und es steckte in ihrer linken Jackentasche. Es konnte funktionieren – solange Yussuf nicht auf die Idee kam, sie zu durchsuchen.

»Ihr Mobiltelefon, Rabea. Sofort.« Yussuf wedelte herrisch mit der Hand. Er hatte einen Handschuh ausgezogen, und ein protziger Siegelring mit einem gelbstichigen Stein blitzte an seinem Finger auf. Rabea sah, dass Jules' Feind inzwischen sein eigenes Telefon auf den Tisch gelegt und ein USB-Kabel angeschlossen hatte. *Er wollte die Daten von ihrem Handy herunterladen? Wieso nahm er es nicht einfach mit?* Rabea wunderte sich, aber nur kurz. Dann fiel ihr Blick auf die Pistole, die demonstrativ daneben lag.

Angesichts der Geschwindigkeit, mit der der Mann damit hantiert hatte, unterdrückte Rabea den Impuls, sich darauf zu stürzen. Es wäre Selbstmord, zu versuchen, ihn mit der eigenen

Waffe zu erschießen – obwohl der Gedanke durchaus seinen Reiz hatte. Aber es würde allenfalls ihr momentanes, nicht jedoch Jules' Problem lösen. Yussuf war kein Einzelkämpfer. Er hatte ziemlich unangenehme Geschäftspartner und vier erwachsene Söhne. Jules hatte ihr das beim Abschied klar zu verstehen gegeben. »Ich würde die Welt liebend gern von diesem stinkenden Dunghaufen erlösen, Rabea. Aber so einfach liegen die Dinge nicht. Alles, was ich damit erreichen würde, wäre, einen blutigen Rachefeldzug heraufzubeschwören. Ich muss diese Angelegenheit anders lösen. Auf meine Weise.«

Jules hatte es nicht ausgesprochen, aber Rabea hatte ihn auch so verstanden. Es ging Jules primär um die Opfer, die er vermeiden wollte. Was auch immer zwischen Jules und Yussuf vorgefallen war und Jules gezwungen hatte, von der Bildfläche zu verschwinden, ihr Freund hatte es als zu gefährlich eingestuft, um sie einzuweihen.

Ihr Blick wanderte jetzt von der Pistole zurück zu Yussuf. Sie zog ihr zweites Smartphone aus der linken Tasche, entsperrte es und reichte es ihm. Mit ausdrucksloser Miene hantierte er damit. Nachdem er die Datenübertragung beendet hatte, wischte er ihr Handy mit seinem seidenen Einstecktuch ab. Zuletzt streifte er seinen Handschuh über und schob ihr das Mobiltelefon über den Tisch zu. *Er gab es ihr zurück? Einfach so?* Rabea vermutete sofort eine Hinterlist.

»Das war doch leicht, oder?« Yussuf lächelte überlegen. Rabea wäre ihm am liebsten ins Gesicht gesprungen. Wie so oft in brenzligen Situationen war ihre Wut größer als ihre Angst. Dieser selbstherrliche Großkotz! Er war Waffenhändler, wusch Schwarzgeld, finanzierte Terroristen. Krebsgeschwüre wie er waren schuld, dass die Welt nicht zur Ruhe kaum. Sie streuten die Tumore, die einen Krieg nach dem anderen provozierten. Sie musste an sich halten, um ihren Hass nicht offen zu zeigen, gleichzeitig spürte sie auch Befriedigung. Wenn Yussuf ihr das Handy zurückgab, konnte es dafür nur einen Grund geben:

Er wollte nicht ihre Daten von ihrem Handy abrufen, sondern seine eigenen Daten aufspielen: Ein kleines Schadprogramm, dazu geschrieben, mit Yussuf Kontakt aufzunehmen, sobald Rabea ihr Handy nutzte. Sollte sie es mit ihrem Laptop und ihrem Tablet verbinden, konnte er vermutlich diese Geräte ebenfalls ausspionieren. Bei dieser Aktion ging es Yussuf einzig um den künftigen Zugriff. Nur deshalb hatte er auf sie gewartet und mit ihr geplaudert, anstatt sie mit Nachdruck *zu überreden*.

Was Rabea weit mehr ärgerte als ihr verseuchtes Handy, war der Umstand, dass Yussuf sie offenbar für dämlich hielt. Nach seinem Selbstverständnis war eine Frau ohne die männliche Hilfe aufgeschmissen. In seiner beschränkten Sichtweise auf die Welt im Allgemeinen und auf die Frauen im Besonderen würde ihm im Traum nicht einfallen, dass seine Rechnung nicht aufgehen würde. Sie hatte ihn längst ausgetrickst – indem sie ihm ihr Spezialhandy unterjubelte. Durch die Übertragung war sein eigenes Smartphone nun mit Bits and Bites infiziert, und diese waren so infektiös wie Ebola. Das Softwarepaket, welches sich soeben unsichtbar in den Tiefen von Yussufs Handy festsetzte, würde in Kürze die Herrschaft über sein Smartphone übernommen haben. Und niemand würde etwas merken. Weder Yussuf noch die Adressaten seiner Nachrichten. Nur einer würde es sofort merken: *Jake.*

Jake war ihr eines Tages während ihres zweijährigen Exils im World Wide Web über den Weg gelaufen, und sie hatten sich miteinander angefreundet. Jake war ein Teil der virtuellen Welt. Nicht nur das, Rabea ging davon aus, dass er vor allem ein Teil der dunklen Seite des Netzes war, jenem Darknet, das sich jeder Kontrolle entzog und eine virtuelle Gegenwelt bildete – einer Welt, in der es nichts gab, was es nicht gab. Jakes wahres Gesicht war Rabea unbekannt. Dafür kannte sie ein halbes Dutzend seiner Avatare und ebenso viele Websites, über die er Botschaften und Waren aller Art verbreitete. Jake war eine Spinne im riesigen Netz der Underground-Economy. Jakes viele Gesichter faszinierten Rabea, sie hätte ihn gern kennengelernt. Jake war mit ein Grund gewesen, warum sie nicht gezögert hatte, Ryans Einladung nach Washington zu folgen. Leider hatte es mit ihrem persönlichen Kennenlernen dann doch nicht geklappt. Jake blieb ihr Freund ohne Gesicht. Sie hatte feststellen müssen, dass er noch paranoider war, als es den Anschein gemacht hatte. Zu zwei vereinbarten Treffen war er nicht erschienen, sondern hatte ihr jeweils in letzter Sekunde per Instant Message abgesagt. Am letzten Tag hatte er ihr über einen Boten als Wiedergutmachung ein Geschenk ins Hotel gesandt. Eine Speicherkarte. Rabea hatte sie in ihr Handy eingelegt, und auf dem Display war Saurons Auge erschienen. Der Blick, der jede Mauer durchdrang. Ab diesem Moment würde Jake bei ihr sein, wann immer sie ihr Handy einschaltete.

Sie hatte sich ein neues gekauft.

Über das Jake-Handy hielten sie seitdem Kontakt. Sie hatte sich schnell daran gewöhnt, mit ihm auf diese unkonventionelle Art zu kommunizieren.

Nun hatte Saurons Auge Yussuf im Blick. *Danke, Yussuf, dass du meine Handydaten kopiert hast, einen größeren Gefallen hättest du mir nicht tun können.* Sie würde dafür sorgen, dass er nur die Daten erhielt, die sie ihm freiwillig lieferte. Da taten sich Möglichkeiten auf! Außer natürlich, Yussuf brachte sie um, bevor er ging. Was nicht wahrscheinlich war, schließlich wollte er sie ja noch ausspionieren. Rabea hoffte, dass der Typ jetzt auch wirklich gehen würde. Leider tat er ihr den Gefallen nicht. Stattdessen lehnte sich Yussuf im Sessel zurück und sagte wie beiläufig: »Sie wissen, dass Lafitte nicht gay ist?«

Obwohl Rabea flink im Geist war, brauchte sie eine Sekunde, bis die Bedeutung des englischen Wortes *gay* in ihrem Verstand andockte. Vor allem die Bedeutung der Aussage. Was sollte das jetzt wieder? Was bezweckte Yussuf damit? Ein Test? Klar, der Typ war zur psychologischen Kriegsführung übergegangen und versuchte, einen Keil zwischen ihre Freundschaft mit Jules zu treiben! Sie spürte den lauernden Blick ihres Gegenübers und traf eine Entscheidung. Sie würde das Spiel mitspielen, aber nach ihren Regeln. »Das habe ich auch nie geglaubt.«

Yussuf beugte sich ihr entgegen, ein überlegenes Lächeln umspielte seine Lippen. »Mir war immer klar, Lafitte ist in Sie verliebt! Unverzeihlich für einen klugen Mann. Er neigt dann zu übereilten Handlungen und macht Fehler. Tödliche Fehler.« Wieder dieser lauernde Blick.

Rabea reagierte nicht. Sie wartete, was die Yussuf-Show noch zu bieten hatte. Der nächste Akt folgte prompt.

»Dann wissen Sie auch, dass nichts an Ihrer ersten Begegnung vor zehn Jahren in Beirut Zufall gewesen ist, sondern von Ihrem Freund arrangiert worden ist.« Yussuf machte eine Pause, bevor er den nächsten Satz anbrachte: »Lafittes Auftrag lautete allerdings, sich nicht in Ihr Vertrauen, sondern in das einer anderen Person zu schleichen …« Yussuf lächelte mokant und gab Rabea Zeit, um selbst ihre Schlussfolgerung zu ziehen.

»Ach, Sie meinen damit Lucie von Stetten?« Rabea kämpfte gegen ihren Adrenalinpegel an. Dieser Scheißkerl sollte nicht merken, dass er sie getroffen hatte.

Yussuf neigte den kahlen Schädel. »Von Lafitte stammt auch die Idee, Ihre Freundin entführen zu lassen. Sie verstehen? Damit konnte er sich als ihr Retter aufspielen. Der älteste Agenten-Trick der Welt. Geben Sie es zu, Sie sind beide auf ihn und seine Gay-Vorstellung hereingefallen. Er folgt Ihnen nach Deutschland und eröffnet zur Tarnung einen Friseurladen. Von dort aus operiert Major Lafitte weiter im Auftrag seiner Regierung. Trifft sich mit Syrern, Russen, Iranern und sogar Israelis. Lafitte hat viele Interessen bedient.«

»Für einen Geheimagenten sind Sie gefährlich gesprächig.« Rabea imitierte Yussuf süffisantes Lächeln. »Wenn bekannt war, wo Jules sich aufhält, warum haben ihn bisher alle Parteien am Leben gelassen?«

»Jetzt enttäuschen Sie mich! Es war natürlich seine Nähe zur

Von-Stetten-Familie, die ihn geschützt hat. Er hat es sogar zu einer Art Pate des Von-Stetten-Sohns gebracht! Als Muslim! Die Geheimnisse der Nürnberger Waffenschmiede, die Lenkwaffen-Softwarecodes der Todes-Drohnen, mit der die amerikanischen Imperialisten meine Leute liquidieren, das war sein Auftrag! Aber er hat das Spiel zu lange ausgereizt, zu viele Leute verärgert. Die halbe Welt jagt ihn. Das ist der Grund, warum er sich abgesetzt hat. Nicht unsere kleine Meinungsverschiedenheit. Ich bin noch immer sein Freund.«

Rabea glaubte ihm selbstredend kein Wort. Yussuf beabsichtigte, ihr Misstrauen zu wecken, Zwietracht zu säen, sie wütend zu machen – alles in der Hoffnung, dass sie unvorsichtig würde und er ihr etwas Unbedachtes entlocken konnte. Trotzdem sprangen ihre Gedanken zurück zu ihrem ersten Zusammentreffen mit Jules, dem Beginn ihrer Freundschaft und Lucies Entführung, die mit Jules' Hilfe ein glückliches Ende genommen hatte. Und zu Jules' anschließendem Entschluss, ein neues Leben in einem neuen Land zu beginnen. Alles nur Täuschung, wie Yussuf behauptete? Mit Schrecken merkte sie, dass Yussufs böse Saat bereits zu keimen begann. *Nein!*, rief sie sich selbst zur Ordnung. *Vertraue deinem Instinkt! Jules ist dein Freund. Er hat dich beschützt und dir das Leben gerettet!*

»Sie haben gesagt, was Sie sagen wollten«, konterte Rabea kalt. »Wenn Sie also nicht vorhaben, mich mit Ihrem Spielzeug umzubringen«, Rabea zeigte auf die Waffe auf dem Tisch, »dann leben Sie wohl.« Sie stand auf. Für sie war das Gespräch beendet.

»Ihre Loyalität für Lafitte ehrt Sie. Der Prophet sagt: *Sprich die Wahrheit, auch wenn sie gegen dich ist, und sprich die Wahrheit, auch wenn sie bitter ist.*«

»Der Prophet sagt auch, dass Verleumdung schneller gegen den Glauben eines Muslims handelt als Lepra gegen den Körper eines Menschen.«

Yussuf neigte beifällig den Kopf. »Ich sehe, Sie haben sich mit unseren Hadithen beschäftigt. Darum gebe ich Ihnen noch einen Rat unseres Propheten mit auf den Weg und bitte Sie, über meine Worte nachzudenken. Vor allem darüber, ob Lafitte Ihre Freundschaft wirklich verdient hat. Denn Muhammed spricht: *Der Mensch ist beeinflussbar durch den Glauben seiner Freunde. Deshalb sei vorsichtig, mit wem du verkehrst.*«

»Sehr gut«, Rabea reichte es, »diesen Rat nehme ich gerne an. Ich wünsche also, nicht weiter mit *Ihnen* zu verkehren. Und jetzt raus aus meiner Wohnung! Jules ist Ihr Problem, nicht meins. Und ich werde es ganz sicher nicht zu meinem machen. Ich habe auch einen Rat für Sie, Yussuf, oder besser, nennen Sie es eine Prophezeiung: Blasen Sie die Jagd auf Jules ab, ansonsten sind Sie es, der am Ende alles verlieren wird.«

Ohne dass sie es vorausgesehen hatte, war Yussuf über ihr, hatte ihre Arme gepackt, stieß ein Knie zwischen ihre Beine und presste sie schmerzhaft in ihren Sessel. Ganz nah an ihrem Gesicht zischte er: »Du drohst *mir*? Willst *Yussuf* die Stirn bieten? Treib es nicht zu weit, Miststück! Es gibt viele Arten, unverschämte Huren wie dich zu brechen. Vielleicht schicke ich dir ein paar meiner Freunde vorbei ... mir bist du zu alt.« Mit seiner Zunge leckte er quälend langsam einmal von ihrem Ohr quer über ihre Wange. Bevor er sie losließ, rammte er ihr noch brutal sein Knie in den Bauch. Er schnappte sich seine Pistole und steckte sie in den Hosenbund. Verächtlich sah er auf sie hinab. »Wenn ich mit Lafitte fertig bin, Weib, bist du dran!« Dann ging er.

*Was für ein Arschloch!* Sie zitterte vor Schock und Schmerz und bekam nur langsam wieder Luft. Sie wartete, bis der Tumult in ihrem Unterleib ein wenig nachließ, stemmte sich aus dem Sessel hoch und schwankte ins Bad. Minutenlang ließ sie sich Wasser übers Gesicht laufen, wollte jede Spur von Yussuf tilgen, während ihre Gedanken Amok liefen. Das bekamen kurz darauf auch Kaffeekanne und Geschirr zu spüren; es knallte in einer Tour, während sie damit hantierte, um sich den lang ersehnten Kaffee zu brühen.

Mit der Tasse setzte sich Rabea auf ihr bisher kaum genutztes Sofa. Damals, vor nunmehr neun Jahren, war sie nur mit einem Koffer aus Nürnberg geflohen. Es sollte eine bewusste Trennung von ihrem alten Leben sein; nichts sollte sie an ihre Zeit mit Lukas erinnern. Jäh wurde ihr bewusst, dass sie ihr Leben immer noch in zwei Abschnitte einteilte: *vor Lukas* und *nach Lukas*. Sie spürte nicht nur die Nachwirkungen von Yussufs Besuch, sondern darüber hinaus den Überdruss, erneut in ein Abenteuer hineingezogen zu werden, dessen Dimension sie nicht einmal annähernd überblicken konnte. Dieses Mal gänzlich ungewollt und nicht unmittelbar beteiligt. Jedenfalls nicht ganz …

Nach der zweiten Tasse Kaffee hatte sie sich so weit im Griff, ihre Ist-Situation rekapitulieren zu können. *Gebrauche deinen Verstand, Rabea!* Denke nach, nüchtern, logisch, mathematisch. Hatte das nicht schon Platon gesagt? Mathematik wäre das erste Erkenntnismittel? Welche Erkenntnisse ergaben sich aus Yussufs Besuch? Zunächst, wie stand es um sie selbst? In den letzten Wochen hatte sich ihr Leben eingependelt. Sie musste sich nicht länger verstecken und ein aufreibendes Nomadenleben führen, konnte ihren Großvater und ihre Freunde sehen, wann immer es sie danach verlangte. Das war Jules' Verdienst. Und in Ryan hatte sie einen echten Freund gewonnen. Liebe war zwar bisher kein Thema zwischen ihnen gewesen, aber Ryan ließ keine Gelegenheit aus, um ihr seine Zuneigung zu zeigen. Ebenso wie sein im Irak ermordeter älterer Bruder Patrick war Ryan ein ernsthafter Mensch; er hätte sie kaum nach Washington eingeladen, wenn er nicht glauben würde, dass aus ihrer Verbindung mehr erwachsen könnte.

Ryan hatte ihr Washington und die Umgebung gezeigt und dabei jedes romantische Register gezogen. Es waren zwei intensive Wochen gewesen, und sie hatten sie einander nähergebracht. Ja, gestand sie sich ein, es war möglich, dass sie sich ernsthaft in Ryan verlieben könnte. Er war ein Mann mit Überzeugungen und besaß sowohl den Mut als auch den Willen, für sie einzustehen, er war gütig und anständig. Sie war in diesem Jahr dreißig geworden, und ihre bisherige Lebensbilanz konnte durchaus eine Aufbesserung vertragen – obwohl der Gedanke an eine eigene Familie ihr noch fernlag. Ihre junge Liebe mit Lukas hatte sie damals gründlich in den Sand gesetzt. Andererseits glaubte sie daran, was sie im Londoner Hotel zu ihm gesagt hatte: dass es nicht ihr vorbestimmtes Schicksal gewesen war zusammenzukommen. Aber vielleicht war ja Ryan ihre zweite Chance?

Als sie heute in Berlin gelandet war, war sie tatsächlich zuversichtlich gewesen, ihre innere Balance gefunden zu haben. Und nun hatte es dieser vermaledeite Yussuf geschafft, erneut alles infrage zu stellen. Rabea stieß einen tiefen Kehllaut aus. *Sie hätte Yussuf doch erschießen sollen!* Seine Warnung war auf jeden Fall ernst zu nehmen. Was bedeutete, dass sie in Zukunft nicht mehr ohne ihre Waffe aus dem Haus gehen würde. Dabei hatte sie sich gerade erst daran gewöhnt, dass sie im Safe lag und nicht mehr auf ihrem Nachttisch. Was sollte sie tun? Jules zu warnen war sinnlos. Ihr wurde klar, dass ihr eigentliches Problem darin bestand, dass sie sich gern mit ihm über Yussufs Anschuldigungen ausgetauscht hätte. Sie wollte aus Jules' Mund hören, dass Yussuf log. Selbstredend, dass sie diesem selbstverliebten arabischen Gockel kein Wort glaubte. Es ging ihr nur um die Klarstellung. *Scheiße, Rabea, reiß dich zusammen! Denk nicht zu viel darüber nach. Spiel diesem Yussuf-Blödmann nicht in die Hände!* Rabea spürte, wie ihr eigener Jagdtrieb erwachte. Sie würde selbst Nachforschungen anstellen. Bloß, wo sollte sie anfangen? Ihr fiel nur Jules' Mutter in Beirut ein, Daria, bei der sie und Lucie vor gut zehn Jahren mehrere Tage gewohnt hatten. Jules hatte ihr gesagt, dass es für ihn zu gefährlich sei, sie dort zu besuchen, und er sie deshalb seit Jahren nicht gesehen hätte. Rabea ging davon aus, dass er seine Mutter rechtzeitig vor Yussuf in Sicherheit gebracht hatte. Also eine Sackgasse. Rabea fiel auf, dass sie im Grunde nicht viel über Jules wusste. Damit wenigstens hatte Yussuf recht. War Lafitte überhaupt Jules' richtiger Name oder nur ein Deckname?

An diesem Punkt ihrer Überlegungen angelangt, bezog sie auch das ein, was Lucie ihr erzählt hatte: dass Saul Kaschinski ähnliche Behauptungen über Jules aufgestellt hatte wie eben Yussuf. Der Söldner hatte beteuert, dass Jules weiter als Agent aktiv sei und dem libanesischen Geheimdienst Informationen beschaffte. Übel war seine Aussage, dass Jules *scharf darauf war, sich fünfzig Millionen Dollar zu verdienen, die für die Lieferung der Softwarecodes der Hawk-Eye-Serie von vST ausgesetzt wären.*

Jules und Lukas waren genau deswegen vor dem London-Flug heftig aneinandergeraten, aber Jules hatte die Zweifel schnell ausräumen können. Lucie jedoch war ziemlich aufgebracht gewesen, wie leichtgläubig Lukas auf die *Schlange Kaschinski* hereingefallen war.

Rabea sah auf die Uhr. Kurz nach vier. Sie hatte sich von Yussufs Misshandlung so weit erholt, dass der Schmerz in ihrem Magen einem dumpfen Pochen gewichen war. Aber es war verlockend, sich deshalb nochmals vor dem überfälligen Auspacken (und Putzen) zu drücken, stattdessen in die Redaktion zu fahren und die Post auf ihrem Schreibtisch zu checken. Frau Pratschke würde sicher bald Feierabend machen, dann könnte sie mit zu ihr fahren und ihre Katze abholen. Nach der Begegnung mit Yussuf, der Verdorbenheit geradezu ausdünstete, sehnte sie sich mehr denn je nach der kleinen unschuldigen Hobbit.

Ihr eigenes Handy klingelte. Lucies Name leuchtete auf. Ihre Freundin hielt sich nach wie vor im Nordwesten der Türkei auf, bei Ausgrabungen in Hisarlik, dem Troja der Antike. Kurz schoss Rabea durch den Kopf, dass Yussuf jetzt sein ganz persönliches Trojanisches Pferd auf den Speicher seines Mobiltelefons gezogen hatte. Rabea gestattete sich ein triumphierendes Lächeln. Sie hoffte, ihre List würde Yussuf genauso zum Verhängnis werden wie das trügerische Holzpferd den Trojanern. Die hatten ihre Mauern auch für unüberwindlich gehalten. »Hi, Lucie!«, meldete sie sich.

»Gott sei Dank, du bist wieder da!«, rief Lucie ekstatisch, als begrüßte sie den Messias. »Was ist mit deinem Handy los? Warum rufst du nicht zurück? Ich habe dir schon mindestens tausend Nachrichten auf der Mailbox hinterlassen.«

»Stimmt, meine Mailbox ist voll. Entschuldige, ich bin vorhin erst zur Tür rein und konnte noch nicht die neuesten Nachrichten abhören.« Rabea schmunzelte in sich hinein. Es war ja nicht so, dass sie beide keinen Kontakt gehabt hätten, während sie in den USA weilte. Lucie hatte ihr mindestens jeden Tag eine Mail oder eine WhatsApp geschrieben, um auf dem Laufenden zu bleiben, was Rabeas Liebesleben betraf.

»Ich muss dir unbedingt etwas erzählen.« Lucie legte eine feierliche Pause ein, und Rabea wusste, was ihre Freundin gleich verkünden würde.

Und richtig. »Ich habe mich unsterblich verliebt«, tönte es aus dem Telefon.

»Schon wieder?« Angesichts der Häufigkeit, mit der Lucie seit ihrer Teenagerzeit in diesen Gefühlszustand geriet, fiel es Rabea schwer, den von ihrer Freundin geforderten Enthusiasmus aufzubringen. Stattdessen erkundigte sie sich: »Hat Fonton ihn schon durchleuchtet?«

»Böse Freundin! Und nein, ich habe schließlich dazugelernt. Diesmal halte ich schön meine Klappe, bevor mir Papa wieder seinen Wachhund auf den Hals hetzt. Manchmal glaube ich, er will nur einen Schwiegersohn, damit der die Firma übernehmen kann. Nein, Fonton, dieser fiese Brite, kann mir echt gestohlen bleiben!«

»Ich verstehe, du bist auf Fonton immer noch sauer, weil er deine letzte Eroberung als verheirateten Mann mit zwei kleinen Kindern geoutet hat?« Rabea konnte ein Kichern nicht unterdrücken.

»Na ja, diesmal ist es schlimmer. Darum rufe ich an. Du musst mir helfen.«

»Was meinst du damit, es ist diesmal schlimmer? Schlimmer verliebt?« Rabea schoss ein Verdacht durch den Kopf. Lucie klang wirklich überdreht. Sogar noch mehr als sonst. »Du bist doch nicht etwa schwanger?«

»Nein, wo denkst du hin!« Lucie senkte die Stimme und verkündete dann dramatisch: »Es sind zwei. Beide sind absolut perfekt und fantastisch, und ich kann mich nicht entscheiden. Und solange ich so unsicher bin, kann und will ich auch mit keinem der beiden schlafen. Deswegen bin ich schon ganz wuschig. Prince Charming ist im Dauereinsatz, ehrlich, ich stehe kurz vor einer Plastikallergie.«

»Oh Mann, Lucie«, prustete Rabea los, »deine Probleme möchte ich haben! Wie lange geht das schon so? Und warum hast du mir nicht früher davon erzählt?«

»Du warst doch erst in Berlin und dann in Washington! Und ich wusste irgendwie nicht, wie ich das erklären sollte, wo ich doch selbst so durcheinander bin. Du bist ja auch irgendwie in einer ähnlichen Situation, mit Lukas hier und Ryan da, und überhaupt das ganze Gefühlschaos ... ich dachte, ich kriege das schon hin mit der Entscheidung, und dann stelle ich ihn dir vor.« Die ganze Erklärung schoss aus Lucie ohne Atemholen heraus.

Typisch Lucie, dachte Rabea. »Also gut, von vorne. Erst mal tief Luft holen, Lucie, atme. Und jetzt sag mir: Wann und wie genau hast du die beiden kennengelernt?«

»Den einen in Nürnberg, kurz nachdem du nach Berlin gereist bist, und den anderen gut zwei Wochen später hier in Istanbul, im Deutschen Archäologischen Institut.«

»Zwei Männer in sechs Wochen, keine schlechte Ausbeute. Was hast du überhaupt in Istanbul gemacht? Hast du nicht erzählt, du buddelst den Troja-Hügel um?«

»Eben, ich habe gleich in den ersten Tagen etwas Interessantes gefunden, ein zerbrochenes Schwert mit einem fabelhaft erhaltenen Heft, und deshalb durfte ich mit Professor Hagedorn zur genaueren Analyse nach Istanbul fliegen. Du musst unbedingt kommen, Rabea, und dir Jonathan ansehen. Er ist ein erfolgreicher Geschäftsmann und engagiert sich mit seiner Stiftung zum Erhalt von Altertümern. Er hat der Universität von Tübingen viel Geld gespendet, damit wir hier in Hisarlik weiterforschen können.«

»Herrje, wie alt ist er denn?«

»Ich sagte, er unterstützt den Erhalt von Altertümern, das bedeutet nicht, dass *er* alt ist. Er ist Anfang dreißig. Ach, er ist einfach perfekt, charmant, zuvorkommend, klug …«

»Klingt, als hättest du dich schon entschieden.«

»Ja, wenn da nicht Andrea wäre. Er ist Italiener und hat mir das Leben gerettet.«

»Wie? Er hat dir das Leben gerettet?«

»Das war beim Friseur. Jules steht ja nicht mehr zur Verfügung, also musste ich in Nürnberg gehen.«

»Aha, er ist also Friseur und hat dir das Leben gerettet? Mit was denn? Einer neuen Strähnchentechnik?«

»Ha, du nimmst mich schon wieder auf die Schippe! Nein, im Ernst, als ich den Salon verließ, hätte mich beinahe ein Auto überfahren. Ich weiß nicht, wo das so plötzlich hergekommen ist. Auf jeden Fall hat Andrea schnell reagiert und mich mit einem Ruck von der Straße gezogen. Mir war ganz schlecht danach. Er hat mich ins nächste Lokal geschleppt und mir einen Schnaps eingeflößt. So hat es angefangen.« Lucie stieß einen Seufzer aus. »Er ist Witwer und hat eine kleine Tochter. Wir waren schon zusammen Eis essen. Er ist ein ganz wunderbarer Vater. Du solltest sehen, wie er mit der Kleinen umgeht.«

»Aha, du hast also die Wahl zwischen einem sozial engagierten, reichen Wohltäter und einem lebensrettenden Witwer mit Kind und hohem Mitleidsfaktor. Da kann ich dir nur raten, wirf eine Münze.«

»Nein, du bist meine Münze. Vorschlag: Ich bin gerade in Nürnberg angekommen und habe einige Tage frei. Mein Professor ist mal wieder in Sachen Geld eintreiben unterwegs, soll er ruhig allein machen. Übermorgen, also Samstag, treffe ich mich mit Andrea zum Abendessen. Bitte, du musst unbedingt hierherkommen und ihn kennenlernen. Ich brauche dich, Rabea, es geht um mein Glück. Ich musste fast zwei Jahre ohne dich auskommen. Lass mich nicht im Stich, bitteeee …« Listig fügte Lucie noch hinzu: »Ich habe dir auch schon einen Flug für morgen Abend rausgesucht. Das Ticket kostet keine hundert Euro. Außerdem kannst du gleich auch deinen Großvater besuchen. Was sagst du?«

»Also gut, überredet. Ich komme«, gab Rabea für ihre Verhältnisse schnell nach.

Lucies unbeschwerte Art war das richtige Gegengewicht für die neuen Sorgen in ihrem Leben. Hobbit würde sie einfach mitnehmen.

## Kapitel 5

### *Zürich/Herrliberg/Schweiz*

Mit halsbrecherischem Tempo raste Jules auf einer schwarzen BMW 1200 über die A3 von Vaduz kommend in Richtung Zürich.

Seit dem Tag, an dem er von Beirut nach München übergesiedelt war, hatte er sich für den Tag gerüstet, an dem er sich Yussuf würde stellen müssen. Jahrelang hatte er getrickst und sich zwischen mehreren Fronten bewegt, hatte mit hohlen Informationen jongliert, die er von der einen Seite erhielt und an die andere weitergab, und sich so immer wieder durchlavieren können.

Im Nachhinein wunderte es ihn, dass er so lange hatte durchhalten können. Ihm war bewusst, dass es ohne die zunehmend instabile Lage im Mittleren Osten und zuvor dem Arabischen Frühling, der die Machtverhältnisse teilweise verschoben hatte, nicht möglich gewesen wäre. Der Arabische Frühling war verblüht, und die meisten seiner alten Gegner waren im Laufe der Zeit auf der Strecke geblieben. Auch seinen früheren Geheimdienst gab es in seiner ursprünglichen Struktur nicht mehr. Die alte Garde war hinweggefegt worden, nur wenige hatten überlebt, leider auch Yussuf.

Die Auseinandersetzung mit seinem ehemaligen Weggefährten beim libanesischen Geheimdienst DSGS war längst überfällig gewesen. Tatsächlich hatte er selbst den Funken gezündet, indem er Rabea vor zwei Jahren in Sicherheit gebracht hatte. Seine Freundin hatte Yussufs Geschäfte empfindlich gestört, und nach dessen Meinung trug sie auch die Schuld am

Tod von Malik in Tanger. Yussuf sann auf Rache. Malik war sein Cousin gewesen. Rabeas Rückkehr ins Leben hatte den Stein endgültig ins Rollen gebracht. Seine Freundin war nur so lange vor Yussuf sicher, solange er, Jules, lebte und Yussuf nicht genau wusste, was Jules gegen ihn in der Hand hatte.

Aber er war vorbereitet auf die – wie er hoffte – letzte Konfrontation mit Yussuf. Er hatte einen Plan, indem er eine Kettenreaktion auslösen würde. Die Syrer und Iraner waren nicht gefährlich. Mit ihnen hatte er längst seine Vereinbarungen getroffen. Er hatte sich nur deshalb mit ihnen sehen lassen, um Yussuf aus der Deckung zu locken.

Jules' Gedanken kehrten unwillkürlich zu seiner ersten Begegnung mit Yussuf zurück. Sie war bald fünfundzwanzig Jahre her. Er selbst war damals noch keine sechzehn gewesen. Sein Vater, ein französischstämmiger Tuchhändler, war gerade gestorben. Der hatte seinen einzigen Sohn mit Gewalt in das väterliche Stoffgeschäft pressen wollen. Aber Jules fand diese Art der Arbeit einfach nur öde, er träumte von Abenteuern, obwohl er von seinem Vater das Talent zum Zeichnen geerbt hatte. Anstatt Stoffdesigns zu entwerfen, fälschte Jules bald Geldscheine und Papiere.

Yussuf, damals schon ein hohes Tier bei der DSGS, war auf ihn aufmerksam geworden, als er jemanden mit von Jules' gefälschten Papieren in die Fänge bekam. Jules hatte keine Wahl, entweder er arbeitete von nun an für Yussuf oder er wanderte ins Gefängnis. Yussuf war nicht nur jemand, der zur damaligen Zeit alles an krummen Geschäften tätigte, was machbar war, er wurde außerdem Jules' Ausbilder beim DSGS. Deshalb kannte er Yussuf so gut. Und Yussuf ihn. Als sich der Libanon immer weiter spaltete, musste Yussuf gar nicht erst die Seiten wechseln. Er hatte sich längst nach allen Seiten hin abgesichert und seine Geschäfte ausgedehnt. Dabei machte es für ihn keinen Unterschied, ob seine Partner Muslime, Christen oder Juden waren, Hauptsache, die Währung stimmte. Die Grenzen zwischen Legalität und Illegalität hatten für ihn so oder so nie existiert. Mit seinem weitverzweigten Netzwerk mischte Yussuf im Drogen-, Waffen- und Menschenschmuggel mit und betrieb Geldwäsche im großen Stil, überwiegend in Europa. Nach wie vor war auch der Handel mit Informationen eine seiner Einnahmequellen, der Nährboden dafür war der internationale Terrorismus, den er förderte, wo er nur konnte. Selbst wenn das Ziel Libanon hieß … Seit der Terrorismus nach dem 11. September 2001 so richtig prosperierte, florierten auch Yussufs Geschäfte. Es war ihm dabei aber nie um den Islam gegangen, ihm ging es immer nur um das Geschäft. Trotzdem zählten für Yussuf, wie für jeden Muselman, seine Ehre und das Ansehen, das er bei seinen Leuten und seinem weitverzweigten Familienclan genoss, mehr als sein eigenes Leben.

Das war seine Schwachstelle, und darauf baute Jules' Plan auf. In den letzten Jahren war Yussuf zu gierig geworden und hatte sich mit zwei in seiner Welt als größte Feinde geltenden Parteien eingelassen. Das würde ihm zum Verhängnis werden. Jules hatte schon öfter mit dem Gedanken gespielt, Yussuf einfach zu töten. Doch es gab einen besseren Weg, ihn loszuwerden. Jules kannte die Wahrheit über ihn, wusste von Taten, von denen Yussuf nicht zulassen konnte, das sie jemals an die Öffentlichkeit gelangten. Im Gegensatz zu ihrem Vater waren seine Söhne fromme Diener Allahs. Das war Jules' Versicherung. Er musste nur dafür sorgen, dass gewisse Informationen in die richtigen Hände gerieten. Yussufs eigene Leute würden ihn richten, und er wäre frei – nach fünfundzwanzig Jahren. Aber dazu musste Jules erst die kompletten Beweise an sich bringen, die er sicher versteckt hatte. Gleichzeitig musste er die Amerikaner im Auge behalten, um ihnen nicht in die Quere zu kommen. Denn ein Teil der Beweise gegen Yussuf sähe auch die CIA ungern in den falschen Händen, und dann würde die Jagd von vorn beginnen. Es kam auf die richtige Dosierung an, damit die geplante Kettenreaktion nicht außer Kontrolle geriet.

*Doch was wäre das Leben ohne ein wenig Risiko?* Jules grinste in sich hinein. *Eines nach dem anderen …*

Er konzentrierte sich nun auf seinen Plan und ging ihn in Gedanken nochmals durch. Er hatte Schließfächer in mehreren europäischen Städten unter falscher Identität angemietet. Es galt, so viele falsche Spuren wie möglich zu legen, um von seinem eigentlichen Ziel am Tag X abzulenken. Der Inhalt in allen Verstecken war derselbe: Bargeld, falsche Ausweise, Dokumente und Protokolle über geheimdienstliche Aktivitäten. Er hatte die Verstecke im Laufe der Zeit sporadisch aufgesucht, zwar stets unter den gebotenen Sicherheitsmaßnahmen, aber doch so, dass Yussuf zumindest über einige im Bilde sein musste – falls der seinen Job richtig gemacht hatte. Die Verstecke waren der Köder für Yussuf. Jules wollte, dass möglichst viele seiner Leute mit der Observierung dieser Banken beschäftigt wären. Aus diesem Grund hatte sich Jules auch mehrere Wochen in seinem Versteck verschanzt und nicht vom Fleck gerührt. Niemand hielt eine wochenlange Observierung durch, ohne in seiner Aufmerksamkeit nachzulassen.

Sein erstes Reiseziel, Zürich, kam in Sicht. Im Grunde empfand er sogar Spaß an dem selbst inszenierten Katz-und-Maus-spiel. Und wenn am Ende Yussuf auf der Strecke blieb …

Tags darauf überprüfte Jules sein Aussehen im Spiegel einer Pension in Herrliberg. Der beschauliche Ort lag ungefähr zwölf Kilometer südlich von Zürich am Ufer des gleichnamigen Sees.

Seine Papiere wiesen ihn als Schweizer Staatsbürger Siegbert Suter aus – dementsprechend war er vor seiner Anreise in dessen Haut geschlüpft. Das bedeutete blond gefärbte Haare, Wimpern und Augenbrauen sowie blassblaue Kontaktlinsen. Seine Schneidezähne hatte er wegen einer kleinen Lücke, seinem charakteristischen Erkennungsmerkmal, mit Keramik-Veneers überklebt. Gekleidet war er in eine schwarze Motorradkluft, die über einem falschem Bauch spannte, dazu derbe Stiefel mit Spezialeinlagen, die ihm einige Zentimeter Körpergröße dazumogelten.

Jules verließ die Pension, stieg auf seine BMW und fuhr auf Nebenstraßen in Richtung Zürich. Sein Ziel war die Schweizer Kantonalbank in der Bahnhofstrasse, die an die Börsenstrasse grenzte. Gegenüber der Bank hatte er schon vor Monaten eine Wohnung angemietet und ein Jahr im Voraus bezahlt. Vom Wohnzimmer aus hatte er eine optimale Sicht auf Eingang und Umgebung der Bank. Es war kurz vor neun. In wenigen Minuten würde sie ihre Tore für den Publikumsverkehr öffnen.

Jules würde die Bank mehrere Tage lang im Blick behalten, um unliebsamen Überraschungen vorzubeugen. Er hatte nicht vor, Yussufs Leuten direkt in die Arme zu laufen. Falls noch jemand die Bank observierte, wäre er bald darüber im Bilde. Dann wäre das Eisen zu heiß und er musste zu Plan B übergehen. Die erste Stunde verging, und Jules registrierte nichts Auffälliges. Keine wiederkehrenden Spaziergänger oder Fahrzeuge.

Kurz nach zehn Uhr erlebte er jedoch eine saftige Überraschung: Eine vertraute Gestalt schob sich in sein Sichtfeld. Im ersten Moment glaubte er, einer Halluzination zu erliegen. Jules war selten verblüfft. Jetzt war er es. Er sah, wie Magali auf die Bank zusteuerte und unmittelbar vor dem Eingang innehielt. Ein älterer Mann mit Trachtenhut und Spazierstock näherte sich ihr von der anderen Seite und wollte der jungen Frau den Vortritt lassen. Jules sah, wie Magali den Kopf schüttelte und sich beinahe brüsk abwandte. Statt die Bank zu betreten, folgte sie der Straße in Richtung Bürkliplatz und steuerte auf eine erhöhte, von einer Balustrade umgebene Parkanlage zu, die den Zürichsee überblickte. Sie stieg die wenigen Stufen hinauf und setzte sich auf eine freie Bank.

Jules war in den nächsten Raum geeilt. Vom dortigen Fenster beobachtete er Magali mit dem Fernglas. Sie saß reglos da, die Handtasche auf dem Schoß an sich gepresst.

Mehrmals eilte Jules zwischen den Zimmern her. Er hatte nun zwei Objekte zu observieren. Magali und die Bank. Magalis Auftauchen in Zürich beschäftigte ihn. Ihr merkwürdiges Verhalten sowieso. Was wollte sie hier? Falls sich jemand von Yussufs Leuten hier blicken ließ, würde ihnen Lukas' Frau geradewegs in die Arme laufen! Zweifellos würden sie annehmen, dass sie in seinem Auftrag handelte. Was sollte er tun? Sie kontaktieren und auf einen bloßen Verdacht hin warnen? Jules beschloss, sich vorerst auf das weitere Beobachten zu beschränken. Bei Gefahr in Verzug konnte er noch immer eingreifen.

Nach einer Viertelstunde erhob sich Magali und schlug erneut den Weg zur Bank ein. Je näher sie ihr kam, umso mehr beschleunigten sich ihre Schritte. Im nunmehr zweiten Anlauf verschwand sie im Inneren des Gebäudes.

In diesem Augenblick entdeckte Jules den schwarzen BMW, der vom Bürkliplatz aus startete, langsam an der Zürcher Kantonalbank vorbeifuhr und sich in der Bahnhofstrasse in eine Parklücke schob, kaum achtzig Meter vom Eingang der Bank entfernt. Jules runzelte die Stirn. Die Scheiben des Wagens waren getönt, daher konnte er nicht erkennen, wer darin saß. Dass niemand das Fahrzeug verließ, war für Jules Indiz genug, dass der Wagen tatsächlich Magali gefolgt sein musste. *Merde!*

## Kapitel 6

Im letzten Moment hatte Magali Angst vor der eigenen Courage bekommen.

Als der ältere Herr ihr so freundlich die Tür der Kantonalbank aufgehalten hatte, hatte sie eine jähe Panik ergriffen. Plötzlich hatte sie sich gefragt, was zum Teufel sie eigentlich hier tat? Doch anstatt sich sofort in ihr Auto zu setzen und nach Hause zu fahren, hatte sie die Richtung zum Zürichsee eingeschlagen. Nicht einen Blick hatte Magali für das malerische Panorama des Sees übrig, dessen Oberfläche in der Sonne glitzerte, als bestünde er aus Millionen von Diamanten. Ihre Hände hielten ihre Tasche krampfhaft umklammert, während zwei Stimmen in ihrem Kopf um das Sagen stritten.

Die eine gehörte dem kleinen Engel des reinen Gewissens. Er forderte sie auf, sofort von ihrem Vorhaben abzulassen und heimzufahren. Das Vertrauen ihres Mannes stünde auf dem Spiel! Die andere Stimme gehörte dem kleinen Teufel der Neugierde, der ihr zuflüsterte, dass sie ja sowieso schon hier wäre und das Geheimnis des Schließfachs zum Greifen nahe sei. Was gäbe es also zu verlieren? Am Ende hätte sie immer noch die Wahl: das zu tun, was ihre Mutter von ihr wollte – oder es eben nicht zu tun. Wer nicht wagt, hat schon verloren! Wenn sie das Schließfach öffnete, könne sie nur gewinnen. Falls es Beweise enthielte, die Lukas' Arbeit für die Kommission erleichtern und diese schneller zum Abschluss bringen würde, könnte er früher nach Hause zurückkehren. Wies das Schließfach nichts dergleichen auf, dann könnte sie die Angelegenheit endgültig ad acta legen und den Schlüssel an Ort und Stelle in den See werfen. Damit sie niemals wieder in Versuchung geriete. Entweder – oder …

Magali rang eine Viertelstunde mit sich. Wenn sie sich nicht bald entschied, würde sie zu spät die Heimreise antreten und ihren Lügen eine weitere hinzufügen müssen. Sie erhob sich und ging zurück zur Bank. Der kleine Teufel rieb sich zufrieden die Hände.

Dieses Mal gab es kein Zögern. Sie trat durch die Tür und steuerte sofort auf einen leeren Schalter zu, hinter dem eine gepflegte ältere Dame saß. Magali brachte ihr Anliegen vor und zeigte ihr den Schließfachschlüssel. Dabei hoffte sie inständig, dass der Schlüssel als Legitimierung ausreichte, und unterließ es absichtlich, ihren Namen zu nennen. Je weniger Spuren sie hinterließ, umso besser. Die Angestellte sah sie aufmerksam an, stellte jedoch keine Fragen, sondern nahm den Hörer auf und telefonierte kurz.

Kaum zwei Minuten später querte ein Mann in einem dunklen Anzug die weitläufige Halle und stellte sich Magali als Friedrich Büttikofer, stellvertretender Bankdirektor, *zu Ihren Diensten*, vor. Er bat Magali, ihm zu folgen, dabei winkte er einem der beiden anwesenden Security-Männer zu, der ihnen in kurzem Abstand folgte. Über eine Treppe ging es hinab in einen großen, schlecht ausgeleuchteten Vorraum. Dort wandte sich Herr Büttikofer Magali zu. »Wir waren sehr betrübt, als wir die furchtbare Todesnachricht erhalten haben, Frau von Stetten. Im Namen des gesamten Vorstands der Zürcher Kantonalbank darf ich Ihnen zum Verlust Ihrer Mutter unser Beileid aussprechen. Sie war eine große Frau.«

Magali erschrak bei seinen Worten und kam sich gleichzeitig schrecklich naiv vor. Natürlich war ihre Mutter auch eine gute Kundin *dieser* Bank gewesen. Da ihr jede Erfahrung über die Modalitäten bei der Öffnung von Schließfächern abging, war sie, seit sie die Dame am Empfang nicht nach ihrem Namen gefragt hatte, davon ausgegangen, dass tatsächlich alles anonym ablaufen würde – so wie sie es kürzlich in irgendeinem Film gesehen hatte. So viel dazu, keinerlei Spuren zu hinterlassen. Magali hatte das Gefühl, nicht mehr richtig Luft zu bekommen – als hätte sich ein Strick um ihren Hals gelegt, der sich mit jeder weiteren Lüge fester zuzog.

Herr Büttikofer zog einen Schlüsselbund aus seiner rechten Hosentasche und sagte: »Hier entlang, bitte.« Mit einem der Schlüssel öffnete er ein vergittertes Tor. Sie gingen hindurch und standen als Nächstes vor einer massiven Stahltür. Herr Büttikofer verdeckte Magali die Sicht und gab einen sechsstelligen Pincode ein. Die Diode sprang von Rot auf Grün, mit einem Klick löste sich der Mechanismus der Tür, und Herr Büttikofer drückte sie auf.

Er und Magali traten ein, während sich der Security-Mann vor der offenen Tür aufbaute. Sie befanden sich jetzt im eigentlichen Schließfachraum, der zu beiden Seiten mit Hunderten von Stahlfächern bestückt war. In der Mitte standen mehrere Tische, durch hohe Sichtschutzwände voneinander getrennt und einzeln bestuhlt. Auch diesen Raum durchquerte Magalis Begleiter. Am Ende befand sich eine weitere, weniger imposante Tür, die ebenfalls durch einen Zahlencode geschützt war. Herr Büttikofer öffnete auch diese. Der Raum dahinter war im Gegensatz zu dem davor sehr viel kleiner, dafür um einiges komfortabler ausgestattet. Auf dem Boden verschluckte ein dicker roter Teppich ihre Schritte, an der Decke hing ein kleiner Kristallleuchter, und der Tisch und die beiden Stühle waren Antiquitäten aus poliertem Mahagoni. An der gegenüberliegenden Wand befand sich ein barocker Schrank. Die opulente Ausstattung stand in einem herben Kontrast zu dem fensterlosen, bunkerartigen Raum, und sie verstärkte Magalis Eindruck, sich in eine Surrealität verirrt zu haben, in der sie nichts zu suchen hatte.

»Dieser Bereich ist allein für unsere exklusiven Kunden gedacht. Möchten Sie etwas trinken, während Sie Ihr Fach sichten?«

Herr Büttikofer war auf den Schrank zugetreten, öffnete ihn und offenbarte Magali dessen Innenleben: eine gut bestückte Bar. Magali schüttelte den Kopf. Sie brannte jetzt darauf, das Schließfach zu sichten, und konnte ihre Ungeduld nur mühsam verbergen. Herr Büttikofer war die Ruhe selbst. Er zückte einen weiteren Schlüsselbund, suchte umständlich den richtigen Schlüssel heraus, sagte: »Kommen Sie, Frau von Stetten«, und ging ihr voran in den Schließfachraum zurück. Mit ihren beiden Schlüsseln öffneten sie gemeinsam das Schließfach. Herr Büttikofer wandte sich sofort diskret ab, meinte freundlich, dass sie auf den Knopf neben der Tür drücken solle, wenn sie fertig wäre, er käme sie dann abholen, und verließ den Raum.

Magali vergewisserte sich, ob sie wirklich allein war, dann erst zog sie das längliche Stahlfach heraus und trug es nach nebenan in den Raum für exklusive Kunden. Hatte es ihr eben nicht schnell genug gehen können, überfiel sie nun erneut die Angst vor dem Unbekannten. Was würde sie entdecken? Lautlos zitierte sie die Botschaft ihrer Mutter, die dem Schlüssel beigelegen hatte:

*»Ich überlasse Dir den Schlüssel zur Büchse der Pandora, Lucia. Denn Du bist das Licht, in der die Kirche verbrennen wird. Führe unseren Kampf fort!«*

Zu spät erfasste sie, wie gut ihre Mutter sie, Magali alias Lucia, gekannt hatte. Sie hatte damit gerechnet, dass ihre Tochter dieser Botschaft nicht würde widerstehen können. Wie oft hatte ihre Mutter ihr als Kind das Mantra vorgebetet, dass sie, Lucia, auserwählt sei, gemeinsam mit ihr das Licht der katholischen Staatskirche zum Erlöschen zu bringen? Und hier stand sie nun und ließ sich von ihrer Mutter sogar über deren Tod hinaus manipulieren.

Sie hatte Lukas belogen, um nach Zürich zu fahren. Lüge türmte sich auf Lüge, und irgendwann würde ihr Lügengebäude einstürzen und sie unter sich begraben. Magali verstand in diesem Augenblick selbst nicht mehr, wie sie es so weit hatte kommen lassen können. Warum hatte sie das Spiel ihrer Mutter nicht durchschaut? Wie früher ging sie ihr in die Falle, hatte sich von ihr subtil dorthin manövrieren lassen, wo sie sie haben wollte. Nach Zürich.

Ein leichter Schwindel erfasste Magali. Sie musste sich setzen. *Noch ist es nicht zu spät,* flüsterte ihr Gewissen. Sie konnte die Box zurückstellen, Herrn Büttikofer rufen und die Bank unverrichteter Dinge verlassen. *Nein, das kannst du nicht – jetzt nicht mehr!,* zischte der Teufel in ihrem Kopf. *Es ist zu spät, um umzukehren! Alles, was man bereut, sind die verpassten Gelegenheiten.* Magali nickte unmerklich. Es gab kein Zurück. Dieser Tag würde sonst ewig an ihr zerren. Sie war bis zu diesem Punkt gelangt, und nun würde sie sich Gewissheit verschaffen. Entschlossen wandte sie sich der Kassette zu und hob den Deckel an.

Obenauf stach ihr sofort ein Umschlag ins Auge, auf dem *Für meine Tochter* stand. *Typisch Mutter, diese nüchterne Anrede zu wählen.* Magali kämpfte den Widerwillen nieder, ihn zu lesen. Sicher enthielt er die üblichen Ermahnungen und Instruktionen, mit denen ihre Mutter sie zeitlebens üppig bedacht hatte. Aber natürlich musste sie ihn lesen. Sie öffnete ihn.

*Magali, wenn Du diese Zeilen liest, bin ich tot. Unsere letzten Jahre waren schwierig, Du hast mich ohne ein Wort verlassen. Trotzdem sind wir Mutter und Tochter und haben fast fünfzehn Jahre auf derselben Seite gekämpft. Ich habe Dich nie belogen, Du hast immer gewusst, dass sowohl ich als auch Du die Frucht einer Vergewaltigung durch denselben Priester sind. Du hast mir in Barcelona vorgeworfen, ich wäre eine harte Frau. Aber Du hast nicht erlebt, was ich und meine Mutter all die Jahre durchgemacht haben, Du hast nicht erlebt, was uns hart gemacht hat. Aber es gab eine Zeit, in der Du mich verstanden hast, eine Zeit, in der Du Rache für Deine Großmutter und mich geschworen hast. Ich kann meine Rache nicht mehr vollenden. Das musst jetzt Du für uns beide tun. Ich bitte Dich nicht darum, ich weiß, Du wirst die richtige Entscheidung treffen. Denn sonst würdest Du jetzt nicht meinen Brief lesen. Erinnerst Du Dich an die Telefonnummer von Q, die ich Dir schon als Kind eingeschärft habe? Ruf sie an. Übergib Q die Unterlagen aus diesem Schließfach. Er weiß, was damit zu tun ist. Leb wohl, meine Tochter.*

*Deine Mutter Carlotta*

Magali schleuderte den Brief von sich, als wäre er plötzlich in Flammen aufgegangen. Unruhig lief sie einige Schritte in dem Raum umher. *Was hast du denn erwartet?*, fragte eine leise Stimme in ihrem Kopf, von der sie im Moment nicht wusste, ob sie dem Engel oder dem Teufel gehörte. Sie musste sich eingestehen, dass sie genau das vorgefunden hatte, was sie befürchtet und warum sie Lukas belogen hatte: eine letzte Intrige ihrer Mutter. Womit sie allerdings nicht gerechnet hatte, war, dass plötzlich die Erinnerung an Q zurück war. Es war Jahre her, als sie zuletzt an ihn gedacht hatte. Sie hatte ihn gern gemocht. Alle paar Wochen war er bei ihrer Mutter aufgetaucht, und dabei hatte er ihr nicht nur Süßigkeiten mitgebracht, sondern immer auch ein raffiniertes Spielzeug, das er allein für sie angefertigt hatte. Mit sechs besaß sie eine Puppe, deren Stimme klang wie ihre, mit zwölf ein pinkfarbenes Fahrrad, dem man einen batteriebetriebenen Motor zuschalten konnte, mit siebzehn hatte er ihr den vermutlich leichtesten Laptop der Welt präsentiert. Er nannte sich selbst Q – wie der Techniktüftler der *James-Bond*-Filme. Aber das war ihr erst viel später aufgefallen. Sie hatte sich nie für solche Filme interessiert. Ihre Mutter hatte Q als *ihr Genie* bezeichnet. Für Magali war er ein netter Mann gewesen, der ihre Mutter sehr verehrt hatte und ihr treu gefolgt war wie ein Hund seiner Herrin.

Was wohl aus ihm geworden war? Sie musste ihn nur anrufen, um es herauszufinden. Tatsächlich war seine Telefonnummer sofort aus den Tiefen ihres Bewusstseins aufgetaucht. Sie hatte nie darüber nachgedacht, dass auch Q in die Machenschaften ihrer Mutter verwickelt sein könnte. Was mochten das für Unterlagen sein, die sie ihm geben sollte? Sie mussten sich unter den Samtsäckchen verbergen, die die komplette Oberfläche des Behälters bedeckten.

Magali nahm eines davon in die Hand. Vermutlich waren darin Diamanten aus den Minen ihres früh verstorbenen Stiefvaters Jaap Leysieffer. Sie zog das Band auf und fand ihre Vermutung bestätigt. Unvermittelt blitzte eine Erinnerung in ihr auf, an einen Tag vor mehr als zwanzig Jahren. Ob *er* sich darunter befand?, fragte sie sich. Sie befühlte die Säckchen, und tatsächlich, eines schien nur einen einzigen großen Stein zu enthalten. Ihre Finger zitterten ein wenig, als sie die Verschnürung löste. Da war er: der *Lucia-Diamant*. Laut ihrem Stiefvater mit knapp viertausend Karat der vermutlich größte je gefundene Diamant der Welt.

Ihr Stiefvater hatte ihn damals für sie aus seinem Tresor geholt, zusammen mit einigen anderen. Sie erinnerte sich gut daran, wie die Diamanten im Tageslicht in den herrlichsten Farben geschillert hatten. Den ganzen Nachmittag hatte sie auf dem Teppich zu seinen Füßen mit den kostbaren Steinen gespielt, während Jaap Leysieffer zwischenzeitlich am Telefon seinen Geschäften nachging.

Sie war damals vielleicht sieben gewesen und wohnte erst seit ein paar Monaten bei ihrer Mutter und ihrem Stiefvater. Fasziniert hatte sie den rosa Diamanten gegen das Licht gehalten und sein sprühendes Feuer bewundert. Der Diamant war auf geheimnisvolle Weise lebendig, das hatte sie bereits bei der ersten Berührung gespürt. Es war, als verschlösse er in seinem Inneren eine verborgene Welt voller winziger fantastischer Wesen, die mit ihr flüsterten und ihre Geheimnisse mit ihr teilten, so wie die Meeresmuscheln mit ihr sprachen, die sie gerne an ihr Ohr hielt. Ihr Stiefvater hatte ihr von der Geschichte seines Fundes erzählt, am Tag des schlimmen Minenunglücks, bei dem viele Arbeiter ihr Leben verloren und er selbst so schwer verletzt wurde, dass er seitdem an den Rollstuhl gefesselt war. An jenem Tag hatte der junge Jaap Leysieffer den rosa Diamanten in der Hand gehalten, all die langen Stunden, in denen er verschüttet gewesen war. Denn er habe gewusst, dass er, wenn er ihn nicht losließe, überleben würde. »Spürst du es, kleine Lucia?«, fragte er sie an jenem Nachmittag und schloss ihre kleine Hand um den Stein. »Er ist etwas ganz Besonderes. Der Stein hat mich beschützt, und er wird auch dich beschützen. Er war mein Licht in der Dunkelheit. Ich schenke ihn dir. Er heißt wie du: der Lucia-Diamant. Aber verrate es niemandem! Es ist unser kleines Geheimnis, ja?« Magali erinnerte sich, wie er sie dabei angelächelt und ihr über ihren Kopf gestrichen hatte. Es war einer der seltenen Momente, in denen sie mit ihm allein gewesen war. Die meiste Zeit hatte er sich auf Reisen befunden.

Magali folgte einem spontanen Impuls und steckte den Stein in ihre Hosentasche. Von nun an würde der Diamant ihr Glücksbringer sein. Kein Mensch würde glauben, dass ein Stein dieser Größe überhaupt echt sei. Jahre später hatte sie ihren Stiefvater gefragt, warum er seinen schönsten Fund in einem Tresor aufbewahre, und seine Erklärung hatte sie berührt.

*»Er war mein Licht im dunkelsten Moment meines Lebens. Einen Freund verkauft man nicht. Man schenkt ihn dem Menschen, den man am meisten von allen Menschen liebt.«*

Wenige Wochen darauf war ihr Stiefvater tot, gestorben bei einem Autounfall, bei dem auch sein Fahrer und sein Leibwächter umgekommen waren. Er hätte den Stein nicht an sie verschenken dürfen …

Magali stemmte sich gegen die Tränen, die in ihren Augen brannten. Heute schien definitiv ein Tag der Erinnerungen zu sein, erst Q und jetzt ihr Stiefvater. Ihr war nie bewusst gewesen, wie einsam ihr Stiefvater in seiner Beziehung mit ihrer Mutter gewesen war. Entschlossen wischte sie ihre Tränen fort und wandte sich wieder ihrem eigentlichen Vorhaben zu.

Sie holte die zahlreichen Schmucksäckchen und eine Lage gebündelter Geldscheine aus der Kassette und legte sie auf den Tisch. Es folgte ein circa 30 Zentimeter langer Lederbehälter, der streng nach Ziegenhaut roch, und mehrere zusammengefaltete Blaupausen, wie Architekten sie verwandten, sowie ein verschnürtes festes Stoffbündel. Das Gewebe fühlte sich merkwürdig kühl an und war vorne durch Druckknöpfe verschlossen. Sie löste sie und schlug den Stoff zurück. Darunter kamen Dokumente zum Vorschein, jedes einzelne sorgfältig geschützt durch Plastikhüllen und mit roten Aufklebern versehen, auf denen Nummern standen. An das oberste war ein Foto geheftet. Magali stutzte beim Anblick der beiden Männer. Einer davon war Lukas' Vater, Heinrich von Stetten! Der andere, ein südländisch wirkender Mann, war ihr unbekannt. Die beiden Männer lachten in die Kamera, schüttelten sich die Hände. Es war ein sympathisch wirkendes Foto, und trotzdem jagte es Magali einen eisigen Schauer über den Rücken. Sie konnte nicht sagen, was sie an der Aufnahme so verstörte. War es der Umstand, dass sie es hier, an diesem Ort, fand? Aus welchem Grund sollte ihre Mutter ein Foto ihres Schwiegervaters in ihrem Schließfach aufbewahren? War es wegen des anderen Mannes? Sie legte es mit der Rückseite nach oben auf den Stapel Geldscheine. Es war albern, aber auf irrationale Weise fühlte sie sich von ihrem Schwiegervater ertappt. Sie begutachtete nun die Dokumente. Ein Teil davon war alt und aus Pergament, andere waren jüngeren Datums, einige sahen sehr offiziell aus, versehen mit roten Siegeln und Stempeln. Eine Plastikhülle schützte mehrere vergilbte Artikel eines Nikola Tesla, erschienen im *Century Magazine*. Sie stieß auch auf einen Stapel Patente, von denen einige auf den Verfasser der Artikel ausgestellt waren, aber auch auf weitere jüngeren Datums, mit verschiedenen Namen. Vermutlich waren es Originale, die ihre Mutter für ihre Geschäfte aufgekauft hatte. Sie schob sie beiseite. Ein dicker Aktendeckel, mit dem Wort *Dossier* beschriftet, zog nun ihre ganze Aufmerksamkeit auf sich. Auf der Innenseite klebte eine Micro-SD-Speicherkarte, klein wie ihr Fingernagel. Magalis Puls beschleunigte sich. Sie hatte gefunden, warum sie hierhergekommen war: *die Büchse der Pandora* – das Bündel Pfeilspitzen, das ihre Mutter ins Herz der Kirche hatte jagen wollen. Eine Micro-SD, mehr brauchte es nicht. Gebannt starrte sie darauf, als der Wachmann draußen nieste. Sie zuckte zusammen, riss die Karte samt Klebestreifen ab und stopfte sie in die vordere Tasche ihrer Jeans. Sie blätterte kurz durch das Dossier. Es war eine durchnummerierte Katalogisierung der vorgefundenen Dokumente: Datum des Erwerbs, Kurzinhalt, Urheber, Querverweise. Natürlich, ihre Mutter war Wissenschaftlerin, akribisch, wenn es um ihre Dokumente ging. Die Nummern auf den Dokumenten nahmen Bezug darauf. Im Anhang befand sich noch eine Ansammlung Blätter, bei denen es sich um Bankunterlagen zu handeln schien, darunter in Sprachen, von denen sie nur annehmen konnte, dass es Arabisch und Chinesisch war. Flüchtig fiel ihr auch der Schriftkopf der Vatikanbank auf. Einem Impuls gehorchend, zog sie ihr Smartphone hervor und fotografierte die ersten Seiten des Dossiers und den Kontoauszug der Vatikanbank hastig ab, und nach kurzem Zögern auch einige Patente von Nikola Tesla. Der Name hatte in ihr eine dumpfe Erinnerung an einen Streit zwischen ihrer Mutter und Q geweckt, in der es um diesen Tesla gegangen war. Der Inhalt war für sie nicht mehr greifbar, dafür war es zu lange her, aber vielleicht fiel es ihr später noch ein.

Die Lederrolle und die vergilbten Dokumente stufte sie als nicht relevant ein. Für die Ethik-Kommission würden alte Kirchengeheimnisse weniger von Interesse sein, da sich laut Lukas die Untersuchungen auf gegenwärtige Machenschaften konzentrieren würden. Sie schob die älteren Dokumente zusammen, um sie zurück in die Box zu legen, als ein Dokument aus einem Umschlag rutschte. Sie erkannte die Insignien des roten Siegels – auf dem Schreibtisch ihrer Mutter hatte sie mehrmals ähnliche Schriftstücke gesehen. Noch einmal erlag sie einem Impuls und fotografierte die Seite. Danach brachte sie die Kassette zurück und verschloss das Schließfach. Sie war froh, diesen Ort verlassen zu können. Er hatte ihr seit dem Betreten ein unheimliches Gefühl eingeflößt, als verberge sich in seinen Schatten der Geist ihrer Mutter und sähe ihr über die Schulter. Sie drückte den Knopf neben der Tür des Tresorraums.

Herr Büttikofer erschien fast sofort. Während er das Fach mit seinem Zweitschlüssel endgültig verschloss, erkundigte er sich, ob alles zu ihrer Zufriedenheit gewesen wäre, und lud Magali auf einen Kaffee in sein Büro ein.

Doch die junge Frau drängte es jetzt nach Hause.

Seit er den schwarzen BMW das erste Mal entdeckt hatte, stand für Jules fest, dass er sich einmischen würde. Gleich nachdem Magali in der Bank verschwunden war, machte er sich auf, sich die Insassen des Wagens näher anzusehen. Er kannte einige von Yussufs Handlangern. Allerdings, fand er, wäre ein wenig Ablenkung hierbei hilfreich. Er wählte kurz entschlossen und anonym den Schweizer Polizeinotruf und meldete ein verdächtiges schwarzes Fahrzeug der Marke BMW vor der Zürcher Kantonalbank. Bevor er die Wohnung verließ, steckte er seine Waffe ein und entnahm einem kleinen Ledertui einen Peilsender. Als er vor die Tür trat, registrierte er den Security-Mann, der, das Funkgerät im Anschlag, am Ausgang der Bank erschienen war und die Straße zu beiden Seiten absuchte. Gut, dachte Jules. Die Polizei hatte das Sicherheitsprotokoll ausgelöst und die Bank verständigt. Hoffentlich hatten sie auch einen Streifenwagen losgeschickt und warteten nicht erst den Bericht ab!

Der Wachmann hatte das gemeldete Fahrzeug entdeckt und

näherte sich ihm vorsichtig, die Hand hatte er dabei demonstrativ auf dem Waffenholster. Noch bevor er den Wagen ganz erreicht hatte, stieß dieser jäh aus der Parklücke, fuhr um die Ecke und entschwand aus dem Sichtfeld. Jules verfolgte, wie der Wachmann in sein Funkgerät sprach. Offenbar erhielt er die Anweisung, seinen Posten nicht zu verlassen. Weitere Minuten vergingen. Der BMW tauchte nicht wieder auf, aber die Straße und der Platz waren jetzt um die Mittagszeit sehr belebt, einer der Männer könnte das Fahrzeug verlassen und sich irgendwo als Spaziergänger unter die Leute gemischt haben. Jules suchte die Straße nach verdächtigen Personen ab, aber es konnte im Grunde jeder sein, auch eine Frau. In der Ferne fiel ihm ein weiterer Wachmann auf, der um die Ecke in die Börsenstraße verschwand. Etwas an dem Mann hatte Jules' Aufmerksamkeit erregt, er wusste jedoch nicht, was genau es gewesen war. Seine Augen schweiften zurück zum Eingang der Bank und entdeckten nun Magali, die mit eiligen Schritten die Bahnhofstrasse entlanglief. Gleich würde sie die Abzweigung in die Börsenstrasse erreichen und aus seinem Blickfeld verschwinden.

*Merde! Wo blieb die verdammte Polizei?*

# Kapitel 7

Nach der klimatisierten Kühle der Schalterhalle empfand Magali die Mittagshitze wie eine dichte, warme Wand. Sie schritt zügig durch sie hindurch. Sie wollte nur noch so schnell wie möglich weg von hier.

Sie bog in die Börsenstrasse, in der sie ihren Audi geparkt hatte. Sie sah ihn bereits, und der Wagen kam ihr wie eine Zuflucht vor. Hastig kramte sie in ihrer Handtasche nach dem Schlüsselbund, als sie plötzlich von hinten einen kräftigen Stoß erhielt. Magali schrie auf, mehr aus Schreck als vor Schmerz, und prallte gegen die Fahrertür. Als Nächstes spürte sie einen heftigen Ruck an ihrem Arm, der ihr fast die Schulter auskugelte.

*Merde!*, fluchte Jules. Sofort, als er Magali aus den Augen verlor, sprintete er zu seinem Motorrad. Mit einem waghalsigen Manöver fädelte er sich in den dichten Verkehr ein, gab Gas, wurde prompt ausgehupt und von einem Fahrzeug geschnitten. Er verlor fast die Kontrolle über seine Maschine und schlitterte mit quietschenden Reifen in die Börsenstrasse. Dabei sah er gerade noch, wie ein Mann Magali die Handtasche entriss, mit einem Satz durch die geöffnete Beifahrertür in den BMW sprang und der Wagen davonschoss.

Jules stoppte kurz, um nach Magali zu sehen. Sie stand schreckensbleich, aber offenbar unversehrt an ihr Fahrzeug gelehnt. Eine ältere Dame mit einem Hund an der Leine hielt bereits auf sie zu und würde sich um sie kümmern. Hier konnte er nichts weiter ausrichten. Er hatte bereits wertvolle Zeit verloren. Dafür würde er sich die Kerle in dem BMW schnappen. Sein eigenes Vorhaben musste warten. Während Jules durchstartete, kam ihm vom anderen Ende der Straße ein Polizeifahrzeug entgegen. *Na endlich!*

Der Fahrer warf einen nervösen Blick auf die Handtasche. »Sag schon, was hast du?«

Der Angesprochene wühlte wortlos in Magalis Handtasche und schüttelte lediglich stumm den Kopf. Dann wählte er eine Nummer auf seinem Mobiltelefon.

»Und?«, meldete sich eine Stimme auf Arabisch.

»Wir haben ihre Tasche. Und ihr Telefon. Sie hatte sonst nichts bei sich, keine Dokumente, keine Diamanten.«

»Habt ihr die Frau durchsucht?«

Der Mann warf einen ängstlichen Blick auf seinen Kompagnon, bevor er zögernd antwortete. »Nein, Aga.«

»Warum nicht?« Die Stimme am anderen Ende hatte nun etwas Lauerndes an sich.

»Wir mussten abbrechen. Die Polizei tauchte plötzlich auf«, stieß der Mann hastig hervor.

Stille. Der Mann auf dem Beifahrersitz spürte, wie ihm ein Schweißtropfen die Schläfe hinabrann.

»Wie lange war sie in der Bank?«, lautete die nächste Frage.

»Etwa eine halbe Stunde.«

Es folgten weitere Sekunden des Schweigens am anderen Ende der Leitung, in denen die beiden Männer im Wagen unwillkürlich den Atem anhielten. Die Anspannung war greifbar. Die Sache war nicht so gelaufen wie geplant. Der Aga war unzufrieden. Jemand würde dafür zur Rechenschaft gezogen werden.

»Schickt mir die Daten ihres Telefons. Ihr wisst, was ihr weiter zu tun habt. Entsorgt das Fahrzeug.« Die Leitung war unterbrochen.

Der Schock hatte Magalis Wahrnehmung seltsam verlangsamt, und in ihren Ohren hörte sie ein seltsames Rauschen, das alle anderen Geräusche erstickte. Der Boden unter ihr schien sich auf und ab zu bewegen und sandte Wellen der Übelkeit durch ihren Körper. Erschrocken fasste sie sich an den Leib, Angst flammte in ihr auf. Angst um ihr Kind. Könnte es zu Schaden gekommen sein? Was war überhaupt passiert? Die Erinnerung überwand ihr betäubtes Bewusstsein. Ihre Handtasche war gestohlen worden und mit ihr Handy, Geldbörse, Papiere und ihr Schlüsselbund, den sie nicht rechtzeitig hatte greifen können.

Alles entglitt ihr, die Fahrt nach Zürich war ein einziges Fiasko. Magali spürte die Tränen nicht, die ihre Wangen nässten. Sie fühlte sich allein und schuldig, von allen verlassen. Warum hatte sie den Schließfachschlüssel nicht einfach entsorgt, wie sie es ursprünglich vorgehabt hatte? Sie hatte geglaubt, mit dem Tod ihrer Mutter sei sie endgültig frei und die Bande ihrer Vergangenheit gekappt, genauso wie sie geglaubt hatte, sie sei stark genug, sich selbst um den gefährlichen Inhalt des Schließfachs zu kümmern. Sie hatte sich mit beidem geirrt. Noch aus dem Grab heraus hatte ihre Mutter Macht über sie. Sie hatte ihr den Schlüssel zur *Büchse der Pandora* gesandt, und sie hatte sie geöffnet. Und damit ihr Kind in Gefahr gebracht. Schützend legte sie ihre Hände auf den leicht gewölbten Bauch, während sie gegen eine neuerliche Welle der Übelkeit ankämpfte.

»Ist Ihnen nicht gut, junge Frau?« Eine ältere Dame mit einem Pudel an der Leine hatte sich ihr genähert und musterte sie besorgt. »Soll ich einen Krankenwagen rufen?«

Magali schüttelte stumm den Kopf. Sie wollte keinen Krankenwagen, sie wollte hier weg! Sie blickte sich um. Mit Ausnahme der Frau schien niemand auf sie aufmerksam geworden zu sein. Es war alles zu schnell gegangen.

Dafür bemerkte Magali jetzt einen Polizeiwagen, der langsam die Straße entlangfuhr. Sie zögerte, die Polizisten heranzuwinken, vielleicht weil sich dann die Schlinge um ihren Hals endgültig zuziehen würde. Schon war der Wagen, und mit ihm die Gelegenheit, vorbei. Es wurde ihr bewusst, dass sie der Spaziergängerin besser antworten sollte. »Es geht schon wieder. Sehr nett von Ihnen, danke.« Sie nickte der freundlichen Dame zu, atmete tief durch und schlug auf unsicheren Beinen den Weg zurück zur Bank ein.

Herr Büttikofer entdeckte sie, kaum dass sie die Schalterhalle betreten hatte. Er unterbrach sein Gespräch mit einem Wachmann und kam ihr freundlich lächelnd entgegen.

»Ich würde nun doch gerne auf Ihr Kaffee-Angebot zurückkommen, Herr Büttikofer«, sprach Magali ihn an.

»Aber natürlich, sehr gerne. Kommen Sie, bitte.« Er deutete auf eine Tür wenige Schritte vor ihnen. »Nur noch ein kurzes Wort mit meinem Mitarbeiter«, bat er sie, und an den Wachmann gewandt sagte er: »Wir waren ja so weit klar. In einer halben Stunde erwarte ich den Rapport.«

Dann öffnete er die Tür und ließ ihr höflich den Vortritt. Magali fand sich in einem kleinen Vorzimmer wieder. Der Schreibtisch der Sekretärin war verwaist. Erneut ging Herr Büttikofer voran und führte sie in sein geräumiges Büro. Dort bat er Magali, Platz zu nehmen, und bestellte telefonisch den Kaffee.

»Ich freue mich, dass Sie Ihre Meinung geändert haben, Frau von Stetten. Ihre Mutter war eine geschätzte Kundin unseres Hauses und hat uns ihre Geschäfte vorbehaltlos anvertraut. Ich hoffe, dass wir auch Ihr Vertrauen gewinnen und erhalten können. Bitte wenden Sie sich bei jeder Frage und jedem Anliegen an mich. Die Zürcher Kantonalbank …«

»Entschuldigen Sie, Herr Büttikofer«, unterbrach Magali das sich anbahnende Verkaufsgespräch, »aber könnte ich vielleicht ein Glas Wasser bekommen?« Magalis Augen waren auf ein Sideboard gerichtet, auf dem Softgetränke und Gläser bereitstanden.

»Selbstverständlich, wie nachlässig von mir! Ich hätte es Ihnen gleich anbieten sollen.« Herr Büttikofer sprang auf, holte das Gewünschte und schenkte ihr ein. »Ich möchte Ihnen nicht zu nahe treten, aber Sie wirken in der Tat ein wenig blass auf mich. Kann ich noch etwas für Sie tun?«

Er wirkte ehrlich besorgt, und Magali hatte Mühe, gegen ihre erneut aufsteigenden Tränen anzukämpfen. Sie öffnete den Mund, und beinahe hätte sie sich dazu hinreißen lassen, diesem freundlichen Fremden ihr ganzes Dilemma zu beichten, als sich die Tür öffnete und eine Frau, die die Zwillingsschwester der Dame am Informationsschalter hätte sein können, ein Tablett mit Kaffee und Gebäck hereintrug.

Während die Frau alles mit flinken Griffen auf dem Tisch arrangierte und den Kaffee einschenkte, fing sich Magali wieder. Nachdem die Angestellte den Raum verlassen hatte, fragte sie: »Dürfte ich vielleicht einmal kurz bei Ihnen telefonieren? Der Akku meines Handys ist leider leer.« Herr Büttikofer musterte sie kurz, sagte aber nichts. Doch Magali merkte auch so, dass ihm eben aufgefallen war, dass sie ihre Handtasche nicht bei sich trug. »Selbstverständlich. Hier, nehmen Sie meines.« Er zog sein Telefon aus der Jackentasche und reichte es ihr. »Ich warte solange im Vorzimmer.«

Magali hielt das Smartphone krampfhaft umklammert. In ihrem Kopf herrschte ein fürchterliches Durcheinander. Schuldgefühle, Angst und alte Erinnerungen vermengten sich, sodass sie kurz Mühe hatte, Lukas' Handynummer zu rekonstruieren. Sie vertippte sich, weil ihre Hände zitterten, begann von Neuem mit der Ziffernfolge, nur um sich erneut zu vertippen. Erst im dritten Anlauf gelang es ihr. Das Freizeichen ertönte, einmal, zweimal, dreimal, dann setzte die Mailbox mit Lukas' Stimme ein. Hastig legte sie auf. Vom Display leuchtete ihr die Uhrzeit entgegen. Erst kurz nach elf! Natürlich, Lukas war noch im Unterricht; seit dem Diebstahl war kaum eine Viertelstunde vergangen.

Was sollte sie jetzt tun? Warten, bis ihr Mann erreichbar war, oder ihm gleich eine Nachricht auf der Mailbox hinterlassen? Die kleine böse Stimme, die ihr bereits auf der Parkbank zugesetzt hatte, nutzte den Moment ihrer Unentschlossenheit, um sich ungebeten zurückzumelden. *Du kannst es noch immer schaffen, dein Lügengebäude aufrechtzuerhalten.* Immerhin blieben ihr noch knapp sechs Stunden Zeit, bis Lukas vom Nachmittagsunterricht nach Hause käme. Mit dem Zug wäre sie rechtzeitig in Nürnberg, vorausgesetzt, es führe gleich einer. Aber dann stünde ihr Audi immer noch hier. Gut, ein Problem nach dem anderen. Sagte das nicht Jules immer so? Magali seufzte. Geld für das Zugticket benötigte sie auch, was wiederum bedeutete, dass sie nochmals an ihr Schließfach musste. In derselben Sekunde fiel ihr ein, dass sich ihr Schließfachschlüssel auch in ihrer Handtasche befand. *Sie war ihn los!* Magali unterdrückte ein hysterisches Kichern. Gleichzeitig fühlte sie sich schäbig, weil sie weiter nach einer Möglichkeit suchte, ihren Kopf aus der Schlinge zu ziehen. Nein, sie war schuldig, und es gab keinen Grund, das Telefonat aufzuschieben. Sie würde Lukas auf die Mailbox sprechen. Sie wollte die Nummer eintippen, als das Handy ihr einen Aufschub gewährte. Es klingelte. Sie war so wenig auf das Geräusch vorbereitet, dass sie das Telefon beinahe fallen gelassen hätte. Der Name einer Frau erschien auf dem Display. *Gabi*. Unschlüssig starrte sie auf den Namen, dann ging sie zur Tür, hinter der Herr Büttikofer wartete, und öffnete sie. »Ein Anruf für Sie, eine Gabi.«

»Oh, meine Gattin. Gestatten Sie.« Er nahm das Telefon und sagte: »Schatz, ich rufe dich gleich zurück«, legte auf und fragte Magali dann: »Konnten Sie Ihr Telefonat erledigen?«

»Leider nein, aber ich würde es gerne nochmals versuchen.«

»Natürlich.« Er wollte ihr das Handy geben, doch Magali wies es zurück. »Ich könnte doch Ihren Festnetzapparat im Büro nutzen, dann können Sie Ihre Frau gleich zurückrufen.«

Der Anruf hatte Magali eine Gnadenfrist gewährt, und ihre Gedanken befassten sich kurz mit dem Schließfach. War es ein Wink des Schicksals gewesen, dass ihr der Schlüssel geraubt wurde? Sollte sie vor dem Vermächtnis ihrer Mutter, aus dem nur Unglück erwachsen konnte, bewahrt werden?

Wieder einmal sah sie klar, wer ihre Mutter wirklich war, ein skrupelloses Monster, dem Menschen nichts bedeutet hatten, nicht einmal ihre eigene Tochter. Sie hatte für ihre Rache gelebt, hatte jeden für ihre Zwecke benutzt, und wer ihr im Weg gestanden hatte, war beseitigt worden. Hatte sie womöglich auch ihren eigenen Mann, Jaap Leysieffer, ermorden lassen?

Es war das erste Mal überhaupt, dass Magali diesen Gedanken zuließ. Oh Gott, und sie war die Tochter dieser Frau! Magali schwankte und stieß sich die Hüfte am Schreibtisch. Der unvermittelte Schmerz zerriss ihre düsteren Vorstellungen. Sie hasste sich für ihre Schwäche, aber momentan fühlte sie sich nicht stark genug, sich Lukas' Vorwürfen zu stellen. Sie brauchte Unterstützung, jemanden, mit dem sie reden konnte und der sie nicht sofort verdammen würde.

Sie nahm den Apparat ab, wählte eine Nummer, und als sich am anderen Apparat die gewünschte Person meldete, sagte sie: »Hallo, Lucie, du musst mir helfen.« In knappen Worten schilderte sie ihrer Schwägerin ihr Dilemma, verharmloste jedoch aus gutem Grund den Handtaschenraub, indem sie ihr erzählte, sie hätte sie kurz aus den Augen gelassen und dann wäre sie weg gewesen.

# Kapitel 8

Jules war dem BMW bis zu einem Parkhaus in der belebten Innenstadt gefolgt.

Das Gebäude entlockte ihm einen Fluch. Er kannte es, hatte es selbst bereits früher einmal ausgekundschaftet. Das Parkhaus verfügte über zwei Ausfahrten. Und er konnte sich nicht zweiteilen. Sie hatten damit gerechnet, verfolgt zu werden, und würden hier den Wagen wechseln. *Verdammte Profis.* Wer waren sie? Wenigstens wusste er jetzt, dass der Wagen tatsächlich nicht hinter ihm her gewesen war, sondern hinter Magali. Was irgendwie auch nicht beruhigender war, da er den Verdacht, dass Yussuf seine Finger im Spiel hatte, einfach nicht abschütteln konnte. Vielleicht stellte er die Frage falsch? Magalis Besuch in der Bank war der Schlüssel. Was wollte sie in der Bank? Eine Angelegenheit ihrer verstorbenen Mutter regeln? Jules hasste es, auf Spekulationen angewiesen zu sein.

Sein nächster Fluch galt dem Umstand, dass der von ihm verfolgte Wagen offenbar mit einem speziellen Funkaufkleber ausgestattet war: Die Einfahrtschranke hatte sich automatisch gehoben, während sie vor Jules' Motorrad keinen Mucks getan hatte. Ihm blieb die Wahl, ein Ticket zu ziehen und anschließend wertvolle Zeit beim Bezahlen zu verlieren oder draußen vor dem Parkhaus auf eine Fifty-fifty-Chance zu hoffen, dass die Männer es dort verließen, wo er wartete. Um das Tauschfahrzeug zu erkennen, zählte Jules auf seine Erfahrung und seinen Instinkt.

Er entschied, die Einfahrt zu riskieren und den Männern

durch das Parkhaus zu folgen, solange er den Wagen noch sehen konnte. Keine einfache Sache. Es war Freitagmittag, und im Parkhaus herrschte ziemlicher Betrieb. Jules sah den BMW am anderen Ende um die Ecke biegen. Doch dann versperrte ihm ein ausparkendes Fahrzeug den Weg. Er stieg hart in die Bremse, und das Quietschen der Reifen hallte im Parkhaus wider.

Nur wenige Meter von ihm entfernt erregte das Manöver die Aufmerksamkeit eines Mannes im Overall, der eben dabei war, die Abfallkörbe neben den Aufzügen zu leeren. Er starrte Jules böse an. Der beteiligte Wagen, ein betagter Mercedes mit einem noch betagteren Fahrer, parkte noch immer umständlich aus. Jetzt hatte der Fahrer auch noch den Motor abgewürgt. Jules setzte ein wenig zurück, um ihn links zu überholen. Er wollte gerade wieder Gas geben, als ihm jemand auf die Schulter klopfte. Der Overallmann, ein gedrungener Mann mit Glatze, machte eine Bewegung à la *Nehmen Sie den Helm ab.* Jules dachte nicht daran, er drehte den Gasgriff durch und umrundete den Mercedes. Seine Augen scannten die Reihen der geparkten Fahrzeuge ab, doch der BMW war nicht zu sehen. Wo war er hin? Jules fuhr weiter, suchte die gesamte Parkhausebene ab. Er entdeckte den Wagen erst, als er unmittelbar daran vorbeifuhr. Er stand in der hintersten Ecke des Erdgeschosses an einer Wand. Links von ihm parkte ein weißer Sprinter, der ihn halb verdeckte. Kurz hoffte Jules, dass die Männer in den Sprinter umgestiegen waren, doch das Führerhaus war leer. *Merde!* Die Gesuchten waren längst über alle Berge, er hatte sie verloren. Aber vielleicht war es ihm möglich, einige Spuren im verlassenen Fahrzeug zu sichern. Allerdings würde er dafür nachts zurückkehren müssen, momentan war das Parkhaus zu belebt – vorausgesetzt, der BMW stünde dann noch an Ort und Stelle. Er konnte auch jeden Moment abgeholt und die Kennzeichen ausgetauscht werden. Jules fasste in seine Brusttasche und zog den GPS-Sender hervor. Wenn er schon das Tauschfahrzeug aus den Augen verloren hatte, würde er wenigstens den weiteren Weg des BMWs verfolgen. Vielleicht ergab sich dadurch noch ein brauchbarer Hinweis.

Während Jules sein Vorgehen plante, bemerkte er zu seinem Verdruss im Rückspiegel den Mann im Overall, der sich auf ihn zubewegte. Sein Annähern glich einem Anschleichen, als hoffte er, Jules bei etwas Verbotenem zu ertappen. Was ja beinahe zutraf. Zu allem Überfluss hielt der Mann beidhändig einen Besen umklammert, als handelte es sich um ein schottisches Breitschwert. Jules seufzte. Momentan konnte er es nicht riskieren, den Sender am BMW anzubringen. Er fuhr an der Schranke vorbei aus dem Parkhaus und einmal rundherum, kundschaftete aus, ob er sich irgendwo so positionieren konnte, dass er beide Ausfahrten oder zumindest die Straße, die beide verband, im Blick behalten konnte. Leider ein Ding der Unmöglichkeit. Er hatte die Wahl: Ausfahrt Nord oder Süd. Er entschied sich für Süd.

Den BMW sah er nicht ausfahren, aber immerhin verließ sein misstrauischer Freund das Parkhaus wenig später. Jules kehrte zu Fuß dahin zurück. Er hatte Pech, der BMW war bereits verschwunden. Natürlich, Ausfahrt Nord. Er hatte heute nur seine Zeit verschwendet.

# Kapitel 9

Magali wartete auf Lucie. Knapp vier Stunden waren seit ihrem Telefonat vergangen. Seitdem harrte sie in dem Café bei Kamillentee aus und blätterte lustlos in den ausliegenden Illustrierten – wenn sie nicht gerade über ihre eigene Dummheit sinnierte. Ihr Gewissen hatte sie mit ganzer Wucht eingeholt. Hätte sie ihr Handy noch besessen, dann hätte sie Lukas längst angerufen und ihm auf der Mailbox alles gebeichtet. Sie wäre sogar in die Bank zurückgekehrt und hätte Herrn Büttikofer erneut um sein Telefon gebeten, wenn sie die sieben Franken zum Bezahlen der beiden Tees gehabt hätte. Die Ironie war, sie barg zwar einen millionenschweren Stein in ihrer Hosentasche, besaß jedoch nicht eine Münze. Sie war dazu verurteilt, auf Lucie zu warten.

»Hallo, Schwägerin!«, begrüßte Lucie Magali mit einer Umarmung und setzte sich ihr gegenüber. »Na, du machst ja Sachen! Das war eine lange Fahrt mit Sorgen. Ehrlich, ich hätte nie gedacht, dass du so unvernünftig sein kannst«, schimpfte Lucie zunächst mit ihr. »Wie geht es dir und dem Baby? Du bist hübsch blass um die Nasenspitze. Vielleicht sollten wir dich gleich zu einem Arzt bringen?«

»Nein, es geht mir so weit gut. Und ich sollte dir lieber gleich beichten, dass mir die Handtasche nicht entwendet, sondern auf offener Straße entrissen worden ist.«

»Was? Ein Raubüberfall? Bist du …«

»Schhhh, nicht so laut, Lucie«, zischte Magali.

»Mein Gott, wie furchtbar«, fuhr Lucie gedämpfter, aber

kaum weniger erregt fort, »dir hätte alles passieren können. Warum hast du mir das nicht gleich am Telefon erzählt? Ich hätte Fonton mitgebracht.«

»Eben. Ich wollte nicht, dass du gleich mit der Kavallerie anrückst. Das mit der Handtasche ist zwar ein Schreck gewesen, aber ich komme damit klar. Mich ärgert höchstens meine eigene Dummheit, die mich überhaupt erst in diese blöde Lage gebracht hat. Aber noch mehr ärgert mich, dass ich so schrecklich feige bin. Bitte verzeih, dass ich dich da mit reingezogen habe, Lucie. Ich hätte dich nicht anrufen dürfen, noch so eine blöde Kurzschlusshandlung von mir. Irgendwie mache ich in letzter Zeit alles falsch.« Der letzte Satz klang kläglich.

»Mensch, Magali, du bist schwanger! Wenn da nicht der ganze Organismus durcheinanderkommt, wann sonst? Die Schwangerschaftshor…«

»Oh bitte, Lucie«, knirschte Magali, »schieb du es nicht auch noch auf die Hormone. Das macht Lukas schon ständig. Das macht mich wahnsinnig!«

»Warum denn nicht? Ich habe dem großen H meine besten Eskapaden zu verdanken.« Lucie grinste unbeeindruckt. »Ehrlich, wenn du nicht schwanger wärst, würde ich dir jetzt einen doppelten Grappa verordnen. Lukas schwört darauf. Jetzt atme erst einmal durch und denk daran, ich bin jetzt da! Wir zwei werden das Kind schon schaukeln.«

»Nein, Lucie«, wiegelte Magali ab, »hier gibt es nichts zu schaukeln. Ich werde Lukas meinen Ausflug beichten. Er wird furchtbar von mir enttäuscht sein. Mit Recht. Das ist nach Barcelona schon mein zweiter Vertrauensbruch.«

»Barcelona war eine Ausnahmesituation, du konntest nichts dafür! Außerdem, mein Moralapostel von Bruder muss ja nicht die ganze Wahrheit erfahren. Keine Sorge, ich habe mit ihm alles so weit geregelt. Ich habe ihm eine Nachricht geschrieben, dass es bei dir später werden würde, weil wir zwei uns einen schönen Abend machen und Matti heute bei Mutter in der Villa übernachtet. Wir müssen daher nicht gleich los. Puh, jetzt brauche ich einen Cappuccino«, sagte sie und winkte der Kellnerin. Nachdem sie ihre Bestellung aufgegeben hatte, sagte sie: »Jetzt erzähl mal. Was genau hast du angestellt? Was treibst du in Zürich?«

Und Magali beichtete. Am Ende legte Lucie den Kopf schief und kommentierte in ihrer unnachahmlichen Art: »Herrje, da begibst du dich einmal auf Abwege und dann passiert gleich so was.« Gedankenverloren kratzte Lucie den letzten Milchschaum aus ihrer Tasse, während Magali unglücklich die Tischplatte anstarrte. »Sag mal, Magali«, meinte Lucie und schob ihre Tasse zur Seite, »hat dein Ausflug vielleicht damit zu tun, dass Lukas diese Einladung aus Rom bekommen hat?«

»Du weißt es schon?«, fuhr Magali verblüfft auf.

»Ja. Lukas kam mir ein wenig komisch vor bei unserem gestrigen Telefonat. Ich habe gefragt, was los sei. Zunächst vermutete ich, er würde vielleicht etwas wegen Zürich ahnen. Deshalb habe ich nicht lockergelassen, bis er es mir erzählt hat. Das ist ja ein Ding, der Papst bittet meinen Bruder um Mithilfe! Der Streber muss in seiner kurzen Jesuiten-Laufbahn ja mächtig Eindruck geschunden haben. Sei's drum, gut für uns, so ist er anderweitig beschäftigt. Das kriegen wir alles wieder hin, Magali. Hier ist mein Schlachtplan. Dein Audi ist kein Problem, ich habe wie aufgetragen den Ersatzschlüssel dabei. Und hier ist auch dein zweites Handy.« Lucie übergab ihr beides. »Bleibt die Sache mit der verschwundenen Handtasche. Wenn wir sie als gestohlen melden, gibt es ein paar Fragen zu viel. Darum schlage ich vor, es zu lassen. Allerdings musste ich wegen deiner Kreditkarten und dem Handy aktiv werden. Sei mir nicht böse, aber ich habe Fonton informiert. Er hat sofort in die Wege geleitet, dass deine Kreditkarten und dein Handy gesperrt werden und euer Schloss zu Hause ausgewechselt wird, weil dein Schlüssel ja auch weg ist. Wenn du das mit der Handtasche lieber für dich behalten willst, besorgen wir eine ähnliche und ein neues Telefon. Am Ende würde nur ein verlorener Schlüsselbund übrig bleiben – denn wir brauchen wenigstens einen Grund, warum Fonton heute bei euch die Schlösser austauscht. Also, wie machen wir es?«

Magali strich sich die schulterlangen blonden Haare hinter die Ohren und straffte unbewusst ihre Schultern. »Ich bin dir wirklich dankbar für deine Hilfe, Lucie. Aber ich glaube, dass das, was heute passiert ist, ein Zeichen ist. Ich muss mit offenen Karten spielen. Wenn ich jetzt auch noch versuche, mein falsches Handeln zu vertuschen, mache ich damit alles nur schlimmer. Ich rufe Lukas gleich an und bringe es hinter mich.«

Lucie neigte den Kopf als Zeichen der Zustimmung. »Ich hatte mir schon gedacht, dass du ablehnen wirst, aber ich wollte dir wenigstens eine Alternative anbieten.« Sie fischte ihr Handy hervor. Magali atmete tief durch und wählte die Nummer, doch ihr antwortete weiterhin nur die Mailbox. »Verflixt«, ärgerte sie sich, »es ist noch zu früh, Lukas ist noch im Unterricht.«

»Wie lange dauert der noch?«

Magali sah auf die Uhr. »Noch fast eine Stunde. Hoffentlich bin ich dann noch genauso mutig«, fügte sie leise hinzu.

Lucie tätschelte beruhigend ihre Hand. »Das wird schon. Sollen wir uns in der Zwischenzeit mal ansehen, was auf der Micro-SD ist?«, schlug sie weiter vor. »Immerhin ist sie ja der Auslöser für dein Dilemma. Vielleicht ist, wie du gehofft hast, wirklich etwas Verwertbares für Lukas' Arbeit in der Ethik-Kommission drauf.«

Magali sah ihre Schwägerin abschätzend an. »Du meinst also auch, Lukas wird nach Rom gehen?«

»Du nicht?«

Magali seufzte. »Doch, natürlich.«

»Also her mit der SD. Ich habe mein Tablet dabei. Wir könnten gleich nachsehen.« Lucie kramte bereits in ihrem Bastbeutel und beförderte eine himmelblaue Tablet-Hülle hervor, auf der ein bekrönter Frosch klebte.

Magali musste trotz ihres deprimierten Zustands bei dem Anblick lächeln. »Ach, Lucie. Deine Neugier bringt dich noch mal um.«

»Komisch, wo habe ich das schon mal gehört?«, murmelte Lucie, während sie das Tablet einschaltete. Sie stand auf und setzte sich zu ihr auf die Bank. Nachdem sie das Passwort aus ihrem PC-Safe einkopiert hatte, sagte sie resolut: »Jetzt her mit der Karte.« Sie streckte die Hand aus.

Magali zögerte. »Bist du mit dem Netz verbunden?«

Lucie checkte kurz den Status. »Momentan nicht. Wieso fragst du?«

»Weil wir nicht wissen, was drauf ist. Meiner Mutter ist«, Magali schluckte, »war alles zuzutrauen. Nicht, dass irgendetwas gleich davon im Netz landet, irgendein ein Programm aktiviert wird, was weiß ich«, sagte sie nervös.

»Du hörst dich schon an wie Jules. Der ist auch so ein Geheimniskrämer. Keine Sorge, ich bin offline und ich speichere auch nichts ab. Mein Tablet bleibt blank wie ein Babypopo.« Ihre Hand tauchte nochmals in ihrer Tasche ab.

»Was suchst du?«

»Das hier!« Triumphierend zog Lucie einen Kopfhörer hervor.

Eine Viertelstunde später steckte Lucie Tablet und Kopfhörer wieder in ihre Tasche. »Das ist ja ein Ding«, meinte sie kopfschüttelnd. »Ich muss schon sagen, deine Mutter hatte es drauf. Ein Wunder, dass der Vatikan überhaupt noch steht. Am besten gefällt mir ja ihre Theorie, Jesus könnte ein zugewanderter Inder gewesen sein. Ganz großes Tennis! Was mir Rätsel aufgibt, ist der Film. Der Anfang passt nicht zum Ende. Und dann noch ihre Ansprache am Schluss. Könnte es sich um …« Lucie unterbrach sich. Ihr war nicht entgangen, dass Magali wie versteinert neben ihr saß. »Was ist los? Ist dir schlecht? Hier, trink noch einen Schluck Wasser.« Lucie schenkte hastig aus der Flasche nach und schob ihr das Glas hin.

»Es geht schon. Die Aufnahme hat mich einfach schockiert. Plötzlich Mutters Stimme zu hören, so … hasserfüllt.« Magali leerte das Glas in einem Zug. Langsam kehrte wieder etwas Farbe in ihr Gesicht zurück.

»Besser?«

»Ja, danke. Das mit dem Film ist mir auch aufgefallen. Erst ihre Anschuldigungen gegen den Vatikan und dann der jähe Schnitt mit dem Experiment und weiteren abstrusen Andeutungen.«

»Also, ich würde fast meinen, dass …« Lucie stockte, ungewohnt unsicher.

»Nur keine falsche Rücksicht«, forderte Magali sie mit einem traurigen Lächeln auf.

Lucie holte Luft. »Also gut. Für mich sieht es so aus, als wäre jeder Abschnitt für sich eine Art Erpresser-Video. Fragt sich nur, an wen die beiden Ansprachen gerichtet sind. Sag, was bedeutet denn dieses komische Hawalla oder so ähnlich, von dem sie faselte? Scheint irgendwas Wichtiges zu sein. Hast du schon einmal davon gehört?«

»Nein, der Name sagt mir gar nichts. Aber sprich bitte etwas leiser.« Magali sah sich unsicher im Café um, ob jemand Lucie gehört hatte. Ihre Sorge war unbegründet, der Raum war voll besetzt, der Geräuschpegel hoch und niemand achtete auf sie. Dafür entdeckte sie an der Bartheke, mit dem Rücken zu ihr, einen Mann in der Security-Uniform der Kantonalbank. Kurz weckte er ihre Aufmerksamkeit. Hatte er nicht nach ihr das Café betreten? Das würde bedeuten, dass er schon Stunden hier verbrächte, wie sie. Könnte Herr Büttikofer ihn ihr hinterhergeschickt haben? Aber warum? Aus Sorge? Aber vermutlich wechselten sich die Männer nur in ihrer Pause ab, überlegte sie weiter. In ihrer Uniform sahen sie ja irgendwie alle gleich aus. Außerdem beachtete der Mann sie überhaupt nicht, sondern war völlig in eine Zeitung vertieft.

»Schon gut«, fuhr Lucie nah an Magalis Ohr fort und unterbrach deren Grübeleien. »Ich fand ja den verwackelten Film mit dem Experiment interessant. Was war das für eine merkwürdige Maschine? Sah aus wie ein Mini-Kraftwerk. Hoffentlich kein geheimes Atomprogramm. Irgendeine Ahnung?« Sie sah Magali fragend an.

»Nein, ich habe nie im Leben etwas Ähnliches gesehen.«

»Verflixt aber auch, dass wegen der Schutzanzüge niemand darauf zu erkennen ist. Deine Mutter hat sogar den Ton während des Experiments abgeschaltet. Erst am Ende behauptet sie, dass *sie* sich angeblich mit dem Vatikan gegen wichtige Erfindungen von Einstein und Tesla verschworen haben und *Orgon* unterdrücken würden. Was zur Hölle ist *Orgon*? Vielleicht so was Ähnliches wie Kalte Fusion?« Lucie versuchte sichtlich angestrengt, sich daran zu erinnern. »Mist, ich komm nicht drauf. Noch ein Punkt auf meiner Rechercheliste. Keine Sorge, Magali, ich finde das heraus.«

Lucies Jagdeifer erinnerte Magali an die zurückgelassene Notiz zu Q im Schließfach. Ein Anruf von ihr und es würde keine Frage offenbleiben. »Ehrlich gesagt *ist* das meine Sorge«, sagte sie jetzt fest.

»Ich verstehe. Du willst es gar nicht wissen?« Lucie wirkte darüber nicht sonderlich überrascht.

»Nein. Die Fahrt nach Zürich war ein Fehler. Ich habe mich wie früher von meiner Mutter manipulieren lassen. Nachzuforschen würde bedeuten, dass ich in ihrem Sinne weitermache. Ich will das nicht mehr. Davon abgesehen ist es gefährlich. Mutter hat sich mit mächtigen Leuten eingelassen. Das sind Wölfe.«

»Ich verstehe«, wiederholte Lucie. »Und was wirst du jetzt tun?«

»Ich werde Lukas die Entscheidung überlassen, was mit dem Schließfach beziehungsweise dem Inhalt weiter geschehen soll. Das hätte ich schon längst tun sollen.«

»Möchtest du ihn jetzt anrufen?«, fragte Lucie behutsam.

»Nein, ich habe es mir anders überlegt. Das wäre zu einfach. Ich werde es Lukas heute Abend von Angesicht zu Angesicht sagen. Komm, wir fahren heim. Es ist gleich 16:00 Uhr.« Automatisch wollte Magali neben sich nach ihrer Handtasche greifen – die nicht mehr da war. Mit einem entschuldigenden Lächeln sagte sie zu ihrer Freundin: »Du musst zahlen.«

»Freilich.« Lucie hatte die SD-Karte aus ihrem Tablet entfernt und hielt sie Magali mit spitzen Fingern hin. Magali wirkte eine Sekunde lang unschlüssig. »Nimm du sie, bitte, und zeig sie morgen Lukas«, sagte sie dann. »Ich möchte mir den Film kein zweites Mal antun. Und, Lucie …?«

»Ja?«

»Danke, dass du gleich gekommen bist, ohne Fragen zu stellen oder mich zu verurteilen.«

»Das ist doch selbstverständlich, wir sind Freundinnen! Nun, da ich weiß, dass Jesus womöglich ein eingewanderter Inder war, kann mich sowieso gar nichts mehr erschüttern. Herrlich, ich freu mich schon auf Lukas' Gesicht, wenn er das hört. Aber Schwägerin, noch ein kleiner Rat. Zu viel Moral kann auch zerstörerisch wirken.« Lucie dachte dabei an ihre Freundin Rabea. »Wenn du dich mit meinem Bruder aussprichst, dann schieb es bitte auch auf die Hormone. Glaub mir, es ist besser so. Für euch beide …«, ergänzte sie. Sie sah Magali durchdringend an, als überlegte sie, noch mehr zu sagen.

»Ich weiß, ich hätte Lukas nicht belügen sollen«, sagte diese niedergeschlagen.

»Das Wichtigste ist doch, du weißt es! Mit Reue kriegst du meinen Bruder immer. Er ist ganz groß im Verzeihen, glaub mir. Ich bin sowieso der Meinung, dass er entschieden einen Hang zu komplizierten Frauen hat, die gerne einmal impulsiv handeln. Vermutlich potenziert das sein eigenes Gefühl der Überlegenheit, weil er ja immer so furchtbar korrekt ist.« Lucie steckte sich einen Amarettino-Keks in den Mund.

»Bis auf die Anspielung auf deine Freundin Rabea danke ich

dir für deine Aufmunterung. Du hast nicht zufällig ein Taschentuch?«

»Natürlich.« Lucie wühlte in ihrem Beutel und brachte ein zerknautschtes Päckchen zum Vorschein. »Hier. Und wenn wir gerade dabei sind, einige unbequeme Wahrheiten auszusprechen … Bitte nimm es mir nicht übel, Magali, dass ich dir das jetzt sage, aber deine Mutter scheint dich sehr zu beschäftigen. Offenbar wirst du das Trauma deiner Kindheit nicht so leicht los. Kein Wunder, du hast eine Überdosis Carlotta van Kampen abbekommen, sie hat dich als Kind geprägt und dich mit ihrem Hass geimpft. Ich bin kein Psychologe, aber ich glaube, durch ihren Tod sind alte Wunden in dir aufgebrochen. Immerhin war sie deine Mutter, und sie wurde vor deinen Augen erschossen. Hast du schon einmal daran gedacht, dir Hilfe zu suchen?«

»Du meinst … so etwas wie eine Therapie?«, fragte Magali zögerlich.

»Ja, warum nicht? Denk wenigstens einmal darüber nach. Manchmal ist es gut, mit einem völlig Fremden über seine Ängste und Sorgen zu sprechen. Wenn man sich zu sehr von ihnen vereinnahmen lässt, neigt man am Ende zu unüberlegten Handlungen …«

Magali knetete mit gesenktem Kopf das Taschentuch. Wie klug Lucie war, dachte sie. Ihre Freundin hatte die Wahrheit erkannt, die sie selbst verdrängt hatte: Die Stimme des kleinen Teufels in ihr gehörte ihrer Mutter. Lucies dem Leben zugewandte Art, voller Esprit und Leichtigkeit, verführte dazu, dass man ihre Klugheit oft unterschätzte. Magali sah ihre Freundin an. »Ich glaube, du hast recht, Lucie, ich brauche vermutlich wirklich Hilfe.«

# Kapitel 10

Nachdem sie bezahlt hatten, verließen sie das Café und traten in die warme Sonne. Lucie begleitete ihre Freundin bis zu ihrem Wagen. »Warte hier auf mich, wir fahren im Konvoi heim.«

Keine fünf Minuten später winkte Lucie aus ihrem Fiat 500 Abarth Cabrio. Das Verdeck war unten, und Lucies blonder Pferdeschwanz flatterte im Wind. Magali setzte sich hinter Lucie, und sie bogen nacheinander in die Hauptstraße ein. Sie quälten sich im Feierabendverkehr durch die überfüllten Straßen und erreichten endlich aufatmend die Autobahn.

Lucie drehte das Radio auf volle Lautstärke. *It's raining men* dröhnte aus den Lautsprechern. Sie trommelte den Takt auf dem Lenkrad mit. Ein dunkler Porsche Cayenne überholte sie. Der Fahrer, Typ Discobesitzer mit verspiegelter Brille, blieb kurz auf gleicher Höhe mit ihr und versuchte, ihre Aufmerksamkeit zu erregen. Lucie ignorierte ihn. Ihre Benzinleuchte war eben aufgeblinkt. Über ihre Freisprecheinrichtung rief sie Magali an.

»Magali, ich muss dringend tanken. Was ist mit dir?«

»Ich habe heute kurz vor Zürich vollgetankt. Soll ich an der nächsten Tankstelle rausfahren?«

»Nein, fahr du ruhig weiter nach Hause. Ich ruf dich an, wenn ich in der Villa angekommen bin. Bis später!«

Lucie fuhr die nächste Raststätte an, tankte voll und nahm sich noch einen Schokoriegel und einen Coffee-to-go mit. Eine Gruppe italienischer Fernfahrer wurde auf die *Signorina* aufmerksam und deckte sie mit Komplimenten ein. Das Hallo wurde noch größer, als Lucie ihnen auf Italienisch antwortete. Sie scherzte kurz mit den Männern und konnte sich am Ende nur mit Mühe wieder von ihnen loseisen. Es war bereits kurz vor 19:00 Uhr. Um 20:30 Uhr war sie mit Rabea verabredet, und eine knappe Stunde Fahrt lag noch vor ihr. Beim Verlassen der Raststätte warf sie einen besorgten Blick in den Himmel. Immer mehr dunkle Wolken zogen auf, drückende Schwüle hing in der Luft. Lucie schloss das Verdeck. Sie wollte sowieso einen Zahn zulegen. Mit knapp 180 PS unter der Haube war das kein Problem.

Sie stellte den Becher in die Ablage und fuhr los. Kurze Zeit später verdunkelte sich die Welt endgültig, und die ersten Blitze durchzuckten den Horizont. Unmittelbar darauf brach sintflutartiger Regen über den kleinen Fiat herein. Selbst auf höchster Stufe konnten Lucies Scheibenwischer der Wasserflut kaum mehr standhalten. Sie drosselte ihre Geschwindigkeit rapide. Auf Verkehr und Wetter konzentriert, fiel ihr fast zu spät auf, dass ein Lämpchen aufblinkte. Ihr Motor war überhitzt! Der Zeiger war bereits im roten Bereich. Verdammte Scheiße! Sie musste nachsehen, hielt es aber wegen der schlechten Sicht auf dem Standstreifen für gefährlich. Ein Parkplatz musste her! Hatte sie nicht vorhin eine Ankündigung gesehen? Sie schaltete in den zweiten Gang herunter und rollte mit Warnblinkanlage und 20 km/h auf dem Standstreifen dahin. Endlich kam ein Parkplatz in Sicht. Wie ein lahmer Käfer kroch sie hinein. Bis auf einen einsamen Sattelschlepper am anderen Ende war die Parkbucht leer. *Toll, Lucie,* dachte sie, *stockfinstere Nacht, es regnet junge Hunde, und du stehst auf einem menschenleeren Parkplatz mit einem kaputten Auto.* Sie überlegte gerade, ob sie einfach im Trockenen sitzen bleiben und Fonton anrufen sollte, als in ihrem Rückspiegel Autoscheinwerfer aufleuchteten. Anstatt sich zu freuen, überkam Lucie ein mulmiges Gefühl. Der Impuls, einfach Gas zu geben, egal, was passiert, überkam sie. Doch der Wagen hatte bereits hinter ihr angehalten. Im Licht der Scheinwerfer verfolgte sie, wie ein Mann in einer orangefarbenen Weste ausstieg. Lucie atmete auf. Vermutlich ein Pannenhelfer. Sie fuhr ihr Fenster herab. Der Mann kam näher. Ihm lief das Wasser über das Gesicht. Erst als er sich direkt zu ihr hinabbeugte, erkannte Lucie ihn. Sie reagierte instinktiv und betätigte sofort den Knopf für das elektrische Fenster, während sie mit der anderen gleichzeitig den Zündschlüssel zur Verriegelung drückte. Zu spät, der Mann hatte ihre Tür bereits aufgerissen.

»Schön, dich wiederzusehen, Lucie«, sagte er mit einem anzüglichen Grinsen. »Wir werden eine Menge Spaß miteinander haben!« Er griff nach ihr. Lucie schrie auf, wehrte sich mit Händen und Füßen, versuchte, auf den Beifahrersitz zu gelangen, um über die dortige Tür zu flüchten. Doch der Mann packte sie an den Haaren und zerrte sie grob aus ihrem Fiat. Seine Hände fuhren in ihre Gesäßtaschen, pressten sie eng an sich. Sie spürte seine Erregung. Zuerst dachte Lucie, dass er sie vergewaltigen wollte, dann aber merkte sie, dass er in ihren Taschen umhertastete.

*Die SD-Karte!*, schoss es ihr durch den Kopf. *Er war hinter der Karte her!* Wieso wusste er davon? Er konnte sie nur im Café beobachtet haben! Lucie wehrte sich weiter aus Leibeskräften und schrie, in der Hoffnung, der Fahrer des Sattelschleppers würde sie hören. Doch der prasselnde Regen verschluckte jedes Geräusch. In Sekundenschnelle war sie durchnässt. Ihr Angreifer hatte genug von Lucies Gegenwehr und schlug sie heftig ins Gesicht. »Halt still, Miststück«, zischte er. »Wo ist der Speicherchip? Wenn du ihn mir freiwillig gibst, lass ich dich vielleicht am Leben.«

Urplötzlich wurde der Mann von Lucie weggeschleudert. Im Scheinwerferkegel erkannte sie eine Gestalt, die sich auf ihren Angreifer gestürzt hatte und ihm einen Gegenstand, der aussah wie eine kleine Taschenlampe, an den Hals presste. Der Mann zuckte kurz auf und leistete keine Gegenwehr mehr.

Ihr Retter zerrte ihn sofort auf den Bauch und fesselte ihm

mit Handschellen die Hände auf dem Rücken. Danach tastete er ihn gründlich ab und beförderte neben Mobiltelefon und Geldbeutel ein beachtliches Waffenarsenal zutage, unter anderem ein Schulterhalfter mit Pistole, eine zweite Pistole, die mit Klebeband am Rücken befestigt war, und noch ein Messer in einem Lederköcher am Schienbein. Verblüfft hatte Lucie die unwirkliche Szene verfolgt. Wer war der Fremde? Wo war er so schnell hergekommen? Sie drehte sich um und entdeckte schemenhaft ein Motorrad. Der Fahrer musste sich langsam genähert haben, die letzten Meter war er vermutlich ohne Licht ausgerollt. Der prasselnde Regen hatte sein Übriges getan, dass sie seine Ankunft nicht mitbekommen hatten.

»Wer sind Sie?«, fragte sie den Mann in der schwarzen Lederkombination. Unter seinem Helm lugten nasse blonde Haarsträhnen hervor.

»Alles in Ordnung mit Ihnen?«, fragte der Mann jetzt mit dumpf klingender Stimme und mit starkem Schweizer Akzent. »Hat er Ihnen etwas getan oder Sie bestohlen?«

Lucie fasste in einer scheinbar verlegenen Geste in ihre vordere Hosentasche und tastete nach der winzigen Speicherkarte. Sie war noch dort, wie sie erleichtert feststellte. »Nein, Sie sind gerade zur rechten Zeit aufgetaucht. Danke schön.« Sie streckte ihm die Hand entgegen.

»Siegbert Suter«, stellte er sich vor. »Sie müssen raus aus dem Regen. Setzen Sie sich solange in den Wagen, während ich meine Kollegen rufe. Die kümmern sich dann um den Abschaum hier.« Er schob den Taser unter die Achsel, um sein Smartphone hervorzuziehen.

Für den Bruchteil einer Sekunde erlag Lucie der flüchtigen Illusion, den Mann zu kennen, etwas beinahe Vertrautes in der Art, wie er sich bewegte, wahrzunehmen. Es war ihr unerklärlich, warum das so war, aber der Typ erinnerte sie tatsächlich an Jules, dabei war dieser Mann untersetzt, mehrere Zentimeter größer als ihr Freund, und die Haarsträhnen, die unter dem

Helm hervorlugten, waren blond. Sie dachte oft an Jules, und ihre Sorge um ihren untergetauchten Freund ließ sie ständig nach ihm Ausschau halten. Vermutlich sah sie deshalb inzwischen Gespenster. Sie schüttelte jeden Gedanken an Jules ab und wandte sich nun ihrem Retter zu: »Sie sind also Polizist«, stellte sie fest.

Der Mann hatte sich vornübergebeugt, um sein Telefon vor dem Regen zu schützen, nickte jedoch zur Antwort, während er das Display bearbeitete.

»Falls es Sie interessiert«, sagte Lucie weiter, »ich kenne den Mann. Sein Name lautet Saul Kaschinski.«

Der Mann sah sie durch das Visier seines Helms an. »Das ist mir bekannt. Ich folge ihm schon seit einer geraumen Weile. Ein Rat, junge Frau: Wenn Sie nicht in die Sache hineingezogen werden wollen, setzen Sie sich in den X6, okay?«

Lucie sah ihren Retter wenig überrascht an. »Ich verstehe. Ist das wieder so eine verkackte Geheimdienstsache?«

Lucie konnte wegen des Helms nicht erkennen, wie die Mundwinkel des Mannes zuckten und er sich kurz auf die Unterlippe biss, bevor er forsch antwortete: »Darüber kann ich keine Auskunft geben. Bitte setzen Sie sich in das Fahrzeug«, wiederholte er und deutete auf den BMW. Am Boden stöhnte Kaschinski. Mit Mühe wälzte er sich auf den Rücken und versuchte etwas zu sagen, doch er entrang seiner Kehle lediglich ein weiteres Stöhnen.

Lucie rührte sich nicht vom Fleck. »Bitte, Herr Suter, könnte ich mir mal kurz den Taser ansehen? Vielleicht sollte ich mir auch so ein Ding anschaffen.« Sie wartete seine Antwort gar nicht erst ab, sondern pflückte den Taser unter seinem Arm hervor, stürzte sich sofort auf Kaschinski und verpasste ihm mit dem Gerät die zweite Ladung des Tages. Voll auf die Eier. »Hier«, entlud sich ihre angestaute Wut, »da hast du deinen Spaß, du mieses Schwein! Das ist für Barcelona!« Danach drückte sie ihrem Retter den Taser in die Hand und lief auf den X6 zu.

Siegbert Suter alias Jules Lafitte folgte ihr kopfschüttelnd mit dem Blick. *Unglaublich, diese Lucie!* Er tat so, als würde er ein Telefonat führen und den Fall melden.

Dann erst wandte er sich dem Söldner zu und stupste ihn mit dem Fuß an. »Na, Kaschinski, so schnell sieht man sich wieder.« Kaschinski starrte ihn glasig an. Zwei volle Taser-Ladungen innerhalb kurzer Zeit steckte auch ein durchtrainierter 90-Kilo-Mann nicht so schnell weg.

Trotzdem ging Jules auf Nummer sicher. Er beförderte eine vorbereitete Spritze aus seiner Brusttasche und stieß sie Kaschinski in den Oberschenkel. Nach wenigen Sekunden erschlaffte Lucies Angreifer endgültig. Mit einem prüfenden Blick zum Sattelschlepper versicherte er sich, dass sich dort weiterhin nichts rührte. Der Freitagsverkehr der Autobahn rauschte am Parkplatz vorbei, und der Regen prasselte unablässig herab. Er packte den Bewusstlosen unter den Armen und zog ihn aus dem Blickfeld, hinter den Fiat und ein Stück weit in den Grünstreifen hinein, wo er allen Augen entzogen war. Er zog den Kühlwasserdeckel von Lucies Fiat, den er auf dem Rastplatz aus dem Abfall gefischt hatte, aus seiner Jackentasche und holte eine Flasche Wasser aus dem Gepäckfach seines Motorrads. Während er das Kühlwasser nachfüllte, dachte er darüber nach, wie viel von Lucies Rettung dem puren Zufall zu verdanken war.

Nach seiner missglückten Parkhaus-Aktion war Jules zum Bürkliplatz zurückgekehrt, wo ein geparkter Fiat Abarth seine Aufmerksamkeit erregt hatte. Anhand des Kennzeichens hatte er ihn sofort Lucie zuordnen können. Die Vermutung, dass Magali ihre Freundin Lucie um Hilfe gebeten hatte, lag nahe. Auf gut Glück hatte er die umliegenden Lokale abgesucht und durch das Fenster eines Cafés tatsächlich Magali und Lucie bemerkt, die mit dem Rücken zu ihm, die Köpfe eng beieinander, auf einen Tablet-PC starrten. Dabei war ihm ein großer Mann an der Bar aufgefallen. Irgendetwas an seiner Erscheinung kam ihm vertraut vor und ließ alle Alarmglocken klingeln. Jules umrundete das Cafe und spähte durch eines der Eckfenster, um sich den Mann im Profil anzusehen. Jetzt wurde es absurd. Es war Saul Kaschinski! Er trug die Uniform einer Schweizer Wach- und Schließgesellschaft.

*Was machte der Typ hier? Sollte der nicht in einem spanischen Gefängnis schmoren?* Ihm war bekannt, dass der Söldner in Barcelona für jene einflussreiche Geheimorganisation gearbeitet hatte, die sich die *Sieben* nannte. Vermutlich hatte diese ihre besonderen Beziehungen genutzt, um Kaschinski der spanischen Justiz zu entziehen. Inzwischen hatte er über sein Informantennetz in Erfahrung gebracht, dass Yussuf und Kaschinski schon früher einmal zusammengearbeitet hatten. Damit war der letzte Zweifel beseitigt, der Handtaschenraub ging auf Yussufs Konto. Die Frage war, was wollte Yussuf von Magali?

Erneut war er auf bloße Spekulationen angewiesen, aber im Grunde konnte er sich nur eine Erklärung vorstellen: Magalis Mutter Carlotta van Kampen hatte etwas in der Zürcher Kantonalbank deponiert, das Kaschinskis und Yussufs Auftraggeber interessierte. Die Tatsache, dass Magali allein hier war, ließ ihn weiter vermuten, dass Lukas nichts von dem Depot in der Schweiz wusste. Was wiederum darauf hindeutete, dass seine Frau sich ausrechnete, dass der Inhalt desselben dem familiären Haussegen wenig zuträglich wäre. Die Anwesenheit von Lucie anstatt Lukas untermauerte seine Vermutung. Frage: Was lagerte die van Kampen in der Bank und wer hätte Interesse daran? War die Kirche auf der Jagd nach verschwundenen Dokumenten, die sie in den Händen Magalis, der Erbin Carlottas, wähnte, und hatte sich hierzu Yussufs Diensten versichert? Jules war bekannt, dass Yussuf bereits in der Vergangenheit Aufträge für den Vatikan übernommen hatte – Hauptsache, er wurde gut dafür bezahlt.

Jules folgte Kaschinski und beobachtete ihn auf dem Rastplatz dabei, wie er sich an Lucies Wagen zu schaffen gemacht hatte. Lucie würde mit ihrem Wagen nicht weit kommen. Am liebsten hätte sich Jules Kaschinski schon auf dem Rastplatz geschnappt, aber es war zu belebt gewesen, um einen erwachsenen Mann niederzuschlagen und zu entführen. Dann hatte er wegen des heftigen Gewitterregens jede Mühe gehabt, Kaschinski nicht aus den Augen zu verlieren. Sonst hätte er Lucie rechtzeitig telefonisch gewarnt.

Innerhalb weniger Minuten war Lucies Wagen wieder fahrtüchtig. Er sah kurz noch einmal nach Kaschinski. Der Mann war weiterhin durch das injizierte Flunitrazepam ausgeknockt. Dazu eine doppelte Ladung Elektroschocker. Sein Zustand würde noch Stunden anhalten. Er ging zum X6 und öffnete die Beifahrertür. »Sie können jetzt weiterfahren. Ihr Wagen ist wieder in Ordnung.«

»Ich muss mich bei Ihnen bedanken, Herr Suter.«

»Keine Ursache.«

»Was macht dieser Saul Kaschinski eigentlich in Freiheit? Es hieß, er sei geschnappt worden und säße im Gefängnis?«

»Ja, da war er auch. Er ist ausgebrochen und wird seither mit internationalem Haftbefehl gesucht«, improvisierte Jules. »Aber besser, Sie fahren jetzt. Meine Kollegen werden gleich hier sein. Noch etwas: Behalten Sie diese Episode für sich. Es würde uns einen Vorsprung verschaffen, wenn vorerst niemand von der Festnahme Kaschinskis erführe.«

Lucie nickte, bedankte sich nochmals bei ihrem Retter und stieg aus.

Während der gesamten Heimfahrt beschäftigte sie das Geschehene. Kaschinskis Überfall und ihre Rettung durch Suter hatten sich in weniger als einer Minute abgespielt, sodass sie außer einer Adrenalin-Explosion keine weiteren Auswirkungen verspürte. Allerdings wunderte sie sich darüber, dass Siegbert Suter zwar freimütig zugegeben hatte, dass es sich um eine *Ge-*

*heimdienstkacke* handelte, sie aber merkwürdigerweise nicht danach gefragt hatte, was Kaschinski eigentlich von ihr gewollt hatte, außer, ob sie bestohlen worden war. Sie hatte ihm weder ihren Namen genannt, noch hatte er sie danach gefragt. *Ein wirklich seltsamer Schweizer Polizist, der sich nicht für Geheimnisse interessierte.* Plötzlich fiel der Groschen. *Aber natürlich!* Der Mann war Schweizer und hatte vermutlich gar kein Recht, Personen auf deutschem Staatsgebiet festzunehmen! Darum hatte er auch die ganze Zeit über seinen Helm nicht abgenommen, damit sie ihn nicht wiedererkennen würde. Ihr konnte es nur recht sein. Sonst hockte sie jetzt womöglich auf irgendeinem Revier fest und müsste eine Aussage zu Protokoll geben.

Sie war dem Mann jedenfalls über die Maßen für sein Eingreifen dankbar. Und die SD-Karte hatte sie auch noch! Sie drehte wegen ihrer feuchten Kleidung die Heizung voll auf, fand sich in der richtigen Stimmung für eine CD von Rammstein und sang die Texte bis nach Hause mit.

Lucie erreichte die Villa kurz vor 20:30 Uhr, fegte in der Eingangshalle an ihrer Mutter mit einem »Ich muss gleich wieder los, Rabea wartet«, vorbei, riss sich in ihrem Zimmer die Sachen vom Leib und fischte frische Jeans und eine weiße Bluse aus dem Schrank. Ein Blick in den Spiegel ergab, dass ihr Haar nicht gerade ordentlich aussah, aber ihr blieb keine Zeit, um hier Abhilfe zu schaffen. Sie fuhr kurz mit gespreizten Fingern hindurch und lockerte sie gründlich auf. Jules würde ihre Frisur einen *Out-of-Bed-Look* nennen und in seinem Salon zweihundert Euro dafür veranschlagen. Sie dachte mit einem Seufzer an ihren Freund. Sie vermisste ihn.

Schnell noch in ihre Sneakers geschlüpft und fertig. Nun ab zu Rabea. Im letzten Moment fiel ihr die kleine Speicherkarte ein, die noch in ihren feuchten Jeans steckte. Lucie fummelte sie heraus und überlegte, wo sie sie verwahren sollte, als ihre Mutter hinter ihr sagte: »Musst du wirklich noch einmal los?

Ich dachte, wir machen uns einen gemütlichen Abend zusammen.«

»Ist Papa noch in der Zentrale?« Lucie fragte nur deshalb, weil sie die Karte so unbemerkt in seinen Safe hätte schmuggeln können. Sie hatte vorgehabt, sie mit Klebeband an der oberen Wand festzukleben. Ohne gewolltes Abtasten würde sie so niemals auffallen. Es war ein Trick, den Jules einmal erwähnt hatte.

»Nein, er ist gerade gekommen, aber gleich in seinem Arbeitszimmer verschwunden«, informierte sie ihre Mutter.

*Mist*, dachte Lucie, damit konnte sie den Safe vergessen. Ihre Mutter machte keine Anstalten zu gehen, sondern setzte sich auf den Stuhl vor dem Schreibtisch. *Oje, Mutter ist in Plauderstimmung.* Lucie schob die SD zurück in ihre Hose. Was soll's, überlegte sie weiter. Ich nehm sie mit, dann weiß ich wenigstens, wo sie ist.

»Tut mir leid, Mama, aber ich muss wirklich los. Wir holen das nach, ja? Und morgen sehen wir uns sowieso zum Frühstück. Ich freu mich schon.« Sie küsste ihre Mutter flüchtig auf die Wange und machte sich davon, bevor diese sie zurückhalten konnte.

# Kapitel 11

Jules wartete, bis Lucies Rücklichter nicht mehr zu sehen waren.

Dann erst nahm er den Helm ab, streifte sich dünne Handschuhe über, sprang in den X6 und fuhr rückwärts an Kaschinski heran. Mit einer Taschenlampe überprüfte er dessen Pupillen und fühlte den Puls. Der Mann lag weiterhin in tiefer Bewusstlosigkeit. Er nahm Kaschinski die Handschellen ab, fesselte Arme und Beine mit Kabelbindern und beförderte den Mann in den Kofferraum des BMWs. Eine schweißtreibende Angelegenheit.

Sein Motorrad musste er schweren Herzens zurücklassen. Er leerte das Gepäckfach und beförderte das wenige auf den Rücksitz des Wagens, neben Kaschinskis Reisetasche und dessen Regenschirm. Er entfernte auch den Akku aus Kaschinskis Smartphone.

Kaschinski war ein Söldner, der für viel Geld jeden Job annahm. Dass er ihm in die Hände gefallen war, nachdem er ihn in Nürnberg hatte entwischen lassen müssen, stellte für Jules einen Glücksfall dar. Bloß, wo konnte er ihn befragen?, überlegte er. Dazu benötigte er einen möglichst abgeschiedenen Ort. Wo befragt man einen Mann ohne Aufsehen und Zeugen? Jules besaß einen schalldichten Keller unter seiner Wohnung in München, dorthin konnte er aber nicht zurück. Mit Sicherheit würden Yussufs Männer ihn dort erwarten.

Blieb nur eine Möglichkeit. Er musste aus der Deckung kommen. Es war ein kalkulierbares Risiko. Er hatte diesen Pfad ja schon in dem Augenblick eingeschlagen, als er Lucie gerettet hatte. Jules wählte eine Nummer.

Am anderen Ende meldete sich Sekunden später eine Stimme. »Ja?«

»Lafitte hier. Ich brauche Ihre Hilfe.«

»Schießen Sie los«, erwiderte Fonton. Er klang nicht überrascht.

»Ich habe Saul Kaschinski geschnappt.«

»Wo?«

»Auf einem Parkplatz auf der A8.«

»Davon abgesehen, dass der Mann eigentlich inhaftiert sein sollte, was haben Sie beide dort ge… Verdammt!«, entfuhr es Fonton, der richtig kombiniert hatte, »er war hinter den beiden Frauen her? Was ist mit Lucie und Magali von Stetten?« Seine Stimme hatte an Schärfe gewonnen.

»Beide sind wohlauf und auf dem Rückweg. Für Lucie war es knapp. Sie sollten dringend die Überwachung der gesamten Familie verstärken.«

»Ist bereits in die Wege geleitet. Ich habe heute Nachmittag mit Lucie telefoniert. Was wollte Kaschinski? Kidnapping und Lösegeld?«

»Möglich, aber ich denke, es steckt mehr hinter seiner Attacke. Darum rufe ich an. Ich benötige einen Ort, an dem ich ihn in Ruhe verhören kann.«

»Gut, treffen wir uns auf dem Parkplatz Ost vor dem Hauptwerk. Rufen Sie nochmals an, kurz bevor Sie dort eintreffen. Ich fahre dann los. Bis gleich.«

Bevor Jules den Wagen startete, baute er das Navigationssystem aus und deaktivierte das GPS. Damit war das Fahrzeug nicht mehr aufspürbar; Saul Kaschinski war vom Radar seiner Auftraggeber verschwunden.

Eine Stunde später griff Jules erneut zu seinem Telefon. »Ich bin gleich da, der schwarze X6«, informierte er Fonton.

Jules traf kurz vor dem Briten auf dem verlassenen Parkplatz des Nürnberger Hauptwerks ein. Er blieb im Wagen sitzen. Die Scheinwerfer eines Fahrzeugs streiften ihn, kamen näher, und ein Landrover parkte unmittelbar neben ihm. Die rechte Scheibe fuhr herunter, und Jules erkannte Fonton. Er öffnete sein eigenes Fenster. Fontons Miene veränderte sich nicht um einen Deut, als er Jules in seiner Siegbert-Suter-Verkleidung erblickte.

»Danke«, sagte Jules.

»Wofür?«

»Dass Sie nicht grinsen.«

»Ich kann es mir nur knapp verkneifen.«

Ein zweites Scheinwerferpaar flammte nun hinter ihnen auf und blendete dreimal auf und ab. Jules fuhr herum.

»Keine Sorge«, sagte Fonton. »Das sind meine Männer. Reine Sicherheitsmaßnahme, falls Ihnen jemand gefolgt ist.« Ungeachtet des weiterhin dichten Regens stieg Fonton zu Jules in den Wagen. Mit einer leichten Kopfbewegung deutete er nach hinten. »Kofferraum?«

»Ja. Wo kann ich Kaschinski befragen?«

»Hier«, Fonton zog einen Schlüssel aus seiner Hose, »es ist nicht weit, zehn Minuten. Eine selten genutzte Lagerhalle außerhalb des Hauptgeländes und ohne Videoüberwachung.« Er beschrieb ihm kurz den Weg. »Ich habe dafür gesorgt, dass sie die nächsten Tage nicht angefahren wird. Sie sind also vollkommen ungestört. Wie lange werden Sie brauchen?«

»Schwer zu sagen, aber vermutlich nicht allzu lange. Kaschinski ist keine harte Nuss. Das sind Söldner nie. Sie dienen dem Geld, nicht der Überzeugung.«

»Tauschen wir uns danach aus?«

»Natürlich.«

»Was geschieht anschließend mit Kaschinski? Ich bin bereit, für den Schutz der Familie von Stetten sehr viel einzusetzen, aber Mord geht mir eindeutig zu weit.«

»Sie können hinterher mit Kaschinski nach Gutdünken verfahren, wie ihn der Nürnberger Polizei vor die Tür kippen«, schlug Jules vor.

»Einverstanden. Ich nehme an, da dies eine Ad-hoc-Aktion war, verfügen Sie über keinerlei Vorräte?«

»Nein, nur ein paar Wasserflaschen. Das reicht.«

»Nur Wasser? Ich bringe Ihnen morgen früh etwas vorbei.«

Fonton stieg wieder in seinen Landrover. Jules startete ebenfalls seinen Wagen und fuhr zu der angegebenen Lagerhalle am Rande des riesigen Industrieareals der Von-Stetten-Werke. Die Halle stand tatsächlich etwas abseits, am Ende einer schwach beleuchteten Sackgasse und außerhalb des hohen Stacheldrahtzauns, der das restliche Gelände meterhoch eingrenzte. Er öffnete das Tor, fuhr hinein und schloss es wieder.

Zunächst sah er nach Kaschinski. Immer noch ausgeknockt. Er ließ den Mann vorerst, wo er war, und durchstöberte dessen Reisetasche. Ungeniert bediente er sich an den trockenen Sachen. Kaschinski hatte scheinbar eine Vorliebe für Markenware; der gesamte Inhalt entpuppte sich als exklusiv und teuer. Selbst seine Socken waren aus Kaschmir, Größe 49. Nicht gerade Jules' Größe, aber er wollte nicht kleinlich sein. Die Ärmel und Hosenbeine schlug er einmal um. In der Reisetasche entdeckte er in einer Tüte ein Dutzend Sportlerriegel.

*100 % Protein! Fördern Sie Ihren Muskelaufbau!*, las Jules. Na dann ... Er hatte Hunger, gönnte sich einen und stellte fest, dass sie wie Pappe schmeckten. Er spuckte den Bissen aus. Lieber hungerte er. Als Nächstes kundschaftete er seine Umgebung aus. Die riesige Halle bestand aus mindestens zehn Meter hohen Betonwänden, deren Dach zusätzlich durch mächtige Pfeiler gestützt wurde. Entlang der Wände stapelten sich in Zellophan verpackte Kartons auf Paletten. Links vom Tor standen zwei plombierte Container, wie sie per Bahn und Schiff transportiert wurden, und direkt davor parkte ein Ungetüm von Gabelstapler. Weder gab es ein separates Büro noch eine Toilette.

Dafür entdeckte Jules einige Ballen Industrieputzlappen. Er

schnitt die Verpackung auf und zog einen Packen der 1 × 1 Meter großen groben Leinenlappen heraus. Mit ihnen richtete er an einem Betonpfeiler ein provisorisches Lager ein. Er fuhr den Wagen rückwärts heran, zerrte Kaschinski aus dem Kofferraum, überprüfte dessen Vitalwerte und befand, dass die Wirkung des Flunitrazepams noch eine Weile anhalten würde. Er riss Kaschinski das Hemd auf, zog ihm die Hose herunter und Schuhe und Socken aus. Ein weiteres Mal unterzog er ihn einer gründlichen Leibesvisitation, prüfte jeden Quadratzentimeter seiner Haut, falls der Söldner irgendwo an seinem Körper eine SIM-Karte oder Ähnliches versteckt hielt.

Sich selbst richtete er ein zweites Lager vor dem X6 ein, und zwar so, dass er beim Sitzen Kaschinski im Auge behalten und sich gleichzeitig an den Wagen lehnen konnte. Jetzt hieß es warten, bis Kaschinski sich rührte. Jules drapierte neben dem, was er für die Befragung benötigte, Kaschinskis Sachen um sich herum: Reisetasche, Laptop, Schirm, Handy. Als Erstes nahm er sich den Schirm vor, ein billiges Massenprodukt. Zunächst ließ er sich gar nicht erst öffnen. Jules wollte ihn schon weglegen, als genau das ihn stutzig machte. Irgendwie passte der Schirm nicht zu Kaschinskis auserlesenem Dandy-Geschmack. Jules nahm den Schirm völlig auseinander und wurde im Griff fündig: eine SIM-Karte! Raffiniert. Vermutlich legte Kaschinski sie nur ein, wenn er mit seinen Auftraggebern telefonieren wollte oder einen Anruf erwartete. Jules steckte die Karte in seine Brieftasche und nahm sich nun Kaschinskis Handy und Laptop vor.

Mit einem USB-Stick bootete er den Laptop und spiegelte die Festplatte. Die meisten der Ordner waren, natürlich!, verschlüsselt. Kaschinski war vorsichtig, und seine Auftraggeber waren es auch. Er nutzte eine vollkommen neue Verschlüsselungstechnik. Jules erwog, dass es sich möglicherweise sogar um ESB handelte, ein Verschlüsselungsprogramm, das inzwischen die meisten amerikanischen Geheimdienste nutzten. Nach dem

Skandal um den gehackten CIA-Direktor hatte die amerikanische Regierung alle eigenen Softwaresysteme überprüft und auf ESB umgestellt. Angeblich stand ESB für das *Empire Strikes Back*. Es galt derzeit als das sicherste Verschlüsselungssystem der Welt. Jules streifte der Gedanke, dass Kaschinski über seine Auftraggeber in Barcelona darangekommen sein könnte: die *Sieben*. Decodieren war also nicht drin.

Er war allerdings zuversichtlich, dass Kaschinski ihm später alles verraten würde. Waterboarding oder ähnlich gelagerte Foltermethoden waren nicht Jules' Sache; er hatte eine effektivere Methode entdeckt, um einen Typen wie Kaschinski in kürzester Zeit kleinzukochen. Er benötigte dazu nur ein kleines Utensil. Es fiel gewissermaßen unter die Rubrik psychologische Kriegsführung.

Jules nahm sich als Nächstes Kaschinskis Geldbörse vor. Sie enthielt knapp eintausend Euro und zweihundert Schweizer Franken sowie einen gefälschten Führerschein auf den Namen Hans-Christian Rothenberg. Das war alles, keine Kreditkarten, keine Quittung, kein Tankbeleg. Noch einmal filzte Jules Kaschinskis Reisetasche und tastete jedes Kleidungsstück einzeln ab, zuletzt das Jackett. Im Futter entdeckte er noch einen größeren vierstelligen Eurobetrag. Vielleicht brachten die Durchsuchung des Wagens und die Auswertung der GPS-Daten, die er Fontons Spezialisten überlassen hatte, etwas zutage, aber Jules glaubte nicht wirklich daran. Laut Fahrzeugschein gehörte der X6 einer Münchner Mietwagenfirma.

Kaschinski hatte sich bis dato nicht gerührt, von gelegentlichen unkontrollierten Zuckungen abgesehen. Trotzdem überprüfte Jules erneut Fesseln und Zustand seines Gefangenen. Er zog die Lider hoch und besah sich dessen Pupillen, um sicherzugehen, dass Kaschinski nicht simulierte. Im Anschluss machte er es sich bequem, seine Pistole griffbereit neben sich, und gönnte sich selbst eine Mütze Schlaf. Er wusste, dass ihn seine jahrelang trainierten Reflexe bei der geringsten Veränderung oder Bewegung wecken würden. Gegen 2:00 Uhr nahm er sich erneut den Laptop vor.

Kaschinskis Bewusstlosigkeit war in einen tiefen Schlaf übergegangen. Der Mann sägte, dass Jules um die Betonpfeiler fürchtete. Kurz vor Sonnenaufgang ließ der Regen nach, um kurz darauf ganz aufzuhören.

Bald darauf vernahm Jules ein näher kommendes Motorengeräusch. Er spähte durch einen Spalt im Tor und erkannte Fontons Landrover.

Jules ließ ihn ein. »Sie sind früh dran«, begrüßte er den Briten und nahm ihm den mitgebrachten Karton ab. Verführerischer Kaffeeduft kitzelte seine Nase. Fonton hatte auch abgepackte Sandwiches, Bananen und Wasserflaschen dabei. »Unser Mann schläft?« Fonton war näher getreten und stieß Kaschinski mit der Schuhspitze an. »Was haben Sie mit ihm angestellt?«

»Flunitrazepam.«

Fonton nickte. »K. o.-Tropfen.«

»Er dürfte aber jeden Moment aufwachen. Was gibt es bei Ihnen Neues? Konnten Sie etwas über den X6 herausfinden?«

»Nicht mehr, als wir schon wussten. Ein Mietwagen.«

»Wissen Sie, unter welchem Namen er angemietet wurde?«

»Hans-Christian Rothenberg, ein gefälschter Führerschein. Was ist mit Kaschinskis Handy und Laptop? Sollen sich meine Leute die vornehmen?«

»Bin schon selbst dran, ist allerdings alles verschlüsselt.« Jules genehmigte sich einen Schluck Kaffee.

Hinter ihm gab Kaschinski ein Lebenszeichen von sich, indem er laut stöhnte.

Jules spritzte ihm etwas Wasser ins Gesicht. Der Söldner öffnete den Mund wie ein Fisch, versuchte zu schlucken. Jules setzte sich neben ihn, hob seinen Kopf an und flößte ihm einige Schlucke ein. Kaschinski trank gierig, mit hüpfendem Adamsapfel.

Fonton sah auf die beiden Männer hinab. »Ich muss los. Herr

von Stetten fliegt heute früh nach Caracas und will mich vorher sprechen. Ich erwarte, dass Sie mir alle Informationen und Erkenntnisse, die die Sicherheit der Familie von Stetten betreffen, sofort mitteilen.«

»Das versteht sich von selbst. Danke für Ihre Hilfe, Fonton. Und für den Kaffee. Ich melde mich bei Ihnen.« Er begleitete den Briten bis zum Tor und schloss hinter ihm ab. »Nun zu uns beiden«, wandte er sich Kaschinski zu.

Kaschinski bewegte die Lippen, versuchte etwas zu sagen. Mühsam brachte er endlich einige verständliche Laute heraus.

»Wer sind Sie?«, fragte er Jules, da er ihn in der Siegbert-Suter-Verkleidung nicht erkannte.

»Jemand, der ein paar Fragen hat.«

»Leck mich.«

»Nett, aber nicht das, was ich von dir hören will.« Jules ging neben Kaschinski in die Hocke und lupfte die Putzlappendecke. »Ts, ts. Deine Eier sehen echt übel aus, Saul. Es soll aber gute Prothesen geben, in jeder Größe.« Er ließ die Decke los, bevor Kaschinski selbst einen Blick auf seine Hoden hatte werfen können. Die Bewegungen des Gefangenen wirkten unbeholfen, offenbar fiel es ihm schwer, auch nur den Kopf zu heben. Jules stand auf und holte seinen Kaffeebecher, den er auf dem Autodach abgestellt hatte. »Auch einen Schluck?«

Kaschinski wandte mühsam den Kopf ab. Sein Körper zuckte erneut unkontrolliert. Jules ließ ihm noch ein paar Minuten, um sicherzugehen, dass Kaschinskis Gehirn wieder vollends die Arbeit aufgenommen hatte. Dann schob er seine Arme von hinten unter Kaschinskis Achseln, zog den schweren Körper näher an den Betonpfeiler und lehnte ihn daran. Damit ihm der Mann nicht wegkippte, band er dessen Oberkörper mit einem Hanfseil, das in der Halle herumgelegen hatte, am Pfeiler fest.

Anschließend stellte er sich vor ihn und sah auf ihn hinab. »Wie wäre es mit einem Foto für unsere gemeinsamen Freunde? Bist du auf Facebook, Saul?« Jules zog ihm die Decke weg, hob sein Smartphone und tätigte mehrere Aufnahmen des nackten Kaschinski.

»Du schwules Schwein«, zischte der.

Jules hob die Augenbrauen. Klarer Fall von Homophobie. Er lächelte über die Bemerkung hinweg und nahm ein kleines silbernes Etui auf, das er auf dem improvisierten Lager platziert hatte. Er kehrte zu Kaschinski zurück und ging erneut vor ihm in die Hocke. Vor seinen Augen öffnete er das Etui. Drei Spritzen, fest in grauen Schaumstoff verpackt, kamen zum Vorschein. Sie enthielten eine grünliche Flüssigkeit. »Weißt du, was das ist, Saul?«

Kaschinski grunzte verächtlich. »Interessiert mich nicht.«

»Sollte es aber, vorausgesetzt, du legst Wert auf dein Gekröse.«

»Halts Maul.«

»Das ist die falsche Einstellung. Kennst du Dr. Mengele?«

»Wird das jetzt ein Quiz, oder was?«

»Nein, ich will dich nicht überfordern, Saul. Dr. Josef Mengele war ein KZ-Arzt, der sich selbst für einen großen Wissenschaftler hielt. Er war irre und hat diese kleine Teufelei zusammengemixt.«

»Na und? Dann ist das Zeugs siebzig Jahre alt und Murks.«

»Gut gerechnet, Saul. Wie ich sehe, arbeitet dein Gehirn wieder. Und du liegst falsch«, sagte Jules betont sanft. »Im Gegensatz zum Dritten Reich haben Mengeles fiese kleine Freunde überlebt. Ein kleiner Pikser in deine Eier und ich schwöre dir, Saul, deine Dinger schwellen in wenigen Minuten auf die Größe von Fußbällen an. Und dann platzen sie. Ungefähr so.« Jules gab ein ekelhaft schmatzendes Geräusch von sich. »Tut höllisch weh. Danach ist dein Schwanz dran, die kleinen Biester zerfressen ihn regelrecht, nach ein paar Tagen fällt er ab. Ist wie Lepra.« Jules schwenkte eine der Spritzen vor Kaschinskis Augen. »Also, wie ist es? Was ist dir wichtiger, dein Schwanz oder deine Auftraggeber?«

Jules behielt recht. Kaschinski sang wie ein Vogel.

Anschließend rief Jules James Fonton an. »Ich bin fertig. Er gehört Ihnen. Wann können Sie hier sein?« Er lauschte kurz. »In einer Stunde? Gut.«

»Wer war das?«, wollte Kaschinski wissen.

»Ich überlasse dich einem Freund. Keine Ahnung, was er mit dir vorhat«, log Jules. Kaschinski sollte ruhig noch ein wenig im eigenen Saft schmoren.

Fonton erschien eine Stunde später. Jules öffnete das Tor und stieg zu ihm in den Wagen. Kaschinski brauchte nicht zu hören, was sie zu besprechen hatten.

»Und, was haben Sie erfahren? Was wollte unser Mann von Lucie?«, erkundigte sich Fonton als Erstes.

»Er behauptet, dass das mit Lucie nicht geplant war. Er wäre gestern Magali von Stetten nach Zürich gefolgt. Lucie hatte nur das Pech, auf dem Heimweg tanken zu müssen.«

»Was wollte er von ihr?«

»Einen Speicherchip. Lucie hatte ihn von Magali.«

»Und, was ist auf dem Chip?«

»Keine Ahnung. Kaschinski hatte keinen bei sich.«

Fonton musterte ihn prüfend. »Oder haben Sie ihn jetzt?«

Jules deutete ein Lächeln an. »Nein, Mr Fonton. Ich würde es Ihnen sagen. Wenn Lucie ihn hatte, hat sie ihn noch.«

»Gut. Weiß Kaschinski, was drauf ist?«

»Nein. Er behauptet, er hätte keine Ahnung. Allerdings hatte er gehofft, darauf Hinweise auf einen Mann namens Massimo Trapano zu finden.«

»Wer soll das sein?«

»Kaschinskis Auftrag lautet, den Mann aufzuspüren. Trapano soll angeblich Stellvertreter und damit Mitwisser von Carlotta van Kampen sein.«

»Wie ist Kaschinski überhaupt aus dem Gefängnis in Spanien entkommen?«

»Durch seine Auftraggeber. Die haben einen Wachmann gekauft, der ihn mit Papieren und Geld versorgt hat.«

»Scheint, als wären seine Auftraggeber gut vernetzt. Hat Kaschinski einen Namen genannt?«

»Er behauptet, nie einen persönlichen Kontakt gehabt zu haben. Seine Anweisungen erhielte er ausschließlich über Telefon. Er hat allerdings selbst einen Verdacht geäußert, und zwar, dass der Anrufer aus Italien stammt, vermutlich sogar aus dem Vatikan …«

»Holy shit!«, entfuhr es Fonton, der sofort richtig kombiniert hatte. »Soll das heißen, *die* sind noch immer hinter irgendwelchen Kirchendokumenten aus dem Hort der van Kampen her? Hört das denn nie auf? Ich danke Heinrich VIII. für die junge anglikanische Kirche«, fügte Fonton sarkastisch hinzu. »Was ich nicht verstehe … Wenn Kaschinski hinter diesem Trapano her war, warum hat er sich dann an die Fersen von Magali von Stetten geheftet?«

»Weil unser Freund nach wie vor glaubt, dass Mutter und Tochter van Kampen gemeinsame Sache machten und Magali Lukas von Stetten nur aus Kalkül geheiratet hat.«

»Bullshit«, stieß Fonton ungewohnt heftig aus.

»Natürlich, aber Kaschinski hoffte, dass Magali ihn direkt zu Trapano führen würde.«

»Dann steckt er also hinter dem Handtaschenraub.« Es war eine Feststellung.

»Nein.« Jules zögerte nicht mit der Antwort, obwohl die Versuchung groß war.

»Wer dann?«

»Seine Komplizen, Yussufs Leute.«

Fontons Augen verengten sich: »Das ist doch der Typ, der hinter Ihnen her ist?«

»Ja.«

»Verdammt! Und warum überfällt er dann Magali von Stetten?« Fonton sah ihn scharf an: »Was haben Sie in Zürich in dieser lächerlichen Verkleidung gemacht, Lafitte?«

»Private Geschäfte«, antwortete Jules knapp.

»Wenn diese Geschäfte das Leben von Magali von Stetten gefährden, dann sind sie für mich nicht privat«, konterte Fonton.

»In Zürich ging es nicht um mich, Fonton. Die hatten keine Ahnung, dass ich da war. Yussufs Leute haben Magali gezielt observiert.«

Jules verfolgte, wie es hinter Fontons kräftiger Stirn arbeitete. »Der Vatikan engagiert ausgerechnet Yussuf und Kaschinski, um Magali von Stetten zu überfallen? Typen, mit denen *Sie* sich schon früher rumgeschlagen haben! Finden Sie das nicht eigenartig?«

»Natürlich, aber ich kann hier nur spekulieren. Yussuf hat bereits früher für den Vatikan gearbeitet. Er weiß, dass ich der Familie von Lukas von Stetten nahestehe. Vermutlich hat er sich selbst für den Job angeboten. Zwei Fliegen mit einer Klappe.«

»Und Kaschinski?«

Jules zuckte mit den Achseln. »Der knabbert noch an Barcelona. Vermutlich denkt sein Auftraggeber, dass jemand mit Rachegefühlen besonders eifrig bei der Sache ist.«

»Wie sind Sie überhaupt auf den Mann gekommen? Damals, als Sie ihn in Barcelona selbst angeheuert hatten?«

»Er wurde mir von einem früheren Kontakt empfohlen.«

»Wer?«

»Der Name tut nichts mehr zur Sache. Er ist tot. Vermutlich durch Kaschinski selbst liquidiert.« Jules machte Anstalten auszusteigen.

»Was werden Sie jetzt tun?«

»Mich wieder meinen eigenen Angelegenheiten widmen. Passen Sie auf meine Freunde auf. Ich verlasse mich auf Sie.«

Fonton tippte sich an die Schläfe zum Zeichen, dass er verstanden hatte. »Was ist mit Kaschinskis Handy und Laptop?«, fragte er noch einmal.

»Die nehme ich mit. Was dagegen?«

»Nein, es ist Ihre Beute, solange Sie mich auf dem Laufenden halten.«

»Das versteht sich von selbst. Ich melde mich bei Ihnen, wenn sich etwas Neues ergibt. Eine Sache wäre da noch. Ich brauche einen Wagen ...«

»Sie können meinen Landrover nehmen«, bot Fonton sofort an. »Ich übernehme Kaschinskis X6. Der muss sowieso zurückgebracht werden.« Die Männer verließen das Fahrzeug. Jules schnappte sich seinen Rucksack, warf ihn in den Landrover und brauste davon.

Der Brite wandte sich Kaschinski zu. »Nun zu uns beiden.« Er hatte nicht vor, den Mann der deutschen Justiz zu überlassen. Er hatte eine bessere Idee.

# Kapitel 12

## *Berlin/Deutschland*

Rabea sah auf die Uhr. Hoffentlich war die Redaktionskonferenz bald zu Ende. Ihr Thema war längst durch Stickler abgenickt. Sie hatte noch einige dringende Dinge zu erledigen, bevor sie heute Abend nach Nürnberg flog. Der Chef vom Dienst der BBCo. schob einige Blätter vor sich her. Er schüttelte heftig den Kopf, während er auf ein Blatt zeigte. »Mir gefällt die aktuelle Seite drei nicht. Da ist noch eine Lücke. Irgendwelche Ideen?«, fragte Stickler in die Runde, und als niemand antwortete: »Tempo, Leute, wir haben nicht ewig Zeit!«

Der Redakteur für Vermischtes meldete sich. »Wir haben schon länger nichts mehr zu unserem beliebtesten Online-Händler gebracht.«

»Stimmt, gute Idee! Der amerikanische Luzifer zieht immer. Was hast du?«

»Nichts Konkretes. Aber ich kann was aus dem Üblichen fabrizieren: Leiharbeiter, Streiks, Monopolismus, kulturelle Verblödung Deutschlands ... Ich könnte diesen amerikanischen Literaturagenten zitieren, Andrew Wylie. Sein Interview auf FAZ-online hatte eine enorme Anzahl an Abrufen.«

»Prima, gekauft. Und jetzt alle an die Tasten!«, schloss Stickler das Meeting.

Rabea war als Erste draußen und eilte zurück an ihren Schreibtisch im Großraumbüro. Ihr Smartphone gab einen schnurrenden Laut von sich. Sie hatte Hobbits Schnurren aufgenommen und als Klingelton aufgespielt. Rabea warf einen Blick auf die WhatsApp-Nachricht. Es war Jakes Spezial-Smiley!

Er hatte für sie etwas Neues in die Cloud gepackt! Hoffentlich endlich etwas Substanzielles über Yussufs Aktivitäten. Jake hatte die Nachricht selbst nicht kommentiert, es entsprach seiner wortkargen Art. *Just a Smiley …*

Bisher hatten sich Yussufs Nachrichten oder E-Mails als wenig ergiebig erwiesen. Entweder handelte es sich um knappe Anweisungen auf Englisch oder Französisch oder sie waren gleich in Arabisch oder Persisch verfasst. Bei Persisch musste Rabea bis auf wenige Wörter passen. Hocharabisch hatte sie zwar rudimentär in den letzten Jahren während ihrer diversen Aufenthalte im Mittleren Osten gelernt, trotzdem konnte sie nicht viel mit den Texten anfangen. Ihr fehlte zu den Sprachkenntnissen vor allem auch der Kontext. Vermutlich könnte Jules mehr mit den Dateien anfangen, aber er war ja derzeit nicht greifbar. Um sich in die Cloud einzuloggen, musste Rabea nach draußen und die offene Handy-Internetverbindung nutzen, auf keinen Fall das WLAN der Redaktion. Sie warf einen prüfenden Blick auf die riesige Redaktionsuhr, die alle gängigen Weltzeiten anzeigte. Gleich Mittag. Noch eine gute Stunde, dann musste sie zu einem Interview und abends noch nach Nürnberg. Lucie wollte sie vom Flughafen abholen. Ihre Tasche lag gepackt im Auto, sie musste nur kurz noch zu Hause vorbei und Hobbit einsammeln. Ihr Großvater freute sich schon sehr auf ihren Besuch. Sie verließ die Redaktion im Laufschritt. Draußen loggte sie sich sofort in die Cloud ein, scrollte die Ordner durch und rief den neuesten auf, der nach einer Telefonnummer benannt war. *Bingo!* Erstmals handelte es sich um eine größere Übertragung von Yussufs Smartphone. Sie schien mehrheitlich aus Bilddateien zu bestehen. Plötzlich stutzte Rabea und starrte aufs Display. Was sollte das? Es musste sich um einen Fehler handeln. Sie war so begierig gewesen, die Dateien aufzurufen, dass sie zunächst die Telefonnummer nicht richtig erfasst hatte. Sie kannte sie, hatte sie mehrmals auf Lucies Display aufleuchten sehen! Obwohl sich Rabea wegen der Nummer sicher war, checkte sie sie vorsichtshalber. Sie stimmte, auch wenn sie immer noch nicht so richtig daran glauben mochte – aber Yussuf hatte sich tatsächlich Zugang zu Magalis Handydaten verschafft und sie komplett kopiert! Unvermittelt zögerte sie, sich Magalis Daten anzusehen und damit in ihre Intimsphäre einzudringen. Sie überlegte, wie sie sich dabei fühlen würde, wenn Magali ihre gespeicherten Daten einsehen könnte. Ihr eigenes Telefon stellte für Rabea so etwas wie eine Art Tagebuch dar. Neben den beruflichen und persönlichen Kontaktdaten von Freunden und Kollegen, den dokumentierten Terminen, Mails und gespeicherten Fotos – von denen mindestens die Hälfte Hobbit zeigten – nutzte sie häufig die Notizfunktion für ihre Artikel.

Ein klein wenig regte sich aber auch Rabeas kleiner *devil inside.* Ihre Gefühle gegenüber Magali waren äußerst ambivalent – vorsichtig ausgedrückt. Als sie vor vielen Jahren Magalis Brief unterschlagen hatte, hatte sie die Frau als Rivalin gehasst und in ihrer Eifersucht etwas sehr Hässliches getan. Es war falsch gewesen, und ihr schlechtes Gewissen wegen dieser unrühmlichen Tat würde sie auf ewig verfolgen – auch wenn Lukas ihr längst verziehen hatte, sie selbst konnte es sich nicht verzeihen. Sie war Magali nie begegnet, hatte aber nach ihrer Rückkehr aus London einen handgeschriebenen Brief an sie gesandt und sich darin bei ihr entschuldigt. Eine Antwort hatte sie selbstredend nicht erwartet, und sie hatte auch keine erhalten.

Als sie damals von Jules erfahren hatte, dass Lukas und Magali geheiratet hatten, war kurzzeitig die alte Eifersucht auf die Mutter von Lukas' Kind in ihr aufgeflammt – obwohl ihr Verstand ihr gesagt hatte, dass es ein völlig irrationales und ungerechtfertigtes Gefühl war. Wochenlang hatte sie sich deswegen schlecht gefühlt. Inzwischen war sie aber davon überzeugt, dass alles genau so hatte eintreffen müssen. Das Schicksal hatte jedem von ihnen seinen Platz zugewiesen. Lukas hatte seine kleine Familie gefunden, und durch Lucie wusste sie, dass er mit

Magali glücklich war und er sich auf sein zweites Kind freute. *Alles war gut.*

Und doch, wenn sie vielleicht entdecken könnte, dass Magali selbst nur ein winzig kleines bisschen Dreck am Stecken hatte … Wobei sie ihr Gewissen mit dem Hinweis beschwichtigte, dass sie gar keine andere Wahl hatte, wenn sie wissen wollte, was Yussuf von Magali wollte. Sie scrollte sich durch die Unterordner. Sie fand nichts Auffälliges, der übliche E-Mail-Verkehr, gefüllt mit Belanglosigkeiten, harmlosen Kalendereinträgen und null Notizen. Magali schien ihr Smartphone tatsächlich zu 90 Prozent nur zum Telefonieren zu verwenden. Rabea zögerte, sich auch die Fotos anzusehen. Eigentlich verspürte sie keine Lust auf trautes Von-Stetten-Familienidyll mit Hund. So abgehärtet war sie nun doch wieder nicht. Doch ihre Neugierde überwog. Wie immer. Sie öffnete den Ordner mit den Bildern und stutzte. Was hatte Magali da fotografiert? Dokumente? Rabea vergrößerte die Schrift und las das erste, das die Überschrift *Dossier* trug. Plötzlich war sie wie elektrisiert, ihr Herz hämmerte wie verrückt, und am liebsten hätte sie sich jetzt gesetzt. Was für ein Fund! Leise entfuhr ihr Jules' Lieblingsfluch: *»Merde!«* Wenn das Dokument hielt, was es auf den ersten Blick versprach, dann … Ein Hochgefühl machte sich in ihr breit. Sie war wieder da! *Danke, Carlotta – danke Magali!*

Sie klickte die übermittelten Fotodateien der Reihe nach an und prägte sie sich ein. Die altertümlichen Patente und die in Latein verfasste Seite gaben ihr Rätsel auf, mit ihnen würde sie sich später noch genauer befassen. Vorerst galt ihr ganzes Augenmerk den anderen Dateien. Das Dossier entpuppte sich als Enttäuschung, es war lediglich eine Art Inhaltsverzeichnis ohne Anhang, bis auf den Kontoauszug der Vatikanbank. Und der war wirklich interessant. Sie hätte zu gerne gewusst, wo Magali diese Aufnahmen gemacht hatte. Ihr kam ein Gedanke, wie sie es herausfinden konnte. Die meisten Smartphones waren werksseitig bereits darauf eingestellt, dass beim Knipsen die Geo-

Koordinaten des Standortes in den Metadaten des Bildes vermerkt wurden. Sie kopierte aus einem Bild unter *Details* die Geo-Daten in ihre Notizfunktion. Dann kehrte sie an ihren Arbeitsplatz in der Redaktion zurück und vergewisserte sich mit einem Rundblick, dass jedermann mit seiner eigenen Arbeit beschäftigt war und vor allem dass Stickler in seinem gläsernen Büro saß. Sie gab die Geo-Koordinaten in ihren Computer ein, und innerhalb von Sekunden wusste sie, dass sich Lukas' Frau, oder zumindest ihr Handy, zum Zeitpunkt der Aufnahmen in der Bahnhofstrasse in Zürich aufgehalten hatte. Rabeas journalistischer Instinkt sprang sofort darauf an. Ihr war bekannt, dass sich die Zentrale des Van-Kampen-Konzerns in Rotterdam befand und keine Dependance in der Schweiz unterhielt. Magali wiederum war damals lange in der Schweiz, in Urnäsch, untergetaucht. Drei Kernfragen drängten sich auf: Erstens, was machte Magali in Zürich? Zweitens, warum interessierte sich Yussuf für sie, und drittens, wie war er an Magalis Handydaten herangekommen?

Hatte sein Interesse mit Magalis Mutter zu tun? Hatte Carlotta van Kampen den Mann gekannt und womöglich Geschäfte mit ihm getätigt? Laut Jules kam im Mittleren Osten kaum ein größerer Deal zustande, an dem Yussuf nicht irgendwie direkt oder indirekt beteiligt wäre. Auf jeden Fall musste er Magalis Telefon in die Finger bekommen haben. Anders konnte sich Rabea diesen Zugriff nicht erklären. Hatte er es womöglich gestohlen? Wie und wo? Oder hatte sich Yussuf auf die gleiche Weise wie bei ihr Zugang zu ihrem Telefon verschafft? Hatte er Magali genauso bedroht wie sie? Aber warum Magalis Telefon und nicht das von Lukas? Außer natürlich, Yussuf hatte auch das im Visier. Wenn, würde sie bald den nächsten Download zu erwarten haben. Sollte sie Lukas anrufen und warnen? Aber wie, ohne sich zu verraten? Wenn sie es tat, musste sie geschickt vorgehen, um etwas aus ihm herauszukitzeln. Oder war es sowieso schon zu spät? Sie kämpfte mit sich und starrte dabei auf ihr Smartphone, als stünde die Antwort auf ihre Fragen auf dem Display zu lesen.

»Na, Kollegin? Dein Feind, das Telefon? Oder eine kleine Beschwörung, weil *er* nicht anruft?«

Rabea zuckte zusammen. Verdammt, Hans Stickler, das Trüffelschwein! Sie hatte nicht bemerkt, dass er sich ihr genähert hatte. Sie legte ihr Telefon betont beiläufig beiseite und lächelte ihren Chef an. Er stand mit zwei dampfenden Kaffeetassen vor ihr und reichte ihr eine davon.

»Danke, Hans, du bist mal wieder meine Rettung.« Rabea nahm einen Schluck und lehnte sich in ihrem Stuhl zurück. Sie vermied absichtlich Augenkontakt. Hans Stickler und seine Spürnase als Journalist waren legendär. »Stickler riecht einen Skandal schon, bevor er sich ereignet«, war ein geflügeltes Wort unter den Berliner Kollegen. In der Medienbranche kannte jeder seinen Wagen, einen 1955er Peugeot 403, denselben, den auch der berühmte Fernseh-Inspektor Columbo fuhr. Es war schon vorgekommen, dass Kollegen von anderen Sendern diesem auffälligen Wagen spontan folgten – in der Hoffnung, Columbo-Stickler würde sie zu einem frischen »Skandal« führen. Sehr gerne wurde die Geschichte eines Kollegen kolportiert, der ihm in ebendieser Absicht gefolgt war und ihm bei Nebel hinten aufgefahren war, als Stickler in seiner Garage stoppte.

Vor allem aber war Stickler ein wandelndes soziales Netzwerk, das verbale Intranet der BBCo., in dem Nachrichten, Klatsch und Tratsch in Echtzeit umgesetzt wurden. Was in diesem Job eine Menge Synergieeffekte freisetzte. Rabea jedenfalls verspürte keine Lust, zu Sticklers nächster »Sensation« zu mutieren. Ihrer Meinung nach nahm er seit ihrer Rückkehr unter die Lebenden überproportional Anteil an ihrem Tun, als ob er auf irgendetwas wartete. Manchmal hatte Rabea das Gefühl, als hielte er sie für seinen ganz persönlichen Fortsetzungsroman und hoffte darauf, dass sie weitere Seiten für ihn umblätterte. Eine Hans-Stickler-Studie. Andererseits hatte sie ihm ihre

Wiedereinstellung zu verdanken. Von Frau Pratschke wusste sie, dass er sich bei der Geschäftsleitung wie auch der Chefredakteurin vehement für sie eingesetzt hatte.

Dass sie über amerikanische ›Ressourcen‹ Zugriff auf die Daten des Kopfes eines weitverzweigten kriminellen Netzwerkes hatte, wäre ein gefundenes Fressen für ihn. Breaking News vom Feinsten. Rabea verlegte sich auf Unverfängliches. »Und, wie geht es deinem Enkel? Wieder gesund?«

Stickler nickte. »Ah, Small Talk. Meinem Enkel geht es gut, war nur eine kleine Erkältung. Du willst mir also nicht verraten, woran du gerade arbeitest?«

»Aber das weißt du doch, Columbo.« Rabea setzte ihr verbindlichstes Lächeln auf. »Die Geschichte der Evolutionslüge, sprich, die Artefakte-die-es-nicht-geben-dürfte-Ausstellung. Hattest du mir selbst übertragen, schon vergessen?«

»Wer's glaubt ... Ich kenne diesen Ausdruck in deinem Gesicht. Du bist an einer heißen Sache dran. Nicht ohne mich, verstanden? Ich habe dich im Auge, Rotschopf. Und halt dich an den Abgabetermin. Die gelten auch für Totgesagte.« Stickler schlenderte mit seiner Tasse davon.

Rabea sah ihm nach, bis er in seinem Glaskasten verschwunden war.

Gleichzeitig klingelte ihr Bürotelefon. Der Empfang. »Ja, bitte?«, meldete sich Rabea. Sie sah auf die Uhr. In spätestens fünfzehn Minuten musste sie los.

»Frau Rosenthal, hier ist ein Bote für Sie mit einem Päckchen. Er besteht auf einer persönlichen Übergabe. Kann ich ihn raufschicken, oder kommen Sie nach unten?«, leierte die Empfangsdame ihren Spruch herunter. Es kam oft vor, dass Redakteuren Material nur persönlich übergeben wurde.

»Schicken Sie ihn rauf.«

Kurz darauf sah Rabea einen Mann in einem korrekten schwarzen Anzug die summende Schaltzentrale der BBCo. betreten. Auf den ersten Blick wirkte er auf sie wie ein Leichenbestatter. Wenn er sich nicht suchend umgesehen und dabei ein Päckchen vor sich hergetragen hätte wie das Krönungskissen, hätte Rabea in ihm kaum den avisierten Boten erkannt. Sie winkte ihm, und er kam auf sie zu. Auch aus der Nähe betrachtet sah er aus wie ein Leichenbestatter. *Oder wie ein Priester.* Plötzlich hatte Rabea feuchte Hände. Der Bote machte einen Diener, was in dieser Umgebung noch absurder anmutete, und vergewisserte sich: »Sind Sie Frau Rabea Rosenthal-Kennedy?«

»Ja. Wer will das wissen?«

Statt ihre Frage zu beantworten, sagte er: »Kann ich bitte eine Identifikation sehen? Ihren Ausweis oder Führerschein?«

»Bitte? Habe ich im Lotto gewonnen, oder was?« Rabea versuchte, einen Blick auf den Absender zu erhaschen, was jedoch unmöglich war, denn der Bote hatte das Päckchen jetzt unter den Arm geklemmt und ein Brillenetui aus der Anzugtasche gezogen. Während er seine Brille aufsetzte, fuhr er fort. »Ich muss mich im Namen meiner Auftraggeber vor der Übergabe vergewissern, dass ich das Dokument dem richtigen Empfänger zuführe.«

»Sie sind Notar, richtig?«, meinte Rabea, während sie ihren Führerschein aus der Handtasche kramte. Der Leichenbestatter-Priester-Notar studierte den Führerschein ausgiebig, während seine Person wiederum von Rabeas Kollegen mit unverhohlener Neugierde in Augenschein genommen wurde. Rabea beschloss spontan, sich mit dem Päckchen in die Tiefgarage in ihren Dienstwagen zu verziehen – dem einzigen Ort im gesamten Gebäude, an dem sie derzeit hoffen konnte, vor ihren Kollegen sicher zu sein.

Der Bote nickte ernst, reichte Rabea ihren Führerschein zurück und zog nun ein offiziell aussehendes Dokument aus der Innentasche seines Jacketts. Weiterhin beförderte er einen silbernen Füllfederhalter zutage und legte beides vor Rabea auf den Tisch. Ein sauberer Fingernagel tippte auf die Stelle, wo sie unterschreiben durfte. Rabea unterschrieb schwungvoll mit ihrem Namen, suchte auf dem Dokument vergeblich nach einem Hinweis, worauf sie sich mit ihrer Unterschrift einließ, und durfte endlich das Päckchen entgegennehmen, das ihr feierlich überreicht wurde. Der Bote verabschiedete sich mit einem weiteren Diener und schritt würdevoll davon.

Rabea starrte den Absender an wie das Kaninchen die Schlange. Es war das Santo Ufficio, das Büro des Papstes. Wenn das ein Scherz war, dann immerhin ein guter. Sie würde es herausfinden, aber nicht hier.

Hastig stopfte sie das Päckchen in ihre Krokotasche und warf Tablet-PC und Handy hinterher. Rasch vergewisserte sie sich, dass sie nichts Verdächtiges auf dem Tisch hatte liegen lassen, das auf ihre letzten Aktivitäten hinwies, und machte sich vom Acker. Im Augenwinkel registrierte sie, dass die Kollegenwelle sich formiert hatte und bereits anrollte, auch Stickler hatte den Kopf aus seinem Büro gesteckt und witterte in ihre Richtung wie ein Jagdhund. Sie erwiderte alle Zurufe, Fragen und witzigen Bemerkungen, die wie feindlicher Beschuss auf sie einprasselten, mit einem Madonnenlächeln und verließ das Büro im Laufschritt.

Im Wagen riss sie das Päckchen auf und legte einen Umschlag und eine Projektmappe mit dem päpstlichen Siegel frei. Der Umschlag enthielt ein doppelseitiges Begleitschreiben des Kardinalstaatssekretärs. Es erklärte ihr in blumigen Worten das an sie herangetragene Anliegen, in dem die *sehr geehrte Signorina Rabea Rosenthal-Kennedy, wohnhaft in etc. … allerhöflichst ersucht wird, als Mitglied einer in der Konstitution befindlichen Ethik-Kommission mitzuwirken, um die bedauerlichen Vorkommnisse, mit denen sich die katholische Staatskirche in jüngster Zeit vermehrt konfrontiert sieht, zu untersuchen und somit dazu beizutragen, dass das Vertrauen in die Kirche und ihr guter Ruf wiederhergestellt beziehungsweise bewahrt wird.* In diesem ausschweifenden, mit diplomatischen Phrasen gespickten Wortlaut ging es noch eine ganze Seite weiter.

Rabea hätte am liebsten laut gelacht. Das war doch ein Scherz! Was warfen die denn ein? *Jesuspulver?* Wie in Gottes Namen kamen die dazu, ausgerechnet *sie* einzuladen? Obwohl der Gedanke, ganz offiziell in der Kirche herumschnüffeln zu dürfen, etwas ausgesprochen Verlockendes hatte.

In diesem Moment wurde ihre Fahrertür mit Schwung aufgerissen. *Verdammt, Trüffelschwein Stickler!* In der Eile hatte sie vergessen, ihr Auto von innen zu verriegeln.

»Na, kleine vorgezogene Mittagspause?« Sticklers forschender Blick huschte bereits über die locker ausgebreiteten Unterlagen aus dem Umschlag. »Irgendwas Besonderes?«

»Ja«, meinte Rabea und stopfte Brief und Projektmappe zurück in ihre Handtasche. Sie musste das erst einmal in Ruhe studieren. »Sie kommen genau richtig, Chef. Heiße Sache. Könnte sein, dass ich demnächst offiziell nach Rom muss. Arrivederci, ich bin weg.« Rabea entriss ihm die Tür, startete den Wagen und ließ Stickler einfach stehen.

Im Rückspiegel sah sie, wie er ihr den Mittelfinger zeigte, aber er grinste dabei auf eine bestimmte Weise. Rabea war klar, dass er darauf spekulierte, dass sie an einer brandheißen Sache dran war. Und natürlich erhoffte er sich von ihr einen Artikel, der die Auflage steigern würde.

# Kapitel 13

## *I-00120 Vatikanstadt*

Anton Gänserich, Kurienbischof und Privatsekretär Seiner Heiligkeit, starrte in seinem Büro nachdenklich vor sich hin. Die Ethik-Kommission machte ihm zu schaffen.

Er befürchtete, dass man hier den Bock zum Gärtner gemacht hatte, indem man Kardinalstaatssekretär Clemente Finzi-Contini weitgehend freie Hand ließ. Freilich war es dessen Idee gewesen, aber Gänserich, seit elf Jahren fester Bestandteil der Kurie, diente bereits dem zweiten Papst und glaubte, den Kardinal inzwischen gut einschätzen zu können. Dieser Mann hatte seines Erachtens noch nie etwas Uneigennütziges getan. Und es gab diverse Gerüchte. Allerdings blieb nie richtig etwas an dem Mann haften, sodass man Clemente Finzi-Contini inzwischen hinter vorgehaltener Hand mit dem Spitznamen *Lotusblüte* bedacht hatte.

Aufgrund dessen hatte Pater Gänserich dafür Sorge getragen, dass sein Wunschkandidat dem neuen Leiter der Kommission als Assistent zur Verfügung gestellt wurde. Somit würde er über alles auf dem Laufenden gehalten werden. Natürlich war er schlau genug gewesen, es so einzufädeln, dass dem Sekretär des Kardinalstaatssekretärs, Pater Enzo, sein Kandidat von völlig anderer Stelle empfohlen worden war. Nun hatte er gerade erfahren, dass sich sein Mann beim Fußballspiel gegen die Mannschaft der Schweizergarde einen komplizierten Wadenbeinbruch zugezogen hatte und die nächste Zeit mit einem Gips verbringen würde. Jetzt musste er von vorn beginnen, wenn es nicht schon zu spät war.

»Na, mein lieber Antonio? Warum blasen Sie denn derart Trübsal? Hat der FC Bayern ein Spiel verloren?«

»Eure Heiligkeit!« Der Privatsekretär schoss aus seinem Stuhl hoch. Er hatte sich noch nicht an die unkonventionelle Art des neuen Papstes gewöhnt, der einfach in sein Büro spazierte, wenn er etwas brauchte, anstatt ihn zu sich zu rufen.

»Nein, nein«, beeilte er sich zu antworten, »ich war nur in Gedanken, das heißt, ich habe gerade tatsächlich eine betrübliche Nachricht erhalten. Pater Anselmo, der eigentlich dafür vorgesehen war, dem Leiter der neuen Ethik-Kommission als Verbindungsmann zu dienen und ihn administrativ zu unterstützen, hatte einen Sportunfall und steht für die nächste Zeit nicht mehr zur Verfügung.«

»Ein Sportunfall? Wie schlimm ist es denn?«

»Ein gebrochenes Bein, Heiligkeit. Nichts, was die Zeit nicht heilen könnte.«

»Gut, Antonio, senden Sie dem Armen auch in meinem Namen die besten Genesungswünsche. Sicher wird sich doch ein adäquater Ersatz für den Unglücklichen finden lassen?«

»Natürlich, ich werde mich darum kümmern.« Sofort biss sich der Pater auf die Zunge. Denn es war ja überhaupt nicht seine Angelegenheit, er hatte sie nur heimlich zu seiner gemacht. War es Seiner Heiligkeit aufgefallen? Papst Lorenzo schwamm zwar noch nicht lange in diesem Haifischbecken, das sich päpstlicher Hof nannte, aber er hatte schon einiges über die Spielregeln im Vatikan gelernt. Es gab alte Seilschaften, gegenseitige Verbindlichkeiten, gemeinsame Interessengruppen und gegenteilige Interessengruppen. Und ja, der Papst hatte es bemerkt. Forschend sah er seinen Sekretär an. Doch er sagte nichts, sondern wandte sich ab, um in sein eigenes Büro zurückzukehren. Sein Sekretär hielt ihn zurück. »Heiligkeit, hatten Sie einen besonderen Wunsch?«

»Oh ja, natürlich. Wo habe ich nur meinen Kopf? Ich wollte Ihnen mitteilen, dass morgen mein Neffe, Pater Josef Matuschek, hier in Rom eintreffen wird. Er ist Jesuit und hat erst kürzlich die Priesterweihen erlangt. Meine Schwester schickt ihn mir, ich konnte ihr leider noch nie etwas abschlagen.« Der Papst seufzte. »Sie hat einen Österreicher geheiratet, aus Wien. Vielleicht könnten Sie zusehen, ihn irgendwo sinnvoll unterzubringen.«

Der Papst wollte sich schon abwenden, als ihm noch etwas einfiel. »Ach, mir kommt da eine Idee … Wie wäre es, wenn mein Neffe die vakante Stelle als Assistent von Herrn von Stetten übernimmt? Ich hätte meine Schuldigkeit getan, und Sie wären Ihr Problem los. Der Kardinalstaatssekretär wird sicher nichts gegen meinen Neffen einzuwenden haben.« Der Papst lächelte listig.

Pater Antonio verstand. Er war ausgetrickst worden. Jetzt würden weder Pater Enzo noch er einen Mann bei der Ethik-Kommission unterbringen können. Ein Patt. Dafür hatte der Papst nun seinen Mann platziert. Obwohl er daran zweifelte, dass der Papst einen Nutzen daraus ziehen wollte.

Obwohl, dieser neue Papst lernte wirklich erstaunlich schnell …

# Kapitel 14

## *Nürnberg/Deutschland*

Suchend sah sich Rabea im Ankunftsterminal des Nürnberger Flughafens um. Weit und breit keine Spur von Lucie. Ihr Flug aus Berlin war sogar fast eine halbe Stunde zu spät, reichlich Zeit für die notorisch unpünktliche Lucie, um rechtzeitig hier zu sein. Rabea stellte ihre Tasche ab und wählte Lucies Nummer. Sie meldete sich sofort. »Lucie, wo bist du denn?«

»Verflixt, Rabea, dich habe ich ja ganz vergessen!«, scholl es ihr erschrocken entgegen.

»Nette Begrüßung, vielen Dank auch. Kommst du noch, oder soll ich ein Taxi nehmen?«

»Sorry, ich schaff's nicht.« Lucie musste sich auf die Zunge beißen, um Rabea nicht zu verraten, dass sie sich gerade auf dem Rückweg von Zürich befand. »Was hältst du von einem späten Abendessen? Ich hole dich um halb neun bei deinem Großvater ab, okay?«

»Ist gut, dann habe ich noch Zeit für eine Partie Schach mit ihm. Er wird sich freuen. Bis dann. Und, Lucie?«

»Ja?«

»Ich bin schon neugierig, was du wieder angestellt hast.«

»Ich? Wie kommst du denn darauf?«, kam es verdächtig schnell zurück.

»Vergiss nicht, ich bin der dritte Zwilling. Nicht nur du hast feine Antennen. Bis heute Abend, Freundin.« Rabea legte schnell auf, bevor Lucie weitere Ausflüchte erfinden konnte. Dann ging sie nach draußen und nahm sich ein Taxi zum kleinen Reihenhaus ihres Großvaters.

Das Taxi hatte kaum gestoppt, als ihr Großvater aus der Haustür trat, ihr winkte und durch den kleinen Vorgarten entgegenkam. Erfreut registrierte Rabea, dass er ohne Stock lief und sein Schritt fest war. Sein schlimmes Bein schien ihm derzeit keine Schwierigkeiten zu bereiten.

»Kind, du bist da! Wie schön! Und die kleine Hobbit durfte auch mit.« Er umarmte seine Enkelin, musterte sie eingehend, schien zufrieden und griff nach ihrer Reisetasche. Da sie nicht schwer war, ließ Rabea ihn gewähren. Sie hatte nur wenig eingepackt, da in ihrem alten Zimmer noch genügend Kleidung im Schrank hing.

»Ich mache uns gleich frischen Tee. Dazu gibt es den Apfelstreuselkuchen von Brunhilde nebenan, den du so magst. Und dann erzählst du mir, wie es in Amerika war.« Auf der Eingangstreppe hielt er inne. »Ach, sag, wollte dich Lucie nicht abholen und mitkommen?«

»Eigentlich ja, aber sie ist schon wieder auf Abwegen. Vermutlich jetzt noch ein dritter Mann.« Rabea schmunzelte.

»Wie?« Der Rabbi sah verwirrt drein.

»Erzähl ich dir drinnen, Großvater.«

Sie betrat nach ihm das Haus, und sofort umfing Rabea die Geborgenheit ihrer Kindheit. Sie kam gerne hierher zurück. Während ihrer zwei Jahre währenden Flucht hatte sie sich fast jeden Tag danach gesehnt, noch einmal ihr Zuhause zu sehen. Irgendwie fühlte es sich für sie noch immer unwirklich an, dass sie ihr altes Leben zurückhatte. Dafür hatte Jules nun das gleiche Schicksal ereilt. Doch sie war zuversichtlich, dass es bei ihm nicht zwei Jahre dauern würde, bis er seine Angelegenheiten klären konnte. Als Erstes entließ sie Hobbit aus der Transportkiste, sorgte für Wasser und Futter und richtete das Katzenklo her. Hobbit ging sofort auf Erkundungstour. Rabea verstaute noch das wenige aus ihrer Tasche in Schrank und Schublade und betrat danach das Wohnzimmer, in dem sie ein liebevoll gedeckter Couchtisch erwartete. Ihr Großvater hantierte mit der geblümten Teekanne, aus der schon ihre Großmutter der kleinen Rabea eingeschenkt hatte, und stellte sie auf einem Stövchen ab.

Rabea ließ sich mit Schwung in die alte Couch fallen. »Einfach immer wieder schön, nach Hause zu kommen, Großvater.«

Der alte Rabbi strahlte. Rabea tat es gut, ihn so glücklich zu sehen. »Und nachher spielen wir Schach, wie in alten Zeiten.«

»Aber nur, wenn du mich nicht wieder ständig gewinnen lässt«, drohte er ihr mit dem Zeigefinger.

»Ich?« Rabea riss in gespielter Entrüstung die Augen auf.

»Tu nicht so unschuldig, Kind. Ich mag alt sein, aber nicht begriffsstutzig. Ich merke es, wenn du anfängst, deine Taktik zu meinen Gunsten zu ändern.« Er balancierte ein großes Stück Streuselkuchen auf ihren Teller und setzte einen Berg Sahne obendrauf. Rabea aß es mit Genuss. Es waren die kleinen Freuden, die das Leben lebenswert machten.

»Schön zu sehen, wie es dir schmeckt. Du bist auch nicht mehr so dünn und blass wie bei deinem letzten Besuch. Dieser Ryan scheint dir gutzutun. Vielleicht lerne ich ihn auch einmal kennen? Ich wäre für Urenkel bereit.«

Rabea verschluckte sich an einem Streusel.

»Na, na.« Ihr Großvater stand auf und klopfte ihr den Rücken. »Langsam.«

»Dito, Großvater, langsam«, sagte Rabea, als sie wieder Luft bekam. »Und selbst wenn, überleg doch mal, von einem Urenkel in Washington hättest du nicht viel.« Rabea hatte die Worte wie selbstverständlich dahingesagt. Umso mehr verblüffte sie jetzt die Antwort ihres Großvaters. »Oh, einen letzten Umzug im Leben könnte ich mir schon noch vorstellen.«

»Wie bitte?« Fast hätte sie sich erneut verschluckt. »Du würdest aus Nürnberg wegziehen, aus dem Haus, in dem du mit Großmutter so lange glücklich warst? Das ist jetzt nicht dein Ernst.«

Ihr Großvater sagte nichts, sondern beschäftigte sich eingehend mit seiner Teetasse.

»Großvater, was ist los?«

Er ließ von der Tasse ab und sah sie betrübt an. »Es ist Brunhilde. Seit ihr Mann im letzten Jahr gestorben ist, meint sie, na ja, also ...«, druckste er herum.

Rabea sah von ihrem Großvater zum Streuselkuchen und wieder zu ihm zurück. »Ich verstehe. Brunhilde ist also wieder auf Freiersfüßen?«

»Ja, aber sie ist gar nicht mein Typ.«

Rabea verkniff sich ein Lachen, da ihr Großvater ein noch trübseligeres Gesicht machte. »Nicht dein Typ?«

»Ja, das sagt man doch heute so, oder? Dauernd kommt sie vorbei und drängt mir irgendwelches Essen und Kuchen auf, oder sie lädt mich zu den verrücktesten Sachen ein. Neulich wollte sie mit mir ins Kino! Sonntagvormittag! Sie hat mich einfach mitgezerrt. Meine Güte, ich war ewig nicht mehr im Kino, zuletzt mit deiner Großmutter vor vierzig Jahren, und da nannte man so was noch Lichtspielhaus!«

Rabea kannte Brunhilde seit ihrer Kindheit. Sie war fast einen Kopf größer als ihr Großvater, mit ausladendem Busen und sehr resolut. Das Bild, wie sie den Rabbi mit sich zerrte, konnte sie sich lebhaft vorstellen. »Du bist also in Brunhildes mütterliche Fänge geraten und willst jetzt bis nach Washington vor ihr flüchten?«

»Ja, mach dich nur über mich lustig. Es ist ernst. Ich traue mich schon gar nicht mehr aus dem Haus, aus Furcht, ihr über den Weg zu laufen.«

Rabea kicherte jetzt doch. »Da kann ich dir nicht helfen, da musst du leider allein durch, Großvater. Andererseits, was spricht dagegen, wenn du ein wenig umsorgt wirst? Der Kuchen ist jedenfalls lecker.« Rabea stibitzte sich ein paar weitere Streusel.

»Schon gut, ich sag ja nichts mehr. Also kann ich nicht so bald mit Urenkeln rechnen?« Der Rabbi legt den Kopf schief und versuchte es mit einem Blinzeln.

»Nein, ich kenne Ryan doch noch gar nicht so lange.«

»Na und? Deine Großmutter und ich haben in weniger als acht Wochen nach dem Kennenlernen geheiratet.«

»Das waren andere Zeiten, Großvater.«

Der alte Rabbi nickte ernst. »Da hast du leider recht, Kind. Noch ein Stück Kuchen?«

»Gerne.«

»So, und jetzt erzähl mir alles über Washington. Wie war es dort?«

Sie unterhielten sich, bis Lucie, ein wenig neben der Spur, kurz nach halb neun Uhr abends bei ihnen eintraf. Zum Schach waren der Rabbi und seine Enkelin gar nicht erst gekommen. Zwischendurch hatte Rabea für ihren Großvater den Eintopf vom Mittag (ebenfalls ein Beitrag der rührigen Brunhilde) aufgewärmt.

Rabea und Lucie hatten ihn natürlich eingeladen, sie zum Abendessen zu begleiten, aber das war dem alten Rabbi dann doch zu spät. Außerdem wollte er dem »Mädchentratsch«, wie er es nannte, nicht hinderlich sein. »Ihr habt euch doch sicher wieder die aufregendsten Dinge zu erzählen.« Was Rabea nicht verneinte und Lucie zu einem geseufzten »Du kennst mich einfach zu gut, Großvater Rosenthal« veranlasste.

»Und jetzt leg los«, forderte Rabea ihre Freundin auf, als sie bei ihrem Lieblingsitaliener in einer Nische saßen. »Was hast du heute angestellt, und was ist das für eine Geschichte mit den zwei Männern? Du siehst wirklich ein wenig mitgenommen aus. Bist du schon schwach geworden, oder ist Prince Charming noch immer im Dauereinsatz?«

»Oh Mann, so beginnt ein typisches Rabea-Verhör.« Lucie schüttelte sich in gespieltem Entsetzen. »Dafür siehst du gut aus, richtig proper. Du hast hübsch zugenommen, finde ich. Zu viele amerikanische Pies und Cheesecakes?«

»Danke, Freundin. Großvater hat das auch schon festgestellt, aber netter. Ist das etwa deine Umschreibung dafür, dass ich jetzt fett bin?«

»I wo, das sind doch höchstens ein paar Kilo. Besser so. Bei dir hat man sich ja an den Rippen gestoßen.«

Der Keller brachte ihnen den bestellten Wein, zusammen mit einer kleinen Auswahl Bruschetti. Die jungen Frauen warteten, bis er wieder verschwunden war.

»Sag mal, hast du Fotos von den beiden? Die muss ich sehen!« Rabea griff sich eine Bruschetta mit Tomaten und Knoblauch und biss herzhaft hinein.

Lucie nahm ihr Smartphone vom Tisch, tippte darauf herum und hielt es Rabea hin. »Hier. Der Dunkelhaarige ist Andrea, der Witwer, und …«, Lucie scrollte weiter, »der Blonde ist Jonathan.« Sie lächelte verklärt.

»Nicht schlecht gewählt, Lucie. Ups, du hast ja noch gar nicht gewählt.«

»Nö, aber dafür habe ich ja dich. Morgen Abend ist Andrea dran. Wir gehen zusammen essen. Damit du dein Gewicht hältst«, ergänzte sie.

»Aha. Und er ist damit einverstanden, dass du gleich bei einem eurer ersten Dates eine Freundin mitbringst?«

»Da muss er durch. Ich habe ihn auf ein Tribunal vorbereitet, und er hat gesagt, er kann das Kreuzverhör kaum erwarten.«

»Schlagfertig scheint er ja zu sein.« Rabea schob sich den Rest der Bruschetta in den Mund. »Und jetzt verrate mir, was du heute angestellt hast, dass du mich darüber vergessen hast«, forderte sie ihre Freundin auf, während sie sich mit der Serviette einen Tropfen Olivenöl aus dem Mundwinkel tupfte.

Lucie versuchte zwar, sich nichts anmerken zu lassen, aber Rabea war das leichte Flackern in ihren Augen nicht entgangen. »Also doch. Mit wem warst du in der Kiste? Dunkel-Andrea oder Blond-Jonathan?«

»Menno, Rabea, dass du einem immer das Ohr abkauen

musst«, wich Lucie ihr aus und schob sich selbst ein ganzes Stück Bruschetta in den Mund.

»Menno?«

»Daf fagt Matti imma«, erwiderte Lucie undeutlich.

»Meine Güte, nun zier dich nicht so. Oder …«, Rabea machte eine Kunstpause, »habe ich schon wieder was verpasst und es gibt längst einen lachenden Dritten?« Gleichzeitig mit dem bösen Blick, der Rabea aus Lucies Richtung traf, kehrte auch der Kellner zurück. »Ihre Fettuccine al salmone, Signorine. Frisch und gut! Buon appetito«, sagte er schwungvoll.

Sie griffen beide zu ihrem Besteck. Bei Lucie sah es aus, als wolle sie sich damit bewaffnen – was wiederum Rabea darin bestärkte, dass Lucie interessante Details des heutigen Tages verschwieg und es ratsam war, nicht lockerzulassen. Bisher hatte sie ihrer Freundin über kurz oder lang noch jeden Wurm aus der Nase gezogen. Irgendwas war im Busch. Und es schien tatsächlich nichts mit ihrem doppelten Männer-Dilemma zu tun zu haben.

»Kann ich dir irgendwie helfen, Lucie? Gibt es vielleicht wieder ein Problem mit deinem Vater?« Rabea war im Bilde, dass Heinrich von Stetten von Zeit zu Zeit gewisse Anwandlungen hatte, bei denen er versuchte, seine Tochter in das Von-Stetten-Unternehmenskorsett hineinzuzwängen. Wie Rabea konnte er sehr hartnäckig sein.

Lucie schüttelte den Kopf und rollte sich eine Gabel Fettuccine auf.

»Willst du nicht mit mir darüber reden oder darfst du nicht?«

»Och, Rabea, du bist wirklich die Pest.«

»Ich weiß.« Rabea lächelte.

»Und ich darf und möchte nicht darüber reden. Schluss und basta. Themawechsel, bitte.«

»Hat es etwas mit Lukas zu tun?«

»Hast du mir gerade nicht zugehört? Ich möchte nicht darüber reden. Das ist privat«, schnappte Lucie.

»Also hat es mit Lukas zu tun. Sag mal, war seine Frau heute in Zürich? Weißt du das zufällig?«

Lucies Reaktion war Antwort genug. Der Mund ihrer Freundin stand offen, die Hand mit der Gabel Fettuccine auf halbem Weg erstarrt.

*Also doch*, dachte Rabea im Stillen. Magali war heute in Zürich gewesen, und Yussuf war dort irgendwie an die Daten ihres Handys gelangt. Und Lucie war irgendwie in die Sache involviert.

»Wie machst du das nur immer? Kannst du neuerdings auch noch hellsehen?«, echauffierte sich Lucie. Sie sah ein, dass es keinen Zweck hatte zu leugnen. Ihre Freundin würde es ihr sowieso nicht abnehmen und weiterbohren.

»Natürlich nicht. Ich habe rein zufällig davon erfahren, und meine Frage war ein Schuss ins Blaue. Magali war also in Zürich, und ich vermute, das soll Lukas nicht wissen. Hat bestimmt irgendetwas mit ihrer seligen Mutter Carlotta zu tun. Und da die für Lukas noch immer ein rotes Tuch ist … Schlussfolgerung: Du hast ihre Reise als gute Freundin gedeckt, und jetzt hast du ein schlechtes Gewissen deinem Bruder gegenüber. Tja, eine Seite verliert immer.«

»Das stimmt so weit, aber in einem irrst du dich: Magali wird es Lukas erzählen. Wahrscheinlich tut sie das gerade.« Lucie nahm einen Schluck aus ihrem Weinglas, ehe sie in unheilschwangerem Ton hinzufügte: »Denn in Zürich ist etwas passiert.«

Rabea hatte sich unwillkürlich vorgebeugt. Würde sie nun erfahren, wie Yussuf an Magalis Handydaten gekommen war? Gespannt wartete sie darauf, dass Lucie fortfuhr.

»Magali wollte etwas aus einem Bankschließfach holen«, begann Lucie und nestelte an ihrer Serviette herum. »Aber auf dem Rückweg zu ihrem Auto wurde sie überfallen und ihre Handtasche gestohlen.«

»Mein Gott, geht es ihr gut?«, entfuhr es Rabea erschrocken.

»So weit schon, sie sagt, es war nur ein Schreck, jedenfalls wurde sie nicht verletzt. Aber sie hat Angst. Sie glaubt nicht, dass es ein Zufall war.«

»Natürlich war es kein Zufall.« Rabeas Verstand rotierte längst. *Yussuf ließ Magali verfolgen? Warum?* Wenn er nur ihr Handy hatte haben wollen, hätte er das auch in Nürnberg bewerkstelligen können.

Lucie sprach weiter. »Ja, sie fragt sich, ob der Dieb vom Schließfach bei der Zürcher Bank gewusst hat oder er sie nur aus der Bank kommen sah und ihr die Handtasche auf gut Glück entrissen hat. Die zweite Variante wäre ihr lieber.«

»Verständlich. Aber ich glaube nicht daran. Sie ist Carlotta van Kampens Tochter.« Rabea dachte an ihre unfreiwillige Unterhaltung mit der Holländerin zurück, als sie in den Katakomben ihrer römischen Residenz gefangen gewesen war. Auch wenn Magalis Mutter tot war, die angeblichen Beweise, die sie gegen den Kirchenstaat gesammelt hatte, waren noch irgendwo in der Welt. Zumindest schienen das ihre Feinde zu glauben. »Habt ihr die Zürcher Polizei wegen des Diebstahls informiert?«, fragte sie jetzt.

»Nein, aber ich habe Fonton auf die Sache angesetzt.«

»Gut, sicher hat er auch den Schutz von eurer Familie nochmals verstärkt.«

»Ja, wir können uns nicht mehr ohne einen Schatten bewegen. Meiner sitzt dort hinten am Tisch.«

Rabea widerstand der Versuchung, sich nach Lucies Bodyguard umzusehen.

»Aber es ist nicht nur das. Magali ist völlig durcheinander. Erst will Vater meinen Bruder davon überzeugen, den Vorsitz der Von-Stetten-Stiftung zu übernehmen, und jetzt hat er noch eine Einladung vom Papst bekommen, die Leitung einer Ethik-Kommission zu übernehmen, um den Ruf der katholischen Kirche aufzupolieren. Das ist aber geheim, und du weißt das nicht von mir. Obwohl es Magali verständlicherweise nicht gefällt, möchte sie trotzdem, dass er zusagt. Aber er hat sich noch nicht entschieden. Magali meint, er will sie nicht allein lassen, weil sie schwanger ist.«

»Lukas hat noch gar nicht zugesagt?«, rutschte es Rabea heraus.

Nun war es an Lucie, ihre Freundin interessiert zu mustern. Sie wirkte ehrlich verblüfft. »Wie jetzt? Ich hatte eigentlich eine spöttische Bemerkung zu Kirche und Ethik erwartet, ein *Das schließt sich wohl gegenseitig aus* oder so. Stattdessen scheinst du nicht überrascht zu sein. Ich könnte glatt auf die Idee kommen, dass du schon Bescheid wusstest. Entweder du bist zur Meisterspionin mutiert oder du kannst wirklich hellsehen.«

»Keins von beidem. Ich habe auch eine Einladung erhalten.«

Lucie riss die blauen Augen auf. »Nein, die Marienkäfer fliegen rückwärts … Du nimmst mich jetzt doch auf die Schippe!«

»Tu ich nicht. Die haben mich wirklich eingeladen. Mit Brief und Siegel und dem ganzen Gedöns. Ich schwöre.«

»Scheiße. Die wollen den Teufel wirklich mit dem Beelzebub austreiben?«

»Genau.« Rabea grinste über das ganze Gesicht.

»Amen. Der neue Papst muss verrückt sein.«

»Oder ehrlich. Vielleicht will er das für seine Kirche auch.«

»Gott helfe ihm.«

»Er hat ja die besten Beziehungen.«

»Und, wirst du zusagen?« Lucie stoppte. »Warte, du sagst zu, wenn Lukas zusagt, oder?«

Rabea sagte nichts, sah ihre Freundin nur an.

»Teufelin!«

»Ich habe nie das Gegenteil behauptet.«

# Kapitel 15

Sie hatten das Haus für sich allein. Matti übernachtete bei seinen Großeltern, die drei Hunde waren bei ihm.

Als Magali gegen halb neun das Haus betrat, kam ihr Lukas lächelnd im Flur entgegen. »Nanu? Schon da? Lucie sagte, ihr macht euch heute einen Frauenabend?« Er wollte sie zur Begrüßung küssen, doch Magali ließ es nicht zu, drehte den Kopf weg, wich vor ihm zurück. Lukas runzelte die Stirn, erfasste Magalis verkrampfte Haltung, aber auch die spürbare Nervosität, als ginge ihr ein Spannungsfeld voran. »Geht es dir nicht gut? Ist etwas mit dem Baby? Soll ich dir einen Tee machen?«, reagierte er auf das Naheliegende.

»Dem Baby geht es gut, Lukas. Aber wir müssen reden. Setzen wir uns ins Wohnzimmer.«

Sie beichtete ihm alles, schonte sich nicht. Nachdem sie geendet hatte, saß sie mit gesenktem Kopf da, unfähig, Lukas in die Augen zu sehen. Er schwieg, und es war diese Stille, die ihr zusetzte und Raum für Grübeleien und Selbstbezichtigungen schuf, denselben, die sie bereits auf der Herfahrt gewälzt hatte. Sie und Lukas waren seit Barcelona auf einem guten Weg gewesen; erstmals hatte sie das Gefühl gehabt, nicht mehr gegen einen Geist namens Rabea ankämpfen zu müssen. Doch nun hatte sich ein weit gefährlicheres Gespenst zwischen ihnen erhoben, ihre tote Mutter Carlotta. Die Situation wies Parallelen auf: So wie Lukas durch Rabeas vermeintlichen Tod nicht endgültig mit ihr hatte abschließen können, so erging es ihr nun mit ihrer Mutter. Sie hatte geglaubt, mit Carlottas Tod wäre das

Band ihrer Vergangenheit sauber durchtrennt worden, doch nun begriff sie, dass das Gegenteil der Fall war. Sie waren noch nicht fertig miteinander gewesen, und nun würde sie nie mehr eine Gelegenheit dazu haben. Und das hatte sie unbewusst dazu getrieben, die Brücke in ihre gemeinsame Vergangenheit zu überschreiten, und nicht, wie sie sich anfänglich eingeredet hatte, um sich selbst zu beweisen, dass sie stark genug sei, allein mit dem Vermächtnis ihrer Mutter fertigzuwerden. Nun gestand sie sich ein, dass es ein vergeblicher Versuch gewesen war, auf diese Weise mit ihr abschließen zu können. Selbst im Tod hatte ihre Mutter noch Macht über sie. Sie würde Lucies Rat befolgen und sich professionelle Hilfe suchen. Das hätte sie längst tun sollen. Sie hatte Lukas belogen, das neu aufgebaute Vertrauen aufs Spiel gesetzt, ihn enttäuscht.

Lukas hatte ihrem Bericht mit versteinerter Miene zugehört. »Das bedeutet, du hast mich angelogen und den Schlüssel behalten – mit dem Resultat, dass du heute in Zürich überfallen wurdest?«, begann er relativ ruhig. Dann aber hob sich seine Stimme. »Mein Gott, du bist schwanger, Magali! Dir und dem Baby hätte sonst was passieren können. Wie konntest du nur? Das war absolut unverantwortlich!« Er war aufgesprungen und hatte sich vor ihr aufgebaut. In seinem Gesicht spiegelten sich die verschiedensten Empfindungen wider. Neben Wut war das vor allem die Enttäuschung über ihren neuerlichen Vertrauensbruch.

»Du hast ja recht, Lukas. Das alles tut mir sehr leid, ich kann mich nur wiederholen. Aber bitte, setz dich wieder. Das war noch nicht alles.«

»Wie? Hast du etwa noch mehr zu beichten?«, rief Lukas, und seine Stimme schwankte zwischen Ungläubigkeit und Verärgerung.

»Bitte setz dich zuerst, Lukas. So bekomme ich Nackensteife.« Da war sie wieder, ihre Gereiztheit. Sie kam nicht dagegen an. Widerstrebend ließ sich Lukas auf den Sessel gegenüber sinken. Nicht neben sie, wie eben noch. Magali notierte die feine Nuance sehr wohl. Lukas ging auf Distanz. »Ich glaube nicht, dass der Überfall ein Zufall gewesen ist«, begann sie.

»Natürlich nicht! Der Dieb hat dich aus der Bank kommen sehen und auf gut Glück zugeschlagen.«

»Nein, Lukas, ich meine, dass der Dieb genau wusste, wer ich bin und warum ich in der Bank war.«

»Du meinst, dass er dir schon vorher gefolgt ist? Aber warum?«

»Weil ich Carlotta van Kampens Tochter bin. *Ihre Erbin.*«

»Stimmt, du hast dich ja heute als genau das erwiesen«, kommentierte Lukas grimmig.

»Lukas … bitte«, sagte Magali gequält.

»Schon gut.« Lukas hob die Hände und sah seine Frau prüfend an. »Konzentrieren wir uns auf das Wesentliche, auf die Konsequenz aus dieser Erkenntnis. Was genau hast du in dem Schließfach gefunden? Ich nehme an, der Inhalt war der Grund, warum du die Schweizer Polizei nicht informiert hast?«

Magali senkte den Kopf. Der ursprüngliche Grund war gewesen, unangenehmen Fragen auszuweichen, und damit der Versuch, ihren Ausflug zu verschleiern. Dieses nicht ganz astreine Motiv behielt sie lieber für sich.

Zum Glück hatte Lucie einen kühlen Kopf bewahrt und James Fonton eingeschaltet. Tatsächlich aber war es eine kluge Entscheidung gewesen, die Polizei nicht hinzuzuziehen. Nicht auszudenken, wenn der Vorfall zu den Medien durchsickerte und ihr Ausflug in der Boulevardpresse als *Nürnberger Industriellenfrau in Zürich ausgeraubt* bekannt würde. Das hatte Lucie angemerkt, bevor sie sich in Zürich getrennt hatten und jeder in seinen eigenen Wagen gestiegen war.

»Ja«, beantwortete sie jetzt Lukas' Frage. »Erinnerst du dich an die Begleitnotiz meiner Mutter zum Schließfachschlüssel?«

»Die Büchse-der-Pandora-Botschaft?«

»Es ist eine Art Dossier. Eine Ansammlung kruder Verschwörungstheorien. Mutter wollte damit die katholische Kirche entweder bloßstellen oder sogar erpressen.«

»Erpressung?« Lukas stieß einen Unmutslaut aus, kniff die Augen zusammen. »Und womit?«

»Eben das weiß ich nicht. Ich habe den Inhalt nur überflogen.« Magali spürte, dass Lukas' Interesse geweckt war, und fuhr beinahe hastig fort. »Das Dossier besteht aus Dutzenden von Seiten. Im Schließfach befinden sich noch mehr Dokumente, auch ältere. Dazu Patente, Blaupausen von Gebäuden und irgendwelchen Maschinen. Wenn du möchtest, fahren wir zusammen nach Zürich und du kannst dir den Inhalt in Ruhe ansehen. Womöglich findest du etwas darunter, das deine Arbeit für die Ethik-Kommission unterstützen könnte.«

»Ich habe mich noch nicht entschieden, nach Rom zu gehen«, antwortete Lukas verdächtig schnell.

»Oh doch, das hast du, schon nach dem Anruf dieses Papstsekretärs und noch bevor das Päckchen mit den Unterlagen aus dem Vatikan eingetroffen ist. Dir fehlte nur der Mut, es mir gleich zu sagen.« Urplötzlich entzündete sich ihr Hass auf den alten Feind, die Kirche. Dabei hatte sie Lukas längst ihren Segen gegeben, nach Rom zu gehen. Zusammen mit ihrem Hass hatte sich auch die kleine garstige Stimme eingestellt, die flüsterte: *Wäre Lukas die Ethik-Kommission nicht angetragen worden, dann wärst du nie nach Zürich gefahren und säßest jetzt nicht hier und müsstest die Enttäuschung in seinem Gesicht lesen.* Warum, haderte sie weiter, konnte die Kirche sie beide nicht einfach in Ruhe lassen? Warum musste sie sich erneut in ihr Leben einmischen?

»Nein, das stimmt nicht«, wiegelte Lukas ab. »Ich habe mich wirklich noch nicht entschieden, und ganz sicher wäre ich nicht zu feige, um es dir zu sagen.« Unvermittelt fand sich Lukas selbst in die Defensive gedrängt. Denn es stimmte, was Magali sagte. Er hatte sich längst *dafür* entschieden. Es war ihm nur bis zu diesem Augenblick selbst nicht bewusst gewesen.

Stattdessen sagte er: »Wir kommen vom Thema ab. Hatten

wir nicht beschlossen, dass wir alles hinter uns lassen wollen, das Schließfach deiner Mutter ignorieren und den Schlüssel wegwerfen?« Gleichzeitig gestand er sich ein, dass seine Neugierde geweckt war. Offenbar war sie ansteckend. Und da dies ihn ärgerte, konzentrierte er seine Wut auf Magali. »Warum hast du das hinter meinem Rücken getan und meine Schwester mit hineingezogen? Ausgerechnet Lucie!«

»Wenn du wütend sein willst, dann bitte nur auf mich. Das geht nur uns beide was an. Als Freundin hat Lucie mir helfen wollen.«

»Als Schwester hätte sie ihren Bruder anrufen sollen«, konterte Lukas.

»Jetzt schweifst du vom Thema ab. Willst du nicht wissen, was auf der Speicherkarte ist?«

»Welcher Speicherkarte?«

»Die *Büchse der Pandora*?«

»Ich dachte, das Dossier wäre die Büchse?«

»Nein, es gibt noch eine Micro-SD. Darauf ist ein Film.«

»Hast du ihn dir angesehen?«

»Ja, noch in Zürich, zusammen mit Lucie. Ich hatte die SD-Karte in meine Jeans gesteckt, darum wurde sie nicht mit der Handtasche gestohlen.«

»Kann ich den Film sehen?«

»Ja, ich habe Lucie die SD mitgegeben.«

»Wieso hat Lucie die Karte?«, fragte Lukas befremdet.

»Weil mir dieses Ding Angst einflößt. Mutter spricht darauf. Ich kann mir den Film keinesfalls nochmals ansehen«, antwortete Magali leise, und ein Schauer durchlief ihren Körper.

Lukas musterte seine Frau aufmerksam, doch seine Wut schien verraucht. Mit einer müde wirkenden Geste fuhr er sich durch sein ohnehin wirres Haar. Absurderweise schoss Magali bei seinem Anblick durch den Kopf, dass ihr Mann dringend zum Friseur musste. Nervös bearbeitete sie die Innenseite ihrer Wange, fragte sich, was Lukas tun würde. Sie dachte an seinen

Ausbruch in Barcelona, als er ihr mit Scheidung gedroht hatte und damit, ihr Matti wegzunehmen, weil sie eine Mutter war, die ihr Kind nicht verdient hatte. Hielt er sich zurück, weil sie schwanger war? Das wäre ihr nicht recht. Sie wollte keine falsche Rücksichtnahme, sie wollte seine Liebe. *Wie viel davon hatte sie heute aufs Spiel gesetzt?*

Und dann überraschte sie ihr Mann.

»Ich muss dir auch etwas gestehen, Magali. Als du mich vor zwei Wochen auf dem Schulparkplatz erreicht hast, um mir von der Botschaft und dem Schließfachschlüssel deiner Mutter zu erzählen, habe ich auf der Heimfahrt überlegt, ob ich stark genug wäre, der Versuchung zu widerstehen. Ehrlich gesagt, war ich erleichtert, als du mir bei meiner Ankunft die Entscheidung bereits abgenommen hattest.«

Magali presste das Kissen, das sie umklammert hielt, an sich. Verblüfft starrte sie ihren Mann an, während Lukas weitersprach: »In den letzten Tagen habe ich öfter bedauert, dass du den Schlüssel weggeworfen hattest. Also erging es mir nicht anders als dir. Und ich habe nicht die Entschuldigung, van Kampens Tochter zu sein. Ich kann dir daher nicht für etwas böse sein, das ich vermutlich selbst nicht geschafft hätte. Das wäre scheinheilig. Aber eines musst du mir versprechen, Magali! Lüge mich nie wieder an und tu so etwas nie mehr hinter meinem Rücken! Du hast dich und unser Baby damit unnötig in Gefahr gebracht. Wir sollten ehrlich zueinander sein, ohne Ehrlichkeit gedeiht keine Liebe. Also, von nun an keine Heimlichkeiten mehr. Versprichst du mir das?«

Magali nickte, sie zitterte jetzt, und in ihren großen blauen Augen schimmerten Tränen. Lukas kam zu ihr und schloss sie fest in die Arme. Sie schmiegte sich hinein, genoss seine Wärme und die Sicherheit, die seine Gegenwart ihr gab. »Ist ja gut, Liebes, es ist vorbei. Das muss heute ein furchtbarer Schreck für dich gewesen sein. Kann ich dich trotzdem kurz allein lassen? Ich möchte Fonton anrufen. Nicht falsch verstehen, aber ab sofort lasse ich dich nirgendwo mehr allein hingehen. Noch einmal wird meine Frau nicht überfallen!«, ergänzte er entschlossen.

Magali hatte nur eines verstanden: Lukas hatte *meine Frau* gesagt. Sie gestand sich jetzt erst ein, dass sie befürchtet hatte, dass er sie verlassen würde. Als ob ein Mann wie Lukas eine schwangere Frau im Stich lassen könnte … Völlig grundlos hatte sie sich in eine Art Hysterie hineingesteigert. Verflixte Hormone, dachte sie nun selbst. Sie brachten sie wirklich gehörig durcheinander. Lucie hatte recht, ihre Mutter hatte ganze Arbeit an ihr geleistet. Sie musste dringend an sich arbeiten, sie machte sich mit ihrem mangelnden Selbstwertgefühl nur das Leben schwer.

Lukas kehrte von seinem Telefonat zurück. »Fonton hatte bereits alles in die Wege geleitet, nachdem er von Lucie über den Diebstahl informiert wurde«, teilte er ihr mit. »Vor der Tür steht ein Fahrzeug mit zwei seiner Männer. Und die Villa ist sowieso eine Festung, Matti geht es gut. Komm, gehen wir ins Bett. Es war ein langer Tag, du musst völlig erschöpft sein. Morgen früh fahre ich zu Lucie rüber und sehe mir die Speicherkarte an. Danach können wir immer noch entscheiden, ob wir zusammen nach Zürich fahren. Ich fürchte, solange wir nicht Gewissheit haben, wird uns deine Mutter bis in alle Ewigkeit verfolgen.«

# Kapitel 16

»Aufstehen!« Jemand rüttelte Lucie an der Schulter. Auf diese Weise unsanft geweckt, weigerte sie sich, die Augen zu öffnen.

Außerdem war es am Abend spät geworden. Oder vielmehr früh, Rabea und sie hatten sich erst gegen vier Uhr morgens getrennt. Die Flasche Rotwein und die diversen Cocktails, die sie bei ihrem Streifzug durch das Nürnberger Nachtleben konsumiert hatten, erwiesen sich jetzt als Vitalitätsbremse, waren aber lecker gewesen.

»Es ist Samstag. Lass mich schlafen«, brummte sie und kuschelte sich fester in ihre leichte Decke.

»Nix da.« Die Decke wurde von ihr weggezerrt.

»Mensch, Lukas, du Nervensäge!« Lucie öffnete ein Auge und sah zu ihrem Bruder auf, der breitbeinig vor ihrem Bett stand. Oje, dachte sie, der sieht nach Hühnchen rupfen aus. Magalis Beichte färbte auf sie ab. Damit war zu rechnen gewesen. Aber nicht jetzt. »Kann das nicht warten?« Lucie versuchte, nach ihrer Decke zu grapschen.

»Nein.«

»Also gut, du Hüter von Sitte und Ordnung.« Lucie setzte sich auf und gähnte und streckte sich herzhaft. »Dann schimpf mal tüchtig mit mir, weil ich Magali in Zürich geholfen habe, und dann verschwinde wieder.«

»Ehrlich, Lucie, manchmal wünschte ich, ich wäre ein Einzelkind.«

»Komisch, dasselbe habe ich auch gerade gedacht.«

»Bist du nicht auf die Idee gekommen, mich anzurufen?«

»Nein, warum? Magali ist meine Freundin und sie hat mich um Hilfe gebeten.«

»Aber sie wurde überfallen und ist schwanger. Hast du daran gedacht?«

»Dass sie überfallen wurde, habe ich erst erfahren, als ich dort ankam. Und ja, du Schlauberger, ich weiß, dass sie schwanger ist. Akzeptiere einfach, dass es hier nicht nur um Freundschaft, sondern auch um Vertrauen geht. Magali hat sich mir anvertraut. Ich habe ihr geholfen. Basta. Und jetzt gib mir meine Decke zurück und hör auf, dich wie der Erzengel Gabriel aufzuführen«, schmetterte Lucie ihn ab.

»Ich gebe auf«, Lukas hob die Hände. »Mit dir zu diskutieren ist wie gegen eine Panzersperre zu treten.«

»Das sagt Papa auch immer.«

»Schön, dass wir uns wenigstens da einig sind. Also gut. Magali sagt, du hättest die Micro-SD aus dem Schließfach? Wo ist das Ding?«

»Ah«, Lucie tat so, als würde sie sich Luft zufächeln, »rieche ich da plötzlich den Van-Kampen-Schwefel? Hat dich wohl auch benebelt, was?«

»Lucie …«

»Schon gut.« Lucie fiel ein, dass die Karte noch immer in ihrer Jeans steckte, und ärgerte sich über ihre Nachlässigkeit. Eigentlich hatte sie sie heute Morgen bei ihrer Rückkehr im Safe ihres Vaters verstauen wollen, aber dann war sie doch zu müde gewesen. »Sie ist noch in meiner Jeans«, teilte sie ihm mit.

»Und wo ist deine Jeans?«

Lucies Blick flog über den Boden. Wenn sie sich richtig erinnerte, hatte sie sich mitten im Zimmer ausgezogen und alles an Ort und Stelle liegen gelassen. Wie immer. Doch da lag nichts. Hatte sie sich doch im Bad ausgezogen? Sie rappelte sich auf und trippelte barfuß ins Bad. Keine Spur von ihrer Kleidung. Sie sah im Wäschekorb nach. Leer. *Mist!*

Lucie lief ins Treppenhaus auf und rief in einer Lautstärke, die Lukas zusammenzucken ließ, nach der Haushälterin, die Frau Gabler nach ihrem unglücklichen Tod abgelöst hatte.

Die Frau erschien kurz darauf. »Bitte, Frau von Stetten?«

»Frau Winkelmann, kann es sein, dass Sie meine Kleidung von gestern eingesammelt haben?«

»Ja, sie ist schon im Trockner. Ich bringe sie Ihnen gleich … Aber was haben Sie denn, ist Ihnen nicht gut?«

Lucie starrte die Frau an, hinter ihr stand Lukas im Türrahmen. Er hatte mitgehört. Die Geschwister sahen sich kurz an und stürmten gleichzeitig los, die Treppe hinab, durch die Küche und in den dahinterliegenden Hauswirtschaftsraum. Der Trockner lief auf Hochtouren. Lukas stellte ihn ab. Ungeduldig warteten sie die Sechzig-Sekunden-Sperre ab. Dann zerrten sie alles heraus, fanden Lucies Jeans und tasteten sie ab. Nichts. Sie untersuchten die Trommel. Nichts. Daraufhin tasteten sie jedes einzelne Wäschestück einzeln ab, wieder ohne Ergebnis.

Frau Winkelmann, die ihnen gefolgt war, schüttelte den Kopf. »Was suchen Sie denn genau? Ich kontrolliere immer vor der Wäsche die Taschen.«

»Eine Micro-SD, quadratisch, gerade mal so groß wie ein Fingernagel.«

»Oh, dann ist sie mir vielleicht entgangen. Aber sehen wir im Flusensieb nach.«

Lucie zog es heraus. Keine Karte.

»Dann ist sie vielleicht noch in der Waschmaschine?«, überlegte Frau Winkelmann weiter. Zwei Zwillingsaugenpaare schwenkten zu dem Gerät, das schon wieder in Betrieb war. Es schäumte in der Trommel. Offenbar hatte Frau Winkelmann heute ihren Großwaschtag.

»Das Kochwäsche-Programm dauert noch eine halbe Stunde«, meinte die Haushälterin. »Wenn Sie möchten, lösche ich es gleich, ich muss dann aber noch das Wasser abpumpen.« Sie sah nicht so aus, als würde sie es gerne tun.

»Ja, bitte, es ist wirklich wichtig, Frau Winkelmann. Sagen Sie bitte Bescheid, wenn es so weit ist«, drängte Lucie.

»Sie können ja solange frühstücken, Frau von Stetten. Es ist alles bereit.«

»Danke«, sagte Lucie, und zu ihrem Bruder gewandt: »Bevor du mir den Kopf wäschst, ups, Kalauer, brauche ich zuerst einen Kaffee. Und ein Aspirin. Oder zwei. Das ist definitiv zu viel Aufregung für einen Morgen.« In der Küche füllte Lukas einen Becher mit Wasser, während Lucie das Aspirin aus der Medikamentenschublade holte. Sie rieb sich die Stirn, als sie sich an den Esstisch setzten.

Doch Lukas war nicht geneigt, Rücksicht auf ihren Kater zu nehmen. »Warum hast du die Karte überhaupt in deiner Jeans herumgetragen? Warum nicht in deiner Tasche?«

»Hallo? Weil vielleicht Magali gerade erst ihre Tasche geklaut worden ist?«

»Und wieso hast du sie nicht gleich rausgenommen und sicher verwahrt? In Vaters Safe, zum Beispiel, oder wenigstens in deinem Schreibtisch?«

»Halt den Rand, Lukas, du hast ja recht. Dasselbe frage ich mich jetzt auch. Ich bin einfach zu schusselig. Erst die Geschichte mit Magali in Zürich, und dann hatte ich noch Rabea dazu überredet, nach Nürnberg zu kommen, und prompt vergessen, sie vom Flughafen abzuholen. Wir waren gestern Abend verabredet.«

»Rabea ist hier?«

»Ja, bei ihrem Großvater. Sie fliegt Montag ganz früh zurück nach Berlin. Willst du sie sehen?« Lucie sah ihren Bruder forschend an.

»Ja, gerne. Ich möchte sie um etwas bitten. Ich rufe sie heute noch an.«

»Aber bleib brav, ja?«

»Was hältst du von mir?« Lukas sah seine Schwester konsterniert an.

»Ich mein ja nur. Hormone und so. Wäre ja nicht das erste Mal.« Lucie strich ausgiebig Honig auf ihren Toast.

»Was hat sie dir erzählt?« Lukas stellte seine Kaffeetasse so heftig ab, dass etwas Flüssigkeit über den Rand schwappte. Er bemerkte es nicht, er dachte an London und den Kuss. Viel hatte nicht gefehlt …

»Nichts, keine Bange. Wollte dich nur an deine Pflichten als Ehemann und Vater erinnern.«

»Wäre schön gewesen, wenn du Magali gestern an ihre Pflichten als Ehefrau und Mutter erinnert hättest«, retournierte Lukas scharf.

»Touché.« Lucie grub ihre Zähne in den Toast.

»Wann ist diese verdammte Waschmaschine endlich fertig?«, schimpfte Lukas los, um den Rest Verlegenheit abzuschütteln, die ihn mit Lucies Bemerkung befallen hatte.

»Sie ist fertig, Herr von Stetten.« Frau Winkelmann stand mit verkniffener Miene in der Tür.

Lucie sah, wie sich die Ohrläppchen ihres Bruders rot färbten. Sie lächelte in sich hinein. Fluchen war für ihn immer noch tabu. Eigentlich.

Lukas räusperte sich und stand auf. »Danke, Frau Winkelmann. Das war ein sehr guter Kaffee.«

Lucie folgte ihm in den Hauswirtschaftsraum. Sie tasteten erneut jedes Wäschestück ab. Nichts. Frau Winkelmann legte inzwischen die Wäsche aus dem Trockner zusammen und suchte dabei ebenfalls nochmals alles ab.

»Sie ist nicht da«, sagte Lukas. »Könnte es nicht doch sein, dass du die Karte aus der Jeans genommen hast? Vielleicht liegt sie ja irgendwo in deinem Zimmer. Oder sie ist dir beim Ausziehen aus der Tasche gerutscht?«

»Schlauer Bruder!« Sie kehrten im Eilschritt in Lucies Zimmer zurück und suchten dort den Boden und jede erdenkliche Ecke ab. »Du bist dir ganz sicher, sie nicht in Vaters Safe gelegt zu haben?«, mutmaßte Lukas am Ende der erfolglosen Suche.

»Ich hatte zwar gestern einen Schwips, aber daran würde ich mich bestimmt noch erinnern«, entrüstete sich Lucie.

»Na ja, deiner Fahne nach zu urteilen muss es mehr als nur ein Schwips gewesen sein.«

»Ja, ja, kennen wir schon. Spar dir deine Predigt, du Kathole.«

»Kein Grund, schnippisch zu werden. Ich habe die Micro-SD schließlich nicht verschlampt.«

»Als wenn ich es mit Absicht getan hätte! Außerdem, was bist du jetzt auf einmal so wild darauf? Ich dachte, dich interessiert das Schließfach der ollen van Kampen nicht?« Lucie funkelte ihren Bruder an.

Bevor sich die Geschwister richtig in die Wolle bekamen, ertönte eine Stimme von der Tür her. »Ich glaube, ich habe gefunden, was Sie suchen.« Die Haushälterin hielt ihnen auf ihrer Handfläche den winzigen Chip entgegen.

»Oje«, meinte Lucie, als sie sich über ihn beugte, »so ganz taufrisch sieht das Teil aber nicht mehr aus. Wo haben Sie sie gefunden, Frau Winkelmann?«

»Im Waschmaschinenflansch.«

»Oje, gar nicht gut. Danke, Sie haben uns sehr geholfen.« Lucie hatte sich die SD-Karte gegriffen, eilte an ihren Schreibtisch und klappte ihren Laptop auf.

»Wieso nicht gut?«, fragte ihr Bruder.

»Im Flansch ist immer auch Restwasser. Das heißt, sie wurde zweimal gewaschen, inklusive Kochwäsche, und zum Schluss lag sie noch im Wasserbad.« Bevor sie die Karte einlegte, erinnerte sie sich an Magalis Warnung und vergewisserte sich, dass ihr Computer offline war. »So, mal sehen, was passiert.« Es passierte nichts – bis auf die Systemmeldung, dass die Speicherkarte nicht erkannt wurde.

»Das war's dann wohl.« Lukas' Stimme klang vorwurfsvoll.

»Sei doch nicht immer gleich so pessimistisch. Ich rufe den finsteren Fonton an. Sicher können er oder ein Spezialist da noch was rausholen. Diese Dinger sind sehr stabil, glaub mir. Ist gar nicht so leicht, die Daten darauf völlig zu zerstören.« Lucie hielt bereits ihr Smartphone in der Hand.

»Warte!«, rief Lukas und machte eine Bewegung, als wollte er ihr das Handy wegnehmen.

Lucie sah ihn kopfschüttelnd an. »Was hast du? Misstraust du jetzt Fonton?«

»Nein, natürlich nicht. Aber die van Kampen ist eine gefährliche Frau gewesen, die sich mit gefährlichen Männern eingelassen hat. Magali wurde vermutlich wegen dieser Karte überfallen. Je weniger Personen von ihrer Existenz wissen, umso besser. Ich habe ein merkwürdiges Gefühl bei der Sache. Ich will nicht noch mehr ins Rollen bringen.«

»Deine Entscheidung. Wenn du sehen willst, was drauf ist, wirst du um Fonton nicht herumkommen. Nach Jules ist er die beste Wahl. Ich nehme an, Magali hat dir erzählt, was darauf zu sehen ist?«

»Ja, aber nur andeutungsweise. Sie meinte, du könntest es mir besser schildern.«

»Gut, ich kann dir gerne ein Gedächtnisprotokoll schreiben, was Magalis Mutter so Krudes abgesondert hat. Die hatte echt einen an der Waffel! Schwieriger wird es bei dem Film. Darauf sind eine Maschinenfabrikhalle zu sehen und Menschen in Schutzanzügen, die eine Art Experiment vorführen. Wenn Fonton die Daten der SD wiederherstellen kann, könnte er uns helfen herauszufinden, was das für ein Experiment sein soll. Es muss etwas extrem Gefährliches sein, wenn die van Kampen glaubte, damit ganze Regierungen erpressen zu können. Was ist, was hast du? Ist dir nicht gut?«

Doch die Blässe ihres Bruders entstammte keinem Unwohlsein. Er hatte sich von ihr abgewandt und tat einen Schritt auf das Fenster zu. Von dort sah er auf den gepflegten Park hinab. Eine Gärtnerin war damit beschäftigt, verblühte Pflanzen in den Rabatten durch frische zu ersetzen. Kurz wünschte sich Lukas, er könnte sich auch einer solch harmlos-unschuldigen Tätigkeit widmen – anstatt eine Entscheidung treffen zu müssen, die ihn womöglich ins nächste Abenteuer hineinzog. Aber eigentlich steckte er längst bis über beide Ohren darin. Carlotta van Kampen entpuppte sich als Fluch seines Lebens. Er musste seiner Zwillingsschwester beipflichten – er wollte wissen, was auf der verdammten SD und in dem verdammten Schließfach war. Erst danach würden er und Magali endgültig mit der Vergangenheit abschließen können. Das Vermächtnis ihrer Mutter war ihre letzte Prüfung. Er wandte sich von dem idyllischen Bild ab und Lucie zu. »Also gut, ruf Fonton an.«

Lucie drückte die Kurzwahl. »Hi, 007-James«, begrüßte sie Fonton wie üblich. »Mein Bruder und ich brauchen Ihre Hilfe. Wir haben hier buchstäblich den saubersten Mikrochip der Welt und kommen nicht an seine Daten ran.« Sie lauschte kurz. »Ja, das Speichermedium wird nicht erkannt.« »Ja. Nein. Aha. Wo sagten Sie, sind Sie gerade? Hätte ich mir ja denken können. In Ordnung, wir kommen gleich rüber. Danke, Fonton.«

Zwei Stunden später schüttelte James Fonton den Kopf. Sie saßen zu dritt um den Laptop in seinem Büro im vST-Hauptwerk, jeder eine Tasse kalten Kaffee neben sich. »Ich habe alles versucht«, erklärte Fonton. »Das fast kochende Wasser und die Waschmittellauge sind nicht das Problem. Ich vermute allerdings, dass die Haushälterin noch irgendetwas hinzugegeben hat. Einen speziellen Fleckenlöser oder Ähnliches. Jedenfalls scheint die Platine verätzt worden zu sein.«

»Das haben wir gleich«, sagte Lucie und rief in der Villa an. »Hallo, Frau Winkelmann, kurze Frage. Haben Sie außer Waschmittel noch etwas hinzugegeben? Wäschebleiche? Mist! Nein, nein, es ist nicht Ihre Schuld, Frau Winkelmann. Danke schön!« Sie legte auf.

»Das erklärt einiges.« Fonton nickte. »Wäschebleiche besteht aus Natriumhypochlorid plus Phosphoranteil. Zu aggressiv für die SD. Ich fürchte, die ist wirklich hinüber. Aber lassen Sie sie trotzdem mal da. Am Montag ist mein IT-Experte zurück. Vielleicht kann er hier noch etwas ausrichten. Datenrekonstruktion ist nicht gerade mein Spezialgebiet.«

Seit Lafitte gestern die SD erwähnt hatte, war Fonton selbst viel zu erpicht darauf, was sich auf der Karte befinden könnte, als dass er jetzt schon aufgeben wollte. Lukas setzte bereits an, gegen einen weiteren Mitwisser zu protestieren, als eine verwunderte Stimme hinter ihm ertönte. »Was ist denn hier los? Lukas, Lucie, was macht ihr am Samstag im Büro?« Heinrich von Stetten war unerwartet in der Tür aufgetaucht. Seinen Sicherheitschef begrüßte er mit einem knappen »Fonton« und einem Nicken.

»Hallo, Papa!« Lucie war aufgesprungen und gab ihm einen Kuss auf die Wange. »Fonton hat mir nur mit dem Computer geholfen. Wir sind aber schon wieder auf dem Sprung. Was machst du hier? Heute ist Samstag. Ich dachte, du wärst mit Mama und Matti in den Zoo gefahren?«

»Schon, aber ich habe einen Anruf aus Übersee erhalten. Ich musste schnell etwas in meinen Papieren nachsehen. Ich treffe die zwei später wieder zum Mittagessen. Aber wenn du schon mal hier bist, Lukas, auf ein Wort.«

Lukas unterdrückte einen Seufzer und folgte seinem Vater in dessen Machtzentrale. Ihm war klar, worum es ging. Sein Vater würde ihn erneut auf sein Angebot ansprechen, den Vorsitz der vST-Stiftung zu übernehmen.

Doch er irrte sich, denn das Erste, was sein Vater von ihm wissen wollte, betraf seine Familie. »Alles klar mit Magali und dem Baby?«

»Ja, warum fragst du?« Dann dämmerte es ihm. Fonton! Natürlich hatte er seinem Chef Bericht erstattet.

Wieder irrte er sich. »Ich bin froh, dass du und Magali eure Meinung geändert habt und endlich mehr Schutz für eure Familie akzeptiert und ihn nicht allein auf Matti beschränkt haltet. Eine kluge Entscheidung.« Offenbar hatte ihm Fonton die Episode in Zürich verschwiegen und den Fokus nur auf die Verstärkung der Überwachung gelegt.

Dann kam doch die befürchtete Frage. »Und, mein Sohn? Hast du deine Entscheidung getroffen?«

»Ja, Vater.« Lukas sah ihn ernst an. »Ich habe lange darüber nachgedacht, und ich habe dein Angebot ehrlich in Erwägung gezogen.« Er machte eine Pause.

»Aber …?«

»Ich gebe zu, du hast mich richtig eingeschätzt, was meinen Ehrgeiz betrifft. Anscheinend bin ich wirklich noch nicht dazu bereit, bis an mein Lebensende als Lehrer zu arbeiten. Tatsächlich habe ich ein weiteres Angebot erhalten. Aus Rom.«

»Wie, aus Rom? Was in Gottes Namen willst du denn schon wieder in Rom?« Auch für Heinrich von Stetten war die katholische Kirche ein Stein des Anstoßes – jedenfalls seit dem Tag, an dem sich sein nunmehr einziger überlebender Sohn dazu entschlossen hatte, Priester zu werden. Der alte Patriarch hatte gehofft, dass Lukas nach seinem Austritt aus dem Jesuitenorden mit diesem Thema abgeschlossen hatte, und reagierte nun entsprechend konsterniert auf diese neuerliche Wendung.

»Der Papst möchte mir die Leitung einer in Gründung begriffenen Ethik-Kommission übertragen. Das Thema und die Aufgabe interessieren mich sehr. Ich werde zusagen.« Es war das erste Mal, dass Lukas es aussprach. Er würde nach Rom gehen.

»Gibt es mal wieder dicke Luft, oder was?« *Lucie!* Sie stand mit in die Hüften gestemmten Armen in der Tür und schaute von einem zum anderen, jederzeit bereit, die Harmonie wiederherzustellen. Notfalls mit Gewalt.

»Nein, Lucie, du kannst deine Krallen wieder einfahren.« Lukas lächelte ihr zu. »Vater und ich haben gerade über meine Zukunft gesprochen.«

»Und? Wie sieht deine Zukunft aus?«

»Katholisch«, antwortete der Vater ungewohnt trocken.

»Kalauer, Paps. Wär ja mal ganz was Neues. Im Ernst: Was baldowert ihr beiden aus?«

»Es ist, wie ich sagte, Lucie. Dein Bruder hat sich entschieden, anstatt meines Angebots lieber ein Angebot des Papstes anzunehmen.«

»Im Ernst? Du gehst auch nach Rom? Heilige Scheiße!« Noch gestern hatte sie sich mit Rabea köstlich über das Kabinettstückchen amüsiert, dass ausgerechnet Rabea eine Einladung aus dem Vatikan erhalten hatte. Da waren sie freilich schon etwas angeheitert gewesen. Im nüchternen Zustand fand Lucie es nicht mehr ganz so witzig. Tatsächlich hatte sie darauf gebaut, dass Lukas wegen Magalis Schwangerschaft absagen würde.

»Wieso? Wer geht denn noch?«, fragte ihr Bruder verdutzt.

»Rabea.«

Lukas zog einen Stuhl heran. Er musste sich setzen. Dabei fing er einen Blick seines Vaters auf. Der lächelte rätselhaft.

»Warum lächelst du?«, fragte Lukas irritiert.

»Ich musste nur gerade an einen beliebten Ausspruch meines Bruders Franz denken.«

»Der wäre?«

»Gottes Wege sind unergründlich, mein Sohn.«

»Amen«, ergänzte Lucie. Es klang weniger frech als sonst.

# Kapitel 17

Magali war dabei, ihre Einkäufe im Kühlschrank zu verstauen, als sie Lukas zurückkommen hörte.

»Ich bin hier«, rief sie. Lukas betrat mit Lucie die Küche.

»Oh, du hast Lucie mitgebracht«, freute sich Magali. Dann sah sie das Gesicht ihrer Freundin. »Was ist los? Was habt ihr? Ist etwas passiert?«

»Das kann man so sagen. Meine glorreiche Schwester hat gestern vergessen, die Speicherkarte deiner Mutter aus ihrer Jeans zu nehmen. Frau Winkelmann hat die Jeans gewaschen, und zwar derart gründlich, dass das Ding zerstört wurde.«

Magali sah von Lukas' strenger Miene zu Lucies betrübter. Ihr Mundwinkel zuckte zunächst, dann fing sie zu lachen an.

»Ich weiß nicht, was daran so komisch ist«, sagte Lukas gallig.

»Ihr beide!«, stieß Magali zwischen zwei Lachsalven hervor.

»Wieso denn?« Lukas starrte Magali an, als ob er an der geistigen Gesundheit seiner Frau zweifelte. Vielleicht dachte er auch an eine spontane Hormonexplosion.

»Weil es das Beste ist, was uns passieren konnte«, keuchte sie und zwang ihre Stimme unter Kontrolle. »Wir sind den Chip los, und damit die Verantwortung. Es war ein Unfall, Zufall, Schicksal, nenn es wie du willst, Lukas. Jedenfalls hat Lucie es nicht mit Absicht getan. Du warst doch Priester, Lukas. Warum siehst du es nicht als Gottesurteil an?«

Lukas sank auf einen Küchenstuhl.

»Siehst du, Bruderherz«, Lucie knuffte ihn, »genau, wie ich es dir prophezeit habe. Magali ist froh, das Teil los zu sein.«

»Und ich soll jetzt auch froh sein, oder was?«

»Nicht froh, Lukas.« Magali setzte sich zu ihm. »Aber sieh es als Zeichen an, dass wir mit der Sache endgültig abschließen können. Das ist es doch, was du selbst auch wolltest.« *Und was sie wollte …* Seit gestern drängte ständig das Foto von Lukas' Vater vor ihr inneres Auge. Magali war dessen Vorhandensein im Schließfach schleierhaft, war sich sicher, dass dahinter nur eine weitere Teufelei ihrer Mutter stecken konnte. Wenn sie die Angelegenheit weiterverfolgten, fürchtete sie, würden ihnen noch mehr Schwierigkeiten daraus erwachsen. Gleichermaßen belastend wie beunruhigend fand sie zudem, dass Q irgendwo da draußen auf ihren Anruf wartete. *Damit sie den Kampf ihrer Mutter fortführte …* Niemals! Sie wollte alles nur noch vergessen, ihre Vergangenheit endgültig abschütteln und ihre Kinder gemeinsam mit Lukas in Frieden aufziehen, ohne dass das Gespenst ihrer Mutter ihr ständig dazwischenfunkte.

Lukas nahm ihre Hand. Er schien ihre Unruhe zu spüren. »Ich denke, es spielt keine Rolle, was wir wollen. Die Speicherkarte ist kein Abschluss, sie ist ein Anfang. Es ist noch nicht zu Ende. Deine Mutter mag tot sein, aber der Geist ihrer Rache lauert noch immer irgendwo. Ich weiß es. Und du weißt es auch. Am Montag fahren wir nach Zürich und räumen das Schließfach. Endgültig. Die Wertsachen spenden wir, den Rest verbrennen wir, sofern es sich nicht um erhaltenswerte alte Schriften handelt. Wenn wir das nicht tun, wird uns der Inhalt des Schließfachs ewig verfolgen.«

»Aber ich will nicht mehr in ihren Sachen wühlen!« *Ich will nicht, dass du das Foto entdeckst. Und Mutters Notiz zu Q …*

»Das verstehe ich. Was hältst du davon, wenn wir zwar zusammen hinfahren, ich das Schließfach aber allein öffne? Du könntest in Ruhe in der Nähe abwarten.«

»Nein«, entfuhr es Magali etwas zu hastig. *Allein kam überhaupt nicht infrage.* Sie war in eine Zwickmühle geraten. Schon wieder. Entweder, sie erzählte Lukas gleich von dem Foto, was sofort wieder Vermutungen und Spekulationen auslösen würde, oder sie unternahm vor Ort den Versuch, es irgendwie an sich zu bringen, ohne dass Lukas es bemerkte. *NEIN! Keine Heimlichkeiten mehr!* Magali holte tief Luft. »Lukas, ich …«

»Lukas hat recht«, sagte Lucie sanft und unterbrach sie damit. »Vermutlich ist es das Beste, was du tun kannst, um dich endgültig von deiner Vergangenheit zu lösen. Dazu gehört, möglichst bald auch die Firmen abzustoßen. Ich hätte noch einen Vorschlag«, fügte sie hinzu. »Was hältst du davon, Magali, wenn wir beide uns jetzt gleich zusammensetzen und ein Gedächtnisprotokoll der Speicherkarte anfertigen? Vielleicht würde das Lukas helfen, wenn er am Montag das Schließfach sichtet. Eventuell ergänzt das eine das andere, und zusammen ergibt es einen Sinn. Zum Beispiel, was das für ein Experiment war, das wir gesehen haben.«

»Eine prima Idee, Lucie«, pflichtete ihr Lukas bei.

»Gut«, stimmte Magali zu. »Lass uns alles aufschreiben. Aber zuvor, Lukas, musst du noch etwas Wichtiges erfahren.« Sie sah ihn fest an. »Im Schließfach befand sich auch ein Foto deines Vaters.« Jetzt war es heraus.

»Ein Foto? Was für ein Foto?« Lukas sah verdutzt von seiner Frau zu seiner Schwester. Lucie zuckte kaum minder überrascht mit den Achseln.

»Die Aufnahme zeigt ihn zusammen mit einem weiteren Mann«, erklärte Magali. »Sie schütteln sich die Hände. Es erinnerte mich an diese gestellten Politikerfotos in den Medien.«

»Als würden sie ein Geschäft besiegeln?«

»Genau.«

»Dieser andere Mann auf dem Foto … Hast du ihn schon einmal gesehen?«

»Nein, ich habe mir schon den Kopf zerbrochen, aber er ist mir unbekannt.«

»Kannst du ihn beschreiben?«

»Jünger als dein Vater, ungefähr Anfang bis Mitte fünfzig.

Er wirkte südländisch, trug aber eher orientalische Züge. Ich glaube, die beiden standen vor einem Café. Man sieht einen Teil des Schriftzugs.«

»Noch ein Grund, am Montag nach Zürich zu fahren. Ich werde Vater das Foto zeigen.« Er sah Magali an, als wollte er noch etwas hinzufügen, unterließ es aber. Vermutlich will er mich nicht vor Lucie tadeln, dachte Magali. Natürlich hatte Lukas durchschaut, dass sie ursprünglich nicht vorgehabt hatte, ihm von der Aufnahme zu erzählen. »Ich weiß, ich hätte es dir gleich sagen sollen, aber mich hat der Fund dieser Aufnahme erschreckt. Irgendetwas hatte meine Mutter ja damit vorgehabt. Nichts Gutes. Ich schämte mich für sie.«

Lukas streichelte ihre Hand. »Ich gebe zu, ich mag es, dass du nicht perfekt bist. Niemand ist das. Man liebt nicht *weil*, Magali, sondern *trotzdem*, weißt du? Ich habe es dir schon einmal gesagt, du kannst nichts für deine Mutter. Du hast alles getan, um unseren Sohn vor ihrem Einfluss zu schützen. Es bleibt für mich ein Wunder, wie du es geschafft hast, dich ihr in jungen Jahren zu entziehen und mit unserem Kind ins Ausland zu flüchten.« Er lächelte sie an, und Magali gab ihm das Lächeln doppelt zurück.

»Ich will euch Turteltauben ja nicht stören, aber ich schlage vor, du, Lukas, machst uns einen Kaffee und Magali und ich setzen uns gemeinsam an das Gedächtnisprotokoll und werfen unsere Erinnerungen in einen Pott, solange sie noch frisch sind. Ich habe heute Nachmittag eine Verabredung und muss bald weg.«

»Nehmt meinen Laptop im Büro.«

Eine gute Stunde, eine Kanne Kaffee und mehrere Diskussionen später präsentierten die Frauen Lukas das Ergebnis ihrer gemeinsamen Bemühungen.

*Auf dem Chip sind zwei Filme zu sehen. Zunächst erscheint Carlotta van Kampen (CvK) im Bild. Sie sitzt in einem Raum mit hellem Hintergrund, vor ihr ein großer Schreibtisch. Es sind keine anderen Möbel zu sehen. Das Ambiente wirkt wie in einem Nachrichtenstudio.*

*CvK trägt ein dunkelblaues Kostüm, am Revers eine große Diamantbrosche in Schmetterlingsform. Sie liest von einem Blatt ab. Der Text lautet ungefähr wie folgt: »Ich hatte Sie gewarnt. Bisher haben Sie meiner Anweisung nicht Folge geleistet. Sie haben sich sowohl persönlicher Verbrechen als auch Verbrechen an der Gemeinschaft schuldig gemacht. Sie haben wissentlich getäuscht. Ich setze Ihnen hiermit ein Ultimatum: Wenn Sie nicht innerhalb von sieben Tagen ab Erhalt dieser Nachricht meiner Anweisung Folge leisten, werden alle Ihre Verbrechen ans Licht der Öffentlichkeit gelangen. Ich gebe Ihnen diese letzte Chance, wenigstens Ihre Reputation zu retten – aus Respekt vor Ihrer wissenschaftlichen Lebensleistung.«*

*Anmerkung: Es folgt eine Aufzählung der angeblichen Vergehen, für die CvK alle Beweise vorlägen: Unterschlagung von Originalschriften von Jesus, seiner Jünger und seiner Frau Maria; vorsätzliche Geschichtsfälschung, da der Kirche Beweise vorlägen, dass Jesus ein aus Indien eingewanderter Prediger war; Fälschung und Umdeutung des Neuen Testaments beim Konzil von Nicäa im Jahre 325; Vernichtung und Diebstahl wichtiger Notizen und Forschungsergebnisse von Galileo, Michelangelo, da Vinci, Newton bis hin zu Tesla und Einstein; Geldwäschegeschäfte mithilfe von Hawala-Banking und der Vatikanbank u.a. als Handlanger der Mafia; Ermordung von Mitwissern und Zeugen; Unterstützung und Komplizenschaft einer global agierenden Geheimorganisation, die Agitation und Finanzierung von Aufständen und Terrorismus betreibt.*

*Nach der Aufzählung klopft CvK auf die Mappe vor ihr und sagt: »Dieses Dossier enthält die vollständigen Beweise. Ich werde es hälftig aufteilen und die Originale jeweils an einem sicheren Ort verwah-*

*ren.« Ergänzt: »Der Countdown beginnt heute um 12:00 Uhr. Sie haben sieben Tage.«*

*Hier endet der erste Film, Schnitt, das Bild wechselt. Es folgt der zweite Film.*

*Er zeigt das Innere einer großen Fabrik. Darin ist alles voller Maschinen, Rohre und Kessel. Es ist kein Ton zu hören. Ein Mann, ausgestattet mit einem weißen Schutzanzug und Schutzbrille, scheint eine Art Experiment durchzuführen. Er drückt mehrere Knöpfe und Hebel. Dann schwenkt die Kamera an den Rand, und man sieht acht Personen, eng beieinanderstehend. Sie tragen ebenfalls Schutzanzüge und -brillen. Das eigentliche Experiment sieht man nicht. Aber es dauert nur kurz, man sieht die Zuschauer bald darauf klatschen. Der zweite Film endet hier.*

*Anschließend erscheint nochmals CvK im Bild. Sie trägt ein anderes Kostüm, jedoch die gleiche Schmetterlingsbrosche und sagt: »Ja, ich habe Sie alle gefilmt, genauso wie unsere Sitzungen der letzten sechs Jahre. Der heutige Mitschnitt beweist, dass das Projekt O funktioniert. Sie haben es selbst beklatscht. Doch Sie haben sich mit den wichtigsten weltweiten Regierungen und der fossilen Wirtschaftslobby verschworen, um dieses Projekt zu verhindern und zu unterdrücken. Sie verfolgen, bedrohen, kaufen und töten Wissenschaftler – genauso wie die Kirche früher. Mithilfe der Vatikanbank haben Sie alle Patente zu O aufgekauft. 50 Prozent der Patente halten der Vatikanstaat, 50 Prozent die Weltbank. Auf diese Weise gewährleisten Sie, dass sich keine der beteiligten Parteien einen Wettbewerbsvorteil verschaffen kann.*

*Es ist eine perfide, groß angelegte Verschwörung gegen das Wohl der Allgemeinheit. Eine Verschwörung, die von der Gier nach Macht und Profit getragen wird. Ich verlange von Ihnen die Herausgabe aller Patente zum Projekt O, die in der Weltbank lagern. Wenn Sie meiner Anordnung nicht Folge leisten, wird Rom erfahren, dass Sie mich bei meinem Feldzug gegen Nr. 6 unterstützten, und die gesamte Weltöffentlichkeit von Ihren Verbrechen. Ich weiß alles über Ihre Hawala-Geschäfte, die Finanzierung von Aufständen und Terroris-*

*mus, um den Mittleren Osten weiter zu destabilisieren. Sie fördern Krieg und Terror aus Profitgier. Meine genauen Instruktionen zur Übergabe gehen Ihnen in den nächsten Stunden zu. Sollten Sie erwägen, mich zu töten, wird jemand anderes meinen Platz einnehmen. Handeln Sie klug.«*

Lukas ließ das Gedächtnisprotokoll sinken. Sein Gesicht drückte pure Abscheu aus. »Erpressung, was sonst«, murmelte er. Ihm fiel sofort die Aufnahme seines Vaters ein. Sollte auch sie einer Erpressung dienen? Er konnte der Vorsehung und Consuela, Magalis früherer Ziehmutter, nicht genug dafür danken, dass Carlotta van Kampen durch ihre Hand in Spanien umgekommen war, bevor die Frau alle ihre unseligen Pläne hatte umsetzen können. Obwohl, korrigierte er sich, eigentlich sollte man über niemandes Tod froh sein. Trotzdem war er es, und er stand dazu.

Er blickte von Magali zu Lucie. »Irgendeine Idee, wer diese Nr. 6 sein könnte?« Vielleicht ein Mitglied der ominösen *Sieben*, von denen Rabea in London gesprochen hatte?

»Ha, und ich dachte, du regst dich zuerst über den indischen Jesus auf!«, meinte Lucie.

»Wenn es nicht so ernst wäre, bestimmt, Lucie«, sagte Lukas und rang sich ein Lächeln ab. »Und diese Beweise finden wir alle in dem Schließfach?«, wandte sich Lukas direkt an seine Frau.

Magali hob die Schultern. »Möglich, genau kann ich es nicht sagen. Aber es enthält eine Menge Dokumente und auch einen ledernen Behälter, vermutlich mit Schriftrollen. Er fühlte sich schwer an.«

»Du hast ihn nicht geöffnet?« Lukas mochte es nicht glauben. Keine Macht der Welt hätte ihn daran gehindert hineinzusehen.

»Nein, ich war ja in Eile. Ich habe außer dem Dossier nur wenig fotografiert.«

»Vielleicht das Foto meines Vaters?«, kam Lukas der Gedanke.

»Nein, natürlich nicht.«

»Gut, es reicht, dass einiges davon auf deinem gestohlenen Handy ist. Euch beiden ist doch klar, dass wir mit niemandem«, Lukas zeigte auf die ausgedruckten Blätter, »darüber reden dürfen. Das ist gefährliches Wissen.« Er sah dabei besonders Lucie an.

»Warum sagst du nicht gleich, dass ich meine vorlaute Klappe halten soll, Bruderherz? Soll ich schwören? Vielleicht auf die Bibel?«

»Halt die Klappe, Lucie«, sagte Lukas.

Lucie biss sich auf die Lippe. Für diese brüderliche Ermahnung war es nämlich längst zu spät. Sie hatte Rabea gestern bereits alles erzählt und ihre Freundin gebeten nachzuforschen, ob sie etwas über das mysteriöse Experiment herausfinden könne …

# Kapitel 18

»Keine Sorge, ich werde Rabea diese Einladung ausreden. Sie wird dir in Rom nicht in die Quere kommen.«

Lukas hatte seine Schwester bis vor die Haustür begleitet. Einer von Fontons Männern würde sie in den Zoo fahren, wo sie sich ihren Eltern und Matti anschließen wollte.

»Ich werde selbst mit Rabea reden«, sagte Lukas ihr.

»Gut, dann komme ich mit!«

Lukas verzog das Gesicht. »Was ist los mit dir? Wir brauchen keinen Anstandswauwau, Lucie.«

»Darum geht es nicht. Zu zweit haben wir mehr Chancen.« Lucie dachte mit schlechtem Gewissen daran, dass sie gestern die Gelegenheit nicht gleich beim Schopf gepackt und Rabea das Angebot ausgeredet hatte. Tatsächlich hatten der fortschreitende Abend und der Alkohol bei den Freundinnen konträre Reaktionen hervorgerufen. Je mehr Lucie intus hatte, umso mehr war sie dafür gewesen, während ihre Freundin zunehmend unschlüssiger wurde, ob sie das Angebot annehmen sollte. Rabea hatte eingewandt, dass sie ungern an die Ereignisse in Rom, die durch den furchtbaren Tod Pater Simones ihren Höhepunkt gefunden hatten, erinnert würde. Auch, dass sie wenig Lust verspürte, sich mit katholischer Bürokratie herumzuschlagen.

»Mir ist dieser Kardinalstaatssekretär Finzi-Contini ein Begriff«, hatte sie erklärt. »Er ist als Traditionswächter bekannt und den Kirchendogmen verhaftet. Ein aalglatter Diplomat. Vermutlich soll ich ihm bloß als Alibi-Frau dienen. Nein, ich habe kein gutes Gefühl, wenn ich an Rom denke. Jedenfalls nicht in diesem Zusammenhang.«

»Umso mehr ein Grund, diesem Kardinal in die Parade zu fahren«, hatte Lucie ihre Für-Rom-Argumentation bekräftigt. Hätte sie bloß geschwiegen! Lucie hoffte, dass Rabeas Zweifel an der Idee auch im nüchternen Zustand anhielten und sie davon ablassen würde, sobald sie erfuhr, dass Lukas sich dafür entschieden hatte, die Kommission zu leiten.

*Ha, da hatte sie schon ihr Argument!* Sich Lukas unterordnen? Nein, nichts für ihre Freundin. »Ich ruf sie an«, sagte sie.

Rabea war fast sofort am Apparat. »Hi, Freundin. Was machst du gerade?«, fragte Lucie.

»Ich checke meine E-Mails. Danach lädt mich Großvater zum Mittagessen in den *Spießgesellen* ein. Willst du vielleicht mit? Er würde sich sehr freuen.«

»Nein, da kann ich nicht, aber wir könnten uns am Nachmittag in der Gelateria *Da Noi* treffen. Ich hole dich zu Hause ab. 15:30 Uhr? Fein! Bis später. Grüß mir deinen Großvater.«

»Warum hast du nicht gesagt, dass ich mitkomme?«, erkundigte sich Lukas sofort.

»Wir kennen doch Rabea! Die zählt sofort eins und eins zusammen. Nein, besser, wir überraschen sie.«

»Als wenn das großartig was bringen würde.«

»Überlass das mir, kleiner Bruder!«

# Kapitel 19

Pünktlich betraten Lucie und Rabea am Nachmittag die Gelateria.

Lukas erwartete sie bereits dort. Er hatte einen Nischentisch belegt. Rabea entdeckte ihn trotzdem fast sofort. »Das ist kein Zufall, oder?«, meinte sie an ihre Freundin gewandt.

»Nein, wir haben einen kleinen Anschlag auf dich vor.«

Lukas hatte sich erhoben und kam ihnen entgegen. »Hi, Rabea, schön dich zu sehen«, begrüßte er sie mit einer etwas steifen Umarmung. Sie hatten sich seit London nicht mehr gesehen, nur einmal telefoniert.

»Dito. Du siehst richtig gut aus, Lukas. Das Familienleben bekommt dir.«

»Du siehst auch sehr gut aus. Du hast sogar zugenommen.«

»Scheint so. Fällt nämlich jedem als Erstes auf«, erwiderte Rabea mit einem Seitenblick zu Lucie. Sie setzten sich und bestellten eine Runde Eis.

»Also, worum geht es? Welcher Schuh drückt euch denn?«, kam Rabea gleich auf den Punkt.

Lukas räusperte sich. Dann zog er aus einer Mappe, die er neben sich liegen hatte, einen Brief, der Rabea sofort sehr bekannt vorkam. »Wie kommst du an diesen Brief?« Sie griff danach. In der ersten Sekunde hatte sie geglaubt, es wäre ihrer. Sie hatte ihn mit nach Nürnberg genommen, um ihn ihrem Großvater zu zeigen, doch dann dämmerte es ihr. »Stimmt ja, du hast auch eine Einladung erhalten. Das ist ein echter Scherz, oder?«

»Ich wünschte, es wäre so.«

»Ich weiß ja nicht, was die sich dabei denken. Die kennen doch seit der Van-Kampen-Geschichte unsere Verbindung! Wenn es kein Scherz ist, dann ist es Absicht«, sagte sie mit Nachdruck. Kurz überlegte sie, ob sie Lukas verraten sollte, was sie in London von Senator Whitewolf über den Verbleib des Jesus-Evangeliums erfahren hatte. Der Senator hatte es zwar nicht direkt gesagt, aber sie hatte ihn auch so verstanden: dass jemand im Sold des Vatikans vor zwei Jahren in die Wohnung von Simones Bruder eingebrochen war und sich das Jesus-Evangelium geholt hatte. Doch diese Information behielt sie für sich. Vorerst. Sie war sich nicht sicher, ob ihr Lukas das glauben würde – vor allem wollte sie keine Diskussion in die falsche Richtung provozieren. Jetzt ging es vordergründig um die Einladung an sie beide und das Warum. Welches Motiv steckte dahinter?

»Genau das sind auch meine Gedanken«, sagte Lukas. »Warum lädt man ausgerechnet uns beide dazu ein?«

»Ich verstehe euch nicht«, mischte sich Lucie ein. »Warum seht ihr das derart negativ? Wenn die Einladung vom Papst ausgeht, würde ich sagen, euer integrer Ruf eilt euch einfach voraus. Es scheint doch um eine gute Sache zu gehen, oder?«

»Mag sein, Lucie. Der Brief ist zwar vom Papst autorisiert, aber der Initiator dieser Ethik-Kommission ist eindeutig der Kardinalstaatssekretär Clemente Finzi-Contini«, erklärte Rabea. »Ich habe mich gleich gestern noch bei unserem Korrespondenten in Rom über den Mann erkundigt. Das Gerücht, dass Finzi-Contini eine Ethik-Kommission ins Leben ruft, ist bereits bis zu ihm durchgesickert. Finzi brüstet sich damit.«

»Aha, und was soll mir das sagen? Hat dieser Finzi-Contini einen Pferdefuß oder Hörner, oder was?« Lucie gönnte sich einen großen Löffel Erdbeereis.

»Nein, aber dieser Kardinal unternimmt nie etwas ohne Kalkül. Es gibt noch ein weiteres Gerücht, das sich seit Jahren hartnäckig hält und hier und da immer wieder aufflackert: Finzi-

Contini war angeblich vor Jahren in die Mafia-Machenschaften der Vatikanbank verstrickt, aber irgendwie kam er sauber aus der Geschichte raus. Er soll auch seine Finger beim Rücktritt des Papstes im Spiel gehabt haben. Und was mehr ist als nur ein bloßes Gerücht – Finzi-Contini hat große Ambitionen, selbst Papst zu werden.«

»Gut, dieser Herr ist also ein schlimmer Finger. Ich kann aber nicht sagen, dass ich jetzt schlauer bin. Da capo. Was hat das mit eurer Einladung nach Rom in diese Kommission zu tun?«

»Ganz einfach, Lucie«, übernahm Lukas die Erklärung. »Kardinal Finzi-Contini sichert sich nach allen Seiten ab. Entweder, er will nur ein Vorzeigeprojekt, damit er sich das Schild *Ethik-Kommission* um den Hals hängen kann, oder, und da bin ich ganz Rabeas Meinung, er führt etwas Bestimmtes im Schilde.«

»Und was, bitte?« Jetzt verschwand ein Berg Sahne in Lucies Mund.

»Wenn er selbst in die Machenschaften involviert war, oder besser, noch ist, dann wird er alles daransetzen, dass nichts davon ans Licht kommt.«

»Ach, darauf wollt ihr hinaus! Ihr vermutet, er ruft selbst diese Untersuchung ins Leben, damit er sie steuern und kontrollieren und im Bedarfsfall eigene Aktivitäten verschleiern kann? Ich muss schon sagen, das wäre wirklich ganz schön ausgebufft, sollte das stimmen.«

»Ich bin mir sogar ziemlich sicher, dass es in diese Richtung geht. Wir werden mit allerlei Schwierigkeiten zu rechnen haben«, sagte Rabea. »Mir schwant, warum man ausgerechnet uns beide eingeladen hat. Sollten Lukas und ich zu viel nachbohren oder sogar etwas herausfinden, was dem Kardinal unbequem oder gar gefährlich werden könnte, dann …«, Rabea nahm ihren Löffel in die Hand, »dann können Lukas und ich uns darauf einstellen, dass plötzlich Gerüchte über eine angebliche Liebschaft zwischen uns durch die Presse geistern werden. In Rom blüht der Gerüchtehandel, und wenn es um *Amore* geht, erst recht. Ich sehe die Schlagzeile schon von mir: *Ex-Jesuit betrügt schwangere Frau mit Journalistin.* Die prangern uns als unmoralisch an und wecken damit Zweifel an unserer Glaubwürdigkeit. Wer interessiert sich da noch für unsere eigentliche Arbeit oder etwaige Ergebnisse?«

»Mensch, Rabea, warum willst du dir das dann überhaupt antun? Ich dachte, du hast genug von Vatikanmachenschaften für zwei Leben? Gestern hast du noch gesagt, dass du kein gutes Gefühl bei der Sache hast. Also bleib hier und sag ab! Lass Lukas das alleine ausbaden, wenn er sich dazu berufen fühlt.« Lucie sah ihre Felle längst davontreiben, was ihre Hoffnung anbelangte, Rabea die Teilnahme an der Kommission ausreden zu können. Sie konnte es in Rabeas Augen lesen, bevor diese den Mund öffnete.

»Doch, ich habe mich eben entschieden. Dafür. Jetzt erst recht.« Sie lächelte Lukas zu. »Auf nach Rom, Bruder Lukas. Machen wir diesem Kardinal einen Strich durch die Rechnung!« Rabea tauchte ihren Löffel schwungvoll in den Becher. Das Eis schmeckte sehr gut, fast so gut wie in Rom …

# Kapitel 20

Nur wenige Stunden später, um acht Uhr abends, betrat Rabea das indische Restaurant in der Innenstadt, in dem sie sich mit Lucie und Liebeskandidat Nummer eins, Andrea, dem Lebensretter, treffen würde. Schon wieder ein Essen, dachte sie, dabei hatte sie am Nachmittag erst einen großen Eisbecher verputzt. Sie stellte fest, dass sie bei derart engmaschiger Nahrungsaufnahme wirklich Gefahr lief, dick zu werden. Dessen ungeachtet verspürte sie schon wieder Appetit, als die exotischen Düfte des Lokals ihre Nase kitzelten. Unterwegs hatte Ryan sie erreicht. Wenn sie wirklich verliebt in ihn war, dann verstand sie nicht, warum sie ständig Hunger hatte. Angeblich aßen Verliebte weniger. Aber vielleicht war es bei ihr ja umgekehrt. Jedenfalls fühlte sie sich gut dabei.

Sie entdeckte Lucie, die so vertieft in ihr Gespräch mit ihrem Tischnachbarn war, dass sie erst aufmerkte, als Rabea bereits vor ihr stand. Andrea sprang sofort von seinem Stuhl auf. Nach der gegenseitigen Vorstellung begann Rabea ohne Umschweife mit dem, was Lucie *Rabeas Verhör* nannte.

»Was machen Sie beruflich, Andrea?«

»Ich bin Geologe und Mineningenieur.«

»Ah, da kommen Sie sicher sehr viel in der Weltgeschichte herum.«

»Stell dir vor, Rabea«, mischte sich Lucie schon ein. »Er arbeitet derzeit für uns! Für den Verkauf von Magalis Minen in Afrika wurde eine Unternehmungsberatung hinzugezogen. Andrea arbeitete für die, er ist ihr Experte.«

Rabea horchte auf. »Dann ist es kein Zufall, dass Sie in Nürnberg sind, Andrea?«

»Nein, ich stamme aus dem Tessin und wohne dort auch. Aber die meiste Zeit bin ich als Consultant für eine Schweizer Firma unterwegs.«

»Dann sind Diamantminen Ihr Spezialgebiet? Dann kannten Sie sicher auch Carlotta van Kampen?«

»Rabea! Was soll denn das für eine Frage sein?«, sagte Lucie entrüstet.

»Lass nur, Lucie. Die Frage ist berechtigt«, beschwichtigte Andrea lächelnd. »Ich bin Frau van Kampen nie persönlich begegnet, aber ich habe natürlich von ihr gehört. Meine Firma hat auch schon für sie gearbeitet. Die Minenwelt ist klein. Mein Spezialgebiet sind allerdings Seltene Erden.«

»Andrea berät Karl Benrath und Magali beim Verkauf ihrer Coltan-Minen«, erklärte Lucie.

»Oh, wer will die denn kaufen? Ihre Gesellschaft?«

»Nein, wir sind nur eine Beratungsgesellschaft und mit der Expertise beauftragt. Allerdings habe ich eine Vertraulichkeitsvereinbarung unterschrieben und darf den Namen unseres Klienten nicht preisgeben. Das verstehen Sie sicher.«

»Natürlich, aber darf ich wenigstens spekulieren?«

»Bitte sehr, spekulieren Sie.« Andrea hob die Hände in einer offenen Geste.

»Hm, Sie sind also Schweizer, dann vermute ich entweder den Giganten Glencore dahinter oder aber die Chinesen. Es ist kein Geheimnis, dass der chinesische Staat sehr darum bemüht ist, den Coltan-Weltmarkt aufzukaufen.« Rabea hatte Andrea während ihrer Worte genau beobachtet, ob er sich irgendwie verraten würde. Doch weder seine Augen noch seine Miene hatten sich verändert. *Pokerface. Offenbar befand er sich nicht zum ersten Mal in solch einer Situation. Merkwürdig eigentlich, für einen Geologen.* Allein diese Feststellung war schon interessant an sich, fand Rabea. Dabei war sie sicher, dass sie mit einer ihrer Vermutungen ins Schwarze getroffen hatte. Die Chinesen wären ihr als Käufer fast lieber. Sie waren zwar auch auf reine Ausbeutung aus, da Chinas Informationstechnologie-Sektor boomte, allerdings benötigen sie das Coltan auch, um ihr Umweltproblem zu lösen. Chinas Großstädte versanken im Smog, und Coltan wurde unter anderem für Umwelttechnologien wie Solar- und Brennstoffzellen benötigt.

Die Glencore-Unternehmensgruppe hingegen hatte einen schlechten Ruf und war bereits mit dem Negativ-Preis *Public Eye Swiss Award* ausgezeichnet worden. Es kursierten Gerüchte über Menschenrechtsverletzungen und Umweltverschmutzung. Rabea war der Vorwurf bekannt, dass Glencore in Kolumbien, wo die Gesellschaft mehrere Kohlebergwerke betrieb, massiv gegen Gewerkschaftsmitglieder vorging. Des Weiteren hatte sie von Anschuldigungen gehört, dass der Konzern gezielte Tötungen durch paramilitärische Milizen finanzieren sollte. Weltweit war Glencore die größte im Rohstoffhandel tätige Unternehmensgruppe, mit Hauptsitz im schweizerischen Baar.

»Müssen wir über Geschäftliches reden? Können wir nicht über etwas anderes sprechen, zum Beispiel, ob ich Chicken tikka masala oder doch ein Fischcurry essen soll?« Lucie wedelte mit der Speisekarte.

»Ich würde dir vom Tika Masala abraten, Lucie«, sagte Andrea, »das ist ein pseudo-indisches Essen, und meines Wissens hat das ein englischer Koch erfunden. Jedenfalls war das erste auf diese Art zubereitete Hühnchen zugleich meine letzte Erfahrung.«

Sie ließen sich schließlich vom indischen Kellner beraten und bereuten es nicht. Das Essen schmeckte ausgezeichnet. Sie unterhielten sich, bis das Lokal schließen wollte. Natürlich waren die indischen Besitzer viel zu höflich, sich diesbezüglich bemerkbar zu machen, aber irgendwann fiel den dreien auf, dass sie seit geraumer Zeit die letzten Gäste waren. Andrea bat um die Rechnung.

Rabea fand an ihm auf Anhieb nichts auszusetzen. Andrea war ein kluger und charmanter Gesprächspartner, dessen Aufmerksamkeit wenig entging. Die Themen, die er anschlug, wurden nie langweilig, er hatte viel von der Welt gesehen und besaß eine humorvolle Art zu erzählen. Er war ein einnehmender Mann, und Rabea konnte verstehen, warum er Lucie gefiel.

Am Ende des Abends, als Lucie sich von Andrea verabschiedet hatte und ihm nachsah, wie er in seinem Geländewagen davonfuhr, fragte sie ihre Freundin: »Und, wie findest du ihn? Sag schon!«

»Nicht schlecht. Jetzt bin ich gespannt auf Kandidat Nummer zwei.«

»Da wirst du noch eine Weile warten müssen. Jonathan ist zurzeit in Istanbul.« Lucie seufzte.

»Aber du fliegst doch sicher bald zurück?«

»Ja, übermorgen, aber dann ist Jonathan nicht mehr da. Aber er hat angedeutet, dass er bald nach Berlin muss. Irgendwelche Verhandlungen und eine Charity-Gala, an der er teilnehmen muss. Vielleicht kann ich es einrichten, ihn dort zu treffen.«

»Na, deinen Job möchte ich haben. Arbeitest du auch irgendwann mal?«

»Von wegen, ich bin eine arme Archäologin, die sich von Auftrag zu Auftrag hangeln muss. Außerdem ist es ein gegenseitiges Nehmen und Geben. Ich kenne nun einmal viele Leute und beschaffe Spenden für unsere Ausgrabung. Mein Professor, oder besser, die Uni Tübingen, ist ständig klamm. Ich muss nur zu meinem Professor sagen, dass ich eine Möglichkeit sehe, Gelder einzutreiben, und schwups, bin ich beurlaubt. Und Jonathan hat sich schließlich schon einmal als gute Einnahmequelle erwiesen. Wenn ich sage, ich möchte nach Berlin, um ihn zu treffen, dann sagt Hubi höchstens: *Ran an den Speck!*«

»Wer ist Hubi?«

»Na, mein Professor, Hubert Hagedorn.« Lucie gähnte, Rabea tat es ihr nach. Sie standen noch immer vor dem indischen Restaurant. »Ich glaube, wir gehören beide ins Bett«, sagte Rabea.

»Stimmt, wurde ja gestern auch spät. Wir sehen uns aber morgen noch mal, oder?«

»Klar, komm einfach zum Frühstück vorbei.«

»Ich stelle fest, du hast wirklich einen Hang zum Essen entwickelt, Bea. So kenn ich dich ja gar nicht.«

»Menschen können sich ändern.«

»Seit wann sonderst du Weisheiten ab? Apropos, heißt das, du wirst der Versuchung Rom widerstehen?«

»Nein, du weißt ja, was man über Versuchungen sagt.«

»Was denn?«

»Dass man ihnen nachgeben soll, wer weiß, ob sie wiederkehren.«

»Du bist eine echte Plage, Rabea. Darüber reden wir noch. Bis morgen.«

»Bis morgen. Ach, Lucie?«

»Ja?« Ihre Freundin kramte in ihrem Umhängebeutel nach dem Autoschlüssel.

»Viel Spaß mit Prinz Charming.«

»Sag ich doch, du bist eine Plage!«

# Kapitel 21

## *Zürich / Schweiz*

Noch am Tag des Überfalls auf Magali hatte Jules erneut seine Stellung in der Wohnung gegenüber der Bank bezogen. Zwei Tage waren seither vergangen.

Als sich um kurz nach zehn Lukas und Magali in sein Blickfeld schoben, gefolgt von dem wachsamen Schatten James Fontons und einem weiteren Personenschützer, wunderte er sich nicht. Es war unvermeidlich gewesen. Wenn er je einen Menschen mit einem schlechten Gewissen gesehen hatte, dann war das Magali am Freitag gewesen. Offenbar wollte sie ihrem Mann zukünftig nichts mehr verheimlichen.

Natürlich interessierten ihn die Daten auf dem Chip. Carlotta van Kampens Nachlass barg sicher noch die eine oder andere Überraschung, die Frau hatte sich im Laufe ihres Lebens eine Menge Feinde im Klerus gemacht. Doch für ihn spielten Vatikanmachenschaften derzeit keine Rolle. Er war hier, um zu sehen, ob die Luft rein war und er an sein eigenes Schließfach konnte. Allerdings wollte er nicht riskieren, seinem Freund und dessen Frau in die Arme zu laufen. Insbesondere, nachdem er soeben erneut ein verdächtiges Fahrzeug entdeckt hatte. Dieses Mal handelte es sich um einen nachtblauen Audi. Magalis Verfolger waren hartnäckig. Heute aber verließ sich Jules ganz auf James Fonton. Der Brite verstand sein Geschäft. Wer auch immer in dem Audi lauerte, hatte keine Chance.

Inzwischen war sich Jules sicher, dass Yussuf nichts von seiner Anwesenheit in Zürich ahnte. Magali und ihre Bankgeheimnisse waren sein Ziel, beziehungsweise das seiner Auftraggeber.

Dafür sprach, dass der Wagen vom Freitag erst nach Magalis Erscheinen aufgetaucht war. Genauso wie der Audi heute.

Immer noch fuchste ihn die Sache mit dem BMW und dass er ihn aus den Augen verloren hatte. Tatsächlich hatte er die Schnauze gründlich voll davon, sich zu verkriechen und Ewigkeiten damit zu verbringen, darauf zu warten, dass seine Feinde in die Falle tappten. Dabei erwischte er sich bei dem Gedanken, dem Audi zu folgen. *Nein!* Er durfte seine Mission nicht aus purer Langeweile oder Neugier gefährden! Er musste die Sache Fonton überlassen.

Der Ex-SAS-Mann trug ein Headset und sprach in sein Mikro, während er sich dem verdächtigen Audi näherte. Dem Fahrer des Wagens blieb dies nicht verborgen. Er gab Gas und fuhr an der Gruppe vorbei, die den Eingang der Bank soeben erreicht hatte. Ein weiteres Fahrzeug scherte jäh aus einer Parkbucht, beschleunigte und setzte sich hinter den Audi.

*Schnappt sie euch, Jungs!*, dachte Jules.

Er beobachtete nun, wie Magali und Lukas die Bank betraten. Fonton und sein Begleiter blieben vor dem Eingang stehen und behielten die Umgebung im Auge. Jules ließ sein Fernglas sinken. Solange Fonton so auffällig vor der Bank stand, würden Yussuf und seine Leute nicht mehr auftauchen. Egal. Jules hatte nichts gegen die erneute Unterbrechung seiner Observierungsroutine. Es war so langweilig wie eintönig, Leuten dabei zuzusehen, wie sie eine Bank betraten und wieder verließen. Im Gegensatz dazu hielten ihn seine Freunde ganz hübsch auf Trab. Dass er sie alle so bald wiedersehen würde … Fehlte eigentlich nur noch Rabea.

Irgendwie wurde Jules das Gefühl nicht los, dass auch sie seine Wege früher als erwartet wieder kreuzen würde. Jules glaubte an die verschlungenen Pfade des Schicksals, das trotz all seiner Wendungen dem Menschen vorherbestimmt war. Seines und Rabeas waren seit ihrer ersten Begegnung in dem Beiruter Fotoladen miteinander verknüpft.

# Kapitel 22

## *Berlin / Deutschland*

»Siehst du, ich bin die bessere Freundin. Ich habe dich nicht vergessen!«, empfing Rabea Lucie auf dem Berliner Flughafen Tegel.

»Was für ein erfrischendes Willkommen.« Lucie erdrückte ihre Freundin beinahe mit ihrer Umarmung. »Wann wird eigentlich der neue Flughafen fertig? Ich habe irgendwo die Frage gelesen, ob es inzwischen nicht billiger wäre, Berlin abzubauen und neben einem funktionierenden Flughafen wieder aufzubauen.«

Rabea schnitt eine Grimasse. »Ja, wer den Schaden hat … Diese Häme haben sich unser eloquenter Bürgermeister und Konsorten verdient. Das Problem ist, dass die Leute zwar alle die besten Rechenprogramme bedienen können, aber dabei verlernt haben, ihren gesunden Menschenverstand einzusetzen.«

»Leuchtet mir ein. Ich kenn das auch. Ich kaufe mir ein neues Kleid, und dann brauche ich unbedingt das passende Paar Schuhe. Ich bin so darauf fixiert, die zu finden, dass ich erst daheim merke, dass ich das richtige Paar bereits im Schrank stehen habe.«

Rabea schmunzelte beim Gedanken an Lucies Regalwand, in der ihre Schuhe in Regimentsstärke lagerten. »Das wundert mich gar nicht. Komm, wir fahren in meine Wohnung. Schön, dass du bei mir übernachtest und nicht im Adlon wie dein elitärer Freund Jonathan.«

»Ich bin ja keine Luxusschnecke. Und Jonathan muss da logieren, weil dort auch die Gala stattfindet. Er muss das Prestige wahren.«

»Das sagt die Frau mit den tausend Schuhen. Das Prestige wahren … herrlich.«

»Ja, mach dich nur über mich lustig, Freundin. Apropos Prestige. Hast du ein langes Kleid? Du kommst natürlich heute Abend mit! Jonathan freut sich schon darauf, meine beste Freundin kennenzulernen.«

»Oh nein, dass ich dich heute begleite, habe ich nie gesagt! Ein gemütliches Treffen zu dritt, ja. Aber ich gehe sicher nicht auf so eine Promisause, bei der das halbe geliftete Berlin antanzt und seine Juwelen schaukelt.«

»Menno, bist du wieder drastisch. Erstens ist es für einen guten Zweck, und zweitens bist du Journalistin. Der Bürgermeister ist auch da. Du kannst ihn ja nach dem Flughafen fragen.« Lucie zwinkerte frech.

»Okay, überredet! Aber dann müssen wir gleich noch shoppen gehen. Mit einem Abendkleid kann ich nicht dienen.«

Sechs Stunden später entstiegen sie der chromblitzenden Limousine, die ihnen Lucies Verehrer Jonathan geschickt hatte, und schritten über den roten Teppich ins hell erleuchtete Hotel Adlon – Lucie in einem himmelblauen schulterfreien Seidentraum, der ihre schlanke Figur umfloss, Rabea in einem engen smaragdgrünen Kleid, das im reizenden Kontrast zu ihrer hellen Haut und ihren schulterlangen roten Locken stand.

Blitzlichter flammten auf, und Zurufe wie »bitte hierher sehen« wurden laut. Lucie sonnte sich kurz in der Aufmerksamkeit, aber Rabea hatte es eilig, aus dem Rampenlicht zu flüchten. Vor dem Ballsaal verteilten Kellner Champagner in langstieligen Gläsern. Lucie schnappte sich zwei und reichte eines an Rabea weiter. Lucies Glas war erstaunlich schnell geleert.

»Ich diagnostiziere Männer-Nervositis. So kenne ich dich gar nicht«, sagte Rabea amüsiert.

»Ich habe Jonathan seit zwei Wochen nicht gesehen. Vielleicht hat er mich ja schon vergessen.«

»Wo hast du gesagt, dass wir ihn treffen?«

»Gar nicht, er sagte, er findet uns.«

»Immerhin hat er Stil. Der Limousine nach hat er dich nicht vergessen. Das war eine nette und spendable Geste. Da wird es für unseren Geologen-Kandidaten schwer, dagegen anzustinken.«

»Wieso? Ich brauche keinen Luxus, um glücklich zu sein«, tat Lucie die Bemerkung ab.

»Das sagt sich leicht für dich. Du bist damit aufgewachsen, und somit ist er für dich selbstverständlich. Wenn du ohne ihn auskommen musst, wird er dir bald fehlen.«

»Was wird das? Probst du schon für die Moral-Kommission?« Lucie fummelte an ihrem Ausschnitt, schob ihre Korsage zurecht.

»Nein, ich beziehe mich nur auf soziale Studien.«

»Bah, ich pfeif auf deine Studien! Du solltest mal sehen, wie ich im Archäologen-Camp hause.«

»Das mit dem *Hausen* glaube ich dir aufs Wort. Unglaublich, wie schnell du meine Wohnung verwüstet hast.«

»Böse Freundin. Das nächste Mal nehme ich dich nicht mehr mit.«

»Wen nimmst du das nächste Mal nicht mehr mit?«, fragte eine Stimme hinter Lucie.

Sie fuhr herum. »Jonathan!« Lucies gerade noch angespannte Miene erstrahlte in einem umwerfenden Lächeln. Ein hochgewachsener Mann in einem augenscheinlich maßgeschneiderten Smoking beugte sich zu Lucie hinab, zog sie an sich und küsste sie. Dabei streifte seine Hand auf eine Weise über ihre Hüfte, die Rabea zeigte, dass Jonathan Valder ihre Freundin mitnichten vergessen hatte. Lucie löste sich sichtlich ungern von ihm.

Eine verdächtige Röte lag über ihren Zügen, als sie leicht atemlos hauchte: »Rabea, darf ich dir Jonathan Valder vorstellen? Jonathan, das ist Rabea, meine beste Freundin.«

»Freut mich, Sie kennenzulernen. Sie sind also die angekündigte *Inquisitorin.*« Seine Stimme war dunkel wie schwarzer Samt. Das letzte Wort sprach er aus, als läge darin eine verborgene Verheißung. Rabea blinzelte irritiert, während sie feststellte, dass Lucie nicht übertrieben hatte. Der Mann war äußerst attraktiv, strahlte Offenheit und Ehrlichkeit aus.

Jonathan lächelte sie an und holte sie mit einer angedeuteten Verbeugung aus ihrer Überlegung. »Haben die Damen schon etwas gegessen?«, fragte er mit einem Zwinkern, die seinen Worten die Steifheit nahm.

»Nein, wir sind am Verhungern«, erwiderte Rabea an Lucies Stelle. Sie reagierte nämlich nicht. Rabea streifte sie mit einem belustigten Blick. Ihre Freundin war im Moment ein Totalausfall. Sie strahlte Jonathan verklärt an und nahm ihre Umgebung nicht mehr wahr. Rabea konnte es ihr kaum verdenken. Der Mann hatte wirklich etwas Besonderes an sich. Was auch den anderen anwesenden Damen nicht entging. Rabea fing reihenweise schmachtende Blicke in Richtung Jonathan auf.

»Sehr gut, ich habe für uns drei einen Tisch im Restaurant bestellt. Ich muss noch ein paar Leute begrüßen, stoße aber dann zu euch. Bestellt euch ruhig schon etwas. Die Veranstaltung beginnt erst in einer Stunde.« Er nahm Lucies Hände und küsste ihre Finger, während er ihr tief in die Augen sah. »Ich freue mich, dass du hier bist, Lucie«, sagte er mit seiner samtigen Stimme, die auch Rabea nicht kaltließ. Lucie sah ihm nach, wie er in der Menge verschwand.

»Scheint, als ob du dich schon entschieden hast«, sagte Rabea.

»Wie findest du ihn?«, fragte Lucie prompt.

»Sehr attraktiv, und die Stimme sollte er sich patentieren lassen.«

»Ja, die ist wie Schokolade, ich könnte darin baden«, sagte Lucie mit echtem Besitzerstolz. »Und was meinst du sonst? Ist er nicht …« Lucie suchte noch nach dem passenden Superlativ, als Rabea etwas unwirsch zurückgab: »Meine Güte, Lucie, ich habe ihn vielleicht eine Minute gesehen. Wie soll ich mir da schon ein Urteil bilden?« Wobei sie an diesem Punkt nicht ganz die Wahrheit sagte. Sie hatte sich bereits ein Urteil gebildet, aber ihre angeborene Skepsis hielt sie zurück. Sie wollte sich nicht so leicht blenden lassen. Es stimmte, Jonathan war perfekt. Beinahe *zu* perfekt. Doch das konnte sie ihrer Freundin natürlich so nicht sagen.

»Aber du musst doch einen ersten Eindruck haben?«, blieb Lucie beharrlich. »Ich verstehe dich nicht. Du hältst doch sonst nicht so mit deiner Meinung hinter dem Berg. Bei Andrea habe ich auch kaum etwas aus dir herauslocken können. Bisher bist du mir wirklich keine Hilfe«, maulte sie.

Sie hatten inzwischen das Restaurant betreten. Ein eleganter Kellner führte sie zu ihrem Tisch. Mit den Bewegungen eines Dirigenten wies er ihnen ihre Plätze zu. Rabea nahm das kleine Schild zur Hand. »Reserviert für Jonathan Valder und Begleitung«, las sie vor. »Schade, dass da nicht steht, *und Freundin*, dann müsste ich mir weniger den Kopf zerbrechen.«

»Genau darum geht es ja, du zerbrichst dir überhaupt nicht den Kopf. Ich bin genauso schlau wie vorher!«

»Jetzt sei doch nicht so ungeduldig. Ich habe dir doch gesagt, dass ich erst dann meine Meinung sage, wenn ich Kandidat eins und zwei näher kennengelernt habe.«

»Ehrlich, du hörst dich an wie bei *Herzblatt*.«

»Was soll das sein?«

»Eine alte Kuppelshow. Ach vergiss es.« Lucie fummelte schon wieder an ihrem perfekten Ausschnitt herum. »Meinst du, er kommt bald?«

»Du bist reichlich nervös, Süße.«

»Klar, vor allem bin ich wuschig.«

»Ach, musste Prince Charming zu Hause bleiben?«

»Spinnst du? Ich schlepp *den* doch nicht im Koffer mit! Irgendwie haben die Leute bei der Zollkontrolle einen Narren an mir gefressen und stets das Bedürfnis, in meinem Gepäck zu wühlen. Ich pack sowieso nur noch Funktionsunterwäsche ein.«

»Du bist doch sonst nicht prüde, Lucie.«

»Danke, das nehme ich als Kompliment. Eigentlich hatte ich gehofft, na ja, wenn du mir den Segen für Jonathan erteilst, dann …« Lucie ließ den Rest des Satzes in der Luft hängen.

Rabea hatte ihre Freundin auch so verstanden. »Soso, du hattest gehofft, ich sage, Jonathan wäre der Richtige, dann hättest du heute Nacht dein freiwilliges Zölibat beendet und wärst mit ihm in die Kiste gehüpft? Armer Prince Charming, so schnell ausrangiert …«

»Prince Charming wurde ausrangiert? Wer soll das sein? Habe ich etwas verpasst?«

»Oh, Jonathan, du bist schon da!«, fiel ihr Lucie ins Wort und brachte das Kunststück fertig, rot zu werden und gleichzeitig ihre Freundin böse anzufunkeln. Rabea bemühte sich, so unschuldig wie möglich dreinzusehen, obwohl sie am liebsten laut gelacht hätte. Jonathan Valder besaß ein gutes Timing. Ein weiterer Pluspunkt für ihn. Er *war* Mr Perfect. Was Rabea gleichzeitig schon wieder störte. Soweit sie sich erinnerte, war er nach Lukas der erste Mensch, an dem sie in den ersten dreißig Minuten nach ihrer Begegnung nichts auszusetzen hatte – außer eben, dass er zu perfekt war. Allerdings war das ja kaum gegen ihn anzuführen. War Perfektion am Ende ein Makel? Weil perfekte Menschen einem die eigene Unzulänglichkeit vor Augen führten? Falls dies so war, sollte sie Lucie wirklich in seine Richtung hin ermuntern, denn ihre Freundin lief nicht Gefahr, neben Mr Perfect zu verblassen. Außerdem schien es Lucie wirklich nötig zu haben … Sie benahm sich wie ein verliebter Backfisch.

# Kapitel 23

Am späten Vormittag des nächsten Tages, einem Sonntag, klingelte es an Rabeas Tür. Es war Lucie, und sie strahlte wie tausend Glühwürmchen.

»Da bist du ja wieder!«, begrüßte Rabea sie. »Und wie du aussiehst …«

»Wie sehe ich denn aus?« Lucie musterte sich sofort nervös im Spiegel über der Flurkommode.

»Wie Thelma, aus *Thelma und Louise*, nachdem sie von Brad Pitt eine Nacht lang so richtig durchgenudelt worden ist.«

»Danke!« Lucie freute sich. »Ach, Jonathan war einfach nur toll. Zuerst hat er mir das …«

»Stopp, erspar mir bitte die Einzelheiten. Ich sehe Ryan frühestens in drei Monaten wieder. So eine Fernbeziehung bringt auch seine Defizite mit sich.«

»Soll ich dir Prince Charming leihen?«, bot Lucie großzügig an.

»Nein, danke, ich eigne mich nicht als Nebenfrau. Also hast du dich entschieden. Wenn ich dir einen Rat geben darf, du solltest das möglichst bald deinem Andrea beibringen. Der hat vermutlich auch längst Defizite …«

»Ha, das ist meine Freundin, kommt sofort auf den Punkt! Davor graut mir, ehrlich. Andrea hat sich die ganze Zeit sehr anständig verhalten und mich nicht bedrängt.«

In diesem Moment meldete sich Lucies Handy. Sie sah den Namen auf dem Display, rief erschrocken »Kack, das ist *er*«, nahm ab, um als Nächstes allerliebst hineinzuflöten: »Oh, Andrea, wie schön, von dir zu hören! Wir, also Rabea und ich, haben gerade von dir gesprochen. Richtig, ich bin in Berlin. Du hast Fotos von uns in der Zeitung gesehen? Wo denn, die muss ich mir … Was? Wo bist du? In Berlin?« Lucie sandte einen panischen Blick zu Rabea. Rabea formte lautlos die Worte: »Das hast du dir selbst eingebrockt«, und kehrte auf ihren Balkon zurück.

Zum ersten Mal in ihrem Leben hatte sie sich Pflanzen besorgt und war damit beschäftigt gewesen, die Blumenkästen zu bestücken, als Lucie geklingelt hatte. Sie entdeckte Hobbit, die in einem halb gefüllten Topf saß und eifrig dabei war, eine rote Geranienblüte zu zerfetzen. Zuvor musste sie sich in dem Topf gewälzt haben, ihr getigertes Fell hing voller Erdkrümel. »Pfui, Hobbit, du bist wirklich die schmutzigste Katze der Welt. Wenn du Grünzeug magst, dann besorge ich dir Katzengras.« Hobbit sprang aus dem Topf, streckte sich majestätisch und versuchte dann, sich auf die nächste Geranienblüte zu stürzen. Rabea hatte mehr damit zu tun, ihre aufdringliche Katze abzuwehren, als dass sie zum Eintopfen kam.

Hinter ihr betrat Lucie den Balkon. »Scheint so, als schlüge die Stunde der Wahrheit noch heute. Andrea ist in Berlin und will sich heute Abend mit mir treffen.«

»Ist doch gut, dann hast du es hinter dir.«

»Aber ich wollte mich doch später mit Jonathan treffen.«

»Tja, meine Liebe. Selbst schuld. Zwei Männer sind einer zu viel.«

»Das sagt die Richtige. Du hast Ryan und willst trotzdem Lukas das Leben in Rom schwer machen.«

Rabea fuhr ehrlich betroffen auf. »Peng, das hat gesessen. Nur weil du dich in eine unangenehme Situation manövriert hast, Lucie, musst du das nicht an mir auslassen.«

»Tu ich doch gar nicht. Ich komme schon mit Andrea klar. Aber ich finde, dass du wirklich noch einmal über Rom nachdenken solltest. Ich dachte, du hättest seit dem *Evangelium der Liebe* deinen Frieden mit Kirche und Glauben gemacht?«

»Und was hat das eine mit dem anderen zu tun? Ich habe nur mit dem Glauben Frieden geschlossen, Lucie, nicht mit der katholischen Staatskirche.«

»Trotzdem, warum willst du den kalten Kaffee denn aufwärmen? Findest du nicht, dass es Zeit für ein neues Leben ist? Du bist dreißig. Die Tatsache, dass Lukas ernsthaft in Erwägung gezogen hat, Papas Stiftung zu übernehmen, zeigt, dass er bereit für eine Veränderung ist. Die Leitung der Kommission ist für ihn ein Schritt in die Zukunft. Vermassele ihm das nicht.«

»Wie kommst du denn darauf, ich könnte es ihm vermasseln?«

»Weil du *du* bist.«

»Bitte? So wie du das betonst, klingt das, als hieltest du mich für den Antichrist.« Rabea wirkte jetzt beinahe belustigt.

»Ich will doch nur das Beste für Lukas.«

»Du scheinst ihm aber nicht sehr viel Vertrauen entgegenzubringen.«

»Natürlich tue ich das, aber ich kenne die Macht der Hormone, und ich kenne dich.«

»Toll, der nächste Besenklopfer. Du scheinst auch mir nicht viel Vertrauen entgegenzubringen«, bemerkte Rabea sarkastisch. »Ich verstehe dich nicht, Lucie. Lukas und ich folgen einer Einladung des Vatikans. Wir werden mit den anderen Kommissionsmitgliedern Sitzungen abhalten, Nachforschungen anstellen und nüchterne Berichte schreiben. Wir fahren getrennt nach Rom, um dort zu arbeiten, und nicht, um uns zu amüsieren, oder wie du das nennst, kalten Kaffee aufzuwärmen. Ich respektiere, dass Lukas eine Frau und demnächst zwei Kinder mit ihr hat. Wir sind beide übereinander hinweg, und das schon eine ganze Weile. Insofern gebe ich dir recht, wir haben beide ein neues Leben begonnen. Lukas und ich sind nur noch Freunde. Ende der Ansage.«

»Wen hast du jetzt überzeugt. Mich? Oder *dich*?«, bemerkte

Lucie ungewohnt sarkastisch. Sie hatte sich auf den einzigen Stuhl gesetzt und hielt den Kopf gesenkt, während sie Erdkrümel aus Hobbits Fell zupfte, die mit einem geschmeidigen Satz auf ihren Schoß gesprungen war. »Ich mache mir einfach Gedanken«, hob sie erneut an. »Du warst bisher immer der Grund für die Wendepunkte in Lukas' Leben. Als du ihn verlassen hast, verschwand er gleich darauf ohne ein Wort nach Mallorca, Magali-One-Night-Stand inklusive – und als er zurückkam, trat er in den Jesuitenorden ein. Alles wegen dir.«

»Du hast es gewusst?« Rabea hatte es zwar immer geahnt, aber bislang vermieden, mit ihrer Freundin darüber zu sprechen. Wozu auch? Sie wussten beide um ihre unrühmliche Rolle in diesem Drama. Sie hatte Lukas das Herz gebrochen.

»Natürlich, wenn nicht ich, wer dann? Du hast uns selbst einmal als Zwillingsseismografen bezeichnet, die die Gefühlsbeben des anderen aufzeichnen. Und jetzt? Du bist noch keine drei Monate zurück, da spüre ich wieder, wie es in meinem Bruder arbeitet. Und als sei das nicht genug, zieht es ihn sogar nach Rom zurück.«

»Aber dass er nach Rom geht, hat doch nichts mit mir zu tun oder irgendwelchen vergangenen Gefühlen.« Rabea hatte sich vor Lucie hingekniet und zwang ihre Freundin, sie anzusehen. »Glaub mir, Lukas und ich sind vollkommen miteinander im Reinen, wir wissen beide, dass wir unsere Chance vergeben haben. Ich stehe hundertprozentig zu dem, was ich auch schon zu Lukas in London gesagt habe: Es ist nicht unsere Bestimmung, zusammen zu sein. Magali ist jetzt seine Frau, und ich halte sie für stark und mutig. Sie hat mit neunzehn ihre dominante Mutter verlassen, sich jahrelang vor ihr versteckt und ihr Leben als Alleinerziehende gemeistert. Sie hat Lukas nur einmal von dem gemeinsamen Kind geschrieben und dann nie wieder. Sie hat nie etwas für sich verlangt. Ich habe ihr und Matti sechs Jahre gestohlen.«

»Ja, das verstehe ich immer noch nicht. Ausgerechnet du!

Aber mein Bruder hat es dir trotzdem verziehen. Und *das* macht mich nervös!«

»Was für ihn spricht, aber *nicht* für mich.« Rabea rang sich ein trauriges Lächeln ab. »Und du hast es gerade gesagt, das ist der springende Punkt: ausgerechnet ich. Ich habe mich selbst schäbig verhalten, habe Wasser gepredigt und Wein getrunken. Nein, ich werde ganz sicher nicht mehr zum Weinkelch greifen.«

»Heißt das, du hast dir selbst die Buße auferlegt, auf Lukas zu verzichten?«

Rabea hatte sich erhoben und war zur Balkonbrüstung getreten. Doch ihr Blick war nach innen gerichtet, sie nahm das Häusermeer der Großstadt vor sich nicht wahr. Tief in ihr verborgen fühlte sie noch immer die Melancholie. Lukas und sie. Sie und Lukas. Das Echo einer unvergänglichen Liebe. *Vielleicht*, dachte sie, *gewährte ihnen das Schicksal im nächsten Leben eine Chance. Wenn es eines geben sollte* … Doch in diesem Leben hatte sie ihre Lektion gelernt. Ohne sich umzuwenden, antwortete sie ihrer Freundin: »Nein, denn das würde ja bedeuten, dass Lukas mich noch wollte. Aber das ist vorbei, Lucie.« Sie drehte sich jetzt erst zu ihrer Freundin um. »Magali ist seine Frau, und er liebt sie.« Sie hatte sich geschworen, Lucie nie von dem Moment der Schwäche zu erzählen, als Lukas ihr in London seine Liebe gestanden und sie beschworen hatte, ihnen nochmals eine Chance zu geben. Damals hatte sie erkannt, dass nicht nur er, sondern auch sie sich viel zu lange etwas vorgemacht hatte. Es war vorbei – selbst wenn ein Teil von ihr es noch immer nicht wahrhaben wollte. Sie hatte Lukas im Hotel widerstanden, und genau das war für sie der erste wahrhaftige Schritt gewesen, um mit sich selbst ins Reine zu kommen.

Lucie wirkte trotzdem nicht überzeugt. Womöglich spürte ihre Freundin genau das: dass sie ihr etwas verschwieg. Doch sie musste nach Rom. Nicht wegen Lukas, sondern trotz Lukas. Aber sie wollte Lucies Segen, und daher sah sie sich zu einer weiteren Erklärung genötigt, die sie schon eine Weile umtrieb.

Eigentlich hatte sie Lucie nicht damit beunruhigen wollen, aber anscheinend war es das kleinere Übel. »Erinnerst du dich, als du mich kürzlich scherzhaft gefragt hast, ob ich hellsehen kann?«

Jetzt hob Lucie doch den Kopf und blinzelte gegen die Sonne an. »Ja?«, sagte sie vorsichtig.

»Es ist so: Irgendetwas zieht mich nach Rom. Seit ich die Einladung erhalten habe, weiß ich, dass ich gehen muss. Das, was vor knapp zwei Jahren in Rom begann, ist noch nicht zu Ende. Damals war nicht nur Carlotta van Kampen im Spiel, sondern noch eine zweite Macht. Darum habe ich mich zuerst auch gegen eine Zusage gesträubt, weil es ein Gefühl ist, das mir Angst macht. Oder nein, Angst trifft es nicht richtig, es verunsichert mich. Nenne es eine Warnung an mich selbst. Und es geht auch um Lukas. Bitte verstehe das jetzt nicht falsch, aber ich glaube, dass er dort in Gefahr sein könnte. Dieser Kardinal, der ihn zum Leiter der Kommission bestimmt hat, führt irgendetwas im Schilde. Darum muss ich nach Rom gehen.«

»Heilige Scheiße, Rabea, du bist wirklich die Pest! Warum habe ich, wenn ich mit dir diskutiere, am Ende immer das Gefühl, den Kürzeren zu ziehen, und dazu noch das Bedürfnis, mich bei dir zu entschuldigen? Im Klartext hast du mir gerade gesagt, dass du nur nach Rom gehst, um Lukas zu beschützen. Ich geb auf. Hast du ein Tuch da?«

»Wozu?«

»Um deinen Heiligenschein zu polieren.«

Rabea lachte auf und warf mit dem Putzlappen nach ihr, den sie zum Trocknen über das Geländer gelegt hatte. Hobbit sprang sofort auf und versuchte, ihn sich zu schnappen.

»Deine Katze ist genauso verrückt wie du«, meinte Lucie, als sie sah, wie Hobbit auf dem Lappen saß und gleichzeitig versuchte, ihn fortzubewegen.

»Heißt das, dass du wieder friedlich bist?«

»Nur, wenn du mir versprichst, dass Lukas gesund und munter nach getaner Arbeit zu seiner Familie zurückkehrt.«

»Das nenne ich unerbittlich! Versprochen, großes Indianerehrenwort. Apropos Hormone. Was hast du jetzt mit Andrea vor?«

»Wie meinst du das?«

»Ich frage nur, ob deine Entscheidung für Mr Perfect, Jonathan Valder, eindeutig ist?«

»Ha, du nennst Jonathan Mr Perfect?« Lucies Miene drückte erneut pures Misstrauen aus. »Ich kenne dich. Was hast du an ihm auszusetzen?«

»Nichts, außer dass er mir eben fast zu perfekt rüberkommt.«

»So perfekt wie Lukas?«

»Das hättest du wohl gerne. Im Ernst, ich konnte keinen Makel an ihm entdecken. Er ist charmant, gut aussehend, hat sich sein Vermögen selbst erarbeitet, und er ist dazu ein Philanthrop, der sich nicht auf seinen Lorbeeren ausruht, sondern etwas an die Gesellschaft zurückgeben will. Ich fand auch unsere Diskussion über sein Projekt zur Freien Raumenergie sehr spannend. Doch, ihr gebt ein perfektes Paar ab.«

»Na endlich kommst du mal deinen Pflichten als gute Freundin nach! Was sagst du zu Andrea?«

»Oh nein, ich werde dir keine Argumente liefern, damit du ihn leichter abservieren kannst. Wenn du schon meine Motive in Zweifel ziehst und mir unterstellst, ich hätte in Rom nichts Besseres zu tun, als über Lukas herzufallen, dann fass dich auch an die eigene Nase. Du weißt selbst, was du zu tun hast.«

»Aber Andrea gefällt mir auch sehr gut. Als ich eben seine Stimme gehört habe … Verflixt, ich hätte nicht gedacht, dass es so schwer werden würde. Ich dachte eigentlich, nachdem ich mit Jonathan du weißt schon was, wäre es ganz einfach. Meinst du nicht, ich könnte vielleicht … bloß einmal?«, schob sie vorsichtig hinterher.

»Mensch, Lucie, das ist jetzt nicht dein Ernst! Das sind Männer und keine Autos, die man Probe fahren kann! Also manchmal …«, entrüstete sich Rabea.

»Schon gut, blöde Idee. Dabei sitzt du selbst im Glashaus.«

»Wie bitte?«

»Hallo, London? Whirlpoolparty? Ryan und Logan?«

Rabea wandte die Augen himmelwärts. »Ich wusste, dass mir das einmal um die Ohren fliegen würde. Danke, Freundin! Das war eine völlig andere Situation! Ich musste mich zwei Jahre verstecken, wusste nicht, ob ich Großvater oder euch je wiedersehen werde, war nach menschlichem Kontakt ausgehungert, und ich war vor allem sehr beschwipst. Ich wollte einfach nur das Leben selbst feiern. Und wenn ich einmal neunzig bin, dritte Zähne, weißes Haar und Rheuma habe, dann werde ich an London denken und ganz fett grinsen! Vor allem aber zählt, Lucie, ich habe keinem der Männer etwas vorgemacht oder falsche Hoffnungen geweckt.«

»Schon gut, fahr deine Krallen wieder ein. War nur so von mir dahingesagt.«

»Außerdem, du bist intelligent genug, um selbst die richtigen Rückschlüsse zu ziehen.«

Lucie musste nicht lange überlegen. »Du meinst, weil Andrea für die Unternehmensberatung arbeitet, deren Klient Magalis Coltan-Minen erwerben will?«

»Schlaues Mädchen! Ja, das meine ich. Es könnte ein Interessenkonflikt entstehen.«

»Aber das war nie ein Thema zwischen uns, und er hat mir doch vor dem Friseurladen das Leben gerettet!«

»Dafür kannst du ihm auch dankbar sein. Ich verstehe ja, dass du ihm gegenüber Schuldgefühle hegst, weil du ihn über Wochen hingehalten hast. Wie gesagt, deine Entscheidung. Hier endet mein Latein.« Rabea setzte die letzte Geranie in den Topf, füllte Erde nach, klopfte sie fest und sagte schwungvoll: »Fertig.«

# Kapitel 24

Während sich Lucie am Nachmittag mit Liebeskandidat Nummer zwei, Andrea, traf, setzte sich Rabea an ihren Laptop und recherchierte über die Pseudowissenschaft *Freie Raumenergie*.

Lucies Mr Perfect hatte gestern im Gespräch ihr Interesse daran geweckt. Nach seiner These war sie eine quasi unerschöpflich zur Verfügung stehende Energieform, die sämtliche gängigen Energieträger wie Erdöl, Kohle, Gas und Atomkraftwerke überflüssig machen würde. Falls diese Energieform existieren sollte und es Wissenschaftler gäbe, die diese für die Allgemeinheit nutzbar machen könnten, überlegte Rabea, dann wären diese Forscher vermutlich Staatsfeinde Nummer eins. Wenn sie sich nicht irrte, gab es dazu einige Hollywood-Actionthriller, die genau dieses Szenario heraufbeschworen. Wissenschaftler löst Weltenergieproblem, und schon hat er sämtliche Geheimdienste auf den Fersen und wird seines Lebens nicht mehr froh, und in seinem Umfeld werden jede Menge Leute abgemurkst.

Sie googelte die beiden Forscher, die ihr Jonathan Valder genannt hatte, Professor Albert Zweifels und Professor Szabó Ferency, stieß sogleich auf eine heftige Forumsdiskussion und las die ersten Einträge:

**Gandalf**

@alle Interessierten, die sich nicht von der Energielobby belügen lassen wollen!

*Systemmedien und gekaufte Wissenschaftler verbreiten, es gäbe keine Freie-Energie-Maschine. Und doch existiert und funktioniert sie. Ich habe selbst einen kleinen Generator gebaut, versorge meine Familie und mich selbst mit Energie. Alle Regierungen und Parteien, die sich (angeblich) für Umweltschutz einsetzen, wissen, dass es eine saubere Lösung für das Weltenergieproblem gibt. Es ist der politisch-industrielle Komplex, der keine dezentrale Energieversorgung wünscht. Die Energiekonzerne fürchten um ihr Energiemonopol, die Regierenden um ihre Machtposition. Darum wird dem Normalbürger, UNS, diese Jahrtausend-Entdeckung vorenthalten. Wie in allen Zeiten wird das Volk von den Mächtigen belogen und betrogen. Es hat sich nichts geändert, unter der Maske der Demokratie verbirgt sich nach wie vor die Fratze der Gier. Wir sind noch immer Leibeigene. SIE entscheiden, wir leiden.*

Schlawiner
@Gandalf
*Herrje, noch so eine Verschwörungstheorie für Fantasten. Geh zurück nach Mittelerde! Diese Kraftwerke gibt es nicht. Eine Maschine, aus der mehr Energie herausfließt, als man hineingibt? LÄCHERLICH! Jedes Kind lernt in der Schule, dass das nicht geht.*

Gandalf
@Schlawiner
*Und von welchem Konzern oder welcher Geheimbehörde wirst du bezahlt? MORDOR?*

Bube
@Gandalf
*Sehe ich wie Sie, Gandalf. He, Schlawiner, es kann nicht sein, was nicht sein darf? Wenn alle so denken würden wie Sie, hockten wir heute noch wie Trolle in unseren kalten, feuchten Höhlen. Aber vielleicht sitzen Sie da ja noch. Schimmeln Sie ruhig weiter …*

**Frieder**

@Bundesregierung

*Warum stellen Regierung und Staat kein Geld für die Erforschung von Raumenergie zur Verfügung? Im Internet gibt es Anleitungen zum Nachbau solcher Freie-Energie-Generatoren. Hat jemand Erfahrung damit? Funktioniert der Tesla-Bauplan?*

**Teutoburger Wald**

@Frieder

*Ich kann Ihnen sagen, warum es keine staatliche Forschung in D gibt. Seit 1945 wird die Freie-Energie-Forschung torpediert, von staatlichen Institutionen bewusst als Verschwörungstheorien lächerlich gemacht, als Pseudowissenschaft diskreditiert, Wissenschaftler bedroht und mundtot gemacht. Wer sich nicht einschüchtern lässt, wird mit Drohungen gegen die Familie gefügig gemacht oder gleich ermordet. Von wem? Von den einstigen und immer noch aktiven Besatzungsmächten, die als Erfüllungsgehilfen des internationalen Finanzjudentums der deutschen Regierung befehlen. Die FED ist im Besitz von Multimilliardären – das Geld wird von den Banken aus dem Nichts geschaffen. Die Imperialisten bedrucken Papier! Dressierte Wirtschaftsjuristen dienen dem herrschenden System. Selbstständiges Denken ist unerwünscht! Das ist die Grundlage jeder Diktatur. Wir leben seit 1945 in einer Diktatur des Geldes. Merken Sie das nicht?*

**Gandalf**

@ Teutoburger Wald

*»internationales Finanzjudentum?«*

*Da ist sie ja wieder! Die Zauberformel, mit der man jede vernünftige Diskussion sprengen kann: Man betreibt antisemitische Stimmungsmache! Clever, erst selbst die Verschwörung gegen die Freie-Energie-Wissenschaft anprangern und sich dann als verwirrter rechter Geist outen.*

**Schlawiner**
@Gandalf
*Die Internet-Ente vom »Freien-Energie-Kraftwerk« ist genau das: eine Ente! Unwissenschaftlich, wirr, quak, quak. Vermutlich glauben Sie auch an das Perpetuum mobile. Meinen Sie, seriöse Wissenschaftler sind blöd? Wenn es so einfach, billig und ökologisch wäre, Energie ohne Erdöl, Gas, Kohle oder Atomkraft (nicht zu vergessen Wind und Sonne) zu gewinnen, hätten private Betreiber sich längst darauf gestürzt, anstatt sich mit angeketteten Atomkraftgegnern auf Schienennetzen herumzuschlagen. Das ist pseudowissenschaftlicher Quatsch und widerspricht dem ersten Hauptsatz der Thermodynamik. Man kann keine Energie aus dem Nichts herstellen!*

**Manpower**
@Schlawiner
*Ihrer obigen Einlassung, Herr Schlawiner, entnehme ich, dass Sie kein Wissenschaftler sind. Darum können Sie nicht wissen, dass bei der Freien Raumenergie keine Energie hergestellt wird, sondern die Energie bereits im Quantenvakuum vorhanden ist. In Standard-Physiklehrbüchern wird sie als »Nullpunktsenergie elektromagnetischer Wellen des Quantenvakuums« aufgeführt. Diese drei Begriffe erklären es:*
Elektromagnetische Wellen: *Ähnlich wie Licht sind auch die Wellen, die in der Raumenergie genutzt werden, einfache elektromagnetische Wellen.*
*Bei Licht handelt es sich um den Quantenzustand n=1, bei Raumenergie um den Quantenzustand n=0.*
*Solarzellen nutzen also den Quantenzustand n=1. Raumenergie-Konverter den Quantenzustand n=0.*
*In diesem Sinne lassen sich die Wellen der Raumenergie als Brüder der Solarenergie veranschaulichen.*
Nullpunktswellen: *Das Wort »Nullpunkt« vor dem Begriff »Wellen« drückt nichts weiter aus als den Quantenzustand n=0.*
Quantenvakuum: *Diese Nullpunktswellen sieht man, wenn man den*

*Raum aus der Sicht der Quantenphysik betrachtet. Weil sie auch im leeren Raum vorkommen, spricht man nicht nur von Quantenphysik, sondern vom Quantenvakuum. Dabei ist es keine Bedingung, ein Vakuum zu erzeugen, sondern der Begriff Quantenvakuum drückt aus, dass die Nullpunktswellen sogar auch im bloßen Vakuum vorkommen. Wenn noch Materie vorhanden ist, verschwinden deshalb nicht die Nullpunktswellen.*
*Die Erzeugung von Energie über Freie-Raumenergie-Konverter ist daher absolut umweltfreundlich, ohne schädliche Rückstände. Es ähnelt dem Prinzip, einen schwarz angemalten Topf mit Wasser in die Sonne zu stellen.*
*Diese Energiegewinnung ist billig, unerschöpflich, absolut unschädlich und risikolos. Für Mensch, Tier und Natur.*

**Alexander, der Mazedonier**
@Schlawiner, du Schulwissen-Depp
*Welche Liga bezahlt dich? Die Ignorantenfraktion? Du betreibst Desinformation. Absichtlich! Dass die Maschinen nicht auf dem Markt sind, ist ein Indiz dafür, dass es nicht funktioniert? Tolles Argument! Wahrscheinlich bist du auch zu unterbelichtet, um zu kapieren, was Manpower dir oben erklärt.*

**Ziegenpeter**
@alle
*Achtung: Teslabauplan.com ist nicht seriös. Alles Schmu!*

**Hagen von Tronje**
@alle Aufrechten!
*Seit Nikola Tesla sind Hunderte von Freie-Energie-Maschinen entwickelt worden. Viele mutige Wissenschaftler wurden ermordet. Sie sind Märtyrer, Opfer der Wirtschaftsmafia, den Verbrechern, die die Welt regieren, in der Hand des internationalen Finanzjudentums!*

**Platon**
@Hagen von Tronje
*Noch mal zum Mitschreiben: »Freie Raumenergie« ist Blödsinn. Pseudo-Forscher vermengen die Spinnereien von Einstein und Heisenberg, jubeln die »Erfindung« Tesla unter, et voilà, die Internet-Hörigen fallen darauf herein. Darum mag ich kein Internet. Jeder Gernegroß und Stammtischbruder kann sich hier gerieren.*

**Alexander, der Mazedonier**
@Platon
*Wenn du kein Internet magst, dann zieh halt den Stecker. Auf dein Gefasel können wir verzichten.*

**Genervter User**
@alle
*Es heißt leerer Raum, weil der Raum l e e r ist! Aber das geht vermutlich nicht in eure leeren Köpfe! Für Strom braucht es allerdings Spannung … Aber bitte, geht ruhig weiter auf geistige Butterfahrt und lasst Euch Rheuma-Heizdecken aufschwatzen – mit Original friesischem Lammfell, Made in China. Jeden Tag geht ein Dummer durchs Isartor …*

**Gandalf**
@Genervter User
*Ach ja? Und was ist mit dem Cern in Genf? Gottesteilchen? Schon mal gehört? Dort hat man das Nichts sichtbar gemacht! Jeden Tag geht ein Ignorant durchs Isartor …*

**Siegfried**
@Hagen von Tronje
*Die Umerziehung der Deutschen schreitet voran, darum sind Themen wie Holo-Leugnung und Freie Energie für die deutschen Umerziehungsopfer so schwer zu ertragen.*
*Hagen, guckst du hier? Bitte googlen:* »Bestandteile der BRD: Die Lüge und Manipulation«. **Quelle: siehe Anhang

*Autsch*, dachte Rabea. *Wo sind die Grünen denn, wenn man sie braucht?* Sie hatte genug wirres Zeug gelesen und klappte ihren Laptop zu.

Am Ende war die Diskussion also wieder bei der Holocaust-Leugnung angelangt – und täglich grüßt das antisemitische Murmeltier. Traurige Wirklichkeit. Sie selbst war diesem Phänomen oftmals bei ihren Recherchen begegnet. Wenig verwunderlich, dass das Thema *Freie Raumenergie* niemand ernst nehmen konnte, wenn er dabei auf diese unwürdige Form von Forumsbeiträgen stieß. Jeder vernünftig denkende Mensch klinkte sich da sofort wieder aus. Recht viel schlauer war sie jetzt nicht, aber sie nahm sich vor, sich genauer mit den beiden Professoren, besonders mit dem deutschen Albert Zweifels, zu befassen. Rabea machte sich eine Notiz: *Professor Zweifels kontakten – Interview?*

Sie lehnte sich zurück und gähnte. Internetrecherche war immer ermüdend. Erst recht, wenn man derart viel Quatsch lesen musste. Wie am Stammtisch konnte da jeder seinen ungefilterten Mist verzapfen. Leider fanden diese Stammtischbrüder in den Tiefen des World Wide Web – im Gegensatz zu früher, wo es sich auf die paar Leute am Tisch reduziert hatte – weitaus mehr Gleichgesinnte. Und somit Bestätigung. Kein Wunder, dass sich der Umgangston immer mehr radikalisierte und vielfach Sachlichkeit und Höflichkeit missen ließ, als würden die Leute Stacheldraht frühstücken.

In Gedanken rekapitulierte Rabea noch einmal das gestrige Gespräch beim Abendessen, das mit ihrer Frage an Jonathan, was er genau beruflich mache, begonnen hatte und das sie im Anschluss an die Spendengala in einem Séparée des angesagten Berliner Clubs Cookies fortgesetzt hatten.

Anfangs war es Mr Perfect fast unangenehm gewesen, als Lucie das Thema darauf gebracht hatte: »Jonathan spricht nicht gerne über sein Geheimprojekt«, hatte sie unbekümmert verkündet.

»Vielleicht, weil es geheim ist?«, hatte Rabea geschmunzelt. »Sie sollten sich lieber gleich mit dem Gedanken vertraut machen, Jonathan, dass bei Lucie nichts geheim bleibt.«

»He, bist du meine Freundin oder seine?«, hatte Lucie sie angepflaumt. »Außerdem lagen die Sachen ganz offen rum. Jetzt erzähl es ihr schon, Jonathan. Das ist doch alles superinteressant. Rabea würde jetzt sowieso nicht mehr lockerlassen. Stimmt doch, Rabea, oder?«

Rabea nickte, wobei sie ihr Inquisitionslächeln aufsetzte.

Jonathan gab sich mit einem Seufzer geschlagen. »Ich finanziere ein Projekt zur Erforschung der Freie-Raumenergie-Technologie«, setzte er zögernd an, wobei sein Augenmerk Rabeas Reaktion galt.

»Klingt nach einem physikalischen Experiment«, erwiderte Rabea. »Worum genau geht es dabei?«

»Eine Alternative zu herkömmlicher Energiegewinnung! Die Unabhängigkeit von Öl, Gas und Kernkraft!«, kam Lucie Jonathan zuvor und sandte einen bewundernden Blick zu Mr Perfect. Mindestens den hundertsten an diesem Abend, wie Rabea innerlich schmunzelnd feststellte. Über das Thema Freie Raumenergie hatte sie selbst schon in einem Wissenschaftsmagazin gelesen. Sie fand das Thema interessant, hatte sich jedoch nie näher damit beschäftigt. Sollte es mit Jonathans Projekt etwas auf sich haben, wäre er tatsächlich eine Art Superheld. Was Lucie da angedeutet hatte, klang allerdings viel zu schön, um wahr zu sein.

Offenbar hatte Jonathan ihren Gedankengang erraten. »Die Idee dahinter ist weder von mir noch ist sie neu. Schon der Physiker Nikola Tesla hat vor hundert Jahren die Freie Raumenergie erforscht. Diese Wissenschaft ist keine Utopie. Sie ist Physik.«

»Nikola Tesla?«, horchte Rabea auf.

»Er war der Wegbereiter des Wechselstroms«, half ihr Mr Perfect vermeintlich auf die Sprünge.

Doch Rabea wusste über Nikola Tesla Bescheid, hatte sich bereits eingehend mit dem Wissenschaftler beschäftigt – denn drei der fotografierten Patente auf Magali von Stettens Handy lauteten auf dessen Namen! Das war innerhalb kürzester Zeit das zweite Mal, dass sie mit dem Namen Tesla konfrontiert wurde. Ihr Herzschlag beschleunigte sich unwillkürlich. Sie glaubte nicht an einen Zufall.

»Hatte der nicht eine Menge an Erfindungen gemacht?«, tastete sie sich vor, während ihre Gedanken um die fotografierten Patente kreisten.

»Ja, er hielt an die siebenhundert Patente«, bestätigte Mr Perfect. »Und das, obwohl sein Labor mehrmals abgefackelt wurde.«

»… und dessen Forschungsunterlagen konfisziert wurden, als er starb, und die seitdem als verschollen gelten«, ergänzte Lucie. Mr Perfect hatte definitiv ihr Interesse an dieser Wissenschaft geweckt.

»Wie viele seiner wissenschaftlichen Entdeckungen verbrannt sind oder sonst wie verloren gingen, weiß heute niemand. Offenbar wurde die Bedeutung seiner Entdeckung zur Nutzung der freien Raumenergie sofort erkannt«, erläuterte Jonathan weiter. »Denn kaum hatte er dazu etwas publiziert, wurden seine Forschungen auch schon behindert. Und er war beileibe nicht der Einzige, der mit solchen Schwierigkeiten zu kämpfen hatte. Jedem Forscher drohten Repressalien, sobald sie das Thema aufgriffen. Man strich ihnen die Forschungsgelder, entzog ihnen ihre Aufträge und damit ihre Arbeitsgrundlage.«

»Hm«, machte Rabea nachdenklich. »Tesla war zu seiner Zeit nicht unumstritten, er fiel als verschwenderischer Exzentriker auf, mit Hang zur Metaphysik, und behauptete gar, er hätte Kontakt zu Außerirdischen gehabt. Es heißt, er war geradezu besessen von der Idee der drahtlosen Energieübertragung. Falls an seiner Forschung zur Freien Raumenergie wirklich etwas dran war, wer hätte ein Interesse daran, diese Forschungen zu boykottieren? Noch dazu zur damaligen Zeit, als das Maschinenzeitalter gerade erst angebrochen war?«

»*Die*, die ihren Gewinn durch keine Alternative beeinträchtigt sehen wollten«, erwiderte Mr Perfect mit einem vielsagenden Ausdruck, der Rabea aufforderte, tiefer in das Thema einzusteigen.

Dem kam Rabeas kritischer Geist gerne nach. »Trotzdem muss es doch auch einflussreiche Unterstützer gegeben haben? Nicht jeder Unternehmer wurde durch Erdöl reich. Sicher gab es auch einige, die sich schon damals für Alternativen interessiert haben«, hielt Rabea dagegen.

»Natürlich gab es die. Henry Ford war einer von ihnen. Er hatte sich anfänglich sehr für die Freie-Energie-Gewinnung interessiert. Vermutlich ein Resultat seiner Freundschaft mit Thomas Edison. Übrigens arbeitete auch Tesla einige Monate für Edison. Ford jedenfalls experimentierte schon früh mit Elektro- und Magnetautos. Selbst Albert Einstein forschte zu diesem Thema.«

Rabea brauchte keine Sekunde, um die richtigen Rückschlüsse zu ziehen: »Jetzt verstehe ich … Damit kamen Ford und Co. der *Standard Oil Company* in die Quere, der Mutter aller Ölgesellschaften …«

Mr Perfect nickte. »Es wurde niemals nachgewiesen, wer damals hinter der Behinderung zu dieser Forschung steckte, doch es ist naheliegend, dass die Rockefellers kein Interesse daran hatten, dass jemand ihr Öl überflüssig machte.«

*Die Macht des Geldes*, dachte Rabea bitter. Wer über ausreichend Mittel verfügte, konnte es sich leisten, seine Konkurrenten auszuschalten. Man bestach, bedrohte, diffamierte sie oder kaufte die eigenen Geschäfte gefährdenden Patente für viel Geld auf. *War es Tesla so mit seinen Patenten ergangen?* Was sie jedoch nicht verstand: Warum interessierte sich eine Frau wie Carlotta van Kampen für Teslas alte Patente? »Also machte die damalige Energielobby auch keinen Halt vor prominenten Erfindern wie Ford oder Einstein«, fasste Rabea ihre Überlegungen zusammen.

»Ja, und damit verschwand die genialste Erfindung der Menschheitsgeschichte auf Nimmerwiedersehen in einer dunklen Schublade«, empörte sich Lucie. Und womöglich sogar in Carlotta van Kampens Schließfach, ergänzte Rabea im Stillen.

»Im besten Fall«, sagte Mr Perfect. »Denn die Gegenmaßnahmen gingen so weit, dass auch vor Mord nicht zurückgeschreckt wurde – was wiederum den Effekt einer gewissen Abschreckung zur Folge hatte. In diesem Zusammenhang ist Tesla das beste Beispiel, um die Methoden der Gegner der Freien Energie zu demonstrieren.«

Rabea nickte abwägend. »Sie vermuten, dass die Brände, die Teslas Forschungslabor mehrfach vernichtet haben, absichtlich gelegt wurden?«

»Ja, sie waren mitnichten eine Folge seiner Experimente, wie der Öffentlichkeit vorgegaukelt wurde. Man wollte Teslas Forschungsergebnisse auslöschen und gleichzeitig verhindern, dass er weitere Geldgeber und Unterstützer fand. Es funktionierte. Der Mann war am Ende vernichtet. Finanziell und psychisch. Nikola Tesla, der geniale Wissenschaftler, starb 1943 vereinsamt in einem New Yorker Hotelzimmer. Unmittelbar nach seinem Tod wurde sein Zimmer von Beamten der US APC, der Alien Property Custodian, versiegelt und gründlich durchsucht. Die Männer beschlagnahmten dabei sein gesamtes Eigentum, somit auch alle seine Notizen und Forschungsergebnisse, auch zur Freien Raumenergie. Nichts davon ist je in Teslas Nachlass aufgetaucht.«

Erneut stieg Rabeas Puls. Und wenn die van Kampen genau diese konfiszierten Tesla-Unterlagen in ihren Besitz gebracht hatte? Wenn die Freie Raumenergie das war, was Jonathan behauptete, nämlich eine echte Alternative zur herkömmlichen Energiegewinnung, dann wäre der Wert von Teslas Forschungsergebnissen astronomisch. *Ein Multi-Milliardengeschäft.*

So ruhig wie möglich stellte Rabea ihre nächste Frage: »Und woher weiß man heute überhaupt von Teslas Forschung zu diesem Thema, wenn der Gegenwind angeblich so groß war?«

»Aus vereinzelt erhaltenen Veröffentlichungen wie im *Century Magazine* oder *Collier's Weekly*. Zudem sind einige Tagebücher von Tesla aus der Zeit um 1900 erhalten geblieben.«

»War die APC nicht die Behörde, die während der beiden Weltkriege verhindern sollte, dass Nicht-US-Bürger ihr Eigentum ins Ausland schaffen konnten?«, fragte Rabea, die mit diesem Thema vertrautes Terrain betrat.

Jonathan Valder nickte beifällig. »Sie sind gut informiert, Rabea. Die wenigsten wissen, wer oder was sich hinter der APC verbarg und welche Funktion sie ausübte.«

»Rabea ist ein wandelndes Lexikon«, warf Lucie ein. »Kann manchmal auch verflixt lästig sein, glaub mir.« Sie pickte eine Olive aus ihrem Salat.

Jonathan schenkte Lucie nur ein kurzes Lächeln und taxierte Rabea auf eine Art und Weise, die in ihr den Verdacht aufkeimen ließ, dass Valder sie womöglich absichtlich in diese Diskussion verwickelt hatte. Aber weshalb sollte er das tun? »Und das ist die eigentliche Ungereimtheit«, setzte Lucies Eroberung das Thema fort, »denn die APC überschritt mit dieser Aktion eindeutig ihre Kompetenzen. Sie war nicht zuständig. Nikola Tesla war nachweislich US-Bürger.«

»Also wollte die APC verhindern, dass etwas von Teslas Arbeit die USA verließ?«

»So ist es. Teslas Erben hätten jedes Recht gehabt, über seine Unterlagen zu verfügen.«

»Was, glauben Sie, geschah mit seinen Forschungsunterlagen?«

»Entweder sie wurden vernichtet oder sie lagern in einem geheimen Safe.« *Bingo!*, dachte Rabea und hatte Mühe, ihren Gesichtsausdruck unter Kontrolle zu halten.

Jonathan schien trotzdem etwas bemerkt zu haben, tieferes

Interesse blitzte kaum merklich in seinen Augen auf. Wäre Rabea nicht schon darauf sensibilisiert gewesen, es wäre ihr entgangen. Ihre Beobachtung rief in ihr erneut das unwirkliche Gefühl hervor, dass es einen Grund gab, warum Jonathan mit ihr dieses Gespräch führte. Fast hatte es den Anschein, als würde er ihr Wissen testen. Bloß, sie konnte sich beim besten Willen keinen Reim darauf machen. Wenn es Mr Perfect nur darum ging, Lucies beste Freundin von sich zu überzeugen, hätte er tausend andere Themen zur Verfügung, als mit ihr über etwas zu diskutieren, das 99,99 Prozent der Bevölkerung als Verschwörungstheorie galt. Jonathan warf ihr indessen einen weiteren Ball zu: »In diesem Zusammenhang, Rabea, dürfte Sie interessieren, dass die APC direkt Präsident Woodrow Wilson unterstand. Geleitet hat sie wiederum ein Ex-Banker, der CEO der Federal Deposit Insurance Corporation. Als Tesla 1943 starb, befand sich Amerika mitten im Zweiten Weltkrieg. Dennoch hatte die APC nichts Besseres zu tun, als den Nachlass eines US-Bürgers zu konfiszieren, für den sie nachweislich nicht zuständig war.«

»Sie spielen auf die übliche Verquickung von Politik und Finanzwesen an, in diesem Fall auf die Machtinteressen der Energiekonzerne?«, ging sie darauf ein. Wenn Jonathan Verschwörungstheorien wollte, sollte er sie haben.

»Nicht der Energiekonzerne allein. Es hängen viele Wirtschaftszweige daran, auch die Börsen, die vielfach von den Energiepreisen beeinflusst werden. Es ist ein globales Problem, bei dem vor allem auch geopolitische Interessen eine Rolle spielen.«

»Also bis zu diesem Punkt konnte ich gut folgen«, meldete sich Lucie. »Soll das heißen, dass keine Regierung es sich leisten kann, dass ihre Energiekonzerne überflüssig werden, da ansonsten ihr Wirtschaftssystem kollabiert? Was wiederum zu einer Massenarbeitslosigkeit führen würde, die Preise für Konsumgüter steigen ließe, die Bundesbanken daraufhin mehr Geld drucken würden, was wiederum eine Inflation zur Folge hätte – die, siehe Weimarer Republik, zu Revolution und politischen Umwälzungen führen würde?«

»Vereinfacht ausgedrückt könnte man es so umschreiben«, antwortete ihr Rabea. »Der Wegfall einer einzigen Branche bringt die Wirtschaft zwar ins Schwanken, weil die Wirtschaftszweige untereinander vernetzt sind, aber die großen Energiekonzerne sind global aufgestellt. Und im Verhältnis zum Kapital, das sie scheffeln, geben sie eher wenig in Form von Arbeitsplätzen an die Volkswirtschaft zurück.«

»Ihr liegt beide nicht falsch«, meinte Jonathan dazu. »Aber ich gehe noch einen Schritt weiter. Die Politik ist längst viel zu eng mit den Energiekonzernen vernetzt, die Politiker aller Länder handeln im Sinne der Konzerne.«

»Ja, der zunehmende Lobbyismus ist eine Gefahr. Das schwappt immer mehr von den USA zu uns herüber. Ich verfolge schon länger, wie europäische Politiker von Lobbyisten bedrängt und beeinflusst werden. Und am Ende der Politikerkarriere winkt nicht selten als Lohn ein lukrativer Posten in der Wirtschaft. Wie ein gewisser Ex-EU-Kommissionschef beweist, der kürzlich bei Goldman Sachs untergekommen ist.«

»Die Verknüpfung von Politik und Wirtschaft ist gefährlich, dennoch ein Phänomen, bei dem alle gerne wegsehen. Nicht nur in den USA, auch in Deutschland sitzen zu viele Volksvertreter in den Aufsichtsräten.« Echtes Feuer glomm jetzt in Jonathans Augen. »Die Energiekonzerne haben im Prinzip die absolute Macht über die Menschheit. Warum? Weil sie über ein beinahe unerschöpfliches Kapital verfügen. Siehe die russischen Oligarchen! Die sind alle über die Energiewirtschaft reich geworden. Dieses Kapital ist nicht personengebunden, sondern extrem vernetzt.«

»Und durch diese Vernetzung gewinnt es an Einfluss in nahezu allen Lebensbereichen«, ergänzte Rabea.

»Kapiert«, meldete sich Lucie. »Logisch, Geld und Macht

verhalten sich proportional zueinander. Darum hat der russische Zar, ups, Präsident, auch den einen oder anderen Oligarchen entsorgt.«

»Du bringst es auf den Punkt, Lucie.« Jonathan lächelte ihr zu, aber es war ein Lächeln, das es nicht bis in seine Augen schaffte. »Das konsequente Ausmerzen echter Alternativen zu Öl und Gas hat das Monopol der Energiekonzerne so gefestigt, dass sie im Grunde machen können, was sie wollen.«

»Gruselig! Das heißt, sie müssen unserer Regierung nur andeuten, was passiert, wenn ihre Bürger morgen im Dunkeln sitzen. Und frieren ... Aber wie konnte es überhaupt so weit kommen? Wenn ein Konzern ein solches Monopol erlangt, dann hat doch die Politik versagt, oder?«

»Nur, wenn es das ureigenste Anliegen der Politik wäre, ihre Bürger zu vertreten, Lucie«, antwortete ihr Rabea. »Doch das ist bei Politikern kaum der Fall – wenn sie erst gewählt sind. Ab da sind sie Marionetten der großen Konzerne. Es fließen Parteispenden, es herrscht Parteizwang, und Abweichler werden abserviert. Man muss sich nur mal angucken, welche Unternehmen Büros im Berliner Regierungsviertel unterhalten, dito in Brüssel ... Politik wird nicht im Plenarsaal gemacht, sondern abends bei einem Glas Rotwein.«

»Aber wenn ich Jonathan richtig verstehe, wäre die Freie-Raumenergie-Technologie die Lösung für das Weltenergieproblem, das Perpetuum mobile für eine saubere, kostenlose und unerschöpfliche Energiequelle. Das ist doch für alle Menschen erstrebenswert! Alles andere wäre Verrat.«

»Politik und Wirtschaft wollen aber diese Lösung nicht, Lucie. Sie torpedieren sie, weil sie sonst um ihre Macht fürchten müssen. Das weltweite Geldmonopol befindet sich in der Hand einer kleinen Anzahl privater Banken, beherrscht durch wenige Superreiche. Diese Personen streben die vollkommene Kontrolle der Kapitalreserven der gesamten Welt an und damit die Verfügbarkeit oder Nicht-Verfügbarkeit aller Güter und

Dienstleistungen – faktisch über das Leben aller Menschen. Darum wird der Internethandel forciert, ebenso die Abschaffung des Bargelds. Weil Bargeld Freiheit ist, sie aber wollen die komplette Kontrolle über uns, sogar bestimmen, was wir einkaufen. Immer öfter bestimmen Algorithmen unser Leben. Algorithmen, die suggerieren: *Kunden, die diesen Artikel kauften, kauften auch das.* Eine unabhängige Quelle allgemeinen Wohlstands, sprich, Freie Energie für alle Menschen, würde die Pläne dieser Reichsten zunichtemachen. Warum? Weil die Wirtschaft eines Landes durch Erhöhung oder Absenkung der Zinsen in Richtung Rezession oder Aufschwung gesteuert, sprich, manipuliert werden kann.«

»Also das, was die EZB so in etwa treibt?«, warf Lucie ein, und eine steile Falte stand auf ihrer Stirn.

»Ja, aber das hören die gar nicht gerne. Herrje, Lucie«, Rabea blinzelte ihre Freundin entschuldigend an, »das ist dein Date mit Jonathan und wir wälzen hier schwere Themen!«

»Nein, sprich nur weiter. Mein Professor, Hubert, schwingt ähnliche Reden. Aber er darf das natürlich nicht laut sagen, schließlich hat er einen staatlichen Forschungsauftrag. Du sagst also, diese Form von zentral gesteuerter Manipulation wäre kaum mehr möglich, wenn es eine frei zugängliche Energiequelle gäbe, mit der jedes Unternehmen und jede Privatperson Kapital innerhalb der jeweiligen Volkswirtschaft erzeugen könnte, ohne sich Geld von einer Bank leihen zu müssen. Also würden Freie-Energie-Technologien den Wert des Geldes verändern, was den Interessen dieser Superreichen widerspricht.«

»Ich könnte es nicht besser ausdrücken, Lucie.« Jonathan leerte sein Glas in einem Zug.

»Aber warum tun die Regierungen nichts dagegen?«, fragte Lucie.

»Weil auf internationaler Politikebene ständig um Einfluss auf das Weltgeschehen gerangelt wird, siehe Amerika versus Russland«, erklärte Jonathan. »Politik ist darwinistisch, es setzt sich stets die stärkste Partei durch, sprich, jene, die die meisten schmutzigen Tricks anwendet. Keine Regierung will einer anderen Regierung einen Vorteil gewähren, es käme einem politischen Selbstmord gleich. Darum ist eine Freie-Energie-Technologie der schlimmste Albtraum einer Regierung, denn sie bedroht die nationale Sicherheit! Nimm Japan, das Land würde es sofort als Bedrohung empfinden, wenn China über eine billige und schier unerschöpfliche Energiequelle verfügt. Oder die USA. Die amerikanische Regierung würde niemals tatenlos zusehen, wenn Al-Kaida und IS in den Besitz von Freie-Energie-Technologien kämen. Stell dir erst vor, was passierte, wenn Russland sie einsetzte? Und wie würden die ölfördernden Länder reagieren, deren Reichtum und Existenz von der fossilen Energiewirtschaft abhängt?«

»Die Nutzung Freier Energie würde also unweigerlich zu einer Verschiebung des Mächtegleichgewichts führen«, schlussfolgerte Lucie.

»Ja, und das macht sie für Herrschende und Superreiche so gefährlich«, antwortete ihr Rabea.

»Darum setzen Lobbyisten in den weltweiten Regierungen alles daran, diese Technologie so lange wie möglich zu verhindern, aufzuschieben, zu unterdrücken«, ergänzte Jonathan grimmig.

»Sofern es tatsächlich eine Freie-Energie-Technologie geben sollte«, gab Rabea den Skeptiker. »Fein, Jonathan, Sie haben mich am Haken. Ich bin interessiert. Wie wäre es mit einem Interview mit der BBCo.? Natürlich müssen Sie mir genau erklären, wie Ihr Forschungsprojekt funktioniert.«

»Besser – ich kann Ihnen eine Vorführung anbieten. Ich habe ein Forschungslabor eingerichtet und eine Freie-Energie-Maschine bauen lassen. Im Grunde genommen ist es ein kleines Kraftwerk.«

»Tatsächlich? Und es funktioniert?«, fragte Rabea überrascht, obwohl sie sich auch ein klein wenig über Jonathans zufriedenes Lächeln ärgerte. Es bestätigte ihr endgültig, was ihr Instinkt längst erfasst hatte. Er hatte sie bewusst zum Thema hingeführt und es dabei irgendwie bewerkstelligt, dass nicht er, sondern Lucie das Thema aufs Tapet gebracht hatte. Sie konnte nicht behaupten, dass ihr diese Form der Manipulation gefiel.

»Allerdings«, antwortete ihr Jonathan nun schlicht.

»Wo steht diese Anlage?«

»In Ungarn, in der Nähe von Budapest.«

»Ungarn? Warum so weit ab vom Schuss?«

»Ich arbeite mit Professor Ferency zusammen. Er ist einer der weltweit führenden Forscher auf diesem Gebiet. Ich habe auch bereits kleinere Kraftwerke in China, Indien, Pakistan und Marokko in Betrieb. Gerade in China steht man der Freien-Energie-Technologie weit offener gegenüber.«

»Was mich jetzt irgendwie nicht wundert. Bekanntlich verfügt China selbst kaum über Bodenschätze wie Öl oder Gas und ist daher auf teuren Import angewiesen.«

»Eben, und gleichzeitig hat das Land ein immenses Umweltproblem. Ich denke, jeder von uns kennt die Bilder der smogverseuchten Städte, in denen sich die Menschen nur mit Mundschutz auf die Straße trauen und die Kinder nur noch im Haus spielen dürfen. Mittlerweile ist auch die chinesische Regierung zu dem Schluss gekommen, dass etwas geschehen muss.«

»Also gut, nun habt ihr euer Date!«, meldete sich Lucie an dieser Stelle. »So interessant das Thema ist, ab jetzt gehört Jonathan mir!«

Mr Perfect lachte und zog sie in einer versöhnlichen Geste an sich. »Das kommt davon, wenn du mir deine schlaue Freundin auf den Hals hetzt. Ich hoffe, ich habe den Test bestanden?« Er sah Rabea an.

Die lächelte huldvoll und nahm einen Schluck aus ihrem Champagnerglas. »Sie schlagen sich so weit ganz gut. Aber erst will ich diese Wundermaschine in Aktion sehen.«

»Sie sind ein kritischer Verhandlungspartner.«

»Ich habe nie etwas anderes behauptet«, verkündete Lucie stolz und enthob Rabea damit einer Antwort.

Rabea kehrte in die Gegenwart zurück. Sie starrte auf ihren geschlossenen Laptop. Das Gespräch mit Mr Perfect, ihre eigenen Recherchen, die Internet-Diskussion ... Zur Freien Energie waren derart viele widersprüchliche Argumente im Umlauf, dass es schwierig war zu unterscheiden, was davon Verschwörungstheorie war und was nicht. Irgendwie fuhr hier jeder jedem an den Kragen, und die Befürworter in den diversen Foren hörten sich meist wie Ökospinner an. Und am Ende driftete es in den altbewährten Antisemitismus ab. Da wurde es schwer, sich ein eigenes Bild von der Materie zu machen.

Ihrer Meinung nach gab es noch einen gewichtigen Grund, warum Superreiche, Regierungen und deren Geheimdienste kein Interesse an Freie-Raumenergie-Gewinnung haben konnten: Eine dezentrale Energieversorgung gefährdete die neue Form des Krieges, der künftig ohne Soldaten geführt werden würde: *den Cyberkrieg*.

Die erste Phase war mit der Erfindung des Internets durch Militär und Geheimdienst abgeschlossen, auch wenn man die Öffentlichkeit bis heute glauben machen wollte, das Internet wäre eine homogen gewachsene Entwicklung. Rabea wusste es besser. Die Geheimdienste hatten als Erste die Möglichkeiten erfasst, die ihnen das World Wide Web bot. Phase zwei war längst in vollem Gange: Speziell ausgebildete Soldaten saßen irgendwo in Amerika und inzwischen auch in Europa, sandten Drohnen aus, unter anderem ausgerüstet mit der vST-Hawk-Eye-Technologie, und töteten mit einem Befehl ihres Joysticks.

Tatsächlich wäre Phase drei des Cyberkriegs gefährdet, wenn sich jeder selbst mit Energie versorgen könnte. Längst wurde alles nur noch über Computer gesteuert, Hacken war die neue Waffe. Das Infiltrieren von industriellen Steuerungsanlagen, zum Beispiel über Social Engineering, wie dem Phishing, stellte für einen talentierten Hacker keine große Herausforderung dar. Jake hatte es ihr in einer übermittelten Simulation anschaulich demonstriert. Es reichte eine harmlos wirkende E-Mail an einen einzelnen Angestellten mit einem PDF-Anhang, der nichts anderes war als eine getarnte Schadsoftware. Inzwischen verbarg sich Schadsoftware auch vermehrt in YouTube- und Bilddateien, die in sozialen Medien geteilt wurden. Ein Klick und die Trojaner wurden aktiv. Auf diese Weise könnte man ganze Städte von der Wasserversorgung trennen, Mobilfunknetze stören, Bahn und Schienenverkehr lahmlegen und, der folgenschwerste Angriff, den Strom abstellen. Dann würde das Wasser in den Atomkraftwerken nicht mehr gekühlt, sie würden überhitzen und am Ende explodieren. Natürlich war das ein überspitzt dargestelltes Endzeitszenario – Übertreibung war Jakes zweite Natur, aber nötig, um den Menschen die Gefahr bewusst zu machen, wie er behauptete. Sie blieb zwar skeptisch, ob es so einfach wäre, die Infrastruktur einer Nation lahmzulegen. Allein in Deutschland gab es über hundert Telefonanbieter. Wenn man sich jedoch ansah, wer deren Hauptaktionäre waren und wer dazu die Infrastrukturen bereitstellte, lag es durchaus im Bereich des Möglichen. Jake behauptete, dass Cyber-Terroristen in aller Welt daran arbeiteten, Schadsoftware für genau dieses Endzeitszenario zu entwickeln. Tatsächlich nahmen in jüngster Zeit die Hackerangriffe mehr und mehr zu. Die neueste Meldung dazu lautete, dass inzwischen neun von zehn Firmen betroffen waren. Die Unternehmen reagierten darauf und gingen vermehrt dazu über, den Internet-Anschluss der Angestellten vom Firmennetzwerk zu trennen. Gerade erst hatten Hacker einen Telecom-Router lahmgelegt und 900 000 User abgeschnitten, Beträge wurden von Discountern doppelt abgebucht, Millionen Kreditkartendaten gestohlen, ganze Konten leer geräumt, das Geld ins Ausland transferiert.

Rabea dachte an Israel, das sich aus ebendiesem Grund schon

vor Jahren mit dem sogenannten Cyber-Iron-Dome gegen den Cyberkrieg gewappnet hatte – einem Schutz-Netz, das das ganze Land überzog. Israel galt weltweit als führend in digitaler Verteidigung und bildete seine Soldaten dahingehend aus. Ihre Armee-Cyber-Einheit 8200 hatte 2010 die entscheidenden Infos für den Stuxnet-Angriff auf iranische Atomanlagen an die CIA geliefert. Stuxnet war ein Computerwurm, ein Schadprogramm, das generiert worden war, um das iranische Atomprogramm empfindlich zu stören. Tatsächlich war es in die Leittechnik zweier Produktionsanlagen eingespeist worden, vermutlich über einen simplen USB-Stick, und hatte zeitweise die iranische Urananreicherung fast zum Erliegen gebracht. Deutschland hatte, was den Schutz der Computertechnik anging, diesbezüglich noch viel Potenzial. Insofern war es gut, dachte sie weiter, dass aufgeflogen war, dass die Amerikaner ihren eigenen Bündnispartner Deutschland ausspionierten und dabei auch vor der Kanzlerin nicht haltmachten. Von Ryan wiederum wusste sie, dass, wenn etwas wirklich geheim bleiben sollte, man innerhalb der Geheimdienste inzwischen auf die gute alte Schreibmaschine zurückgriff und die Nachricht anschließend mit einem Boten versandte. Verkehrte Welt.

Rabeas Überlegungen kehrten zur Freien Raumenergie zurück. Wenn diese Theorie nicht nur Theorie war, sondern die Kraftwerke in der Praxis funktionierten, wie Jonathan Valder behauptete, dann war es plausibel, dass diese Wissenschaft massiv unterdrückt und bekämpft, als Pseudowissenschaft beschimpft und mit Vorsatz in die Welt der Verschwörungstheorien gedrängt wurde. Als Journalistin hatte sie oft mit dieser Art der Informationsverbreitung zu tun und kannte die Mechanismen der Desinformation zur Genüge. Wenn sich Verschwörungstheoretiker mit ihren Gegnern zu einem Thema beharkten, so ihre Erfahrung, kam es nicht selten vor, dass sogenannte Trolle eingriffen, um die Diskussion gezielt in eine bestimmte Richtung zu lenken, indem sie sich wie Spinner gerierten. Die

Natur der Wahrheit war fragil, und es war leicht, ihr Risse zuzufügen, durch die der Zweifel einsickern konnte.

Neben ihren Internetrecherchen gab es noch einen Punkt, der sie zum Grübeln brachte. Auslöser war ein bestimmtes Kribbeln, das sie immer dann überfiel, wenn etwas nicht in Ordnung war. Es betraf Lucies neue Männerbekanntschaften: Es war schon ein ausgesprochener *Glücksfall*, einem Mr Perfect zufällig über den Weg zu laufen. Und bei Lucie war dies gleich doppelt eingetreten. Wenn ihre Freundin daher nicht heimlich Kundin einer verzauberten Männerkonditorei geworden war und sich Andrea und Jonathan hatte backen lassen, dann hatte Lucie kürzlich den Jackpot der Liebeslotterie geknackt – vorausgesetzt, keiner der beiden Männer entpuppte sich als Niete. Gab es solche Zufälle? Rabea glaubte nicht daran. Doch wo war der Haken? Irgendetwas schien sie noch zu übersehen, eine Querverbindung, eine Gemeinsamkeit ... Mochte sein, dass sie nur Gespenster sah, aber es ging um ihre beste Freundin. Rabea beschloss, auf ihren Instinkt zu hören und die beiden Herzenskandidaten unter die Lupe zu nehmen. Wenn Lucie schon blind vor Liebe war, musste eben sie ihren Verstand einsetzen. Sie würde ihre bewährte Pro-und-contra-Methode anwenden. Einfach, aber effektiv.

Rabea holte ein Blatt Papier und zog einen Strich durch die Mitte. In die linke Hälfte schrieb sie *Andrea*, in die rechte *Jonathan*. Dann der Beruf: Andrea arbeitete als Berater für ein Unternehmen, dessen Klient Magalis Coltan-Minen aufkaufen wollte. Rabea klappte ihren Laptop wieder auf und gab *Coltan* in die Suchmaschine ein. Sie las:

*Coltan als Seltene Erde spielt nicht nur für Kommunikationstechnologien und Rüstungsgüter eine Rolle, sondern wird auch für Umwelttechnologien wie Solar- und Brennstoffzellen, Hybridautos und Magnetmotoren genutzt.*

Und weiter:

*China hält das Weltmonopol für Seltene Erden, die Schätzungen liegen zwischen 95 und 97 Prozent. Die Chinesen produzieren jährlich zwanzig Millionen Elektrofahrräder und Mofas. Immer mehr davon werden mit einem Magnetmotor ausgestattet. Eine Batterie zum Starten ist nicht mehr nötig, ein einfaches Anschieben genügt.*

Mit einem doppelköpfigen Pfeil verband Rabea Jonathans und Andreas Namen. Wenn sie sich nicht irrte, hatte sie gerade eine erste Querverbindung entdeckt. Falls die Chinesen, wie sie vermutete, für Magalis Mine mitböten, dann könnte hier tatsächlich eine Verbindung zu Teslas Freie-Energie-Technologie bestehen, die sie Jonathan zufolge angeblich bereits sporadisch einsetzten. Und Andrea trat als Vermittler zwischen den Geschäftspartnern auf, war der Experte des potenziellen Käufers.

Jonathan Valder wiederum hatte sich als Experte für die Freie-Raumenergie-Technologie entpuppt und bezog sich hier unter anderem auf Nikola Tesla. Und wo war sie erst kürzlich auf den Namen des Physikers gestoßen? Auf dem Handy von Magali, der Tochter von Carlotta van Kampen! Auch nur ein Zufall? Nein. Andrea, Jonathan, Freie-Energie, Coltan, Carlotta van Kampen, Magalis Reise nach Zürich, die von Yussuf gestohlenen Daten von Magalis Handy. Rabeas Stift flog über das Papier, schrieb Namen und Daten, verknüpfte sie mit Linien.

Danach ordnete sie ihre Gedanken und setzte die jüngst erlangten Erkenntnisse in den Kontext mit dem, was sie über Carlotta van Kampen wusste. Immer wieder diese Frau! Magalis Mutter hatte für ihre Rache gelebt. Der Inhalt des Dossiers und Teslas Patente waren nur die Spitze des Eisbergs. Was befand sich noch in dem Zürcher Schließfach? Sein Inhalt war der Schlüssel; er verband alle Ereignisse miteinander, knüpfte ein enges Netz aus Machenschaften, die einander alle bedingten. Sie beschäftigte auch, wie viel Lukas' Frau, wie viel Lukas selbst wusste? Weitere Rätsel gab ihr der in Latein gehaltene Vertrag von 1940 auf, von dem Magali nur die zweite Seite abfotografiert hatte. Er trug das Siegel des Vatikans und den Namen von Papst Pius XI. Es ging um eine treuhänderische Vereinbarung. Wofür? Sie überlegte, ob sie Jake bitten sollte, ihr bei der Recherche zu helfen. Gleichzeitig widerstrebte ihr der Gedanke, dass Jake dann womöglich auch im Privatleben ihrer Freundin Lucie herumschnüffeln könnte.

Am Ende entschloss sie sich, ihm eine Nachricht zu senden, bat ihn aber, sich auf Informationen zu Jonathan Valder zu konzentrieren. Sie verließ sich dabei erneut auf ihren Instinkt; Jonathan erschien ihr im Gegensatz zu Andrea das interessantere Objekt zu sein. Dafür würde sie James Fonton auf beide Kandidaten ansetzen. Es war sein Job, für Lucies Sicherheit und Wohlergehen zu sorgen. Rabea seufzte und griff zum Hörer. Lucie würde sie vierteilen.

# Kapitel 25

Lucie kehrte am frühen Abend von ihrem Treffen mit Andrea zurück. »Ich habe nur eine Stunde Zeit, dann holt mich Jonathan ab«, rief sie Rabea kurz zu und verschwand sofort im Bad. Rabea hörte, wie sie die Tür absperrte. Das tat ihre Freundin sonst nie. Ihr war sofort alles klar.

Sie baute sich vor der Badezimmertür auf und rief: »Lucinda von Stetten, du Feigling! Du hast es ihm nicht gesagt.«

»Doch, das habe ich. Er war sehr verständnisvoll.«

»Was soll das heißen? Dass er nichts gegen eine Dreiecksbeziehung hat, oder was?«

»Ich muss mich etwas entspannen. Können wir das nachher besprechen?«, schrie Lucie, um das Rauschen des Badewassers zu übertönen, das sie eben aufgedreht hatte.

»Darauf kannst du wetten«, rief Rabea zurück.

Eine gute halbe Stunde später tauchte Lucie, nackt bis auf ein um den Kopf geschlungenes Handtuch, wieder auf. Blitzschnell huschte sie vom Bad ins Schlafzimmer. Rabea und Hobbit folgten ihr und verharrten nebeneinander im Türrahmen.

»Starrt mich nicht so an, ihr beiden.« Lucie zog ein leichtes Sommerkleid aus ihrem Koffer und schlüpfte hinein.

»Was denn, keine Unterwäsche?«

Lucie blitzte Rabea an, grummelte etwas vor sich hin, das nach *Sittenwächter-Polizei* klang, und fischte einen weißen Stringtanga aus einem Kleiderhaufen auf Rabeas Kommode.

»Wie geht es jetzt mit Andrea weiter?«

»Wie ich schon sagte«, Lucie schlüpfte in den Slip, »er war absolut verständnisvoll. Er hat mich gebeten, nichts zu überstürzen. Ich wäre seine Traumfrau, auf die er sein ganzes Leben gewartet hätte, und darum würde ihm ein wenig länger zu warten nichts ausmachen.«

»Soll das heißen, Andrea hat dir offiziell erlaubt, Jonathan Valder *Probe zu fahren*?«, fragte Rabea bissig. »Kein Wunder, dass dir das entgegenkommt. Wie weit bist du ihm denn entgegengekommen?«

»So wie du das sagst, klingt das irgendwie anrüchig.«

»Lucie! Du hast doch nicht etwa …«

»Oh bitte, nicht der Predigerton. Nur weil du wieder auferstanden bist wie Jesus, musst du dich nicht auch so aufspielen. Wir haben uns nur ein wenig zum Abschied geküsst, mehr ist nicht passiert. Zufrieden?«

»Ich muss nicht zufrieden sein, aber du solltest vorsichtig sein. Bisher ist mir noch kein Mann begegnet, der es freiwillig akzeptiert hätte, wenn ein anderer in seinem Revier wildert. Entweder ist Andrea ein Weichei und hat keinen Stolz – obwohl das dem Eindruck entgegenwirkt, den er in Nürnberg auf mich gemacht hat, oder …«

»Oder was?«

»Oder er bezweckt etwas Bestimmtes mit seinem Verhalten.«

»Was soll das schon wieder heißen? Natürlich bezweckt er etwas damit: Er gibt nicht so schnell auf wie andere Männer.«

Kurz war Rabea versucht, Lucie auf ihre Bedenken gegenüber den beiden Männern anzusprechen, doch bisher hatten ihre Recherchen zu Andrea und Jonathan nichts Ergiebiges geliefert, und Fonton würde sich vermutlich frühestens am Montag bei ihr zurückmelden. Nur zu behaupten, dass ihr journalistischer Instinkt auf die beiden Männer angesprungen war, erschien selbst ihr als Argument zu dünn. Darum zuckte sie jetzt mit den Achseln und meinte: »Ist ja gut, Lucie. Ich rate dir nur als Freundin, dich nicht zu tief in die Sache zu verstricken.

Selbst wenn Andrea Jonathan als Rivalen gelten ließe, dürfte Jonathan weniger darüber erfreut sein. Dann könnte es passieren, dass er dir die Entscheidung abnimmt.«

»Kack, Rabea, dass du immer alles gleich so analysieren musst. Denk doch einfach einmal weniger um die Ecke. Dann hast du auch mehr Spaß im Leben. Verdammt, wo sind meine weißen Sandaletten abgeblieben?«

»Da, wo du sie vorgestern hingepfeffert hast. Sieh unter dem Bett nach.« Lucie kniete sich hin und zog beide hervor. »Super, ich bin fertig. In weniger als einer Stunde.« Sie strahlte.

»Und was ist mit deinen Haaren? Gehst du heute orientalisch mit Turban?«

Lucie riss die Augen auf. »Ach du grüne Neune, ich muss die ja noch föhnen. Das schaffe ich nie!« Sie stürmte ins Bad zurück.

»Ja, Hobbit«, sagte Rabea zu ihrer Katze, die neben ihr mehrmals mit dem Schwanz auf den Boden klopfte, »so ist das mit unserer Freundin. Die bringt so richtig Leben in die Bude. Und weißt du, was wir beide jetzt machen? Wir rücken unserem Energie-Professor auf die Pelle. Irgendwann wird er ja mal mit uns sprechen.« Nachdem sie ihn am Freitag mehrmals nicht in der Hochschule erreicht hatte, hatte sie sich drangesetzt, die Mobilfunknummer des Professors herauszufinden. Es war ihr gelungen. Sie wählte, und eine männliche Stimme meldete sich.

»Ja, bitte?«

»Professor Zweifels?«

»Ja?«

»Endlich erreiche ich Sie. Ich habe es schon mehrmals versucht, aber Sie waren nie da und haben auch nie zurückgerufen.«

»Wer spricht denn da, bitte?«

»Oh, Entschuldigung! Hier ist Rabea Rosenthal. Ich bin Journalistin und arbeite für die BBCo. in Berlin. Ich recherchiere für einen Artikel zur Freien Raumenergie und bin dabei auf Sie gestoßen.«

»BBCo., sagten Sie? Der gehört doch auch die *BAZ*. Meinen Sie Ihre hauseigene Serie *Warum Ökospinner so gefährlich sind?*«, fragte er durchaus nicht unfreundlich, vielmehr amüsiert.

»Eben, die Medien leben von Gegensätzen. Mich interessiert Ihre Sicht der Dinge. Sie haben kürzlich das Buch *Freie Raumenergie – Vision einer preiswerten und demokratischen Energie* veröffentlicht. Wären Sie bereit, mir ein paar Fragen zu Ihren Forschungen zu beantworten?«

»Kommt darauf an. Zunächst, warum interessieren Sie sich dafür?« Die Verbindlichkeit war aus seiner Stimme gewichen. Jetzt klang er reserviert. *Aha, der Professor war vorsichtig.*

»Warum ist das für Sie relevant?«, stellte Rabea die Gegenfrage. Dabei ahnte sie die Antwort.

»Weil ich ordentlich bestellter Dozent an einer deutschen Hochschule bin und schon sehr viel Unsinn über mich und meine Forschungen verbreitet wurde. Das kann und will ich mir als seriöser Wissenschaftler nicht leisten. Ich bin dadurch gewissen Anfeindungen …« Er stockte. »Sagen Sie, zeichnen Sie das auf?«

»Ja, natürlich. Das ist die übliche Praxis. Entschuldigen Sie, ich hätte das eingangs erwähnen sollen.«

»Das hätten Sie«, sagte der Professor mit Nachdruck und ergänzte: »Bitte streichen Sie meine Bemerkung zu den Anfeindungen.«

»Sehen Sie, genau dafür interessiere ich mich aber. Nicht nur als Journalistin, sondern auch als Mensch.«

Der Professor lachte verhalten. »Erklären Sie mir auch den Unterschied?«

»Gerne. Als Journalistin muss ich, herb ausgedrückt, jede Nachricht auf ihre sensationsaffine Verwertbarkeit abklopfen. Schließlich will ich ja gedruckt werden.«

»Immerhin sind Sie ehrlich. Ich dachte, als Journalistin wären

Sie der Wahrheit verpflichtet. Steht nicht in Ihrem Pressekodex, dass die Achtung vor der Wahrheit, die Wahrung der Menschenwürde und die wahrhaftige Unterrichtung der Öffentlichkeit das oberste Gebot sind?«

»Fühlen Sie sich auf diese Weise von der Presse behandelt? Sie verbreitet also die Unwahrheit über Sie?«, hakte Rabea sofort ein.

»Sehen Sie, das meine ich. Man sagt etwas Allgemeines, und schon wird es wie eine Waffe gegen einen eingesetzt und als Nächstes lautete die Schlagzeile: *Professor Zweifels bezichtigt die Presse der Lüge!* Eine Unterhaltung macht keinen Sinn. Wenn Sie mich nun bitte entschuldigen ...«

»Warten Sie, bitte. Möchten Sie nicht wissen, warum sich der Mensch Rosenthal für Ihre Forschungen interessiert?«

Drei lange Sekunden verstrichen. Dann sagte der Professor: »Also gut. Verraten Sie es mir.«

»Weil ich glaube, dass Ghandi recht hat.«

»Womit?«

»Er sagte einst: *Erst ignorieren sie dich, dann lachen sie über dich, dann bekämpfen sie dich, dann hast du gewonnen.* Ich denke, Sie stecken mitten in Phase drei. Ich möchte Sie unterstützen, Phase vier zu erreichen.«

Wieder ließ sich der Professor Zeit mit seiner Antwort. Dann sagte er: »Ehrlich *und* enthusiastisch, eine spannende Kombination für eine Journalistin. Ich fürchte, ich muss trotzdem ablehnen. Ich stecke mitten im Semester und muss noch einige Projekte abwickeln. So ein Artikel schlägt immer Wellen, ich weiß ja nicht, was Sie am Ende schreiben werden. Und schon kosten mich die Rechtfertigungen wieder Zeit, die ich nicht habe.«

»Selbstverständlich können Sie Ihre Zitate vorher autorisieren.«

»Ach, Frau Rosenthal, ich bitte Sie. Zitate ergeben nur den vom Verfasser gewollten Sinn, wenn sie in den richtigen Kontext eingebettet sind. Angebot: Schicken Sie mir Ihre Fragen, und ich beantworte sie Ihnen schriftlich, wenn Sie mir vorher ebenso schriftlich versichern, dass Sie sie wortgetreu abdrucken.«

»Ach, Herr Professor«, sagte Rabea im gleichen Tonfall. »Es gibt nichts Langweiligeres als schriftliche Interviews. Da werden nur Politikerphrasen gedroschen.«

»Und wessen Schuld ist das? Was sagten Sie eingangs? *Als Journalistin muss ich jede Nachricht auf ihre sensationsaffine Verwertbarkeit abklopfen.* Kein Wunder also, dass kein Politiker ein klares Statement abgeben will, sie nur noch inhaltsleer Weichgespültes von sich geben, weil sie Rundum-Airbags tragen, um nirgendwo anzuecken. Und falls einer doch einmal etwas Kontroverses von sich gibt und es im Anschluss klar begründet, was passiert dann? Eine Zeitung druckt die Aussage ab, lässt aber die Begründung weg, und schon hat man wieder eine öffentlichkeitswirksame Diskussion. Andere Medien springen auf und drucken nach. Ebenso unreflektiert. Diese künstlich erzeugte Hysterie habe ich zu oft beobachtet. Stellen Sie sich mal vor, wie die Presse heutzutage mit einem Herbert Wehner umspringen würde.«

»Darum sollten wir miteinander sprechen. Ich biete Ihnen eine Plattform für *Ihre* Wahrheit, Herr Professor.«

»Andere Frage: Haben Sie mein Buch gelesen?«

»Natürlich. Und auch verstanden.«

»Verzeihen Sie mir meinen Zynismus, aber da wären Sie der erste Journalist! Ich habe es oft genug erlebt, vielfach auch bei Kollegen aus anderen Fachbereichen, dass Ihre Zunft über Bücher schreibt, sie in eine bestimme Ecke stellt, ohne je mehr gelesen zu haben als den Klappentext und die Kritiken.«

»Ich weiß nicht, wer sich sonst mit Ihrem Buch beschäftigt hat, ich kann Ihnen aber versichern, dass ich alles sehr gut nachvollziehen konnte, nicht nur Ihre Vier-Mächte-Theorie, sondern auch Ihre technischen und physikalischen Ausführungen.

Besonders hat mich dieser eine Satz von Ihnen beeindruckt: *Wer nichts von Physik versteht, versteht auch nichts von Gott.* Herr Professor, unser bisheriges Gespräch zeigt mir, dass wir einige Gemeinsamkeiten haben. Hätte ich nicht Journalistik studiert, wäre meine Wahl auf Mathematik und Physik gefallen. Vorschlag: Warum treffen wir uns nicht und lernen uns persönlich kennen? Dann können Sie sich immer noch dafür oder dagegen entscheiden. Ich könnte am Mittwoch zu Ihnen kommen.«

Erneut ließ sich der Professor Zeit, bis er antwortete. »Sie sind wirklich sehr engagiert. Und jung. Darum gebe ich Ihnen einen Rat: Suchen Sie sich ein anderes Thema, über das Sie schreiben möchten. Vielleicht schauen Sie nochmals in mein Buch, Seite 142. Die Passage über *Velikovskys*. Machen Sie es gut und danke für Ihren Anruf, Frau Rosenthal. Ich muss jetzt in meine Vorlesung.« Er legte auf.

Damit überraschte er sie. Sie hatte fest geglaubt, ihn so weit zu haben, sich mit ihr zu treffen. Nachdenklich starrte sie auf ihr Smartphone. Natürlich kannte sie Dr. Immanuel Velikovskys, den Autor von *Welten im Zusammenstoß*. Er war Arzt und Psychoanalytiker gewesen. Bekannt wurde er jedoch durch seine physikalischen Forschungen, bei denen er kosmologische Ereignisse und deren Auswirkung auf die Geschichte der Menschheit analysierte. Nach der Veröffentlichung 1949 wurde er von Hochschulen und Universitäten zur Persona non grata erklärt und durfte sie nicht mehr betreten. Diese extreme Ablehnung und die fortwährenden Anfeindungen trieben ihn in eine schwere Depression. Kürzlich hatte sie in der *New York Times Book Review* gelesen, dass Velikovskys über sechzig Jahre alte Veröffentlichung gleich hinter der Bibel auf Rang zwei der meistverkauften Sachbücher rangierte. Einstein-Kenner und Physikstudenten wussten ohnehin, dass *Welten im Zusammenstoß* die letzte Lektüre war, der sich Albert Einstein gewidmet hatte. Nach seinem Tod fand seine Witwe das Buch aufgeschlagen auf dessen Schreibtisch, versehen mit zahlreichen handschriftlichen Notizen des Jahrtausendgenies.

Mit Velikovskys warnte sie der Professor vor Phase drei. Hatten die Anfeindungen seit seiner Veröffentlichung zugenommen? Fürchtete er um seinen Brotjob, seine Dozentur? Dafür sprach, dass er diese eingangs sofort erwähnt hatte. *Tja, lieber Professor,* dachte Rabea, *mich zu warnen ist die falsche Methode. Jetzt habe ich erst so richtig Blut geleckt!*

# Kapitel 26

Am nächsten Morgen klingelte Rabeas Handy in aller Frühe. Es war Fonton. »Die Informationen, um die Sie mich baten, ich habe sie.«

»Und, etwas Interessantes dabei?«

»Das kann man wohl sagen. Danke für den Tipp. Mündlich, oder soll ich sie Ihnen schicken?«

»Beides. Was haben Sie herausgefunden?«

»Gut, fangen wir mit Andrea di Fulvio an. Gebürtiger Tessiner, Jahrgang 1979. Schulischer Werdegang, Lyzeum etc. Jetzt kommt's. Nach dem Schweizer Abitur Wehrdienst in der Schweizer Bundesarmee und dann, ab 2000, hat er sich für zwei Jahre bei der Schweizergarde verpflichtet.«

»Andrea war Gardist unter Johannes Paul II.?«

»Ja, 2003 hat er sein Ingenieursstudium begonnen, Schwerpunkt Geologie.«

»Fehlt da nicht ein Jahr? Was hat er 2002 gemacht?«

»Das versuche ich herauszufinden. Vielleicht erfahre ich noch heute Abend etwas. Ich schicke Ihnen eine SMS. Ansonsten gibt es keine Auffälligkeiten. Di Fulvio ist geschieden, eine Tochter, Jala, die mehrheitlich bei der Mutter im Tessin lebt. Nach dem Studium war er zunächst zwei Jahre für die südafrikanische Transvaal Mining tätig gewesen, seit 2012 ist er bei Anderson-Clusky-Consulting beschäftigt und erstellt Gutachten, Schwerpunkt Seltene Erden. Anderson-Clusky hat schon mehrere Käufe für ein chinesisches Konsortium abgewickelt. Eine direkte Verbindung zu den Chinesen konnte ich bei di Fulvio nicht feststellen, jedenfalls sind seine Verbindungsnachweise nicht auffällig. Entweder er ist wirklich das, was er vorgibt zu sein, ein einfacher Berater, oder er ist sehr clever. Übrigens, Ihr Glencore-oder-die-Chinesen-Verdacht … beides könnte zutreffen.«

»Wie? Ist Andrea eine Art Doppelagent, oder was?«, rief Rabea verblüfft.

»Nein, aber ich habe ein Gerücht aufgeschnappt, dass sich die Chinesen kürzlich ein großes Aktienpaket von Glencore einverleibt haben. Da bahnt sich eventuell eine feindliche Übernahme an. Ich behalte das im Auge. Jetzt zu Jonathan Valder, gebürtiger Amerikaner, Atlanta 1984. Kein Fleck, nichts.«

»Was soll das heißen, nichts?«

»Nichts, der Mann ist so sauber wie ein Baby. Hatte einen beinharten Start ins Leben und hat sich aus einfachsten Verhältnissen nach oben gearbeitet.«

»Harter Start? Wie sah der aus?«

»Seine Mutter hat sich gleich nach der Geburt davongemacht und den Jungen beim Vater zurückgelassen, einem Säufer und professionellen Black-Jack-Spieler. Hat den Sohn quer durch Amerikas Casinos geschleift. Als der Junge neun wurde, fand man den Vater tot in einer Gasse in Hogansburg. Nächste Station …«

»Moment!«, rief Rabea dazwischen. »Ist etwas zu den Todesumständen bekannt?«

Kurze Pause, im Hintergrund raschelte Papier. »Kein Mord, wenn Sie das meinen. Der Mann hat sich laut Polizeibericht klassisch totgesoffen.« Rabea begnügte sich mit der Antwort, und Fonton las weiter aus seinen Notizen vor. »Nächste Station Waisenhaus, dann Pflegefamilie, die ihn später auch adoptiert hat. Sam und Rosa Valder, anständige Leute. Der Junge hat als Schüler jede Arbeit angenommen. Dann Informatik-Stipendium an der Universität Philadelphia, Mitglied im Eishockeyteam. Valder hatte sogar ein Profi-Angebot von den Philadelphia Flyers, das er ablehnte. Angeblich hat er auch ein Angebot vom MIT in Boston erhalten, das er ebenso ablehnte. Ich korrigiere mich an dieser Stelle selbst: Hier haben wir den Fleck auf der Weste, er hat eine Profisportler-Karriere und ein Studium an der Bostoner Eliteschmiede abgelehnt. Jeder normale Mensch würde ihn für verrückt erklären.«

»Sie meinen, jeder normale Mann.«

»Vielleicht wollte er mit fünfundzwanzig noch über eigene Zähne verfügen«, fügte Fonton trocken hinzu. Er hatte selbst Eishockey gespielt und wusste, wovon er sprach.

»Gut, ich habe auch etwas recherchiert und bin auf einen interessanten Internetblog gestoßen.« Sie konnte Fonton schlecht verraten, dass ihr Input von Jake stammte. »Darin steht, dass er Kryptospezialist ist. Im Anschluss an das Studium soll er vier Jahre bei Comcast in der Softwareabteilung gearbeitet haben. Angeblich soll er in gutem Einvernehmen gegangen sein, aber ich habe im Netz auch Andeutungen entdeckt, er hätte sich mit seinem Arbeitgeber überworfen.« Insgeheim fand Rabea die erlangten Infos für Jakes Möglichkeiten mager. Es gab wohl wirklich nicht mehr.

»Dazu habe ich Folgendes«, übernahm wieder Fonton. »2011 hat er an Comcast ein Softwarepaket verkauft und daraufhin seine eigene Softwarefirma, JoVa, wie seine Initialen, gegründet. Er bietet integrierte Sicherheitskonzepte an. Börsengang vor knapp zwei Jahren, sehr erfolgreich. Sein Unternehmen hat derzeit einen Marktwert von einer knappen Milliarde Dollar. Gerüchten zufolge haben Microsoft und Google bereits Kaufangebote abgegeben. Valder lebt sehr zurückgezogen in Maine und ist unverheiratet. Er tritt nur in der Öffentlichkeit auf, wenn es um seine sozialen Projekte geht. Er unterhält eine Reihe von Stiftungen zur Förderung sozial benachteiligter Schüler und zur unabhängigen Energieforschung, unterstützt mehrere gemeinnützige Organisationen, setzt sich für den Erhalt von Altertümern in aller Welt ein und hat sich damit auch als Mäzen einen Namen gemacht. Kurzum, die Weste scheint wirklich weiß zu sein.«

»Mr Perfect«, murmelte Rabea und setzte nach: »Ich kenne keine reichen Leute mit weißer Weste.« Sie war nicht überzeugt und ging ihr Wissen zu Comcast durch. Comcast galt als die größte Telekommunikationsgesellschaft der Welt, war Amerikas größter Anbieter von privaten Netzwerken und drittgrößter Telefonbetreiber. »Eine Ahnung, was das für ein Softwarepaket war, das Valder an Comcast veräußert haben soll?« Selbst Jake hatte dazu nichts Genaueres herausfinden können.

»Ich wusste, Sie würden das fragen. Ich habe in der Kürze der Zeit nur wenige Informationen beschaffen können. Mein Kontaktmann behauptet, das wäre damals eine üble Sache gewesen. Angeblich hat es keinen Ankauf durch Comcast gegeben, sondern Valder wurde möglicherweise gezwungen, den Sourcecode seines Verschlüsselungsprogramms herauszugeben. Kurz vor seinem Abgang brannte seine Wohnung aus, und sein Pflegevater wurde überfallen. Sam Valder hat nur knapp überlebt.«

»Brand und Überfall waren also eine Warnung für den Sohn«, stellte Rabea fest. »Es dreht sich alles um dieses Programm. Bitte sagen Sie mir, dass Sie noch mehr dazu haben, Fonton.«

»Nur eine vage Theorie. Laut meinem Kontakt hält sich Comcast sehr bedeckt, was Valder betrifft.«

»Wie lautet die Theorie?«, hakte Rabea nach, da Fonton eine Pause machte. Ein Löffel klirrte gegen eine Tasse. Fonton trank Kaffee, während sie vor Ungeduld beinahe verging!

Fonton erbarmte sich ihrer. »Es soll sich um eine Anti-Spionage-Verschlüsselungstechnik handeln, die Comcast aber nicht für sich selbst behalten hat, sondern an die amerikanische Regierung weiterverkauft hat.«

Rabea wurde längst von ihrem Instinkt getrieben. »Moment, die amerikanische Regierung setzt ein Anti-Spionage-System ein, das Comcast womöglich Valder *abgepresst* hat? Valders Technik wird von den amerikanischen Geheimdiensten eingesetzt?«

»Wie gesagt, nur eine Theorie, aber eine höchst interessante, in der Tat.«

»Und eine Fülle an Möglichkeiten, Fonton! Wenn ich recht habe, dann lautet die Frage, warum Valder überhaupt noch lebt, da die Dienste haben, was sie wollten.«

»Gute Frage. Entweder der Mann hat noch ein Ass im Ärmel oder ...«

»... er hat sich mit denen arrangiert und arbeitet womöglich für die!« Rabea überlegte fieberhaft, dass in diesem Fall Ryan etwas über Valder wissen könnte. Sie würde ihn fragen, konnte sich aber ausrechnen, dass ihr Freund sie mit der amerikanischen Allzweckwaffe *nationale Sicherheit* abspeisen würde. »Können Sie noch mehr über Jonathan Valder und sein Programm herausfinden?«, bat sie deshalb Fonton.

»Auch wenn ich mich damit wiederhole, aber ich wusste, Sie würden auch das sagen. Ich kann es versuchen.«

»Danke, Fonton.« Rabea wollte das Gespräch bereits beenden, als ihr noch etwas einfiel. »Seine Eltern und auch die Pflegefamilie, in der er aufgewachsen ist, könnten Sie die noch mehr durchleuchten? Nur, um sicherzugehen? Vielleicht gibt es irgendwo eine Querverbindung, einen Namen. Wo liegt eigentlich dieses Hogansburg genau?«

»Im Staat New York, an der Grenze zu Kanada.«

»Gut, ich nehme mir den Ort mal vor.«

»Ich melde mich wieder«, erwiderte Fonton knapp.

Am Abend erhielt Rabea eine SMS von Fonton. Sie lautete:

*2003: Andrea di Fulvio, Stipendium Gregoriana, Studium der Theologie, Philosophie und des Kirchenrechts. Nichts Neues zu Valder. F.*

Rabea starrte nachdenklich auf die SMS. Was hatte das zu bedeuten? Hatte Andrea ursprünglich einmal vorgehabt, Priester zu werden, und es sich dann anders überlegt? Plötzlich fiel ihr ein Satz ein, den Yussuf bei ihrer Begegnung hatte fallen lassen:

»Der älteste Agententrick der Welt. Man rettet jemandem das Leben und schleicht sich damit in sein Vertrauen.« Laut Lucie hatte ihr Andrea das Leben gerettet, indem er sie vor einem heranrasenden Fahrzeug wegriss! So hatten sie sich in Nürnberg kennengelernt. Rabea lächelte wissend. *Du bist ein ganz Schlauer, Andrea, oder?*

»Und was ist mit dir, Jonathan?«, sagte sie laut, sodass Hobbit ihr Spiel mit der Wollmaus unterbrach und sie mit schief gelegtem Kopf ansah. »Welches Geheimnis verbirgst du, Mr Perfect?« Jonathans Leben hatte nicht sehr glücklich begonnen, mit einer Mutter, die ihr Kind nicht wollte, und einem Vater, der keiner war. So fingen oft die größten Geschichten an. Welche Geschichte verbarg sich hinter Jonathan Valder?

# Kapitel 27

Einige Tage später klingelte mitten in der Nacht Rabeas Handy. Der Wecker zeigte kurz nach 1:00 Uhr an. Auf dem Display leuchtete ihr der Name von Hans Stickler entgegen. Schlagartig war Rabea wach. Etwas Großes musste passiert sein.

»Was ist los, Columbo?«, meldete sie sich. »Eisenbahnunglück, Flugzeugabsturz? Oder wurde die Kanzlerin beim Fremdgehen mit Sigmar G. erwischt?«

»Weder noch. Schwing deinen kleinen Hintern hierher, und du erfährst es.«

»Komm schon, ein kleiner Tipp?«

Doch Stickler hatte bereits aufgelegt.

Als Rabea zwanzig Minuten später die Büroetage betrat, fand sie nur einen einsamen Nachtredakteur vor, der sie mit einem Gähnen begrüßte. Von Stickler keine Spur, sein Glaskasten war dunkel. »Wo ist Stickler?«, fragte sie ihn. Der Mann machte sich nicht die Mühe einer Antwort, sondern zeigte nur mit dem Daumen nach oben. Die Chefredaktion! Das bedeutete, dass nicht nur Stickler sich zu dieser nachtschlafenden Zeit im Gebäude aufhielt, sondern auch die Chefredakteurin, Friede Marquardt. Das war ungewöhnlich. Die BBCo. musste tatsächlich an einer großen Sache dran sein. Rabea fuhr die restlichen Etagen nach oben. Kaum hatte sich die Aufzugtür geöffnet, roch sie Zigarettenqualm. Auch für Friede Marquardt gab es ein Synonym im Haus: Marlboro-Oma. Sie war ein Urgestein im Nachrichtenwesen, und sie rauchte wie ein Schlot.

Als Rabea ihr verräuchertes Büro betrat, stopfte die Marquart eben mit einer energischen Bewegung einen Stummel in den übervollen Aschenbecher und zündete sich sofort eine frische Zigarette an. »Da sind Sie ja endlich, Rosenthal!«

Stickler, der vor ihrem Schreibtisch stand, nickte Rabea zu. Auch er hielt eine glimmende Zigarette in der Hand.

»Rückfall, Stickler?«, meinte Rabea zu ihm, da er eigentlich dabei gewesen war, es sich abzugewöhnen. Noch etwas hatte Rabea sofort bei ihrem Eintreten registriert. Nicht nur der Nikotingeruch schlug ihr entgegen, sondern auch jene Art von Erregung, die Journalisten befiel, wenn sie glaubten, der Story ihres Lebens auf der Spur zu sein. Schräg hinter sich nahm sie eine Bewegung wahr. Sie fuhr herum und entdeckte nun auch Heribert Westphalen, den Mehrheitsanteilseigner der BBCo. Holding, gleichzeitig war er Herausgeber der hauseigenen Tageszeitung. Eine illustre Runde. Bloß, was hatte sie hier zu suchen? Sie glaubte nicht, dass es mit der Ethik-Kommission zusammenhing. Das war alles längst geklärt.

Ihr Flug nach Rom war morgen für den frühen Nachmittag geplant. Für die Dauer ihrer Kommissionsangehörigkeit war sie von der BBCo. offiziell beurlaubt worden. Selbstverständlich hatte sie eine Vertraulichkeitsvereinbarung mit dem Vatikan unterschreiben müssen, die beinhaltete, dass nichts von den Informationen, die sie im Rahmen ihrer Tätigkeit erhalten würde, an die Öffentlichkeit gelangen durfte. Trotzdem wurde von ihr erwartet, dass sie Mittel und Wege fand, eine Artikelserie, die Stickler *Vatikan Inside* getauft hatte, zu liefern. »Notfalls drucken wir die unter anderem Namen«, hatte sein Kommentar gelautet. Rabea hatte weder zugestimmt noch abgelehnt. Sie vertraute hier ganz auf ihren Erfindungsgeist.

»Was ist los? Worum geht es?«, fragte sie jetzt. Drei Augenpaare ruhten auf ihr.

»Setzen Sie sich, Rosenthal«, forderte Friede Marquardt sie mit ihrer kratzigen Stimme auf, »und lesen Sie das.«

Sie schob ihr einen leicht zerknitterten, handgeschriebenen Brief zu. Es war nur eine Seite. Rabeas Augen wanderten sofort ans Ende. Schade, es gab kein PS, das las sie immer zuerst. Auch die schwungvolle Unterschrift konnte sie nicht entziffern. Sie kehrte zum Anfang zurück.

*Sehr geehrte Frau Chefredakteurin,*

*ich schreibe diese Zeilen, weil ich mich genötigt sehe, das öffentliche Bild, das von mir entstanden ist, zu berichtigen. Es sind Dinge über mich behauptet worden, die nicht der Wahrheit entsprechen. Ich werde massiv angegriffen und mit Morddrohungen konfrontiert, die nun auch auf meine Schwester und ihre Familie übergreifen. Diese Hexenjagd ist unerträglich. Ich bin nur ein Befehlsempfänger, der die Anweisungen der in der Hierarchie weit über ihm Stehenden ausgeführt hat. Ja, ich habe auch gesündigt, aber dies konnte nur geschehen, weil ich von meinen eigenen Vorgesetzten dazu verführt wurde. Sie haben mich mit ungeheueren Geldmengen, die durch meine Hände gingen, geblendet. Kurz habe ich mich selbst verloren, aber Gott in seiner unendlichen Güte hat mir den wahren Weg aufgezeigt. Die mir vorgeworfene Verschwendung war ein Hilfeschrei. Er ist gehört worden, doch niemand möchte die Wahrheit hören. Ich will der Welt meine Wahrheit erzählen. Bitte arrangieren Sie schnellstmöglich ein Treffen mit Ihrer Mitarbeiterin Rabea Rosenthal. Ich werde nur mit ihr reden. Bis der Artikel erscheint, muss ich auf höchste Geheimhaltung bestehen. Ich fürchte sonst um unser beider Leben. Frau Rosenthal soll mich nicht selbst kontaktieren. Das Telefon und das Internet sind nicht sicher. Wir können nur über persönliche Boten kommunizieren. Schicken Sie mir einen Mann Ihres Vertrauens. Er soll sich mit mir in Verbindung setzen unter der Prämisse, der Stiftung* Kind und Brot *eine größere Geldsumme spenden zu wollen.*

*Hochachtungsvoll*

*Ihr … (unleserliches Gekrakel)*

Beim Lesen hatte Rabea wachsende Erregung verspürt. Der Inhalt des Briefes, die nächtliche Zusammenkunft, die spürbare Anspannung im Raum ließen sie bereits erahnen, um wen es hier ging. Sie betete darum, dass sie recht hatte. Wenn ja, war es kein Wunder, dass alle hier derart unter Strom standen. Ihr erging es genauso. Trotzdem versuchte sie, sich nichts anmerken zu lassen, als sie sagte: »Eindeutig Priestersprache, und wie es aussieht, leidet der Verfasser an schwerer Paranoia. Von wem stammt er?« Rabea hielt die Luft an. *Bitte lass es wahr sein!*

Die Marquardt gönnte sich nochmals einen tiefen Zug, und gleichzeitig mit dem Rauch verließ ihren Mund die Sensation: »Vom Erzbischof von Laimburg.«

»Unsere diebische Elster will auspacken?« Rabea hatte Mühe, nicht sofort aufzuspringen und quer durch das Büro zu hüpfen.

»Ja. Woher kennen Sie ihn, Rosenthal?«

»Ich kenne ihn nicht. Jedenfalls nicht persönlich. Ich habe ihm in den letzten Wochen immer wieder einmal Bitten für ein Interview gesandt – wie vermutlich tausend weitere Kollegen auch.«

»Hm, aber wie kommt er gerade auf Sie?«

»Vielleicht hat er den Namen ausgelost?«, meldete sich erstmals Westphalen zu Wort. Rabea warf ihm einen schnellen Blick zu. Sie sah seinem Gesicht an, dass seine Bemerkung durchaus ernst gemeint gewesen war.

»Quark mit Käse, Heribert«, kanzelte ihn die Chefredakteurin ab. »Nein, der hat sich was dabei gedacht. Vermutlich hat er sich über Sie informiert, Rosenthal. Ihr Ruf, integer und mutig zu sein, ist, spätestens seit dieser *Rosenthal bezichtigt Bush der Irak-Kriegslüge*-YouTube-Clip im Netz aufgetaucht ist, gefestigt. Er wird zwar immer wieder von unseren fleißigen Amis gelöscht, aber das Netz vergisst nichts. Nein, der hat sich Sie ausgesucht. Mit Vorsatz.«

Rabea sah Friede Marquardt verblüfft an. Wenn sie sie richtig verstanden hatte, dann hatte sie eben fast so etwas wie Anerkennung für ihre Arbeit herausgehört.

»Finden wir es heraus«, mischte sich nun Stickler ein. »Arrangieren wir das Treffen.«

»Sie nehmen mir das Wort aus dem Mund. Sie, Rosenthal, fahren sofort los und quartieren sich in der Nähe von Laimburg ein. Ich will keine verdammte Minute verschwenden. Wir machen es genau so, wie der Bischof es haben will, kein Handy, kein Internet. Höchste Geheimhaltung, Kommunikation nur per Boten. Niemand außer uns vier hier im Raum weiß Bescheid.«

»Ich kann den Boten spielen«, sagte Stickler rasch.

»Machen Sie sich nicht lächerlich, Stickler. Sie mit Ihrem dämlichen Auto sind bekannt wie ein bunter Hund und haben gleich die eigene Meute am Hals.«

»Ich nehme einen anderen Wagen …«

»Ich verstehe ja, dass Sie auch was vom Pulitzer-Kuchen abhaben wollen, Stickler«, schnitt ihm seine Chefin das Wort ab. »Aber das ist die Show des Bischofs. Apropos Show! Rosenthal, verdecken Sie Ihre verdammten roten Haare und machen Sie sich sonst so klein wie möglich, verstanden? Hier«, sie öffnete eine Schublade und zog einen Autoschlüssel und ein Bündel Geldscheine heraus, »für Sie. Das sind zweitausend Euro. Zahlen Sie immer bar und benutzen Sie keine Kreditkarte. Quittieren Sie hier.« Rabea unterschrieb den Empfang des Geldes. »Der Schlüssel gehört zu einem grauen Golf«, erklärte ihre Chefin weiter. »Er steht in der Tiefgarage, Platz 27. Er ist nicht in unserem Fuhrpark registriert. Ihren Wagen lassen Sie stehen. Was Sie benötigen, besorgen Sie sich unterwegs. Haben Sie Ihren Laptop dabei?«

Rabea nickte.

»Und schreiben Sie den Artikel offline, nicht ein Wort darf vorher durchsickern. Ich will diese Story exklusiv. Das ist Ihre große Chance, Rosenthal, vermasseln Sie es nicht. Und jetzt ab mit Ihnen.«

Rabea überkam kurz das merkwürdige Gefühl, salutieren zu müssen. Sie war schon halb zur Tür raus, als Friede Marquardt noch etwas hinzufügte, während sie sich eine neue Zigarette anzündete. »Und passen Sie verdammt noch mal auf sich auf, verstanden? Risiko ja, aber kein unnötiges.«

# Kapitel 28

## *Diezenbach an der Lahn/Deutschland*

Rabea kam gegen 7:00 Uhr am Samstagmorgen nach einer gut sechsstündigen Autofahrt in der kleinen Stadt Diezenbach an. Sie lag einige Kilometer östlich von Laimburg. Rabea hatte sich entschieden, nicht in Laimburg Quartier zu beziehen. Dort hielten sich zu viele ihrer Reporter-Kollegen auf. Laut Homepage hatte Diezenbach knapp 12 000 Einwohner, das größte ansässige Hotel hieß *Zum Nassauer.*

Ein Schild im Eingangsbereich informierte Rabea, dass der »Bund deutscher Nachlasspfleger e.V.« eine Tagung im Haus abhielt. Das Hotel war fast ausgebucht, nur eine Junior-Suite stand noch zur Verfügung – wogegen Rabea nichts einzuwenden hatte, ihr Sender zahlte. »Wie lange planen Sie Ihren Aufenthalt in unserem Haus?«, fragte die junge Dame am Empfang.

»Zunächst für eine Nacht. Kann ich bei Bedarf verlängern?«

»Ja, die Suite wäre frei. Ich gebe Ihnen gerne Bescheid, wenn eine Anfrage bestehen sollte.« Rabea bedankte sich und hoffte, dass Stickler das Treffen mit dem Bischof noch heute würde arrangieren können. Wenn nicht, würde sie ihre morgige Reise nach Rom verschieben müssen. Das Interview hatte in jedem Fall Vorrang. Von ihrem Zimmertelefon rief sie sofort Stickler in der Redaktion an und informierte ihn, wo der Bote sie finden würde.

»Gut, ich habe meinen Mann bereits in Marsch gesetzt. Er müsste ebenfalls in Kürze eintreffen. Er wird den Kontakt mit deinem Interviewpartner herstellen und dir alle Instruktionen persönlich übermitteln.«

»Hoffentlich kein Kollege«, warf Rabea ein.

»Bin ich meschugge? Herbert ist Detektiv und ein alter Kumpel von mir. Zuverlässig und verschwiegen. Hat schon oft für mich die Drecksarbeit erledigt.«

»Nette Bezeichnung in diesem Zusammenhang.«

»Bitte sehr.« Stickler legte auf.

Rabea kehrte in die Lobby zurück und überlegte, ob sie es riskieren konnte, jetzt gleich ihre Besorgungen zu machen. Zu ihrer Standardausrüstung gehörten zwar Handy, Fotoapparat und Laptop, aber weder Zahn- noch Haarbürste. Außer der Kleidung, die sie sich bei Sticklers Anruf hastig übergestreift hatte, hatte sie nichts dabei. Rabea beschloss, besser im Hotel zu warten, aber die freundliche Empfangsdame half ihr auf ihre Frage immerhin mit Zahnbürste und einer kleinen Tube Zahnpasta aus. »Wo kann ich bitte einen Kaffee bekommen?«

»Wir haben einen Automaten im Basement, Sie können aber auch gerne frühstücken.« Sie zeigte auf eine offene Flügeltür, die einen Ausschnitt des Restaurants zeigte. Stimmengemurmel drang zu ihnen herüber. Rabea wollte lieber nicht zu vielen Leuten begegnen. »Kann ich das Frühstück auch auf meinem Zimmer bekommen?«

»Selbstverständlich.« Die junge Frau griff zum Hörer.

Zehn Minuten später wurde es ihr in die Suite gebracht. Das Tablett sah fast wie ein Mini-Frühstücksbuffet aus. Rabea stürzte sich hungrig darauf.

Während sie an ihrer zweiten Tasse Kaffee nippte, klappte sie ihren Laptop auf und ignorierte den Impuls, das WLAN-Passwort des Hotels einzugeben, das ein Schild auf dem Schreibtisch auswies. Sie musste offline bleiben. Sie überlegte sich, wie sie das Interview aufbauen würde. Natürlich hing das davon ab, was der Bischof ihr erzählen würde, aber sie wollte ihre wichtigsten Fragen vorformulieren. Sie schrieb den Entwurf der Einleitung zum Interview und notierte sich einige passende Aufmacher dazu für die Titelseite. Sobald feststand, wann und wo sie sich mit dem Bischof treffen würde, wollte sie sich an das Gäste-Terminal des Hotels setzen, das sie in einer Nische der Lobby entdeckt hatte, und recherchieren, ob es seit gestern Nachmittag im Netz neue Einträge über Titus von Elsterich gab.

Nach zwei Stunden wurde Rabea ungeduldig. Sie rief Stickler an. »Was Neues?«, fragte sie.

»Nein. Ich warte auch.«

»Kannst du diesen Herbert nicht anrufen?«

»Was glaubst du, was ich gerade gemacht habe?«

»Ja, und?«

»Das Handy ist abgeschaltet.«

»Was soll das heißen?«

»Spreche ich Suaheli? Abgeschaltet heißt abgeschaltet.«

»Warum schaltet er sein Handy ab?«

»Frag ihn doch selbst.« Stickler klang genervt.

»Für einen alten Nachrichten-Haudegen bist du ganz schön nervös, Hans.«

Stickler lachte auf. »Erwischt. Das ist eine Jahrhundertstory. Geldwäsche im Vatikan! Vatileaks! Und die BBCo. ist exklusiv und live dabei. Die Konkurrenz wird sich grün ärgern.« Etwas ruhiger fügte er hinzu: »Lassen wir meinen Freund seinen Job machen, Rabea. Er weiß, was er tut. Der Bischof wird nicht zu Hause hocken und auf unseren Boten warten. Vermutlich hält er Gottesdienst, trinkt Messwein, tauft, was weiß ich. Was Bischöfe halt so machen. Unser Bote muss von Elsterich allein erwischen und kann nicht einfach auf den Klingelknopf drücken und sagen: *Hallo, hier bin ich*. Die Kirche, das Haus und das ganze Areal werden nach wie vor von unseren Kollegen belagert. Die Presse lebt!« Es klang wie ein Schlachtruf.

»Schon gut, ich übe mich in Geduld.«

Endlich, kurz vor Mittag, Rabea überlegte bereits, ob sie sich erneut etwas zum Essen aufs Zimmer bestellen sollte, klopfte es an die Zimmertür. Es war Herbert. Sticklers Freund war weit über fünfzig, klein, aber drahtig und hatte dichtes graues Haar. Auch seine Augen waren grau. Er begegnete Rabeas prüfendem Blick mit gleicher Intensität. Sie bat ihn herein.

»Frau Rosenthal«, sagte er, als sie sich am Couchtisch gegenübersaßen, »Sie treffen sich mit dem Bischof noch heute, um 17:00 Uhr in der Wieskirche. Er hat detaillierte Anweisungen erteilt und mir diese Landkarte gegeben.« Er hatte sie aus der Innentasche seines Sakkos gezogen und faltete sie auf. »Hier«, er zeigte auf einen umkreisten Punkt, »das ist die Wieskirche, der Treffpunkt. Laut Bischof wird sie nur einmal im Monat für den Gottesdienst genutzt. In der Regel ist sie abgeschlossen, aber der Bischof hat mir verraten, wo ein Schlüssel versteckt ist. An der linken Kirchenecke führt eine Dachrinne bis zum Boden. Sie finden den Schlüssel in der Öffnung. Sie müssen unbedingt pünktlich sein! Der Bischof wird erst nach Ihnen die Kirche betreten.«

»Ganz schön ausgefuchst, dieser von Elsterich. Behält Kirche und mich im Auge, um festzustellen, ob mir jemand bis dorthin gefolgt ist. Da komme ich mir fast schon vor wie im Irak, wenn ich mich mit meinen Informanten getroffen habe. Jede Wette, der Bischof sieht in seiner Freizeit amerikanische Agentenserien.«

»Der Mann hat Angst, Frau Rosenthal, Todesangst, er dünstet sie geradezu aus. Seien Sie vorsichtig. Wenn Sie möchten, komme ich mit.«

Rabea schüttelte den Kopf. »Nein, ich will nicht riskieren, dass der Bischof Sie sieht.«

»Haben Sie wenigstens eine Waffe?«

»Sie meinen tatsächlich, ich könnte eine gebrauchen?«, stellte Rabea die Gegenfrage.

»Sicher ist sicher. Ich lese Zeitung. Dieser Bischof hat Millionen verschwendet und wird öffentlich gegrillt. Jetzt will er sich unter ausgeklügelten Sicherheitsmaßnahmen mit einem Medienvertreter treffen. Er will auspacken und Hintermänner nennen. Die Presse ist sein Schutz. Hier geht es um sehr viel Geld, Frau Rosenthal, Interessen stehen auf dem Spiel. Ich tippe auf Veruntreuung oder Geldwäsche. Mit diesen Leuten ist nicht zu spaßen.«

Rabea nickte. Ihr fiel ein, dass auch Friede Marquardt ihr mitgegeben hatte, keine unnötigen Risiken einzugehen. Nach Yussufs Überfall war sie sowieso wieder dazu übergegangen, ihre Pistole ständig bei sich zu tragen. »Ja, ich habe eine Waffe.«

»Gut, ich bleibe trotzdem in der Nähe.« Er sah Rabeas zweifelndes Gesicht. »Keine Sorge, ich werde Ihnen nicht bis zur Kirche folgen. Aber Hans hat mich gebeten, auf Sie aufzupassen und hierzubleiben, bis Ihr Treffen über die Bühne gegangen ist. Hier ist meine Handynummer, für alle Fälle. Also 17:00 Uhr, es gilt. Viel Glück.« Er verabschiedete sich. Rabea blieben noch knapp fünf Stunden Zeit. Sie beschloss, jetzt gleich ihre Besorgungen zu machen, unterwegs etwas zu essen und sich anschließend eine Mütze Schlaf zu gönnen, obwohl sie null Müdigkeit verspürte. Das Adrenalin hielt sie wach.

Nach dem Treffen mit von Elsterich würde sie sich sofort an den Artikel machen, sich anschließend in ihren Wagen setzen und zurück nach Berlin in die Redaktion fahren. Dort würde sie den Artikel nochmals redigieren und dann Marquardt und Stickler vorsetzen. Dann könnte der Artikel noch am Sonntag online gehen und gleich am Montag in der hauseigenen Tageszeitung erscheinen. Und sie würde immer noch locker ihren Flug nach Rom schaffen. An Schlaf war bis dahin kaum zu denken.

Gegen 16:40 Uhr gelangte Rabea bereits bei der kleinen Kirche an.

Sie stand einsam und malerisch mitten auf einer mit Gänseblümchen und Löwenzahn gesprenkelten Wiese, umrahmt von Wald. Ein schmaler, drei Kilometer langer Feldweg hatte Rabea zu ihr geführt. Seit sie die asphaltierte Straße verlassen hatte, war ihr keine Menschenseele mehr begegnet.

In der Ferne konnte Rabea eine Herde Kühe grasen sehen. Bis auf die Tiere wirkte die Gegend vollkommen verlassen. Es war eine friedliche Atmosphäre, die Stille eines Sommertags, in der nur Vogelgezwitscher und das Summen von Insekten zu hören waren. Sie parkte den Golf etwas abseits und fotografierte zunächst Kirche und Umgebung. Dann suchte und fand sie den Schlüssel – ordentlich geschützt durch einen verschließbaren Gefrierbeutel – in der Regenrinne, sperrte auf und betrat die Kirche. Das Innere war recht einfach gehalten, ohne großen Pomp wie vergoldete Altäre oder Tabernakel, dafür waren Decke und Wände in wunderschönen leuchtenden Farben bemalt. Rabea tätigte weitere Aufnahmen. Sie schritt durch die wenigen Reihen Gebetbänke hindurch, blieb auf halbem Weg stehen und drehte sich um die eigene Achse. Hinter ihr befand sich eine kleine Empore. Sie stieg die enge, knarzende Treppe hinauf. Bis auf eine schmucklose Orgel und die Sitzbank davor war sie leer.

Sie stieg wieder hinab, durchmaß das kurze Kirchenschiff und entdeckte hinter dem Altar eine winzige, kaum acht Quadratmeter große Sakristei. Im Gegensatz zur Kirche wirkte sie schäbig und düster. Rabea suchte und fand den Lichtschalter. Eine nackte Glühbirne, die an einer Leitung von der Decke baumelte, flammte auf. Rabea sah sich gründlich um und schoss weitere Fotos. Außer einem zerkratzten Einbauschrank gab es noch einen wackeligen Tisch und zwei Stühle. Rabea nahm sich vor, den Bischof später an genau diesem Tisch zu fotografieren. Es wäre ein spannender Kontrast – der verschwenderische Bischof, der den Luxus liebte, in diesem ärmlichen Ambiente. Die hintere Wand war von einem staubigen Vorhang bedeckt. Rabea zog ihn beiseite. Dahinter verbarg sich eine Tür. Sie drückte die Klinke. Abgeschlossen, natürlich. Rabeas Augenmerk richtete sich auf den glänzenden Zylinder. Er fiel auf, da er im Gegensatz zur wurmstichigen Tür neu wirkte, vermutlich war er erst kürzlich eingesetzt worden. Ihre Uhr zeigte acht vor fünf an, leider blieb ihr keine Zeit, sich genauer mit dem Schloss zu beschäftigen. Es war ihr klar, dass sie hier mit ihrer Haarnadel nicht weit kommen würde – obwohl ihr die Möglichkeit eines zweiten Ausgangs behagte. Sie zog den Vorhang wieder an Ort und Stelle. Als Nächstes blieb ihr Blick am Einbauschrank hängen. Er war mit einem rostigen Vorhängeschloss gesichert. Dafür reichte die Zeit. Sie zog ihre Spezialhaarnadel hervor, ein kurzes Fummeln, und das Schloss sprang auf. Neugierig öffnete sie die Tür.

Der Inhalt war enttäuschend. Bis auf ein Messgewand, das die Motten längst für sich entdeckt hatten, war der Schrank mit Büchern gefüllt. *Bibeln!* Rabea nahm die oberste heraus und blätterte kurz darin. Sie versuchte es noch bei einer zweiten, dritten und sogar vierten. Aber sie bargen kein Geheimnis, bis auf das christliche Mysterium. *Typisch*, dachte Rabea, *sperren ihre Bibeln weg, als ob die jemand stehlen würde*. Sie verschloss den Schrank wieder. Noch drei Minuten.

»Na dann«, murmelte sie, trat zum Tisch und musterte die dicke Staubschicht darauf. Mit einem Taschentuch schaffte sie Abhilfe. Danach zog sie ihr Notizbuch aus ihrer Krokotasche. Beim Anblick des blutroten Futters fiel ihr auf, dass dies ihr erstes wichtiges Interview war, bei dem sie nicht ihre roten hochhackigen Pumps trug, sondern Turnschuhe. Als Nächstes präparierte sie ihr digitales Aufnahmegerät. Laptop und Handy hatte sie auf Marquardts Anweisung im Hotel gelassen, kam sich ohne diese ständigen Begleiter jedoch eigentümlich nackt vor.

Rabea hob jetzt den Kopf und lauschte. Sie glaubte, ein leises Motorengeräusch wahrgenommen zu haben. Richtig, es kam näher. Es hörte sich an wie ein Moped. Das Geräusch wurde rasch lauter, dann stoppte es abrupt. Sie hörte das Einrasten des Ständers ganz nah, kurz darauf einen Schlüssel, der sich im

Schloss drehte, und schon bewegte sich der dunkle Vorhang und wurde von einer sehr weißen Hand zur Seite geschoben. Eine schmale Gestalt in Jeans, gemustertem Hemd und Helm auf dem Kopf schob sich fast in Zeitlupe in ihr Blickfeld.

Rabea war unwillkürlich einen Schritt zurückgewichen. Der Neuankömmling nickte ihr zu, dann nahm er den Helm ab. Rabea erkannte ihr Gegenüber und atmete aus. Der Bischof kam die zwei Schritte auf sie zu, vollführte einen altmodischen Diener und begrüßt sie etwas gestelzt: »Titus von Elsterich, es ist mir eine Ehre, Sie kennenzulernen, Frau Rosenthal. Danke, dass Sie sich hierherbemüht haben. Ich weiß, die Umstände sind ungewöhnlich. Bitte setzen Sie sich doch.« Er zeigte auf den Holzstuhl hinter ihr, als wiese er ihr den Platz auf einem Thron zu. Rabea registrierte die kultivierte Stimme, die formvollendeten Umgangsformen, die sparsame, aber elegante Gestik. Ja, Titus von Elsterich war alter Adel. Und doch konnte sie das Gleiche spüren wie zuvor Herbert, der Detektiv. Hinter von Elsterichs gefasster Fassade verbarg sich nackte Angst. Der Bischof sank auf den Stuhl, als trügen ihn seine Beine nur mit Mühe, zog ein Taschentuch hervor und wischte sich damit über die Stirn. »Es ist sehr heiß heute«, sagte er mit einem verlegenen Lächeln.

»Darf ich?«, fragte Rabea, immer noch stehend, mit gezücktem Fotoapparat. Ohne eine Antwort abzuwarten, machte sie rasch mehrere Aufnahmen von ihm. Der Bischof blinzelte, sagte aber nichts. Rabea nahm nun ebenfalls Platz. Der Bischof musterte den Tisch. »Kein Aufnahmegerät?«

Rabea deutete auf ihr Gerät, das kleiner als die danebenliegende Packung Papiertaschentücher war. »Läuft bereits.«

»Oh, sehr gut. Also, möchten Sie etwas Bestimmtes wissen, oder soll ich einfach anfangen?«

Am liebsten hätte Rabea ihn gefragt, wovor, oder besser, *vor wem* er so große Angst hatte, aber sie fürchtete, ihn mit dieser Frage noch mehr zu verschrecken. Stattdessen sagte sie: »Ich habe vor, das Interview in zwei Themenschwerpunkte zu gliedern. Ich möchte zum einen Sie als Menschen hervorheben; Ihr Weg zum Bischofsamt und Ihre Arbeit für Ihre Gemeinde. Natürlich sprechen wir auch darüber, was diese Affäre für Sie persönlich bedeutet und welche Auswirkungen sie auf Sie und Ihre Familie hat. Der zweite Themenschwerpunkt wäre, wie es zu Ihrer Situation kommen konnte. Ihre Sicht der Dinge. Natürlich interessiert mich besonders die Stiftung *Kind und Brot*, Ihre Rolle innerhalb der Stiftung und ob Sie auf Anweisung gehandelt haben. Ich benötige Zahlen und Fakten: wie viele Spendengelder über die Stiftung geflossen sind, wer Zugriff auf die Konten hat, ob es mehrere Konten gibt und bei welchen Banken. Dann natürlich die Rolle des Laimburger Kirchenrats beim Bau Ihrer Residenz, etc. Sie erzählen, und ich stelle zwischendurch bei Bedarf meine Fragen.«

Der Bischof nickte. Er hatte aufgehört, seine Hände zu kneten, stattdessen hielt er sie krampfhaft verschränkt, als hätte er vor zu beten. Auf seiner Stirn hatten sich erneut Schweißperlen gesammelt. »Ich denke, über meine familiären Verhältnisse, woher ich stamme und so weiter, muss ich Ihnen nicht viel erzählen, das dürfte Ihnen durch Ihre Recherchen bekannt sein. Nur so viel, ich bin behütet aufgewachsen, in einer großen Familie, und habe ein enges Verhältnis zu ihr. Meinen Urlaub verbringe ich meist mit der Familie auf dem Anwesen meiner Schwester. Umso mehr schmerzt es mich, wie meine Familie unter diesen unsäglichen Anschuldigungen leiden muss. Die Presse belagert nicht nur mich, sondern …«

»Entschuldigen Sie, Herr Bischof«, unterbrach ihn Rabea. »Ich kann mir vorstellen, dass das für Ihre Familie sehr unangenehm ist, aber soll das heißen, dass die Anschuldigungen gegen Sie nicht gerechtfertigt sind? Sie haben also den Bau des neuen Bischofsitzes selbst nicht gewollt?«

Der Bischof verzog das Gesicht. »Doch, natürlich, aber ich hatte niemals erwogen, dass der Bau diese Ausmaße annimmt.

Irgendwie bin ich da hineingerutscht. Alle sagten, der Bau solle Laimburg und seine Diözese repräsentieren. Ich solle mir wegen der Kosten keine Gedanken machen, es stünde ein ausreichendes Budget zur Verfügung.«

»Wer ist *alle*?«

»Der Kirchenrat, der Vermögensverwaltungsrat, die katholische Frauenvereinigung, der Architekt. Die kamen auch ständig mit neuen Ideen, so viele Entscheidungen, ich wusste nicht mehr, wo mir der Kopf stand – zumal die Stiftung rasant wuchs und mich immer mehr in Anspruch nahm. Irgendwann wurde es mir zu viel, und ich sagte zu den Verantwortlichen: Machen Sie nur, Hauptsache, ich habe ein Dach über dem Kopf. Aber dann habe ich mich doch gewundert, weil das ganze Bauprojekt irgendwie immer pompöser wurde. Ich habe den Vorsitzenden des Kirchenrats auf die Kosten angesprochen. Aber er hat mich beruhigt und gemeint, es wäre alles innerhalb des Budgets. Trotzdem begann ich nachzuforschen. Ich hatte mich schon früher gewundert, wie viel Geld über die Stiftung *Kind und Brot* hereinkam. Das waren Millionenbeträge.«

Rabea spürte, dass sie dem Kern der Wahrheit näher kamen. Ob der Bischof tatsächlich nur ein gutgläubiges Opfer war oder es jetzt bloß so hindrehte, interessierte sie weniger.

»Das heißt, die Stiftung *Kind und Brot* war nicht Ihre Idee?«

»Nein, die Anweisung zur Gründung kam direkt aus dem Palazzo di Propaganda Fide in Rom.«

»Dem Sitz des Jesuitenkollegs der Vatikanstadt?«, fragte Rabea überrascht.

»Nein, von der Kongregation für die Evangelisierung der Völker. Die sitzen im selben Gebäude. Die Kongregation ist für alle Stiftungsbelange zuständig.« Bischof von Elsterich wischte sich mit einer nervösen Bewegung erneut über die Stirn.

Rabea beugte sich erregt vor. »Von wem kam die Anweisung? Haben Sie einen Namen?«

»Nur den eines Mittelsmanns, aber ich habe natürlich einen

prägnanten Verdacht, wer es …« Er stockte und sprang auf. »Was war das?«

Rabea hatte es auch gehört. Das Kirchenportal hatte sich mit einem leisen Knarzen geöffnet. »Haben Sie denn die Tür nicht wieder abgeschlossen?«, wisperte von Elsterich kreidebleich.

»Nein, ich wollte Sie nicht aussperren. Ich konnte vorher ja nicht ahnen, dass Sie einen zweiten Eingang nutzen. Bleiben Sie hier. Ich sehe nach.«

»Nein!«, entfuhr es dem Bischof panisch. Er wich bis an den Rand des Vorhangs zurück, wirkte, als wolle er sich dahinter verkriechen.

»Immer mit der Ruhe.« Rabea zog ihre Pistole aus ihrer Handtasche und entsicherte sie, während der Bischof beim Anblick der Waffe einen erschrockenen Laut von sich gab.

»Ich bin gleich wieder da«, raunte Rabea. Leise öffnete sie die Tür der Sakristei und schlich sich hinaus. Sie duckte sich hinter den Altar, fest entschlossen, ihr Leben für diese Story aufs Spiel zu setzen. Schritte kamen näher. Vorsichtig hob sie den Kopf, um über den Altar zu spicken, als gleichzeitig eine junge Stimme sagte: »Du hattest recht, Tommy, das ist voll geil hier! Ich habe es noch nie auf einem Altar getrieben.« Ein Mädchen kicherte albern.

*Puh.* Rabea stieß erleichtert die Luft aus und schob die Waffe zurück in den Hosenbund. Der Bischof hatte sie mit seiner Paranoia angesteckt. Es handelte sich lediglich um ein junges Paar im Hormonrausch. Sie wollte die beiden eben auf sich aufmerksam machen und hinausscheuchen, als der Motor eines Mopeds aufheulte. Sie wusste sofort, was los war: Der Bischof hatte die Nerven verloren und machte die Biege! *Verdammter Feigling!*, fluchte Rabea innerlich.

Wie ein Schachtelteufel schoss sie hinter dem Altar hervor, spurtete auf den Ausgang zu und rannte dabei beinahe das verblüffte Pärchen um. Sie stieß das Kirchenportal auf und sah gerade noch den Bischof, wie er an ihr vorbei die Ecke mit Vollgas nahm und mit gekrümmtem Rücken den Feldweg entlangpreschte.

»Halt«, schrie sie, ruderte mit beiden Armen und lief ihm hinterher. Doch der Bischof sah nicht zurück, sondern entfernte sich, wurde immer kleiner, bis nur noch eine Staubwolke übrig blieb.

»So eine verdammte, verquirlte Scheiße!« Rabea war außer sich vor Wut. Schwungvoll kickte sie einen Kieselstein weg.

Hinter ihr erschien das Pärchen Hand in Hand. »Hey«, sagte der Junge, und Rabea wirbelte herum. Der Teenager konnte kaum älter als sechzehn sein und grinste sie breit an. »Heißt das, wir können die Kirche jetzt für uns haben?«

Rabea sandte ihm einen derart bitterbösen Blick, dass das Mädchen unwillkürlich die Hand aus seiner löste und einen Schritt zur Seite wich.

»Fick dich«, sagte Rabea zu dem Jungen und stapfte an ihm vorbei, zurück in die Kirche. Sie zog den Schlüssel aus ihrer Hosentasche und sperrte die Tür demonstrativ von innen ab. Das hätte sie vorher schon tun sollen. Als ob der Bischof nicht auch hätte anklopfen können!

*Die größten Katastrophen erwachsen immer aus den kleinsten Nachlässigkeiten.* Das betete Stickler ständig herunter. Scheiße, sie musste ihn anrufen! Und Herbert. Der Detektiv-Bote musste unbedingt ein zweites Treffen mit dem Bischof arrangieren. Trotzdem wollte Rabea noch abwarten, bevor sie die Schlappe beichtete. Sie kehrte in die Sakristei zurück und öffnete ihr Notizbuch. Sie stutzte. Sie hatte einen Eintrag entdeckt, der nicht von ihr stammte. Es waren nur wenige, ungelenk hineingekritzelte Buchstaben. Der Bischof musste sie ihr unmittelbar vor seiner Flucht hinterlassen haben:

*Kind und Brot / vST*

Rabea las die Nachricht mehrmals. Beinahe sofort war sie sich sicher, dass mit *vST* das Von-Stetten-Unternehmen gemeint sein musste. Weshalb hatte von Elsterich diesen Namen mit der Stiftung *Kind und Brot* verknüpft? Oder meinte er vielleicht nur den alten Patriarchen selbst, Heinrich von Stetten? Oder sogar Lukas? Kannte der Bischof Lukas aus seiner Jesuitenzeit? Nicht unwahrscheinlich, da das Kolleg und die Kongregation im selben Gebäude untergebracht waren. Wusste er von ihrer besonderen Verbindung zur Familie von Stetten, respektive zu Lukas? Hatte er deshalb darauf bestanden, das Interview nur mit ihr zu führen? Fragen über Fragen. Die Notiz versetzte sie in Aufruhr, irgendwie driftete die ganze Angelegenheit immer mehr ins absurd Mysteriöse ab. Der Bischof benahm sich konspirativer als ein Geheimagent, deutete eine Verschwörung an, hinterließ seltsame Botschaften und flüchtete sich dann in seine Bischofsburg.

Insgeheim hoffte Rabea noch, dass der Bischof am Waldrand angehalten und die Szene vor der Wieskirche beobachtet hatte. Dann müsste er gemerkt haben, dass es sich bei den Eindringlingen nur um ein harmloses Teenager-Paar handelte und nicht um gedungene Meuchelmörder. Vielleicht kehrte er zurück?

Nach einer Stunde sah Rabea ein, dass sie vergeblich auf ihn warten würde. Die Angst hatte Bischof von Elsterich vollkommen in ihrer Gewalt.

»Was soll das heißen, er hat es sich anders überlegt?«, sagte Rabea zu Herbert. Sie hatte Mühe, ihre Stimme unter Kontrolle zu halten.

Es war inzwischen 21:00 Uhr, und bis dahin hatte sie die meiste Zeit mit ungeduldigem Warten in ihrem Hotelzimmer verbracht. Zwischendurch hatte sie fruchtlose Recherchen am Internetterminal des Hotels angestellt. Sie war frustriert bis in die Haarspitzen, als Herbert wieder bei ihr aufgetaucht war. »Genau das, was ich gesagt habe. Ich soll Ihnen vom Bischof ausrichten, es wäre ein Fehler gewesen, mit der Presse zu reden, er wünsche keinen weiteren Kontakt. Er hat sogar von mir verlangt, dass ich ihm seinen Brief an die Redaktion wiederbeschaffe. Er war geradezu panisch, als er merkte, dass ich ihm hier nicht weiterhelfen konnte.«

»Meinen Sie, er wurde zwischenzeitlich bedroht?«

»Gut möglich. So oder so hat seine Angst wieder die Oberhand gewonnen.«

Rabea überlegte kurz. »Wenn er tatsächlich bedroht wurde, könnte das bedeuten, dass jemand von dem Interview weiß. Haben Sie jemand Verdächtiges in der Umgebung des Hotels bemerkt?«

»Nein. Ich habe extra die Augen offen gehalten. Berufskrankheit. Mir ist zwar jemand vor der Bischofsresidenz aufgefallen, aber das war vermutlich nur einer Ihrer Pressekollegen.«

»Hier.« Rabea übergab ihm einen USB-Stick. Sie hatte die Daten zweimal von dem Aufnahmegerät gezogen. »Für alle Fälle. Darauf ist eine Kopie des Gesprächs mit dem Bischof. Bringen Sie den Stickler. Er weiß Bescheid. Wenn Sie jetzt gleich fahren, sind Sie vor mir dort.«

»Und Sie?«

»Ich packe, checke aus und fahre ebenfalls heute Nacht noch nach Berlin zurück. Morgen geht es weiter nach Rom.« *Wo ich auf Lukas treffe – und ihn nach der rätselhaften Botschaft des Bischofs fragen werde.* Sie hatte lange überlegt und am Ende beschlossen, Marquardt und Stickler Elsterichs Eintrag in ihr Notizbuch zu verschweigen. Sie musste erst selbst herausfinden, was es für eine Bewandtnis damit hatte, bevor sie unnötig Lukas' Familie in den Fokus ihrer Vorgesetzten rückte.

»Rom? Gleich in die Höhle des Löwen? Journalisten brauchen wohl keinen Schlaf, was?«

»Die Reise war schon vor dem Bischofs-Interview geplant.

Melden Sie sich bei mir, wenn Sie in Berlin angekommen sind?«, bat Rabea ihn.

Ihr Gegenüber schmunzelte. »Sie meinen, wenn ich Ihren Stick sicher bei Hans abgeliefert habe? Aber klar doch.« Er verabschiedete sich an der Tür mit den Worten: »War interessant mit Ihnen. Falls Sie mich mal brauchen sollten, Sie haben ja meine Karte.«

Sechs Stunden später, kurz vor Berlin, klingelte ihr Handy. Sie rechnete mit Herbert, dem Detektiv, dabei war es Stickler. »Wo bist du?«

»Quasi fast schon vor der Tiefgarage der BBCo. Ich muss noch den Wagen tauschen. Was ist mit …«

»Die Marquardt will dich sehen. Ab in den Aufzug«, unterbrach Stickler sie und legte auf.

*Na super, Stickler und Marlboro-Oma am frühen Morgen nach einer sechsstündigen Autofahrt. Das hat mir noch gefehlt.* Außerdem knurrte ihr der Magen. Sie hatte das Abendessen ausfallen lassen und unterwegs nur angehalten, um sich einen Kaffee zu holen. Jetzt brauchte sie erst einmal etwas zwischen die Zähne. Um die Ecke der BBCo. gab es eine Bäckerei. Sie öffnete offiziell zwar erst um 6:00 Uhr, aber wenn man gegen das Fenster klopfte, hatten die Leute in der Backstube ein Einsehen mit notleidenden Journalisten. Rabea bekam ein noch warmes Brötchen und frischen Kaffee. Während sie das Brötchen verschlang, versuchte sie, Herbert zu erreichen, und landete in der Mailbox. Sie hinterließ keine Nachricht.

Mit dem Pappbecher in der Hand verließ sie den Aufzug und prallte dort sofort auf Stickler. »Wo bleibst du denn so lange?« Vorwurfsvoll starrte er auf ihren Becher. »Die Marquardt qualmt, und damit meine ich nicht ihre Zigaretten.«

»Was ist mit Herbert?«, fragte ihn Rabea.

»Richtig! Was ist mit Herbert? Wo ist er?«

»Wie bitte? Er ist mindestens eine halbe Stunde vor mir losgefahren, um den USB-Stick bei dir abzuliefern.«

Stickler zückte sein Smartphone. »Wehe, er zischt irgendwo ein Bierchen!« Er wählte, und Rabea hörte die Mailbox-Ansage. »Scheiße, Herbert! Wo bist du? Ruf mich an!«, brüllte Stickler als Nachricht.

Sie sahen sich unbehaglich an. »Sicher gibt es eine einfache Erklärung. Eine Panne, ein platter Reifen …?«, überlegte Rabea laut.

»Stickler, Rosenthal, wo bleiben Sie denn?« Die Marquardt war im Korridor aufgetaucht und winkte ihnen herrisch zu.

Wortlos schob sich Rabea an Stickler vorbei und betrat, gefolgt von diesem, das Büro der Chefredakteurin.

»Endlich. Was haben Sie für mich?«, wurde sie barsch in Empfang genommen.

»Ihnen auch einen guten Morgen«, erwiderte Rabea demonstrativ. Sie zog den zweiten USB-Stick hervor. Die Marquardt riss ihn ihr beinahe aus der Hand, steckte ihn in den Drive, rief die Datei auf und verfolgte das Material gespannt auf ihrem Bildschirm, Stickler an ihrer Seite. Rabea hatte die von ihr geschossenen Fotos bereits in ihren Audio-Kommentar eingebunden und ließ im Anschluss das abgebrochene Interview laufen. Nachdem die gesamte Datei abgespult war, sagte die Marquardt zu Rabea: »Da haben Sie uns ja eine schöne Pleite beschert, Rosenthal.«

Rabea hatte zwischenzeitlich unaufgefordert vor dem Schreibtisch Platz genommen. Sie hatte nicht vor, sich in die Rolle des Schuldigen pressen zu lassen. Es war einfach Pech gewesen.

»Was soll dieser Mist?« Die Marquardt zeigte auf den Bildschirm. »Wir schicken Sie los, damit Sie eine Enthüllungsstory über den Bischof und seine Hintermänner schreiben, und was liefern Sie mir? Eine rührselige Litanei à la *Ich bin es nicht gewesen, ich habe das nicht gewollt.*« Die Stimme der Chefredakteurin troff vor Sarkasmus. »Der Bischof als Opfer? Wer will das hören?«

»Niemand. Das war die Einleitung. Ich habe den Bischof reden lassen. Er musste das loswerden, bevor er zum Wesentlichen kommen konnte.«

»Und wo ist das Wesentliche?«

»Wir wurden von einem Geräusch unterbrochen. Der Bischof geriet in Panik und ist Hals über Kopf abgehauen. Was hätte ich machen sollen? Ihn festbinden?«

»Jetzt werden Sie mal nicht frech, Rosenthal.« Doch die Marquart klang jetzt ruhiger. Ihre Augen ruhten aufmerksam auf ihrem Gegenüber. Sie aktivierte die Datei erneut. Die Stimme des Bischofs setzte ein: *»… Trotzdem begann ich nachzuforschen. Ich hatte mich schon früher gewundert, wie viel Geld über die Stiftung* Kind und Brot *hereinkam. Das waren Millionenbeträge.«*

*»Das heißt, die Stiftung* Kind und Brot *war nicht Ihre Idee?«*

*»Nein, die Anweisung zur Gründung kam direkt aus dem Palazzo di Propaganda Fide in Rom.«*

*»Dem Sitz des Jesuitenkollegs der Vatikanstadt?«*

*»Nein, von der Kongregation für die Evangelisierung der Völker. Die sitzen im selben Gebäude. Die Kongregation ist für alle Stiftungsbelange zuständig.«*

*»Von wem kam die Anweisung? Haben Sie einen Namen?«*

*»Nur den eines Mittelsmanns, aber ich habe natürlich einen prägnanten Verdacht, wer es … Was war das? … Haben Sie denn die Tür nicht wieder abgeschlossen?«*

*»Nein, ich wollte Sie nicht aussperren. Ich konnte ja nicht wissen, dass Sie einen zweiten Eingang nutzen. Bleiben Sie hier. Ich sehe nach.«*

*»Nein!«*

*»Immer mit der Ruhe … Ich bin gleich wieder da.«*

Das Band lief weiter, bis Rabea zurückgekehrt war und den Stopp-Knopf gedrückt hatte. Es war noch darauf zu hören, wie der Bischof mehrmals »Oh mein Gott, oh mein Gott«, vor sich hin murmelte, eine Tür zuschlug, gefolgt vom Aufheulen eines Mopeds.

»Eine schöne Memme, dieser Bischof«, sagte die Marquardt verächtlich und griff nach ihrer Zigarettenschachtel. Mit der Kippe im Mundwinkel sagte sie: »Das mieseste Timing aller Zeiten. Wie in einer dieser absurden Telenovelas. Gerade, als er auspacken wollte ... Beichte in einer Kirche! Na, das passt wie der Faust aufs Gretchen.« Sie klopfte auf den Bildschirm, der ein Standbild des Bischofs zeigte. »Wenigstens sind die Aufnahmen vom Bischof gut. Warum haben Sie diese verdammte Tür nicht abgesperrt? Wer kam da?«

»Niemand, ein junges Pärchen im Liebesrausch«, antwortete Rabea nur auf die zweite Frage. Die erste erklärte sich durch die Aufzeichnung. Sie sah keine Veranlassung, sich zu wiederholen. Außerdem ärgerte sie sich selbst schon genügend darüber, nicht einfach abgesperrt zu haben.

Ihre Chefin nahm einen tiefen Zug und blies Rabea den Rauch entgegen. Rabea verzog keine Miene. Die Marquardt schwieg und dachte nach. Sie rauchte zu Ende, und während sie den Stummel ausdrückte, sagte sie: »Diese *Kind und Brot*-Stiftung ist der Angelpunkt. Machen Sie vor Ort weiter. Angeln Sie!«

»In Rom?« Es war genau das, was Rabea vorgehabt hatte.

»Wo denn sonst? Ich will alles über diese ominöse Stiftung wissen. Die Hintermänner sitzen in Rom, meine geräucherte Lunge darauf! Der Bischof deutete es ja selbst an. Und *die* scheinen sich nicht gerade durch Sanftmut auszuzeichnen, ansonsten würde sich unser Bischof nicht derart in die Hose pissen. Sie, Stickler«, sie zeigte mit dem Finger auf ihn, »kümmern sich um den Vermögensverwaltungsrat und diese katholische Dingsbums-Vereinigung. Wer mit wem verheiratet, verwandt und verschwägert ist oder sonst wie pimpert. Nehmen Sie Laimburg auseinander.«

Stickler war kurz verwirrt. Daran recherchierten längst die Kollegen der Konkurrenz. Hier und da hatte es bereits Andeutungen gegeben, dass der Bischof nicht allein aus dem fetten

Trog gefressen hatte. »Heißt das, ich soll entlastendes Material für den Bischof finden?«, fragte er nach.

»Ja, aber wir werden das nicht veröffentlichen. Wir versuchen, den Bischof damit zu ködern. Wenn du fündig geworden bist, soll dein Detektiv ihn nochmals kontaktieren. Wenn von Elsterich sieht, dass wir ernsthaft bemüht sind, ihn zu entlasten, spricht er vielleicht noch mal mit uns.«

Rabea hielt den Blick gesenkt. Das war nicht ganz koscher, und ihr war auch nicht richtig wohl bei der Sache. Aber so funktionierte nun mal der Journalismus. Es war ihr Beruf. Informationsbeschaffung um jeden Preis. Die dunkle Seite der Vierten Macht.

## Kapitel 29

### *Costa Erez/Bretagne/Frankreich*

Carlotta war tot.

Die Nachricht hatte ihn in einen Abgrund der Trauer gestürzt, dann, Tage später, war die Wut gefolgt. Inzwischen beherrschte ihn nur noch ein Gedanke: Rache.

Er konnte sich noch genau an jenen verhängnisvollen Tag erinnern, an dem alles begonnen hatte, auf seltsame Weise schiefzugehen.

Er hatte damals mit dem Vollstrecker – *er hoffte, der gelackte Hurensohn schmorte auf ewig in der Hölle!* – in seinem Übertragungswagen gesessen und die Wohnung des Pfaffen in Rom abgehört. Stunden zuvor hatte Gabriel die Hundebesitzerin abgemurkst. Er selbst hatte danebengestanden, gleichermaßen abgestoßen wie fasziniert, und zugesehen, wie die Alte strampelte, ihr Gesicht blau anlief und sie unter sich gemacht hatte. Und er hatte keinen Finger gerührt. *Er hatte es nicht verhindert!* Der Tod war hässlich, und seine Fratze suchte ihn seitdem oft heim. Gabriel, dieses Schwein, hatte ihm seine Unschuld genommen! Und nun war auch Carlotta tot, erschossen von diesem verdammten brasilianischen Drachen. Er hatte diese Frau einige Male getroffen und gleich gespürt, dass etwas Böses von ihr ausging.

Als er Carlottas Todesmeldung im Internet entdeckt hatte, hatte er es zuerst nicht glauben wollen, es konnte sich dabei nur um einen Irrtum handeln. *Sie* konnte nicht einfach tot sein. Carlotta war für ihn immer unvergänglich gewesen, eine überirdische Erscheinung, der er in seinem Kampf gegen die Teufel im liturgischen Gewand beistehen durfte. Drei Jahrzehnte hatten sie Seite an Seite gefochten.

Carlotta hatte ihn aus dem Waisenhaus zu sich geholt, in dem er jahrelang gequält worden war, sie hatte ihm eine sichere Zuflucht geboten und eine Heimat geschenkt, die Einzige, die sein Genie erkannt und sich für seine Forschungen interessiert hatte – wo andere ihn als Spinner verlacht hatten. Er verdankte ihr alles; sie war seine Retterin. Und für eine kurze Zeit, zu Beginn ihres gemeinsamen Weges, hatte er sogar ihr Liebhaber sein dürfen.

Obwohl ihn seine Forschungen völlig erfüllten, waren die letzten beiden Jahre seine schönsten gewesen. Carlotta hatte sich eine Zeit lang bei ihm versteckt gehalten, und gemeinsam hatten sie alles für den großen Tag ihrer Rache vorbereitet. Er war ihr engster Mitarbeiter, ihr Vertrauter, ihr Freund. Nun war er allein, hatte niemanden mehr, und neben seiner Trauer erfüllte ihn eine paradoxe Rastlosigkeit. Wenn er sich setzte, wollte er stehen, und wenn er stand, wollte er sich schon wieder setzen; hatte er Hunger und aß, wurde ihm sofort schlecht davon und er spuckte es wieder aus. Egal, was er tat, er wollte sogleich das Gegenteil davon tun, als trüge er einen verrückten Zwilling in sich, der jeden Impuls seines Gehirns sofort rückgängig machte. Das trieb ihn langsam, aber sicher in den Wahnsinn.

Seit Rom und der Sache mit dem Jesuiten hatte er sich auf der Insel verkrochen, die ihm Carlotta vor vielen Jahren geschenkt hatte. Sie lag vor der schwer zugänglichen, zerklüfteten Westküste der Bretagne, umringt von unzähligen Inseln und Granitformationen, steinerne Finger, die wie die letzten Artefakte einer untergegangenen Welt aus dem Atlantik ragten.

Er liebte alles an seiner kleinen Insel, das Rauschen der Meeresgischt, das Heulen des Windes und die Rufe der Möwen. Am meisten aber liebte er die Einsamkeit, er war gern mit sich allein, ertrug es nur schwer, unter Menschen zu sein. All die belanglosen Dinge, die sie sagten und taten, die unsinnigen Dinge, über die sie lachten, die Welt, die sie zerstörten. Sie schwammen auf der Oberfläche des Wissens, interessierten sich nicht für ihre unfassbar schöne Tiefe. Im Wissen fand er Ruhe. Nur in letzter Zeit nicht mehr. Wochenlang hatte er darauf gehofft, dass Carlottas Tod eine Falschmeldung wäre, eine von ihr ersonnene Finte, um ihre Feinde zu täuschen, und *sie* unvermittelt sein Labor betrat, es mit ihrer unglaublichen physischen Präsenz erfüllte.

Immer wieder rief er sich ihre letzte Begegnung ins Gedächtnis, das, was sie bei ihrem Abschied zu ihm gesagt hatte: »Bald ist es so weit, mein lieber Freund, und wir werden unsere Rache vollenden! Dann endlich wird deine Geduld belohnt werden, dann bricht deine Zeit an! Wir werden *deine* Erfindung der Welt präsentieren, und dafür wird sie dich als größten Wissenschaftler aller Zeiten feiern!«

Er hatte sich bereits in Stockholm gesehen, während er unter Carlottas stolzen Blicken und donnerndem Applaus den Physik-Nobelpreis entgegennahm.

Doch sein Traum würde sich nie erfüllen. Carlotta war tot. Es war alles aus, ihr gemeinsamer Kampf zu Ende.

Sein Blick irrte durch sein Labor und verfing sich auf der Wand über seinen Computerterminals. Hinter Glas und auf scharlachrotem Samt hing dort eine Diamantbrosche in Schmetterlingsform. Darin war eine winzige Kamera versteckt, die er speziell für ihre Zwecke entworfen hatte. Durch ihre Speziallegierung trotzte sie jedem Detektor. Carlotta hatte ihm das Schmuckstück bei ihrem letzten Besuch geschenkt und ihm erneut versichert, dass es sich als ihre wirksamste Waffe erwiesen hatte. Er nahm die Brosche aus dem Behälter und wog sie in seiner Hand. Die Diamanten, die sich im Licht brachen, entzündeten einen neuen Willen in ihm, als teilte sich ihm die Kraft Carlottas durch die Steine mit. Auf der Rückseite klebte eine Micro-SD. *Carlottas und seine Versicherung.*

Er straffte sich. Nein, es war noch nicht zu Ende! Carlotta hätte niemals aufgegeben. Plötzlich wusste er, was er zu tun hatte. Seine Freundin mochte tot sein, doch ihre gemeinsame Sache lebte! Er würde ihre Rache vollenden. Und dabei würde er auch jene Person nicht vergessen, die Schuld trug an ihrem Fehlschlag in Rom und die Carlotta am meisten von allen gehasst hatte.

Langsam reifte in ihm ein Plan heran.

# Kapitel 30

## *Berlin / Tegel*

»Jetzt nimm ihn schon!« Lucie griff energisch nach Rabeas Krokohandtasche und stopfte den Schlüssel samt Froschanhänger hinein. »Ehrlich«, schimpfte sie, »diese Tasche ist doch mindestens so alt wie Methusalem, und das rote Futter ist irgendwie gruselig. Ich habe dir doch schon mindestens drei neue Taschen geschenkt. Warum nimmst du nicht die, sondern schleppst immer noch dieses monströse Ungetüm mit dir rum?«

»Weil sie von meiner Großmutter stammt, das habe ich dir oft genug erklärt. Ich brauche diese Tasche, sie ist ein Stück Heimat auf Reisen. Und bitte hör auf, mir weitere Taschen zu schenken. Hier«, Rabea hatte den Schlüssel für die Wohnung in der Via dei Coronari wieder hervorgefischt, »ich brauche ihn wirklich nicht. Ich sagte dir doch, ich habe eine Buchungsbestätigung für ein Gästehaus des Vatikans.«

Lucie wollte erneut protestieren, aber eben wurde Rabeas Flug nach Rom / Fiumicino aufgerufen.

Zwischen der Berliner Gala, bei der Rabea Lucies Jonathan kennengelernt hatte, und ihrem Abflug nach Rom lag nur eine Woche.

Lucie war zwischenzeitlich nach Nürnberg geflogen, um ihren Koffer neu zu packen und ihre Eltern zu sehen. Am Freitag war sie auf Bitten ihres umtriebigen Professors nach Berlin zurückgekehrt, um ihn auf eine Ausstellungseröffnung auf der Museumsinsel zu begleiten. Als Rabea angemerkt hatte, dass der Professor sie ganz schön für seine Zwecke einspannte, hatte ihr Lucie strahlend erklärt: »Vor allem treffe ich am Freitag

Jonathan! Er ist einer der Geldgeber. Zwei Fliegen mit einer Klappe. Was will frau mehr?«

»Eigentlich sind es ja sogar drei Fliegen. Du hast auch für mich noch ein paar Stunden deiner wertvollen Zeit abgeknapst«, hatte Rabea geantwortet.

Jetzt schieden sich die Wege der beiden Freundinnen für eine längere Zeit. Auch Lucie war auf dem Sprung. In wenigen Stunden würde sie nach Istanbul fliegen und zu ihrer archäologischen Ausgrabungsstätte in Hisarlik zurückkehren.

Das Vatikan-Projekt, wie Rabea es getauft hatte, war laut Beschreibung für mindestens sechs Monate angelegt. Hobbit hatte sie für diese Zeit glücklich bei ihrem Großvater untergebracht. Hobbit hatte nicht nur das Herz des alten Rabbis im Sturm erobert, sondern auch seine Couch und sein Bett. Und er hatte gestaunt, wie groß das käufliche Angebot an Katzenspielzeug war. Rabea hatte ihn mit einem ganzen Korb neuer Erzeugnisse ertappt.

Rabea sah ihrer Reise nach Rom mit Ungeduld entgegen, es drängte sie danach, endlich aktiv zu werden. Seit der unbefriedigenden Begegnung mit dem Laimburger Bischof vibrierten ihre Nervenenden. Jedoch galt ihre besondere Sorge dem ungeklärten Schicksal von Sticklers Freund Herbert. Auch nach einer Woche fehlte jede Spur von dem Detektiv und seinem Wagen. Ihr Chef Stickler war von der Polizei vernommen worden, hatte es aber bewerkstelligt, Rabeas Namen aus der Sache herauszuhalten. Es war unklar, ob der USB-Stick mit dem Von-Elsterich-Interview bei Herberts Verschwinden eine Rolle spielte oder ob es um eine ältere Geschichte ging. Laut Stickler hatte Herbert kürzlich im Berliner Rotlichtmilieu ermittelt und war deshalb bedroht worden.

Die einzige Spur, die Rabea hatte, war die rätselhafte Botschaft, die der Laimburger Bischof vor seinem überstürzten Abgang in ihrem Notizbuch hinterlassen hatte. Der Bischof war seither nicht mehr in der Öffentlichkeit gesehen worden, hatte sich in seinem Bistum verschanzt. Stickler hatte trotzdem sein Glück versucht und mehrmals, allerdings vergeblich, im Bistum um ein Interview für die BBCo. angefragt. Aber der Bischof war verstummt.

Seither kreisten Rabeas Gedanken um die Frage, ob Lukas Licht in die *Kind und Brot/vST*-Botschaft des Bischofs bringen konnte. Sie schloss nicht aus, dass ein Zusammenhang mit seiner Ernennung zum Kommissionsleiter bestand. *Eine Querverbindung.*

Eine letzte Umarmung ihrer Freundin Lucie, dann griff sich Rabea ihr Handgepäck und betrat die Fluggastkontrolle.

Rom und seine Geheimnisse warteten auf sie.

# Zweites Buch

*Alle Wege führen nach Rom*

»Eine neue wissenschaftliche Wahrheit pflegt sich nicht in der Weise durchzusetzen, dass ihre Gegner überzeugt werden und sich als belehrt erklären, sondern vielmehr dadurch, dass ihre Gegner allmählich aussterben, und dass die heranwachsende Generation von vornherein mit der Wahrheit vertraut gemacht ist.«

Max Planck: »Wissenschaftliche Selbstbiografie«,
Johann Ambrosius Barth Verlag, Leipzig, 1948, S. 22.

»Rom wurde auch nicht an einem Tag erbaut,
und Gott benötigte sieben Tage für die Erde.
Das müssten wir auch schaffen!«

Rabea Rosenthal

## Kapitel 31

### *Rabea*

#### *I-00120 Vatikanstadt*

»Was soll das heißen, Sie haben kein Zimmer für mich? Aber hier steht es doch schwarz auf weiß.« Rabea wedelte mit ihrer Bestätigung. »Ich habe mich schließlich nicht selbst eingeladen.« Das fängt ja gut an, dachte sie. Waren das bereits die antizipierten Schwierigkeiten?

»Es tut mir wirklich sehr leid, Signora Rosenthal. Ein bedauerlicher Fehler unserer Administration, aber das Gästehaus ist überbucht. Sie haben sicher von der anstehenden Heiligsprechung zweier früherer Päpste gehört. Aus diesem Grund gibt es im Augenblick keine verfügbaren Betten mehr. Selbstverständlich werde ich mich bemühen, Ihnen schnellstmöglich adäquaten Ersatz zu besorgen. Es dauert nur ein wenig. Sie sehen ja, was hier los ist.« Mit einer typisch italienischen Geste deutete er auf die Schlange hinter ihr. Der Raum war völlig überfüllt, Sitzbänke und Stühle mit müde aussehenden Reisenden voll belegt. »Wie Sie sehen, gibt es noch weitere Personen, die ich anderweitig unterbringen muss. Vielleicht gehen Sie zuerst etwas essen und kehren am frühen Abend zurück? Bis dahin habe ich etwas für Sie gefunden. Ihr Gepäck können Sie selbstverständlich solange hier stehen lassen.«

Rabea schüttelte den Kopf. Das Letzte, was sie tun würde, wäre, ihr Gepäck innerhalb der Vatikanischen Mauern aus den Augen zu lassen. »Bemühen Sie sich nicht. Ich suche mir besser gleich selbst eine Unterkunft.« Sie war sowieso unschlüssig gewesen und hatte bereits überlegt, ob es tatsächlich eine gute Idee war, sich innerhalb des Vatikans einzuquartieren; sie wäre dort ›unter Kontrolle‹. Eigentlich reichte es vollkommen aus, wenn Lukas hier untergekommen war.

Laut Lucie war er bereits gestern angereist. Rabea tastete in ihrer Tasche nach dem Handy. Vielleicht konnte ihr Lukas helfen. Statt des Handys fühlten ihre Finger etwas anderes. War das nicht …? Sie zog den Gegenstand hervor. Tatsächlich! Es war der Schlüssel zur Wohnung in der Via dei Coronari. Der grüne Froschanhänger lachte sie mit kussrotem Mund an. *Lucie!* Sie musste ihn ihr bei ihrer letzten Umarmung wieder hineingeschmuggelt haben. Rabea überlegte, ob Lucies Hartnäckigkeit ein Zeichen war. Sie hatte die Wahl: Entweder sie scheuchte Lukas auf, ihr bei der Quartiersuche zu helfen, oder sie suchte sich selbst ein Hotelzimmer. *Oder aber sie nutzte den Schlüssel …*

Bisher war ihr Tag alles andere als nach Plan verlaufen. Erst hatte sich ihr Flug wegen eines technischen Defekts um zwei Stunden verzögert, die sie auf der Rollbahn in einem unklimatisierten Flugzeug mit ungeduldigen Mitreisenden verbracht hatte, und nun war ihr bestätigtes Zimmer nicht verfügbar. Der andauernde Schlafmangel machte sich nun bemerkbar, Laimburg und die lange Autofahrt steckten ihr noch in den Knochen. Sie verspürte erste Kopfschmerzen, die sich vermutlich zu einer Migräne auswachsen würden, und sie war verschwitzt – kein Wunder bei 37 Grad Celsius Außentemperatur. Sie sehnte sich nach einer Dusche, allein der Gedanke daran ließ sie aufseufzen. Was sprach also dagegen, zumindest die erste Nacht in der Wohnung zu verbringen? Sie nahm ihren Rollkoffer auf, hängte sich ihre abgewetzte Reisetasche um die Schulter und verließ den Vatikan durch das Santa-Anna-Tor. Sie winkte ein Taxi heran. Kurz darauf betrat sie die weitläufige Wohnung. Sie hatte sich nicht verändert. Der Flur sah noch genauso aus wie vor zwei Jahren, und der vertraute Geruch der alten Möbel, der sich mit jenem vermengte, der nur jahrhundertealten Gemäuern eigen war, ließen in ihr Erinnerungen an die damaligen Erlebnisse lebendig werden.

Lucie hatte ihr gesagt, dass die Wohnung von einem Facility-Service-Unternehmen betreut wurde, das nicht nur für Instandhaltung und Reinigung sorgte, sondern auch den Kühlschrank auffüllte, da ab und an Geschäftspartner der vST hier übernachteten, und kürzlich erst hätten ihre Eltern ein Wochenende hier verbracht, um an einem Fundraising-Dinner der familieneigenen Stiftung teilzunehmen.

Rabea stellte ihr Gepäck ab. Erst duschen oder einen Espresso? Sie verspürte solche Lust auf einen Kaffee, dass sie glaubte, ihn schon riechen zu können. Nein, sie wollte doch lieber erst aus ihren verschwitzten Klamotten raus. Also Dusche vor Kaffee. Sie schlüpfte aus ihren roten Ballerinas, genoss die Kühle der Fliesen unter ihren nackten Füßen und tappte in Lucies früheres Schlafzimmer. Dort entledigte sie sich ihres verklebten Shirts. Von der Wohnung nebenan glaubte sie leises Wasserrauschen zu vernehmen, und sofort musste sie daran denken, wie Lukas, Lucie und sie vor zwei Jahren dort die Leiche der ermordeten Contessa in der Badewanne entdeckt hatten. Wer wohl danach in die Wohnung eingezogen war, fragte sie sich jetzt, während sie auch aus Jeans und Unterwäsche schlüpfte. Sie hatte keine Handtücher eingepackt und sah im Schrank nach, aber darin befand sich lediglich frische Bettwäsche. Rechtzeitig fiel ihr ein, dass die Handtücher im Badezimmerschrank aufbewahrt wurden. Sie holte frische Kleidung aus ihrem Koffer, durchquerte nackt, wie sie war, den Raum und öffnete die Tür zur angrenzenden Ankleide, die direkt mit dem Bad verbunden war. Das Wasserrauschen war inzwischen verstummt. An der durchgehenden Kleiderstange entdeckte sie ein einsames Hemd. Ohne lange darüber nachzudenken, fuhr sie mit der Hand darüber. Sie war sicher, dass Lukas es vor zwei

Jahren getragen hatte. Er musste es hier zurückgelassen haben. Sie roch daran, bildete sich ein, dass ihm noch immer ein Hauch seines Aftershave anhaftete. *Verdammt, was tue ich da!* Sie hatte sich völlig von ihren Erinnerungen einwickeln lassen. Sie gab dem Hemd einen Schubs, stieß dabei versehentlich an den Bügel, der prompt auf den Marmorboden krachte. Sie hob ihn auf. Im selben Moment wurde die Verbindungstür aufgerissen.

»Was zum Teufel …«, erklang eine Stimme. Rabea schreckte hoch. *Lukas!* Er stand tropfnass und nur mit einem knappen Handtuch um die Hüften vor ihr. Der Bügel fiel ein zweites Mal zu Boden, und beiden entfuhr gleichzeitig: »Was machst du denn hier?« Dann sahen sie sich sekundenlang an. Plötzlich verzog sich Rabeas Mund zu einem breiten Grinsen. »Also, wenn das kein Déjà-vu ist, dann weiß ich auch nicht.« Lukas sah aus, als könne er sich nicht zwischen Heiterkeit und Verlegenheit entscheiden. Er zupfte an seinem Handtuch, als würde es sich dadurch auf wundersame Weise vergrößern.

»Teufel aber auch«, meinte Rabea weiter, »das hat der Finzi-Contini prima eingefädelt, oder? Stell dir vor, der Kardinal erwischt uns beide hier so … nackt«, kicherte sie.

Lukas hatten ihre Worte zusammenzucken lassen, augenscheinlich wälzte er ähnliche Gedanken. Verschreckt sah er sich um, als vermute er den Kardinal versteckt im Schrank. »Vielleicht sollten wir James Fonton darum bitten, die Wohnung nach Kameras abzusuchen«, sagte Lukas, der seine Stimme gerade so unter Kontrolle hatte. Seine Ohrläppchen glühten, und er vermied krampfhaft, sie direkt anzusehen, fixierte geradezu unnatürlich einen Punkt hinter ihrem Scheitel. Rabea, die ihre Blöße kurzzeitig vergessen hatte, fand, sie habe Lukas lange genug gequält, drückte ihm ihre Shorts und ihr Shirt in die Hand und warf sich rasch das blaue Hemd über. »Stimmt«, sagte sie nun, »das hatten wir ja schon mal. Noch ein Déjà-vu«, erinnerte Rabea an die einst von van Kampens Komplizen verwanzte Wohnung. »Aber eigentlich gar nicht so weit hergeholt«, überlegte sie laut. »Vielleicht sollten wir wirklich nachsehen?« Sie hob den Arm und deutete zur Decke.

Das ohnehin knappe Hemd rutschte noch ein Stück höher und bot Lukas freie Sicht. Auf alles! Sie bemerkte es in dem Augenblick, als sie ihn schlucken hörte. Das war eindeutig ein Déjà-vu zu viel für ihn. Freundschaft hin oder her, er war immer noch ein Mann. Nervös befingerte er sein Handtuch, zog es noch enger um sich. Rabea tat so, als sei ihr seine allzu natürliche Reaktion nicht aufgefallen.

»Äh, vielleicht ziehst du dir zuvor erst einmal etwas an?« Lukas' Stimme klang verdächtig belegt.

»Eigentlich wollte ich duschen.« Rabea gab sich verdächtig harmlos.

»Bitte sehr.« Lukas drückte sich eng an die Schrankwand und zeigte auf die Tür. »Die Dusche ist frei.«

Rabea fixierte ihn mit ihren Katzenaugen und schob sich dann seitlich an ihm vorbei.

»Na, das kann ja heiter werden«, hörte sie Lukas hinter sich murmeln.

# Kapitel 32

Eine halbe Stunde später saßen sich Rabea und Lukas am Küchentisch gegenüber. Ihre kurze Befangenheit war verflogen. Dafür kannten sie sich einfach zu lange und zu gut. Beide hatten sie eine Zukunft ohne den anderen gewählt. Lukas hatte für sich akzeptiert, dass das Überwinden einer großen Liebe nur mit kleinen Schritten bewältigt werden konnte. Es gab kein Zurück, nur ein Voran. Sie waren Freunde.

»Du kannst gerne in der Wohnung bleiben, ich suche mir ein Hotel«, bot er an.

»Wieso bist du nicht im Gästehaus des Vatikans eingecheckt?«

»Weil nichts mehr frei war. Angeblich ein Computerfehler der Administration. Außerdem herrscht Überbelegung durch die Heiligsprechung der beiden Päpste, Johannes XXIII. und Johannes Paul II. Der Beamte hat mir unsere Privatwohnung selbst vorgeschlagen.«

»Er kannte sie? Woher? Hast du nachgefragt?«

»Nein. Wenn dein Verdacht gegenüber dem Kardinal zutrifft und es von Anfang an ein abgekartetes Spiel ist, hätte er mir dann die Wahrheit verraten?«

»Dein Pragmatismus war noch selten hilfreich, Lukas«, sagte Rabea überspitzt.

Lukas tat ihre Bemerkung achselzuckend ab. »Wie war es bei dir? Du hattest doch auch eine Bestätigung?«

»Dito, keine Zimmer mehr frei, und natürlich war der Computer schuld. Dabei ist der immer nur so doof wie sein Anwender. Glaubst du das?«

»Dass ein Computer immer nur so dumm ist wie sein Anwender? Sicher.«

»Nein, das meinte ich nicht. Da steckt doch echtes System dahinter, oder? Beide bekommen wir kein Zimmer, und wo landen wir? Hier! Was ich schon im Eiscafé angedeutet habe ... Da weiß jemand sehr genau über uns Bescheid und manipuliert kräftig hinter den Kulissen. Dieser jemand *wollte*, dass wir hier gemeinsam stranden.«

»Schwer einzuschätzen, Rabea. Womöglich siehst du auch Gespenster? Woher sollte der Beamte wissen können, dass dir Lucie ihren Wohnungsschlüssel aufdrängt?«

»Stimmt, Manipulation ist keine Konstante, es ist eine Gleichung, die von mehreren Variablen beeinflusst wird. Diesmal ist sie aufgegangen. Eine weitere Variante hätte sein können, dass ich dich anrufe, mich beklage, dass *die* kein Zimmer für mich haben, und du mich hierher einlädst. Glaub mir, die haben dich nicht umsonst in die Wohnung geschickt. Nein, das war genau so geplant. Wir haben es mit demselben Feind wie damals zu tun. Punkt.«

»Ich wünschte, du würdest die Kirche nicht immer als Feind betrachten, Rabea«, sagte Lukas gedämpft.

»Solange sie sich entsprechend verhält? Außerdem ist nur das eingetreten, was wir schon in Nürnberg befürchtet haben: Dass diese Kommission eine Farce ist, ein Aushängeschild für Presse, Gläubige und Gutgläubige. Derjenige, der sie ins Leben gerufen hat, will, dass wir scheitern. Er sägt bereits an unserem Ruf. Ich gehe jede Wette mit dir ein, diese Wohnung ist nicht sauber und wir werden abgehört. Vermutlich wurden wir beide bereits beim Betreten des Hauses fotografiert, und morgen früh folgt ein weiteres Foto, wenn wir gemeinsam die Wohnung verlassen.«

»In einem kann ich dich beruhigen, Rabea. Abhören ist nicht. Ich weiß von Fonton, dass er entsprechende Störsender in die Wohnung eingebaut hat. Außerdem hat er die Räume vor zwei

Wochen, als meine Eltern hier nächtigten, gründlich durchgecheckt.«

»In zwei Wochen kann viel geschehen. Ich werde die Zimmer trotzdem einzeln filzen.«

»Alte Pessimistin! Du denkst wirklich an Kameras? Ich fürchte, dafür ist es zu spät.« Lukas konnte ein leises Schmunzeln nicht unterdrücken. Das Bild ihrer textilfreien Begegnung würde ihn sicher noch lange verfolgen.

»Ich bin keine Pessimistin, nur vorsichtig. Außerdem denke ich hier an *deinen* Heiligenschein, Bruder Lukas. Ich habe nämlich keinen Ruf zu verlieren, aber du bist verheiratet. Überleg doch, wie würde das für die Öffentlichkeit aussehen, der Leiter einer Ethik-Kommission, der jede Moral missen lässt und sich mit seiner Jugendfreundin in Rom amüsiert, während zu Hause seine schwangere Frau auf ihn wartet?«

Lukas sah sie mit aufgerissenen Augen an. Offenbar hatte er es noch nicht von dieser Warte aus betrachtet. Er stand auf und schob den Stuhl energisch zurück. »Gut, lass uns nach Kameras suchen!«

Fünfzehn Minuten später betrat Lukas durch die Verbindungstür des Bads ihr Zimmer und verkündete: »Nichts. Wie sieht es bei dir aus?«

»Auch nichts. Was aber nicht bedeutet, dass da keine sind. Die Dinger sind inzwischen so verdammt klein.« Rabea blies sich eine feuchte Strähne aus der Stirn. Sie balancierte barfuß auf dem Bett und tastete auf Zehenspitzen den Bilderrahmen ab, der darüber hing. Unter der Zimmerlampe stand noch eine kleine Trittleiter. Lukas klappte sie zusammen und stellte sie zurück in die Ankleide.

»Puh, jetzt brauche ich fast noch eine Dusche. Eure Putzfrau hat einige staubige Stellen übersehen.«

»Tu dir keinen Zwang an. Ich hole uns inzwischen etwas zum Essen aus der Pizzeria um die Ecke. Auf was hättest du denn Lust?«

»Egal, Spaghetti oder Pizza, du weißt ja, was ich mag. Und ein Tiramisu. Ich habe Lust auf was Süßes.« *Auf jeden Fall würde sie auf diese Weise ihr Gewicht halten …*

Rabea duschte ein zweites Mal, bändigte das feuchte, wild gelockte Haar mit einigen Klammern, schlüpfte in den Bademantel, der an der Tür hing, und schlenderte anschließend in die Küche zurück.

Lukas hatte bereits den Tisch gedeckt. »Hübsch.« Rabea hielt eine bunte Serviette in der Hand, auf der ein Herz in viele andere Herzen zersprang. Im größten Herz saß ein Frosch und warf ihr eine Kusshand zu.

»Ein Andenken von Lucie«, meinte Lukas. »Ich weiß auch nicht, woher ihre Manie für Frösche stammt.«

»Ja, der froschbekrönte Duschvorhang ist wirklich entzückend.«

»Sogar Vater hat sich letzthin über dieses Ungetüm im Badezimmer aufgeregt, und dem fällt so was eigentlich nie auf.«

»Ach, man muss Lucie einfach lieben.«

»Ja, sie ist sehr präsent«, meinte Lukas trocken. Er hatte das Essen ausgepackt und stellte einen Teller Spaghetti vor Rabea hin.

»Oh, Spaghetti vongole! Lecker!« Rabea griff nach der Gabel. Auch Lukas machte sich gleich an seine Pizza.

»Nur ein Tiramisu als Dessert?«, fragte Rabea anschließend verwundert und hielt die Schüssel hoch.

»Ich wollte keine zwei Portionen bestellen. Die Spaghetti gehen als erster Gang durch.«

»Ich denke, die Sorge kommt zu spät. Wenn uns jemand beobachtet hat, dann hat er auch gesehen, wie ich das Haus betreten habe.«

»Sicher, aber ich habe einen Plan.«

»Lass hören!«

In diesem Moment klingelte es an der Tür. »Erwartest du noch jemanden?«, fragten sie verwundert den jeweils anderen. Plötzlich war ihre Befangenheit zurück.

»Vielleicht sollten wir einfach nicht aufmachen?«, meinte Rabea. Es klingelte erneut. Lukas zuckte mit den Achseln. »Ich gehe. Vielleicht ist es nur ein Nachbar, der mich begrüßen will.«

Rabea hörte, wie er die Tür öffnete und mit jemandem sprach. Sie zog das Tiramisu heran und gönnte sich einen tüchtigen Löffel.

Lukas kehrte schnell zurück, und er war nicht allein. Hinter ihm betrat ein Mann mit einem Umschlag in der Hand die Küche.

»Scheiße, was machst du denn hier?«, entfuhr es Rabea und sprang auf.

»Hallo, Rabea. Ich freue mich auch, dich zu sehen«, sagte Ryan. Mit einem Blick hatte er Rabeas feuchtes Haar, ihre nackten Füße und den zu großen Bademantel erfasst. Heiß fiel Rabea ein, dass sie darunter nur einen knappen Slip anhatte. Lukas trug auch nicht mehr: ein weißes Unterhemd und Boxershorts.

»Störe ich etwa?«, fragte Ryan gedehnt.

»Natürlich nicht!« Rabea fasste sich, ging zu ihm und küsste ihn auf die Wange. Ryan hielt sie fest, indem er den Arm um ihre Taille schlang und sie sekundenlang fest auf den Mund küsste. Eine Demonstration. *Klar, Ryan musste gleich sein Revier markieren.* Rabea schielte an ihm vorbei und fing Lukas' Blick auf. Seine Miene wirkte gleichmütig. Sie löste sich von Ryan. »Komm, setz dich, und dann erzähl uns, was dich nach Rom führt.«

»Tut mir leid, Rabea, aber ich bin dienstlich hier und muss mit deinem Freund unter vier Augen sprechen.«

»Dienstlich? Wieso dienstlich?«

»Das geht nur mich und von Stetten etwas an. Würdest du uns alleine lassen, Rabea? Bitte«, fügte er hinzu und klang gar nicht bittend.

Rabea wollte protestieren, als Lukas sagte: »Sie können ruhig offen sprechen, MacKenzie. Ich habe keine Geheimnisse vor Rabea.«

»Ich fürchte, das ist nicht möglich«, beharrte Ryan und zeigte das, was Rabea insgeheim als sein Agentengesicht bezeichnete.

»In diesem Fall fürchte ich wiederum, dass es mich nicht interessiert. Sie können mich nicht zwingen, mit Ihnen zu reden. Auf Wiedersehen!«

Rabea sah beinahe amüsiert von einem zum anderen. Es lag eindeutig Testosteron in der Luft. »Wisst ihr was, ihr zwei? *Ich* lasse euch alleine.« Sie war neugierig, was Ryan von Lukas wollte, und überzeugt, dass sie es ihm hinterher sowieso aus der Hüfte leiern konnte. Jedoch nur, wenn Lukas Ryan vorher nicht aus der Wohnung warf.

»Kommt nicht infrage, Rabea. Du bleibst«, sagte Lukas ungewöhnlich bestimmt, und an Ryans Adresse gerichtet: »Ich wüsste nicht, was ein DIA-Agent Geheimnisvolles mit mir zu besprechen hätte.« Rabea fing jetzt nicht nur die Testosteron-Schwingung auf, sondern da lief noch etwas auf einer tieferen Ebene ab. Fast schien es, als ob Lukas sehr wohl wusste, was Ryan von ihm wollte. Wollte er sie deshalb dabeihaben, als Rückendeckung?

»Schickt dich Director Clayton?«, mischte sie sich nun doch ein. Ryan versuchte, sich nichts anmerken zu lassen, dennoch hatte Rabea ein Signal von ihm aufgegangen, das ihr als Bestätigung genügte. »Was will die DIA von Lukas? Um was geht es hier?« Sie spürte, wie sich Lukas neben ihr versteifte, während Ryan die Lippen zusammenpresste.

Lukas wurde das Warten zu lang. »Entweder Sie gehen jetzt oder Sie sagen, was Sie wollen, MacKenzie.«

Ryans Kiefer mahlte, während er seine Entscheidung abwog. Rabea war sich nicht sicher, ob es für ihn wirklich so heikel war oder er nur sein Gesicht vor ihnen wahren wollte, indem er sich Zeit ließ. Was sie jedoch ohne Einschränkung sagen konnte, war, dass Ryan nicht vorhatte zu gehen. Sie behielt recht. »Okay, setzen wir uns«, forderte Ryan sie jetzt auf und sah Rabea dabei eindringlich an. »Damit wir uns klar verstehen, was ich euch nun erzählen werde, ist streng vertraulich und keine Angelegenheit für die Presse. Nichts davon verlässt diesen Raum. Kann ich mich auf dich verlassen?«

Rabea beeilte sich zu nicken. In diesem Moment hätte sie alles versprochen. Ryan zog daraufhin ein kleines Gerät hervor und aktivierte es.

»Was soll das werden? Wollen Sie unser Gespräch etwa aufzeichnen?«, fragte Lukas barsch.

»Im Gegenteil, das ist ein Störsender, damit wir nicht abgehört werden können«, erklärte Ryan ruhig. »Es geht um den Van-Kampen-Speicherchip«, eröffnete er ihnen dann.

»Woher wissen Sie davon?«, fuhr Lukas auf.

»Durch Ihren Sicherheitschef, James Fonton. Ein von ihm hinzugezogener IT-Experte konnte einen kleinen Teil der Daten auf der SD rekonstruieren. Fonton erkannte die Brisanz und zog mich ins Vertrauen.«

»Wieso sollte sich James Fonton ausgerechnet an Sie wenden? Er arbeitet für uns«, sagte Lukas misstrauisch.

»Das geht nur Mr Fonton und mich etwas an.« Es war Ryans Miene anzumerken, dass dies eine Information war, die er keinesfalls preisgeben wollte. »Sie sind in eine extrem gefährliche Sache verwickelt, von Stetten. Um es klar auszudrücken, Sie sind in Schwierigkeiten.« Ryan sah dabei Rabea an. Sie verstand, dass er sich besonders Sorgen um sie machte. Trotzdem reagierte sie verärgert. »Wir sind ganz sicher in Schwierigkeiten, wenn inzwischen die halbe Welt von der Van-Kampen-SD weiß!«

Lukas sah sie scharf an. »Und woher weißt *du* davon? Ach so, alles klar. Meine Plaudertasche von Schwester konnte mal wieder nicht ihre Klappe halten«, sagte Lukas genervt. »Dabei hatte ich es ihr extra eingeschärft.«

»Ich kann Sie beruhigen, von Stetten. Bis auf die Genannten weiß niemand davon. Auf James Fonton dürfte Verlass sein, und der IT-Experte wurde für alle Fälle an einen sicheren Ort gebracht.«

»Sie haben ihn eingesperrt?«

»Nein, Herr von Stetten, wir sind nicht die Bösen. Er hat selbst darum gebeten.«

»Du sagtest *rekonstruiert*, Ryan. Wie viele Daten habt ihr?«, fragte Rabea.

»Nur einen winzigen Teil, aber der ist für die DIA ausreichend, um aktiv zu werden.«

»Welchen Teil?«

Ryan zögerte, gab sich dann einen Ruck. »Es geht um Hawala-Konten.«

»Und warum sind die so wichtig?« Lukas hatte sich kaum mit den Bankunterlagen des Dossiers befasst. Sein Augenmerk hatte den Kirchendokumenten im Schließfach gegolten.

»Hawala ist ein informelles Überweisungssystem«, kam Rabea Ryan zuvor. »Bereits die frühen mittelalterlichen Handelsgesellschaften des Orients haben es genutzt. Über Hawala-Konten wurden in den letzten Jahren vielfach Terroranschläge finanziert.« Rabea sah zu Ryan, der einen leisen anerkennenden Pfiff ausgestoßen hatte. »Willst du erläutern, wie das System funktioniert?«, fragte sie ihn.

»Nein«, winkte der ab, »ich staune nur über deine Kenntnisse. Erklär du es ihm.«

Rabea konzentrierte sich auf Lukas. »Die Geschäftspartner werden Hawaladare genannt. Stell dir das so vor: Person A, der Kunde, übergibt eine Summe an Hawaladar X. Der steht mit Hawaladar Y in Verbindung, der einer Person B die vereinbarte Summe aushändigt. Hawaladar X hat nun Schulden bei Hawaladar Y; diese werden bei anderen Transaktionen verrechnet. Eine Hawala-Filiale kann überall eingerichtet sein, in einem Café, einem Geschäft oder sogar in einem Wohnzimmer. Hawala funktioniert simpel. Die Partner vereinbaren einen Code zur Authentifizierung. Ab diesem Zeitpunkt kann das Geld von A nach B fließen, und zwar weltweit. Alles basiert auf einhundert Prozent Vertrauen. Vertraulich bleiben die Transaktionen auch deshalb, weil es keine Kontoauszüge gibt, wie wir sie kennen.«

Lukas runzelte die Stirn. »Soll das heißen, Absender und Empfänger sind für Außenstehende nicht nachvollziehbar?«

»Ja«, bestätigte Rabea. »Hawala-Banking entzieht sich jeder Kontrolle. In vielen islamischen Ländern wurde es inzwischen verboten. Trotzdem liegt die geschätzte jährliche Summe, die über das Hawala-System abgewickelt wird, bei gut zweihundert Milliarden Dollar. Korrekt, Ryan?«

»Die Dunkelziffer dürfte weitaus höher liegen. Hawala wird in der Regel von Muslimen in Ländern genutzt, in denen kein eigenes Bankensystem zur Verfügung steht. Wie zum Beispiel im Irak, da gibt es seit Jahren keins. Auch deutsche Firmen oder internationale Hilfsorganisationen nutzen in diesen Fällen Hawala für Geldtransfers. Allerdings müssen sie ihr Vorhaben bei ihrer Bankenaufsicht anmelden, damit es legal ist. Ähnliche Geldtransfersysteme gibt es in Asien und in Lateinamerika. Im letzteren Fall nennt es sich *Kolumbianisches System*.«

Rabea hatte aufgehorcht, als Ryan das Hawala-System in Zusammenhang mit internationalen Hilfsorganisationen erwähnt hatte. Daran hatte sie bei ihren eigenen Recherchen bisher nicht gedacht. War das die gesuchte Verknüpfung zwischen *Kind und Brot* und der vST-Stiftung, die maßgeblich Hilfsprojekte in Lateinamerika finanzierte? Nutzte eine oder beide Parteien die lateinamerikanische Variante von Hawala?

Rabea konzentrierte sich jetzt wieder auf das Gespräch. »Was ich nicht verstehe …«, sagte Lukas gerade zu Ryan. »Wenn dieses Hawala-Banking ohne konkrete Aufzeichnungen funktioniert, wäre dann nicht Betrug Tür und Tor geöffnet?«

»Nein, wenn ein Hawaladar betrügt, spricht sich das schnell herum. Der Geldhändler wird fortan von seinen Kollegen geächtet und verliert seine Reputation innerhalb der religiösen Gemeinschaft. Keine Aufträge, keine Lebensgrundlage. Hawala funktioniert, weil sich alle an diesen Ehrenkodex halten. Wie ein Handschlag-Vertrag.«

»Könnte man es als eine muslimische Variante der Western Union verstehen?«

»Korrekt, allerdings weit weniger nachvollziehbar.«

»Dieses System basiert also rein auf Vertrauen und Ehrlichkeit?« Lukas überlegte und fuhr in plötzlicher Erkenntnis auf: »Es geht um Geldwäsche, oder? Darum sind Sie hier! Sie vermuten, dass meine verstorbene Schwiegermutter Carlotta Kenntnis über illegale Hawala-Transaktionen hatte.« Lukas überflog im Kopf das Gedächtnisprotokoll. Carlottas elektronische Aufzeichnungen deuteten auf eine mutmaßliche Erpressung hin, doch wer war der Erpresste? Wollte er das jetzt noch wissen? *Nein.* »Ich fürchte, Sie haben die Reise umsonst gemacht, MacKenzie. Ich kann Ihnen hier nicht weiterhelfen. Mit den Machenschaften meiner Schwiegermutter haben meine Frau und ich nichts zu tun!«

»Ist das richtig, Ryan? Bist du deshalb hier? Weil du dir von Lukas erhofftest, mehr über die Speicherkarte und die Hawala-Konten zu erfahren? Sag mal, geht's noch?«, fuhr sie ihn heftiger an als beabsichtigt. Vermutlich reagierte sie deshalb so gereizt, weil sie längst in einem Zwiespalt gefangen war. Sie war Ryan gegenüber im Vorteil, da sie die Dateien von Magalis Handy besaß. Jedoch wollte sie sie zu diesem Zeitpunkt ungern mit ihm teilen, da sie selbst noch mitten in ihren Recherchen steckte und noch nicht wusste, wo diese sie genau hinführen würden. Am Ende würde er die Karte »nationale Sicherheit« ausspielen, und sie riskierte, dass er ihre sämtlichen Recherchen konfiszieren würde. Magalis Fotodateien waren jedoch ihre Nachrichtenbeute! Ryans überraschender Besuch hatte zudem verhindert, dass sie Lukas nach der geheimnisvollen *Kind und Brot/vST*-Botschaft des Bischofs hatte fragen können. Sie warf Lukas unbemerkt einen prüfenden Blick zu. Sie hatte schon immer gewusst, wenn er etwas vor ihr verbergen wollte, und deshalb war ihr klar, dass Lukas tatsächlich etwas verschwieg. Er kannte nicht nur den Inhalt des Schließfachs, sondern vermutlich das gesamte Dossier, von dem sie nur die Inhaltsangabe besaß. Und schon die hatte es in sich. Allerdings waren Lukas' Motive ein Stück hehrer als ihre. Ihm ging es allein darum, seine Familie zu schützen. Was hatte Lukas noch in Carlottas Nachlass gefunden? Wie viel hatte Magali *nicht* fotografiert?

Genau diese Frage stellte Ryan jetzt. »Sie waren mit Ihrer Frau vor einer Woche in Zürich, bei der Kantonalbank. Ich gehe davon aus, von Stetten, Sie haben ein Schließfach Ihrer Schwiegermutter geöffnet. Was befand sich darin?«

»Was soll das? Verfolgen Sie mich? Unsere Reisen gehen Sie nichts an. Das Gespräch ist hiermit beendet. Bring deinen Freund zur Tür, Rabea. Du kannst mitgehen oder bleiben. Das liegt ganz bei dir.« Lukas sprach kühl und kontrolliert, doch sein Körper war angespannt, die Hände, die er an die Oberschenkel presste, zu Fäusten geballt.

Rabea verstand, was ihn aufbrachte. Je mehr Ryan Lukas mit Fragen bedrängte, umso mehr würde ihr Freund lügen müssen. Lügen waren Lukas fremd, doch er sah sich durch die Umstände dazu gezwungen. Um sich diesem Dilemma zu entziehen, wollte er Ryan schnellstmöglich loswerden.

»Sie entschuldigen mich jetzt«, sagte Lukas und erhob sich, »aber ich habe Wichtigeres zu tun, als sinnlose Fragen zu beantworten. Ich habe noch ein Wort mit James Fonton zu reden.«

»Den Anruf können Sie sich sparen«, sagte Ryan hastig. »Dass er Sie nicht verständigt hat, geht auf meine Kappe. Fonton wollte Sie schon gestern informieren, unterließ es aber auf meine Zusicherung hin, dass ich dies übernehmen würde.«

»Also haben Sie ihn bewusst getäuscht!«, knurrte Lukas und tat einen Schritt auf Ryan zu, als hätte er vor, ihm den Weg nach draußen persönlich zu zeigen.

Rabea fand, dass die Situation einer Entzerrung bedurfte: »Woher weißt du überhaupt von dieser Wohnung, Ryan?«, warf sie ein. Sie merkte selbst, dass ihre Stimme ein wenig künstlich klang. Sie mochte Ryan, aber der Art, wie er sie überfallen hatte, konnte sie ebenso wenig abgewinnen wie Lukas.

»Durch deine Freundin Lucie. Ich hatte dich telefonisch nicht erreicht, auch nicht über die Dienststelle des Vatikans. Darum rief ich sie an – ich weiß ja, wie oft ihr miteinander telefoniert.« Ryan erlaubte sich ein halbes Lächeln. »Sie gab mir die Adresse.«

Er hatte sie also mit voller Absicht überraschen wollen. Wobei sie für ihn ein gewisses Verständnis aufbrachte: Ryan war in London Zeuge ihres Wiedersehenskusses mit Lukas gewesen. Und Eifersucht ließ sich nur schwer unterdrücken. Dennoch fuhr sie ihn an, vielleicht weil er nicht ganz unrecht hatte: »Und da bist du gleich schnurstracks hierhergefahren? Schon mal was von WhatsApp oder Mailbox gehört?«

Ryan sah sich durchschaut und hob die Hände in einer Friedensgeste, in der auch ein »Wir reden später« stecken mochte, und wandte sich wieder Lukas zu. »Selbstverständlich habe ich Sie nicht verfolgt. Ich mache nur meinen Job. Es geht nicht allein um Geldwäsche – sondern darum, dass dieses Geld terroristischen Gruppierungen zufließt. Weltweit werden damit Anschläge finanziert. Alles, was ich will, ist, die Hintermänner zu schnappen und weitere Anschläge zu verhindern. Die Kernfrage lautet: Wen wollte Carlotta van Kampen erpressen? – Was wusste sie? Was wissen *Sie*? Es geht bei der Sache um viele Menschenleben! Darum bin ich hier.«

Lukas, der sich nicht mehr gesetzt hatte, hatte sich an die Küchentheke gelehnt und meinte mit verschränkten Armen zu Rabea: »Verdammt, dein Freund ist genauso hartnäckig wie du. Ihr passt zusammen.«

»Heißt das, du hast etwas im Schließfach gefunden, was Ryan weiterhelfen könnte?« *Was mir weiterhelfen könnte?*, echote es in ihr nach.

»Nein, weder habe ich etwas gefunden noch weiß ich etwas

über angebliche Hawala-Konten. Im Schließfach fanden sich ausschließlich private Wertgegenstände und Dokumente.«

*Armer Lukas*, dachte Rabea. Sie bedauerte ihren Freund. Natürlich log er, sah sich dazu gezwungen.

»Kann ich die Unterlagen im Schließfach einsehen? Vielleicht findet sich darin ein versteckter Hinweis? Etwas, das Sie übersehen haben?«, bohrte Ryan nach.

»Nein. Wir haben den gesamten Inhalt des Schließfachs vernichtet.« *Eine weitere Lüge*. Rabea spürte es sofort. Ryan offenbar auch.

»Das glaube ich Ihnen nicht!«, stieß er aus.

»Es ist mir völlig egal, was Sie glauben oder nicht, MacKenzie! Noch einmal zum Mitschreiben«, sagte Lukas bissig. »Weder will ich etwas von den Machenschaften meiner Schwiegermutter wissen noch damit konfrontiert werden. Die Frau ist tot. Basta. Ich wünsche Ihnen einen guten Heimflug.«

»Sie wissen genau, dass ich nicht einfach so gehen kann! Wenn Sie damit nichts zu tun haben wollen, gut. Dann geben Sie die Unterlagen entweder mir oder der Polizei. Immerhin besteht ein Anfangsverdacht wegen Erpressung. Sie machen sich strafbar, wenn Sie das nicht anzeigen. Das betrifft auch Ihre Frau.«

»Lassen Sie meine Frau da raus«, knurrte Lukas ihn an.

Rabea suchte die Situation erneut zu entspannen. »Ryans Vermutung ist nicht ganz von der Hand zu weisen, Lukas. Was wäre, wenn Carlotta tatsächlich von Anschlägen gewusst hat, womöglich selbst Geld via Hawala-Transaktionen geschleust hat?« Seit Ryan das kolumbianische Hawala-System erwähnt hatte, überlegte Rabea, ob er es mit Absicht aufs Tapet gebracht hatte. Sie wollte Ryan dazu unter vier Augen aushorchen. Doch zuvor ließ sie einen Testballon steigen. »Sag, Lukas, was ist eigentlich mit eurer vST-Stiftung in Südamerika? Wäre es möglich, dass ihr dort das kolumbianische System nutzt?« Damit lehnte sie sich weit aus dem Fenster. Und wurde belohnt. In beiden Augenpaaren las sie Verblüffung. *Volltreffer!* Nicht nur

Lukas, auch Ryan schien noch lange nicht alle seine Karten auf den Tisch gelegt zu haben. »Witzig«, sie blickte von einem zum anderen, »ihr zwei seht gerade wie ertappte Jungs aus. Ich schlage vor, ich mache uns allen einen Espresso und dann packen wir unsere Informationen zusammen.«

Noch während sie an der Maschine hantierte, platzierte sie ihre nächste Frage. Wenn sie etwas aus Ryan herauskitzeln konnte, würde Lukas vielleicht nachziehen. Sie würde alle ihre verdammten raffinierten Register ziehen. »Wie viel hast du von der SD rekonstruiert, Ryan? Kann ich es sehen?«

»Es ist kurz, nur wenige Sätze.« Ryan verstummte. Rabea sah ihn auffordernd an, die rechte Augenbraue hochgezogen. Ihre Haltung suggerierte eindeutig, dass er schon viel zu viel gesagt hatte und er ihr getrost auch noch den Rest verraten konnte.

»Also gut«, gab er nach. »Ich zitiere: *…Weltbank lagern. Wenn Sie meiner Anordnung nicht Folge leisten, wird Rom erfahren, dass Sie mich bei meinem Feldzug gegen Nr. 6 unterstützten, und die gesamte Weltöffentlichkeit von Ihren Verbrechen. Ich weiß alles über Ihre Hawala-Geschäfte, die Finanzierung von Aufständen und Terrorismus, um den Mittleren Osten weiter zu destabilisieren. Sie fördern Krieg und Terror aus Profitgier. Meine genauen Instruktionen zur Übergabe gehen Ihnen in den nächsten Stunden zu. Sollten Sie erwägen, mich zu töten, wird jemand anderes meinen Platz einnehmen. Han…* Das war's, Zitat Ende.«

»Puh, ganz schön perfide. Weltbank, eine unbekannte Nr. 6, Erpressung, Hawala-Konten, Terrorgeschäfte, ein Van-Kampen-Platzhalter … Kein Wunder, dass die DIA rotiert. Und, hast du eine Vermutung, wen Carlotta da erpresst hat?«

Ryan zögerte kurz, bevor er antwortete. »Sehr wahrscheinlich handelt es sich um Mitglieder einer Geheimorganisation.«

Rabea nickte. »Du sprichst von den *Sieben*, nicht wahr?«

»Ist das diese geheime Wirtschaftsmafia, die ihre Finger überall im Spiel hat, die, von denen du mir in London erzählt hast?«, fragte Lukas dazwischen. Er klang nervös.

»Eben die«, bestätigte Rabea. »Kaschinski hat in Barcelona versucht, meine Irak-Akte für *die Sieben* zu erpressen. Diese Leute manipulieren Börsen, kontrollieren Banken und Politiker und nehmen massiv Einfluss auf Regierungen. Mit anderen Worten, sie diktieren der Menschheit ihre Kriege. Mit Letzterem scheffeln die das meiste Geld.«

»Eisenhowers Gespenst? Der militärisch-industrielle Komplex? Deine Akte Rosenthal? Eine Verschwörungstheorie? Schon wieder?« Skepsis zeichnete Lukas' Gesicht.

»Der militärisch-industrielle Komplex existiert«, bekräftigte Ryan. »Denken Sie an den Halliburton-Skandal und den amerikanischen Vizepräsidenten. Wir konnten diesen Leuten bis dato viel zu wenig nachweisen.«

»Seltsam ...« Lukas lächelte süffisant. »Dabei sind die USA und ihre Geheimdienste doch führend darin, der Welt ihre Kriege aufzuzwingen. Was ist mit Korea, Vietnam, Afghanistan, Irak, Libyen, Syrien? Der Aufklärungsbedarf der USA dürfte hier eher marginal sein. Oder beabsichtigen Sie den Ast abzusägen, auf dem die Verteidiger der Demokratie sitzen, MacKenzie?«

Rabea versuchte Ryans Blick einzufangen und ihm zu signalisieren, keinen Streit vom Zaun zu brechen.

Ryan ignorierte sie absichtlich. »Nicht zu vergessen, den Iran ...« Es klang gleichmütig, doch Rabea konnte Ryans wachsende Spannung fühlen; die Luft in der Küche war aufgeladen wie vor einem Gewitter.

Bevor es losdonnerte, sagte Rabea: »Sehr interessant, Lukas. Ich scheine negativ auf dich abzufärben. Deine Einlassung hätte glatt von mir stammen können.«

Doch Lukas ignorierte sie genauso wie Ryan. Die beiden waren allein aufeinander fixiert, schlossen Rabea aus ihrem männlichen Kosmos aus. »Raus mit der Sprache, MacKenzie!«, sagte Lukas nachdrücklich. »Sind Sie hier, um gegen diese ominöse Wirtschaftsmafia zu ermitteln, oder geht es Ihnen vielmehr um Schadensbegrenzung?«

Rabea hielt die Luft an. Jetzt war sie beeindruckt. Lukas übernahm tatsächlich ihren Part. Genau das hatte sie seit der Erwähnung der Speicherkarte auch umgetrieben. Sie sah zu Ryan. Wie würde er reagieren? Er antwortete überraschend ehrlich. »Beides.«

»Wie darf ich das verstehen?«, setzte Lukas nach.

»Das kommt auf Ihre Kooperation an.«

»Das ist keine Antwort auf meine Frage.«

Ryan trommelte mit den Fingern auf sein Knie. Rabea kannte die Geste, ihr Freund überlegte, wie viel er noch preisgeben konnte. Sie beschloss, ihm auf die Sprünge zu helfen. »Warum spekulieren wir nicht gemeinsam? Zunächst die Fakten. Fakt eins: Carlotta van Kampen gehörte zu den *Sieben*. Fakt zwei: Sie hat offenbar ihre eigenen Kumpane erpresst. Fakt drei: Sie erwähnt den Vatikan auf dem Chip. Das heißt, der Kirchenstaat/die Vatikanbank hat den *Sieben* als einer ihrer Erfüllungsgehilfen gedient. Fakt vier: Die van Kampen hat zeit ihres Lebens alles darangesetzt, der katholischen Staatskirche zu schaden. Fakt fünf: Damit hat sie einen Interessenkonflikt heraufbeschworen, denn die *Sieben* unterstützen einen stabilen Kirchenstaat. Fakt sechs: Sie verfügte über Beweise zu Hawala-Transaktionen. Fakt sieben: Die DIA ist an diesen Beweisen interessiert. Warum? Sie könnten kompromittierend für die aktuelle Regierung sein. Sonst wäre Ryan nicht hier. Liege ich so weit richtig, Ryan?«

Ryan sagte nichts, wirkte aber nicht sonderlich erfreut über ihre Schlussfolgerungen. Damit wusste Rabea für eine Zivilperson (und Journalistin) eindeutig zu viel. Sein Mienenspiel entlockte Rabea ein Lächeln. »Verdammt, Ryan. Weißt du, wie du aussiehst? Als ob du überlegst, ob du mich jetzt erschießen musst.«

»Auf den Gedanken könnten durchaus andere kommen. Du darfst auf keinen …«

»Mich interessiert, wie die DIA hier ins Spiel kommt«, fiel

ihm Lukas ins Wort. »Lautet Ihr Ressort nicht Massenvernichtungswaffen?«

»Meine Behörde ist auch zuständig für organisiertes Verbrechen und Terrorismus.«

»Ach ja? Ich wüsste trotzdem nicht, was ich damit zu tun habe.« Rabea entging nicht, dass sich Lukas' Ton um eine weitere Nuance verschärft hatte.

»Oh doch, Sie wissen es genau!«, entgegnete Ryan nicht weniger scharf. »Hören Sie endlich auf, mich für dumm zu verkaufen, von Stetten. Ihre verstorbene Schwiegermutter war Mitglied einer Geheimorganisation und in Geldwäsche und terroristische Verbrechen verstrickt. Die SD beweist, dass van Kampen die *Sieben* erpresst hat oder es vorhatte. Die Frage lautet daher, womit? Gibt es die Beweise, und wenn ja, wo sind sie? In dem Zürcher Schließfach? Darum bin ich hier. Noch ist alles rein inoffiziell, ich sagte es bereits, ich setze auf Ihre Kooperation.«

»Kooperation? Ich verstehe. Da kann meine Familie ja froh sein, dass Sie sich nicht auf den Patriot Act berufen, uns schwarze Kapuzen übergestülpt und in einen Van gezerrt haben.«

Ryan lächelte gequält. »So stellt es höchstens Hollywood dar.«

»Korrigiere, Ryan!« Jetzt hatte sich auch Rabeas Ton verschärft. »Du vergisst, dass ich bereits das Innere einer schwarzen Kapuze kennengelernt habe. Hallo Tanger, hallo London? Na, klingelt es?« Ryans kurzes Gedächtnis ärgerte sie.

Wenigstes war Ryan so ehrlich, ihr einen entschuldigenden Blick zuzuwerfen – und ohne sich auf die Kollegen der CIA herauszureden. »Warum hast du Lukas deinen Besuch nicht angekündigt, sondern platzt einfach so herein? Oh, ich vergaß, du wolltest uns ja überraschen!«, rief sie aufgebracht.

Ryans Gesicht spiegelte ihren Verdacht wider. Weil ihm nichts anderes einfiel, schob er den Umschlag, den er bei seinem Eintreffen in der Hand gehalten und verkehrt herum auf dem Küchentisch abgelegt hatte, in Richtung Lukas. »Das ist übrigens Ihrer.«

»Was ist da drin?« Lukas nahm ihn auf und wendete ihn. Der Umschlag enthielt weder Absender noch war er abgestempelt. In Druckbuchstaben war nur sein Name darauf vermerkt.

»Keine Ahnung. Als ich geklingelt habe, stand plötzlich ein Junge neben mir. Er wollte ihn gerade hier abgeben.«

»Und das sagen Sie erst jetzt?« Lukas riss den Umschlag auf. Ein USB-Stick fiel heraus, sonst nichts. »Was soll das sein?«, wunderte er sich.

»Sehen wir nach«, schlug Ryan vor. Niemand protestierte. Die Situation hatte sich durch das unerwartete Auftauchen des USB-Sticks gewendet, und die Atmosphäre in der Küche war umgeschlagen. Hatten zuvor Zorn und Unmut vorgeherrscht, lag unvermittelt etwas Unheilschwangeres in der Luft. Ryan hatte eingangs seine Schultertasche mit dem Laptop neben sich auf dem Boden abgestellt. In Sekundenschnelle stand es geöffnet auf dem Tisch. »Verflixt, der Akku ist bald leer.« Ryan zog sein Netzkabel hervor und sah sich suchend in der Küche um.

»Du brauchst ein Verlängerungskabel«, sagte Rabea. »Ich hole meines. Bis dahin bleibt jeder in seiner Ecke, verstanden?«

Als sie zurückkehrte, herrschte in der Küche das gleiche Schweigen wie beim Verlassen. Lukas lehnte am Tresen und hielt die Arme weiterhin verschränkt. Abwehrhaltung, diagnostizierte Rabea.

Ryan hatte sich am Tisch verschanzt und war damit beschäftigt, die Datei auf dem Stick zu öffnen. Lukas verließ seinen Posten sichtlich widerwillig, stellte sich hinter den Amerikaner und beugte sich über dessen Schulter. Eine gedrungene Person mit einer schwarzen Maske füllte jäh den Bildschirm aus. Mit elektronisch verzerrter Stimme sagte sie: »*Hier spricht Alpha. Dies ist eine Nachricht für Lukas von Stetten. Ich befehle Ihnen, mir in drei Tagen nach Erhalt dieser Nachricht den gesamten Inhalt des*

*Schließfaches Nummer 144 der Zürcher Kantonalbank zu übergeben. Uhrzeit und Ort der Übergabe erfahren Sie zu gegebener Zeit. Sollten Sie meinen Anweisungen nicht Folge leisten, wird dieses Foto Ihres Vaters«*, der Mann hielt eine vergrößerte Aufnahme zweier Männer ins Bild, verdeckte jedoch das zweite Gesicht, *»an die Presse gehen, zusammen mit dem Ort der Aufnahme und dem Namen des Mannes, der mit darauf zu sehen ist. Es wäre nicht im Sinne Ihres Rufes – und noch weniger dem Ihres Unternehmens –, dass die Identität des Geschäftspartners Ihres Vaters der internationalen Öffentlichkeit bekannt wird.«* Der Mann lachte, als hätte er nichts dagegen. *»Es würde seinen Ruf ruinieren.«* Er legte eine Pause ein, um seine Worte wirken zu lassen. *»Noch etwas: Keine Polizei! Sonst bekommen Ihre hübsche Frau und Ihr kleiner Sohn Besuch. Es wäre auch jammerschade um Ihre drei Hunde.«* Pause. *»Ich mag nämlich Hunde.«*

Der Bildschirm wurde schwarz, dann erschien eine digitale Uhr, die von 72 Stunden an rückwärts zählte.

»Scheiße, Lukas! Ein häusliches Leben als Lehrer sieht anders aus«, kommentierte Rabea fassungslos. »Wenn du mich fragst, hört sich dieser Alpha eher nach einem durchgeknallten Idioten mit Überwertigkeitskomplex an als nach einer echten Bedrohung.«

»Immerhin ein Idiot, der sich auf Psychoterror versteht«, urteilte Ryan. »Es hat begonnen, von Stetten. Ich bin nicht der Einzige, der sich für das Schließfach interessiert. Was wissen Sie über dieses Foto? Leugnen ist zwecklos, Sie kennen es, haben es schon gesehen! Wer ist der zweite Mann darauf? Ihr Erpresser?«, setzte er sofort nach.

Lukas kniff die Lippen fest zusammen, seine Kiefermuskeln zuckten; die Körpersprache war unmissverständlich: Ryan war ihm überaus lästig.

Ryan betrachtete Lukas mit eisiger Miene. »Sie werden erpresst, von Stetten. Wenn es nur um Sie ginge, wäre es mir egal, wer Ihnen das Hirn wegbläst. Aber hier geht es auch um Ihre Familie, Ihre Frau, Ihren Sohn. Da werde ich nicht tatenlos zusehen.« Seine Stimme wurde eine Spur dunkler, als er hinzufügte: »Das ist eine Nummer zu groß für einen *Lehrer* …«

»Die Sache geht Sie verdammt noch mal einen Scheiß an, MacKenzie!«, explodierte Lukas und schlug mit der Faust auf den Tisch. Er atmete schwer, als hätte er zu lange die Luft angehalten. »Ich spreche mit meinem Vater«, sagte er gepresst. »Wir werden uns selbst darum kümmern!«

»Ja sicher …«, schnaubte Ryan verächtlich. »Wie wollen Sie das anstellen? Sie haben doch keine Ahnung, mit wem Sie sich da einlassen! Wer auch immer unter der schwarzen Kapuze steckt, handelt vermutlich im Auftrag der *Sieben*. Ich rate Ihnen dringend, geben Sie die Leitung der Kommission ab und kehren Sie nach Nürnberg zurück. James Fonton kann dort für Ihren Schutz sorgen. Und Sie wären bei Ihrer Frau und Ihrem Sohn!«

Ryans letzte Bemerkung hatte Lukas getroffen. Rabea sah, wie Wut und Vernunft in ihrem Freund kämpften. Um Lukas Zeit zu geben, sich zu sammeln, wandte sie sich an Ryan. »Sag, bist du allein hier?«

»Ja«, antwortete er knapp, ohne sie dabei richtig anzusehen. Kurz hatte sie den Eindruck, er wollte noch etwas hinzufügen, doch dann konzentrierte er sich wieder auf Lukas. »Ich kann Sie natürlich zu nichts zwingen. Aber vermutlich würden Ihre Familie und Ihr Vater Sie auch lieber in Nürnberg wissen.«

»Selbstverständlich würden sie das«, stieß Lukas hervor. Mit einem Seitenblick auf Rabea fügte er hinzu: »Ich kann auch nachvollziehen, dass Sie auf meine Rückkehr nach Nürnberg pochen.« Er sprach es nicht aus, doch die Worte hingen auch so in der Luft. *Dir geht es gegen den Strich, dass Rabea und ich monatelang am selben Projekt arbeiten werden.*

Ryan blieb stumm, doch seine Miene verriet ihn. Immerhin verpackte der Amerikaner seine Eifersucht nicht sonderlich geschickt. Lukas fühlte eine grimmige Zufriedenheit. Andererseits konnte er die Reaktion nachvollziehen. Er fing Rabeas Blick auf, der nachdenklich auf Ryan ruhte. Dachte sie gerade dasselbe? »Ich rufe Vater an«, sagte er jetzt. »Er ist noch in Caracas.«

Heinrich von Stetten war leider nicht erreichbar; Lukas hinterließ ihm eine Nachricht auf der Mailbox.

Rabea machte sich inzwischen am Kühlschrank zu schaffen. »Hat jemand Lust auf etwas Härteres? Hier ist noch eine angebrochene Flasche Grappa.«

»Den könnte ich jetzt wirklich gebrauchen«, gab Lukas zu.

»Ich würde sagen, wir lassen auch die Förmlichkeit sein«, sagte Rabea mit einer Fröhlichkeit, die sie nicht empfand. Doch sie war fest entschlossen, die aufgeheizte Stimmung abzukühlen. Die Situation war zu ernst. Sie konnte nicht zulassen, dass die beiden Männer einander noch an die Gurgel gingen, nur um sich selbst zu beweisen, was für harte Jungs sie waren. Es war Zeit für die Friedenspfeife. Oder den Friedensgrappa. »Wie wäre es, wenn ihr euch mit Lukas und Ryan anredet?«, schlug sie mit ihrem gewinnendsten Lächeln vor.

Die beiden Männer sahen sich an, nickten zögerlich und mit sichtbarem Widerwillen. »Damit eines klar ist, Ryan«, sagte Lukas zu ihm, »das ist nur eine temporäre Waffenruhe, und auch nur, weil du Rabeas Freund bist.« Zu mehr konnte sich Lukas nicht durchringen. Gerade als er geglaubt hatte, dass die Dinge wieder ins Lot kamen, war dieser Ryan aufgetaucht und hatte erneut seinen Frieden gestört. Das Ryan nichts für den USB-Stick konnte, verdrängte er aus seinem Bewusstsein. Er war nicht in Geberlaune, er war zornig. Und er hatte Angst. Angst um seine Familie, die erneut bedroht wurde.

Eine Stunde später war die Flasche geleert, aber die Stimmung hatte sich nicht besonders gelockert. Ryan hatte nochmals versucht, Lukas zu überreden, mit ihm nach Zürich zu fahren, Lukas hatte wie zuvor abgelehnt, daraufhin hatte Ryan Lukas erneut seine Unterstützung wegen der Erpressung aufdrängen wollen, und Rabea hatte ihr Glas gehoben und laut »Prosit« gesagt. Zusätzlich zur angespannten Lage, Morddrohung und Erpressung inklusive, hatte sie zwei angetrunkene, Testosteron ausdünstende Männer am Hals, bei denen sie fürchten musste, dass sie sich jederzeit gegenseitig an die Gurgel gingen. Zudem verhielt sich Ryan nach dem anfänglichen Kuss ihr gegenüber auffallend zurückhaltend. Vermutlich wartete er immer noch auf eine Erklärung, warum er sie spärlich bekleidet mit Lukas angetroffen hatte. Sie seufzte kaum merklich.

Die Situation war auch irgendwie vertrackt. Warum war Ryan auch derart hartnäckig? Was sollte sie tun? Vorschlagen, dass sie und Ryan sich ein Hotelzimmer suchten, während Lukas allein in der Wohnung blieb? Es erschien ihr das Vernünftigste, um die Situation zu entschärfen. Sie wollte eben ihren Vorschlag anbringen, als Lukas aufstand und zu Ryan sagte: »Es ist spät. Wie es aussieht, werde ich dich heute nicht mehr los. Da du schon mal hier bist, kannst du auch bleiben.« Lukas schlenderte hinaus, gleich darauf hörten sie, wie er die Tür zu seinem Zimmer schloss. Rabea wirkte verdutzt. *Sieh an, Lukas macht Nägel mit Köpfen.*

Ryan sah kaum minder verblüfft drein; dieser kampflose Sieg hatte ihn überrumpelt. Er erhob sich langsam. »Dann hole ich mal meine Reisetasche aus dem Auto …« Es klang unsicher, beinahe wie eine Frage, als erwarte ein Teil von ihm, dass Rabea ablehnen und stattdessen Lukas nachlaufen würde.

Rabea spürte es. »Gut, Ryan. Wie wäre es anschließend mit einem weiteren Espresso? Ich nehme an, du möchtest reden?«

»Ja, sollten wir.«

Die wenigen Minuten allein in der Küche nutzte Rabea, um den Ablauf der letzten Stunde nochmals durchspielen. Warum hatte Lukas so plötzlich das Feld geräumt? Er hatte sich nicht mehr blicken lassen, obwohl sie sicher war, dass er mitbekommen hatte, dass Ryan die Wohnung kurzzeitig verlassen hatte. Anscheinend fiel es nicht nur ihr schwer, ihre Vereinbarung von London einzuhalten. Verdammte Gefühle! Warum gehorchten sie nie der Vernunft? Der Umstand, dass sie sich so nah waren, in der gleichen Wohnung in Rom, in der sie sich vor zwei Jahren nach einer sehr langen Zeit erstmals wiedergesehen und festgestellt hatten, dass ihre Liebe noch genauso heftig brannte wie zuvor, machte die Situation auch nicht einfacher.

Ryan kehrte zurück und setzte sich zu ihr an den Tisch. Viel zu beiläufig sagte er: »Interessanter Mann, dieser Lukas von Stetten.«

Rabea ging nicht darauf ein, sondern wartete, was Ryan mit dieser Bemerkung bezweckte. Sicherlich keine Komplimente zu verteilen.

»Und? Wer von euch hat die Sache beendet? Du oder er? Sie ist doch beendet …?«

Rabea wich Ryans Blick aus. *So* wollte sie das Gespräch nicht führen. Nicht jetzt. Und vor allem nicht *hier.* »Es kann dir egal sein, wie und warum es zwischen Lukas und mir vorbei ist«, sagte sie steif. »Die Betonung liegt nämlich klar auf dem Wort *vorbei.* Aber ich finde es gut, dass du gleich auf den Punkt kommst. Was willst du sonst noch wissen?«

»Ah, eine Variante der FBI-Verhörtechnik. Fragen, statt erklären. Stimmt, du hast einen Profiler-Kurs bei meinen Kollegen absolviert.«

»Ja, mir ist bekannt, dass du in London meine Akte studiert hast. Also, worüber möchtest du sprechen. Außer über Lukas?«

»Ich will aber über Lukas sprechen! Wie würdest du denn reagieren, wenn du mich mit einer halb nackten Frau im Bademantel erwischst?«, brauste er auf, seine Selbstbeherrschung für einen Moment verlierend.

»Wie jetzt, halb nackt oder im Bademantel?«

»Weich mir nicht aus, Rabea, antworte einfach. Sag, wie würdest du reagieren?«

»Ich würde der Frau vermutlich die Augen auskratzen.« Rabea leistete sich ein freches Lächeln. Sie fand, dass das heute gar nicht so übel gelaufen war. Eine Prügelei war ausgeblieben, obwohl die Männer keine Gelegenheit ausgelassen hatten, sich gegenseitig zu reizen … Ryan war viel vernünftiger, als sie es war.

»Du kannst froh sein, dass ich Berufliches und Privates trenne. Andernfalls hätte sich dein Jugendfreund heute eine blutige Nase geholt.« *Na toll!* Da bedachte sie den Mann mit Vorschusslorbeeren, und jetzt ließ er doch die Muskeln spielen. »Warum müsst ihr Männer euch immer gleich schlagen?«

»Vielleicht, weil das die männliche Variante von *Augen auskratzen* ist?«

»Fein. Würdest du mir glauben, dass *nichts* passiert ist, wenn ich dir die ganze Geschichte erzähle?«

»Ich bin für alles offen.« Ungeachtet seiner Worte wirkte seine Miene ziemlich zugeknöpft.

»Lukas und ich wurden heute Opfer von Murphy's Law.« Rabea breitete alles vor Ryan aus, einschließlich der Suche nach den Kameras, lediglich die »nackte Begegnung« unterschlug sie. Sie sah keinen Grund, Ryans Verständnis überzustrapazieren.

Am Ende ihres Berichts lehnte sich Ryan vor. »Und ihr denkt beide, dass euch dieser Kardinal absichtlich an der Nase herumgeführt hat? Das sind ja Abgründe!« Ryan lachte trocken auf.

»Heißt das, du glaubst mir, dass nichts passiert ist?«

»Ja, ich glaube dir. Komm her.« Rabea stand auf, und Ryan zog sie auf seinen Schoß. Er vergrub seinen Kopf an ihrer Brust. »Ich habe dich viel zu sehr vermisst, um dir jetzt böse zu sein«, murmelte er. Seine Hand fand ihren Weg unter den Bademantel. Rabea erschauerte. Seit der Begegnung mit »Lukas' Handtuch«, hatte sie hier und da der Gedanke an Sex gestreift. Sie war nicht abgeneigt. Trotzdem, Lukas lag nebenan einsam in seinem Bett.

»Bist du nicht im Dienst?«, startete sie ein schwaches Ablenkungsmanöver.

»Ich habe mich bis morgen früh abgemeldet. Wir haben genügend Zeit. Mm, du schmeckst gut, nach Rabea. Aber zuerst, wo ist die Dusche?«

Rabea pustete sich eine vorwitzige Locke aus der Stirn. Warum eigentlich nicht? Außerdem hatte Lukas ihren Freund selbst eingeladen, über Nacht zu bleiben.

»Komm mit.« Rabea führte Ryan ins Badezimmer. Während Ryan duschte, bezog Rabea die Betten.

Ryan kehrte mit feuchtem Haar und mit einem Handtuch um die Hüften – *Déjà-vu, Déjà-vu* – zu ihr zurück. Rabea warf ihre Gedanken an Lukas endgültig über Bord.

Rom war ein neuer Anfang.

# Kapitel 33

»Euer Plan ist vorzüglich aufgegangen, Eure Eminenz. Unser Mann hat mir berichtet, dass der Ex-Jesuit und die Journalistin der Versuchung nicht widerstehen konnten«, berichtete ihm sein Sekretär. »Erlaubt mir aber die Frage, warum Ihr die beiden überhaupt für die Kommission vorgeschlagen habt, da Ihr doch scheinbar schon im Vorfeld Vermutungen über deren mangelnde Integrität angestellt hattet?«

Kardinal Finzi-Contini verzog das Gesicht. Enzo war ein guter und stets loyaler Mitarbeiter, der seine Befehle getreulich ausführte und niemals Zweifel an den guten Absichten seines Dienstherrn hegte. Aber der Schlaueste unter Gottes Kindern war er nicht. Genau dafür schätzte er ihn. Enzo überließ ihm das Denken, er selbst führte nur aus.

»Jeder, mein guter Enzo, sollte eine Chance bekommen und sich in Prüfungen bewähren können. Ich verfolge die Karriere des jungen von Stetten schon länger, genau genommen, seit er als Jesuit hier in unserem Rom weilte. Schon damals wurde er mir von höchster Stelle als integrer Mann mit ausgeprägter moralischer Begabung empfohlen. Durch seine Initiative, die Schatzkarte von Paititi dem peruanischen Volk zurückzugeben, genießt er einen hervorragenden Ruf in der Öffentlichkeit. Wir sollten uns daher hüten, voreilige Schlüsse zu ziehen, Enzo. Ich bin überzeugt, dass Lukas von Stetten der Versuchung widerstanden hat. Trotzdem sollte es unter uns bleiben, dass er sich mit seiner Freundin die Wohnung teilt. Die Mehrheit der Leute denkt gerne schlecht.« Seine Eminenz lächelte huldvoll. Die

Saat war gelegt. Sicher würde Enzo irgendwo beim Mittagessen mit einem der zahllosen Sekretäre einen Schwatz halten. Egal, um welche Machenschaften es sonst auch gehen mochte, Enzo hielt den Mund versiegelt, denn schließlich geschah alles nur zur höheren Ehre Gottes. Aber sobald Frauen und Sex ins Spiel kamen – Enzo hielt beides für Ausgeburten des Teufels –, war Enzo ein Garant für Tratsch. Der Kardinal kannte den Grund für Enzos Abneigung nicht, es interessierte ihn auch nicht. Hauptsache, sie diente seinem Zweck. Dank Enzo käme das Rad von allein ins Rollen. »Wie kommen wir mit Plan B voran?«, erkundigte er sich weiter.

»Der Erstkontakt wurde hergestellt. Der Bericht liegt auf Eurem Schreibtisch, Eminenz. Es sieht positiv aus«, schnarrte Enzo eifrig herunter. Damit stockte sein Redefluss, und er zögerte auf eine Art, die dem Kardinal verriet, dass dem Positiven noch etwas Negatives folgen würde. Der Kardinal hob fragend eine Augenbraue, und Enzo fasste sich ein Herz. »Irgendetwas stimmt nicht mit Saul Kaschinski. Erst meldet er sich nicht zum vereinbarten Zeitpunkt, und plötzlich ruft er zweimal hintereinander an. Er klang irgendwie anders, aber vielleicht lag es auch nur an der Verbindung. Sie war ziemlich schlecht, ein ständiges Rauschen.«

»Warum erfahre ich erst jetzt davon?« Der Kardinal klang gefährlich ruhig. Enzo schluckte. »Weil ich von einer Störung ausging. Aber jetzt, da ich eine Weile darüber nachgedacht habe …«

»Sie hätten nicht darüber nachdenken sollen, Enzo, sondern es mir sofort mitteilen müssen. Dieser Kaschinski scheint mir sowieso absolut unfähig zu sein. Seit Wochen liefert er null Ergebnisse.« Finzi-Contini ärgerte sich. Er hatte viel Geschick und Geld einsetzen müssen, um Kaschinski aus dem Gefängnis zu holen. Wenn Kaschinski geschnappt wurde oder die Seiten gewechselt hatte, wäre das bitter. »Was hat er am Telefon gesagt?«

»Nicht viel. Bloß, dass er den Mann endlich aufgespürt hätte und …«

»Wo hat er ihn aufgespürt?«, bohrte Finzi-Contini nach.

»Das hat er nicht gesagt.«

»Haben Sie denn nicht gefragt?«

»Doch, aber er wollte erst ganz sicher gehen. Er wäre auf dem Weg dorthin und würde sich sofort melden, wenn er ihn dort gefunden hätte.«

»Wann genau fand das letzte Telefonat statt?«

»Vor vier Tagen.«

Der Kardinal erstarrte. »Vier Tage? Und damit kommen Sie mir erst jetzt?«, blaffte er. »Meine Güte, Enzo, wo ist Ihr Verstand? Niemand braucht vier Tage, um einen Ort auf dieser Welt zu erreichen, selbst wenn es sich um den patagonischen Dschungel handelt! Vernichten Sie sofort den Chip. Kaschinski können wir vergessen. Sie können gehen, Enzo.«

Sein Sekretär verließ das Büro mit hängenden Schultern.

# MONTAG

*Tag 1*

# Kapitel 34

»Gut geschlafen?«, fragte Lukas Rabea, nachdem sie barfuß im Türrahmen zur Küche aufgetaucht war.

»Seh ich etwa so aus?« Rabea hatte allein der Kaffeegeruch aus dem Bett gelockt.

Lukas registrierte dankbar, dass sie einen einigermaßen züchtigen Schlafanzug trug und nicht einen von Lucies verflixten Babydolls. »Was ist mit Ryan?«

»Spielt mit dem Laptop.«

»Kaffee oder Cappuccino?«

»Espresso, doppelt bitte.« Rabea gähnte, zog einen Korbstuhl heran und machte es sich am Küchentisch gemütlich. »Woher kommen denn die frischen Cornetti?«, meinte sie mit einem Blick auf den mit Hörnchen gefüllten Korb.

»Habe ich vorhin mitgebracht, als ich mit Ryan vom Laufen kam.«

»Bah, Streber, alle beide – dabei ist es gerade mal sieben Uhr. Oh, danke, du bist meine Rettung.« Rabea streckte ihre Hand nach der Tasse aus, gab reichlich Zucker dazu und schlürfte ihren Kaffee dann mit geschlossenen Augen.

»Deine Tischmanieren haben sich nicht gebessert.« In Lukas' Mundwinkel zuckte es.

Rabea öffnete ein Auge. »Ich bin noch nicht ganz wach, ich habe so gut wie nicht geschlafen. Diese verdammte Hitze schafft mich.«

*Doch wohl eher Ryan*, dachte Lukas. Er hatte nicht vor, Rabea auf die Nase zu binden, dass auch er kein Auge zugemacht hatte.

Darum wollte er bereits um fünf Uhr joggen, um seine Fantasie zu besänftigen. Leider war ihm Ryan im Flur begegnet und hatte sich ihm unaufgefordert angeschlossen. Der Amerikaner war wirklich ein aufdringlicher Bursche.

Rabea wollte Ryans Abwesenheit nutzen, um Lukas zu fragen, was er wegen der Erpresserbotschaft zu unternehmen gedachte, immerhin waren knapp 12 Stunden des 72-Stunden-Countdowns inzwischen abgelaufen, als der sagte: »Bist du wenigstens so weit anwesend, um dir anzuhören, was ich mir ausgedacht habe, damit man uns beide nicht dasselbe Haus verlassen sieht?«

Rabea öffnete nun auch ihr zweites Auge. »Was denn?«

»Sicher erinnerst du dich, dass der Palazzo einen zweiten Ausgang hat. Ich werde das Haus durch die Vordertür verlassen, und du nutzt wenig später den Ausgang durch den Keller im Nebenhaus. Wir treffen uns erst wieder bei der heutigen Sitzung. Wenn wirklich jemand unten auf ein gemeinsames Foto lauert, dann wird er vergeblich warten.«

»Ich habe eine bessere Idee: Ryan und ich verlassen knutschend das Haus. Vermutlich ist der Fotograf derart darauf fixiert, uns zu erwischen, dass er vermutlich gar nicht merkt, dass Ryan nicht du bist.«

»Von mir aus, ihr könnt es ja versuchen«, sagte Lukas leicht verkniffen. »Übrigens, das Angebot steht. Du kannst mit Ryan hierbleiben. Ich werde mir ein Hotel außerhalb des Vatikans suchen. Es ist besser, nicht völlig unter der Aufsicht unserer Auftraggeber zu stehen.«

»Sehr klug, genau das waren auch meine Gedanken. Du hast dazugelernt, Bruder Lukas.«

Lukas überging ihre Bemerkung. »Auf jeden Fall bin ich gespannt, wer noch in der Kommission sein wird.«

Rabea lag es schon auf der Zunge, ihn zu fragen, ob er trotz der erhaltenen Erpressung wirklich vorhatte, heute ganz normal im Vatikan vorstellig zu werden, als sie überlegte, ob Lukas vielleicht etwas Bestimmtes mit seiner Bemerkung bezweckte. »Jedenfalls war bisher nichts darüber zu erfahren«, ging sie deshalb darauf ein.

»Glaubst du der Erklärung im Begleitbrief?«

»Du meinst die Passage, dass wir im Vorfeld nicht über unsere Ernennung als Kommissionsmitglieder sprechen dürfen, um *Pressespekulationen vorzubeugen* und *eine freie Gewissensentscheidung treffen zu können.*«

»Ja. Wie bewertest du das?«

»Dass wir auf jeden Fall darauf gefasst sein sollten, dass mindestens eines der Mitglieder falsch spielen wird.«

»Ich bin sicher«, erwiderte Lukas lakonisch, »wenn es ein faules Kardinal-Ei gibt, wirst du es als Erste riechen, Rabea.«

»Was ist los mit dir?«, fragte Rabea ihn nun doch direkt.

»Was soll mit mir los sein?«

»Tu nicht so. Wir reden über alles Mögliche, aber das Wichtigste meidest du: die Drohung auf dem USB-Stick. Du hast doch nicht wirklich vor, heute in den Vatikan zu gehen?«

Ryans Erscheinen enthob Lukas vorerst einer Antwort. Ryan schien bester Laune, er gab Rabea einen Kuss, schnappte sich das Glas Orangensaft, das Lukas eigentlich für Rabea gedacht hatte, und trank es mit großen Schlucken leer. Wortlos schob ihm Lukas den Korb mit den Cornetti zu. »Kaffee?«

»Gerne.«

Rabea fand ihr Zusammenspiel amüsant. »Ihr seid ja schon richtig *ziemlich beste Freunde*. Schade, dass ich eure neue Harmonie stören muss.« Rabea hatte beschlossen, ihre Taktik zu ändern. Die Frage, was Lukas wegen des USB-Sticks zu tun gedachte, konnte sie getrost Ryan überlassen. Zudem war ihr Thema mit der Forderung des Erpressers verknüpft.

»Um was geht es?«, fragte Lukas zurückhaltend, während Ryan einen großen Bissen Cornetto verschlang. Seine Erfahrungen mit Rabea waren noch nicht so tiefgreifend wie die von Lukas.

»Mich beschäftigt eine Passage auf Carlottas Speicherkarte.«

»Welche?«, fragte Lukas und köpfte ein Ei.

»Die, in der Carlotta Unterstützung für ihren ›Feldzug gegen Nummer 6‹ fordert. Ich glaube, dass der Feldzug, oder besser, die Erpressung, bereits stattgefunden hat. Ich denke, ich weiß, wer Nummer 6 ist. Es ist keiner der *Sieben*.«

Lukas und Ryan hielten zeitgleich inne. »Wer?«, kam Lukas Ryans Frage zuvor.

»Sixtus, der VI. Er ist zurückgetreten.«

Lukas fiel der Eierlöffel aus der Hand. Fassungslos stierte er Rabea an. »Das ist jetzt nicht dein Ernst!«

»Warum nicht? Es ist der erste Rücktritt eines Papstes seit wie vielen Jahren? Achthundert? Schon eine merkwürdige Koinzidenz, oder?«

»Ich finde«, sagte Ryan, während er sich ein weiteres Hörnchen angelte, »es ist zumindest ein interessanter Ansatz.«

»Schon klar, dass du das so siehst«, erwiderte Lukas bissig, »damit ergibt sich eine neue Spur. Willst du etwa den emeritierten Papst als Zeugen vernehmen?« Er musterte Ryan und las genau diese Absicht von seinem Gesicht ab. »Na, dann wünsche ich der amerikanischen Regierung viel Erfolg bei ihrem Gesuch. Daraus ergeben sich bestimmt interessante diplomatische Verwicklungen.«

»Immerhin geht es hier um die Aufklärung eines oder mehrerer Verbrechen! Wenn Rabeas Vermutung zutrifft, dann kann das nur eines bedeuten: Der Papst wurde zum Rücktritt *gezwungen*! Die naheliegende Frage sollte daher lauten: Womit kann man einen Papst erpressen?«

Ja, das frage ich mich auch, dachte Rabea. Wenn sie richtiglag, hatte Carlotta die *Sieben* erpresst, Sixtus VI. war Geschichte und die Frau selbst war tot. Jetzt wollten die *Sieben* ihr belastendes Material zurück. *Es war noch vorhanden! Wo? In Magalis Schließfach?* Aber warum wurde dann Lukas erpresst und nicht Magali? Inwiefern spielte hier das Foto von Heinrich von Stetten eine Rolle? Bestand ein Zusammenhang mit Hawala-Geldströmen? Wer war Lukas' Erpresser? Gehörte er zu den *Sieben*, oder gehörte er zu Carlottas Dunstkreis? Das würde ein ganz neues Licht auf die Angelegenheit werfen – es würde bedeuten, dass sie es mit gleich *zwei* Gegenspielern zu tun hatten!

Ryan hatte dieselbe Schlussfolgerung gezogen. »Carlotta van Kampen ist tot. Aber es gibt wenigstens noch einen Beteiligten, der von der Papst-Erpressung weiß! Es braucht Anschuldigungen von enormer Tragweite, damit ein Papst zurücktritt. Fragt sich nur, auf welcher Seite dieser Alpha steht. Womit wir wieder bei dem Foto wären. Wer ist der zweite Mann darauf? Womit ist dein Vater erpressbar, Lukas?«

»Warum fragst du mich nicht einfach, ob ich dieses belastende Material habe?«

»Und, hast du es?«

»Nein.« Das war nicht einmal gelogen. Er hatte es nicht. Jedenfalls nicht mehr. Er hatte alles noch in Zürich unwiderruflich vernichtet. Jener Teil der Unterlagen, die den Papst zum Rücktritt gezwungen hatten, hatten die Zürcher Kantonalbank niemals verlassen.

Ryan sah Lukas durchdringend an, als wollte er die Lüge hinter dessen Worten entlarven. Die Blicke der beiden Männer prallten wie Klingen aufeinander.

»Rom hat einen neuen Papst«, sagte Lukas, »der alte ist siebenundachtzig.«

»Was willst du mir damit sagen?«, fragte Ryan verständnislos.

»Dass damit für mich die Angelegenheit Sixtus abgeschlossen ist.«

Unerwartet bekam Lukas Schützenhilfe von Rabea. »Ich finde es auch eher befremdlich, dass sich die amerikanische Regierung in kircheninterne Angelegenheiten einmischt ...«

»Wenn es um Terrorismus geht, ist es unsere Pflicht!« Die Worte hatten etwas von einer Drohung. Rabea wusste, worauf Ryan anspielte: den Patriot Act. Der amerikanische Freibrief dafür, sich in ALLES einzumischen – sobald die Worte *internationaler Terrorismus* fielen.

»Eine uramerikanische Antwort.« Lukas hatte die Anspielung ebenso verstanden. Er stand auf, stieß den Stuhl zurück und gab sich keine Mühe, seinen Groll zu unterdrücken: »Ich verstehe durchaus, dass Amerika unter dem 9/11-Trauma leidet, aber Amerika ist nicht überall. Das hier ist ROM! Wir haben einen neuen Papst, der sich in kürzester Zeit sehr beliebt gemacht hat, und er bringt frischen Wind in den Klerus. Dem Altpapst geht es gesundheitlich nicht gut, kein Wunder, er ist fast neunzig! Aus dem Vatikan ist durchgesickert, dass er längst mit einem Rücktritt geliebäugelt hatte. Daher, tu uns allen einen Gefallen, Ryan, und flieg nach Hause. Mein Vater und ich sind durchaus in der Lage, unsere Angelegenheiten selbst zu regeln.«

Ryan schüttelte den Kopf. »Ich bleibe. Ich habe einen Auftrag, ich habe eine Spur, und du wirst erpresst. Es ist noch nicht zu Ende.«

»Ich habe aber keine Lust, dass du mir auf Schritt und Tritt folgst!«

»Das lässt sich nicht vermeiden, solange du mir nicht verrätst, was du vorhast«, beharrte Ryan.

»Was *wir* vorhaben. Mein Vater hat gestern Abend noch zurückgerufen. Unser Plan steht fest.«

»Dann weih mich ein!«

»Es ist kein Geheimnis. Wir warten, bis sich der Erpresser wieder meldet, ich lasse mich zum Schein auf die Übergabe ein, und die Polizei schnappt sich den Mann.«

»Und wenn er einen Komplizen hat, der das Foto an die Presse schickt?«

»Wir haben auch darüber gesprochen. So weit wird es hoffentlich nicht kommen, und wenn doch, will mein Vater das Risiko eingehen. Es ist nur ein Foto und beweist gar nichts. Ich habe ihm die Forderung per Mail geschickt. Er glaubt, dass der Erpresser die Situation falsch einschätzt.«

»Und was glaubst du?«

»Das tut nichts zur Sache.«

»Das heißt, dein Vater setzt die Reputation eures Unternehmens aufs Spiel?«

»So verbissen, Ryan? Worum geht es hier? Um unsere Reputation oder um die Reputation der Amerikaner, die mit vST Geschäfte machen?«

Ryan zuckte die Achseln. »Ehrlich gesagt zerbreche ich mir darüber nicht den Kopf.« Diese Bemerkung und die Art, wie Ryan es sagte, ließen Rabea aufhorchen. Plötzlich hegte sie einen neuen Verdacht.

»Gut, ich akzeptiere die Vorgehensweise«, sagte Ryan jetzt. »Aber ich will bei der Übergabe dabei sein. Der Erpresser könnte über Informationen zu terroristischen Aktivitäten verfügen.«

»Von mir aus.« Lukas zuckte mit den Achseln. »Was du hinterher mit den italienischen Behörden verhandelst, soll mir egal sein.«

»Und was machst du bis zur Übergabe in zwei Tagen? Bleibst du in Rom?«

»Natürlich. Ich werde heute die Leitung der Kommission antreten. Oder meinst du, ich sitze hier herum und warte, bis sich der Erpresser wieder meldet?«

»Ich finde, du wirkst zu ruhig für einen Mann, der gerade erpresst wird.«

»Ich kann dir versichern, dass ich keineswegs ruhig bin. Allerdings ist dies nicht meine erste Erpressung. Hier geht es nur um ein paar Dokumente und ein Foto. Beim ersten Mal sind meine Frau und mein Sohn entführt worden.«

»Und was ist mit der Drohung von Alpha gegen deine Frau und deinen Sohn? Schon vergessen?«

»Ich vergesse gar nichts!«, fuhr Lukas nun doch aus der Haut. Ryans ständige Einmischung und nun diese unverschämte Andeutung gingen ihm gehörig gegen den Strich. »Ich habe das ausführlich mit Vater und Fonton besprochen. Meine Familie ist sicher, es wird *alles* zu ihrem Schutz getan. Fonton und seine Leute sind keine Amateure! Die Nürnberger Polizei sorgt für zusätzliche Bewachung.« Lukas war längst auf den Beinen, so wie Ryan. Die beiden standen sich wie Kampfhähne gegenüber.

Rabea erhob sich. Sie hatte keine Lust, erneut den Puffer zu spielen. »Frühstückt zu Ende oder schlagt euch meinetwegen auch die Schädel ein. Ich geh duschen.« Sie brauchte ein wenig Zeit für sich, um in Ruhe nachzudenken.

# Kapitel 35

Zwei Stunden später, kurz vor 09:00 Uhr, fand sich Lukas in der Casina Pius IV. ein. An diesem ausgewählten Ort sollten die Mitglieder zur konstituierenden Sitzung der Ethik-Kommission zusammenkommen.

Die Casina, zu Deutsch *Häuschen*, war alles andere als das. Vielmehr handelte es sich um ein bezauberndes kleines Sommerschloss innerhalb der Vatikanischen Mauern, das Papst Pius IV. im Jahr 1553 in Auftrag gegeben hatte. Es befand sich im ältesten Teil der Vatikanischen Gärten am Ende eines Wäldchens, das den Garten beschloss, und beherbergte die Päpstlichen Akademien der Naturwissenschaften und der Sozialwissenschaften. Der Akademie gehörten eine Reihe renommierter Wissenschaftler an, die hier als Beratungsgremium des Papstes ihre Tagungen abhielten.

Rabea traf verspätet dort ein. Selbstredend, dass sie der Gelegenheit, sich quasi ungehindert innerhalb des Vatikans bewegen zu können, nicht hatte widerstehen können. Sie hatte sofort eine erste kleine Erkundungstour unternommen, und ihre Neugierde war belohnt worden.

Rabea war an den imposanten Wänden der Peterskirche vorbei zum Campo Santo Teutonico gelangt, dem deutschen Friedhof. Ihr Großvater hatte ihr gesagt, dass sie am Grab des Schriftstellers Stefan Andres vorbeischauen müsse, dessen Werk er sehr verehrte. Andres war 1933 mit seiner jüdischen Frau Dorothea Freudinger aus Nazi-Deutschland ins italienische Positano geflüchtet. Rabea hatte unterwegs extra einen kleinen Blumenstrauß besorgt. Beim Niederlegen bemerkte sie im Augenwinkel einen schmächtigen Mann in einer Mönchskutte. Er huschte zwischen den Gräbern hindurch. Sein Gesicht konnte sie nicht sehen, da er die Kapuze hochgeschlagen hatte. Die verstohlene Art, mit der er sich fortbewegte, weckte Rabeas Jagdinstinkt. Spontan schlich sie ihm bis zu einem abgeschiedenen Wasserfall nach, der sich in einen kleinen künstlichen See ergoss.

Ein Mann in einem schwarzen Priesteranzug, der ungeduldig von einem Bein aufs andere trat, erwartete ihn dort bereits. Die beiden blieben im Schatten der sie umgebenden Vegetation. Rabea konnte nicht mehr als ihr Halbprofil sehen, aber der ältere Priester kam ihr vage bekannt vor. Wo hatte sie ihn schon einmal gesehen? Gut dreißig Meter trennten sie voneinander. Sie konnte nicht näher heran, ohne zu riskieren, von ihnen entdeckt zu werden. Aufgrund des Wasserfallgetöses war es ihr leider auch unmöglich, ein Wort der sichtlich hitzig geführten Diskussion zu verstehen. Sie zeichnete trotzdem alles mit ihrem Smartphone auf – vielleicht gelang es ihr später, etwas Sinnvolles herauszufiltern. Sie tätigte auch mehrere Aufnahmen. Anhand der Körpersprache hatte der Mann im Priesteranzug eindeutig das Sagen. Er gestikulierte raumgreifend und schien den Mönch zur Rede zu stellen. Der hatte von Beginn an eine devote Haltung eingenommen und entsprach voll und ganz dem Bild eines reuigen Sünders. Rabea sah, wie sein Gegenüber etwas aus seiner Tasche zog – ein Brief oder ein Foto, Rabea konnte es nicht erkennen – und es dem Mann zeigte, worauf dieser noch weiter einschrumpfte. Nach zehn Minuten war die Standpauke beendet, und der Priester verschwand mit eiligen Schritten auf einem Pfad hinter dem Wasserfall, wohin Rabea ihm nicht folgen konnte, ohne dem Mönch aufzufallen, der denselben Weg zurückging, den er gekommen war. Sie zog sich noch tiefer in den Schatten der Pinienbäume zurück. Der Mönch passierte sie nur wenige Meter entfernt. Dabei lüpfte er kurz die Kapuze, um sich Luft zuzufächeln. In diesem Moment erkannte ihn Rabea.

Rabea erspähte Lukas sofort, nachdem sie die Treppe zur Casina hinaufgeeilt war. Ihr Freund befand sich im Gespräch mit einem ungefähr gleichaltrigen Mann, der zu seinen Jeans ein kurzärmeliges dunkles Hemd mit Kollar trug. Die beiden Männer standen am Brunnen des elliptischen Platzes direkt vor der Casina, die auf Rabea mit ihrer Stuckfassade wie eine Hochzeitstorte wirkte. Mehrere Nebengebäude umgaben das Sommerschloss, unter anderem ein Nymphäum und ein Pavillon.

Der junge Pater wurde nun durch ein Zeichen von Lukas auf Rabea aufmerksam gemacht. Er empfing sie mit den Worten: »Frau Rosenthal-Kennedy! Wie schön, dass Sie da sind. Ich freue mich sehr, dass Sie dem Ruf Seiner Heiligkeit gefolgt sind, und darf Sie auch im Namen Seiner Eminenz, Kardinalstaatssekretär Finzi-Contini, hier in Rom begrüßen.«

Rabea registrierte sofort den feinen österreichischen Akzent. Ihr Gegenüber stellte sich als Pater Josef Matuschek, S.J., vor und erklärte, dass er für alle ihre Belange im Rahmen der Kommission zuständig sei. »Ich muss mich gleich bei Ihnen entschuldigen«, fuhr er fort, »aber gestern ging hier alles drunter und drüber, ein richtiger Pallawatsch, wie ich gehört habe. Leider war ich nicht da, mich ereilte eine dringende Nachricht, die mich nach Castel Gandolfo rief. Daher konnte ich mich nicht persönlich um Ihre Unterkunft kümmern. Herr von Stetten hat mir von Ihren diesbezüglichen Schwierigkeiten erzählt. Es ist mir unerklärlich, wie das passieren konnte. Ein wirklich merkwürdiger Tag gestern. Alles ging verkehrt. Wie sich herausstellte, war ich auch völlig umsonst in Castel Gandolfo, niemand wusste Bescheid, dass ich hinbestellt war«, sprudelte es weiter aus dem Pater heraus. Die atemlose, ungebremste Art erinnerte Rabea ein wenig an Lucie. Sie tauschte einen kurzen, aber beredten Blick mit Lukas. Offensichtlich war der Pater gestern absichtlich abgezogen worden – was ihre Vermutung bestätigte, dass ihr Einquartierungsproblem nicht dem Zufall entsprungen, sondern bewusst herbeigeführt worden war.

Der Pater winkte nun die übrigen Personen in die Casina. Rabea zählte außer sich und Lukas fünf weitere Teilnehmer, vier Männer und eine Frau. Bevor Rabea eintrat, drehte sie sich nochmals um und nahm das eigentliche Objekt ihrer Begierde innerhalb des Machtzentrums der katholischen Kirche in Augenschein. Wie stets war sie gut vorbereitet und hatte nachgelesen, dass man von der Casina Pius IV. aus die Rückseite des Gebäudes sehen konnte, das die größte und älteste Bibliothek der Welt beherbergte: die Vatikanische Bibliothek mit dem Päpstlichen Geheimarchiv, la Biblioteca segreta – Trägerin der Mysterien der christlichen Welt. So wie sich die meisten Frauen gerne einmal über Nacht in einem Einkaufszentrum einsperren lassen würden, wäre es Rabeas größter Wunsch, eine Nacht in der Biblioteca segreta zu verbringen. Allein natürlich. Mit einem Schlüssel für alle Türen und Schränke. Und einer Kamera.

Mit einem sehnsüchtigen Seufzer wandte sich Rabea ab und betrat als Letzte das ehemalige Sommerschloss. Das Vestibül empfing sie mit der unnatürlichen Kühle einer Klimaanlage. Sie folgte den anderen Teilnehmern in einen Konferenzraum, dessen nüchterne Ausstattung einen seltsamen Kontrast zu der üppigen Stuckdecke bildete. Wasser, Softgetränke und Kaffee standen auf dem langen Tisch bereit, um den sich die Gruppe versammelte.

Pater Matuschek verkündete als Erstes, dass es keine Sitzordnung gab. »Seine Eminenz, Kardinalstaatssekretär Clemente Finzi-Contini, wird in Kürze zu uns stoßen, um Sie alle persönlich zu begrüßen. Ich schlage vor, dass wir uns erst einmal gegenseitig bekannt machen und sich jeder mit ein paar kurzen Worten vorstellt. Seine Eminenz hat Lukas von Stetten als Leiter dieser Kommission vorgeschlagen, und dieser hat freundlicherweise zugestimmt. Ich werde ihm als persönlicher Sekretär dienen, aber natürlich stehe ich auch für Sie jederzeit mit Rat und Tat bereit. Wenn Sie also Fragen haben oder irgendetwas benötigen, wenden Sie sich gerne an mich. Meine Visitenkarte werde ich im Anschluss an die Sitzung an Sie verteilen. Bitte, Herr von Stetten«, trat Pater Matuschek das Wort an Lukas ab.

Nachdem sich Lukas kurz vorgestellt hatte, übergab er an Rabea. Als Nächstes stellte sich ein dicklicher Juraprofessor vor, es folgten zwei Wirtschaftswissenschaftler, die vom Aussehen und Auftreten her kaum unterschiedlicher hätten sein können, der eine blass und vergeistigt, der andere solariumgebräunt und aufdringlich selbstbewusst, gefolgt von einem Psychiater mit leiser Stimme und nervösen Händen, und als Letztes eine forsche Soziologin, deren Haar so blauschwarz glänzte, dass es unmöglich ein Werk der Natur sein konnte. Rabea und Lukas waren die einzigen deutschen Mitglieder. Der Juraprofessor war Brite, die Wirtschaftswissenschaftler stammten aus Italien und den USA, der Psychiater war Ire und unter ihnen der einzige Geistliche, allerdings protestantisch, die Soziologin stammte wie Pater Matuschek aus Österreich.

Nach der Vorstellungsrunde, die Konferenzsprache war Englisch, verteilte der Kommissionssekretär rote Projektmappen, auf denen das vatikanische Siegel prangte. »Ich möchte Sie nun bitten, sich in diese Unterlagen einzulesen. Sie beinhalten im Detail die Aufgabenstellung und Ziele dieser Kommission.« Rabea als Schnellleserin hatte die gut zwanzig Seiten bald durch und genehmigte sich einen Kaffee, um den Ärger hinunterzuspülen, der sich beim Lesen eingestellt hatte. *Was sollte das? Wollten die sie verarschen?* Auch Lukas wirkte befremdet.

Die Soziologin war Rabeas Beispiel gefolgt und hatte sich ebenfalls einen Kaffee eingeschenkt. Sie saß Rabea gegenüber, deutete ein Gähnen an und raunte ihr viel zu laut zu: »Wozu brauchen die uns? Da hätten sie auch eine Unternehmensberatung fragen können …« Pater Matuschek sah irritiert zu ihr hinüber. In diesem Augenblick öffnete sich die Tür, und Seine Eminenz hielt Einzug. Er hatte zwar den einfachen schwarzen Priesteranzug mit dem Kardinalsrock getauscht, doch Rabea hatte den Mann sofort wiedererkannt. Vor einer knappen Stunde hatte sie ihn am Wasserfall gesehen, zusammen mit dem Mann, der sich als Mönch verkleidet hatte. *Der Zufall ist doch der beste Helfer des Journalisten!* Alle waren sofort aufgesprungen, bis auf Rabea und die Soziologin. Die Frau wurde ihr immer sympathischer.

Rabea spürte jetzt Lukas' Blick, eine einzige stumme Aufforderung. Sie zuckte mit den Schultern und erhob sich aufreizend langsam; die Soziologin rollte zwar mit den Augen, stand aber ebenfalls auf.

Der Kardinal bedankte sich für den warmen Empfang und bat alle mit einer Geste, die der Urbi-et-Orbi-Segensspendung glich, sich wieder zu setzen. »Meine Damen, meine Herren, ich darf Sie im Namen Seiner Heiligkeit, Papst Lorenzo, in unserer heiligen Stadt Rom begrüßen. Ich freue mich, dass Sie dem Ruf unserer Kirche gefolgt sind. Sie alle sind hier, weil Ihnen eine bedeutende Aufgabe übertragen wurde: das Vertrauen in die Integrität der Kirche wiederherzustellen. Ich …«

Er sprach noch eine ganze Weile weiter, doch Rabea schaltete bereits nach den ersten Sätzen ab, da der Kardinal im Grunde nur sich selbst und die Kirche lobte. Stattdessen konzentrierte sie sich darauf, den Mann zu beobachten, den sie für den Feind hielt. Er war genau so, wie sie ihn sich vorgestellt hatte. Aalglatt, mit einem falschen Lächeln. Gut, sie war vielleicht ein wenig voreingenommen, aber sie vertraute hier auf ihre Menschenkenntnis. Für sie stand fest, diese Kommission war eine Farce. Fragte sich nur, was der Kardinal mit ihr bezweckte. Warum hatte er sie einberufen?

Der Kardinal kam zum Schluss seiner Rede. »Ich darf mich nun von Ihnen verabschieden und überlasse Sie Ihrer wichtigen

Arbeit. Wir werden uns ab sofort jeden Freitagmorgen hier zu einem Jour fixe treffen. Wenden Sie sich in allen Belangen an Pater Matuschek. Selbstverständlich steht Ihnen auch mein Sekretär, Pater Enzo, jederzeit zur Verfügung.« Er deutete auf einen jüngeren, unscheinbaren Mann, der nach dem Kardinal den Konferenzraum betreten hatte und sich seither im Hintergrund hielt. »Auf eine gute und erfolgreiche Zusammenarbeit.«

Finzi-Contini schickte sich an, den Konferenzraum zu verlassen. Rabea sah zu Lukas. Er war der Kommissionsleiter. Sollte er den Kardinal nicht wegen der abgeänderten Projektbeschreibung zur Rede stellen? Der schüttelte kaum merklich den Kopf, seine Lippen formten deutlich das Wort *später*. Rabea hatte keine Lust zu warten. Sie würde sich diesen Kardinal gleich vorknöpfen. »Kardinal Finzi-Contini, entschuldigen Sie, aber wenn Sie noch kurz einen Moment Zeit hätten? Es geht um die Projektbeschreibung. Scheinbar liegt hier ein Missverständnis vor.«

»Ja, meine Liebe?« Der Kardinal sah fragend zu seinem Sekretär, der sofort bei ihm war und ihm etwas ins Ohr flüsterte. Rabea vermutete, ihren Namen, allerdings war sie sicher, dass das nur Theater war. Mit Sicherheit kannte der Kardinal ihn, wollte ihr aber damit das Gefühl vermitteln, er wäre zu beschäftigt gewesen, um sich ihren Namen zu merken. Dafür waren die Sekretäre da. Der Kardinal sah sie jetzt an, heuchelte freundliches Interesse. Rabea gönnte sich zwei lange Sekunden, in denen sie seinen Blick erwiderte. Der Kardinal beendete den stummen Austausch, bei dem sie offiziell ihre Plätze als Gegner eingenommen hatten. »Sie haben eine Frage an mich, Frau Rosenthal-Kennedy?«

»Ja, wie es aussieht, gibt es zwei Versionen zur Aufgabenstellung unserer Kommission. Diese hier lag der Einladung bei«, Rabea hatte aus ihrer Handtasche den Umschlag, der ihr in die Redaktion zugestellt worden war, hervorgezogen und schwenkte ihn, »und nun diese zweite hier.« Sie zeigte auf die rote Mappe mit dem Siegel. »Ich will ehrlich sein: Hätte ich die zweite Version zuerst gesehen, wäre ich Ihrer Einladung nach Rom nicht gefolgt.«

»Was mich persönlich sehr betrübt hätte. Bitte verraten Sie mir auch, was genau für Unterschiede Sie festgestellt haben wollen? Das, was Sie als Version eins bezeichnen, enthielt lediglich eine stichpunktartige Beschreibung der erforderlichen Aufgabenstellung. Die zweite Version ist wesentlich ausführlicher gestaltet und beinhaltet auch die Ziele, die wir, ich spreche von Kurie und Papst, anstreben, um Image und Bild unserer katholischen Kirche nach außen hin zu stärken.«

»Das meine ich, Eminenz. Version eins liest sich so, als sollten wir hier etwas zur Aufklärung der jüngsten Skandale beitragen. Jetzt lautet die Aufgabenstellung, Marketingstrategien für die Kirche zu entwerfen, um ihr Image aufzupolieren. Tut mir leid, aber das verwirrt mich.« Rabea hatte sich bei den letzten Worten wieder gesetzt. Die Tatsache, dass Lukas nicht versucht hatte, sie zu stoppen, zeigte Rabea, dass er einen ähnlichen Eindruck gewonnen haben musste.

Der Kardinal hatte ihr mit stoischem Gesichtsausdruck zugehört. Nun lächelte er gewinnend. »Ich verstehe natürlich, dass eine renommierte Journalistin wie Sie stets den Anspruch hat, investigative Recherchen zu betreiben. Darüber hinaus kann ich Ihre Bedenken nicht nachvollziehen. Die katholische Staatskirche ist die älteste Institution der Welt. Diese Kommission wurde gegründet, um sie auch für die Zukunft fit zu machen. Seine Heiligkeit, Papst Lorenzo, ist längst zum Symbol für den Aufbruch in die Moderne avanciert. Unsere Kirche soll nicht nur zukunftsfähig werden, sie soll es bleiben. Dafür braucht es einen Plan und neue Regeln. Darum sind Sie alle hier: diesen Plan und diese Regeln auszuarbeiten, um Papst Lorenzo bei seiner schwierigen Aufgabe zu unterstützen. Natürlich geht es dabei auch vorrangig darum, das Ansehen meiner Kirche, das durch einige bedauerliche Skandale gelitten hat, wiederherzustellen. Wir müssen unseren Gläubigen unsere Werte neu vermitteln, das, wofür wir stehen, unsere Kirchenethik. Das entstandene Missverständnis bedauere ich persönlich zutiefst«, sagte er abschließend und sah dabei nicht aus, als hätte er je irgendetwas bedauert. *Außer vielleicht, dass du nicht Papst geworden bist!*, durchzuckte Rabea der Gedanke.

Lukas riss die Situation an sich, er fand wohl, der Kardinal habe fürs Erste genug Bekanntschaft mit Rabea gemacht. »Haben Sie Dank für Ihre ausführliche Erklärung, Eminenz«, sagte er verbindlich. »Ich würde an dieser Stelle vorschlagen, dass wir die unterschiedlichen Interpretationen der Aufgabenstellung intern mit den anderen Mitgliedern der Kommission diskutieren.« Er sah in die Runde, alle nickten.

Bis auf den Kardinal. Pater Matuschek indes wirkte, als litte er an jähen Zahnschmerzen. Der Kardinal verabschiedete sich nun. Kaum hatte sich die Tür hinter ihm und seinem Sekretär geschlossen, fächelte sich Rabea Luft zu. »Puh, Teflon ist nichts gegen den Kardinal. Und sein moderner Wortschatz ist erstaunlich, *Jour fixe, fit machen, avancieren* ... Nicht schlecht.«

»Nun, das lief doch eigentlich ganz gut«, sagte Pater Matuschek, dessen Gesicht eine leichte Röte zierte. Offenbar war ihm gerade klar geworden, dass er zwischen Baum und Borke gelandet war.

»Machen Sie sich nichts draus, Pater Josef«, wechselte die Soziologin kurz ins Deutsche und übertrieb dabei ihren Kärntner Akzent, »wenn Welt und Kirche aufeinanderprallen, ist es noch selten ohne Schrammen abgegangen.« Sie lachte unanständig laut. »So, und jetzt brauche ich eine Zigarette. Noch jemand?« Der sonnengebräunte Wirtschaftswissenschaftler sprang sofort auf. Angesichts seines Eifers und vorangegangener visueller Abtastung überkam Rabea der Eindruck, dass hier durchaus Potenzial für ein amouröses Abenteuer bestand.

»Gut, kurze Pause«, verkündete Lukas reichlich spät, da die Hälfte der Kommissionsmitglieder längst dem Ausgang zustrebte. Rabea war ebenfalls auf den Beinen. »Komm, Lukas, folgen wir dem Beispiel der anderen. Frische Luft schadet nie, außerdem spüre ich hier drin noch den Hauch der Selbstbeweihräucherung Seiner Eminenz. Ich würde mir liebend gern dieses neckische Nymphäum anschauen. Die haben wirklich reizende Bauten im Vatikan.«

»So viel Zeit haben wir nicht.« Lukas klang unwillig.

»Wieso? Du bist doch hier der Boss, oder? Vielleicht sollten wir dir noch einen kleinen Hammer besorgen, mit dem du auf den Tisch klopfen kannst.«

»Sehr witzig.«

»Jetzt komm schon, wir haben immerhin eine Zigarettenlänge. Und die Chemie zwischen unseren beiden Nikotinsüchtigen reicht vermutlich noch für mehr.« Bevor Rabea Lukas aus dem Raum zog, schielte sie noch kurz zu Pater Matuschek hinüber. Interessanterweise hatte er sich nicht geregt, sondern schien in die Lektüre der roten Projektmappe vertieft. Neben ihm lag ein weiteres Dokument, bestehend aus mehreren losen Blättern. Sie konnte beobachten, wie Zeigefinger und Blicke zwischen den beiden Unterlagen hin und her wanderten. Rabea machte Lukas durch eine Geste auf seinen eifrigen Sekretär aufmerksam und nickte beifällig. Sie verließen den Konferenzraum, ohne dass Pater Matuschek aufgemerkt hätte. Eigentlich wollte Rabea kurz mit Lukas allein sprechen. Aber kaum, dass sie durch den Ausgang getreten und ihre Augen dem gleißenden Sonnenlicht angepasst hatten, das der weiße Platz und die umgebenden Gebäude zusätzlich reflektierten, sahen sie die Soziologin, den gebräunten Wirtschaftswissenschaftler wie ein Hündchen im Schlepptau, auf sich zukommen.

»Interessante Truppe, die unser Kardinal da zusammengewürfelt hat, finden Sie nicht?« Die Frau zog an ihrer Zigarette und schnippte ihre Asche auf den makellosen Platz.

Rabea verzog das Gesicht und subtrahierte insgeheim wieder einige Sympathiepunkte. »Ich finde besonders seine beweglichen Ausführungen interessant. Er hat nicht einmal ansatzweise versucht zu verschleiern, dass er uns an der Nase herumgeführt hat«, erwiderte sie.

»Ach, so würde ich es nicht nennen. Täuschung liegt diesen Leuten im Blut. Sie glauben grundsätzlich alles selbst, was sie so verzapfen, und merken gar nicht, wenn sie sich selbst widersprechen. Stoisch in ihren Traditionen, wendig im Geiste. Christliche Fähnchen im Wind.« Die Frau sah sich Hilfe suchend um, wo sie ihre Zigarettenkippe loswerden konnte, entdeckte einen Blumentopf und stopfte sie hinein.

Rabea verkniff sich ein Grinsen. »Ich stelle fest, Sie halten mit Ihrer Meinung nicht hinter dem Berg. Wie zum Teufel sind Sie in diese nicht untersuchende Untersuchungskommission geraten?«

»Sie sagen es, meine Liebe. Scheinbar hat mich der Teufel eingeladen. Was ist mit Ihnen? Sie machen auch nicht gerade einen kirchenphilen Eindruck.« Sie fischte in ihrer Hosentasche, holte ein zerknautschtes Päckchen hervor und zündete sich eine weitere Zigarette an. Ihr Begleiter zückte beflissen das Feuerzeug. Sie machte sich nicht die Mühe, sich zu bedanken, sondern nahm einen tiefen Zug und blies einen eleganten Rauchkringel in die Luft.

»Offenbar denken die hier mathematisch. Zweimal negativ ergibt positiv. Was ist mit Ihnen, Dr. Murray? Was sagen Sie zu unserer Kommission?«, wandte sich Rabea an den Sonnengebräunten.

Der zuckte mit den Achseln. »Ich habe mir noch kein Bild gemacht, muss ich auch nicht. Als Wirtschaftswissenschaftler interessieren mich in erster Linie Zahlen und Statistiken. Ich denke rational und bin es gewohnt, Spekulationen auszuklammern. Da es sich jedoch abzeichnet, dass ich vermutlich keine Bilanzen prüfen soll, werde ich ganz einfach Rom genießen.« Dabei sah er die Soziologin an. Die beachtete ihn jedoch nicht, sondern konzentrierte sich auf Lukas. »Was meint denn unser

Kommissionsleiter zu dem Ganzen?« Sie schenkte ihm ein gewinnendes Lächeln.

Rabea verspürte einen kleinen Stich von Eifersucht. Es war nicht zu übersehen, dass die Frau Gefallen an Lukas' blauen Augen gefunden hatte und ihn eher als ihre Kragenweite einstufte als ihren Raucherfreund. *Viel Vergnügen, meine Liebe, aber hier wirst du dir die Zähne ausbeißen.*

»Ich muss mir zunächst einen genaueren Überblick verschaffen«, antwortete Lukas ausweichend. Er hatte Pater Matuschek entdeckt, der den Kopf aus der Tür steckte. »Am besten, wir gehen wieder hinein und besprechen das gemeinsam.«

Lukas setzte sich in Richtung Eingang in Bewegung und winkte den anderen zu, die sich, um den Brunnen gruppiert, unterhielten. Als alle wieder am Konferenztisch saßen, ergriff Lukas das Wort. Er drückte es zwar nicht so drastisch aus wie Rabea, doch auch er erklärte, dass ihn die Projektbeschreibung und die Ausführungen des Kardinals irritiert hätten. Daraufhin entspann sich eine relativ lahme Debatte, einzig der Jurist fand einige harsche Worte, aber Streitlust gehörte ja zu seinem Beruf, vermutlich folgte er einem natürlichen Reflex. Die Soziologin gab sich mehrheitlich amüsiert und glänzte mit einigen sarkastischen Bemerkungen, der Sonnengebräunte sah desinteressiert aus und schien nur auf die nächste Zigarettenpause zu warten, der zweite italienische Wirtschaftswissenschaftler sagte gar nichts, sondern kritzelte nur ständig irgendwelche Zahlenkolonnen in seinen Block, der Psychiater wollte sich auf gar nichts festlegen, ließ aber durchblicken, dass er sich schon immer auch für Marketing und deren psychologische Auswirkungen auf den Menschen interessiert hätte, und Pater Matuschek wirkte nach wie vor unglücklich und schwieg zu allem.

Die Soziologin hat recht, wir sind wirklich ein kurioser Verein, stellte Rabea bei einem Blick in die Runde fest. Mittlerweile waren ihr die Aufgaben der Kommission herzlich egal. Sie interessierten allein die Hintergründe, warum sie überhaupt einberufen worden war. Was bezweckte der Kardinal damit? Warum hatte er gerade diese sieben Personen ausgewählt? Unauffällig hatte sie ihr Smartphone gezückt und nacheinander die Namen gegoogelt. Sie hatte dabei festgestellt, dass ihre fünf Mitstreiter alle einen glänzenden Ruf auf ihrem speziellen Gebiet genossen. Das bestätigte die Vermutung, dass sie Seiner Eminenz lediglich als Aushängeschild dienen sollten. *Seht, wir haben die besten Leute hierfür engagiert!*

Der guten Ordnung halber gab sie auch den Namen von Pater Matuschek ein, landete aber keinen Treffer. Sie sah jetzt, dass er sie beobachtete. Der Jurist beendete stehend sein Plädoyer, von dem Rabea nur den Satz »Der Kardinal ist uns eine Erklärung schuldig« behalten hatte. Dann setzte er sich und fragte Pater Matuschek: »Wann gibt es eigentlich Mittagessen? Wie sagt der Italiener? *Pranzo?*«

Pater Matuschek war eifrig aufgesprungen. »Jessas«, rief er, »es ist ja schon nach zwölf. Wenn Sie möchten, führe ich Sie gleich ins Casino des Vatikans. Der Heilige Vater speist stets dort, sofern es ihm seine vielfältigen Pflichten erlauben. Vielleicht haben wir Glück und können einen Blick auf ihn erhaschen.« Er wirkte, als ob er froh wäre, endlich etwas Positives zum Tag beitragen zu können. Vielleicht hoffte er auch, dass seine Schutzbefohlenen mit vollem Magen leichter zu handhaben wären. Rabea mochte ihn, trotz des Umstands, dass er diese mehr als dubiose Kommission moderierte und zu Lukas' Sekretär bestellt worden war. Allein das machte ihn schon verdächtig, so wie die Dinge derzeit lagen. Doch sie fand in seinen Augen keinerlei Verschlagenheit, keinen Hinweis, dass er sich verstellte. So unwahrscheinlich dies anmutete, aber dieser Pater schien eine ehrliche Haut zu sein, ein Fisch, der sich in das falsche Becken verirrt hatte.

Die ganze Gesellschaft machte sich auf, und erneut bekam Rabea keine Gelegenheit, mit Lukas ein paar Worte unter vier Augen zu sprechen. Es war wie verhext. Die Soziologin und

Pater Matuschek nahmen sie in die Mitte und belegten sie die ganze Pause über mit Beschlag. Am Nachmittag folgte eine weitere fruchtlose Debatte, was denn nun ihre eigentliche Aufgabe wäre. Pater Matuschek, dem nicht entgangen war, dass niemand so richtig Elan zeigte, die vom Kardinal gestellte Aufgabe in Angriff zu nehmen, wirkte geradezu erleichtert über den Vorschlag, eine weitere Pause einzulegen.

Die Gruppe zerstreute sich schnell in Raucher und Nichtraucher, und Rabea konnte endlich einige ungestörte Worte mit Lukas wechseln. Sie hakte ihren Freund unter, zog ihn mit sich auf einen gekiesten schmalen Weg und achtete darauf, dass niemand ihnen folgte oder in Hörweite war. Dann erst sagte sie: »Wenn du mich fragst, ist hier was faul.«

Lukas seufzte. »Warum habe ich genau diesen Satz erwartet?«

»Weil du das Gleiche denkst. Hör zu, heute Morgen ist mir zufällig unser Kardinal über den Weg gelaufen. Rate mal, mit wem er sich getroffen hat.«

»Mit dem Papst?«

»Spaßvogel. Nein, mit der Bischofselster Titus.«

»Titus von Elsterich? Er ist hier?«

»Eher schon wieder. Jedenfalls hat Finzi-Contini den Bischof abgekanzelt wie einen kleinen Schuljungen.«

»Wie kommst du darauf? Hast du sie etwa belauscht?« Lukas hatte unwillkürlich die Stimme zu einem Flüstern herabgesenkt. Rabea registrierte mit Genugtuung, dass er weniger missbilligend als vielmehr neugierig klang.

»Hätte ich gerne«, gab Rabea freimütig zu, »aber die beiden unterhielten sich an einem kleinen See mit Rauschebrunnen, gekrönt von einem Geier. Sehr symbolisch.«

»Der Geier ist ein Adler, ihr wart also am Adlerbrunnen. Wenn du nichts gehört hast, wie kommst du dann darauf, die beiden hätten sich gestritten?«

»Körpersprache und Gestik. Die haben irgendeine geheime Sauerei am Köcheln, und der Bischof hat dabei Mist gebaut.«

»Streiten und Konspirieren ist nicht dasselbe, Rabea. Natürlich hat der Bischof, wie du es ausdrückst, Mist gebaut. Vielleicht hat ihm der Kardinal einfach nur die Leviten gelesen.«

»Ach, und dazu schleichen die beiden sich in eine Ecke der Vatikanischen Gärten, der Bischof getarnt als Bettelmönch mit Kapuze, um ja unerkannt zu bleiben? Wenn es um die Bischofsresidenz gegangen wäre, hätte Finzi-Contini von Elsterich doch einfach in sein Büro bestellen können. Anbrüllen mit offiziellem Anstrich wäre doch überhaupt kein Problem.«

»So vorsichtig können sie auch nicht gewesen sein, wenn sie dich übersehen haben.«

»Ich kann noch besser schleichen als die.«

»Ja, das glaube ich sofort. Aber solange wir nicht wissen, was die zwei zu besprechen hatten, bleiben wir im Bereich der Spekulation.«

»Danke für das Wir, Lukas. Trotzdem glaube ich, dass es zwischen den beiden eine Verbindung geben muss. Dieser Titus von Elsterich ist Kuratoriumsmitglied von *Kind und Brot*, stimmt doch, oder?«

»Korrekt. Inzwischen ist bekannt geworden, dass die Stiftung in den Fokus der Untersuchungen geraten ist. Vermutlich hat der Bischof von dort ebenfalls Gelder für seinen Prunkbau abgezweigt. Warum fragst du?«

»Weil mir eingefallen ist, schon früher einmal etwas in einem anderen Zusammenhang über die Stiftung gelesen zu haben. Ich glaube, darin wurde auch unser Kardinal erwähnt sowie eure familieneigene Stiftung.« Rabea hatte beiläufig geklungen. Tatsächlich war es ein erneuter Testballon. Ihr Instinkt hatte gestern schon in der Küche aufgeschrien, dass Lukas mehr wusste, als er bereit war zuzugeben. Spontan beschloss sie, ihre Taktik zu ändern und nicht direkt nachzufragen, sondern sich langsam an die rätselhafte *Kind und Brot/vST*-Botschaft heranzutasten.

Offenbar hatte sie damit einen weiteren Volltreffer gelandet.

Lukas wirkte mit einem Mal angespannt. *Er wusste etwas!* »Was hast du?«, setzte sie sofort nach.

Doch Lukas hatte sie genauso durchschaut. »Verdammt, Rabea, was führst du im Schilde?«, entfuhr es ihm nicht gerade leise.

Pater Matuschek, der inzwischen auf zwanzig Schritte herangeschlendert und in ein Gespräch mit dem Juristen und dem Psychiater verwickelt war, wurde auf sie aufmerksam. Er blinzelte zu ihnen herüber. Rabea winkte dem Pater freundlich zu, nahm Lukas am Arm und zog ihn auf dem Kiesweg weiter. Er gabelte sich kurz darauf und führte rechts in den Schatten mehrerer Pinien, unter denen eine Bank stand. Sie waren nun außer Sichtweite der anderen. Trotzdem vergewisserte sich Rabea, dass ihnen niemand gefolgt war. Sie drückte Lukas auf die Bank und setzte sich neben ihn.

»Gut, Karten auf den Tisch«, sagte sie leise. »Ich war vorgestern in Laimburg und habe mich mit Bischof von Elsterich getroffen, und zwar auf seinen ausdrücklichen Wunsch hin.«

»Der Bischof hat dir ein Interview gegeben?« Lukas' Miene schwankte zwischen Misstrauen und Fassungslosigkeit.

»Ja, er hat sich direkt an die Redaktion der BBCo. gewandt. Er wollte unbedingt seine eigene Version der Geschichte loswerden.«

»Was hat er dir erzählt?«

»Nicht viel, wir wurden gleich zu Anfang gestört. Der Bischof bekam Panik und hat die Beine in die Hand genommen. Warte …« Sie holte ihren Tablet-PC hervor, entsicherte ihn mit ihrem Passwort, rief eine Datei auf und reichte ihn an Lukas weiter. »Lies mein Protokoll. Am Ende findest du noch ein Foto mit einer Notiz des Bischofs.«

»Was ist das?«

»Lies es einfach.«

*»Merde«*, entfuhr Lukas am Ende Jules' Lieblingsfluch. Er starrte auf die JPG-Datei mit der Abbildung *Kind und Brot/vST.*

Rabea tippte mit dem Finger darauf. »Diese Notiz hat mir der Bischof hinterlassen, kurz bevor er verschwand. Warum hat er das aufgeschrieben? Was ist daran so wichtig? Was hat vST mit seiner Stiftung zu tun?«, schob Rabea nach.

»Wie viel weißt du?«

»Ich habe zuerst gefragt.«

»Nein, so geht das Spiel nicht, Rabea. Du willst etwas von mir. Ich frage dich. Du hast recherchiert, was hast du herausgefunden?«

»Also gut. Es ist nicht viel. *Kind und Brot* hält sich sehr bedeckt. Ich konnte nur die offiziell zugänglichen Daten einsehen, wie zum Beispiel, dass die Stiftung vor knapp zwei Jahren durch die Kongregation der Evangelisierung der Völker gegründet wurde, fast zeitgleich mit der vST-Stiftung deines Vaters. Außerdem habe ich eine alte Aufnahme aufgetrieben. Sie zeigt unseren verehrten Kardinal F-C mit Bischof von Elsterich in trautem Gespräch – aus einer Zeit, als die beiden weder Kardinal noch Bischof waren. Die müssen sich schon länger kennen. Du hast die Gesprächsaufzeichnung gelesen. Ich vermute stark, dass es Finzi-Continis Name war, den mir von Elsterich in der Sakristei nennen wollte. Sein Ruf, sein Geschäftssinn, sein Einfluss und vor allem die Bekanntschaft mit von Elsterich sprechen dafür. Und, besonders interessant und aufschlussreich: F-C fungierte bis vor zwei Jahren selbst als Leiter der Kongregation der Evangelisierung der Völker, die der Stiftung *Kind und Brot* vorsteht. Es ist davon auszugehen, dass er die Gründung selbst angeregt hat – er unterhält ausgezeichnete Beziehungen zur Kongregation, sein Nachfolger gilt als enger Vertrauter. Aber wo ist die Verbindung zu vST? Warum diese Notiz? Mehr habe ich nicht. Du bist dran.«

Nun war es an Lukas, sich mit einem Rundblick zu vergewissern, dass sie nicht belauscht wurden. Leise sagte er: »Mein Vater hält sich derzeit in Venezuela auf und weiht unser neuestes Kinderdorf ein. Waisenhaus, Schule mit Internat, Wohngebäude für die Lehrkräfte, Einrichtungen für landwirtschaftliche Projekte; ein Vorzeigeprojekt. Gestern war großer Bahnhof vor Ort, mit Politprominenz und Presse. Ursprünglich hatte unsere vST-Stiftung das Land dort nur gepachtet. Aber vor einigen Monaten kam der Verpächter auf Vater zu und hat angeboten, das Land an unsere Stiftung zu verkaufen.«

»Wer war dieser Verpächter?«

»Die katholische Kirche, oder vielmehr, die Stiftung *Kind und Brot.*«

»Und, habt ihr gekauft?«

»Natürlich, denn im Grunde handelte es sich um eine Schenkung. Die haben uns das Land für einen einzigen symbolischen Bolívar überlassen. Das Foto …« Lukas stockte. Rabea verstand, dass er abwog, wie viel er ihr erzählen konnte. Doch sie hatte längst richtig kombiniert. »Das Foto deines Vaters wurde da geschossen? Als er den Bolívar bezahlt hat? Dann könnte es also von Anfang an eine gezielte Falle gewesen sein? Wer ist der zweite Mann auf dem Bild?«

»Einer der meistgesuchten Terroristen der Welt. Die Information stammt direkt von James Fonton.«

»Verdammte Kacke.«

»Du sagst es. Der erste Geier ist ja schon dran, wie wir gestern erfahren haben.«

»Fragt sich bloß, auf welcher Seite dieser Geier steht.«

»Wie meinst du das?«

»Ich glaube nicht, dass es im Sinne der Kirche wäre, wenn bekannt würde, dass sie einen Top-Terroristen mit ihren Geschäften betraut hat.«

»Warte! Du glaubst, dass beide Parteien hereingelegt werden sollten? Die Kirche und mein Vater?«

»Ja, dein Vater und damit auch du. Deine Familie sollte getroffen werden. Zwei Fliegen mit einer Klatsche! Und wohin führt uns das wieder? Zu unserem holländischen Mörderweib!«

Lukas sah Rabea einigermaßen verblüfft an. Damit hatte

seine Freundin seine brennendste Frage beantwortet: Warum Carlotta van Kampen das Foto in ihrem Schließfach aufbewahrt hatte. Also steckte sie hinter der Falle! Aber sie war tot. Wer war dann der Erpresser?

»Warum guckst du so bedröppelt, Lukas? Ist doch nicht abwegig, oder? Was sagt denn dein Vater zu dem Ganzen?«

»Er hat es ziemlich cool hingenommen. Er sagte, wenn die Amis wegen eines dämlichen Fotos keine Geschäfte mehr mit ihm machen wollen, soll es ihm recht sein. Wortwörtlich meinte er, *er hätte sowieso genug davon, sich bei seinen Geschäften von den Amerikanern gängeln zu lassen und eine Million Auflagen erfüllen zu müssen.* Außerdem meinte er, er habe sich seinen Ruf in Jahrzehnten erarbeitet. *Soll dieser Erpresser das Bild doch veröffentlichen – wer glauben möchte, dass er Geschäfte mit Terroristen mache, wäre sowieso nicht ernst zu nehmen. Ihm wäre das noch nicht einmal eine Klage wegen Rufmord wert. Und erpressen ließe er sich deswegen schon zweimal nicht.*«

»Alle Achtung, das ist wirklich cool. Hätte ich deinem alten Herrn gar nicht zugetraut. Ein Hauch von Altersweisheit?«

»Oder Altersstarrheit. Er hat *mir* die Entscheidung überlassen, entgegen dem Rat von Karl Benrath.«

»Was hat denn Benrath geraten?«

»Streng nach Protokoll vorzugehen. Mit unseren Hawk-Eye-Verträgen haben wir uns gegenüber den Amerikanern verpflichtet, jede Bedrohung oder Erpressung anzuzeigen. Wir hätten sofort gestern, nach Eingang des USB-Sticks, unseren amerikanischen Kontaktmann im Pentagon darüber in Kenntnis setzen müssen. Vater hat das strikt abgelehnt. Er wollte sein Haus nicht voller *verdammter Militärs, Geheimdienstler und weiterem Gedöns haben.*«

Rabea ließ es sich nicht anmerken, aber soeben hatte sie eine Bestätigung für ihren Verdacht erhalten. Lukas selbst war es noch nicht aufgefallen, aber genau *das* hätte längst passieren sollen – wenn Ryan Meldung gemacht hätte – wie es seine

Pflicht wäre! Das hatte er aber nicht. Das bedeutete, Ryan hatte sie angelogen, was seinen offiziellen Auftrag betraf. Es gab keinen. Der drehte sein eigenes Ding! Dafür konnte es nur einen Grund geben. Na warte, dachte Rabea, der kann sich auf etwas gefasst machen …

»Ich kann deinen Vater verstehen«, kehrte sie ins Gespräch zurück. »Und? Wie hast du dich entschieden?«

»Ich bin Vaters Meinung: Wir lassen den Erpresser ins Leere laufen. Sollte das Foto an die Presse gelangen, können wir immer noch die Kirchenstiftung ins Boot holen, schließlich hat sie die Schenkung initiiert. Wie du vorhin sagtest, die Verbindung zu diesem Mann kann auch die Kirche nicht gutheißen. Wir könnten eine gemeinsame Erklärung verfassen, dass er sich unter falschem Namen als Geschäftsmann ausgegeben, vST jedoch kein direktes Geschäft mit ihm getätigt hat. Letztendlich wurde nur ein Bolívar übergeben.«

Rabea dachte nach. »Sag, Lukas, hast du dich schon mal nach dem Grund gefragt, warum der Kardinal ausgerechnet dich zum Leiter der Kommission gemacht hat?«, wagte sie sich auf sensibles Terrain.

»Ungefähr tausendmal.« Lukas lächelte gequält. »Und ja, die vST-Stiftung hat durch die Schenkung profitiert. Die Presse könnte es durchaus als Interessenkonflikt darstellen.« Ihr Freund fuhr sich durch die Haare, ein Zeichen, dass er sich nicht wohl in seiner Haut fühlte. »Meiner Meinung nach sieht mein Vater das Foto viel zu locker. Ich habe versucht, es ihm klarzumachen, auch Karl Benrath, aber er hat es abgetan und gemeint, *er hole den Feuerlöscher erst raus, wenn es brenne*. Aber das da unten ist Lateinamerika – für die Medien das Synonym von Korruption. Es reicht schon, wenn *Kind und Brot* in Verruf gerät, um vST da mit reinzuziehen.«

»Ach, und ich dachte immer, der pessimistische Part wäre meiner«, sagte Rabea leichthin, obwohl sie sich freute, dass Lukas denselben Gedanken verfolgte wie sie.

»Ich bin nur realistisch. Titus von Elsterich ist Kuratoriumsmitglied der Stiftung. Es müsste schon mit dem Teufel zugehen, wenn er sich tatsächlich nicht daraus bedient hätte. Ich habe auf jeden Fall Karl Benrath darauf angesetzt, alle unsere Geschäftsbeziehungen zu durchleuchten.«

»Bist du sicher, dass du die Leitung der Stiftung nicht doch übernehmen willst? Du bist ganz schön engagiert dabei, finde ich.«

Lukas, der eben noch eine Hummel in einer Blüte beobachtet hatte, zuckte zusammen. Er starrte Rabea sekundenlang an, als wäre ihm eben ein Licht aufgegangen.

»Ich fasse es nicht, dieser alte Fuchs!«, entfuhr es ihm. »Tut so, als ginge ihn das alles nichts an, poltert ein wenig herum, verharmlost und lädt ganz nebenher die Verantwortung auf mich ab. Und ich Naivling falle darauf herein.«

»Willkommen in der Welt des strategischen Denkens und der Manipulation, Lukas. Man leitet kein globales Unternehmen ohne ein paar psychologische Taschenspielertricks.«

»So oder so muss ich eine Lösung finden und es zu Ende bringen. Schließlich wird meine Familie bedroht! Ich will endlich aus diesem Teufelskreis raus, in den uns Carlotta van Kampen katapultiert hat.«

Rabea hielt es für möglich, dass die Aufnahme von Lukas' Vater ein weiterer Querverweis war, dass die vST-Stiftung das Bindeglied war, die den Vatikan, die van Kampen und die *Sieben* miteinander verband. Carlotta van Kampen war tot, doch sie hatte auf der SD-Karte selbst von einem Platzhalter gesprochen. Die Frage lautete daher: Welcher Partei drohte die meiste Gefahr durch den Inhalt des Schließfachs? »Zwei Theorien, Lukas. Die erste: Wenn Carlotta die Falle mit dem Foto gestellt hat, dann wandelt ihr Erpresser in ihren Fußstapfen.«

»Du meinst, dieser Alpha führt ihren Feldzug gegen die Kirche fort? Deshalb will er die Unterlagen aus dem Schließfach?«

»Ja. Der Typ würde doch absolut zu Carlotta passen. Allein der Name. *Alpha!* Der hat womöglich den gleichen Sprung in der Schüssel wie damals dieser Vollstrecker.«

Lukas verzog das Gesicht, von jähem Schmerz gezeichnet.

Rabea biss sich auf die Lippe. »Verzeih, Lukas. Ich hätte ihn nicht erwähnen sollen.« Sie nahm seine Hand. Beide gedachten Pater Simone, den diese mörderische Bestie auf dem Gewissen hatte. Vorsichtig setzte Rabea wieder an. »Oder, die zweite Theorie …« Sie sah Lukas auffordernd an, wollte, dass es ihr Freund selbst formulierte.

Der schüttelte unwillig den Kopf. »Du verdächtigst Kardinal Finzi-Contini, ebenfalls ein Motiv zu haben?«

»Ich weiß, dass du das nicht hören willst, aber bis heute wissen wir nicht, wer damals in die Wohnung eingebrochen ist und das Jesus-Evangelium gestohlen hat. Was ist, wenn es der Kardinal war und jetzt nach van Kampens Tod zu neuen Aktivitäten erwacht, da er weitere Kirchendokumente in Carlottas Nachlass wähnt? Seit ihrem Tod muss er sich fragen, was deren Tochter entdeckt haben könnte und ob du darüber Bescheid weißt. Womöglich ist das sein Motiv, dich nach Rom zu holen und dir die Leitung der Kommission anzutragen. Er spekuliert darauf, dass du dich in der einen oder anderen Weise verrätst.«

Lukas kratzte sich nachdenklich das Kinn. »Ich kann nicht sagen, welche Variante mir weniger schmeckt. Ein Verrückter, wie meine Schwiegermutter, oder ein Mann der Kirche. Aber nach allem, was wir bisher erlebt haben, wundert mich gar nichts mehr.« Lukas seufzte, dann hob er den Kopf und sah Rabea durchdringend an. »Dann ist die Theorie, dass die ominösen *Sieben* dahinterstecken, aus dem Rennen?«

»Ich denke schon. Dieser Wirtschaftsmafia stehen ganz andere Möglichkeiten zur Verfügung. Sie hätten zu weit drastischeren Mitteln gegriffen. Im Irak sind sie nicht davor zurückgeschreckt, einen ganzen Konvoi in die Luft zu jagen, um Ryans Bruder Patrick wegen meiner Akte zum Schweigen zu bringen.

Sie werden kaum einen ›Alpha‹ vorschicken, der ein paar Drohungen ausstößt.«

»Ich weiß nicht, ob mich das jetzt beruhigt«, sagte Lukas sarkastisch.

»Nein, aber …«

»Ach, hier haben Sie sich also versteckt! Wir planen gerade, was wir heute Abend unternehmen sollen.«

Rabea hatte Mühe, sich ihren Unmut über die Unterbrechung nicht anmerken zu lassen. Gegen die Sonne anblinzelnd, erkannte sie vor sich die Soziologin, die obligatorische Kippe zwischen den Fingern. In ihrem Gefolge waren der Sonnengebräunte und der zweite Wirtschaftswissenschaftler. Rabea fing erstmalig einen direkten Blick des älteren Italieners auf. Er hatte sich bisher fast schon auffällig unauffällig verhalten. Die übrigen Kommissionsmitglieder waren nirgendwo in Sicht.

Dafür eilte Pater Matuschek nun mit schnellen Schritten herbei. Lukas stand auf, und Rabea stopfte noch schnell ihren Tablet-PC in ihre Tasche. Sie verspürte keine Lust, den Abend mit der dauerqualmenden Frau und ihrem Anhang zu verbringen, und war überzeugt, dass Lukas ihre Haltung teilte.

Pater Matuschek erkundigte sich nun, ob sie noch irgendwelche Fragen an ihn hätten, aber die einzige, die an ihn gerichtet wurde, war, wo man in Rom gut zu Abend essen könne. Daraufhin gestand er ein, dass er selbst erst seit Kurzem in Rom weilte, sich aber bis morgen diesbezüglich umhören würde. Er wünschte allen einen schönen Abend und verabschiedete sich damit, dass er sich freue, sie morgen um 09:00 Uhr alle wiederzusehen. Rabea blickte ihm hinterher. So richtig zu freuen schien sich der Pater nicht.

»Also, was machen wir Hübschen heute Abend?«, knüpfte die Soziologin an ihre Frage an. Sie sah dabei Rabea direkt an, und diese sah sich genötigt zu antworten: »Bedauere, aber ich muss passen. Ich bin heute Abend schon mit meinem Freund verabredet.«

Die Frau musterte erst sie und dann Lukas auf eine Weise, die Rabea nicht gefallen konnte – es war eindeutig, in welche Richtung ihre Mutmaßung ging.

Lukas fand nicht, dass er irgendetwas richtigstellen müsste. »In der Nähe der Fontana di Trevi gibt es eine Trattoria da Gino. Die kann ich Ihnen sehr empfehlen«, sagte er höflich.

Rabea erinnerte sich daran, dass die Trattoria früher das Lieblingsrestaurant Pater Simones gewesen war, und verspürte einen neuerlichen Hauch von Wehmut. Sie hatte Lukas' Freund gerngehabt. Sie konnte so herrlich mit ihm streiten.

»Wenn Sie uns nun entschuldigen würden, wir haben noch einen Termin. Bis morgen und einen schönen Abend.« Lukas nickte allen zu und entfernte sich gemeinsam mit Rabea.

»Ich muss sagen, deine neue Autorität gefällt mir. Es hat was von: *Gib einem Mann eine Uniform oder Funktion, und du erkennst seinen wahren Charakter.*«

Lukas gab einen prustenden Laut von sich. »Vielen Dank auch. Außer dir kenne ich niemanden, der ein Kompliment gleichzeitig in eine Rüge verpacken kann.«

»Gern geschehen.« Rabea hantierte mit ihrem Smartphone. »Ich rufe Ryan an, dass wir schon fertig sind. Er kann uns helfen.«

»Bei was?«

»Finzi-Contini, Titus von Elsterich? Die Vatikan-Connection?«

»Das weiß ich selbst, aber warum willst du ihn da mit reinziehen?«

»Weil Schnüffeln sein Beruf ist. Wir müssen richtig tief graben, und eine weitere Schaufel kann uns nur von Nutzen sein.«

# Kapitel 36

Ryan erwartete sie in Freizeitkleidung an der offenen Wohnungstür. Er zog Rabea in seine Arme, begrüßte sie mit »Hi, du!« und küsste sie ausgiebig. Der Amerikaner machte keinen Hehl aus seiner Verliebtheit.

Lukas gestand sich widerwillig ein, dass er Ryan sympathisch fand. Zunächst konnte er das darauf folgende Gefühl nicht einordnen, bis er merkte, dass er sich darüber freute. Er empfand es als weiteren Schritt, sich von der Liebe zu Rabea abzunabeln. Sie hatte ein eigenes Glück verdient.

Noch immer stand er mit einer gewissen Fassungslosigkeit seiner Reaktion auf sie in London gegenüber. Er war in jenem schwachen Moment bereit gewesen, alles für Rabea zu opfern, sogar seine Familie. Niemals hätte er gedacht, dass er so viel Egoismus in sich trug – bis ihn seine Gefühle für Rabea eines Besseren belehrt hatten. Ein Teil von ihm schämte sich noch immer dafür. Ja, er hatte einen Grund, Ryan zu mögen.

»Ich schlage vor, wir bestellen uns eine Pizza und halten Kriegsrat«, sagte Rabea, nachdem Ryan ihren Mund wieder freigegeben hatte.

»Ja, Frau Oberfeldwebel.« Ryan salutierte.

Rabea ignorierte sein Feixen. Sie fühlte sich nicht ganz wohl in ihrer Haut. Das lag weniger an Ryans Kuss, auch wenn es für sie noch ungewohnt war, vor Lukas einen anderen Mann zu küssen. Es war die ihr bevorstehende Diskussion, die ihr Unbehagen bereitete. Gestern hatte sie den richtigen Zeitpunkt verpasst, Ryan ihren Wissensvorsprung, den sie durch die Daten auf Magalis Handy hatte, offenzulegen. Woher sie die Daten hatte, konnte sie nicht preisgeben, Lukas wäre sicher nicht erbaut davon, dass sie das Handy seiner Frau ausspionierte – auch wenn sie nicht selbst initiativ dafür verantwortlich war, sondern Yussuf. Stattdessen würde sie eine geheime Quelle vorschieben. Sie musste also beide Männer täuschen, und ihr war klar, dass es vermutlich schwierig werden würde, bei Ryan damit durchzukommen. Er würde darauf drängen, ihre Quelle zu verraten. Und ihr das gestrige Schweigen vorwerfen. Zuvor gönnte sie sich noch einen kleinen Aufschub. »Jungs, gebt mir eine Minute, damit ich mich frisch machen kann. Es klebt zu viel Vatikan an mir. Ihr beide bleibt solange friedlich, ja?« Sie sah durchdringend von einem zum anderen. Ryan und Lukas tauschten einen Blick, als ob sie sich nicht im Geringsten vorstellen konnten, wovon sie redete. »Am besten, Lukas, du …«

»Ja, ja, du hättest dann gerne einen Espresso«, fiel er ihr ins Wort. »Kein Wunder, dass du bei deinem Kaffeekonsum ständig unter Hochspannung stehst.«

Die Bemerkung brachte ihm ein grünes Funkeln ein. »Ich wollte eigentlich sagen, bau schon einmal deinen Laptop auf.« Sie verschwand im Schlafzimmer. Wenige Minuten später war sie wieder da, in Shorts, Top und Flipflops, das schulterlange Haar hochgebunden.

*»Damn!«*, entfuhr es Ryan typisch amerikanisch. »Ich kenne keine Frau, die so fix im Bad ist wie du!«

Rabea quittierte dies mit einer kleinen Grimasse, stellte ihren mitgebrachten Laptop auf dem Tisch ab und nahm ihren Espresso mit einem Dankeschön von Lukas entgegen. Dabei entging ihr nicht, dass von ihm eine unterschwellige Nervosität ausging. *Warum?*, fragte sie sich. Sie stellte ihre leere Tasse in die Spüle und wollte sich an ihren Laptop setzen. Doch bevor sie selbst den Korbstuhl heranziehen und Platz nehmen konnte, waren sowohl Lukas als auch Ryan an ihrer Seite. Lukas trat einen Schritt zurück. Eine beinahe symbolische Geste. Ryan rückte Rabea den Stuhl mit einem Lächeln zurecht. Ob er sie in zehn Minuten noch genauso anlächeln würde, wagte Rabea zu bezweifeln. Sie öffnete ihren Laptop. Lukas setzte sich ihr gegenüber und zog unter seinem eigenen Computer einen Schnellhefter hervor. Ryans Laptop hingegen parkte noch geschlossen auf der Küchentheke.

Es folgten mehrere Sekunden der Stille, die allein durch das Surren von Rabeas Laptop und das Brummen des Kühlschranks beeinträchtigt wurde.

»Ich muss euch etwas sagen«, hoben plötzlich Rabea und Lukas gleichzeitig an. Überrascht sahen sie sich an, in ihren Augen spiegelte sich der Ausdruck: *Du auch*?

»Interessant. Was habt ihr beiden denn ausgefressen?« Ryan sah kurz zu Lukas, danach blieben seine Augen auf Rabea haften. Sie lachte verlegen. Damit hatte sie nicht gerechnet. Plötzlich war sie weniger nervös als neugierig. »Du zuerst«, schoss es aus ihr heraus. Lukas nickte ergeben. Im Gegensatz zu ihr drängte es ihn danach, es hinter sich bringen. Er zeigte auf die Heftmappe. »Ich habe hier die Kopie eines Dossiers, das ich letzte Woche dem Schließfach meiner Schwiegermutter entnommen habe.«

Rabea hielt unwillkürlich die Luft an, während Ryan heftig ausatmete. »Sie haben die geheimen Unterlagen der van Kampen hier? Verdammt, und das sagen Sie erst jetzt?« Ryan war derart aufgebracht, dass er vergaß, dass er und Lukas sich längst duzten. Er entriss ihm die Mappe, überflog die Passagen, blätterte hektisch darin.

Lukas fiel fast sofort auf, wie ruhig sich Rabea verhielt. Sie spürte die Wandlung in seinem Verhalten, die Art, wie er sich versteifte und sie musterte. Sichtlich fragte er sich gerade, warum sie sich nicht mit Ryan um den Schnellhefter stritt. Rabea wollte nicht so weit gehen, sein Misstrauen zu zerstreuen, indem sie verspätet Interesse heuchelte. Stattdessen setzte sie ihr Pokerface auf. Die Situation war wieder ausgeglichen, ihr Wissensvorsprung war keiner mehr. Sie besaß selbst nicht mehr als die ersten Seiten des Dossiers und einige Handyfotos. *Halt, Rabea, das stimmt nicht ganz!* Über das Vorhandensein des Dossiers hinaus wusste sie von den Tesla-Patenten und den Verschwörungstheorien, die sich um den Verbleib seiner verschollenen Forschungsunterlagen rankten. Außerdem besaß sie die Unterschriftsseite eines päpstlichen Vertrags aus dem Jahre 1940. Sie hatte sich intensiv mit der Seite beschäftigt, konnte sich aber weiterhin keinen richtigen Reim darauf machen. Ihr fehlte der Bezug. Dabei sagte ihr der Instinkt, dass es sich um das wichtigste Dokument von allen handelte. Der Baustein, der alle losen Fragmente verknüpfte.

Ryan hatte seine Lektüre beendet. Er setzte sich mit dem Dossier in der Hand ans andere Ende des Tisches. »Ziemlich dünn, Ihre Kopie. Das liest sich mehr wie die Inventarliste gängiger Verschwörungstheorien. Ohne die Originalbeweise ist das nur Papier.«

»Kann ich das auch einmal sehen?« Rabea besann sich rechtzeitig ihrer Rolle. Sie nahm es Ryan übel, dass er zögerte, ihr die Unterlagen zu überlassen. »Komm schon, ich kenne die meisten der Spinnereien der van Kampen sowieso. Vor zwei Jahren hat sie mich damit zugedröhnt. Leider konnte ich ihr nicht entkommen, ich war gefesselt – nicht von ihren geistigen Ergüssen, sondern mit Handschellen.« Ryan hielt den Hefter noch kurz fest, dann zuckte er mit den Schultern. Rabea tat so, als würde sie sich sofort darein vertiefen, dabei spitzte sie die Ohren.

»Was haben Sie noch im Schließfach gefunden, und wer weiß davon?«, begann Ryan mit Lukas' Verhör.

»Außer mir nur meine Frau und jetzt du und Rabea«, wich Lukas auf die zweite Frage aus.

»Was ist mit Fonton? Wie viel weiß *er*?« Ryan klang jetzt wie der Agent, der er war. Rabea überlegte, dass sie dringend die Grappa-Vorräte auffrischen sollte.

Lukas war der neue Ton ebenfalls nicht entgangen. Aufsässig

erwiderte er: »Was geht dich das an, was er weiß und was nicht? Fonton wird von uns bezahlt und nicht von der DIA.«

»Das heißt, auch Fonton weiß von dem Dossier?«

»Das heißt, Fonton weiß, dass ich Unterlagen aus dem Schließfach geholt habe, und sonst nichts.«

»Interessant. Gestern hast du noch behauptet, du hättest alles darin vernichtet«, sagte Ryan bissig. »Wo sind die Originaldokumente des Dossiers? Hast du sie hier?«

»Nein. Sie sind an einem sicheren Ort.«

»Wo?«

»Das geht dich nichts an.« Lukas Körperhaltung unterstrich seine Aussage.

»Gut, dann verrat mir, ob du auch Unterlagen gefunden hast, die mit dem Rücktritt des Papstes in Zusammenhang stehen. Zum Beispiel dubiose Geschäfte der Vatikanbank«, verlagerte Ryan den Schwerpunkt.

»Ich wiederhole, das geht dich nichts an! Ich habe dich die Inhaltsangabe des Dossiers lesen lassen, damit du siehst, dass das Schließfach die Kirche betrifft, die Dokumente sind ihr Eigentum. Meine Schwiegermutter hat sie der Kirche gestohlen, und ich werde sie ihr zurückerstatten«, antwortete Lukas bestimmt. Dabei war es nur die halbe Wahrheit. Mehrere Tage hatte er mit seiner Entscheidung gehadert. Wie er mit dem Pamphlet gegen den Altpapst zu verfahren hatte, war ihm sofort klar gewesen: Er hatte es vernichtet. Es war der Rest des Schließfachinhalts, der ihm zu schaffen machte. Was davon betraf die Kirche, was nicht? Es ging dabei weniger um die wissenschaftlichen Dokumente, sondern um die dokumentierten Geschäfte, die die Kirche getätigt hatte. Es war Zündstoff für Kirchenkritiker. Um sein Gewissen zu prüfen, war er am Samstagmittag vom Flughafen Rom direkt nach Mergo gefahren, in das Heimatdorf Ignazio Bentivoglios, Pater General des Jesuitenordens und vor zwei Jahren ermordet im Auftrag seiner Schwiegermutter. An Bentivoglios Grab hatte er lange Zwiesprache mit ihm gehalten. Am

Ende hatte er jene letzte Seite des Dossiers unterschlagen, die die Bankunterlagen katalogisierte. Sie gingen Ryan nichts an. Er würde das mit der Kirche direkt klären. Als Leiter der Ethik-Kommission, die genau zu diesem Zweck ins Leben gerufen worden war.

»Du hast also die Kirchenmunition der van Kampen gefunden?«, riss ihn Rabea aus seinen Gedanken. »Was ist es? Noch mehr versteckte Evangelien?«

»Nein, Rabea, der Fund ist nicht ganz so spektakulär wie das *Evangelium der Liebe*. Es sind einige Schriftrollen, darunter zwei Briefe an die Apostel Thomas und Thaddäus. Sie könnten aus der Hand Jesu stammen, mit der Betonung auf *könnten*. Ich werde an die Übergabe an die Kirche einige Bedingungen knüpfen, unter anderem möchte ich den Inhalt erfahren, sobald die Papyri professionell ausgewertet und übersetzt wurden.«

Rabea wirkte kurz, als wollte sie protestieren, ließ es jedoch bleiben. Zwar hätte sie die Schriftrollen gerne gesehen, aber sie konnte sich kaum vorstellen, dass es etwas Überwältigenderes geben konnte als das bereits entdeckte *Evangelium der Liebe*. Es war Lukas' Entscheidung. Darüber hinaus war sie längst mehr an den Machenschaften Carlotta van Kampens, der *Sieben* und deren Geschäften mit dem Vatikan interessiert. Das war die Story.

»Du wirst wissen, was du tust, Lukas. Aber mach dir Kopien von den Unterlagen.«

»Selbstverständlich. Ich habe dazugelernt.«

»Mein Stichwort!«, brachte sich Ryan wieder in das Gespräch ein und lehnte sich mit verschränkten Armen zurück. »Wenn du nicht vorhast, mir den Inhalt des Schließfachs auszuhändigen, frage ich mich, warum du mir die Inhaltsangabe des Dossiers überhaupt gezeigt hast.« Bis auf Ryans gerötetes Gesicht verriet nichts seine Verärgerung

»Warum nicht?«, mischte sich Rabea ein. »Wenn man den Verschwörungskram streicht, bleibt nicht viel übrig, aus dem man schlau werden könnte.« Während sie das sagte, behielt sie Lukas' Reaktion im Auge. Sie stellte sich die gleiche Frage wie Ryan, konnte Lukas' Motiv nicht nachvollziehen. Früher hatte sie besser in ihm lesen können.

Ryan überging ihren Einwurf, er hatte weiter Lukas im Visier. »Es sei denn«, sagte er lauernd, »dein Freund hat mehr als nur die Kirche betreffende Beweise im Schließfach gefunden. Was verheimlichst du, Sportsfreund?«

»Ich verheimliche gar nichts«, wehrte sich Lukas heftig. Zum einen, weil Ryan die Wahrheit erraten hatte, zum anderen, weil er sich in die Ecke gedrängt fühlte. Ohne es zu wollen, steckte er schon wieder bis zum Hals in van Kampens Machenschaften. Er hatte alles abstreiten wollen, nochmals darauf hinweisen, dass die Angelegenheit nur die Kirche betraf, aber er war nicht zum Lügen geschaffen. »Also gut«, fügte er sich in sein Schicksal. »Da war zwar noch etwas, aber die Unterlagen sind nicht vollständig, da wird kein Mensch draus schlau, nicht einmal die DIA.«

»Woran willst du erkannt haben, dass die Unterlagen nicht vollständig sind?«, wollte Ryan sofort wissen.

»Die Dokumente sind durchnummeriert, es fehlt jede zweite Ziffer, bei mehrteiligen Unterlagen sogar jede zweite Seite. Es hat also System.« Dass Carlotta sich auf diese Weise doppelt abgesichert hatte, bestätigte auch Magalis und Lucies Gedächtnisprotokoll – das er längst vernichtet hatte. Mehr würde er nicht mehr preisgeben, es würde bedeuten, auch noch Lucie in die Angelegenheit einzubeziehen. Er mochte vielleicht Ryan so weit trauen, aber nicht der DIA.

»Entweder gibt es ein zweites Van-Kampen-Schließfach oder einen weiteren Mitspieler, jemanden, dem Magalis Mutter vertraut hat. Ihre Tochter?«, vermutete Ryan sofort.

»Magali?«, sprach Rabea überflüssigerweise den Namen seiner Frau aus.

Lukas versuchte, sein unglückliches Gesicht zu verbergen.

Dieselbe Schlussfolgerung war ihm auch durch den Kopf gegangen. Trotzdem hatte er Magali diese Frage nicht gestellt. Es hätte bedeutet, dass er ihr immer noch nicht vertraute. Sobald der Erpresser gefasst war, würde er dafür sorgen, dass die Dokumente zurück in die Hände des Vatikans gelangten, und er wäre die Verantwortung endgültig los.

»Hast du das gesamte Schließfach geräumt?«, hakte Ryan nach.

»Ja, ich habe es anschließend gekündigt.«

»Wo sind die Unterlagen jetzt?«, wiederholte Ryan seine vorherige Frage.

Diesmal antwortete ihm Lukas. »Ich habe Fonton beauftragt, sie in seinem Safe in der vST-Zentrale zu deponieren.«

»Verdammt!« Ryan schlug mit der Faust in seine Handfläche. »Ich war erst gestern dort!« Ryan ärgerte sich über die Zeitverschwendung. Er verwettete seinen Arsch darauf, dass der Sicherheitschef der vST-Werke einen Blick in die Unterlagen riskiert hatte. Natürlich hatte er nichts gesagt. *Verdammter Brite, verdammte Loyalität!* Ryan atmete einmal tief durch. »Gut, spielen wir es durch. Der Erpresser fordert den gesamten Inhalt des Schließfachs, dann wird das Foto nicht publik. Wie kommen die Dokumente hierher? Angebot: Ich hole sie persönlich in Nürnberg ab und bringe sie hierher.«

Ryans Absicht hinter seinem Vorschlag war klar: Der DIA-Agent wollte die Unterlagen schnellstmöglich sichten. Lukas zögerte mit der Antwort.

Ryan dauerte das zu lang. »Am besten, du rufst Fonton an und sagst ihm, dass ich den nächsten Flug nehme, um die Dokumente aus dem Schließfach abzuholen«, forderte er ungeduldig. »Ich packe meine Tasche. Rabea, kannst du zwischenzeitlich die Flüge nach Nürnberg checken?«

Er verließ die Küche, ohne Lukas' Einverständnis abzuwarten. Rabea sah ihrem Freund belustigt nach. Sie hatte vollstes Verständnis für Ryans Verhalten. Genauso benahm sie sich, wenn sie auf Nachrichtenbeute aus war. Lukas wirkte hingegen gar nicht amüsiert. Ihm missfiel, wie selbstverständlich ihm Ryan das Heft aus der Hand genommen und die Situation an sich gerissen hatte.

Rabea missfiel, dass sich Ryan auf diese Weise einen Vorsprung verschaffte, und beschloss, ihrem Freund einen Strich durch die Rechnung zu machen. »Ich finde das umständlich, Lukas. Warum rufst du nicht James Fonton an und bittest ihn, die Unterlagen hierherzubringen? Dann wären sie viel schneller da.«

Lukas durchschaute sie sofort. »Und Ryan würde es den Vorteil nehmen, die Unterlagen vor dir einzusehen. Weiß dein Freund eigentlich, worauf er sich mit dir eingelassen hat?«

»Bis jetzt hat er sich nicht beschwert. Sagst du es ihm oder soll ich?«

Lukas schüttelte den Kopf. »Du bist so was von einem Biest. Gut, ich sag's ihm. Gönnen wir dem Mann noch eine Weile seine Illusionen.«

»Du hältst Liebe also für eine Illusion?«

»Liebst du Ryan denn?«, stellte Lukas die Gegenfrage.

»Wenn ich es herausfinde, bist du der Erste, der es erfährt«, erwiderte Rabea knapp.

Ryan reagierte erwartungsgemäß nicht besonders erbaut über die Planänderung. »Das war doch deine Idee«, fuhr er Rabea kurz darauf im Schlafzimmer an.

»Ich will dich nur vor einer Dummheit bewahren.«

»Welcher Dummheit?«

»Ach komm schon, ich weiß Bescheid.«

»Worüber weißt du Bescheid?«

»Über deinen *Auftrag*.«

»Ich verstehe nicht …?«

»Oh doch, du verstehst mich sehr gut, Ryan. Du hast mich angelogen! Denkst du, mir wäre nicht aufgefallen, dass du mir ausgewichen bist, als ich dich nach Director Clayton gefragt habe, auch dass du statt deinem Diensthandy ein Prepaidhandy benutzt? Es gibt keinen offiziellen Auftrag. Du bist auf eigene Faust in Rom!«

»Und das alles schlussfolgerst du aus einem Prepaidhandy?« Ryan sagte dies in einem Ton, als sei ihm nie zuvor etwas Absurderes untergekommen.

Es entlockte Rabea ein verächtliches Schnauben. »Ich schlussfolgere nicht, ich weiß es! Du bist auf Rache aus. Die *Sieben* haben den Mord an deinem Bruder Patrick im Irak befohlen. Du bist hier, weil du deinen Bruder rächen willst. Die Dokumente aus Lukas' Schließfach sind für dich eine Spur, die dich vielleicht zu den *Sieben* führt!«

## Kapitel 37

### *Rom / Vatikanstadt*

Enzo bearbeitete ein Schriftstück für Seine Eminenz, als ein Schatten auf ihn fiel. Erschrocken sah er auf, bewahrte jedoch die Geistesgegenwart, das Blatt mit einem anderen abzudecken. Doch er entspannte sich, als er entdeckte, dass es sich um Prälat Tommaso Buonpane handelte. Er hatte ihn nicht hereinkommen hören. Was ziemlich ungewöhnlich war, überlegte er. Leises Auftreten gehörte nicht zu dessen hervorstechenden Eigenschaften, Prälat Buonpane zeichnete vielmehr ein geradezu ungestümer Charakter aus, und man konnte ihn meist schon auf dem Flur lärmen hören. Noch ungewöhnlicher war, dass seine ansonsten stets freundlich-fröhliche Miene Besorgnis ausdrückte, auch die übliche herzliche Begrüßung fiel aus. Stattdessen fragte er verzagt: »Ist er da?« Enzo ängstigte das Verhalten des Prälaten. Es musste etwas passiert sein. Mit einem Blick auf die Telefonanlage antwortete er: »Ja, Seine Eminenz telefoniert gerade. Ist Euch nicht wohl, Prälat? Ein Glas Wasser vielleicht, oder einen Espresso mit einem Spritzer Zitrone darin?«, fragte er besorgt.

»Nein, nein, Enzo, keine Mühe. Sagen Sie mir nur, wenn er fertig ist. Ich warte solange draußen.«

Verblüfft starrte ihm Enzo hinterher. *Was war nur heute mit dem Freund des Kardinals los?* Keine Seine-Heiligkeit-Scherze, und auf ihr übliches Schwätzchen verzichtete er auch? Unwillkürlich fragte er sich, ob der Arme einen persönlichen Verlust erlitten hatte. *Aber ja, das musste die Erklärung sein!* Sicher wollte der Prälat seine Trauer zunächst nur mit seinem Freund teilen.

Er behielt deshalb die Telefonanlage im Auge, um dem Prälaten unnötige Wartezeit zu ersparen. Einige Minuten darauf war es so weit. Wiederum einige Minuten später hatte er noch mehr Anlass, sich zu wundern. Nachdem er anfänglich nur ein monotones Murmeln vernommen hatte – und das, obwohl er sein Ohr an die Verbindungstür gepresst hielt –, erschrak er, als der Kardinal plötzlich sehr laut ausrief: »Du hast was?«, und dann tobte sein Superior eine ganze Weile wie von Sinnen und bedachte den Prälaten mit jedem Schimpfwort, das Enzo kannte, und einigen mehr, die er nicht kannte.

Nein, das hörte sich ganz und gar nicht nach Kondolenz an. Danach war es hinter der Tür wieder stiller geworden, und Enzo verstand erneut kein Wort der gedämpft geführten Unterhaltung. Anschließend war der Prälat grußlos an dem verdutzten Enzo vorbeigeeilt, als könnte er diesen Ort nicht schnell genug verlassen. Dabei platzte Enzo beinahe vor Neugier. Als er vorsichtig den Kopf bei Seiner Eminenz hineinsteckte, in der Hoffnung, mehr zu erfahren, hatte dieser ihn mit einer herrischen Geste sofort wieder hinauskomplimentiert. Was hatte Prälat Tommaso bloß getan, das Seine Eminenz derart in Rage gebracht hatte, fragte er sich ratlos.

Über genau diese Taten dachte Seine Eminenz nach, nachdem sein Jugendfreund Tommaso gegangen war. Nun galt es, Schadensbegrenzung zu betreiben und den Kreis der Mitwisser klein zu halten. Der Kardinal schnaufte ärgerlich. Tommasos verdammte Spielsucht würde ihnen allen noch das Genick brechen. Was hatte seine Mutter selig immer gesagt? *Der Teufel macht die Töpfe, aber nicht die Deckel.*

In einem seltenen Anfall von Einsicht erkannte Clemente, dass es seine eigene Schuld gewesen war. Er hatte Tommaso auf einen Topf voll Gold gesetzt. Kein Wunder, dass sein Freund nicht hatte widerstehen können. *Er hatte die Augen zu lange da-*

*vor verschlossen*. Er selbst sah sich auch als Spieler an, allerdings ging es ihm nicht um profanen Reichtum, er spielte das Spiel der Macht. Mit dem großen Ziel vor Augen hatte *er* den Versuchungen stets widerstanden. Alles, was er in den letzten Jahren getan hatte, hatte er für *seine* Kirche getan, für ihre Größe und ihr Ansehen in der Welt.

Um dieses Ansehen zu schützen, galt es zunächst, die unmittelbaren und möglichen Folgen von Tommasos Vergehen zu kalkulieren. Am Ende kam er zu dem Schluss, dass Tommaso ein verkraftbarer Rückschlag war. Doch er musste sich neu aufstellen und jeden seiner nächsten Züge genauestens planen. Er war nur knapp einem Schachmatt entkommen. Gott sei Dank besaß er genügend Voraussicht und hatte für jede Eventualität vorgesorgt gehabt. Carlotta van Kampen konnte ihm nicht mehr gefährlich werden. Blieb der Inhalt ihres Schweizer Schließfachs, die letzte Unbekannte in seinem Spiel. Das wenige, das ihm Yussuf bis dato geliefert hatte, war zwar aufschlussreich, aber seiner Einschätzung nach zu vernachlässigen. Was auch immer diese Heimsuchung von einer Frau in ihrem vermaledeiten Schließfach zusammengerafft haben mochte, er selbst war mit nichts davon in Verbindung zu bringen. Und um die Tragweite des 75 Jahre alten Treuhandvertrages zu verstehen, fehlte von Stetten das Hintergrundwissen. Unwahrscheinlich, dass der Mann überhaupt etwas damit anfangen konnte. Er hatte ihn bei ihrem heutigen Treffen beobachtet. Von Stetten wirkte nicht feindselig. Er kannte diesen Typ Gutmensch, der Mann war zu arglos, um sich zu verstellen. Nein, von dieser Seite drohte ihm keinerlei Gefahr.

Blieb die rothaarige Journalistin. Sie war ein anderes Kaliber, verschlagen und von teuflischer Schläue, war sie ihm schon vor zwei Jahren ein Dorn im Auge gewesen. Die Nachricht ihres Todes hatte ihn hocherfreut gesehen. Es war ärgerlich, dass dieser nur eine Finte gewesen war, doch dann war er auf die geniale Idee gekommen, sie nach Rom einzuladen. Als Köder. Der Fallstrick für von Stetten. *Die Mohrrübe für den deutschen Esel.* Er schmunzelte still über seinen kleinen Witz, wurde aber gleich wieder ernst. Im Gegensatz zu von Stettens Verbindlichkeit hatte in ihrem Auftreten etwas eindeutig Herausforderndes gelegen. Als wüsste sie mehr, als sie sollte. Was eigentlich nicht der Fall sein konnte. Mit Sicherheit bluffte die Frau nur. Trotzdem überlegte er, ob er seine sizilianischen Freunde auf sie ansetzen sollte. Er mochte ihren aufsässigen Blick nicht. Vielleicht könnte man arrangieren, dass ihr ein ähnlicher »Unfall« zustieße wie seinerzeit der Sekretärin des IOR-Vorstands Calvis, die so unglücklich aus dem Fenster stürzte. Die hatte sich auch eingebildet, zu viele Fragen stellen zu können. Oder wie wäre es mit einem *Espresso con Atropa belladonna*, wie bei diesem Sindona?

Er hob sich die Entscheidung für später auf – er wollte erst einmal Ruhe in die Kommission bringen. Die Rothaarige war lästig, ja, aber er hatte Wichtigeres zu tun. Am besten, er gab den Leuten erst einmal etwas, womit sie sich eine Weile beschäftigen konnten. Noch eine Mohrrübe, nach der sie schnappen konnten. Ihm schwebte auch schon etwas Bestimmtes vor.

Wer sich allerdings zu einem *echten* Ärgernis auswuchs, war Bischof Titus. Dieser impertinente und undankbare Mensch war nicht nur unerlaubt in Rom aufgetaucht, nein, er hatte ihn überdies am Morgen geradezu zu einem Gespräch *genötigt*. Selbstverständlich hatte er ihn sofort zurückgeschickt. Sobald im Verlauf des heutigen Tages die letzte Überweisung eingetroffen wäre, musste der Mann aus dem Weg geräumt werden. Drohungen allein hielten ihn nicht mehr im Zaum, nicht einmal das Schicksal dieses Detektivs. Er hatte ihm ein Foto der Leiche gezeigt, das seine sizilianischen Freunde von ihr gemacht hatten, bevor sie sie auf Nimmerwiedersehen hatten verschwinden lassen. *Aber immer der Reihe nach.* Zunächst musste er zusehen, wie er den Tommaso-Karren aus dem Dreck beförderte. Es war eine weitere Herausforderung, er würde sie meistern. Wie immer.

»Enzo!«, rief er seinen Sekretär zu sich, »verbinde mich mit dem Deutschen.« Es verstand sich von selbst, dass Enzo wusste, dass damit der Interimsleiter der Vatikanbank gemeint war.

Eine knappe Viertelstunde später war Kardinal Dieter von Unterberg in der Leitung. »Bitte entschuldige die Verzögerung, Clemente, ich war noch in einer Sitzung, sonst hätte ich mich früher gemeldet. Das Geld ist schon da. Alles.«

»Gut! Aufteilung wie immer. Ich brauche noch etwas.«

»Wie viel?«, kam es wie aus der Pistole geschossen zurück.

»Nein, kein Geld diesmal. Hör zu …«

# DIENSTAG

*Tag 2*

# Kapitel 38

»Einen wunderschönen guten Morgen wünsche ich«, begrüßte Pater Matuschek die eintrudelnden Teilnehmer vor der Casina. Die Soziologin schlenderte zuletzt mit dem sonnengebräunten Wirtschaftswissenschaftler heran, beide mit der unvermeidlichen Zigarette. Pater Matuschek verzog unglücklich das Gesicht, als er zusehen musste, wie sie ihre Kippen im Blumentopf entsorgten.

Er betrat hinter ihnen den Konferenzraum und nahm einen Stapel gebundener Mappen aus seiner Aktentasche. Während er sie verteilte, erläuterte er: »Das ist der vorläufige Geschäftsbericht 2014 der IOR-Bank. Er ist bereits ins Englische übersetzt. Ich muss wohl nicht extra betonen, dass dieser vertraulich zu behandeln ist. Seine Eminenz, Kardinal Finzi-Contini, hat ihn mir heute Morgen mit folgendem Wortlaut, den ich Ihnen vortragen darf, überbringen lassen.« Mit großer Geste entfaltete er einen Briefbogen und las:

*»Sehr geehrte Kommissionsmitglieder,*
*Ihre Argumente haben mich gestern überzeugt. Mein Anliegen ist es, das Ansehen der Kirche zu bewahren und sie in die Moderne zu führen. Dazu ist Transparenz nötig. Anbei darf ich Ihnen als Vertrauensbeweis eine Kopie des vorläufigen Geschäftsberichts des Istituto per le Opere di Religione (IOR) überreichen. Mit Freude und Interesse sehe ich unserem nächsten Treffen entgegen.*
*Gezeichnet, Kardinal Clemente Finzi-Contini«*

Pater Matuschek sah mit einem *Sehen Sie, alles wird gut*-Lächeln in die Runde. Die Versammelten blätterten bereits im Geschäftsbericht. Scarletti, der italienische Wirtschaftswissenschaftler, begann sofort, sich Notizen zu machen, und war bis zur ersten Pause nicht mehr ansprechbar.

Als es so weit war, checkte Lukas seine Mailbox. Rabea wollte ihm folgen, wurde jedoch im Foyer von dem Italiener abgefangen. »Haben Sie einen Moment, Frau Rosenthal?« Er sprach mit gesenkter Stimme und sah sich dabei verstohlen um.

Rabea wollte sich eigentlich mit Lukas austauschen, aber der Mann wirkte auf sie, als wollte er etwas Wichtiges loswerden.

»Um was geht es, Signore Scarletti?« Sie sprachen nach wie vor englisch.

»Gehen wir nach draußen. Ich weiß nicht …« Er machte eine raumgreifende Geste und rollte die Augen in Richtung Decke. Rabea verstand, dass er fürchtete, dass sie abgehört wurden. Offenbar teilten sie dieselbe Paranoia.

Als sie sich weit genug von den anderen entfernt hatten, brach es aus dem Mann heraus. »Ich muss einfach mit jemandem reden! Sie mögen diesen Kardinal doch auch nicht! Er ist ein furchtbarer Mann. Ich bin Italiener und ein treuer Diener des Papstes, aber das hier, das hier …«, er zog den Geschäftsbericht unter dem Arm hervor und fuchtelte damit herum, »ist eine Schande.«

Rabea staunte nicht wenig über sein unerwartetes Temperament. Bisher hatte sich der Mann durch Zurückhaltung und Schweigen ausgezeichnet. »Sie legen aber los! Von welcher Schande sprechen Sie?«

»Zuerst müssen Sie mir versprechen, dass Sie niemandem verraten, dass ich über ein fotografisches Gedächtnis verfüge. Nur wenige Eingeweihte wissen davon. Heutzutage wird man schnell zum Autisten abgestempelt, wissen Sie.«

»Natürlich«, beeilte sie sich, ihm zu versichern.

»Ich habe alle IOR-Geschäftsvorgänge der letzten Jahre«,

er tippte sich mit dem Finger gegen die Stirn, »hier abgespeichert.«

Rabeas Puls hatte sich beschleunigt. Weniger wegen Scarlettis Behauptung, sondern weil ihr bekannt war, dass die IOR erstmalig 2013 überhaupt eine Bilanz öffentlich gemacht hatte. Entweder dieser Mann besaß wertvolles Insiderwissen oder er war das von Kardinal Finzi-Contini eingeschleuste faule Ei. Sie beschloss, so zu tun, als wüsste sie über den Veröffentlichungsmodus nicht Bescheid. »Etwas stimmt mit dem Geschäftsbericht nicht? Was ist es?«

»Er wirkt hastig zusammengestellt. Es fehlt an Sorgfalt. Selbst wenn er nur vorläufig ist, meine ich, dass darin Zahlen frisiert worden sein könnten.«

»Und das konnten Sie in der Kürze der Zeit feststellen?«

»Ich verstehe Ihre Zweifel. Selbstverständlich muss ich das alles noch einer genaueren Prüfung unterziehen. So einfach ist das auch nicht zu erklären. Ich prüfe seit bald dreißig Jahren Geschäftsberichte. Da erwirbt man sich im Laufe der Zeit auch ein Gefühl für Manipulationen, verstehen Sie?«

Rabea nickte. Auch sie vertraute häufig ihrem Instinkt. Warum sollten Wirtschaftswissenschaftler nicht auch darüber verfügen – vorausgesetzt, der Mann war echt und nicht Finzi-Continis Mann.

»Es ist besonders schwierig, weil es Unmengen an Bilanzierungsposten sind. Der Vatikanstaat ist ein monströses Konglomerat von Firmengeflechten. Die Kirche ist der größte Grundbesitzer weltweit, sie besitzt eine Unmenge an Immobilien im Ausland. Und erst das Inland! In und um Rom sind das nicht weniger als 24 000 Immobilien, davon allein 10 000 Hotelbetten, die jährlich einen Ertrag von 700 000 000 Euro erwirtschaften. Und der Vatikanstaat muss dafür keine Steuern an den italienischen Staat abführen.« Er stieß einen verächtlichen Laut aus. »Keine Steuern und Immobiliengeschäfte! Verstehen Sie? Es geht einfach zu viel Geld durch die Hände des Klerus. Kein Wunder, dass die Veruntreuungsrate in den Diözesen bei 85 Prozent liegt. Kennen Sie die Geschichte der Insolvenz der Diözese Milwaukee?«

»Ich habe davon gehört. Milwaukee ist die größte Diözese der USA. Wegen der Insolvenz konnte sie die Missbrauchsopfer nicht entsprechend entschädigen.«

»Bei der Untersuchung kam heraus, dass die Diözese unmittelbar vor der Insolvenz knapp 60 000 000 US-Dollar in einem Friedhofsfonds versteckt hatte. Natürlich, als das öffentlich wurde, hieß es, alles wäre ganz legal abgelaufen, der Finanzrat der Diözese hätte dazu die Bewilligung des Vatikans erhalten. Die haben sich abgesprochen. Aber die Intention dahinter war klar. Ihr Geld in Sicherheit bringen!« Scarletti fuhr sich mit einem Taschentuch über die Stirn. »Scusi, ich schweife ab, aber es erregt mich einfach zu sehr! Was ich zum jetzigen Zeitpunkt fast schon sicher über den Geschäftsbericht sagen kann, ist, dass bei den Zahlen zur *Kongregation der Evangelisierung der Völker* ein böser Fehler unterlaufen ist.«

Rabea war wie elektrisiert. »Diese Kongregation verwaltet doch die Missionswerke und Stiftungen sowie die Geschäfte der Vatikanbank?«

»So ist es.« Scarletti sah aus, als zügle er nur mühsam sein Temperament.

»Hieß es nicht, Papst Sixtus VI. hätte da gründlich aufgeräumt? Die Finanzaufsicht und alle Kardinäle bis auf einen ausgetauscht?«

Der Italiener spuckte auf den Boden. »Allein 2013 wurden schon wieder über einhundert verdächtige Transaktionen bekannt. Und das ist nur die Oberfläche. Die Bank hat knapp 20 000 Kunden und verwaltet jährlich über 6 Milliarden Euro. Das sind die offiziellen Zahlen. Aber das wahre Vermögen der Kirche bleibt im Dunkeln. Niemand weiß, wie reich die Kirche wirklich ist. Überhaupt, dieser Rücktritt! Ich verrate Ihnen was: Am Tag des Rücktritts des Papstes wurde die Bank geschlossen und alle Geldautomaten im Vatikan abmontiert. Ein ebenso seltsamer wie bezeichnender Vorgang. Bestimmten Personen sollte jeglicher Zugriff auf ihr Konto verwehrt werden.«

»Das klingt wirklich alles sehr faszinierend, aber das sind durchgängig öffentlich zugängliche Informationen und mir bekannt.« Rabea zog ihr Prepaid-Smartphone und betätigte den Aufzeichnungsknopf. »Was mich vor allem interessiert, ist, was genau mit der Bilanz nicht stimmt. Haben Sie Beweise, Herr Scarletti?« Rabea schwankte noch, ob sie dem Mann glauben konnte, dass er wirklich alle Zahlen im Kopf hatte oder sie vielmehr von einem Insider erhalten haben könnte – wie seinerzeit der Journalist Gianluigi Nuzzi durch den Geistlichen Renato Dardozzi. Nuzzi hatte 2003 Dardozzis Geheimarchiv in der Schweiz geerbt. 2009 war dazu sein Buch *Vatikan AG* erschienen. Rabea hatte Nuzzis Werk gründlich studiert.

Der Mann sah von ihr zu ihrem Smartphone. »Verstehen Sie mich nicht falsch, Frau Rosenthal. Ich weiß, dass Sie Journalistin sind, aber das hier ist kein Interview. Schalten Sie das ab.« Erneut sah er sich um, als ob er sich vor fremden Lauschern fürchtete.

Rabea steckte ihr Handy weg. Sie wollte den Mann keinesfalls verschrecken, dessen anfängliche Wut verflogen war. Darunter kam nicht viel Mut zum Vorschein. »Einigen wir uns darauf, dass es sich um den Austausch zwischen zwei Kommissionsmitgliedern handelt. Einverstanden?«

Ihr Gegenüber nickte. »Ich habe keine konkreten Beweise. Noch nicht. Aber ich bin sicher, dass ich meine These mit entsprechenden Nachforschungen beweisen kann.«

»Dann erklären Sie mir Ihre These.«

»Erst, wenn ich eine genaue Analyse gemacht habe. Nur so viel: Ich glaube, dass hier jemand Beträge im größeren Stil …« Er brach ab und schaute an ihr vorbei. »Da kommt Herr von Stetten.« Rabea hörte Schritte hinter sich.

»Ich hoffe doch, ich störe nicht?«, fragte Lukas.

Doch, dachte Rabea, während der Wirtschaftswissenschaftler sagte: »Nein, wir haben uns nur ein wenig unterhalten. Wir sehen uns.« Er schlenderte davon.

»Aha, ich *habe* gestört. Was wollte Scarletti von dir?«

»Mit mir über den Geschäftsbericht sprechen.«

»Keine schlechte Idee.« Lukas lief einige Schritte weiter bis zu der Bank, auf der sie gestern schon gesessen hatten.

»Willst du die Pause ausdehnen?« Rabea war ihm gefolgt.

Lukas setzte sich und streckte die Beine. »Sagtest du nicht, ich wäre der Boss der Truppe?«

»Sieh an, du hast dich schnell an deine neuen Befugnisse gewöhnt.«

»Nein, aber ich muss nachdenken. Dieser Gesinnungswandel unseres Kardinals … Was hältst du davon?«

Rabea zuckte mit den Achseln. »Wäre nicht der erste frisierte Geschäftsbericht.«

»Genau die Antwort, die ich erwartet habe.«

»Du kennst mich zu gut. Sprechen wir heute Abend darüber.« Rabea wollte erst versuchen, ob sie im Laufe des Tages noch mehr aus Scarletti herauslocken konnte. »Was ist mit Fonton? Schon von ihm gehört?«

»Ja, er hat mir eine Nachricht geschickt. Er wird gegen 15:00 Uhr mit Vaters Maschine landen. Ich treffe ihn heute nach der Sitzung in seinem Hotel. Das hält mir deinen aufdringlichen Agentenfreund vom Leib.«

Rabea verstand, dass er damit auch sie daran hindern wollte, die Dokumente zu Gesicht zu kriegen. »Soll mir recht sein.« Sie zuckte mit den Schultern. »Du hast mir immer noch nicht verraten, wem du später, wenn die Erpressergeschichte über die Bühne ist, die Kirchendokumente übergeben willst. Wenn ich mich richtig erinnere, hat Ignazio Bentivoglio niemandem getraut. Posthum hatte er damit recht. Wir haben schließlich erlebt, was mit dem *Evangelium der Liebe* passiert ist. Es wurde gestohlen, und Carlotta van Kampen hatte es nicht. Fragst du dich nicht, was mit den Dokumenten geschieht, wenn du sie weggibst?«

»Spricht da die Journalistin oder die Idealistin?«

»Ich plädiere nur dafür, sie nicht aus der Hand zu geben.«

»Diese Diskussion hatten wir doch gestern schon in aller Länge, Rabea. Unsinnig, sie zu wiederholen. Ich will diese Verantwortung nicht alleine tragen. Gib also Ruhe.«

»Schon gut. Bleibt trotzdem die Frage, wem du sie anvertrauen willst.«

»Ich hatte an den Privatsekretär Seiner Heiligkeit gedacht. Er ist Deutscher.«

»Kurienbischof Anton Gänserich? Hattest du nicht erzählt, er hätte dich wegen der Kommission angerufen und als Erster versucht, dich von der Teilnahme zu überzeugen? Und wenn er es ist, der gemeinsame Sache mit Finzi-Contini macht? Immerhin ist er Deutscher wie die Bischofselster.«

»Du traust wohl jedem alles zu, oder?«

»Bisher habe ich es selten anders erlebt, Lukas«, erwiderte Rabea ruhig.

»Ich habe keine andere Wahl. Ich werde wohl kaum eine Privataudienz ohne Angabe von Gründen beim Papst erwirken. Zumal das Treffen zwischen uns beiden geheim bleiben sollte. Bischof Gänserich bleibt die beste Wahl. Was war das?« Lukas hatte lauschend den Kopf gehoben. Auch Rabea hatte das Geräusch gehört. Es hatte wie ein unterdrücktes Niesen geklungen. Sie lief um die Bank herum, tauchte zwischen die eng stehenden Bäume ein und fand hinter einem Stamm den verschreckten Pater Matuschek, eine halb gerauchte Zigarette zwischen den Fingern. »Ich wollte wirklich nicht lauschen«, sagte er hastig. »Aber Sie waren plötzlich da und ich …«

»Sie wollten nicht, dass wir sehen, wie Sie heimlich rauchen«, unterbrach ihn Rabea liebenswürdig. »Ich nehme an, Sie haben alles mitgehört?«

»Ja, also, ich meine, will sagen, ich glaube …«

»Schon gut, Pater Matuschek«, beschwichtige ihn Rabea. »Wir haben nur ein wenig spekuliert. Trotzdem möchten wir Sie bitten«, sie sah zu Lukas, der zu ihnen getreten war, »dass Sie das Gesagte für sich behalten.«

»Ja, selbstverständlich … aber, verzeihen Sie, Pater von Stetten, äh, Herr von Stetten. Ich selbst bin auch Jesuit, und mir ist Ihre Geschichte mit unserem verstorbenen Pater General Ignazio Bentivoglio bekannt. Ich habe gehört, dass Sie eine vertrauliche Audienz bei Seiner Heiligkeit benötigen. Ich kann Ihnen helfen!«

Lukas lächelte. Bei aller Volksnähe des neuen Papstes Lorenzo konnte er sich nicht vorstellen, dass ein einfacher Jesuit unter Umgehung des Privatsekretärs eine geheime Audienz bei diesem erwirken konnte. »Vielen Dank für Ihr freundliches Angebot, aber ich möchte Sie nicht überstrapazieren. Wir werden um Bischof Gänserichs Hilfe nicht herumkommen.«

»Doch, das geht. Ich bin sein Neffe.«

»Bischof Gänserichs Neffe?«, fragte Rabea verblüfft.

»Aber nein. Papst Lorenzo ist mein Onkel.« Pater Matuschek lächelte strahlend.

# Kapitel 39

## *Fredericksburg / Virginia / USA*

Die *Sieben*, die derzeit noch sechs zählten, waren zu einer Tagung einberufen worden. Drei Mitglieder der geheimen Wirtschaftsallianz waren im abhörsicheren Raum im Untergeschoss versammelt, die übrigen drei per verschlüsseltem Videokonferenzsystem dazugeschaltet. Der Gastgeber begrüßte jene vor Ort und via Liveschaltung Anwesende mit wenigen knappen Worten und eröffnete die Sitzung.

»Ich hoffe, diese außerordentlichen Sitzungen machen keine Schule, Donald«, tat einer der Video-Teilnehmer seinen Unmut unverzüglich kund. »Das ist die zweite innerhalb eines Quartals. Müssen wir überhaupt ein neues Mitglied berufen? Die Holländerin war das schwächste Glied unseres Kreises, und wir hatten sie nur als Nachfolger ihres Mannes berufen. Warum sollten wir sie ersetzen?«

»Es geht nicht darum, sie zu *ersetzen*, Ramírez«, entgegnete der Angesprochene unwirsch. Er legte eine bedeutungsvolle Pause ein, ehe er fortfuhr: »Sondern um das, was sie getan hat. Sie hat uns benutzt!«

»Soll heißen?«, fragte Ramírez mit verengten Augen.

»Das soll heißen, sie hat ihr eigenes Ding gedreht«, gab Donald zurück.

»Umso besser, dass die Hure tot ist«, sagte Ramírez verächtlich, und erntete allgemein zustimmendes Gemurmel.

»So einfach ist das nicht, Ramírez, meine Herren.« Donald sah ernst in die Runde. »Sie hat uns ein Erbe hinterlassen, das sich als Problem erweisen könnte. Das *Orgon*-Projekt.«

»Das ist doch geklärt«, mischte sich via Bildschirm der Russe ein. »Das Internet ist unter unserer Kontrolle, und die Patente sind vom Markt. Projekt *Orgon* gibt es offiziell nicht.«

»Sie irren sich, Boris Michailowitsch«, sagte eine zackig klingende Stimme, die einem Mann mit asiatischen Gesichtszügen gehörte. Er saß in einem korrekten schwarzen Anzug neben Donald am Tisch. »Donald hat dazu weitere Informationen für uns.« Er nickte dem Amerikaner kurz zu.

»Danke, Takeshi-san. Meine Herren«, Donald sah ernst in die Runde, »die *Orgon*-Patente wurden der Vatikanbank gestohlen.«

»Wer sagt das?«, dröhnte der Russe und übertönte damit alle anderen.

»Mein Kontakt im Vatikan. Im Tresor der IOR lagern lediglich gefälschte Duplikate.«

»Sind Sie sicher, Donald? Es ist schließlich *Ihr* Mann«, sagte Ramírez gedehnt. »Vielleicht will er nur mehr Geld herausschlagen?« Sein Ton stellte klar, dass sich niemand etwas dieser Art bei ihm herausnehmen würde.

»Nein, sein eigener Mittelsmann hat die Patente an Carlotta van Kampen verkauft. Wegen seiner Spielsucht. Mein Kontakt verhindert, dass die Fälschungen publik werden, aber das kann er nur so lange, wie er im Amt ist. Sollten jedoch die Originale plötzlich auftauchen …« Er ließ den Satz unvollendet.

»Dieses verräterische Weib! Wenn sie nicht schon tot wäre …«, brauste Ramírez auf, doch niemand achtete auf ihn. Die anderen hatten sich gedanklich bereits der Lösung des Problems zugewandt.

»Was ist mit der Erbin, ihrer Tochter? Kennt sie die Bedeutung von *Orgon*?«, wollte der Russe wissen.

»Wenn die *Puta* Ärger macht, wird sie beseitigt! Was ist mit dem gekauften Mittelsmann? Wurde er inzwischen liquidiert?«

Donald verzog das Gesicht. »Wir sind hier nicht in Mexiko, Ramírez. Hören Sie auf, alle Welt um die Ecke bringen zu wollen. Carlotta ist eine Fanatikerin gewesen. Fanatiker haben stets einen Hang zur Selbstzerstörung. Ihr einziges Motiv war Rache, und wir waren Teil ihres Planes. Wir sollten uns vielmehr damit beschäftigen, dass unsere Tarnung in Gefahr sein könnte.«

Der Russe stieß einen drohenden Fluch aus. »Nun kommen wir zum Kern unseres Treffens! Was wissen Sie?«, polterte er.

»Die Van-Kampen-Erbin hat vor zwei Wochen das Schließfach ihrer Mutter geöffnet.«

»Und, was war drin?«

»Alles, was *Orgon* betrifft. Die Patente, die Tesla-Unter…«

»Dann haben Sie das Zeug?«, fiel ihm der Russe rüde ins Wort.

»Nein, wir haben Fotografien vom Smartphone der Frau.«

»Fotografien? Wollen Sie mich verarschen? Sie verd…«

»Lassen Sie die Beschimpfungen!«, warf der Asiate scharf ein. »Was ist mit den *Orgon*-Patenten bei der Weltbank?«, wandte er sich an Donald.

»Die sind dort sicher, Takeshi-san, mein Wort darauf. Noch etwas: Carlotta hat sich auch den Treuhänder-Vertrag erkauft, den unsere Organisation 1940 mit Papst Pius XI. abgeschlossen hat. Und sie hat ein brisantes Dossier hinterlassen. Es beweist die Erpressung von Nummer 6.«

»Selbst wenn …! Das interessiert heute keinen Furz mehr.« Ramírez zog sein Taschenmesser hervor und begann, seine Nägel damit zu reinigen.

»Sie verkennen die Brisanz, Ramírez«, rügte ihn Donald scharf. »Eine Textpassage im Dossier betrifft *uns*. Meine Herren«, Donald sah ernst in die Runde, »Carlotta hat uns erpresst, und sie starb glücklicherweise ohne unser Zutun vor Ablauf des Ultimatums. Doch ich habe Grund zu der Annahme, dass sie nicht nur einen Teil unserer Sitzungen gefilmt hat, sondern auch ein Film existiert, in dem wir und Orgon eine Hauptrolle spielen.«

»Ein Film? Unmöglich«, meldete sich erstmalig der Mann zu Wort, der an Donalds anderer Seite saß. Mit seinen dreiundachtzig Jahren war der Medienmogul das älteste Mitglied. »Wenn wir uns treffen, geben wir unsere Telefone ab und marschieren durch einen Detektor. Niemand von uns kann irgendetwas aufzeichnen.«

»Trotzdem ist das Dossier alarmierend. Wir sollten es ernst nehmen. Hier ist es.« Donald drückte einen Knopf und wandte sich zur Projektion um, die hinter ihm auf der Leinwand erschien. *Dossier* stand darauf. »Ich habe es ins Englische übersetzt. Lesen Sie.«

Kurz darauf waren ärgerliche Ausrufe zu hören. Am Ende rief Ramírez: »*Puta mierda!* Erst die Schlappe mit dieser Natter Whitewolf und jetzt das!«

»Was mich interessiert, Donald«, sagte Rupert lauernd, »dass du seit zwei Wochen von der Existenz des Dossiers wusstest. Warum erfahren wir jetzt erst davon?« Alle Augen richteten sich nun auf Donald.

»Weil ich selbst erst vor einem Tag durch meinen Kontaktmann im Vatikan davon unterrichtet wurde.«

»Ich verstehe ...«, antwortete Rupert gedehnt. »Dein Kontakt wollte verschleiern, dass sein IOR-Mann gekauft wurde. Dein Mann hat versagt, und wir sollen es jetzt richten.«

»Wie immer auf den Punkt, Rupert«, sagte Donald. »Wir müssen gegensteuern, bevor die Sache aus dem Ruder läuft. Noch etwas: Massimo Trapano ist aus seinem Loch gekrochen.«

»Massimo Trapano? Carlottas Spucknapfträger? Der, der für mich das Raumenergie-Kraftwerk gebaut hat?«, warf Takeshisan ein.

»Eben der. Er ist ein Fanatiker und verfolgt nach Carlottas Tod ihre Pläne weiter.«

»Wie?«

»Er erpresst den Mann der Van-Kampen-Erbin. Die Kirchendokumente und die Papst-Beweise sind mir scheißegal, aber wir können nicht zulassen, dass Trapano der Rest in die Hände fällt.«

»Womit wird der Mann erpresst?«

»Mit der Aufnahme seines Vaters in Caracas.«

»*Cojones!* Trapano hat einen Abzug?«, entfuhr es Ramírez. Er hatte seinerzeit den Kontakt hergestellt und die Aufnahme veranlasst – auf Carlottas Anregung hin.

»Ich habe von Anfang an von dem Plan abgeraten«, warf der Medienmogul ungehalten ein.

»Ja, Rupert, wir erinnern uns alle an deine Einwände. Der Plan wurde deshalb auch nicht weiterverfolgt.«

»Wir sollten uns nicht mit verpassten Möglichkeiten aufhalten, sondern überlegen, wie wir die Krise lösen«, mischte sich eine neue, melodisch klingende Stimme in die Diskussion. Sie gehörte Sheikh Zayed bin Raschid, einem dunkelhäutigen Mann mit feinen Gesichtszügen und weißer Kufiya, der traditionellen arabischen Kopfbedeckung. Innerhalb der Allianz war es ein offenes Geheimnis, dass ihn und den Hausherrn, Donald, einzig die gemeinsamen geschäftlichen Interessen verbanden. Donald konnte nur mit Mühe die bissige Bemerkung zurückhalten, *wann ein Araber je an einer Krisenlösung interessiert gewesen wäre*. Genau diesen Satz hatte Sheikh Zayed kürzlich in einem Interview mit dem einflussreichsten Sender der arabischen Welt, Al-Dschasira, von sich gegeben – mit einem Unterschied: Er hatte das Wort *Araber* mit *Amerikaner* ersetzt. Donald war nach wie vor sehr über den Satz erbost.

»Die van Kampen hat uns benutzt, um ihren *Kreuzzug* gegen die *christliche* Kirche zu führen. Nicht, dass mich ihre Initiative sonderlich störte«, ergänzte der Sheikh maliziös. »Sie ist tot und ihre Erpressung obsolet. Ihr Nachfolger, dieser Massimo Trapano, ist ein Wissenschaftler, ein Amateur. Ich versichere Ihnen bei meiner Ehre, dass die van Kampen bluffte. Sie hat keine Beweise für Geldwäsche durch Hawala-Konten. Das ist mein Revier; ich hinterlasse grundsätzlich keine Spuren.

Trapano ist keine Gefahr, aber er ist lästig. Er sollte sofort ausgeschaltet werden«, sagte er, ehe er Donald einen drohenden Blick zuwarf. »Und von Ihnen, Donald, erwarten wir, dass Sie die gestohlenen Originaldokumente wiederbeschaffen. Der Vatikan ist *Ihre* Baustelle. Und lösen Sie das Problem mit der Tochter!«

»Natürlich, *mein Freund*«, entgegnete Donald dem herrischen Ton des Sheikhs mit so übertriebener Freundlichkeit, dass es schon wieder unhöflich war. »Aus diesem Grund habe ich heute einen *besonderen* Gast eingeladen.« Donald konsultierte kurz seine Uhr. »Er müsste in den nächsten Minuten eintreffen.« Bevor jemand fragen konnte, ließ Donald die Bombe platzen: »Es ist Senator Whitewolf.«

Sofort wurden reihum aufgeregte Stimmen laut. Worte wie »Das hätten Sie nicht tun dürfen!« und »Verräter« fielen.

»Meine Herren!«, rief Donald in die Runde und hob beschwichtigend die Hände. »Hören Sie mir zu.«

Am Tisch und auf dem Splitscreen wurde es wieder still. »Ob es uns passt oder nicht, Senator Whitewolf hat uns – für den Moment – an den Eiern. Wir können ihn nicht einfach beseitigen; im Gegensatz zu Trapano ist er kein Amateur. Sehen wir vorerst der Tatsache ins Auge, dass er mit großer Wahrscheinlichkeit der nächste amerikanische Präsident werden wird. Er denkt klug und strategisch, und die Zukunft seines Landes ist ihm wichtig. Darum sollten wir nicht gegen das Unvermeidliche ankämpfen, sondern daran arbeiten, ihn von der Brisanz von *Orgon* zu überzeugen. Wir brauchen ihn, allein schon wegen seiner speziellen Verbindung in den Vatikan. Der Mann hat ein natürliches Gespür für Macht. Bevor der Senator eintrifft, möchte ich Ihre Aufmerksamkeit auf ein weiteres Problem lenken. Es geht um Yussuf. Er wird zu gierig.«

»Er war immer gierig«, dröhnte der Russe.

»Yussuf hat bis jetzt immer gute Arbeit geleistet«, ergänzte der Sheikh brüsk. Er hatte einst den Kontakt hergestellt.

»Sicher, soweit es um die Beseitigung von *menschlichen Problemen* ging. Aber das können auch andere.«

»Ja, amerikanische Drohnen …«, steuerte der Sheikh mokant bei.

Donald tat sich selbst den Gefallen und ignorierte die Bemerkung. »Sobald diese Krise vorüber ist, sollten wir uns von Yussuf trennen.«

»Sie wollen ihn nach fünfundzwanzig Jahren liquidieren lassen?«, wandte ausgerechnet Ramírez ein.

»Nein, Ramírez, wir werden ihn nicht liquidieren. Zumindest nicht direkt.« Donald atmete tief durch. Im Vergleich zu Ramírez waren seine Gefühle für den Sheikh beinahe freundschaftlich zu nennen. Ramírez war gefährlich, weil er sich zu oft von seinen Ressentiments leiten ließ. Doch genau das machte ihn berechenbar, im Gegensatz zum Sheikh. Doch beide waren wichtig für die Allianz. »In der arabischen Welt sind wir der Feind.« Donald sah kurz auf den Splitscreen zum Sheikh, der ein unverbindliches Gesicht machte, und sprach weiter: »Wir bringen ein paar Dinge ins Rollen. Ich habe veranlasst, dass in den nächsten Tagen gewisse Informationen in die Computer seiner Söhne eingespeist werden.«

Es folgte eine kurze Stille, dann meldete sich der Medienmogul. »Es lebe der Cyberkrieg!« Doch seiner Stimme mangelte es an dem nötigen Enthusiasmus. Er hatte längst begriffen, dass die digitale Revolution irgendwann die eigenen Kinder fressen würde. Es war ein Grund, für sein Alter dankbar zu sein. Er würde die künftigen Auswirkungen nicht mehr erleben.

Nach der Sitzung, als sie Senator Whitewolf verabschiedet hatten und sich anschickten, in ihre von Indexen dominierte Welt zurückzukehren, kam es zu einem weiteren vertraulichen Gespräch zwischen zwei Mitgliedern der Geheimorganisation.

»Auf ein Wort, Donald. Es betrifft Ihren Kontakt im Vatikan. Er stört meine Kreise.«

Donald stieß hörbar die Luft aus. »Um was geht es diesmal?«

»Er versucht zusammen mit Glencore ein Geschäft an Land zu ziehen.«

»Was interessiert ihn genau?«

»Das Van-Kampen-Coltan.«

»Ich werde mich darum kümmern, Takeshi-san.«

Im Vorraum sammelten alle ihre Smartphones und Tablets ein. Donald checkte sofort seine neuen Nachrichten, stutzte und las die E-Mail nochmals. Yussuf war bereits tot? Er stieß einen Pfiff aus. Wie es aussah, war ihm jemand zuvorgekommen. In seiner Welt kam es nicht oft vor, dass Probleme sich von selbst lösten. Umso besser!

Er rief seinen Assistenten an. »Ich schick dir gleich einen Namen. Sieh zu, ob du mehr über die Todesumstände herausfinden kannst, und behalte Al-Dschasira im Auge. Ich möchte sofort informiert werden, wenn etwas über diesen Mann berichtet wird.«

## Kapitel 40

### *I-00120 Vatikanstadt*

Enzo war von Neugier geplagt. Durch die geschlossene Tür drang seit geraumer Zeit die wütende Stimme seines Superiors. Mit wem telefonierte Seine Eminenz? Es war keine Verbindung, die er hergestellt hatte. Kurz darauf hörte Pater Enzo einen dumpfen Aufschlag, gefolgt von einem scheppernden Geräusch. Der Kardinal ließ seinem Temperament wieder einmal freien Lauf. Enzo zog den Kopf ein und hoffte, der Kelch ginge an ihm vorüber. Sekunden später zerstob die Hoffnung.

»Enzooooo …«, wurde nach ihm gebrüllt. Enzo war gewappnet: Er schnappte sich das bereitstehende Tablett mit dem Grappa, betätigte die hohe Klinke mit dem Ellbogen und schob die schwere Tür mit seinem Hinterteil auf. Wortlos stellte er das Tablett auf dem Schreibtisch ab und wollte sich danach wieder in sein Büro verdrücken. Nach einem Wutgewitter legte der Kardinalstaatssekretär Wert auf seine Ruhe. Keine Anrufe, keine Besucher, für mindestens eine Stunde. Beim Hinausgehen registrierte Enzo auf dem Marmorboden den massiven goldenen Becher, auf dem das edelsteinverzierte Siegel der Familie Finzi-Contini prangte. Damit erklärte sich der dumpfe Aufschlag an der Wand, Seine Eminenz musste ihn dagegengeschleudert haben. Der Becher erlitt dieses Schicksal nicht das erste Mal, er wies diesbezüglich bereits Blessuren auf. Enzo seufzte innerlich, bedeutete dies doch, dass er, sobald der Kardinal am Abend sein Büro verlassen hatte, auf Knien den Boden absuchen musste, um einmal mehr die aus der Fassung gesprengten Edelsteine aufzulesen. Für den Augenblick jedoch trachtete er danach, sich aus der Reichweite seines verstimmten Herrn zu begeben. Es wäre nicht das erste Mal, dass dem Goldbecher weitere Gegenstände folgen würden … Beinahe hatte er das rettende Vorzimmer erreicht, als die dröhnende Stimme des Kardinals ihn zurückhielt. »Einfach unfassbar, was man sich alles gefallen lassen muss, nur weil man seine Arbeit tut!«

Enzo seufzte ein zweites Mal. Zwar hatte sein Brotherr ihn nicht direkt angesprochen, doch Enzo kannte die Anzeichen. Entgegen seiner sonstigen Routine, dass auf Sturm stets Ruhe folgte, schien Seine Eminenz heute in Plauderstimmung zu sein. In diesem Fall gebührte seinem Sekretär die Rolle des Zuhörers. Ob er nun wollte oder nicht. Was wiederum bedeutete, dass ihm ein ellenlanger Monolog bevorstand. Er setzte ein angemessen interessiertes Gesicht auf und wandte sich zurück.

Der Kardinal hatte sich schon einen Grappa genehmigt und lief jetzt mit dem leeren Glas in der Hand vor seinem Schreibtisch auf und ab. »Die Welt ist *gierig*, Enzo! Sie wird von den Geißeln Neid und Missgunst beherrscht!«, begann er. Er hielt kurz inne, schenkte nach und gönnte sich einen weiteren großzügigen Schluck, ehe er mit unheilvoller Stimme fortfuhr: »Aber ich werde nichts vergessen, Enzo. *Nichts*!« Der erzürnte Blick des Kardinals verharrte auf seinem gehorsamen Diener, der ihm mit stummem Nicken Beifall zollte. Finzi-Contini setzte seine Wanderung fort. »Wenn ich erst den Fischerring trage, dann wird abgerechnet!«

In dieser Tonart ging es noch eine ganze Weile weiter. Enzo hatte längst gelernt, innerlich abzuschalten und bis auf ein gelegentliches zustimmendes Nicken seinen eigenen Gedanken nachzuhängen. Er wusste, was den Kardinal in seiner Aussage so zuversichtlich, ja geradezu sicher machte. Der Prälat Tommaso hatte ihm vor Jahren unter dem Siegel der Verschwiegenheit von der Prophezeiung der Schamanin gegenüber dem jungen Clemente Finzi-Contini erzählt. Enzo mochte den Prälaten. Der Jugendfreund des Kardinals war so ganz anders als sein Herr. Dabei hatte er durchaus wichtige Aufgaben zu erledigen, gehörte er doch der vom vorherigen Papst gegründeten Finanzaufsichtsbehörde AIF an und überwachte als deren Direktor die Geldgeschäfte der Vatikanbank.

Er suchte Seine Eminenz mindestens ein- bis zweimal die Woche auf, und er musste sich dazu nie vorher anmelden. Der Prälat zeigte dann auf die Verbindungstür und erkundigte sich mit einem Lächeln: »Ist *Seine Heiligkeit* da?« Er war der Einzige, der sich solche Frechheiten gegenüber dem Kardinal herausnehmen durfte. Der Monolog seines Superiors hielt weiter an. Verstohlen sah Enzo auf die Uhr. Er hüstelte. Beim zweiten Mal konnte er damit Aufmerksamkeit erregen. »Es ist Zeit, Eure Eminenz. Die Messe zu Ehren von …«

»Ja, ja.« Der Kardinal wedelte ungeduldig mit den Händen. »Geht!«

Kurz darauf erschien Enzo wieder im Türrahmen. Über dem Unterarm trug er den frisch gereinigten violetten Kardinalsrock, der noch in einer Plastikfolie steckte.

Der Kardinal folgte ihm in den Nebenraum, der ihm als Ankleide und gelegentlich auch als Schlafraum diente, wenn es zu spät wurde, seinen feudalen Palazzo aufzusuchen, den er am Rande des Parks der Villa Borghese unterhielt. Er schlüpfte aus seinem schwarzen Jackett, während Enzo noch mit der Plastikhülle kämpfte. Der Kardinal war indessen vor den Standspiegel getreten, doch er erblickte nicht sich selbst darin, sondern Papst Lorenzo. Er machte sich keine Illusionen über die Sympathien, die der neu gewählte Papst für ihn hegte. Der Spanier mochte ihn nicht. Was auf Gegenseitigkeit beruhte – doch leider saß Papst Lorenzo am längeren Hebel. Ganz im Gegensatz zu seinem Vorgänger, Papst Sixtus VI., hatte er für Finzi-Contini kein offenes Ohr. Früher war er bei Seiner Heiligkeit ein- und ausgegangen – ohne vorherige Anmeldung. Der neue Papst zeigte ihm diesbezüglich die kalte Schulter. Natürlich sahen sie sich zu den turnusmäßigen Sitzungen, die die Amtsgeschäfte der Kurie mit sich brachten, schließlich war er der Kardinalstaatssekretär. Wenn er jedoch um einen Termin unter vier Augen ersuchte, musste sein Sekretär Enzo mit sehr viel Nachdruck darauf bestehen. Nicht selten wurde der Termin dann noch kurzfristig abgesagt.

Finzi-Contini war überzeugt, dahinter steckte die Absicht, ihn zu demütigen. Er hatte den Spanier durchschaut – das neue Oberhaupt der Kirche tat nichts ohne Kalkül. Und wie immer entging den aufmerksamen Augen der Kurie nichts. Schon wurde in den Fluren gemunkelt, der Kardinalstaatssekretär Finzi-Contini wäre in Ungnade gefallen. Es gab nicht wenige, die sich darüber freuten. Der Kardinal wusste, dass seine Position derzeit nicht die beste war, womöglich stand sogar sein Amt als Kardinalstaatssekretär auf dem Prüfstand. Kürzlich hatte er das Gerücht aufgefangen, dass Papst Lorenzo einen seiner engsten Vertrauten, den Bischof von Toledo, in den Kardinalsstand erheben und in die Kurie des Kirchenstaates berufen wolle. Womöglich erwuchs ihm in diesem Bischof ein Rivale um sein Amt. Das würde er sich nicht gefallen lassen. Er schmiedete diesbezüglich bereits Pläne, allerdings musste er sehr vorsichtig vorgehen.

»Wenn Ihr so freundlich wäret, Eure Eminenz …« Enzo hatte zwischenzeitlich den Kampf gegen die hartnäckige Hülle gewonnen und verharrte abwartend, während der Kardinal sein Kollar ablegte. Sein Sekretär streifte ihm zunächst die weiße spitzendurchwirkte Chorkleidung über, gefolgt vom scharlachroten Talar und dem kurzen Schulterumhang, der Mozetta. Während Enzo mit verbissenem Gesicht das Zingulum, das Gürtelband, entwirrte, kehrten Finzi-Continis Gedanken zurück zum Morgen des verlorenen Konklaves. Es war aber auch zum Haareraufen! Kaum hatte er eine Schwierigkeit überwunden, baute sich die nächste vor ihm auf. Unwillkürlich fragte er sich, wie oft Gott ihn noch prüfen wollte, bevor er ihn des höchsten Amtes für würdig erachtete. Aber solange die Amtszeit des Spaniers noch lief, musste er gute Miene zum bösen Spiel machen. Zeit, die Spielregeln zu verschärfen. Er lächelte seinem Spiegelbild zu.

»Fertig, Eure Eminenz«, sagte Enzo und setzte ihm zuletzt das seidene rote Scheitelkäppchen, den Pileolus, auf. Von seinem Arm baumelte die schwere goldene Kette mit dem Kreuz aus Rubinen.

»Wenn Eure Eminenz den Kopf neigen würde …«

»Bist du verrückt, Enzo?«, fuhr er diesen an. »Der Papst hält uns zu Bescheidenheit an! Ich folge seinem Beispiel. Gib mir das einfache Kreuz, das aus Silber.«

# MITTWOCH

*Tag 3*

# Kapitel 41

»Bischof Titus von Elsterich ist verschwunden«, informierte Stickler Rabea. Er erreichte sie am Morgen, kurz bevor sie die Casina betrat.

»Seit wann? Ich habe ihn noch Montagmorgen auf dem Deutschen Friedhof im Vatikan gesehen.«

»Tot oder lebendig?«

»Haha, sehr witzig! Der Bischof hatte ein geheimes Tête-à-Tête mit einem hohen Tier aus der Kurie.« Rabea rückte absichtlich nicht mit der Information über Finzi-Contini heraus.

»Warum erfahre ich das erst jetzt?«

»Weil ich die beiden nur gesehen habe, aber kein Wort ihrer Unterhaltung aufschnappen konnte. Ich recherchiere noch.«

»Dann recherchiere schneller.«

»Machst du heute einen auf Komiker, oder was? Erzähl mir lieber, woher du weißt, dass der Bischof verschwunden ist. Ich nehme kaum an, dass das Laimburger Bistum eine Vermisstenanzeige aufgegeben hat.«

»Nein, aber die suchen ihn. Angeblich wollte er am Montag seine Schwester auf ihrem Gutshof besuchen und am Nachmittag zurück in Laimburg sein. Ich habe mich bei den Kollegen umgehört, die dort auf gut Glück herumlungern. Kein Mensch hat ihn dort seitdem gesehen.«

»Das bedeutet, er hat gelogen, und der Besuch bei seiner Schwester war nur ein Vorwand, um seine Reise nach Rom zu verschleiern.«

»Das ist einen Artikel wert: *Bischof von Elsterich inkognito in Rom*. Hast du wenigstens Fotos von der Begegnung?«

»Ich bin doch kein Amateur.«

»Gut, hau sie mir rüber, ich fabriziere dann was.«

»Nein.«

»Nein? Was soll das heißen?«

»Nein heißt nein. Die Story ist noch nicht reif.«

»Die ist so reif wie Limburger Käse. Soll sie noch mehr stinken?«

»Oh ja, das soll sie! Gib mir noch ein paar Tage Zeit, ich bin einer heißen Sache auf der Spur.«

»Wer ist das hohe Kurien-Tier, mit dem sich der Bischof getroffen hat? Der hängt mit drin, oder?«, kombinierte Stickler als alter Hase.

»Sag ich dir nicht.«

»Du bist gefeuert, Rosenthal.«

»Dir auch einen schönen Tag, Hans.« Rabea legte auf. Ihr war leicht übel. Verdammt, wo war der Bischof? Bang dachte sie an Sticklers Freund, den Detektiv Herbert, der nach wie vor als vermisst galt. Was sollte sie tun? Finzi-Contini mit den Fotos konfrontieren, die sie von der Begegnung am Adlerbrunnen geschossen hatte?

Kurz darauf klingelte ihr Telefon erneut. Diesmal war es Lucie.

»Hi, Rabea, ich bin's. Hast du gerade Zeit?« Ihre Freundin klang bedrückt.

»Natürlich, Lucie. Wo brennt es denn?« Sie entfernte sich ein wenig von den anderen, die ebenfalls vor der Casina eintrudelten.

»Ich glaube, Andrea hat mich gerade abserviert.«

»Ist nicht wahr. Wie?«

»Per SMS.«

»Auch die feine Art. Lies vor.«

*»Liebe Lucie, es war eine schöne Zeit mit Dir. Ich habe begriffen, dass es Dir nicht ernst mit mir ist. Ich wünsche Dir viel Glück. Andrea«*

»Kurz, knackig und ziemlich feige. Sieh es so: Jetzt musst du keine endgültige Entscheidung mehr treffen. Außerdem hast du ja Mr Perfect.«

»Stimmt schon, aber etwas daran ist eigenartig. Ich habe gleich versucht, ihn anzurufen, weil ich finde, dazu hätte er ein paar Takte verdient. Aber sein Handy ist abgemeldet. Ganz schön fix, finde ich. Zuerst habe ich angenommen, dass der fiese 007-Brite wieder seine Hände im Spiel gehabt hat. Fonton neigt ja manchmal zu Übereifer. Daher habe ich Karl Benrath kontaktiert und gefragt, ob er noch eine Nummer von Andrea hätte. Weißt du, was er mir erzählt hat?«

»Nein?«

»Dass er gerade ein Schreiben der Consulting-Firma Clusky-Anders-schieß-mich-tot erhalten hat, mit dem deren Mandant das Angebot für Magalis Minen zurückgezogen hat. Das war fast zeitgleich mit der SMS von Andrea.«

»Und jetzt fragst du dich, ob beides zusammenhängt.«

»Natürlich. Wir hatten ja schon über den Interessenkonflikt gesprochen. Meinst du, er hat sich nur deshalb an mich herangemacht, weil er sich davon einen geschäftlichen Vorteil erhofft hatte?«

»Das wäre zwar fies, aber durchaus plausibel. Es wäre schließlich nicht das erste Mal, Lucie, oder? Das mag zwar kein Trost für dich sein, aber umso lockerer kannst du die SMS nehmen.«

»Und ich doofe Kuh habe mir die ganze Zeit Gedanken gemacht, dass ich Andrea verletzen könnte! Ich glaube, ich bitte den fiesen Briten doch, Jonathan unter die Lupe zu nehmen, bevor ich mich weiter mit ihm einlasse. Langsam habe ich keinen Nerv mehr für Überraschungen der dritten Art.«

»Sehr vernünftig, Lucie.«

»Ich muss ihn nur noch auftreiben. Er ist schon wieder mal auf geheimer Mission. Ich habe ihn nur kurz am Telefon erreicht, und er sagte, er riefe zurück. Wir kommen übrigens nach Rom«, wechselte Lucie abrupt das Thema.

»Wer ist wir?«

»Na, Jonathan und ich. Am Wochenende. Er hat einen Privatjet, wusste ich gar nicht. Er hat für uns im Hassler an der Spanischen Treppe gebucht. Halt dir den Samstagabend frei, wir gehen alle zusammen essen. Ciao, ich muss los. Umarmung.« Lucie hatte aufgelegt, bevor Rabea noch etwas erwidern oder sie auf ihr inkonsequentes Handeln bezüglich Jonathan hinweisen konnte.

»Guten Morgen, Frau Rosenthal«, wurde sie in diesem Moment von Pater Matuschek angesprochen, der hinter ihr aufgetaucht war. »Verspätet sich Pater von Stetten, äh, Herr von Stetten heute?«

»Nein, ich muss ihn entschuldigen. Es geht ihm nicht besonders.«

»Oh, ich hoffe doch, es fehlt ihm nichts Ernstes?«

»Nur eine kleine Unpässlichkeit. Morgen ist er sicher wieder auf dem Damm.« *Vorausgesetzt, der Erpresser meldet sich, und die Übergabe verläuft nach Plan*, ergänzte Rabea für sich.

# Kapitel 42

Die Übergabe verlief nicht nach Plan.

Der Erpresser, der sich selbst Alpha nannte, hatte sich erst am späten Mittwochnachmittag bei Lukas zurückgemeldet. Als Übergabeort hatte er einen kleinen Park ausgewählt, der dem ehemaligen Anwesen von Carlotta van Kampen genau gegenüberlag. Für Rabea und Lukas war die Villa mit traurigen Erinnerungen verknüpft: Gemeinsam mit Pater Simone war Rabea vor zwei Jahren in deren weitläufigen Kellerräumen gefangen gehalten worden. Für den armen Simone hatte das Abenteuer tödlich geendet. Rabea empfand die Wahl des Ortes deshalb als schlechtes Omen.

Damit Lukas nicht selbst bei der Polizei in Erscheinung treten musste, hatte er gleich am Dienstag einen Anwalt namens Carlo Pierangeli kontaktiert und ihn über alle Vorgänge bezüglich der Erpressung informiert. Der kleine italienische Anwalt hatte schon vor zwei Jahren Kautionsverhandlungen für ihn geführt und ihn den Händen eines ehrgeizigen Commissarios entrissen, der Lukas des Mordes am Generaloberen Bentivoglio verdächtigt hatte. Nach den unangenehmen Erfahrungen von damals waren auf Pierangelis anwaltlichen Rat hin die italienischen Behörden frühzeitig in den aktuellen Erpressungsfall eingeschaltet worden.

James Fonton selbst hatte vier seiner erfahrensten Männer mitgebracht. Sie waren gegen 17:00 Uhr in der Wohnung der Familie von Stetten eingetroffen und hatten im Wohnzimmer ihre Kommandozentrale eingerichtet. Die italienische Polizei würde den Einsatz vor Ort leiten, aber Fonton wollte nichts dem Zufall überlassen. Dem vST-Firmenjet am Nachmittag war zu Lukas' Überraschung auch sein Vater Heinrich entstiegen. »Sieh mich nicht so an, mein Sohn«, sagte dieser. »Du wirst erpresst, und die Ursache sind meine Geschäfte. Denkst du, das wäre nicht wichtig für mich?«

»Natürlich, entschuldige. Ich hatte einfach nicht mit dir gerechnet.«

»Wo ist Rabea?«

»Sie hält die Stellung in der Ethikkommission.«

»Na, da ist sie ja mal gut aufgehoben. Und wer sind Sie?«, wandte sich Heinrich von Stetten fragend an Ryan. Dieser trat einen Schritt vor und streckte die Hand aus. »Ryan MacKenzie.«

»Ah, der amerikanische Freund von Rabea.«

»Du hast schon von ihm gehört?«, fragte Lukas verblüfft.

»Natürlich. Wer wäre je dem Informationsfluss deiner Schwester entkommen. Gibt es etwas Neues?«, erkundigte sich der alte Patriarch als Nächstes.

Fonton hatte sein Gespräch mit seinem Stellvertreter unterbrochen und kam auf sie zu. »Gerade ist noch eine zweite Nachricht eingegangen.« Er hielt Lukas' Smartphone in der Hand, das er ihm überlassen hatte, damit Fonton es mit einem Programm versah, das zielgenauer als das übliche GPS arbeitete. Die SMS des Erpressers war kurz: *»Nicht ungeduldig werden, es könnte etwas später werden.«*

Die erste Nachricht war ausführlicher gewesen und hatte neben Ort und Uhrzeit nochmals die Warnung enthalten, keine Polizei einzuschalten. »Wie lautet der Plan?«, richtete Lukas seine Frage an den vST-Sicherheitschef.

»Die italienische Polizei hat ein halbes Dutzend Leute zur Verfügung gestellt. Sie sind in Zivil unterwegs und bleiben vorerst im Hintergrund«, berichtete Fonton. »Sobald der Erpresser vor Ort Kontakt mit Ihnen aufgenommen hat, wird das Diplomatenviertel komplett abgeriegelt. Niemand kommt mehr hinein oder heraus. Unser Vorteil ist, dass dieser Bereich der Stadt extrem gut kontrolliert ist. So können wir zum Beispiel auf eine fast flächendeckende Videoüberwachung zurückgreifen.«

»Mit anderen Worten, der Erpresser hat schlechte Karten.«

»Sehr schlechte Karten. Es müsste mit dem Teufel zugehen, wenn wir ihn nicht schnappen sollten.«

»Dann hoffe ich, dass der Teufel heute Nacht anderweitig beschäftigt ist«, erwiderte Lukas trocken.

Kurz vor Mitternacht befolgte Lukas die Anweisung des Erpressers und nahm seinen Platz auf der Bank unter einer Platane im Park ein.

Er hatte sich seinen Weg mit einer Taschenlampe suchen müssen, nachdem plötzlich um 23:45 Uhr im gesamten Viertel der Strom ausgefallen war und sich auch das Wetter mit dem Erpresser verbündet zu haben schien: Zum ersten Mal seit zehn Tagen war der Himmel über Rom bewölkt.

Da saß er nun, steif vor Anspannung, und umklammerte eine mit gefälschten Kopien gefüllte Aktentasche. Der unermüdliche Fonton hatte die Fälschungen herstellen lassen und sie Lukas mit der Versicherung ausgehändigt, dass die Fälschungen einer ersten Überprüfung standhalten würden. Da die Originale kostbar waren, insbesondere die Pergamente aus dem Lederbehälter, hatte Lukas angeregt, das Dokumentenpaket in Plastik einschweißen zu lassen. Es war davon auszugehen, dass der Erpresser über den Wert im Bilde war und alles andere seinen Argwohn wecken würde.

Lukas fingerte nervös an der Tasche herum. Seine persönliche Erfahrung mit der italienischen Polizei hatte sein Vertrauen in sie nachhaltig erschüttert, auch wenn der derzeitige Einsatzleiter, ein Mann in den späten Fünfzigern, einen kompetenten Eindruck hinterlassen hatte. Der Stromausfall machte nicht nur ihn nervös, sondern auch die Einsatzkräfte. Kein guter Start. Wie zu erwarten, hatte Fonton an alles gedacht, auch an Nachtsichtgeräte, sodass er und seine Männer Lukas trotz der widrigen Umstände im Auge behielten.

Die Zeit verstrich. Nichts geschah. Lukas checkte sein Zifferblatt. Mittlerweile war es zehn Minuten nach Mitternacht. In der Ferne konnte er die Geräusche der nächtlichen Hauptstadt hören, während um ihn herum beinahe gespenstische Stille herrschte. Die Dunkelheit verstärkte seine Beklemmung. Lukas wollte die Begegnung endlich hinter sich bringen. Fünf endlose Minuten später vernahm er ein leises brummendes Geräusch. Es näherte sich ihm, aber es fiel ihm schwer, die Richtung auszumachen. Mit einem Mal begriff Lukas, dass das Geräusch direkt über ihm war. Er hob ungläubig den Kopf. Unvermittelt stieß etwas schmerzhaft an seine Wange. Das unbekannte Etwas drehte bei, surrte dicht an seinem Gesicht vorbei und setzte neben ihm auf der Bank auf. Lukas richtete den Kegel seiner Taschenlampe darauf und erkannte verblüfft eine Art Drohne. Bevor er realisierte, was dies zu bedeuten hatte, erklang eine verzerrte Stimme. »Zu schade, dass Sie jetzt Ihr Gesicht nicht sehen können«, sagte diese. »Wie erwartet, sind Sie nicht allein gekommen. Sie dachten wohl, Sie können Alpha hintergehen? Her mit den Unterlagen«, befahl die Stimme drohend, während sich gleichzeitig eine Klappe öffnete und eine Art Schublade aus der Drohne fuhr. Lukas legte wie befohlen die verpackten Unterlagen in das Fach. Die Schublade fuhr sofort ein, und die Drohne hob ab. Innerhalb von Sekunden hatte der nächtliche Himmel sie wieder verschluckt. Das ganze Prozedere hatte nicht länger als eine Minute gedauert.

Vor ihm tauchte Ryan aus der Dunkelheit auf, gefolgt von Fonton. Beide trugen noch ihre Nachtsichtgeräte. »Was war das? Eine Drohne?«, rief Ryan und drehte sich mit in den Nacken gelegtem Kopf um sich selbst.

»Sieht so aus.«

»Unglaublich.« Fonton riss sich das Gerät herunter, ebenso

wie Ryan. »Das Ding war damit nicht zu erkennen, es sonderte null Wärmestrahlung ab. Es muss über eine Spezialabschirmung verfügen. Verdammt, wer ist dieser Kerl?«

»Der Kerl heißt Massimo Trapano!«, sagte plötzlich eine weitere Stimme. Lukas fuhr herum. Diese Stimme kannte er! Aus der Dunkelheit trat ein Mann zu ihnen, dicht gefolgt vom italienischen Einsatzleiter.

»Jules? Was machst du denn hier?!«, rief Lukas völlig entgeistert. Sie umarmten sich kurz, während Jules antwortete: »Ich habe einen Tipp gekriegt und bin dem Mann gefolgt. Hab ihn leider verloren.«

»Sind Sie sicher, Lafitte, dass Trapano Alpha ist?«, vergewisserte sich Fonton. Lukas fiel auf, dass der Brite – im Gegensatz zu ihm – nicht sonderlich überrascht über Jules' Auftauchen schien.

»Ja, Massimo Trapano war das Genie hinter Carlotta van Kampen. Er zeichnet auch für den Stromausfall verantwortlich.«

»Und du hast ihn verloren?«, wunderte sich Lukas.

»Ja, kommt mit. Ich habe Trapanos Wagen entdeckt, er parkt außerhalb des Viertels. Der Einsatzleiter, Capitano Fossili, ist informiert, seine Männer bewachen den Van.«

»Trapano ist zu Fuß geflüchtet? Dann dürfte es nicht schwer sein, ihn zu schnappen«, meinte Fonton. »Um diese Zeit sind in dieser Gegend wenig Fußgänger unterwegs.«

»Warten Sie ab, Fonton, so einfach ist es nicht«, erwiderte Jules. Am Rande des Parks erwartete sie ein Polizeiwagen. Sie stiegen zu fünft ein, der Capitano fuhr selbst. Nach kurzer Fahrt erreichten sie einen weißen zerbeulten Fiat-Kastenwagen, auf dem in Großbuchstaben *Lavanderia Rossi* stand. Zwei Einsatzfahrzeuge parkten ihn ein, mehrere Polizisten standen daneben, rauchten und wirkten nicht besonders wachsam.

Jules und der Einsatzleiter streiften Latexhandschuhe über, dann zog der Einsatzleiter die Tür auf, und sie kletterten nacheinander hinein. Damit es drin nicht zu eng wurde, blieben Lukas, Ryan und Fonton draußen und spickten durch die offene Tür. Der Wagen war mit Bildschirmen und elektronischen Messgeräten überfrachtet, der Boden vermüllt. Bis auf eine Stelle in der Mitte. Jules griff nach einem Schraubenzieher. Damit fuhr er in eine Schlaufe und hob eine kreisrunde Luke an. Der Einsatzleiter beugte sich darüber. Darunter gähnte die dunkle Leere eines offenen Kanaldeckels. Wassergeräusche waren zu hören, es roch faulig. *»Maledetto!«*, entfuhr ihm der Fluch. *»La Cloaca Maxima!«*

Lukas und Fonton quetschten sich nun doch mit eingezogenen Köpfen in den Wagen. »Verdammt«, wiederholte Fonton auf Deutsch den Fluch des Capitanos, »Trapano ist in die Cloaca Maxima getürmt!«

»Ja, und vermutlich hat er damals van Kampen auf diese Art zur Flucht aus der Villa verholfen«, ergänzte Jules. »Der Mann ist clever.«

»Dieses Genie wird nicht lange brauchen, um festzustellen, dass er nur Kopien erhalten hat«, sagte Lukas resigniert. »Meine Frau und mein Sohn sind doch sicher, Fonton?«, wandte er sich besorgt an ihn. Er war erschreckend blass geworden.

»Natürlich, Herr von Stetten. Die Villa ist eine Festung, meine Leute sind in Alarmbereitschaft. Auch die Polizei patrouilliert regelmäßig. Machen Sie sich keine Sorgen. Mein Stellvertreter hat alles im Griff. Wir sind in ständigem Kontakt.«

»Rufen Sie ihn bitte gleich an und informieren Sie ihn über die aktuelle Lage«, wies Lukas ihn an. Er selbst entfernte sich einige Schritte von den anderen und telefonierte mit Magali. Er wusste, dass sie neben dem Telefon wachte. Sie versicherte ihm, dass in Nürnberg alles in bester Ordnung war und Matti ruhig in seinem Bett in der Villa schlief.

Jules wandte sich unterdessen an den Einsatzleiter Fossili. Er erklärte ihm mit knappen Worten die Zusammenhänge mit den früheren Ereignissen und äußerte den Verdacht, dass sich der Erpresser in die Villa geflüchtet haben könnte. Er schlug vor, die Katakomben der Villa nochmals gründlich zu durchsuchen. Capitano Fossili fand die Erklärung plausibel und versprach, die Erlaubnis der Stiftungsleitung für eine Durchsuchung der Kellerräume einzuholen.

Im gleichen Moment gingen alle Lichter wieder an.

»Sie sind rechtzeitig zurück«, nahm Ryan überraschend Jules zur Seite. Sie entfernten sich einige Schritte von Lukas und Fonton, die sich leise berieten.

»James Fonton sagte mir, Laptop und Handy Saul Kaschinskis befänden sich in Ihrem Besitz?«

»Die DIA interessiert sich für den Mann? Wurde aber auch Zeit.«

»Wir hatten uns gemeinsam mit den kanadischen Behörden in Spanien um eine Auslieferung bemüht, aber jemand ist uns zuvorgekommen«, sagte Ryan indigniert.

»Dann vermute ich, Sie haben ihn jetzt? James Fonton hat Ihnen den Mann übergeben?«

»Das habe ich, in der Tat«, sagte Fonton hinter Jules. Er und Lukas waren zu ihnen getreten.

»Darum warst du in Nürnberg«, kombinierte Lukas, »um Kaschinski abzuholen!«

»Korrekt, von der Speicherkarte habe ich erst vor Ort von James Fonton erfahren. Er kannte die Zusammenhänge und zog mich ins Vertrauen«, sagte Ryan.

»Jetzt verstehe ich! Sollte ich ins Visier des Gegners geraten, dann auch Rabea. Deshalb bist du nach Rom gekommen, Ryan? Aus Sorge um Rabea?«

»Nicht nur, aber auch«, bestätigte Ryan.

»Vielleicht hättest du das früher erwähnen sollen, hätte uns eine Menge Geplänkel erspart.«

Ryan nickte und wandte sich wieder Jules zu. »Ich muss Sie bitten, mir Kaschinskis Sachen auszuhändigen. Außerdem benötige ich Zugriff auf Ihre bisherigen Erkenntnisse.«

»Sind Sie im Bilde, dass Kaschinski das gleiche Verschlüsselungsprogramm wie die NSA benutzt?«, erkundigte sich Jules zunächst.

»Sagen Sie jetzt nicht, Sie hätten das Programm geknackt! Das ist unmöglich.«

»Nein, das nicht.«

»Was soll daran so Besonderes sein?«, fragte Lukas und blickte ratlos von einem zum anderen.

»Das Programm gilt derzeit als das sicherste System seiner Art. Die Amis haben nach der Petraeus-Schlappe ihre gesamte Net-Kommunikation umgestellt, fast alle ihre Dienste laufen inzwischen darüber. Das Besondere daran ist jedoch: Nicht eine Horde NSA-IT-Experten hat es entwickelt, sondern ein junges Computergenie.«

Fonton nickte. »Und dieses Genie ist seit Kurzem mit Lucie von Stetten liiert. Jonathan Valder.«

»*Merde!*«, entfuhr es Jules. »Warum weiß ich nichts davon?«

»Vermutlich, weil du keine Klatschspalten liest«, erklärte Lukas spitz. »Wir müssen sofort meine Schwester warnen.«

»Das übernehme ich«, sagte Fonton knapp, ohne zu erwähnen, dass er längst ein Auge auf beide hatte – nicht zuletzt dank Rabeas Tipp. Es würde ihr kleines Geheimnis bleiben. Bis dato war nichts an Jonathan Valder auffällig gewesen, das ein sofortiges Eingreifen gerechtfertigt hätte.

»Nein, ich spreche selbst mit ihr«, widersprach Lukas.

»Sie ist schlechte Nachrichten von mir gewohnt, Herr von Stetten«, sagte Fonton in seiner staubtrockenen Art.

»Das entscheiden wir morgen früh, nicht um ein Uhr nachts, Herr Fonton.«

»Fragt sich nur, warum sich dieser Valder an sie herangemacht hat. Was will er? Informationen?« Jules nahm Ryan ins Visier. »Ich glaube, Ihre Dienste haben ein Problem. Valder und Lucie von Stetten, das ist kein Zufall. Einmal angenommen, Valder arbeitet wie Kaschinski für die *Sieben*, dann sollten Sie davon ausgehen, dass sich in ESB ein Spy-Rootkit verbirgt, das es den *Sieben* ermöglicht, die Kommunikation der amerikanischen Dienste abzuhören.«

»Das wäre mal eine gepfefferte Ironie. Die NSA wird selbst abgehört«, kommentierte Fonton, während Ryan aussah, als hätte er gerade die fetteste Kröte seiner Karriere geschluckt. »Das ist absolut unmöglich«, wehrte er entschieden ab. Aber er griff nun seinerseits zu seinem Dienst-Smartphone, steckte den Akku hinein, den er noch in Nürnberg herausgenommen hatte, aktivierte es und wählte eine Nummer. »Director Clayton? Hier spricht Ryan MacKenzie.«

»Wurde auch Zeit, dass Sie sich melden, verdammt!«, bellte es ihm für alle hörbar entgegen.

Endlich ließ man Rabea durch die Absperrung vor dem Park. Sie war knapp davor gewesen, verhaftet zu werden, weil sie die Polizisten nicht nur bedrängt, sondern zweimal versucht hatte, sich heimlich hindurchzuschmuggeln. Wie von einer Bogensehne abgeschossen, schnellte sie auf die kleine Gruppe zu. Sie sah noch, wie Fonton sich entfernte und in einen bereitstehenden Wagen stieg, während ihr Ryan, Lukas und Jules entgegenkamen. Als sie Jules erkannte, stieß sie einen Schrei aus und flog ihm in die Arme. »Geil, es hat geklappt, du wandelst wieder unter uns Normalsterblichen.«

»Ja, dank deiner Hilfe«, sagte Jules, dessen Gesicht ein breites Grinsen schmückte.

»Welche Hilfe?«, fragten Lukas und Ryan fast gleichzeitig.

»Kleine Cyberattacke. Erklären wir euch später«, antwortete Rabea. »Los, bringt mich auf den neuesten Stand. Wie ist es gelaufen?«

Jules und Lukas wechselten sich mit dem Bericht ab. Zuletzt kamen sie auf Lucies Freund Jonathan Valder zu sprechen. Als Rabea von den neuesten Entwicklungen hörte, war sie im Nachhinein heilfroh, dass sie Fonton früh genug hinzugezogen hatte. Zunächst trieb sie aber eine weitere Sorge um. »Mein Gott, Lukas, du bist ein Gefühlstrampel!«, fuhr sie ihn an. »Wie kannst du es Fonton überlassen, Lucie über Jonathan zu informieren? Ich muss sie sofort anrufen. Hoffentlich ist es noch nicht zu spät.«

»Langsam, Rabea, wir wollten sie auch erst morgen früh informieren.«

»Nein, ich rufe Lucie jetzt gleich an«, beharrte Rabea. Sie ärgerte sich hauptsächlich über sich selbst. Sie hätte längst mit Lucie über Jonathan Valder sprechen sollen. Aber Lucie war so offensichtlich verliebt in den Mann, dass sie es bis dato nicht übers Herz gebracht hatte, ihr die Illusion zu rauben – zumal sie sich darauf verlassen konnte, dass Fonton über ihre Freundin wachte. Und, sie musste es ehrlich zugeben, auch sie war dem Charme von Mr Perfect gegenüber nicht unempfänglich gewesen. Sein Engagement für eine bessere und sauberere Welt durch eine Freie-Energie-Technologie war ihr ehrlich erschienen.

»Es ist fast 1:30 Uhr nachts, Rabea! Lass Lucie noch die paar Stunden. Wir fahren in die Wohnung und gönnen uns selbst eine Mütze Schlaf. Einverstanden?« Obwohl Lukas schon jetzt wusste, dass er aus Sorge um seine Familie kein Auge zutun würde. Trapano hatte sie überlistet, und er war entwischt. Was würde er tun, wenn er feststellte, dass er ihm Fälschungen untergejubelt hatte? Vielleicht wäre es eine gute Idee, wenn er Magali und Matti aus Nürnberg fortbringen würde und an einem geheimen Ort versteckte, bis die Sache völlig ausgestanden war? Er würde das sofort mit seinem Vater und Fonton besprechen. Indessen erhielt er von Jules Unterstützung: »Lukas hat recht, Rabea. Es reicht, wenn Lucie es am Morgen erfährt.«

»Also gut«, hörte er Rabea antworten, »ausnahmsweise beuge ich mich der Stimme der Vernunft.«

## Kapitel 43

### *Massimo*

### *Cloaca Maxima*

Wütend stapfte Massimo durch das knöcheltiefe Wasser. Seine Wut absorbierte alles, die Kälte, die Nässe, den Gestank. *Beinahe hätte ihn dieser schwule Von-Stetten-Freund erwischt!* Er hasste Schwule für all das, was sie ihm als Kind angetan hatten. Er verstand nicht, wie der Mann ihm auf die Schliche hatte kommen können. Das war ihm noch nie passiert. Er hatte alles akribisch geplant, keine Spuren hinterlassen, und trotzdem befand er sich jetzt auf der Flucht. Seinen Wagen hatte er auch verloren. Wenigstens hatte er sich die Dokumente aus der Drohne schnappen und den Packen in sein Hemd stopfen können. Er war begierig darauf, ihn zu sichten, aber hier unten war das Risiko wegen der Feuchtigkeit zu groß.

Heftiges Seitenstechen ließ Massimo innehalten. Er war es nicht gewohnt, viel herumzulaufen, und in den letzten Jahren hatte er einiges Fett angesetzt. Er lehnte sich an die Mauer und stützte seine Hände auf die Knie. Mit dem nachlassenden Schmerz setzte auch sein Verstand wieder ein. Massimo rief sich den Verlauf der Cloaca ins Gedächtnis. Er hatte die verzweigten Abwasserkanäle aus dem 6. Jahrhundert vor Christus vor Jahren mithilfe seiner kleinen Drohnenfreunde kartografiert. Dabei hatte er mehrere Zugänge entdeckt, die in Fundamenten und Kellern von Privathäusern endeten, von denen die Besitzer selbst nichts ahnten.

Seine größte Entdeckung war jedoch ein Zugang gewesen, der ihn direkt in die Nekropole unterhalb des Petersdoms geführt hatte. Er hatte ihn stolz Carlotta gezeigt, und sie war sehr angetan davon gewesen, einen eigenen geheimen Zugang in den Vatikanstaat zu besitzen, mitten hinein in sein Herz, den Petersdom.

Jetzt gerade war er auf dem Weg in sein Labor, das er sich vor drei Jahren tief unter Carlottas Villa eingerichtet hatte. Es besaß ebenfalls einen Zugang zur Cloaca, der es ihm seinerzeit ermöglicht hatte, der verletzten Carlotta zur Flucht zu verhelfen. Die italienische Polizei hatte natürlich alles abgesucht, aber sein Labor nicht gefunden. *Stümper!* Auch die neuen Besitzer der Villa, eine Kirchenstiftung, ahnte nichts von ihrem heimlichen Untermieter. Massimo hegte den Verdacht, dass der Vatikan Carlottas Anwesen nur aus einem Grund gekauft hatte: Sie hofften, darin noch irgendwelche versteckten Dokumente zu finden. *Idioten!* Als wenn Carlotta oder er solche Kostbarkeiten dort gelagert hätten! Das Anwesen wurde nachts durch eine Alarmanlage und Videoüberwachung geschützt – für ihn eine Fingerübung, beides zu deaktivieren und die Bilder der Kameras zu überbrücken. Sobald der letzte Mitarbeiter nach Hause gegangen war, konnte er in der Villa umherspazieren, wie es ihm beliebte.

Vorsichtig näherte er sich seinem Ziel. Die Cloaca machte hier einen leichten Knick. Er blieb stehen und horchte. Doch nur das Gurgeln des Wassers war zu hören und das stete Plopp-Plopp von Tropfen, die sich von der Decke lösten und in die Rinne plumpsten. Keine Stimmen oder Lichter, die durch die Dunkelheit irrten, niemand, der nach ihm suchte. Massimo überwand die letzten fünfzig Meter. Seine Augen suchten und fanden den Einstieg unter der Decke in der Wand, nicht mehr als eine blinde Nische. Da sich die Mauer darunter etwas nach außen wölbte, war die Nische mit bloßem Auge kaum erkennbar – besonders wenn man nicht wusste, wonach man suchte.

Massimo zog ein kleines Gerät hervor und aktivierte eine Funkfrequenz. Aus dem dunklen Zugang klang ein Surren, dann fuhr eine Leiter heraus, neigte sich um 180 Grad und senkte sich zu ihm herab. Massimo ergriff sie, kletterte schwerfällig hinauf und in das Loch hinein. Hinter ihm fuhr die Leiter ein, die Nische verschloss sich, wurde wieder unsichtbar. Er überwand mehrere Meter auf allen vieren kriechend, bis der niedrige Gang in eine kleine Höhle mündete, in der er aufrecht stehen konnte. Eine im Fels getarnte Tür hatte sich wie von Geisterhand vor ihm geöffnet. Massimo lächelte stolz. Er war gestern schon hier gewesen, alles funktionierte einwandfrei, das Licht ging automatisch an, und die Systeme fuhren hoch. *Er war ein Genie!* Inzwischen hatte sich seine Wut etwas gelegt. Immerhin hatte er die Dokumente, und er war in Sicherheit. Zunächst aber verspürte er einen Mordshunger, gepaart mit einem leichten Schwindel. Er war überzuckert und brauchte dringend eine Spritze.

Er zog seine Beute aus dem Hemd und legte es auf der Konsole vor der Bildschirmwand ab. Einem Lederetui im Kühlschrank entnahm er eine Insulinspritze und verabreichte sich seine Dosis. Seine Vorräte hatte er gestern schon aufgefüllt. Er griff nach einem in Zellophan verpackten Tramezzino und schenkte sich ein Glas Orangensaft ein. Als er den Tetrapak zurückstellte, streiften seine Augen den silbernen luftdichten Mini-Koffer, in dem er seinen Spezial-Sprengstoff aufbewahrte. Dessen Zusammensetzung war sein Geheimnis. Er verschlang die Reste seines Sandwichs, wischte die Finger an seiner Hose ab und setzte seine Lesebrille auf.

Sodann widmete er sich der Plastikfolie, die er vorsichtig von den Dokumenten löste. Endlich lagen sie offen vor ihm. Schon nach wenigen Minuten stutzte er. Er holte sich ein Vergrößerungsglas, blätterte hektisch durch das Konvolut, und seine Augen blieben schließlich auf einem der Patente haften. Wie von der Tarantel gestochen schoss er hoch. *Unglaublich, der Pfaffe hatte ihn mit Fälschungen abgespeist!* Es war einfach nicht zu fassen. Dieser von Stetten verarschte ihn nach Strich und Faden!

Massimo wusste nicht mehr wohin mit seinem Zorn. Mit voller Wucht trat er gegen einen Mülleimer, der rumpelnd gegen die Wand knallte und seinen Inhalt auf dem Boden verteilte. Ihm folgte ein Monitor, noch ein zweiter, dann ein Multifunktionsdrucker, der mit Massimo-Extras bestückt war. Schwer atmend hielt Massimo schließlich in seinem Zerstörungswerk inne. Sein Kopf schmerzte, als wollte er zerbersten. Ein einziger Gedanke beherrschte ihn: *So lasse ich nicht mit mir umspringen!* Tief in ihm hallte noch immer das Gelächter der Kinder im Waisenhaus nach, die sich über ihn lustig gemacht hatten, und nun mischte sich auch noch das Hohngelächter des Von-Stetten-Pfaffen darunter. *Das darf er nicht!* Niemand durfte ihn so behandeln, ihn, Massimo Trapano, das Genie! Er ließ sich schwerfällig seinen Ledersessel sinken, Flucht und sein anschließendes Toben hatten ihn erschöpft. Auch musste er nachdenken. Carlotta hatte ihm versprochen, dass, sobald sie ihre gemeinsame Rache an der Kirche vollendet hatten, er mit seiner Erfindung an die Öffentlichkeit gehen durfte. Sie hatte ihm den Nobelpreis versprochen! Und seine Freundin hatte immer gehalten, was sie versprochen hatte. Aber Carlotta war tot. Er musste sich daher selbst zu seinem Recht verhelfen. Er wollte endlich die Anerkennung, die ihm seit vielen Jahren zustand. Massimo verharrte noch eine ganze Weile in seinem Sessel, bis der stechende Schmerz in seinem Kopf nachließ und sich auf ein dumpfes, rhythmisches Pochen reduzierte. Endlich erhob er sich.

Er wusste jetzt, was er zu tun hatte, und begann mit seinen Vorbereitungen.

# DONNERSTAG

*Tag 4*

# Kapitel 44

## *Lucie*

### *Hisarlik / Türkei*

Wären nicht die Erpressung und die Sorge um ihren Bruder und seine Familie gewesen, die ihr zusetzten, nichts hätte Lucies Glück trüben können.

Gleich am frühen Morgen hatte Jonathan sie im Camp mit einem Frühstück überrascht! Es war gegen sieben Uhr, kurz vor dem allgemeinen Wecken gewesen, als Geschirrklappern sie geweckt hatte. Noch völlig verschlafen war sie aus dem Zelt gekrochen, das sie sich mit Wiebke, einer jungen Studentin, teilte, und hatte, neben einem opulent gedeckten Frühstückstisch, ihren Freund entdeckt.

Staunend betrachtete sie das Arrangement auf silbernen Platten: eine Kanne Kaffee, frische Brötchen und Gebäck, Lachs, Käse, Eier, exotisches Obst – nichts fehlte.

Lächelnd reichte ihr Jonathan ein Glas Rosé-Champagner. »Guten Morgen, meine Wunderschöne! Ich hoffe, du hast gut geschlafen?«

»Ich glaube, ich bin noch gar nicht aufgewacht und träume noch!« Lucie rieb sich die Augen. Hinter ihr tauchte Wiebke im Zelteingang auf. »Wow, das nenne ich wahre Liebe! Dann lass ich euch zwei Turteltauben mal allein.«

»Du kannst gerne mit uns frühstücken, Wiebke. Das reicht sowieso für eine ganze Kompanie«, lud Lucie sie ein.

»Nein, es ist deine Überraschung, Lucie. Genießt es, ihr zwei.

Aber lasst mir gerne was übrig. Ich geh jetzt duschen, solange es noch heißes Wasser gibt.« Wiebke schnappte sich Kulturbeutel und Handtuch und schlenderte davon.

Jonathan rückte Lucie einen bequemen Korbsessel zurecht.

*Wo kam der denn her?* »Sag mal, wie hast du das ganze Zeugs hierhertransportiert?«

»Mit dem Hubschrauber.« Jonathan zeigte zum Fuß des Hügels.

»Du bist verrückt.«

»Ja, verrückt nach dir.« Er beugte sich zu ihr und küsste sie.

»Mr Perfect, du sagst immer die richtigen Sachen!« Lucie prostete ihm zu und gönnte sich einen Schluck Champagner. Er prickelte auf ihren Lippen genauso wie Jonathans Kuss.

Die Konturen der Berge hoben sich gegen den Himmel ab, als wären ihre Linien mit Feuer gezeichnet. Schon stieg die Sonne über sie hinweg und tauchte den Horizont in einem flammenden Rausch der Farben. Lucie fand, das Leben war herrlich!

Leider störte ausgerechnet jetzt das Klingeln ihres Handys den magischen Augenblick. Sie würde einfach nicht rangehen … Dann fiel ihr ein, dass es Lukas sein könnte. Sie hatte die ganze Nacht seine Unruhe spüren können und kaum eine Minute geschlafen. Darum hatte sie ihr Handy auch nicht deaktiviert, wie sie es sonst nachts tat. Sie stellte ihr Glas ab und entschuldigte sich kurz bei Jonathan. Doch nicht ihr Bruder rief an, sondern Rabea. *So früh?* Sie hob ab. »Hi, Rabea. Bist du aus dem Bett gefallen?« Danach hörte sie eine ganze Weile nur zu, während sie Jonathan ansah und ihr Blick, der zunächst nur ungläubig war, sich immer mehr verfinsterte. Einige Male warf sie Sätze ein wie »Das ist jetzt ein Scherz« oder »Bist du dir da ganz sicher?«.

Jonathan hatte längst begriffen, dass etwas Ungewöhnliches vor sich ging. Er hatte sich erhoben und drehte das Champagnerglas in seinen Händen. Lucie beendete das Gespräch mit den Worten: »Nein, überlass das mir, Rabea. Danke für alles. Ich hab dich lieb.« Sie legte auf und fixierte Jonathan.

»Was ist los, Lucie? Ist etwas passiert? Deine Familie?«, tastete sich Jonathan vor. Dabei war ihm längst bewusst, dass Lucie wütend war und nicht besorgt.

Lucie schüttelte den Kopf, nahm ihm das Glas aus der Hand und leerte es in einem Zug.

»Sachte, Lucie, du hast noch nichts gegessen«, warnte Jonathan.

»Sag mir eines, Jonathan, und sei jetzt ehrlich: Ist es wahr, dass du ein Programm namens ESB entwickelt hast?«

»Darum geht es also.« Jonathan war plötzlich auf der Hut. »Es stimmt, ich habe ESB entwickelt. Kryptoprogramme sind mein Beruf, Lucie. Aber meine Urheberschaft wird nicht an die große Glocke gehängt. Wenn deine Freundin das herausgefunden hat, bedeutet dies, dass sie über gute Quellen verfügt. Was ist das Problem?«

»Sie hat gesagt, dass du das Programm an die amerikanische Regierung verkauft hast.«

»Ich bin Geschäftsmann, ich lebe davon, die Software zu verkaufen, die meine Mitarbeiter und ich entwickeln. Es ist Daily Business.«

»Ach ja? Warum brannte dann vor dem Deal deine Wohnung aus und wurde dein Adoptivvater überfallen? Wenn so dein *Daily Business* aussieht, frage ich mich, wo *deine* Leibwächter sind?« Lucie deutete auf Fontons Mann im Hintergrund, mit dem Jonathan gleich bei seinem Eintreffen Bekanntschaft gemacht hatte. Sie beobachtete Jonathan genau. Sein Wangenmuskel zuckte. Lucie wartete seine Antwort nicht ab. »Ich hatte dich vorhin gebeten, ehrlich zu antworten, Jonathan, aber du hast mich angelogen! Es ist eindeutig, dass du dieses Programm nicht aus freien Stücken an die amerikanischen Regierung verkauft hast.«

»Lucie, selbst wenn deine Freundin behauptet, dass ich für

die Regierung arbeite, verstehe ich trotzdem nicht dein Problem«, sagte Jonathan ausweichend.

»Ehrlich!«, explodierte Lucie, »mich interessiert nicht die Bohne, für wen du arbeitest! Das ist mir so was von scheißegal!« Sie wich einen Schritt zurück, suchte sichtlich, sich zu beruhigen. »Also gut, Jonathan«, sagte sie, und ihre Stimme zitterte. Ich stelle dir eine Frage, und ich erwarte eine ehrliche Antwort: Sind wir uns in Istanbul nur zufällig begegnet, oder war das Treffen von dir geplant? Ich warne dich, ich werde es fühlen, wenn du mich anlügst. Also, war unsere Begegnung ein Zufall?«

Jonathan betrachtete seine Fußspitzen. Dann hob er den Kopf. »Nein«, sagte er leise.

»Oh, du verdammter Scheißkerl!« Lucie musste an Andrea denken, der sie ebenso benutzt hatte, und sah rot. Mit Schwung schmetterte sie ihr Champagnerglas Jonathan vor die Füße. »Verschwinde aus meinem Leben, ich will dich nie mehr wiedersehen!«, schrie sie und gab dem Ständer mit dem Champagnerkühler einen wütenden Tritt, sodass die Flasche den Weg hügelabwärts nahm. »Und nimm deinen ganzen verdammten Scheiß hier mit!« In ihrem Zorn stieß sie den Tisch um, und die ganze frische Herrlichkeit ergoss sich über den lehmigen Boden Hisarliks. Ihr blau funkelnder Blick traf ein letztes Mal auf den von Jonathan. Er fand Wut darin, aber noch sehr viel mehr, Enttäuschung und einen tiefen Schmerz, der sich heiß in sein eigenes Herz bohrte und sein Innerstes versengte. *Er hatte sie verloren. Und es war allein seine Schuld.*

Lucie wandte sich von ihm ab und lief bergan davon, brachte immer mehr Abstand zwischen sich und ihn. Hinter sich hörte Jonathan Schritte herannahmen. Lucies Bodyguard, der ihr folgte. Der Mann war in seinen späten Vierzigern, und er mochte Lucie zwar körperlich schützen können, aber nicht gegen Enttäuschungen. Beim Vorüberlaufen sah ihn der Mann kurz an, als überlege er, seine Machtlosigkeit in Herzensangelegenheiten damit zu kompensieren, indem er ihm eine verpasste. Jonathan hätte nichts dagegen gehabt – auch wenn kein Schmerz auf der Welt jenen, den er in seinem Inneren fühlte, überdecken könnte.

# Kapitel 45

## *Zwischen Himmel und Hölle*

Der Anruf erreichte Rabea am späten Nachmittag. »Ich bin's. Kannst du mich abholen?«

»Was rauscht denn da so, Lucie? Wo bist du?«

»Im Flieger nach Rom. Papa hat ihn mir geschickt. Ich bin völlig fertig, ich wollte nur noch weg, und Rom hat mir bei Liebeskummer schon einmal geholfen. Ich brauche dich und Lukas zum Ausheulen. Und ich glaube, Lukas braucht mich auch. Ich kann fühlen, dass es ihm nicht gut geht. Hätte er es mir nicht verboten, wäre ich schon viel früher gekommen. Also, holst du mich ab? Ich lande gegen 19:30 Uhr in Fiumicino.«

»Klar komme ich, Süße.«

Zwei Stunden später schloss Rabea ihre Freundin im Ankunftsterminal in die Arme. Sie gingen zu Rabeas Mietwagen. Als sie ihn startete, ertönten im Radio die Weather Girls.

»Hör mal, *It's raining men*. Dein Lieblingslied!«, rief Rabea übertrieben fröhlich und drehte den Ton lauter. Lucie beugte sich vor und stellte das Radio ab. »Ja, und ich hoffe vor allem, sie schlagen hart auf. Sehr hart«, knurrte sie.

»Och nee, Lucie, so schlimm?« Rabea biss sich auf die Lippe, um sich jeglichen Anflug eines Lächelns zu verkneifen. Lucie und die große Liebe waren scheinbar ein Oxymoron. »Vielleicht beschränkst du dich das nächste Mal wieder nur auf einen Mann? Ich meine, auch, um den Überblick nicht zu verlieren?«

»Du hast gut reden, Freundin! Als ob du es bisher besser auf die Reihe bekommen hättest.«

»Touché! Aber ich arbeite daran. Ryan ist übrigens auch hier in Rom. Er ist überraschend aufgetaucht.«

»Das hast du mir ja noch gar nicht erzählt.« Lucie rutschte kaum merklich etwas tiefer in den Sitz.

»Du hast mir ja auch nicht erzählt, dass du ihm gesagt hast, wo er mich finden könnte. *Du kleines raffiniertes Aas*«, fügte sie hinzu.

»Ich lerne von der Besten!«, verteidigte sich Lucie. »Apropos, das muss ich dir erzählen, bevor ich es vergesse … Weißt du, wer vorhin auch mit Privatflieger gelandet ist? Dein spezieller Freund! Dieser Häuptling, der Präsident werden will. Wie hieß er noch?«

»Was? Senator Whitewolf?«, reagierte Rabea verdutzt. »Bist du dir sicher? Was sucht der in Rom?«

»Woher soll ich das wissen? Du bist doch diejenige, die ihn kennt. Irre ich mich oder versetzt dich das in Unruhe?«

»Ich weiß nicht, irgendetwas sagt mir, dass er nicht zufällig ausgerechnet jetzt hier aufgekreuzt ist. Aber das ist jetzt nicht wichtig. Du bist wichtig. Wie geht es dir wegen allem?«

»Du meinst wegen Andrea und Jonathan? Wie soll es mir da schon gehen? Ich komme mir halt sehr töricht vor. Irgendetwas stimmt nicht mit mir, wenn ich immer wieder auf den gleichen Typ Mann hereinfalle.«

»Das würde ich in diesem speziellen Fall nicht sagen.« Rabea setzte den Blinker, um einen LKW zu überholen. »Vermutlich hat dich Jonathan vorab studiert, um deiner Vorstellung des Traumprinzen zu entsprechen. Du hattest gar keine Chance. Und zu deiner Ehrenrettung sei gesagt, dass vermutlich jede Frau dieses Planeten auf sein Aussehen und seinen Charme hereingefallen wäre – mich eingeschlossen.«

»Jetzt schwindelst du! Du wärst ihm sicher nicht auf den Leim gegangen, aber danke, dass du das sagst. Erzähl mir lieber, was du noch alles über meine Ex-Lover herausgefunden hast. Du hast am Telefon erwähnt, das wäre ein einziges riesiges Jonathan-Andrea-Komplott. Mach mich richtig wütend auf die beiden Scheißkerle. Das hilft mir, mich besser zu fühlen.«

Zwanzig Minuten später, sie fuhren gerade am Kolosseum vorbei, rief Lucie: »Erbarmen, Rabea, das ist alles so verwirrend. Die olle van Kampen hat Magali nicht nur ihre Coltan-Minen, sondern noch mehr geheimes Dokumenten-was-auch-immer-Gedöns hinterlassen, weswegen mein Bruder schon wieder erpresst wird. Jules wiederum legt sich mit Yussuf und Konsorten an, die gemeinsame Sache mit dem Vatikan machen, und irgendwer will sich alle Freie-Energie-Maschinen-Patente unter den Nagel reißen – nur damit die Wirtschaft normal weiterlaufen kann, alle daran verdienen können und Mutter Erde noch viele Jahrzehnte von der Energielobby unterjocht wird? Wir haben also die Chinesen, die Katholen und überhaupt die ganze Wirtschaftsmafia gegen uns aufgescheucht? Und darum habe ich gleich zwei falsche Lover am Hals? Wofür halten die mich? Stehe ich für die am Ende der Nahrungskette, oder was?«

»Nein, Lucie, im Gegenteil. Du warst für sie der Dreh- und Angelpunkt. Die haben mit Jonathan und Andrea versucht, jemanden im inneren Kern der Familie zu platzieren, um an zeitnahe Informationen zu kommen. Spione gehen so vor.«

»Und ich falle doppelt auf die herein. Jedenfalls weiß ich, wie ich mir zukünftig diese unliebsamen Überraschungen ersparen kann.«

»Wie denn?« Rabea umrundete halb die Via Nazionale und bog in die Via del Corso ein. Der dichte Verkehr im Centro Storico erforderte jetzt ihre volle Konzentration.

»Ich werde in Zukunft einen großen Bogen um jeden Mann machen.«

»Du entsagst der Liebe?«

»Nein, ich entsage den Enttäuschungen. Was ist? Glaubst du mir etwa nicht?«

»Ich versuche es. Aber …«

»Aber was?«

»Da könntest du genauso sagen, dass du dir nie mehr neue Schuhe kaufen willst.«

»Das, Freundin, zielt eindeutig unter die Gürtellinie.« Lucie verschränkte die Arme und schob ihre Unterlippe vor. Just in dem Moment passierten sie ein Schuhgeschäft, und Lucie kniff sofort die Augen fest zusammen.

# FREITAG

*Tag 5*

# Kapitel 46

## *Rom / Wohnung Via dei Coronari*

Rabea lief ungeduldig in der Küche auf und ab. »Dieses Warten macht mich noch verrückt.«

»Dein Gezappel macht es nicht besser. Kannst du dich nicht einmal für eine Minute hinsetzen?«, pflaumte Lukas sie an. Auch er war nervös. Er hielt sein Smartphone in der Hand und warf alle paar Sekunden einen Blick darauf. Er hatte gegen 18:30 Uhr eine Instant Message des Erpressers erhalten. Er sollte um Punkt 19:15 Uhr in der Wohnung sein und dort auf neue Anweisungen warten.

Alpha hatte seine Drohung gegen Lukas' Familie nicht erneuert, stattdessen blieb er seiner wirren Art zu kommunizieren treu, die erneut den Eindruck hinterließ, sie hätten es mit einem Irren zu tun. Zuletzt hatte er mit einem vagen »sonst passiert was« gedroht.

In einer ausgiebigen Beratung waren alle Beteiligten zu dem Schluss gekommen, dass Alpha vermutlich auch diesmal nur bluffte. Kurz stand daher die Frage mit im Raum, Alpha einfach zu ignorieren, oder wie es Rabea formulierte: »Lassen wir den Typ auflaufen! Der ist doch völlig meschugge! *Sonst passiert was?* Wo hat der ›Erpresser‹ gelernt? Bei Facebook?«

Doch Lukas wollte sich die Gelegenheit, Alpha doch noch zu fassen, nicht entgehen lassen. Zwar teilte er Rabeas Meinung, dass der Typ vermutlich verrückt war, aber er hatte bereits die Erfahrung gemacht, dass gerade Verrückte besonders dann gefährlich wurden, wenn sie sich nicht ernst genommen fühlten. Er wollte diese Angelegenheit zum Abschluss bringen und keine weiteren Video- oder Audiobotschaften erhalten. Und er hatte durchgesetzt, dass beim zweiten Versuch weder die Polizei noch sein Vater, respektive Fonton, involviert werden sollten. Die große Mannschaft hatte versagt, diesmal würde er es nur mit den Mitspielern Jules und Ryan durchziehen. Die beiden Männer saßen am Tisch, ihre Laptops vor sich, und versuchten, die Nachricht zurückzuverfolgen. Lucie saß zwischen ihnen und sah ihnen zu. Jules' leise Flüche zwischendurch ließen erkennen, dass ihr Erfolg bis dato gegen null tendierte.

Punkt 19:15 Uhr traf die angekündigte Nachricht bei Lukas ein:

*Halten Sie die ORIGINAL!!!-Unterlagen bereit. Ihre Schwester und Ihre Freunde sollen verschwinden. ALLE, bis auf die Rothaarige! JETZT!!! In dieser Sekunde, sonst passiert was! Ich habe Sprengstoff! Erst danach gibt es neue Instruktionen!*

Jules hatte sein und Ryans Handy vorher mit dem von Lukas verbunden und mitgelesen. »Er will *dich* dabeihaben?«, sagte er verständnislos zu Rabea, während Ryan reflexhaft auf Rabea zutrat, seinen Arm um sie legte und eine Miene aufsetzte, als würde seine Freundin die Wohnung nur über seine Leiche verlassen.

»Sprengstoff? Also jetzt dreht der völlig durch!«, sagte Lucie in einem Ton, als würde sie die Drohung keinen Moment lang ernst nehmen. Dennoch erlag sie einem ähnlichen Reflex wie Ryan. Sie sah sich in der Küche um, als erwarte sie in der nächsten Ecke eine Kugelbombe mit brennender Lunte zu entdecken.

Jules hingegen schnappte sich aus Rabeas Hand ihr Smartphone und verband es rasch mit dem von Lukas. Ihm war der Ausdruck in Rabeas Gesicht nicht entgangen. Nichts und niemand würde sie daran hindern, mit Lukas zu gehen. Es folgte ein kurzer hitziger Wortwechsel zwischen Rabea und Ryan, aus dem beide mit roten Gesichtern hervorgingen, und danach verließen Jules, Ryan und Lucie wie vom Erpresser gefordert die Wohnung und begaben sich in die Pizzeria um die Ecke, keine drei Gehminuten entfernt. Sobald sich Lukas und Rabea in Bewegung setzten, würden Jules und Ryan dem Sender folgen, den Lukas an seiner Kleidung trug. Einen zweiten Sender hatte Jules in der Tasche mit den Dokumenten angebracht. »Warum will der Erpresser Rabea dabeihaben? Was bezweckt er damit?«, stellte Ryan bereits im Treppenhaus die Frage. Die drei spekulierten den kurzen Weg bis zur Pizzeria darüber. Das Lokal war um diese Zeit noch leer. Obwohl keiner von ihnen Appetit verspürte, hatten sie etwas zum Essen bestellt.

»Ich denke, es ist ein Machtspiel«, sagte Jules. »Die bisherigen Nachrichten Alphas deuten darauf hin, dass er ein Aufmerksamkeitsdefizit hat. Was sagt das DIA-Profiler-Handbuch dazu?«

Ryan kaute auf einem Zahnstocher. »Dass das nicht zu weit hergeholt ist. Der Mann scheint sich selbst für ein Genie zu halten, vermutlich wurde ihm bis dato aber jede öffentliche Anerkennung verwehrt.«

»Also beste Voraussetzung für einen Soziopathen«, konstatierte Lucie.

»Bleiben wir bei dem Gedanken«, meinte Ryan. »Rabea ist Journalistin. Es ist möglich, dass sich der Typ die öffentliche Anerkennung jetzt durch sie verschaffen will.« Ryans Zahnstocher war durch, er nahm sich einen weiteren.

»Du meinst, er will sie dabeihaben, damit sie das ganze Geschehen dokumentiert?«, fragte Lucie.

»Yeah!«, stieß Ryan einen typisch amerikanischen Laut aus. »Seine persönliche Biografin.«

»Würde ins Bild passen. Wenn er sich da nur nicht verrechnet hat.« Jules ließ ein Lächeln erkennen.

»Wie meinst du das?«

»Du kennst Rabea noch nicht so lange wie wir. Es könnte für den Mann ausgehen wie das Hornberger Schießen.«

»Hornberger Schießen? Ich verstehe nicht …«

»Man könnte auch sagen, *Viel Lärm um nichts*«, erklärte Lucie.

»Ah, Shakespeare«, nickte Ryan.

»Auf jeden Fall haben wir eine Fifty-fifty-Chance, wenn sich Alpha mit Rabea auf eine Diskussion einlässt. Entweder er gibt auf oder er erschießt sie.«

»Vielen Dank, Jules. Du bist sehr hilfreich«, sagte Ryan gallig. Er sah zwischendurch immer wieder auf seine Uhr, er konnte seine Nervosität kaum mehr zügeln. »Es ist bereits kurz nach halb acht. Ich simse Rabea an, ob sich der Erpresser inzwischen gemeldet hat.« Er griff nach seinem Smartphone.

»Das kannst du dir sparen. Schon vergessen, ich bekomme die gleiche Nachricht auf …«

»Rabea hat gesimst!«, rief Ryan und zeigte Jules die Nachricht, die jedoch im selben Moment auch auf seinem Display aufschien:

*Nichts Neues, wir warten. R.*

»Wir auch«, murmelte Jules.

»Mir reicht es jetzt«, rief Ryan nach weiteren zehn Minuten. Er warf seine Serviette auf die unberührte Pizza. Der Kellner war deshalb schon mehrmals beunruhigt um ihren Tisch geschlichen. »Ich habe ein ungutes Gefühl bei der Sache.«

»Ich auch«, pflichtete ihm Lucie bei.

Jules checkte zum wiederholten Mal das Signal der beiden Sender auf seinem Smartphone. »Rabea und Lukas sind nach wie vor in der Wohnung«, sagte er.

»Wir sehen jetzt nach«, bestimmte Ryan. Er hatte damit gerechnet, dass Jules ihn zurückhalten würde, stattdessen sagte der: »Du hast recht. Irgendwas ist da faul.« Er warf ein paar

Scheine auf den Tisch. »Wir schleichen uns durch den Nebeneingang.«

Wenige Minuten später standen sie in der leeren Wohnung.

»*Merde*, dieser Trapano hat unsere Handys geknackt und das Signal der Sender blockiert!«

Lucie sank schockiert auf den nächsten Stuhl, während Ryan aussah, als wollte er irgendetwas zerstören.

# Kapitel 47

## *Rom / Questura di Roma / Polizeipräsidium*

Commissario Riccardo Grassa, der jüngste Beamte, der je zum Leiter des römischen Morddezernats berufen wurde, saß in seinem Büro und las einen langweiligen Bericht auf seinem PC. Plötzlich begann der Bildschirm zu flackern. Der Bericht verschwand, das Bild wurde schwarz, und eine Sekunde später erschien ein neuer Text. Obwohl die Buchstaben groß genug waren, beugte sich Grassa vor und las halblaut mit: »Hier spricht Alpha. Dies ist eine Nachricht für Lukas von Stetten: *Sie* benötigen eine Lektion. Hier kommt meine Antwort. In genau fünfzehn Minuten fliegt Santa Maria in Palmis an der Via Appia in die Luft!«

*Was war das für ein Mist?* Grassa drückte wie wild auf der Tastatur herum, aber das Programm reagierte nicht. Der Text ließ sich weder löschen noch konnte er eine andere Anwendung aufrufen. Er riss die Tür zu seinem Büro auf und schrie den nächsten Mitarbeiter an. »Schaff mir einen verdammten ITler hier rauf. Irgendein Spinner hat meinen PC gecrasht.« Sein Blick fiel auf den nächsten Bildschirm. Er zeigte das gleiche Standbild. Grassa sah sich um. Wohin er sah, jeder Bildschirm zeigte den gleichen Text. »Was ist das für eine verdammte Scheiße?«, brüllte er.

Er sah Inspektor D'Amico, einen seiner bewährtesten Kollegen, vom Ende des Flurs auf ihn zustürzen. Kurzatmig rief er schon von Weitem: »Wir wurden gehackt, Commissario!«

Jules und Ryan standen betroffen am Rande der Polizeiabsperrung an der Via Appia Antica und begutachteten die kümmerlichen Überreste der Kirche Santa Maria in Palmis, der Welt besser bekannt als Quo-Vadis-Kapelle. Die Trümmerlandschaft wurden taghell von Scheinwerfern erleuchtet, in deren Lichtkegeln der Staub wie diffuser Nebel waberte und alles und jeden im Umkreis mit seinem fahlen Grau überzog.

Dutzende italienische Feuerwehrleute, Brandermittler, Polizei, Carabinieri und Personen in Zivil stapften scheinbar ziellos in der Ruine umher und wirbelten weiteren Staub auf. Unzählige Schaulustige hatten sich bereits eingefunden; viele weinten und beteten, und natürlich war längst auch die unvermeidliche Presse eingetroffen. Immer noch rollten Übertragungswagen heran.

Nur Minuten, nachdem sie entdeckt hatten, dass Alpha ihre miteinander verbundenen Handys manipuliert und Rabeas Kurznachricht gefälscht war, um sie an ihrer Verfolgung zu hindern, hatte sich in Rom wie ein Lauffeuer die Nachricht eines Bombenanschlags verbreitet. Jules und Ryan, darauf geschult, Verknüpfungen und Muster zu erkennen, waren sofort losgefahren, als gleichzeitig bekannt wurde, dass es noch weitere Bombendrohungen gab, sowohl gegen Kirchen wie öffentliche Gebäude.

Kaum dass sie im Wagen saßen, meldete sich auf Ryans Handy ein DIA-Kollege namens Whitman. Der Agent, in der amerikanischen Botschaft stationiert, bestätigte ihren Verdacht. Alpha hatte sich zu dem Anschlag in einer Hackernachricht bekannt und es als Strafe für Lukas von Stetten dargestellt. Im gleichen Telefonat setzte Agent Whitman Ryan in Kenntnis, dass er von Director Clayton beauftragt worden war, ihn vor Ort zu unterstützen. Ryan verkniff sich ihm gegenüber die Bemerkung, dass Clayton ihn wohl eher beauftragt hatte, ihm auf die Finger zu sehen.

Während Jules und Ryan die sieben Kilometer bis zum Ort

des Geschehens gerast waren, blieb Lucie in der Via dei Coronari als Stallwache zurück. Irgendwann, so hoffte sie, würden Rabea und Lukas dorthin zurückkehren.

»Hast du schon einmal Ähnliches gesehen?«, fragte Jules, der in die Hocke gegangen war und eine Staubprobe zwischen seinen Fingern zerrieb.

»Sicher«, antwortete Ryan. »Unter anderem in Afghanistan, New York und Irak.«

»Nein, das meine ich nicht.« Jules zeigte auf das schmale apricotfarbene Nebengebäude links der ehemaligen Kirche. »Siehst du das? Es wurde so gut wie nicht in Mitleidenschaft gezogen, auch die Umschließungsmauer zeigt kaum Risse. Das war eine sehr kontrollierte Explosion. Unser Bombenleger kennt sich aus.«

Jemand näherte sich ihnen nun von der Absperrung her. Ryans Kollege, Agent Whitman. Er kannte den leitenden Brandermittler von einem früheren Fall und hatte eben kurz mit ihm sprechen können. »Was Neues, Agent Whitman?«, sprach ihn Ryan auf Englisch an.

»Nein, bis dato kein Hinweis auf eine Bombe. Es ist, als hätte jemand ein Streichholz genommen und … bumm. Das sind nicht meine Worte, sondern die des Brandermittlers. Aber wir sind uns einig, dass es eine Funkzündung gewesen sein muss.«

»Gibt es Opfer?«

»Nein, und das ist die gute Nachricht. Die italienischen Kollegen haben die Warnung ernst genommen und schnell reagiert. Die Umgebung war geräumt, die Kirche bereits vorher für Besucher geschlossen.«

»Was ist mit Zeugen?«

»Bisher gab es keine Meldungen. Aber kurz bevor die Kirche in sich zusammenfiel, soll hinter den Fenstern sekundenlang ein intensives blaues Leuchten sichtbar gewesen sein.«

»Merkwürdig. Ein Laser vielleicht?«, mutmaßte Ryan.

»Das wird bereits untersucht.«

Jules entdeckte einen Mann, der in ein ziviles Polizeifahrzeug stieg. »Den kenne ich doch! Was macht *der* hier?«

Whitman folgte seinem Blick. »Das ist Riccardo Grassa, der Polizeibeamte, der die Hacker-Nachricht erhalten und Capitano Fossili informiert hat, da der die Ermittlungen in der von-Stetten-Erpressung leitet. Fossili hat darauf die sofortige Evakuierung angeordnet.«

»Wie kam es dazu, dass überhaupt so schnell reagiert wurde?«, erkundigte sich Ryan.

»Wegen der Feierlichkeiten zur Heiligsprechung der Päpste ist viel Prominenz in Rom. Alle Einsatzkräfte sind deshalb in andauernder Alarmbereitschaft.«

Das Fahrzeug mit Grassa bahnte sich mit Blaulicht einen Weg durch die Schaulustigen. »Wenn Grassa mitmischt, will er mit Sicherheit mit Lukas sprechen. Wir sollten Lucie vorwarnen. Ich vermute, Grassa ist gerade auf dem Weg in die Coronari.« Jules rief Lucie an und informierte sie über den möglichen Besuch.

»Es ist aber nicht sein Fall, oder?«, meinte Ryan, sobald Jules aufgelegt hatte.

»Nein, aber die beiden haben eine gemeinsame Geschichte.«

»Rabea hat etwas erwähnt. Dieser Grassa hat Lukas vor zwei Jahren verhaftet?«

»Richtig. Ich frage mich …« Jules Augen schweiften nachdenklich über die Trümmer.

»Was denn?«

»Ob der Erpresser die gemeinsame Geschichte auch kennt. Es sieht fast so aus, als bringe er absichtlich die gleichen Akteure ins Spiel. Grassa hat damals nicht nur die Mordermittlung im Fall des Jesuitengenerals geführt, sondern auch die Ermittlungen gegen Carlotta van Kampen.«

»Wer war damals noch alles beteiligt?«, fragte Ryan mit wachsendem Interesse.

»Neben mir waren das Lukas, Rabea und Lucie sowie ein enger Freund von Lukas, Pater Simone. Letzterer kam bei der Sache ums Leben. Van Kampens Killer hat ihn erschossen«, antwortete Jules. »Der Anschlag auf die Kapelle ist eine Warnung an Lukas, nicht erneut falschzuspielen. Hoffen wir, dass der Rachehunger des Erpressers damit vorerst befriedigt ist.« Jules zog sein Handy hervor. Entgegen dem Wissen, dass Alpha alias Trapano ihre Geräte manipuliert hatte, checkten beide Männer zum wiederholten Male ihre Telefone. Nichts. Ryan stieß einen zischenden Laut aus, der eindeutig seiner Sorge um Rabea entsprang.

»Dieser Trapano scheint kein Mörder zu sein, Ryan. Er hat die besucherfreie Zeit gewählt. Sobald er die Dokumente hat, ist der Spuk vorbei«, erklärte Jules.

Ryan wirkte nicht überzeugt. »Fahren wir zurück in die Wohnung. Hier können wir sowieso nichts ausrichten.«

»Nein«, widersprach Jules, »ich plädiere dafür, dass wir weiter nach dem Unterschlupf des Erpressers fahnden. Ich will verdammt sein, wenn er nicht in der Van-Kampen-Villa liegt.«

»Aber wir haben dort bereits eine halbe Nacht und einen ganzen Tag gesucht, nachdem uns der Erpresser mit der Drohne verarscht hat!«, zweifelte Ryan an Jules' Vorhaben.

»Trotzdem, es muss einen Zugang von der Cloaca Maxima aus geben, entweder auf dem Grundstück oder im Haus selbst. Warum sonst hätte der Erpresser den gegenüberliegenden Park wählen sollen? Wir müssen einfach noch gründlicher suchen. Los, fahren wir!«

»Und wie kommen wir hinein? Das Anwesen ist inzwischen von der Polizei abgesperrt.«

»Ich weiß wie, über eine Außentreppe. Hat schon einmal geklappt.«

»Was ist, wenn wir erwischt werden? Ich bin Amerikaner und kann mir keine Scherereien mit den Italienern erlauben.«

»Du wärst der erste Amerikaner, der sich um solche Lappalien schert.«

»Sehr witzig.«

»Schon gut. Ich sehe da vorne Capitano Fossili. Fragen wir ihn.« Jules marschierte auf ihn zu und erklärte ihm, warum sie ihre Suche fortsetzen wollten. Er übertrieb ein wenig und meinte, er hätte noch eine Erfolg versprechende Idee. Nach einigem Hin und Her ließ sich Fossili dazu überreden. Er war Katholik, fassungslos über den Anschlag auf die Kapelle und wollte den Täter unbedingt schnappen, der diesen furchtbaren Frevel begangen hatte.

# Kapitel 48

## *Rom/Diplomatenviertel/Ex-Van-Kampen-Villa*

Ein Polizist ließ sie in die Villa. Jules strebte den ehemaligen Kontrollraum an, in dem Lukas damals die Holländerin mit der Schere verletzt hatte.

»Unmöglich«, zweifelte Ryan, nachdem sie zum x-ten Mal die Wände rundherum abgetastet hatten. Die Monitore waren alle längst abmontiert worden, dahinter lag der blanke Felsen.

»Sieh es ein, Jules! Hier gibt es keine Geheimtür und keine Hohlräume, weder in den Wänden noch unter dem Boden. Das ist massiver Fels. Der Hohlraum-Detektor hätte es angezeigt.«

Jules schüttelte stur den Kopf und wechselte in den nächsten Raum, ein kleines Konferenzzimmer. Die Stühle standen aufeinandergestapelt an der Wand, doch der moderne Tisch befand sich noch an Ort und Stelle. Er war mit einem großen quadratischen Metallfuß auf dem Boden festgeschraubt worden. Genau auf diesem Fuß blieb Jules' Blick jetzt hängen. Er kniete sich hin und fuhr mit dem Finger die Schrauben nach.

»Darunter ist ganz sicher kein Hohlraum, Jules. Ich habe es selbst bereits nachgemessen.«

Jules schien ihm nicht zuzuhören. Er hatte sein Spezialmesser gezogen und einen kleinen Schraubenzieher aufgeklappt. Er setzte ihn an, aber nichts rührte sich. Er versuchte es mehrmals, auch an den anderen Schrauben. Sie rührten sich nicht einen Millimeter von der Stelle. Mehr aus Frust denn aus Absicht setzte er den Schraubenzieher am Spalt unter der Schraube an, und dabei platzte der Kopf ab. Darunter befand sich nichts, weder Loch noch Gewinde. Die Schraube war absolut nutzlos und lediglich aufgeklebt gewesen! Rasch prüfte Jules die restlichen sieben Schrauben – es waren alles Attrappen. Er tauschte einen vielsagenden Blick mit Ryan. »Trapano baut Drohnen, hackt sich in das römische Polizeipräsidium und zündet eine kontrollierte Explosion. Was wäre, wenn er auch Hohlraum-Detektoren austricksen kann?«

Ryan musterte die massive Stahlplatte und nickte. »Hebeln wir sie auf. Ich besorg uns einen Wagenheber.«

»Bring auch Hammer und Meißel mit.« Zehn Minuten später war Ryan mit den Werkzeugen zurück. Sie meißelten etwas vom Fels ab, damit sie den Wagenheber ansetzen konnten. Jules, die Hand am Hebel, sah zu Ryan auf. »Du wartest besser draußen. Nicht, dass unser Schlaumeier eine Überraschung platziert hat. Falls es mich erwischt, übernimmst du.«

»Okay«, antwortete Ryan ohne Zögern. Für falsches Heldentum war jetzt nicht die Zeit.

Jules hebelte, und der Tischfuß löste sich langsam vom Boden, gefolgt von einem Zischlaut und einer Stichflamme. Kurzschluss. Bingo! *Der Geheimzugang.* War der Erpresser anwesend, wäre er spätestens jetzt alarmiert. Jules hielt inne und lauschte. Kein Laut drang zu ihm, bis auf die leisen, glucksenden Wassergeräusche, die von der Cloaca Maxima stammen mussten. Jules stemmte sich gegen die schwere Platte, schwenkte sie zur Seite und sah in ein dunkles Loch. Dann rief er nach Ryan, der sofort zur Stelle war und mit der Taschenlampe hineinleuchtete. Die Röhre führte wenige Meter in die Tiefe und endete auf felsigem Boden. Der Lichtkegel erfasste herumliegende Plastikflaschen und zusammengeknülltes Papier. Der Rest lag im Dunkeln. Eine stabile Metallleiter diente als Abstieg. Ryan leuchtete alles sorgfältig aus. Der obere Rand des Einstiegs war mit Sensoren bestückt. Jules nahm einen der abgelösten Schraubenköpfe und warf ihn hinunter. Unter ihnen flammte plötzlich Licht auf, und der Raum erwachte zu leise surrendem Leben.

»Die Computer fahren hoch, alles läuft voll automatisiert«,

bemerkte Jules. »Ich gehe runter und checke die Lage.« Kurz darauf gab er Entwarnung, und Ryan folgte ihm nach.

Zu zweit durchsuchten sie den relativ großen Raum. Der Boden war, wie schon im Transporter, mit Müll übersät: umgestürzte Monitore, Zeitungen, leere Plastikflaschen und Dosen, vergammelte Essensreste. Neben einer Wohnecke mit Ledersessel und Mini-Küche war ein perfekt ausgerüstetes Chemielabor eingerichtet, das eine dicke Glaswand vom restlichen Bereich abtrennte. Die gegenüberliegende Wand war mit hochmodernen Computern bestückt. An der Trennwand zum Labor stand noch ein mehrere Meter langer Werktisch, auf dem sich neben Kabel, Werkzeug, Elektroteilen und Festplatten auch allerlei Gerätschaften türmten, von denen Jules kaum die Hälfte einem sinnergebenden Zweck zuordnen konnte. Eines jedoch erkannte er sofort: ein Kontaminationsnachweisgerät. *Wozu braucht der Mann einen Geigerzähler?*, fragte er sich gerade, als er durch Ryan abgelenkt wurde, der den Zugang zur Cloaca Maxima entdeckt hatte. Der DIA-Agent hatte wahllos auf einer Fernbedienung herumgedrückt, um den Beamer an der Decke zu aktivieren. Stattdessen fuhr der Kühlschrank zur Seite, eine als Felswand getarnte Tür kam zum Vorschein und öffnete sich mit leisem Surren. Aus der Öffnung schlug ihnen ein modriger Geruch entgegen.

»Das muss warten«, meinte Jules, »zuerst will ich mir seine Computeranlage vornehmen.« Jules fluchte, während seine Finger über die Tastatur flogen, im Versuch, das Passwort zu knacken.

Ryan widmete sich inzwischen dem Inhalt des Kühlschranks. »Massimo Trapano scheint Diabetiker zu sein!«, rief er Jules zu und hielt das Spritzenetui hoch. »Und was haben wir hier?« Er zog einen silberfarbenen Aluminiumbehälter heraus, der wie ein Miniatur-Samsonite-Koffer aussah, aber sehr viel schwerer war. Jules ließ den PC sein und trat interessiert näher. Ryan öffnete den Koffer mit äußerster Vorsicht und fand darin vier kleine silberne Röhrchen vor, die zwischen Styroporhalterungen lagerten. Leere Vertiefungen zeigten an, dass der Koffer Platz für acht weitere Röhrchen bot.

Ryan nahm eines der Röhrchen heraus. »Die sind ganz schön schwer«, sagte er überrascht und öffnete den Schraubverschluss. Das darin enthaltene weiße kristalline Pulver wirkte auf den ersten Blick wie Zucker. »Rauschgift?«, meinte er fragend zu Jules, schüttete einige Körner auf seine Hand und schnupperte daran. »Riecht nach gar nichts.« Er wollte schon einen Finger eintippen, um das Pulver zu schmecken, als Jules ihn daran hinderte. »Nein«, er zeigte auf das Labor, »wer weiß, was der Typ da alles zusammengemixt hat.« Jules musterte den weiteren Inhalt des Kühlschranks. Die beiden Plastikschubladen, ursprünglich für Gemüse gedacht, waren mit schwärzlichen Bruchstücken angefüllt, die starke Ähnlichkeit mit zerstückelten Briketts aufwiesen. Jules zog eine Schublade heraus und stellte sie auf der kleinen Küchenarbeitsfläche ab.

»Was soll das sein? Kohle?«, fragte Ryan.

Jules befühlte den Brocken. »Nein, das ist keine Kohle, ich tippe eher auf Coltan. Ich weiß, dass der van Kampen einige Minen mit dem Mineralgemisch im Kongo gehörten. Er muss es daher haben. Ich vermute stark, unser Mann verarbeitet das Material und baut sich damit seine Kommunikationsgeräte selbst zusammen.« Jules deutete auf den mit Gerätschaften überfrachteten Tisch. Plötzlich kam ihm eine Idee. Er holte den Geigerzähler und setzte ihn an dem kohleartigen Material an. Das Gerät schlug sofort aus. »*Merde*, das Zeug ist radioaktiv!«, entfuhr es ihm, obwohl er schon damit gerechnet hatte. »Es stammt tatsächlich aus dem Kongo! Nur das dortige Mineralgemisch weist radioaktive Eigenschaften auf.«

Ryan hatte unwillkürlich die Luft angehalten, während Jules den Geigerzähler im Raum umherschwenkte. »Der ganze verdammte Raum strahlt«, fluchte Jules, während er die Messwerte kontrollierte. »Entwarnung, Ryan. Die einmalige Strahlenexposition ist zu niedrig, unter 10 mSv, keine Gesundheitsgefahr. Wir behalten unsere Haare noch eine Weile.« Er überlegte kurz und folgte einer weiteren Eingebung: Er hielt das Gerät an das winzige Häufchen kristalliner Substanz, das Ryan von der Hand ins Waschbecken geschüttet hatte. Wieder schlug das Gerät aus, Jules fluchte.

»Was soll das heißen? Was ist das für ein Zeug? Meinst du …« Die Erkenntnis stand Ryan ins Gesicht geschrieben, während er reflexartig seine Hände unter dem laufenden Wasserhahn schrubbte.

»Ja, wäre möglich, dass wir den Sprengstoff gefunden haben, mit dem Trapano die Kirche in die Luft gejagt hat. Siehst du die Kabeltrommel auf dem Tisch? Das ist Kerzendocht, Luntenmaterial. Vermutlich hat er den Funkzünder mit ihm kombiniert.«

»Trapano arbeitet mit konventioneller Lunte? Sehr schlau, Kerzendocht hinterlässt kaum nachvollziehbare Spuren, und in einer Kirche würde er sowieso null auffallen«, bemerkte Ryan grimmig.

»Ruf deinen DIA-Freund Whitman an. Die sollen sofort die Strahlung bei der Kirche messen. Das Pulver nehmen wir mit. Nicht, dass es in falsche Hände gerät.« Ryan sah kurz aus, als wollte er protestieren. Jules entnahm dem Koffer bereits die restlichen drei Röhrchen und maß die Strahlung. »Die Behälter sind strahlungssicher. Vermutlich eine Bleilegierung.« Er gab zwei davon an Ryan ab, und sie verstauten sie mangels anderer Möglichkeiten in ihren Hosentaschen. »Du fährst zu deinem Freund Whitman. Er soll den Stoff genauer unter die Lupe nehmen. Und vergesst nicht, bloß kein offenes Feuer!«

»Und du?«

»Ich bleibe hier und warte auf den Erpresser. Irgendwann kehrt er hierher zurück.«

Ryan verabschiedete sich. Jules holte sein Smartphone hervor, um zu sehen, ob er hier unten Netz hatte. Er vermutete, dass Trapano einen Weg gefunden hatte, es hier unten zu verstärken. Wie nicht anders erwartet, hatte er weiterhin keine Nachricht von Rabea oder Lukas erhalten, sein Anruf landete sofort auf der Mailbox. Lucies Nummer war belegt. Zu ungeduldig, um zu warten, wählte er aus den Kontakten Commissario Grassa an. Vielleicht wusste er etwas Neues. Grassa meldete sich fast sofort. »Hier Jules Lafitte. Wir haben uns vor zwei Jahren …«

»Lafitte? Ich erinnere mich an Sie! Sie …«, wurde Jules unwirsch von ihm unterbrochen, bevor der Commissario selbst von jemanden im Hintergrund unterbrochen wurde und Jules deshalb ein harsches »Bleiben Sie dran!« zubellte. Jules erlebte mit, wie einige aufgeregte Worte gewechselt wurden, dann drang plötzlich lautstark ein Martinshorn durch den Lautsprecher, und Grassas atemlose Stimme überschlug sich fast, als er schrie: »Es gibt eine Geiselnahme mit Bombendrohung im Vatikan!« Dann kappte er die Leitung.

Jules' Verstand arbeitete auf Hochtouren und kam zu dem Schluss, dass diese neue Bombendrohung erneut von Alpha alias Massimo Trapano, van Kampens verrücktem Erfüllungsgehilfen, stammte. Was seine Theorie bestätigte: Mit Grassa waren nun alle überlebenden Akteure der Geschehnisse von Rom von vor zwei Jahren involviert und vor Ort, selbst Lucie. Was plante dieser Wahnsinnige? Was wollte er im Vatikan? Und wer waren seine Geiseln? Rabea und Lukas? Sein Blick blieb auf einem zusammengeknüllten Prospekt haften, der farbenfroh aus dem Müll hervorstach. Etwas an dem Papier kam ihm bekannt vor. Jules strich es glatt und stellte fest, dass er einen simplen Plan des Vatikanstaates in der Hand hielt, wie man ihn an jedem Kiosk Roms erwerben konnte. Er wollte ihn schon entsorgen, als er darauf mehrere rote Linien entdeckte, die kreuz und quer über die Seite krochen. Jemand, *Trapano?*, musste sie nachträglich eingezeichnet haben. Jules starrte auf die unregelmäßigen Linien, fragte sich, was sie zu bedeuten hatten. Eine davon endete genau am Petersdom. Plötzlich runzelte er die Stirn. Er schnappte sich Plan und Geigerzähler und kletterte die Leiter hinauf.

Oben angekommen informierte er den wartenden Polizisten über den aufgedeckten Geheimgang und dass er besser sofort Verstärkung anfordern solle. Er instruierte den Mann zudem, dass mindestens zwei Männer im Labor postiert werden sollten, für den Fall, dass er sich irrte und Massimo Trapano doch hierher zurückkehren sollte.

## Kapitel 49

### *Rom/Piazza San Pietro*

Jules raste in Richtung Vatikan. Da Ryan den Mietwagen genommen hatte, hatte er kurzerhand einen älteren Fiat ohne Wegfahrsperre geknackt. Je näher er dem Kirchenstaat kam, umso mehr verdichtete sich der Verkehr. Ab der Via della Conciliazione gab es kein Durchkommen mehr.

Jules ließ den Wagen an Ort und Stelle stehen und hastete zu Fuß die wenigen Hundert Meter weiter. Als er sich bis zur Absperrung vor dem Petersplatz durchgekämpft hatte, hatten sich die Ereignisse bereits zugespitzt. Ein enger Polizeikordon umspannte den Platz. Jules versuchte vergeblich, Commissario Grassa mobil zu erreichen. Er musste dringend mit dem Mann sprechen! Auf der Suche nach einer anderen Möglichkeit schaute er sich um, drängte sich rücksichtlos durch die Menge in Richtung des Santa-Anna-Tors. Dort in der Nähe fiel ihm ein Mann auf, den er bereits auf dem Trümmerfeld der Kapelle im Gespräch mit Grassa gesehen hatte. Er ging auf ihn zu, stellte sich vor und bat ihn, Commissario Riccardo Grassa zu verständigen, da er für ihn Informationen bezüglich Lukas von Stetten hätte. Sein Gegenüber entpuppte sich als Mitglied der Schweizergarde, der sofort einen Kollegen heranwinkte. Jules wurde mehr oder weniger in Gewahrsam genommen, durch den Polizeikordon geschleust und zu einem der drei schwarzen Einsatzwagen, die mittig auf dem Petersplatz aufgereiht standen, geführt. Hinter den Fahrzeugen ragte der fünfundzwanzig Meter hohe Obelisk auf, davor hantierte ein Dutzend Gardisten mit ihrer Ausrüstung. Sie bedienten sich aus großen Segeltuchtaschen, alle trugen bereits schusssichere Westen.

Jules und seine doppelte Eskorte erreichten den ersten Van und blieben vor der offenen Schiebetür stehen. Im Fond saß ein etwa vierzigjähriger kräftiger Mann und telefonierte auf Deutsch mit leichtem Schweizer Akzent. Mit ruhiger Stimme erteilte er Einsatzbefehle. Er legte auf, ein prüfender Blick streifte Jules, während er zu dessen Begleiter sagte: »Was gibt es, Leutnant Friedegott?«

»Oberst Negli, dieser Mann will Commissario Grassa sprechen. Er ist mir bereits an der Quo-Vadis-Kapelle aufgefallen. Das hier trug er bei sich.« Er hielt den Geigerzähler hoch, als fürchte er eine Kontamination. »Und auch das.« Er deutete mit dem Kopf auf den zweiten Gardisten, der Jules' Pistole, Taschenmesser, Smartphone und Brieftasche eingesammelt hatte. »Und er hatte einen Plan des Vatikans einstecken«, sagte er bedeutungsvoll. Die Männer legten alles auf dem Sitz hinter dem Oberst ab, außer Reichweite von Jules. Der hatte sich seine Sachen bereitwillig abnehmen lassen, Hauptsache, er kam erst einmal hinter die Absperrung. Der Oberst warf nur einen flüchtigen Blick auf Jules' Tascheninhalt. Falls er sich über den Geigerzähler wunderte, ließ er es sich nicht anmerken.

»Sie sind Oberst Negli, der Kommandant der Schweizergarde? Also handelt es sich um ein Verbrechen auf dem Boden des Vatikanstaats«, stellte Jules fest. »Wie lauten die …«

»Immer langsam«, bremste ihn der Oberst aus. »Ich dachte, Sie wollten *mir* etwas erzählen. Wie ist Ihr Name?«

»Jules Lafitte.«

»Ihr Ausweis?«

»In der Brieftasche.«

Der Oberst reichte sie an seinen Kollegen weiter, der den Ausweis herausnahm und in ein mobiles Lesegerät einlegte. Jules zuckte nicht mit der Wimper. Sein Ausweis war fälschungssicher.

»Steigen Sie ein und setzen Sie sich mir gegenüber«, befahl er ihm. Der Leutnant und der zweite Gardist blieben wachsam am Van stehen.

»Was wissen Sie über die Geiselnahme?«, begann Oberst Negli das Verhör.

»Sagen Sie mir erst, wer die Geiseln sind.«

»So läuft das nicht, Herr Lafitte. Vielleicht sind Sie ein Komplize?«, sagte der Oberst, während er ein Fernglas an die Augen führte und den Petersplatz unter die Lupe nahm.

»In dem Fall rufen Sie Commissario Grassa an. Er kennt mich.« Jules verspürte Ungeduld. Die Ruhe des Obersts war geradezu enervierend. Er änderte sein Vorgehen. »Handelt es sich bei den Geiseln um meine Freunde Lukas von Stetten und Rabea Rosenthal?«

Der Oberst ließ das Fernglas langsam sinken. Sein klarer Blick traf auf den von Jules und wanderte dann weiter zu Leutnant Friedegott. »Leutnant, treiben Sie diesen Commissario Grassa auf und bringen Sie ihn her.« Negli wandte sich wieder Jules zu. »Wir haben keine Zeit für Spielchen. Wenn die Genannten Ihre Freunde sind, sollten Sie mir jetzt sagen, was Sie wissen. Also?«

»Ich vermute, dass es sich bei dem Geiselnehmer um denselben Mann handelt, der heute die Quo-Vadis-Kirche in die Luft gejagt hat. Sein Name lautet Massimo Trapano. Lukas von Stetten wird von ihm erpresst. Die römische Polizei ist im Bilde, ein Capitano Fossili leitet die Ermittlungen. Jetzt sind Sie dran. Womit droht Trapano?«

»Haben Sie ein Foto von diesem Massimo Trapano?«

»Ja, auf meinem Smartphone. Aber er ist schwer erkennbar. Es war dunkel, er trug eine Schirmmütze, und ich kam nicht nah genug an ihn ran.«

Der Oberst gab dem Gardisten trotzdem sofort Anweisung, das Foto herunterzuladen und es auswerten zu lassen. »Warum glauben Sie, dass es sich um denselben Mann handelt?«, führte er die Befragung fort.

»Trapanos Motiv ist Rache. Ich habe vor ungefähr einer Stunde sein Geheimversteck entdeckt. Der Mann ist technisch sehr versiert, wie der Hackerangriff auf das Polizeipräsidium zeigt. Wenn ich mit meiner Vermutung richtigliege, verfügt er auch über einen neuartigen Sprengstoff.« Jules zog eins der silbernen Röhrchen aus der Tasche. Bevor er das Röhrchen aufschraubte, vergewisserte er sich, dass niemand in der näheren Umgebung rauchte. Er zeigte auf den Geigerzähler auf dem hinteren Sitz und fragte: »Darf ich?« Nach kurzem Zögern reichte ihm Negli diesen. Jules aktivierte ihn und hielt ihn an das offene Röhrchen. Das Gerät schlug sofort aus. Zum ersten Mal zeigte der Oberst eine echte Reaktion – er zuckte zurück. »Das Zeug ist verstrahlt? Was soll das sein?«

»Keine Sorge, die Strahlung ist zu niedrig, um gesundheitsschädlich zu sein – außer man hebt ein Streichholz dran. In dem Fall fliegt vermutlich alles in die Luft. Ich habe einen Behälter für ein Dutzend dieser Röhren gefunden. Acht fehlten. Ich denke nicht, dass er alle für die Kapelle verbraucht hat, wenn er sogar welche zurücklassen konnte.«

Hinter der Stirn des Obersts arbeitete es. »Gut, nehmen wir an, Ihre These stimmt und es handelt sich um denselben Täter. Worst-Case-Szenario: Der Mann hat den Inhalt aus den übrigen Röhren irgendwo im Vatikan verteilt. Wenn ja, besteht die Chance, dass wir den Sprengstoff mit dem Geigerzähler aufspüren können«, kombinierte er.

»Ja, das müsste möglich sein. Trapano arbeitet mit Lunte. Hier«, Jules zog ein dreißig Zentimeter langes Stück aus der Tasche, das er sich von der Trommel in Trapanos Labor abgeschnitten hatte, »so sieht sie aus.«

Der Oberst musterte ihn durchdringend. »Wer sind Sie wirklich?«

»Ein enger Freund von Rabea Rosenthal und Lukas von Stetten und früherer Major des libanesischen Geheimdienstes«, enttarnte sich Jules, ohne mit der Wimper zu zucken. Falls seine

Vermutung zutraf, stand zu viel auf dem Spiel. Er musste den Oberst davon überzeugen, dass er ihm trauen konnte. Negli betrachtete ihn einige Sekunden lang. »Libanon, hm? Bertram!«, brüllte er unvermittelt nach dem zweiten Gardisten, der Jules eskortiert hatte.

»Ja, Oberst?«

»Besorgen Sie so viele Geigerzähler, wie Sie auftreiben können. Wir müssten selbst auch welche in der Waffenkammer haben. Dann bestücken Sie jeden einzelnen Mann damit und durchkämmen jeden Winkel im Vatikan. Sind unsere Feuerwehrleute alarmiert worden?«

»Sie sind eingetroffen und bereit.«

»Gut, die sollen beim Suchen helfen. Klären Sie sie über die aktuelle Lage auf, und sorgen Sie dafür, dass absolutes Rauchverbot eingehalten wird. Wer raucht, der fliegt, und zwar in die Luft. Klar? Und jede Kerze muss sofort gelöscht werden. Offenes Feuer bedeutet Lebensgefahr. Geben Sie das weiter. Dalli, dalli. Ich mache gleich noch eine Funkdurchsage.« Während der Oberst seine Leute und die Vatikanische Gendarmerie instruierte, war Commissario Grassa mit Leutnant Friedegott eingetroffen. Er hatte die letzen Sätze mitgehört und rief nun erschrocken: »Gas?« Er trat sofort seine Zigarette aus.

»Nein, hochentzündlicher Sprengstoff.«

»Nitroglyzerin?«

»Fast. Kommen Sie, Lafitte. Sie auch, Commissario. Ich will mich persönlich davon überzeugen, wie gefährlich das Zeug ist – nicht, dass ich umsonst die Pferde scheu gemacht habe. Im Schweizer Bundesheer habe ich einen Sprengstoffkurs absolviert. Wir nehmen den Docht, ein, zwei Kristalle und zünden sie an.«

»Ist das nicht zu riskant?«, warf Grassa ein.

»Nein, Mathematik«, antwortete der Oberst, der eines der Röhrchen in der Hand wog. »Laut Lafitte fehlen acht Behälter. Ich schätze, jeder enthält maximal 100 Gramm. Ein Zuckerwürfel wiegt 2,5 Gramm und besteht aus circa 4500 Kristallen. Im Behälter befinden sich daher ungefähr 180 000 Kristalle. Selbst wenn dem Attentäter 100 Gramm für die Sprengung der Kapelle ausgereicht haben, sollten ein, zwei Körner trotzdem keinen großen Schaden anrichten. Leutnant Friedegott …«

»Ja, Kommandant?«

»Sie halten hier die Stellung. Meldung an mich, sobald sich was Neues ergibt.«

Negli setzte sich selbst ans Steuer des Vans. Während er in halsbrecherischem Tempo über den abgesperrten Petersplatz und durch das Santa-Anna-Tor in den Hof vor den Kasernen der Schweizergarde donnerte, telefonierte er und gab Anweisungen durch. Jules wies ihn darauf hin, dass auch Schutzbrillen benötigt wurden. Negli sprang aus dem Fahrzeug. »Sie warten hier«, rief er Lafitte und Grassa zu.

Der Oberst lief auf ein Gebäude zu, von dessen Außentreppe ihm zwei junge Gardisten entgegeneilten. Sie trugen die vom Oberst angeforderten Gegenstände: Feuerlöscher, Hanfseil, eine Flasche Spiritus und Schutzbrillen. Oberst Negli winkte Jules und Grassa, und gemeinsam mit den Gardisten folgten sie ihm in die Vatikantischen Gärten. Der Zugang wurde von zwei weiteren Gardisten bewacht. Der Oberst instruierte die beiden, niemanden durchzulassen, bis er zurück sei.

Auf einer kleinen Rasenfläche zwischen zwei Blumenbeeten ließ Negli die Gruppe anhalten. Der große, derzeit abgeriegelte Park schien ideal für seinen Versuch. Jules schüttete zwei winzige Körner auf seine Handfläche, während der Oberst das Hanfseil ausrollte und mit etwas Spiritus tränkte. »Das mit dem Docht lassen wir sein«, erklärte er. »Wir wissen nicht, ob der Attentäter ihn irgendwie präpariert hat.«

Jules drückte zwei Kristalle in den feuchten Hanf. Er schätzte die Länge des dünnen Seils auf ungefähr zwanzig Meter. Alle setzten die Schutzbrillen auf, und Negli entzündete das Seil. Hinter einem Baum verschanzt, folgten ihre Blicke gebannt dem

Feuer, wie es sich durchs Seil fraß. Am Ende erlosch es. Alle hielten den Atem an. Mehrere Sekunden passierte gar nichts. Einer der jungen Gardisten machte bereits Anstalten, die Deckung zu verlassen, und Negli bellte ihn mit einem scharfen Befehl zurück. Jäh entlud sich ein strahlend blauer Blitz. Eine Erdfontäne spritzte in den Himmel. Die Explosion war kaum zu hören gewesen. Dafür stach der blaue Blitz für die Männer trotz Schutzbrille schmerzhaft in den Augen und blendete sie. Halb blind traten sie an den circa einen Quadratmeter großen und dreißig Zentimeter tiefen Krater, den die Explosion in den Boden gerissen hatte. Hier und da hatte sich das trockene Gras entzündet. Der Gardist hantierte bereits mit dem Feuerlöscher.

»*Merde*, und das war nur Zuckerstaub!«, sagte Jules und kickte einen Erdballen weg. »Ein Teufelszeug.«

»Stimmt, der Gärtner wird mich umbringen«, sagte der Oberst und rieb sich die tränenden Augen. Dann wandte er sich direkt an Jules. »Der Geiselnehmer hat nicht nur Ihre Freunde, sondern auch Papst Lorenzo und eine uns noch unbekannte vierte Person in seiner Gewalt. Er droht damit, den gesamten Vatikan in die Luft zu sprengen.«

Grassa japste nach Luft, während Jules scharf fragte: »Wie lautet seine Forderung?« An der Seite des Obersts hastete er zurück zum Van.

»Erstens will er ein öffentliches Schuldbekenntnis des Papstes für pädophile Verbrechen der katholischen Kirche und fordert zur Opferentschädigung eine Milliarde Euro. Zweitens will er auf dem Petersplatz ein Experiment vorführen, das weltweit übertragen werden soll. Er hat uns eine Liste mit Equipment übermittelt, das herbeigeschafft werden soll, dazu die Namen einiger Wissenschaftler, die die Maschine vor Ort zusammenbauen sollen.«

»Der ist verrückt«, sagte Grassa verächtlich und spuckte neben den Van.

»Verrückt genug, um Santa Maria in Palmis in die Luft zu sprengen«, konterte Jules. »Wie ist es ihm gelungen, so viele Personen in seine Gewalt zu bringen? Hat er Komplizen?«

»Das wissen wir nicht. Wir haben vor dem Petersdom einen verletzten Pater gefunden. Er ist noch nicht wieder bei Bewusstsein. Die Videoüberwachung verrät uns, dass er zusammen mit Seiner Heiligkeit und der uns noch unbekannten dritten Person den Petersdom durch eine dem Klerus vorbehaltene Pforte betreten hat. Der aufgefundene Pater trug den USB-Stick mit der Forderung bei sich.«

Sie parkten wieder auf demselben Platz beim Obelisken, mit guter Sicht auf das mittige Eingangsportal des Petersdoms. Ihre ganze Aktion hatte keine zehn Minuten gedauert.

»Was sagt die Kamera der Sicherheitsschleuse für Besucher des Petersdoms? Wie kam der Geiselnehmer hinein?«

»Die Auswertung der Aufnahmen läuft noch. Sie vergessen, dass wir nicht wissen, wie der Geiselnehmer aussieht. Wir filtern daher nach möglichen Verdächtigen. Im Laufe des Tages haben schätzungsweise fünfzigtausend Personen den Dom durch die Sicherheitsschleuse betreten. Wenn Sie mich nun entschuldigen, ich muss noch …«

»Und wenn er nicht von außen kam?«, unterbrach ihn Jules.

»Was meinen Sie?«

»Was ist mit den Gräbern unter dem Dom, der Nekropole? Der Mann hat die Cloaca Maxima akribisch erforscht. Was ist, wenn er einen direkten Zugang über die Nekropole gefunden hat?«

»Ausgeschlossen. Es gibt keinen Zugang. Hunderte von Wissenschaftlern haben im Laufe der letzten Jahrzehnte die Nekropole untersucht, gerade auch unter dem Petersdom.«

»Und wenn doch?« Jules hatte keinen faktischen Anhaltspunkt, wie die roten Linien auf dem Stadtplan zu deuten waren, allein sein Instinkt sagte ihm, dass er richtiglag. Er zeigte auf den aufgeschlagenen Plan auf dem Sitz. »Eine Ahnung,

Oberst, was hier markiert wurde? Könnte es sich eventuell um den Verlauf der Cloaca Maxima handeln?«

Der Oberst sah kurz aus, als wäre ihm die Zeit dafür zu schade, sich näher mit dem Plan zu beschäftigen. Schließlich griff er doch danach und fuhr die eingezeichneten Linien mit dem Finger nach. Er rief seinen Leutnant heran. »Friedegott, Sie haben sich doch näher mit der Cloaca Maxima beschäftigt. Erkennen Sie deren Verlauf auf der Karte?«

Der Schweizer studierte die Linien genau. Er nickte. »Ja, die Linien stimmen überein, allerdings sind hier zwei weitere Nebenarme eingezeichnet, die mir nicht bekannt sind, und dieser hier«, er tippte darauf, »ist falsch. Die Cloaca verläuft nicht bis zum Petersdom.«

»Lafitte behauptet, unser Erpresser hätte einen Kanal der Cloaca entdeckt, der an die Nekropole grenzt. Von dort aus wäre er in den Petersdom eingedrungen. Was meinen Sie?«

Ohne sich eine Regung anmerken zu lassen, antwortete der Leutnant: »Das hier ist Rom, Kommandant. Alles ist möglich.«

Bis auf ein Stirnrunzeln zeigte der Oberst keine Reaktion. »Hm, wenn alles möglich ist, spielen wir auch dieses Szenario durch.« Er hielt inne, wie jemand, der seine Worte genau abwägen wollte. Oder er ging allein auf Gedankenreise. Das gefiel Jules logischerweise nicht. Ungeduldig nahm Jules ihm weitere Überlegungen ab. »Die Kernfrage, Oberst, lautet, wie traf der Papst auf seinen Entführer?«

Negli sah ihn abwägend an. »Also gut, Herr Lafitte. Was ich gleich sage, ist streng vertraulich: Spätabends betet Papst Lorenzo gern an den Gräbern seiner Vorgänger unter dem Dom.«

»Das bedeutet, falls unser Erpresser sich dort unten herumgetrieben hat, könnten ihm Papst Lorenzo und seine Begleiter aus purem Zufall in die Arme gelaufen sein«, spann Jules den Faden weiter.

»Das wäre eine Möglichkeit – vorausgesetzt, es gibt diesen

Zugang über die Cloaca.« Oberst Negli wirkte nachdenklich, aber wenig überzeugt.

»Könnte sich Trapano nach der Schließung in der Kirche versteckt haben?«

»Nein, die Kirche schließt um 19:00 Uhr und wird danach gründlich durchsucht. Es gibt genug Spaßvögel, die das schon versucht haben.«

»Damit bestätigen Sie meine Theorie, Oberst. Somit bleibt nur die Cloaca. Warum war der Papst eigentlich alleine unterwegs? Was ist mit Ihren Gardisten, die für seinen Schutz zuständig sind?«

Oberst Negli schaffte es, ohne den geringsten Anflug von Missbilligung zu antworten. »Papst Lorenzo hat die beiden Gardisten mit den Worten *Gott wird mich schützen* weggeschickt. Seine Heiligkeit liebt es, sich frei bewegen zu können. Außerdem war sein Neffe bei ihm. Und der unbekannte Gast.«

»Ich verstehe.« Jules verstand tatsächlich, was der Kommandant *nicht* gesagt hatte – dass es schwer war, jemanden zu beschützen, der der Ansicht war, nicht beschützt werden zu müssen. »Hören Sie, Oberst, auch wenn Sie Zweifel haben, sollten Sie ein Suchkommando in die Nekropole schicken. Wenn jemand den Vatikan in die Luft jagen wollte, wäre das ein idealer Ort, um Sprengstoff anzubringen.«

Der Oberst ließ sich mit der Antwort Zeit. »Nein, ich lasse zunächst die oberen Flächen absuchen. Eines nach dem anderen.« Jules dachte, dass das eigentlich seine Rede war, sah aber ein, dass der bedächtige Oberst vorerst nicht zu überzeugen war, seinen Vorschlag in Erwägung zu ziehen. Darum sagte er jetzt: »Sie sind mir noch eine Antwort schuldig, Oberst. Wie sind meine Freunde in die Gewalt des Geiselnehmers geraten?«

»Wir konnten anhand der Videoüberwachung rekonstruieren, dass von Stetten und die Journalistin Rosenthal kurz vor 20:00 Uhr auf dem Petersplatz auftauchten. Einige Minuten warteten sie am Obelisken. Dann telefonierte von Stetten, und die beiden gingen zur Porta S. Anna, wo sie sich bei der Schweizergarde meldeten. Papst Lorenzo persönlich hatte Ihre Freunde mit einem Anruf in der Zentrale der Garde angekündigt. Er bat, die beiden zur Porta Santa, einem Nebeneingang des Petersdoms, zu begleiten. Laut dem Gardisten hat Papst Lorenzo sie dort selbst eingelassen, ihn daraufhin weggeschickt und die Tür von innen verriegelt. Das war ungefähr eine Stunde, bevor der Erpresser den verletzten Pater vor der Tür abgelegt hat, beziehungsweise Herrn von Stetten dazu genötigt hat.«

»Also war Papst Lorenzo nicht nur zum Beten im Dom. Es hat eine Art Geheimtreffen stattgefunden«, merkte Jules an. »Passiert so etwas öfter?«

»Ich bin nicht befugt, Auskunft hierüber zu erteilen«, entgegnete der Oberst zugeknöpft.

»Das heißt, ja.« Jules ahnte sowieso, worum es bei dem Treffen gegangen war. »Immerhin haben Sie einen Zeugen.«

»Nur, wenn der verletzte Pater rechtzeitig aufwacht.«

»Wäre Stürmen für Sie eine Option?«

»Mit dem Papst als Geisel? Ausgeschlossen, viel zu gefährlich«, lehnte der Oberst kategorisch ab.

»Was planen Sie dann?«

»Wir tun, was wir in einem solchen Fall immer tun. Wir gehen zunächst scheinbar auf die Forderungen ein. Derzeit kontaktieren meine Männer die Namen auf der Liste des Erpressers und schaffen das geforderte technische Equipment heran. Wir spielen auf Zeit.«

»Vielleicht haben wir die nicht. Unser Geiselnehmer ist Diabetiker. Ich habe Insulin in seinem Kühlschrank gefunden. Womöglich hat er in seinem Racheeifer vergessen, es mitzunehmen. Sie sollten für alle Fälle Insulin bereithalten!«

»Herrgott noch mal«, sagte Oberst Negli und brachte dabei das Kunststück fertig, seine Stimme trotzdem ruhig klingen zu lassen. »Was sind Sie, Lafitte? Ein Orakel fortwährend schlechter Nachrichten? Das heißt also, ab einem gewissen

Punkt wird der Mann unberechenbar sein. Dann genügt ein Streichholz …«

»Darum sollten wir den Zugang von der Cloaca Maxima zur Nekropole suchen. Vielleicht könnten wir von dort aus unbemerkt in den Dom eindringen?«

»Die Antwort lautet nach wie vor Nein. Was ist, wenn er uns bemerkt? Oder er den Zugang mit Sprengstoff präpariert hat? Nein, ich werde kein Risiko eingehen. Wir verhandeln. Und suchen zunächst alles oberirdisch ab.«

»Herr Oberst«, unterbrach ein junger Gardist sie aufgeregt. »Da tut sich was am Eingang des Petersdoms!«

Alle stürzten aus dem Van und beobachteten mit gelähmtem Entsetzen die dramatische Szene, die sich soeben vor dem Portal und den Augen der gesamten Welt abspielte. Einzig der Kommandant reagierte auf die Situation, riss ein Funkgerät an sich und rief: »Scharfschützen, Einheit 1 und 2. Haben Sie freie Sicht?«

»Negativ«, scholl es doppelt zurück. »Subjekt ist verdeckt.«

»Weiter bereithalten!«

Gleich nachdem sich das Kirchenportal wieder geschlossen hatte, wurden die Fernsehbilder auf der riesigen Leinwand auf dem Petersplatz wiederholt. Eigentlich diente diese dazu, die wöchentliche Generalaudienz des Papstes zu übertragen. Kurz darauf hielt Leutnant Friedegott seinem Vorgesetzten ein Mobiltelefon entgegen. »Ich habe den Vater einer der Geiseln in der Leitung, Herrn von Stetten. Er möchte Sie sprechen. Er sagt, er weiß, wer der Geiselnehmer ist.«

»Der auch?« Der Oberst riss das Telefon an sich. »Oberst Negli hier. Sie haben etwas mitzuteilen?«

Heinrich von Stetten sagte: »Einen Moment, bitte.« Oberst Negli hörte, wie er leise mit jemandem sprach, dann erklang eine atemlose junge Frauenstimme: »Der Mann heißt Massimo Trapano.«

»Und mit wem spreche ich *jetzt*?« Oberst Negli verspürte einen Anflug von Ärger. Offenbar kannte mit Ausnahme der zuständigen Behörden die halbe Welt jenen Irren, der sich mit dem Oberhaupt der katholischen Kirche und einer Ladung Sprengstoff im Petersdom verschanzt hatte.

»Mit Magali von Stetten. Lukas von Stetten ist mein Ehemann. Lassen Sie mich mit Massimo sprechen. Vielleicht kann ich ihn zum Aufgeben überreden.«

»Ach? Und was genau verleitet Sie zu dieser optimistischen Annahme?«

»Ich kenne ihn von früher – seit meiner Kindheit.« Magalis Stimme stolperte. »Ich … ich fühle mich verantwortlich. Er hat meine Mutter Carlotta geliebt. Sie ist tot, und wie es aussieht, will er ihr Werk vollenden. Möglicherweise geht es nur darum – nicht um seine Überzeugung. Lassen Sie mich mit ihm reden. Vielleicht hört er auf mich, weil ich ihre Tochter bin.«

Oberst Negli ließ diese neuen Informationen erst einmal auf sich wirken. Er wog das Für und Wider ab und kam zu dem Schluss, dass es einen dramatischen Mangel an Alternativen gab. »Wo sind Sie?«, fragte er.

»In Nürnberg, auf dem Flughafen. Ich komme nach Rom.«

»So spät geht meines Wissens keine Maschine mehr.«

»Mein Schwiegervater hat ein eigenes Flugzeug. Einen Moment, bitte.« Der Oberst hörte, wie im Hintergrund erneut einige schnelle Worte gewechselt wurden, dann war die junge Frau wieder am Apparat. »Der Pilot sagt, wir werden kurz vor 1:00 Uhr in Fiumicino landen. Wir haben gerade die Sondergenehmigung für den Spätstart erhalten.«

»Gut, einen Versuch ist es wert. Ich lasse Sie an der General Aviation abholen, Frau von Stetten.« Er beendete das Gespräch und wandte sich an Jules. Doch der war verschwunden.

»Wo ist Lafitte?«, fuhr er Bertram an, der erschrocken dreinblickte, und dann Grassa, der am Van lehnte und selber telefonierte. Der Commissario unterbrach das Gespräch. »Eben war er noch da. Soll ich eine Fahndung rausgeben?«, fragte er.

»Zeitverschwendung«, antwortete der Kommandant.

# Kapitel 50

## *Magali*

### *Drei Stunden zuvor …*
### *Nürnberg/Deutschland*

»Ich will aber nicht ins Bett, ich bin noch ganz wach«, rief Matti eifrig. Er hockte in seinem Zimmer in der Villa inmitten seiner Carrera-Bahn und hackte wild auf eine Fernsteuerung ein. Um ihn herum sausten zwei Autos mit ohrenbetäubendem Lärm im Kreis um die Wette. Seine drei Hunde hatten sich in die hinterste Ecke des Raumes verzogen, zu einem undefinierbaren Fellknäuel verschmolzen. Sie konnten dem Lärm der Rennbahn ebenso wenig abgewinnen wie Mattis Mutter.

Magali seufzte. Jeden Abend die gleiche Diskussion. »Es ist schon nach acht, und du hast morgen früh Schule, mein Schatz«, schrie sie gegen den Krach an, trat entschlossen über die Rennbahn und versuchte, der Fernsteuerung habhaft zu werden.

Matti versteckte sie blitzschnell hinter seinem Rücken und maulte: »Menno, Mami.«

»Menno, Matti«, antwortete Magali und konfiszierte die Fernbedienung mit einer schnellen Bewegung. »Ab ins Bad. Hände waschen, Zähne putzen. Zahnpasta ist schon auf der Bürste.«

Matti stapfte missmutig Richtung Tür. Dort drehte er sich um. »Wann kommt Papa wieder?«

»Das weißt du doch. Papa muss noch etwas Wichtiges in

Rom erledigen. Dann kommt er sofort zu uns. Und Tante Lucie auch.«

»Yippie, Papa und Tante Lucie kommen!« Matti konzentrierte sich – wie immer – nur auf die guten Seiten, die ihm das Leben bot, und stürmte mit frischem Elan hinaus. Magali entnahm einer Kommode einen Spiderman-Schlafanzug und frische Wäsche und folgte ihrem Sohn ins Bad. Er hatte bereits seine Kleider auf dem Boden verstreut und trug nur noch Unterhose und Socken. »Zieh deine Socken aus, die sind ganz schmuddelig. Und hier, eine frische Unterhose.«

»Menno, schon wieder?«, maulte Matti, streifte aber gehorsam beides ab. Wie sich herausstellte, waren nicht nur die Socken schmuddelig. »Meine Güte, Matti.« Magali musste einfach lachen. »Wo hast du dich denn herumgetrieben? Deine Füße sind ja fast schwarz! Ab in die Wanne.«

»Ich will aber nicht schon wieder baden!«, protestierte Matti.

»Also gut, aber lass mich wenigstens deine dreckigen Pfoten abbrausen.«

Eine Viertelstunde später gesellte sich Magali zu ihrer Schwiegermutter ins Wohnzimmer. Evelyn sah sich eine Folge der Serie *Matula* an, in der das ZDF kürzlich ihren dienstältesten Detektiv recycelt hatte. Lukas' Mutter war, im Gegensatz zu ihrer Schwiegertochter, nicht darüber informiert, dass heute ein zweiter Übergabeversuch stattfinden würde. Sowohl Lukas als auch sein Vater waren übereinkommen, ihr jegliche weitere Aufregung zu ersparen, und hatten ihr die neuerliche Erpressung verschwiegen. Die Entführung ihres Enkelsohns und ihrer Schwiegertochter durch Carlotta van Kampen war zwar glimpflich ausgegangen, jedoch kaum drei Monate her, und Evelyn von Stetten neigte zu Überreaktionen.

Magali hatte zuletzt gegen 18:30 Uhr mit Lukas gesprochen und hoffte nun ungeduldig darauf, dass er sich bald mit der Nachricht bei ihr zurückmeldete, dass der Spuk endlich vorüber sei. Für sie waren es bange Stunden des Wartens, und es fiel ihr schwer, ihre Unruhe und Sorge vor ihrer Schwiegermutter zu verbergen. Sie kam sich vor wie im Auge des Sturms.

Evelyn von Stetten war wie immer vor dem Fernseher eingedöst. Magali drehte den Ton herab und unterhielt sich leise mit ihrem Schwiegervater, der kurz nach ihr das Wohnzimmer betreten hatte. Heinrich von Stetten wollte noch die Nachrichten sehen.

Die Sendung begann mit den üblichen Beiträgen über Unruhen in Kiew und Kairo. Dazu Anschläge in Afghanistan, Somalia, Indien und im Irak, wo sich Gotteskrieger, deren Vormarsch zwar gestoppt war, einen ausufernden Guerillakrieg mit jenen Parteien lieferte, die keinen islamischen Gottesstaat wollten. Saudi-Arabien und der Iran führten weiter ihren Stellvertreterkrieg im Jemen, die Kurden hatten ihren eigenen Staat ausgerufen, und in Syrien und Libyen hielten die Kämpfe unter den Milizen weiter an. Und immer noch oder schon wieder flogen Raketen zwischen Gaza und Israel. Der Mittlere Osten versank in Anarchie. Magali fragte sich nicht zum ersten Mal, warum bloß alle glaubten, dass die Lösung darin bestünde, sich gegenseitig umzubringen?

Sie dachte an ihren kleinen Sohn, der friedlich in seinem Bett schlief. Und sie würde alles dafür geben, dass es so blieb. Alle Kinder sollten in Frieden aufwachsen. Sollte das nicht Aufgabe und Auftrag aller Eltern sein, ihren Kindern eine glückliche Kindheit zu sichern, ohne Krieg und Gewalt? Plötzlich sehnte sie sich danach, Matti noch mal über den blonden Schopf zu streicheln, seine kleinen schnorchelnden Atemgeräusche zu hören, sich davon zu überzeugen, dass er in Sicherheit war. Sie erhob sich, wünschte ihrem Schwiegervater eine gute Nacht und war schon an der Tür, als das Fernsehprogramm durch eine Sondersendung unterbrochen wurde. Die Moderatorin der *Tagesthemen* erschien auf dem Bildschirm. Links neben ihr war eine Abbildung des Petersdoms eingeblendet, die Schlagzeile in dramatischem Rot darunter lautete:

*BOMBEN-TERROR IN ROM*

Mit bedeutungsschwangerer Stimme verkündete die Moderatorin: »*Wir unterbrechen die Sendung für eine Sondermeldung. In Rom hat sich vor weniger als zwei Stunden ein mutmaßlicher Terroranschlag ereignet.*« Ein kurzer Film wurde eingeblendet. Zu sehen war ein abgesperrtes Trümmerfeld, umringt von Einsatzfahrzeugen mit blinkendem Blaulicht und einer dicht gedrängten Menschenmenge.

Entsetzt lauschten Magali und Heinrich von Stetten dem Bericht. Irgendein Verrückter hatte am frühen Abend die kleine römische Wallfahrtskirche Santa Maria in Palmis, besser bekannt als Domine-Quo-Vadis-Kapelle, auf der Via Appia Antica in die Luft gesprengt.

Erneut wurde die Moderatorin gezeigt. Die ansonsten kühl wirkende Blondine zeigte Emotionen, als sie sagte: »*Wie soeben bekannt wurde, gibt es offenbar auch eine Geiselnahme im Vatikan. Ein bisher noch unbekannter Mann soll im Petersdom einen hochrangigen Geistlichen in seine Gewalt gebracht haben. Wir schalten jetzt zu unserem Sonderkorrespondenten in Rom, Henryk Scholl, der live von dort berichtet. Henryk, was können Sie uns sagen? Um wen handelt es sich bei der Geisel? Wurden denn inzwischen Namen genannt?*«

*»Ja, Marietta Wolf, sogar mehrere sind im Umlauf. Derzeit konzentrieren sich die Spekulationen auf Bischof Anton Gänserich, den Privatsekretär des Papstes, der tatsächlich verschwunden scheint. Allerdings konnte ich gerade mit jemandem von der Polizei sprechen, und dieser hat interessanterweise den Namen des Bischofs von Laimburg ins Gespräch gebracht. Die Medien spekulieren ja schon länger über dessen Aufenthaltsort. Der Bischof wurde seit Sonntag nicht mehr öffentlich gesichtet.«* Der Reporter legte eine kurze Kunstpause ein, dann ließ er die eigentliche Bombe platzen und sagte: *»Es gibt sogar Stimmen, die behaupten, dass es sich bei der Geisel um Papst Lorenzo persönlich handeln könnte.«*

Die Moderatorin sprang sofort darauf an. Was für eine Meldung! *»Der Papst als mögliche Geisel? Wie schätzen Sie das Gerücht* *ein, Henryk?«* Ihre Stimme hatte die Grenze ins Schrille überschritten.

*»Das ist schwer zu sagen, Marietta. Noch befinden wir uns im Bereich der Spekulation. Bis dato erfolgte keine offizielle Stellungnahme durch den Pressesprecher des Vatikans. Auch die Geiselnahme wurde noch nicht bestätigt. Was ich aber mit Sicherheit sagen kann, ist, dass innerhalb des Vatikans etwas Schwerwiegendes vor sich geht, was unschwer an der Masse der Einsatzkräfte vor Ort zu erkennen ist. Nicht nur die römische Polizei ist in Mannschaftsstärke aufmarschiert, sondern auch die gesamte Schweizergarde, die Vatikanische Gendarmerie und die Vatikan-Feuerwehr wurden aufgeboten. Der Kommandant der Schweizergarde, Oberst Negli, hat den Oberbefehl über den Einsatz. Dies ist ein klares Indiz für ein Verbrechen innerhalb des Vatikans.«*

*»Henryk, könnte diese massive Polizeipräsenz nicht auch mit dem Terroranschlag auf die Kirche Quo Vadis zusammenhängen? Vielleicht handelt es sich um eine weitere Bombendrohung gegen den Vatikan?«*

*»Das ist sicher nicht auszuschließen, Marietta. Die Gerüchteküche ist am Brodeln. Aber momentan kristallisiert sich tatsächlich immer mehr das Gerücht heraus, dass es sich um eine mögliche Geiselnahme handelt. Inzwischen wurden auch erste Stimmen laut, dass der Bombenattentäter, der heute Abend die Quo-Vadis-Kirche dem Erdboden gleichgemacht hat, identisch mit dem Geiselnehmer ist, der nun den Vatikan in Atem hält.«*

*»Eine Forderung wurde aber noch nicht bekannt?«*, fragte die Moderatorin weiter.

*»Nun, das ist bis jetzt noch völlig unklar. Polizei und Vatikan halten sich hierzu bedeckt. Wie Sie sehen, befinde ich mich momentan auf dem Balkon eines Gebäudes, das den Petersplatz überblickt. Der Petersplatz selbst wurde von der Polizei weiträumig abgesperrt und alle Zufahrtsstraßen von ihr abgeriegelt.«*

Die Kamera zoomte den Petersplatz heran, auf dem unzählige Einsatzfahrzeuge mit Blaulicht und eine unüberschaubare

Anzahl von Polizisten zu sehen waren. Der Reporter kam wieder ins Bild. Er hielt sich das Ohr. *»Ich empfange gerade eine Nachricht, offenbar tut sich etwas am Eingang zum Petersdom«*, sagte er aufgeregt.

Die Kamera schwenkte auf den Petersdom, und das Kirchenportal füllte nun den gesamten Bildschirm aus. Es hatte sich einen Spaltbreit geöffnet und schwang nun langsam auf. Eine Hand wurde sichtbar und wieder zurückgezogen. Im nächsten Augenblick wurde eine Gestalt nach vorne geschoben, die erkennbar ein langes weißes Gewand trug. Eine hinter ihr stehende Person hielt ihren Hals mit dem Arm umklammert, war aber selbst nicht auszumachen, sondern verharrte im Dunkel des Eingangs. Die Kamera zoomte das Gesicht der vorderen Person heran.

*»Mein Gott!«*, entfuhr es dem hartgesottenen Reporter, und seine Stimme überschlug sich wie die eines Fußballreporters bei einem deutschen Weltmeisterschaftstor. *»Es ist Papst Lorenzo! Papst Lorenzo ist die Geisel!«*

Die Kamera fuhr so nah es ging an den Papst heran, holte sein Gesicht, das ruhig und gefasst wirkte, auf die Bildschirme der Welt, und der Reporter, der sich seiner Rolle besann, sagte nun mit bewegter Stimme: *»In diesem Moment halten alle Katholiken dieser Erde den Atem an und beten für den Papst.«* Die Kamera zoomte wieder auf einen größeren Ausschnitt zurück und filmte die Geschehnisse am Eingang des Petersdoms.

Auch Magali und ihr Schwiegervater hatten unwillkürlich den Atem angehalten. Durch den Körper des Papstes geschützt, war für den Bruchteil einer Sekunde der Kopf des Geiselnehmers zu sehen gewesen. Er spuckte neben dem Papst aus und hob den Arm, als wolle er den Papst schlagen – was einen kollektiven Aufschrei durch die bis dahin wie gelähmt wirkende Menge jagte. Doch er fasste lediglich nach der Kette mit dem Bischofskreuz, zerrte sie ihm grob vom Hals und schleuderte sie von sich. Offenbar auf Befehl des Geiselnehmers fingerte der Papst an seiner Hand herum, möglicherweise versuchte er, einen Ring abzuziehen. Der Geiselnehmer entriss ihm den Gegenstand und warf ihn ebenfalls in weitem Bogen von sich. Danach zerrte er Papst Lorenzo rückwärts zurück in die Kirche, und das Portal schloss sich wieder. Die gesamte verstörende Szene hatte kaum eine Minute in Anspruch genommen.

Die Kamera schwenkte nach unten, suchte den Boden ab und blieb schließlich sekundenlang und großformatig auf einem der beiden weggeworfenen Gegenstände haften.

Es war ein überaus bestürzendes Bild: *der Ring des Bischofs von Rom! Der Fischerring – im Staub!*

Die Kamera schwenkte weiter und fing die geschockten Gesichter der Einsatzkräfte auf dem Petersplatz ein. Danach wurde die Szene sofort wiederholt, dann zurückgespult, bis der Film an genau jener Stelle stoppte, als der Geiselnehmer für den Bruchteil einer Sekunde hinter dem Papst zu sehen war. Großformatig und im Standbild war sein Gesicht gut zu erkennen. Heinrich von Stetten war selbst so sehr auf die Ereignisse auf dem Bildschirm konzentriert, dass ihm jetzt erst auffiel, dass seine Schwiegertochter totenbleich war und am ganzen Körper zitterte. »Grundgütiger, Magali, ist dir nicht gut? Hast du Schmerzen? Ist es das Kind?«

In Magalis Augen schwammen Tränen, als sie sagte: »Nein, dem Baby geht es gut. Aber ich muss sofort noch Rom.«

»Wegen Lukas? Er wird sich sicher bald melden, meine Liebe.«

»Nein, es ist nicht wegen Lukas. Ich kenne diesen Mann.«

»Welchen Mann?«

»Den Geiselnehmer.« Magali flüsterte die Worte fast. Sein Name war ihr in dem Moment eingefallen, als sie ihn gesehen hatte. »Er heißt Massimo Trapano. Als Kind nannte ich ihn Onkel Q.«

# Kapitel 51

## *Rom / Palazzo Finzi-Contini / Viale Trinità dei Monti*

*Des einen Freud, des anderen Leid …*

Gegen 21:10 Uhr war der Kardinalstaatssekretär Clemente Finzi-Contini vom Kommandanten der Schweizergarde von der Geiselnahme unterrichtet worden – nur wenige Minuten, nachdem der Neffe des Papstes, Pater Matuschek, bewusstlos vor der Tür des Petersdoms gefunden und der USB-Stick mit der Forderung in seiner Tasche ausgewertet worden war.

Der Kardinal hatte keine Zeit verloren. Sofort hatte er einen Rundruf gestartet, in welchem er zum gemeinsamen Gebet für Seine Heiligkeit in die Privatkapelle seiner Residenz in der Trinita dei Monti bat.

In weniger als einer Stunde hatte sich die halbe römische Kurie bei ihm eingefunden, darunter die drei Präfekten der Glaubenskongregation, der Evangelisierung der Völker und der für ökonomische Angelegenheiten des Heiligen Stuhls.

Als die ersten schockierenden Fernsehbilder des Papstes in der Gewalt des Geiselnehmers über den Bildschirm liefen, hatte sein Sekretär Enzo, der vor dem Fernseher Wache hielt, ihr Gebet unterbrochen, und die illustre Gruppe war in den Konferenzraum des Palazzos geeilt. Dort starrten sie jetzt wie gebannt auf den Bildschirm, auf dem gerade übergroß der Fischerring auf dem Pflaster des Petersplatzes eingeblendet wurde.

Finzi-Contini hatte Mühe, seine betroffene Miene aufrechtzuerhalten, während er innerlich jubelte. Was für ein symbolträchtiges Bild!

Endlich war es so weit, die Dinge kamen ins Rollen! Unwillkürlich rieb er sich den nackten Finger. Nicht mehr lange und *er*, Kardinalstaatssekretär Clemente Finzi-Contini, würde seinen eigenen Fischerring tragen. *Den Ring des Papstes!* Ein jäher Geistesblitz durchfuhr ihn. *Genial, du bist genial, Clemente*, lobte er sich selbst. Genial deshalb, weil er mit diesem Schachzug keinerlei Risiko einging – weil es niemals dazu kommen würde. Aber jeder der hier Anwesenden würde sich dieser heroischen Geste erinnern.

»Enzo, verbinden Sie mich mit dem Kommandanten der Schweizergarde«, befahl er seinem Sekretär.

Die Verbindung kam erst nach einigen Minuten zustande. Der Kardinal trommelte ungeduldig mit seinen Fingern auf die Armlehne. Bevor Pater Enzo den Apparat an ihn weiterreichte, verkündete er dem Teilnehmer am anderen Ende mit wichtiger Stimme: »Ich verbinde Sie nun mit Seiner Eminenz, Kardinalstaatssekretär Clemente Finzi-Contini.«

Der Kardinal übernahm. Laut und für alle im Raum deutlich vernehmbar sprach er in den Apparat: »Guten Abend, Kommandant. Meine Brüder und ich haben eben die erschütternden Fernsehbilder gesehen. Der Gedanke an Seine Heiligkeit in den Händen eines solchen Mannes ist mir unerträglich. Darum habe ich beschlossen, mich hiermit als Austauschgeisel für Seine Heiligkeit, Papst Lorenzo, anzubieten. Ich bitte Sie, dem Geiselnehmer das entsprechende Angebot zukommen zu lassen.« Wie von ihm erwartet, hatte sich bei seinen Worten reihum bewunderndes Gemurmel erhoben.

Finzi-Contini lächelte siegesgewiss in sich hinein. Diese noble Geste würde ihm endgültig die Mehrheit beim kommenden Konklave sichern. Nur noch kurze Zeit und er würde nicht mehr am Katzentisch sitzen! Und dann würde abgerechnet werden …

# Kapitel 52

## *Rom / Wohnung Via dei Coronari*

19:17 Uhr – drei Stunden zuvor …

Zwei Minuten, nachdem Jules und Ryan die Wohnung verlassen hatten, sandte der Erpresser eine weitere Nachricht an Lukas.

*Sie betrügen schon wieder!!! Ich sagte, KEINE Kommunikation. Was glauben Sie, mit wem Sie es zu tun haben? Ich habe vollen Zugriff auf Ihre Mobiltelefone und Computer. Bleiben Sie in der Wohnung und FUNKSTILLE!!!*

»Das ist jetzt nicht wahr!« Rabea hatte sofort ihr Mobiltelefon ausprobiert, aber es reagierte genauso wenig wie das von Lukas, der Festnetzanschluss war ebenfalls tot. Sie konnten mit der Außenwelt nicht mehr kommunizieren.

»Der hat mich geknackt«, sagte Rabea fassungslos. »Scheiße. Von dem kann Jules noch was lernen.« Wütend warf sie ihr Smartphone auf den Tisch, als träfe es die Schuld an ihrer Misere. Kurz schoss es ihr durch den Kopf, wie gut es war, dass Yussuf inzwischen tot war. Die Cyberlist, die Jules und sie ausgeheckt hatten, war gelungen. Jules hatte sich verständlicherweise sehr für Jakes Handy interessiert, und sie hatte es ihm deshalb kurzfristig überlassen – dabei hätte sie es jetzt selbst gebrauchen können.

»Warum will er dich dabeihaben?«, fragte Lukas angespannt.

»Sieh mich nicht so an, ich habe keine Ahnung.« Nicht nur Rabea saß wegen ihres gehackten Handys auf heißen Kohlen, sondern auch Lukas: *Für heute um 20:15 Uhr war sein Treffen mit Papst Lorenzo vorgesehen, das dessen Neffe für ihn arrangiert hatte!* Bis zuletzt hatte Lukas gehofft, dass sich der Erpresser nicht mehr melden würde oder die Sache vorher ausgestanden wäre. Er hatte gerade vorgehabt, Pater Matuschek darüber zu informieren, dass ihn wichtige Gründe davon abhielten, den Papst zu treffen. Aber wie sollte er den Termin absagen, wenn er weder anrufen noch eine E-Mail senden konnte? Er würde den Papst versetzen müssen, und dieser Gedanke bereitete ihm beinahe genauso viel Unbehagen wie seine derzeitige Situation. Sicherlich wäre Seine Heiligkeit wenig erbaut davon, auch wenn Lukas einen triftigen Grund dafür anführen konnte. Vorausgesetzt, er überlebte den Tag.

Um 19:25 Uhr erwachte sein Smartphone zu neuem Leben und kündigte mit dem typischen Pfeifton eine nächste Instant Message an.

Es war ein zehn Sekunden langer Videoclip, der die Quo-Vadis-Kapelle von außen zeigte. Das Ganze wirkte eher wie ein Standbild, die Straße war wie ausgestorben. Plötzlich gab es hinter den Fenstern einen blauen Blitz, und die Kirche fiel in sich zusammen. Einfach so. Lukas starrte noch immer ungläubig auf sein Handy, als die Sequenz längst vorüber war. Rabea nahm es ihm ab, startete das Video erneut und achtete auf jedes Detail. Als der blaue Blitz erschien, drückte sie die Stopptaste. »Das ist definitiv gefälscht, Lukas. Diesen blauen Blitz kennt man aus Science-Fiction-Filmen. Das ist nur ein simpler Bluff. Aber der Typ ist gut. Durchgeknallt, aber gut.« Rabea nutzte die Gelegenheit der Verbindung und versuchte, sofort eine Nachricht an Jules abzusetzen, scheiterte jedoch. Trapano hatte die volle Kontrolle, blockierte jedes Senden.

Das Handy pfiff, die nächste Message, 19:30 Uhr. »Unser Freund wird mitteilsam«, meinte Rabea. Lukas hatte ihr das Smartphone aus der Hand genommen und las laut vor:

*Das passiert, wenn Sie nicht tun, was ich Ihnen sage. Sie und die Rothaarige verlassen jetzt mit den Dokumenten das Haus durch den Nebeneingang. Ich warne Sie, ich kenne den gesamten Inhalt des Schließfaches. Wehe, Sie unterschlagen mir etwas! Gehen Sie zur Ponte Sant'Angelo. Unterwegs folgen neue Anweisungen. Sie haben vier Minuten Zeit. LOS!!!*

»Was jetzt?«, fragte Lukas nervös.

»Wir rennen, was sonst!«, rief Rabea, während sie sich ihre Krokotasche schnappte und den Riemen des Behälters mit den Schriftrollen über die Schulter hängte. Dann drückte sie Lukas die Aktentasche mit den Originaldokumenten in die Arme.

»Kommt gar nicht infrage, du bleibst hier!«

»Wie bitte? Das ist jetzt nicht dein Ernst! Wir haben keine vier Minuten mehr, das wird so oder so knapp. Außerdem hat der Erpresser verlangt, dass ich mitkomme.« Rabea griff nach Lukas und schob ihn energisch in Richtung Haustür. Lukas widerstrebte immer noch. »Ich komme mit bis zur Brücke, dann sehen wir weiter, okay?«, bot Rabea schlau an. Lukas sah ein, dass Widerstand zwecklos war. Vorerst.

Mit etwas Verspätung erreichten sie die Ponte Sant'Angelo. Die Fußgängerbrücke verband das östliche Ufer mit dem im westlichen Teil gelegenen Borgo und der Vatikanstadt. Atemlos hielten Rabea und Lukas inne und sahen sich um. Die einst schönste Brücke der Antike hatte nichts von ihrem Charme verloren. Wie an jedem Sommerabend hatten sich auf ihr fliegende Händler und Musiker niedergelassen, umdrängt von Touristen und einheimischen Spaziergängern. Direkt dahinter erhob sich majestätisch das Castel Sant'Angelo in den nächtlichen römischen Himmel. Die abendliche Beleuchtung verlieh der runden Burg ein geradezu mystisch verklärtes Aussehen – es sah aus wie das Camelot Roms.

Rabea sah auf die Uhr, die eben auf 19:41 Uhr umsprang. »Sollen wir jetzt hier warten oder die Brücke überqueren?«

Lukas zuckte nervös mit den Schultern. Er lehnte an der Balustrade und hatte die Aktentasche zwischen seinen Beinen abgestellt. »Wir warten hier.«

»Woher wusste Trapano eigentlich von dem Nebeneingang?«

»Keine Ahnung. Ist doch jetzt auch egal.«

»Finde ich nicht, wenn der uns doch in der Wohnung belauschen kann. Jules sollte sich das später mal ansehen.«

»Wie du meinst.« Lukas wirkte, als würde er nur halb hinhören. Verständlich. Rabea sah selbst schon wieder auf ihre Uhr. »Er ist spät dran. Wir hätten gar nicht so zu rennen brauchen.«

»Es sind doch nur Minuten.« Wie abgerufen ging die nächste Nachricht ein. 19:45 Uhr.

*Gehen Sie zum Petersplatz, bis zum Obelisken. Sie haben vier Minuten.*

Sie rannten erneut los. Rücksichtslos kämpften sie sich durch die Masse der abendlichen Spaziergänger. Auf der Via della Conciliazione wurde es leichter. Trotzdem benötigten sie wieder mehr als vier Minuten, bis sie völlig abgehetzt vor dem Obelisken ankamen. Hektisch sahen sie sich um. Rundherum hatte sich auf der abgestuften Podestfläche ein buntes Völkchen niedergelassen. Verliebte Paare, Studenten, müde Touristen und sogar zwei ältere Nonnen in langem schwarzen Habit, die gerade dabei waren, ihre selbst gemachten Brote zu verspeisen. Rabea umrundete den Obelisken. Es gab keinen direkten Zugang, das einzige Gatter war abgesperrt. Offenbar waren alle über das halb hohe Gitter gestiegen, das den Obelisken einzäunte. Auch die beiden Nonnen.

Die Minuten vergingen, die Kirchenglocke schlug acht Uhr.

»Erst diese Scheißrennerei und dann dieses nervenzersetzende Warten!«, stöhnte Rabea. »Sag mal«, sie zeigte auf den Obelisken, »das war doch hier, wo Nero Petrus killen ließ? Meinst du, die Ortswahl hat eine Bedeutung?« Lukas reagierte nicht auf sie. Rabea folgte seinem Blick. »Was ist los, Lukas? Warum starrst du die Tür zum Petersdom an, als verberge sich dahinter das Gelobte Land?«

Lukas' Handy klingelte und enthob ihn einer Antwort. Was hätte er auch sagen sollen? Dass er darauf starrte, weil der Papst ihn dort um 20:15 Uhr erwartete? Er meldete sich, und ein triumphierendes Lachen drang an sein Ohr. *»Ich habe es mir anders überlegt. Sie brauchen einen Denkzettel, von Stetten!«* Klick, die Verbindung war unterbrochen.

Rabea hatte mitgehört. »Was für einen Denkzettel?«, fragte sie. Der Pfeifton verkündete die nächste Nachricht.

Wieder wurde die Quo-Vadis-Kapelle innen von einem blauen Blitz erhellt und fiel dann wie ein Kartenhaus in sich zusammen. Auf den ersten Blick schien es sich um denselben Film zu handeln, doch dieser hier wirkte irgendwie echter, realer. Lukas' Hand zitterte leicht. »Bitte sag, dass das auch ein Bluff ist«, flüsterte er. Bevor Rabea etwas erwidern konnte, traf die nächste Nachricht ein. 20:05 Uhr:

*Sie beide gehen jetzt zum Santa-Ana-Tor und melden sich bei der Schweizergarde. Sie werden erwartet. Kein Wort zu niemandem, sonst fliegt die nächste Kirche in die Luft.*

# Kapitel 53

## *Papst Lorenzo*

### *Petersdom – etwas früher am Abend …*

Der Heilige Vater ließ seinen Blick durch die Tiefen der Krypta streichen. Er liebte diesen Ort der Kontemplation. Seit er von Gott auserwählt worden war, den Fischerring zu tragen, kam er beinahe täglich hierher. Hier fühlte er sich Gott am nächsten, konnte seine Gedanken ordnen und fand Ruhe. Aber nicht heute. Zum ersten Mal konnte er die Bürde seines Amtes spüren. So viele Aufgaben harrten seiner, so viele Erwartungen hatte er zu erfüllen. Und immer wieder stand ihm der Teufel in seinen mannigfaltigen Verkleidungen im Weg. Der Teufel war die Gier, die Genusssucht und die Maßlosigkeit. Er war die Missgunst, die Selbstsucht und die Ignoranz. Und er war die Dummheit, der die Leute zu Arroganz und Intoleranz verleitete – und zum Hass. Und dem Hass folgte das Töten. Doch er würde den Kampf aufnehmen, jede Seele war es wert, errettet zu werden. Er würde dem Hass mit Liebe begegnen. Das war sein Auftrag. Gottes Auftrag. Er würde ihn erfüllen.

Heute war er nicht allein hierhergekommen, sondern in Begleitung. Gemeinsam mit Bischof von Elsterich und seinem Neffen Josef hatte er am Grab des Heiligen Petrus gebetet. In seiner Not hatte sich ihm der Bischof kürzlich anvertraut, und nun trug auch der Heilige Vater einen Teil der Last, unter der das Gewissen des Bischofs ächzte. Für den heutigen Abend hatte er ein gemeinsames Treffen mit Lukas von Stetten und dem Bischof anberaumt, da dessen Geständnis teilweise auch die Von-Stetten-Stiftung betraf.

Der Heilige Vater sah unauffällig auf seine schlichte Armbanduhr. Sosehr er die Stille dieses Ortes genoss, die Zeit machte auch vor der Abgeschiedenheit der Nekropole nicht halt. Mochte sie für die Toten stillstehen, für das Oberhaupt der katholischen Kirche schritt sie unbarmherzig voran. Es war Zeit zu gehen. Die Dreiergruppe stand eben im Begriff, sich vom Grab zurückzuziehen, als sich unvermittelt, wie aus dem Nichts heraus, eine Gestalt vor ihnen manifestierte. Es war ein gedrungener Mann von mittlerem Alter und mittlerer Größe. Auf eine gewisse Weise war alles an ihm mittelmäßig, einer jener Menschen, die man in der Menge sah und sofort wieder vergaß. Was aber an ihm auffiel, war sein strenger Geruch. Den Heiligen Vater fröstelte es, als er diesen gewahrte. Er kannte den Geruch, war ihm oft genug begegnet. Es war der Geruch des Todes. *Wie hatte es der Mann geschafft, alle Sicherheitsvorkehrungen zu umgehen?*, fragte er sich fassungslos. Ausgerechnet heute, da es ihm gelungen war, seinen Wächtern der Garde wenigstens für eine Stunde zu entkommen? Noch während der Papst mit seinem Schrecken rang, hatte der Eindringling eine Pistole, die zwar weiß, aber deshalb nicht weniger bedrohlich wirkte, auf sie gerichtet und seinem Neffen Josef befohlen, zuerst den Bischof und dann ihn mit Kabelbinder zu fesseln.

Dabei hatte der Heilige Vater nicht verhindern können, dass sein Neffe plötzlich den Helden spielen musste. Er warf sich auf den Mann, und es kam zu einem Handgemenge. Unglücklicherweise fand es auf dem Podest statt, Josef verfehlte eine Stufe, verlor das Gleichgewicht und schlug unglücklich mit dem Kopf auf dem Podest des Petrusgrabs auf. Bewegungslos blieb er liegen. Der Eindringling zeigte sich unbeeindruckt von der Bitte des Heiligen Vaters, seinem Neffen beistehen zu dürfen, stattdessen zwang er ihn, dem Bewusstlosen selbst die Hände zu fesseln. Anschließend ließ er ihn an Ort und Stelle zurück und scheuchte den Bischof und ihn die Treppe hinauf. Er befahl ihnen, sich auf die Stufen vor dem Hauptaltar zu setzen, mit Blick auf das Eingangsportal. Dort fesselte er ihnen auch die Füße.

»Was haben Sie vor, mein Sohn?«, versuchte der Heilige Vater, mit dem Mann ins Gespräch zu kommen.

»Still, sonst knebele ich Sie. Und ich bin nicht *Ihr* Sohn!«, knurrte der Angesprochene, während er unruhig am Fuß der Treppe auf und ab marschierte und zwischendurch mehrmals sein Mobiltelefon überprüfte. Als der dumpfe Klang der Kirchenuhr die angespannte Stille mit acht Schlägen zerriss, zuckte der Mann zusammen. Auf diesen Augenblick schien er gewartet zu haben und begann hastig auf dem Display herumzutippen. Sekunden später grunzte er zufrieden und bearbeitete erneut sein Mobiltelefon.

Papst Lorenzo, in die Rolle des hilflosen Zuschauers gedrängt, stellte eigene Überlegungen an. Man hatte ihn gefangen genommen. Mitten im Vatikan. Einem Bereich, der als sicher galt. Bisher. Wer auch immer dieser Mann war, diese Tat musste von langer Hand geplant worden sein. War der Eindringling ein Einzeltäter oder steckte eine Organisation dahinter? Dieser Frevel konnte nur einen Grund haben: *Die Heilige Kirche sollte erpresst werden!* Aus diesem Grund vermutete er, dass der Unbekannte gerade seine Forderung absetzte. Als hätte er den forschenden Blick seines Gefangenen bemerkt, entfernte sich der Mann ein kleines Stück von ihnen, um zu telefonieren.

»Verstehen Sie irgendetwas?«, raunte er von Elsterich zu, der steif neben ihm saß und als Antwort nur stumm den Kopf schüttelte. Der Bischof schien vor Angst wie paralysiert und augenscheinlich keines klaren Gedankens fähig.

Der Geiselnehmer kehrte zurück und baute sich vor dem Heiligen Vater auf. »Sie erwarten gleich einen Gast. Er kommt nicht allein, eine Journalistin Rosenthal begleitet ihn.« Er bückte sich und durchtrennte die Fußfesseln, während er dem Papst die Anweisung erteilte. »Sie werden jetzt der Schweizergarde

Bescheid geben, dass Sie die beiden erwarten. Sie sollen zur Porta Santa Anna geführt werden, wo Sie sie selbst einlassen werden. Ich warne Sie, Papst, ein falsches Wort, und das war es mit Ihrem Bischof hier. Verstanden?« Als der Papst zögernd verharrte, weniger um den Mann zu provozieren als im Bemühen, hinter alldem einen Sinn zu ergründen, setzte der zur Veranschaulichung die Pistole an der Schläfe des Bischofs an. Dieser gab einen erstickten Laut von sich und begann, am ganzen Leib zu zittern.

Der Geiselnehmer wartete, bis das Kirchenoberhaupt nickte, und wählte die offenbar voreingestellte Nummer der Schweizergarde. Wortlos hielt er ihm das Telefon ans Ohr. Dem Papst blieb keine Wahl. Den Blick auf die Pistole gerichtet, kündigte er dem Wachhabenden in knappen Worten die beiden Besucher an. Da sein Neffe zuvor schon Lukas von Stetten angemeldet hatte und es nicht das erste Mal war, dass der neue Papst kurzfristig späte Besucher empfing, wurde sein Ansinnen ohne Nachfrage aufgenommen. Sollte dem Schweizer das Ganze trotzdem merkwürdig vorkommen, so ließ er es sich nicht anmerken. Der Geiselnehmer führte den Papst zu der angegebenen Pforte, zuvor löste er dessen Handfesseln, damit der Gardist keinen Verdacht schöpfte. Anschließend musste der Heilige Vater hilflos zusehen, wie auch die beiden jungen Leute in die Gewalt des Geiselnehmers gerieten.

Die Augen des jungen von Stetten weiteten sich, als er neben dem Papst den bewaffneten Eindringling entdeckte. Mit einer raschen Bewegung hielt er die junge Frau an seiner Seite davon ab, aus einem Reflex heraus etwas zu tun, was womöglich jeder der Anwesenden bereuen würde.

Der Geiselnehmer scheuchte sie mit der Pistole vor sich her. Als sie den Altar erreichten, auf dessen Stufen der gefesselte Bischof wie ein Häuflein Elend hockte, konnte die junge Frau nicht mehr an sich halten. »Heilige Scheiße, der Papst und der Bischof!« Ihre Augen huschten über die Anwesenden und blieben auch kurz auf dem Heiligen Vater haften. Der entdeckte darin keine Angst, sondern einen Ausdruck, der ihn stutzen ließ. Wäre die Lage nicht so ernst gewesen, hätte er fast gemeint, sie hätte ihm einen verschwörerischen Blick zugeworfen. Als Nächstes tat die Frau etwas völlig Unerwartetes. Sie trat einen Schritt auf den Geiselnehmer zu und zischte: »Verdammt! Was soll der Scheiß? Bist du verrückt geworden? Warum folgst du nicht Carlottas Plan?«

Den Entführer hatte es dabei fast von den Füßen gerissen. Mit dieser Konfrontation hatte er wohl zuletzt gerechnet. Sekundenlang schien er überhaupt nicht zu wissen, wie er reagieren sollte. Mit weit aufgerissenen Augen wich er zurück, umklammerte die Pistole krampfhaft mit beiden Händen und richtete sie direkt auf die Journalistin. »Was soll das?«, fragte er heiser, und seine Lippen zitterten genauso wie seine Hände.

»Stell dich nicht dumm! Ich bin eine Freundin Carlottas.«

»Sie lügen!«

»Quatsch! Sie sagte mir, du hättest Anweisung, mich zu kontaktieren. Aber nicht so! Warum ziehst du mich in diesen Scheiß rein? Ich hau ab!« Die Frau wandte sich ab, als wollte sie einfach davonspazieren. Der entsetzte Blick des Heiligen Vaters folgte ihr, während sich sein Verstand überschlug. War sie eine Verbündete des Geiselnehmers?

»Stehen bleiben!«, brüllte der ihrem Rücken zu. Auch der junge von Stetten war einen Schritt vorgesprungen und rief jetzt panisch: »Mensch, Rabea, tu, was er sagt!«

Die junge Frau hielt inne und drehte sich langsam herum. Nicht im Geringsten beeindruckt fuhr sie den Fremden an: »Warum willst du mich dabeihaben, wenn du mich angeblich nicht kennst?«

»Es gehört zu meinem Plan!«

»Schöner Plan. Wir werden hier alle verrecken! Warum hast du dich verdammt noch mal nicht an Carlottas Anweisungen gehalten?«

»Ich weiß von keinen Anweisungen!« Erstmals hatte sich Unsicherheit in die Stimme des Mannes geschlichen.

Die Journalistin taxierte den Fremden, ehe sie halblaut sagte: »Nicht hier, vor den Leuten. Du«, sagte sie zu von Stetten, »setz dich zu den anderen auf die Stufe. Es macht mich nervös, dass du hier so rumstehst.« Der Angesprochene sandte Rabea einen tödlichen Blick, wehrte sich jedoch nicht, als sie ihn fesselte. Der Geiselnehmer hatte nicht protestiert, als sie die Initiative an sich gerissen hatte. Allerdings prüfte er nach, ob sie den jungen Mann auch richtig gefesselt hatte. Er nahm Aktentasche und Schriftrollen an sich und deponierte sie auf dem Altar.

»Jetzt hast du, was du wolltest. Zufrieden?«, fragte sie und ergänzte: »Ich weiß, wer du bist.«

»Du bluffst doch bloß!« Er nötigte sie mit der Waffe, sich neben die anderen auf die Stufen zu setzen.

»Dein Vorname beginnt mit M, dein Nachname mit T. Reicht das als Beweis?«, ließ sie nicht locker.

»Nein. Außerdem weiß ich, dass du Carlottas Gefangene warst!«, wehrte der Geiselnehmer schroff ab. »Fessele deine Füße«, forderte er sie auf und hielt ihr den Kabelbinder hin.

Während sie gehorchte, fuhr sie unbeirrt fort. »Das gehörte alles zu unserem Plan. Der Vollstrecker hat mir nichts getan, oder? Ich habe seit Jahren heimlich mit Carlotta zusammengearbeitet. Wer, glaubst du, hat Carlotta informiert, wo sich das Evangelium befindet? Der Heilige Geist?«

»Das erfindest du jetzt alles!«

»Ach ja? Und wieso weiß ich alles über deine Forschungen zum Freie-Raumenergie-Konverter? Und dass die Wirtschaftsmafia versucht, deine Erfindung der Öffentlichkeit vorzuenthalten – wenn Carlotta mir nicht selbst davon erzählt hätte? Sie war überzeugt, dafür hättest du den Nobelpreis verdient.« Der Nobelpreis war ein Schuss ins Blaue.

»Das weißt du?«, stieß der Geiselnehmer verblüfft hervor.

Der Heilige Vater war nicht minder verblüfft. Sein Blick pendelte zwischen den beiden, die sich jetzt ein anhaltendes stummes Augenduell lieferten. Was lief hier?

Bevor die Journalistin antwortete, wandte sie ihr Gesicht kurz dem Heiligen Vater zu, sodass der Geiselnehmer nicht mitbekam, was sie jetzt tat: *Sie zwinkerte ihm, dem Papst, zu!* Ihm blieb keine Zeit, sich darüber zu wundern, weil sich die Geste durch ihre nächsten Worte von selbst erklärte. »Natürlich. Hör zu«, sagte sie jetzt im vertraulichen Ton zu dem Eindringling, »ich habe nichts dagegen, dass du dir den Papst vorknöpfst. Der Fisch stinkt immer vom Kopf. Der Vatikan hat ja nicht einmal das Artenschutzabkommen unterzeichnet. Ich finde, es ist dein gutes Recht, der Welt zu zeigen, wie übel dir die Kirche mitgespielt hat. Glaub mir, ich verstehe deine Mission, aber doch nicht so!«

»Aber die Welt muss erfahren, dass sie belogen und betrogen wird und dass meine Maschine funktioniert!«, rief er aus.

»Und wie stellst du dir das vor?«

»Was glaubst du, warum ich hier bin? Warum ich den Papst als Geisel genommen habe? JETZT werden sie mir zuhören! Ich lasse den Energie-Konverter auf dem Petersplatz von Wissenschaftlern nachbauen. Die Menschen sollen endlich wissen, dass es möglich ist, die Welt mit sauberer Energie zu versorgen. Dass diese Energie unerschöpflich ist! Sie müssen erfahren, dass die Regierungen meine Erfindung nicht wollen, weil die fossile Wirtschaft sie dafür bezahlt! Das Wohl der Menschen ist diesen Eliten egal, alles, was sie wollen, ist, uns bis in alle Ewigkeit auszubeuten und dabei zerstören sie die Umwelt!« Der Fremde war in seiner Erregung immer lauter geworden, dabei wedelte er jetzt mit seiner Waffe von einem zum anderen, was ein kollektives Wegducken zur Folge hatte.

Lediglich die junge Frau zuckte mit keiner Wimper. »Aber was geschieht danach?«, fragte sie unbeirrt.

»Ich verstehe nicht …«

»Wenn deine Forderung erfüllt wird und die Maschine aufgebaut ist, wer führt sie vor?«

»Ich, wer sonst?«

»Keine gute Idee. Sobald du dich da draußen blicken lässt, erschießt dich ein Scharfschütze.«

»Ich nehme den Papst als Schutzschild.« Der Heilige Vater hörte, wie der junge von Stetten, der die Szene bis dahin mehr oder weniger fassungslos verfolgt hatte, einen Laut der Empörung ausstieß und dabei eine Bewegung machte, als wollte er trotz der Fesseln auf die Beine kommen. Der Geiselnehmer richtete seine Waffe sofort auf ihn und gab ihm damit zu verstehen, dass für Heldentum ein schlechter Zeitpunkt war.

»Den Heiligen Vater als Schutzschild?«, fragte Rabea inzwischen ungläubig. »Damit verspielst du alle Sympathien.«

»Na und? Mich hat nie jemand gemocht! Niemand, außer Carlotta«, rief er verbittert.

Rabea beugte sich ihm entgegen, sah ihm direkt in die Augen. »Denk nach! Du bringst der Menschheit mit deiner Erfindung etwas Gutes. Das wird sie aber kaum verstehen, wenn du mit dem Leben des Papstes spielst. Die Menschen werden denken, wenn das wahr wäre, müsste dieser Mann nicht zu diesen Mitteln greifen. Selbst wenn deine Maschine auf Knopfdruck funktioniert, wer soll dir das noch glauben?«

»Was soll ich dann tun?«, fragte der Geiselnehmer erkennbar verunsichert.

*Jetzt hat sie ihn!*, schoss es dem Heiligen Vater durch den Kopf, dem langsam dämmerte, welches Ziel die junge Frau verfolgte. Er hatte Mühe, es sich nicht anmerken zu lassen.

»Du brauchst starke Verbündete«, beschwor sie ihn. »Personen, die die Macht haben, dich zu schützen, und deine Erfindung durchsetzen können. Genau *das* war Carlottas Plan. Daran hat sie gearbeitet.«

»Und wer soll das sein?«, fragte er zweifelnd zurück. Seine

Miene spiegelte deutlich den inneren Zwiespalt wider, in dem er sich befand.

Die nächsten Worte sprach die Frau langsam aus, betonte jede Silbe, damit sie ihre Wirkung nicht verfehlten. »Der vermutlich nächste Präsident der Vereinigten Staaten, Senator Jefferson Delano Whitewolf. Er ist hier, in Rom.«

»Was? Soll das ein Witz sein? Du bist ja völlig verrückt!«, rief der Geiselnehmer nun wieder voll empört.

»Das finde ich nicht«, brachte sich der Heilige Vater an dieser Stelle ins Spiel. Lange genug war er nur Statist gewesen. Nun galt es, der Reporterin beizustehen, die die Situation so geistesgegenwärtig erfasst und ihren Verstand gebraucht hatte, anstatt ihre Fäuste, wie sein unglücklicher Neffe Josef. »Mich interessiert Ihre Erfindung auch. Für den Menschen da zu sein, Sorge zu tragen, dass es ihm an Leib und Seele gut geht, das ist meine Berufung.« Bevor Papst Lorenzo weitersprach, bedachte er den Geiselnehmer mit jenem besonderen Blick, den sein Amt mit sich brachte – eine Mischung aus Milde und Nachdruck. »Ich bin erst kurz im Amt. Aber mir ist bewusst, dass in der Vergangenheit Fehler begangen wurden; Priester, Kardinäle und Päpste sind auch nur Menschen. Wir handeln menschlich und tun dabei nicht immer das Richtige. Geben Sie mir die Gelegenheit, in Ihrem Fall das Richtige zu tun. Lassen Sie mich Ihnen helfen.« Im Stillen zollte er der Journalistin Beifall. Sie hatte sich die Sucht des Geiselnehmers nach Anerkennung zunutze gemacht und ihn geschickt in eine bestimmte Richtung gelenkt. Und am Ende ging der Plan der jungen Frau auf.

Rabea überredete den Geiselnehmer, sie gehen zu lassen, damit sie mit Senator Whitewolf Kontakt aufnehmen konnte. Der Mann hatte zwar zunächst noch darauf bestanden, es telefonisch zu versuchen, doch sie hatte ihn überzeugt, dass sie eher Erfolg haben würde, wenn sie persönlich bei ihm vorsprach. Während dieser Rabea zum Einstieg in die Cloaca begleitete, räusperte sich Lukas verhalten neben Papst Lorenzo.

»Nur keine falsche Zurückhaltung, junger Freund«, forderte der Papst ihn zum Sprechen auf, »wir sind alle Gefangene und sitzen im gleichen Boot. Was immer geschieht, wir sind jetzt in Gottes Hand.«

»Ja, Eure Heiligkeit. Trotzdem wollte ich gerne anmerken, dass meine Freundin es nicht so gemeint hat. Sie ist manchmal sehr impulsiv.«

»Warum? Sie hat ja recht. Die Tierschützer bombardieren mich mit Einlassungen. Ich bin froh, dass sie mir nicht die Vatikanische Elfenbeinschnitzerei unter die Nase gerieben hat. Es gibt zu viel Aberglauben. Ich fürchte, ich muss die Schnitzerei schließen, wenn ich glaubhaft bleiben möchte.«

»Ich meinte eigentlich die Bemerkung, dass der Fisch immer vom Kopf stinkt, Heiligkeit«, sagte Lukas verlegen.

»Da kann ich mich nur wiederholen. Auch damit hat sie recht«, erwiderte der Papst bedächtig, der dabei an seinen Kardinalstaatssekretär dachte. Eine Weile schwiegen sie, bis sein Gesprächspartner sagte: »Ich fürchte, wir sind jetzt weniger in Gottes Hand, Heiligkeit, als in der meiner Freundin.«

»Wohl wahr, junger Freund, und das sage ich als Mensch. Als Papst würde ich doch meinen, dass es der höheren Instanz obliegt. Beten wir.«

Der Geiselnehmer kehrte zurück, und der Heilige Vater bat ihn, nach seinem Neffen zu sehen.

»Bin ich die Heilsarmee?«, brummte der Mann verdrossen. Doch er stapfte davon, kehrte kurz darauf zurück und löste Lukas die Fußfesseln. »Sie kommen mit. Wir legen den Mann vor der Kirche ab.«

# Kapitel 54

*»Komm zur Ponte Rotto. Ich warte dort. R.«*

Diese mysteriöse Nachricht ging bei Jules genau in dem Moment ein, als Magali bei Oberst Negli anrief.

Kurz fragte er sich, ob sie echt war oder ein Fake. Er konnte sich beim besten Willen nicht erklären, ob und wie Rabea dem Entführer hatte entkommen können und warum sie ihn ausgerechnet dort treffen wollte. Aber er hatte gelernt, dass bei seiner Freundin alles möglich war und – wenn er das Rätsel lösen wollte – er das Risiko eingehen musste.

Jules gab die Adresse in seine Navi-App ein. Sie zeigte ihm, dass der nächste Weg über den Tunnel zu Fuß in fünfzehn Minuten – im Laufschritt also in gut zehn Minuten – zu schaffen sei. Aber der Tunnel war längst von der Polizei gesperrt worden. Er musste zurück, quer durch den Borgo.

Inzwischen war halb Rom auf den Beinen und drängte zum Petersplatz. Jules hatte selten solche Menschenmassen erlebt, er kam sich vor wie an der Kaaba in Mekka. Der Kordon der Herandrängenden wurde schließlich so engmaschig, dass es kaum noch ein Durchkommen gab. Mühsam stemmte er sich gegen die Leiber, nutzte rücksichtslos jede Lücke und half hier und da mit den Ellenbogen nach. Er mochte nicht daran denken, was passierte, sollte eine Panik ausbrechen.

Erst als er den westlichen Uferweg erreicht hatte, wurde es besser. Wie in einem Parcours schlängelte er sich durch die Passanten hindurch. Er schien der Einzige zu sein, den es in die andere Richtung drängte. An der Ponte Principe Amadeo hastete er die Treppe hinab und lief direkt am Ufer entlang. Hier reihte sich eine Gastronomie an die andere. Laut Navi-App lagen noch fünf Brücken vor ihm. Wo sonst um diese Sommerzeit das römische Nachtleben tobte, herrschte eine bedrückende Leere; nur vereinzelt entdeckte Jules noch Menschen, fast ausnahmslos in ihre Smartphones vertieft.

Endlich kam die Tiberinsel in Sicht und danach die Ponte Palatino, vor deren erleuchteter Silhouette die etwas niedrigere Ponte Rotto schemenhaft aus dem Tiber ragte. Fast eine halbe Stunde hatte er gebraucht, bis er die älteste Brücke Roms erreicht hatte. Lediglich ein Bogen war von ihr noch erhalten geblieben – daher *Ponte Rotto*, kaputte Brücke. Mit anderen Worten, sie hatte keine Verbindung zum Ufer, sondern stand mitten im Fluss.

Jules inspizierte jetzt – weit über das Geländer der Ponte Palatino gelehnt – den tieferliegenden Brückenbogen der Ponte Rotto. Er hatte drei Möglichkeiten: Entweder er schwamm, fand ein Boot oder er kletterte über das Geländer und sprang hinüber auf den Brückenbogen. Breit genug wäre er. Er musste dazu höchstens eine Distanz von zwei Metern überwinden; das Hinabklettern würde sowieso kein Hindernis darstellen, die Vorsprünge und Kapitelle an der alten Brücke böten ihm ausreichend Halt. Er entschied sich für die schnellste Variante: springen und klettern. Jules schwang sein Bein gerade über das Geländer, als ihm jemand auf die Schulter tippte. »Du hast dir ja verdammt lang Zeit gelassen. Wo ist Ryan?«

»Rabea! Du Teufelin!« Jules zog sein Bein zurück und riss sie in seine Arme.

»Schon gut, wirst du jetzt sentimental?«, gab sich Rabea cool. Aber sie lachte dabei.

»Wie bist du hierhergekommen?«

»Einmal quer durch die Cloaca Maxima. Unter der Brücke ist ein Ausstieg.«

»Und wie bist du ans Ufer gelangt?«

»Mit dem Boot, das Alpha Trapano dort deponiert hatte.« Rabea zeigte auf das kleine Ruderboot am östlichen Ufer. Sie hatte es halb aus dem Wasser in den Schatten der Ufermauer gezogen. Es bot gerade Platz für drei Personen.

»Wo ist Ryan? Ich habe ihn auch angesimst.«

»Er ist von der Van-Kampen-Villa in die US-Botschaft in der Via Vittorio Veneto gefahren. Schätze, er hat Schwierigkeiten hierherzugelangen. Ganz Rom ist ein einziges Chaos. Unser Erpresser hat als Ablenkungsmanöver Bombendrohungen für Kirchen und öffentliche Gebäude versandt.«

»Ja, er hat damit geprahlt. Im Grunde ist das aber ein ganz armes Würstchen. Ihr sucht also noch immer nach seinem Versteck?«

»Besser«, trumpfte Jules auf, »wir haben es gefunden! Und einen Zugang zur Cloaca Maxima! Und du? Wie bist du dem Alphatier entkommen?«

»Gar nicht. Ich habe ihn überredet.«

»Du hast was? Wie hast du das angestellt?« Jules' Miene schwankte zwischen Misstrauen und Zweifel.

»Ich habe ihm versprochen, bis spätestens 2:00 Uhr wieder zurück zu sein.«

Jules' Blick bohrte sich in den von Rabea. »Was hast du vor?«

»Ich werde Trapano helfen, seine Vision zu verwirklichen – seine Erfindung muss an die Öffentlichkeit! Vorrangig müssen wir dafür sorgen, dass der Mann überhaupt so lange am Leben bleibt. Zufällig kenne ich jemanden, der in der Lage wäre, uns hierbei zu unterstützen. Aber ich muss ihn unbedingt heimlich treffen, ohne Polizei- und Medienmeute auf den Fersen.«

»Trapanos Erfindung? Was soll das sein?«

»Dafür reicht jetzt die Zeit nicht. Außerdem, du würdest es eh nicht glauben.«

»Aha. Und welchen großen Zampano meinst du?«

»Senator Whitewolf. Er ist in der Stadt.«

»Sieh an, der auch? Alle Wege führen nach Rom.« Jules hatte aufgehört, sich zu wundern. »Hast du auch einen Plan?«

»Ja, zunächst sollten wir die Geiseln befreien. Einziger Haken: Wir brauchen ein Ablenkungsmanöver für Trapano.«

»*Wir …?*« Jules sah Rabea wie ein nachsichtiger Vater an, dessen Kinder ihm schon des Öfteren Unmögliches abverlangt hatten. Rabea wappnete sich gegen einen Einwand, doch ihr Freund überraschte sie. »Dann erzähl mal, was du dir Verrücktes ausgedacht hast.«

»Im Grunde ist es ganz einfach. Von hier führt direkt ein Weg in die …«

»Rabea!« Sie fuhr herum. Zum zweiten Mal innerhalb von Minuten wurde sie von kräftigen Männerarmen umfangen und beinahe erdrückt. »Puh, du stinkst«, sagte Ryan lachend und küsste sie gleich noch einmal. »Sorry, dass ich so lange gebraucht habe. Es herrscht Ausnahmezustand. Überall Straßensperren. Was sollen wir hier?« Er sah sich fragend um.

Rabea brachte ihren Freund, der bis zu diesem Moment nicht gewusst hatte, dass sie zwischenzeitlich Geisel im Petersdom gespielt hatte, kurz auf den letzten Stand – inklusive ihres Plans, die Geiseln zu befreien.

Sie erntete pure Fassungslosigkeit. »Moment, du bist ihm entkommen und willst jetzt wieder zurück?«

»Das sagte ich doch gerade. Der Plan ist bombensicher.«

»Bombensicher? Bist du verrückt? Das Einzige, was sicher ist, ist, dass der Typ sich irgendwann in die Luft sprengt! Vergiss es. Der Mann ist mit Sprengstoff bewaffnet und unberechenbar. Wir informieren die Schweizergarde und die Polizei. Es ist ihr Job.«

»Nein, Ryan«, widersprach Rabea bestimmt. »Du verstehst nicht, um was es hier geht. Der Geiselnehmer ist verzweifelt, weil er eine geniale Erfindung gemacht hat. Die Energielobby will ihn tot sehen. Er …«

»Was für eine Erfindung?«, wollte jetzt auch Ryan wissen und unterbrach sie deshalb. Er hatte die Arme verschränkt und sah sie an, als würde sie wirres Zeug von sich geben. Hilfe suchend schaute Rabea zu Jules. Doch von ihrem Freund war keine Hilfe zu erwarten. Er harrte nicht minder gespannt einer Erklärung.

Rabea stieß einen ärgerlichen Seufzer aus und sah demonstrativ auf ihre Uhr. »Raus mit der Sprache!«, forderte Ryan. »Die paar Sekunden sollten es dir wert sein.«

»Also gut. Die Kurzform: Massimo hat mit Raumenergie experimentiert und eine Möglichkeit entdeckt, sie anzuwenden. Er hat einen Generator gebaut, der diese unerschöpfliche Energie nutzt und Strom damit erzeugt. Seine Erfindung macht fossile Brennstoffe überflüssig, versteht ihr? Darum wird er von der Energielobby gejagt.« Rabea hatte ihre gesamte Leidenschaft in die Worte gelegt, sie musste die beiden Männer unbedingt davon überzeugen, ihr zu helfen. Allein konnte sie ihren Plan niemals umsetzen.

»Das glaubst du? Dass dieser Verrückte das Energieversorgungsproblem der Menschheit gelöst hat? Und darauf fällst du herein? Ehrlich, ich hätte dich für klüger gehalten.« Ryan schüttelte den Kopf und sah sie an, als hätte sie komplett den Verstand verloren.

»Spar dir deine Überheblichkeit!«, fuhr ihn Rabea an. »Du hast null Ahnung von der Materie. Im Gegensatz zu dir habe ich mich gründlich damit beschäftigt. Glaubt mir, es funktioniert! Trapano wäre nicht der erste Wissenschaftler, den die Energielobby umbringen lässt! Das haben sie mit Nikola Tesla auch versucht, der zum gleichen Ergebnis wie Trapano kam. Ich lasse nicht zu, dass Trapano getötet wird. Ihr wollt mir nicht helfen? Auch gut. Ich rufe jetzt Whitewolf an.«

»Den Senator? Was hat er damit zu tun?«, reagierte Ryan verblüfft.

»Er kennt den Mann. Er war bei einem der Experimente dabei und weiß, dass es funktioniert.«

»Das behauptet der Erpresser.«

»Trapano hat mir den Film des Experiments vorgeführt. Ich glaube ihm.«

Ryan riss endgültig der Geduldsfaden. »Du glaubst einem Terroristen und Mörder, der Kirchen in die Luft sprengt?«

»Soweit ich weiß, hat er bisher niemanden getötet.«

»Ach, ihr hattet einen Fernseher in der Kirche?«, blaffte Ryan.

»Nein, aber während ich hier gewartet habe, habe ich mir die bisherige Berichterstattung auf meinem Smartphone angesehen. Trapano hat es mir freigeschaltet.«

»Die Medien wissen gar nichts. Es gibt eine Nachrichtensperre, um die Bevölkerung nicht zu beunruhigen. Die Lage in Rom ist außer Kontrolle, und du willst einen Verrückten retten?«

»Hast du mir vorhin nicht zugehört? Verstehst du nicht, um was es hier geht?«, giftete Rabea zurück. »Auch der Papst will unbedingt, dass Alpha überlebt.«

»Pax!«, schritt Jules ein. »So kommen wir nicht weiter. Ryan hat recht, es ist verrückt und das Risiko hoch. Ich habe den Kommandanten der Garde, Oberst Negli, kennengelernt. Ein Befreiungsversuch kommt für ihn nicht infrage, er setzt auf Verhandlung.«

Rabea sah bereits ihre Felle davonschwimmen, als ihr Jules' nächste Frage wieder etwas Auftrieb gab. »Wie sieht es mit Trapanos Bewaffnung aus?«

»Er hat eine komische weiße Pistole. Er sagt, er hätte sie selbst gebaut. Weitere Waffen habe ich nicht bei ihm entdeckt.«

»Hast du kleine silberne Röhrchen bei ihm gesehen?«

»Nein. Aber vom Altar führt eine Lunte zur Treppe hinunter in die Nekropole und weiter bis zur Grabstätte des Petrus. Was ist in den Röhrchen?« Ihr war der alarmierte Blick, den Jules und Ryan getauscht hatten, nicht entgangen.

»In den Röhrchen befindet sich ein neuartiger Sprengstoff«, klärte Jules sie auf. »Er ist latent radioaktiv und seine Sprengkraft enorm. Wenn er Sprengstoff am Ende der Lunte angebracht hat, genügt ein Streichholz, und der halbe Dom fliegt in die Luft.«

»Dann müssen wir ihn daran hindern, dass er in der Nähe der Lunte ist, wenn wir ihn überwältigen«, sagte Rabea forsch – als hätte es nie einen Einwand gegen ihr Vorhaben gegeben. »Damit wären wir wieder am Anfang: Wir benötigen ein Ablenkungsmanöver! Das Kirchenschiff ist gigantisch, es liegen fast zweihundert Meter zwischen Altar und Eingang. Wir müssen Trapano nur dazu bringen, dass er nach vorne zum Eingang kommt, während wir gleichzeitig von unten her eindringen und Sprengstoff und Lunte einkassieren. Ich wünschte, ich könnte für euch den Lockvogel spielen. Aber sobald ich einen Fuß auf den Petersplatz setze, kassiert mich die Garde. Genau das habe ich Alpha erzählt, damit er mich ungesehen durch die Cloaca rausschleust.« Rabea pustete sich eine Locke aus der Stirn, als könnte sie ihren Coup selbst noch nicht richtig fassen.

»Wahrlich, ein echtes Genie. Und der soll das Energieproblem gelöst haben …«, kommentierte Ryan hämisch. Jules' nachdenkliche Miene hatte sich hingegen aufgehellt. »Mir ist soeben die Idee für das ideale Ablenkungsmanöver gekommen. Das müsste sogar unseren Freund Ryan überzeugen.«

»Das glaube ich kaum.« Ryans gesamte Haltung drückte Ablehnung aus.

»Ich weiß nicht, warum du dich so sträubst«, sagte Rabea hitzig. »Willst du nicht den Papst retten?«

»Natürlich, und ich verstehe auch, dass du deinen Freund Lukas retten willst«, presste er schmallippig hervor.

»Ja, und den Bischof«, antwortete Rabea spitz. »Drei Menschenleben, vier mit dem Trapanos.«

»Und was ist mit deinem Leben?«

»Ryan«, mischte sich Jules ein weiteres Mal ein. »Was wäre, wenn Rabea noch eine der Geiseln wäre? Und ich einen Plan hätte, wie wir sie da schnell rausholen? Vergiss nicht, die Zeit läuft uns davon. Der Mann ist Diabetiker, hat möglicherweise kein Insulin bei sich und könnte jederzeit durchdrehen. Also, wenn du es in der Hand hättest, Rabea zu retten, was würdest du tun?«

Ryans Wangenmuskeln arbeiteten. Dann straffte er sich. »Okay, Rabea, dann schieß mal los.«

Nachdem sie ihren Plan umrissen hatte, meinte er: »Du glaubst wirklich, du könntest den Weg in dem Labyrinth da unten zurückfinden? Einfach so?« Ryan suchte weiter nach dem Haken in Rabeas Befreiungsplan.

»Rabea hat ein fantastisches Gedächtnis«, antwortete Jules für sie.

»Und ich habe die Schritte gezählt«, ergänzte Rabea. »Heißt das, du bist dabei, Jules?«

»Ja, ich halte das Risiko für kalkulierbar. Außerdem ist Lukas auch mein Freund.«

Ryan selbst war nicht überzeugt, stimmte aber schließlich widerstrebend zu. »Da ich es dir offenbar nicht ausreden kann, Rabea«, stellte er grimmig fest, »komme ich mit, um dich zu beschützen.«

»Dann sind wir uns ja einig. Stellen wir eine Einkaufsliste zusammen«, sagte Jules und zählte die Dinge auf, die sie für ihren Plan brauchen würden.

»Es ist 22:30 Uhr! Jetzt sind alle Geschäfte geschlossen«, stellte Ryan überflüssigerweise fest.

»Nur eine Redewendung! Wir kaufen nicht ein, wir organisieren. Kommt! Wir nehmen deinen Wagen, Ryan. Stadtauswärts dürfte der Verkehr weniger das Problem sein. Jedermann will hinein.« Jules lief los, Rabea an seiner Seite.

Ryan bewegte sich nicht die Spur.

»Was ist denn noch?«, rief Rabea ihm ungeduldig zu, als sie merkte, dass er ihnen nicht folgte.

»Was ist mit dem Ablenkungsmanöver? Wie soll das aussehen?«

»Erklär ich dir unterwegs. Okay?« Jules sah Ryan auffordernd an.

»Okay. Ich hoffe für dich, es ist überzeugend.«

Von unterwegs rief Rabea im Hotel des Senators an. Wie vermutet war er im Hassler an der Spanischen Treppe abgestiegen. Nach einer kurzen Erklärung wurde sie zu ihm durchgestellt.

# Kapitel 55

## *Im Flugzeug*

»Frau von Stetten?«

Magali fuhr aus ihren trüben Gedanken hoch. Der Kopilot stand mit dem Satellitentelefon neben ihr. »Anruf für Sie, ein Jules Lafitte. Der Mann sagt, er wäre der Pate Ihres Sohnes.«

Heinrich von Stetten und James Fonton, die am Tisch rechts von ihr saßen, unterbrachen ihr leise geführtes Gespräch und sahen zu ihr hinüber. »Das stimmt«, erwiderte sie in verwundertem Ton, während sie dem fragenden Blick ihres Schwiegervaters begegnete. Sie nahm den Apparat entgegen und sagte vorsichtig: »Hallo?«

»Magali, hier ist Jules.«

»Jules, du bist es wirklich? Bist du zurück?«, entfuhr es ihr freudig.

»Ja, aber erst seit Kurzem.«

Magali hatte gleich den richtigen Verdacht. »Ich kann Lukas schon seit Stunden nicht erreichen! Weißt du etwas?«

»Ja, er braucht deine Hilfe.« Mit knappen Worten unterrichtete Jules Magali über die Ereignisse der letzten Stunden. »Wir haben einen Plan, um den Geiselnehmer zu überwältigen und Lukas da rauszuholen. Dafür müsstest du allerdings ein klein wenig schauspielern und es dem alten von Stetten beibringen, damit er nicht dazwischenfunkt. Den genauen Plan erkläre ich dir, wenn du in Rom gelandet bist. Zuerst eine Frage und bitte nicht darüber wundern. Was hast du an?«

»Jeans, weiße Bluse und Sneakers«, antwortete Magali automatisch. Die Ereignisse hatten sich derart überstürzt, dass sie die Tragweite der neuen Situation noch gar nicht richtig erfasst hatte. Sie wusste nur eins: Sie würde jedes Risiko und jede Gefahr auf sich nehmen, um Lukas aus den Händen des Geiselnehmers zu retten.

»Gut, kannst du deine blonden Haare vor dem Aussteigen irgendwie bedecken? Mit einem Tuch oder einer Schirmmütze? Wäre wichtig.«

»Äh ja, ich glaube schon, aber wozu? Ich meine, was hat …«

»Es wäre wichtig, Magali. Vertrau mir, okay? Du kannst nach deiner Ankunft immer noch entscheiden, ob du unserem Plan zustimmst.«

»Also gut.« Magali hatte sich halb von ihrem Schwiegervater und Fonton abgewandt, die das Telefonat aufmerksam verfolgten. Durch das Fenster starrte sie in die dunkle Nacht hinaus, die nur durch das Blinken des Positionslichts auf der Tragfläche unterbrochen wurde.

»Auf dem Vorfeld erwarten dich Männer der Schweizergarde«, erklärte ihr Jules. »Das ist der Plan: Du täuschst zunächst im Auto einen leichten Schwächeanfall vor. Du musst den Fahrer unbedingt dazu bringen, dass er beim GAT hält, damit du dort auf die Toilette gehen kannst. Ich warte da auf dich. Bis gleich.«

Kurz vor 1:00 Uhr kletterte Magali aus der Luke. Heinrich von Stetten folgte ihr mit versteinerter Miene. Noch kannte sie nicht Jules' ganzen Plan, aber ihr Schwiegervater war von Anfang an strikt dagegen gewesen, dass Magali überhaupt in Erwägung zog, da mitzumachen. *Sie war schwanger!* Magali hatte es James Fonton zu verdanken, dass Heinrich von Stetten wenigstens bereit war, ihre vorläufige Maskerade zu akzeptieren. Magali ginge ja kein Risiko damit ein, wenn sie nur ihr Haar bedeckte. Ob er sich nicht erst einmal anhören wolle, was das genau für ein Plan wäre, hatte Fonton argumentiert.

Kurz darauf traf sie Jules in der Damentoilette und lauschte seinen leisen Worten. Viel Zeit hatten sie nicht. Magali löste das

Tuch, das sie um ihren Kopf geschlungen hatte, schüttelte ihre blonden Haare und schlüpfte aus ihrer Bluse in das schwarze Top, das Jules mitgebracht hatte. Danach stülpte ihr Jules eine Perücke über und überprüfte mit geübten Griffen den Sitz. »Perfekt, so wird es gehen. Die Bluse zieh wieder an und nimm das Tuch in die Hand, sonst erkennen dich die Schweizer womöglich nicht mehr.«

»Mein Schwiegervater hat recht. Das ist verrückt«, sagte Magali, als sie sich im Spiegel betrachtete und an einer roten Locke zupfte. »Ich hätte nie gedacht, dass ich mich einmal in Rabea verwandeln müsste.«

»Ja, Allahs Wege sind unergründlich.« Jules lächelte knapp. »So, und ab mit dir. Alles wie besprochen. Ich fahre mit Fonton.«

Magali verließ die Toilette und stieß wieder zu den drei Männern, die im Vorraum auf sie warteten. Heinrich von Stetten warf Magali einen verblüfften Blick zu. Magali schwenkte das Tuch und sagte: »Jetzt geht es mir besser. Die Hitze …«

Mit Blaulicht und Sirene ging es weiter in Richtung Innenstadt, ins Centro Storico von Rom. Fonton, der einen Wagen zum Flughafen geordert hatte, folgte dichtauf mit einem seiner Leute und Jules. Fonton nutzte sein mitgeführtes Blaulicht ebenfalls, um schneller voranzukommen.

Während der Fahrt ging Jules mit Fonton nochmals den gemeinsam mit Rabea erdachten Plan durch und ließ sich anschließend von dem Briten am Ostufer bei der Ponte Palatino absetzen. Es war exakt 01:21 Uhr. Rabea und Ryan erwarteten ihn schon ungeduldig.

»Du bist spät!«, rief Rabea ihm zu, während sie hastig die Treppe hinabeilten und in das Boot kletterten. Jules und Ryan griffen nach den Rudern.

Rabea musterte ihre Umgebung. Kein Mensch achtete auf sie. Ganz Rom wankte zwischen Gebet und Sensationslust dahin und hielt seine Augen auf den Petersplatz gerichtet.

Sie legten an der Ponte Rotto an, zogen das Boot ans Ufer und tauchten zu dritt in das Dunkel der Cloaca Maxima ein. Bis auf ein kleines Rinnsal führte sie kein Wasser. Die anhaltende Hitze hatte Rom längst eine Wasserknappheit beschert. Rabea ging den beiden Männern voran. Sie konzentrierte sich ganz auf den Verlauf des Kanals, zählte in Gedanken die Schritte. Nach elf Minuten stoppte sie. »Hier muss es sein. Der Zugang zur Nekropole.« Mit ihren Taschenlampen suchten sie die Mauer ab.

»Ich hab's«, sagte Ryan und deutete darauf. Jules bückte sich und leuchtete hinein. »Es ist aber nur eine blinde Nische, kein Loch oder Zugang.« Er tastete die Rückwand ab. »Ich vermute, es gibt einen verborgenen Mechanismus?« Er sah Rabea an.

»Ja, das ist der Schwachpunkt meines Plans. Ich weiß, wo er auf der anderen Seite ist. Hier müssen wir ihn erst suchen.«

Es dauerte mehrere Minuten, bis Jules fündig wurde und den Mechanismus in Gang setzte, der die Rückwand der Nische freilegte. Es knirschte laut, und Staub rieselte. »Das ist alte Mechanik«, meinte Jules.

»Ein in Vergessenheit geratener Fluchtweg aus dem Vatikan?«, mutmaßte Ryan.

»Ja, für den Klerus und seine Schätze«, meinte Rabea bissig. »Ich gehe voran. Ab hier sind es 847 Schritte bis zur Treppe, die in den Petersdom führt. Zieht eure Köpfe ein, von hier aus wird es hübsch niedrig.« Sie bückte sich, um durch die Nische zu kriechen, doch Jules hielt sie zurück. »Warte!« Er zog eine Sprühdose aus seinem Rucksack.

»Brauchst du jetzt schon Deo?«, spöttelte Ryan.

»Nein, das ist eine handliche Spezialanfertigung Nebelfluid.« Jules sprühte feinen Nebel in das Loch, um zu prüfen, ob Meister Alpha nicht nachträglich eine Lichtschranke am Einstieg aktiviert hatte, und gab anschließend Entwarnung. »Die Luft ist rein. Ich gehe voran.« Er bückte sich und kroch hinein, die beiden anderen folgten ihm.

847 Schritte später, um 1:54 Uhr, hatten sie den Fuß der Treppe erreicht. Sie überwanden eine letzte Lichtschranke, dann war der Weg nach oben frei. Nun mussten sie nur darauf warten, dass Magali als Rabea in Erscheinung trat und das geplante Ablenkungsmanöver startete.

# SAMSTAG

*Tag 6*

# Kapitel 56

## *Massimo*

Um Punkt 2:00 Uhr hörte Massimo, wie eine weibliche Stimme, verstärkt durch ein Megafon, seinen Namen rief.

*Die Journalistin!* Massimo atmete auf. *Sie hielt tatsächlich Wort!* In den letzten Stunden waren seine Zweifel daran gewachsen, und er hatte sich selbst einen Hornochsen gescholten, weil er sich von ihr hatte hereinlegen lassen.

Rasch kontrollierte er auf dem Laptop die Bilder der von ihm angezapften Kameras auf dem Petersplatz. Die Tür und der Platz waren frei, es gab keine Anzeichen von Spezialeinheiten in schwarzen Monturen, die im Schutz der Kolonnaden darauf lauerten, ihm im richtigen Moment eine Kugel in den Schädel zu jagen. Er suchte und entdeckte die kleine Gestalt der Journalistin auf dem ersten Treppenabsatz, der zum Dom führte, knapp hundert Meter entfernt. Sie umklammerte ein Megafon, rechts und links von ihr standen zwei hochgewachsene Männer. Aus dieser Entfernung konnte er keine Gesichter ausmachen, doch Oberst Negli, den er im Web recherchiert hatte, war an seiner unverwechselbaren bulligen Statur erkennbar, während ihm der andere Mann unbekannt war. Massimo ärgerte sich über seine Nachlässigkeit, kein Fernglas eingesteckt zu haben.

Bevor er nach vorne ging, um die Journalistin einzulassen, vergewisserte er sich, ob die Fesseln seiner Gefangenen gut saßen und das Feuerzeug in seiner rechten Hosentasche steckte. Er hatte die Zeit genutzt und weitere Lunten verlegt, wobei er sich auf die tragenden Säulen beschränkt hatte. Den Sprengstoff hatte er großzügig angebracht. Er zog seine Pistole aus dem Hosenbund, und seine Schutzbrille fiel dabei zu Boden. Er ließ sie liegen, durchquerte das imposante Kirchenschiff, dessen in Jahrhunderten gewachsene Erhabenheit ihn völlig kaltließ, und entriegelte das meterhohe Portal.

Vorsichtig schob Massimo den schweren Flügel einen winzigen Spalt auf, gerade so weit, dass sein Arm hindurchpasste. Sofort flammten Tausende Blitzlichter auf. Die Menge, die rund um die Absperrung versammelt war, erschien ihm gigantisch. Menschen, so weit sein Auge reichte. Und sie alle wollten ein Foto des Papst-Geiselnehmers. Nicht nur ihre Objektive, sondern auch die Teleskope der Medien waren in diesem Moment auf ihn gerichtet, zoomten heran, um sein Gesicht in Großaufnahme über die Fernsehschirme der Welt zu senden. Doch er war vorsichtig und verließ seine Deckung nicht. Niemand bekam mehr zu sehen als ganz kurz seine Hand mit der Pistole. Er winkte damit der Rothaarigen zu. Sie machte einen Schritt auf ihn zu, doch er sah, wie der Oberst sofort nach ihrem Arm griff.

Massimo runzelte die Stirn. *Was sollte das?* Warum hielt der Mann sie fest? Der Oberst sagte etwas zu ihr, sie antwortete und schüttelte den Kopf. Der Oberst ließ sie los. Sie hob das Megafon und rief: »Massimo, bleib in Deckung, die wollen …« Weiter kam sie nicht. Ein dritter Mann rannte auf den Van zu, fuchtelte mit den Armen und schrie etwas, das für Massimo klang wie: *Das ist sie nicht!*

Der Oberst und der ihm unbekannte Mann an der Seite der Journalistin wurden durch den Polizisten kurz abgelenkt. Die Journalistin warf das Megafon hinter sich und sprintete los, auf ihn zu. Massimo war kurz verwirrt, was er tun sollte. Er beobachtete, wie nun der Oberst und der zweite Mann die Verfolgung der Frau aufnahmen, wobei der Oberst über das Megafon stolperte, strauchelte und der Journalistin damit ungewollt einige wertvolle Sekunden Vorsprung verschaffte. Der Oberst war sofort wieder auf den Beinen und hatte den zweiten

Mann rasch eingeholt, doch die Frau hatte gut fünfundzwanzig Meter Vorsprung gewonnen, sie war flink, aber der Abstand verringerte sich mit jedem Schritt. Sie hatte die erste Treppe erreicht, nahm die wenigen Stufen und rannte über den breiten Absatz auf die zweite Treppe zu, die den Platz vom Dom trennte. Dort verlor Massimo sie am Ansatz der Treppe kurz aus den Augen. Dann tauchte sie auf den Stufen wieder auf, der Oberst war ihr dicht auf den Fersen, nur noch wenige Stufen trennten die beiden. Er würde sie gleich haben! Was sollte er tun? Er brüllte: »Halt! Oder ich schieße«, und fuchtelte wild mit seiner Pistole. Der Oberst warf sich sofort auf der Treppe in Deckung, sodass Massimo ihn nicht mehr sah.

Die Frau hastete weiter, hatte die letzte Stufe erreicht, keine zwanzig Meter trennten sie noch von ihm. Massimo wedelte ihr mit der Pistole zu. Ganz plötzlich, ohne dass er es gewollt hätte, löste sich ein Schuss. Er sah, wie die Frau herumgerissen wurde. Verdammt, er hatte sie getroffen! *Das hatte er nicht gewollt!*

Sie taumelte noch ein, zwei Schritte auf ihn zu, streckte die Hände nach ihm aus. Ein großer rosa Stein fiel ihr dabei aus der Hand und rollte langsam auf ihn zu. Bevor sie endgültig zu Boden stürzte, sah sie ihn mit unnatürlich geweiteten Augen an. Und da erkannte er sie! *Es war ein Schock.* Carlottas Tochter, die kleine Magali! Was hatte er getan! Gleichzeitig fingen seine Augen zu brennen an, ein dunkler Schleier legte sich über sie. Seine Beine gaben nach, er schwankte nach vorne, verließ seine Deckung, hörte, wie im gleichen Augenblick eine Kugel so nah an ihm vorbeipfiff, dass er ein Brennen an seiner Schläfe spürte. Eine weitere Kugel schlug unmittelbar über ihm ein. Im selben Moment wurde er von hinten gepackt und auf den Boden geworfen. Jemand entriss ihm seine Pistole. Sie waren zu zweit. Ein Mann hielt seine Arme fest, während der andere ihn abtastete. Er nahm ihm sein Feuerzeug und den Spezialgürtel mit den silbernen Röhrchen ab, den er sich unter sein Hemd geschnallt hatte. Es war vorbei. Massimo machte sich bereit zu sterben. In wenigen Sekunden würde es so weit sein, und das abgefeuerte Geschoss aus seiner Pistole würde explodieren. Alles Leben im Umkreis von zwanzig Metern würde mit in den sicheren Tod gerissen werden.

Er hörte noch die Schreie, nahm durch seinen dunklen Schleier wahr, wie sich jemand auf die Frau am Boden stürzte und eine verzweifelte männliche Stimme ihren Namen schrie: »Magali!« Eine andere rief laut nach einem Arzt, und plötzlich waren da überall Menschen. Er wurde gepackt und davongezerrt.

# Kapitel 57

»Wer war das? Lucie?« Rabea hatte beim Betreten des Krankenzimmers gerade noch mitbekommen, wie sich Lukas am Telefon verabschiedete. Sie hielt zwei Becher Kaffee in den Händen und schob mit der Hüfte die Tür des kleinen Zimmers zu. Man hatte es ihnen für die Dauer ihres Aufenthalts zur Verfügung gestellt. Ryan und Jules wurden noch untersucht, während sie beide die stundenlangen Tests bereits hinter sich gebracht hatten. Eine gefühlte Stunde waren sie geduscht, abgeschrubbt und desinfiziert worden. Rabea fühlte sich wie gehäutet. Inzwischen hatten die Ärzte Entwarnung gegeben. Die Strahlung war zu geringfügig, und sie waren ihr nur kurze Zeit ausgesetzt gewesen.

»Privatsphäre bleibt wohl ein Fremdwort für dich, oder?« Lukas nahm ihr einen der Becher ab.

»Nein, nur nicht bei jemandem, mit dem ich schon Körpersäfte ausgetauscht und dem ich geholfen habe, den Papst zu retten.«

»Einen solchen Satz kannst auch nur du fabrizieren. Körpersäfte und Papst in einem Atemzug.« Das klang weniger nach einem Tadel als einfach nur erschöpft.

»Wenigstens hörst du wieder, was ich sage, und sprichst mit mir. Du siehst furchtbar aus.«

Lukas rang sich ein gequältes Lächeln ab. »Ist das ein Wunder?«

»Ich kann ja verstehen, dass du sauer mit uns bist, weil wir Magali …«

»Stopp! Ich werde mit dir nicht darüber diskutieren. Es war unverantwortlich, von euch allen, und ganz besonders von Magali. Danke für den Kaffee.«

»Ist das deine Art mir zu sagen, dass ich gehen soll?«

Als Antwort sah Lukas Rabea nur finster an.

»Streitet ihr etwa schon wieder?« Beide Kontrahenten fuhren zur Tür herum, ihre Becher schwappten über und Kaffee spritzte in alle Richtungen. Lucie stand mit Rabeas Reisetasche in der Tür. »Gut«, sagte sie pragmatisch, während sie die Kaffeeflecken auf ihrer Kleidung musterte, »dass ich frische Sachen mitgebracht habe.«

»Lucie, du kommst wie gerufen!« Rabea umarmte ihre Freundin und nahm ihr die Tasche ab. »Ich muss raus aus diesen Klamotten, aber die sind immer noch besser als diese Krankenhausleibchen. Komm, wir warten woanders auf Ryan und Jules. Lukas will mich loswerden.«

»Ich will dich nicht loswerden, sondern mir einfach keine weiteren überflüssigen Erklärungen anhören müssen. Wozu auch? Du machst sowieso immer, was du willst, ohne Rücksicht auf die Konsequenzen – selbst wenn dabei jemand draufgehen sollte!«, sagte Lukas scharf.

»Das klingt fast, als glaubst du, dass ich das gewollt hätte?« Noch hatte Rabea ihre Stimme unter Kontrolle, aber das Grün ihrer Augen hatte sich gefährlich verdunkelt.

»Jetzt gebt Ruhe, alle beide«, ging Lucie bestimmt dazwischen. »Das bringt doch nichts, wenn ihr euch gegenseitig zerfleischt. Komm, Rabea, wir gehen, dann könnt ihr euch jeder für sich beruhigen.«

»Wartet!«, hielt Lukas sie zurück. »Eben hat Bischof Gänserich angerufen. Er hat uns alle fünf im Namen von Papst Lorenzo morgen zum Mittagessen in den Vatikan eingeladen.«

»Mich auch?«, fragte Lucie verdattert.

»Ja, dich auch, Lucie.«

»O Gott!« Lucie riss die Augen auf. »Was zur Hölle zieht man da an?«

# SONNTAG

*Tag 7*

# Kapitel 58

Es war so weit. Gleich würden sie auf den Papst treffen. Kurienbischof Gänserich hatte die fünfköpfige Gruppe in seinem Büro begrüßt und sich seinerseits ausdrücklich für ihre Hilfe bedankt. »Kommen Sie, der Papst empfängt Sie auf der Dachterrasse des Petersdoms.«

»Der Papst hat eine Dachterrasse?«, wunderte sich Lucie.

»Nicht der Papst, aber der Petersdom«, erklärte sein Privatsekretär vergnügt.

Sie folgten ihm über eine Reihe von Treppen und Gängen, hinaus aus dem Apostolischen Palast. Durch eine Nebenpforte gelangten sie in einen Hof beim Petersdom, wo der Bischof vor einem Aufzug im Turm an der Kuppel innehielt. Zwei Schweizer in traditioneller Uniform standen davor und bewachten den Zutritt. Lucie hatte noch im Apostolischen Palast Rabeas Arm gepackt. »Du, schau mal, da hinten«, sie zeigte in Richtung eines Ganges, der in einer Treppe mündete, »ist das nicht … nee, das kann nicht sein. Vergiss es, Rabea. Ich sehe wohl Gespenster.«

»Was ist? Wen hast du gesehen?« Rabea war sofort interessiert. Doch bevor sie weiter nachhaken konnte, stieß der Kommandant der Schweizergarde, Oberst Negli, zu ihnen und begleitete sie die letzten Schritte. Jules begrüßte ihn mit Handschlag. »Sie kommen auch mit, Oberst?«

»Nein, ich wollte nur kurz vorbeischauen und mich bei Herrn von Stetten nach dem Zustand seiner Frau erkundigen.« Er sah Lukas an und streckte auch ihm zur Begrüßung die Hand hin.

»Unverändert«, antwortete Lukas. »Ich komme gerade aus dem Krankenhaus. Nach Aussage ihrer Ärzte beschränkt sich die Verletzung tatsächlich auf ihre Augen. Da sie noch nicht wissen, welches Substanzgemisch genau die Blendung verursacht hat, möchten sie sich zu diesem frühen Zeitpunkt zu einer Heilung oder Behandlungsmethode nicht äußern. Aber sie sagen, dass meine Frau und das Baby ansonsten in guter physischer Verfassung sind.« Lukas beschäftigte noch immer das Gespräch mit seiner Frau vom Morgen. Magali hatte nicht niedergeschlagen geklungen – im Gegenteil, sie hatte versucht, ihn zu trösten, oder vielmehr ihn zu beruhigen, denn noch immer fühlte er eine unbändige Wut darüber, dass seine Freunde Magali diesem Risiko ausgesetzt hatten – und Magali mitgespielt hatte! »Lukas«, hatte sie ihm erklärt, »das mit meinen Augen wird sich finden. Das Wichtigste ist doch, dass es dem Baby gut geht! Die Ärzte sagen es, und ich kann es auch spüren. Ich glaube zwar nicht an Gott, so wie du es tust, aber ich glaube an das Schicksal. Nichts von dem, was in den letzten Tagen geschehen ist, war Zufall. Massimo war meiner Mutter bis zur Selbstaufgabe hörig, er war Teil ihres großen Plans. Ihr Leben war ein einziger langer Kreuzzug, er sollte hier in Rom enden. Jetzt ist es vorbei.« Sie tastete nach seiner Hand und lächelte, ehe sie so leise fortfuhr, als galten ihre Worte nur ihr selbst. »Ich habe mit meiner Vergangenheit abgeschlossen – mich mit meinem Schicksal versöhnt. Ich fühle zum ersten Mal seit langen Jahren echten Frieden. Rom ist ein Neubeginn.«

Lukas hatte bei ihren Worten geschluckt. Ein warmes Gefühl durchflutete ihn, und ein leises Staunen zeichnete sein Gesicht. Es war wahr, auch er fühlte Frieden, doch da war noch mehr. *Da war Liebe*. Er liebte diese starke, mutige Frau, die sich von dem Monster, das ihre Mutter gewesen war, nicht hatte verleiten lassen. Er umschloss ihre Hände mit sanftem Druck und gab ihr so zu verstehen, was Worte nicht ausdrücken konnten. Für Lukas war es unfassbar, wie tapfer Magali ihr Schicksal hinnahm –

kaum minder unglaublich erschienen ihm die Geschehnisse auf dem Petersplatz tags zuvor. Sie glichen einem Wunder. Oberst Negli und Fonton hatten zunächst darauf bestanden, dass Magali eine schusssichere Weste überzog, deren Kevlar-Gewebe die Kugel des Geiselnehmers gestoppt hatte. Und dann war das Geschoss, welches Trapano mit seinem speziellen Sprengstoff präpariert hatte, nicht explodiert! Laut Jules hätte dies alle Personen im näheren Umkreis mit in den Tod gerissen. Sie hatten alle wirklich unfassbares Glück gehabt. Jules, Ryan und der Oberst hatten – bis auf eine leichte Verätzung der Augen – nichts abbekommen. Massimo Trapano hingegen war ebenso erblindet wie Magali. Derzeit wurden beide im gleichen Krankenhaus behandelt, doch von Fonton wusste er, dass Trapano noch heute in ein italienisches Militärkrankenhaus verlegt werden würde.

»Richten Sie Ihrer Frau meine besten Genesungswünsche aus«, bat der Oberst ihn jetzt und erkundigte sich weiter: »Wie lange planen Sie noch in Rom zu bleiben?«

»Wenn keine Komplikationen eintreten, fliegen wir übermorgen nach Hause.«

»Alles Gute für Sie und Ihre Familie. Falls ich etwas für Sie tun kann, melden Sie sich.« Er reichte Lukas seine Karte. »Wir stehen alle tief in Ihrer Schuld.« Er verabschiedete sich militärisch knapp, und der Rest der Gruppe stieg in den Aufzug.

Als sich die Aufzugtür nach kurzer Fahrt vor ihnen öffnete, erwartete sie keine geringe Überraschung. Vor ihnen, auf dem weitläufigen Dach, erstreckte sich ein kleines Minidorf, bestehend aus mehreren Gebäuden und einem lang gestreckten Bau zu ihrer Linken.

»Was ist das hier?«, fragte Jules verwundert.

»Das waren früher Bauhütten. Im 16. Jahrhundert wohnten die Arbeiter darin, die man zur Errichtung der Kuppel beschäftigt hatte«, erklärte Lukas. »Es gibt hier oben auch einen Andenkenladen, ein Postamt und vor allem«, er deutete darauf, »die einzige öffentliche Bar des Vatikans.«

»Prima«, raunte Lucie ihrem Bruder zu. »Gibt es hier oben auch Cocktails? Einen Dolce Vita vielleicht?«

»Natürlich, alles, was Sie wünschen«, antwortete Bischof Gänserich, der hinter sie getreten war. »Kommen Sie«, bat er, schritt an den Gebäuden vorbei zur gegenüberliegenden Seite der Terrasse. Sie befanden sich nun unmittelbar auf der Stirnseite der Kolonnaden; vor ihnen erhoben sich die Rückseiten der imposanten, von Bernini geschaffenen Statuen. Von hier oben hatten sie einen eindrucksvollen Rundumblick über Rom und den Petersplatz. Rechter Hand auf der Terrasse, unter einer Pergola, erwartete sie ein vorbereiteter Tisch. Rabea zählte sieben Gedecke. Sofort tauchte eine Nonne auf und erkundigte sich nach ihren Wünschen. Natürlich, dachte Rabea respektlos wie eh und je, die Diener Gottes ließen sich von Frauen bedienen …

Lucie verzichtete auf ihren Dolce Vita und schloss sich den anderen an, die sich für eine Flasche kühlen Weißwein und Wasser entschieden hatten.

Bischof Gänserich konsultierte sein vibrierendes Smartphone und verkündete ihnen sodann die Ankunft des Papstes.

Alle wandten sich erwartungsvoll dem Aufzug zu. Bis auf Rabea, die nah an Lucies Ohr flüsterte: »Sag, Lucie, wen glaubst du, hast du da unten gesehen?« Rabea ließ Lucies Beobachtung keine Ruhe.

»Ich dachte erst, es wäre wieder dieser weiße Wolf, wie am Flughafen. Sicher eine Verwechslung, was sollte der hier zu suchen haben?«

»Ganz so abwegig ist deine Beobachtung nicht, Lucie.« Rabea wirkte nachdenklich, was Lucie auf den Plan brachte.

»Wie, der Häuptling mischt auch mit? Ehrlich, mich wundert gar nix mehr. Und was ist seine Rolle in dem ganzen Spektakel?« Bevor ihr Rabea antworten konnte, erhob sich hinter ihnen eine Stimme.

»Ich sorge dafür, dass Sie alle am Leben bleiben, silberner Schmetterling.«

Ihre Köpfe fuhren herum. Senator Whitewolf hatte unbemerkt die Terrasse betreten, in seiner Begleitung war der Papst. Offenbar gab es einen weiteren Zugang. Im Gegensatz zu Whitewolfs undurchdringlicher Miene lächelte Papst Lorenzo. Seine Augenbrauen fuhren leicht nach oben. »Silberner Schmetterling? Sehr blumig, mein Bester. Aber es passt in der Tat auf die Signorina von Stetten.«

Lukas, Lucie, Rabea, Jules und Ryan starrten die beiden Neuankömmlinge an. Was sie weit mehr erstaunte als die Anwesenheit Whitewolfs an der Seite des Papstes war deren offenkundige Vertrautheit. Ohne Zweifel kannten sich die beiden Männer schon länger.

»Um Ihre Frage zu beantworten, Signorina Lucie«, hob der Papst an, während er die wenigen Schritte, die sie noch trennten, überbrückte, »wurde ich von meinem Freund schon vor Monaten über die Machenschaften des Kardinalstaatssekretärs informiert. Es brauchte nur seine Zeit, um alle Beweise zu sichern.«

Lukas trat als Erster vor und küsste den Ring des Bischofs von Rom. Die anderen folgten seinem Beispiel. Jules überlegte noch, was von ihm erwartet wurde, doch der Papst kam ihm zuvor. »Vergessen wir heute das Protokoll«, sagte er munter, »dies ist ein Treffen unter Freunden. Ich freue mich sehr, dass Sie alle meiner Einladung gefolgt sind. Kommen Sie, setzen wir uns.« Sie folgten seiner Aufforderung, während sich Bischof Gänserich von ihnen verabschiedete.

»Ich möchte mich zunächst für Ihre bisherige Arbeit in der Kommission bedanken, Herr von Stetten«, Papst Lorenzo nickte Lukas zu, »und auch, dass Sie mir die Schriftrollen und die Aktentasche überlassen haben. Die Dokumente darin sind sehr aufschlussreich. Ich hoffe, Sie sind damit einverstanden, dass ich dem Senator den nicht kirchenrelevanten Teil der Dokumente überlasse.«

»Selbstverständlich, Heiligkeit.« Es war genau die Lösung, die er angestrebt hatte. Nachdem Jules und Ryan den Geiselnehmer überwältigt hatten, hatte eine Spezialeinheit der Polizei, gefolgt von der Schweizergarde, den Petersdom gestürmt. Rabea hatte seine Fesseln durchgeschnitten, und er hatte geistesgegenwärtig dem Papst die Aktentasche und die Lederhülle in die Hand gedrückt, damit sie in dem folgenden Tohuwabohu nicht verloren gingen. Papst Lorenzo war sofort von der Garde abgeschirmt worden und hatte die Kirche als Einziger ohne Befragung verlassen können.

»Wie geht es Eurem Neffen, Heiligkeit?«, erkundigte er sich nun.

»Ich habe gerade vorhin mit meiner Schwester im Krankenhaus telefoniert. Mein Neffe ist endlich aufgewacht und bei vollem Bewusstsein. Er wird genesen. Ein Glück, ich weiß nicht, was seine Schwester sonst mit mir angestellt hätte.« Der Papst gestattete sich ein kleines Lächeln, bevor seine Miene wieder ernst wurde. »Vor allem aber möchte ich Ihnen mein tiefes Mitgefühl zum Unglück Ihrer Frau aussprechen. Es tut mir sehr leid, was mit ihr geschehen ist. Ich werde für sie beten.«

»Danke, Heiliger Vater.«

»Ich komme gleich zum eigentlichen Grund, warum ich Sie hergebeten habe.« Der Papst nahm sich Zeit, jedem Einzelnen kurz in die Augen zu sehen. »Ich weiß, ich bin Ihnen allen sehr zu Dank verpflichtet«, hob der Papst weiter an. »Senator Whitewolf hat mich bereits über die Ereignisse unterrichtet, die vor der Geiselnahme stattfanden. Ich hoffe, Sie erkennen die Ironie in der Tatsache, dass eine Jüdin, ein Muslim und …«, die wachen Augen des Papstes richteten sich kurz auf Ryan, »ein protestantischer Amerikaner sozusagen zum Retter des Papsttums wurden.« Der Papst lächelte in die Runde, wie er überhaupt gerne zu lächeln schien.

»Ja, Gottes Wege sind unergründlich.« Rabea gab ihm das Lächeln zurück. Ihr gefiel der Papst, dieser Mann besaß Charisma.

Überrascht musste sie feststellen, dass er, ebenso wie Lukas, die Gabe besaß, dass man in seiner Gegenwart unversehens Zuversicht verspürte. Wie ihren Freund umgab ihn die Substanz der Anständigkeit; er strahlte Integrität und Aufrichtigkeit aus. Der Gedanke, dass die katholische Kirche bei diesem Mann in guten Händen war, stimmte sie froh. Was sie jedoch nicht einordnen konnte, war seine Freundschaft mit dem Senator. Wie passten diese beiden ungleichen Männer zusammen? Auf Rabea wirkten sie wie die symbolische Paarung von Gut und Böse: Der Papst mit der lebensfrohen Ausstrahlung im weißen Gewand und daneben der Senator mit der dunklen Aura. Sie musste auch an Magali denken, deren Zustand der Wermutstropfen in dieser ganzen Angelegenheit blieb. Natürlich würde Lukas alle Möglichkeiten, seiner Frau zu helfen, ausschöpfen. Sie selbst hatte sich ebenfalls vorgenommen, zu recherchieren und jede Quelle und Literatur zu ihrer Augenverletzung zu durchforsten. Sie wollte, dass Lukas glücklich war, und dazu gehörte, dass es der Frau, die er liebte, gut ging. Denn Lukas liebte Magali. Wenn es noch einer Bestätigung bedurft hätte, dann war es der Ausdruck in seinem Gesicht gewesen, als er mit Oberst Negli über seine Frau gesprochen hatte. Aber für den Moment hatte sie noch mehr Fragen. »Papst Lorenzo, was ist eigentlich aus dem Bischof von Laimburg geworden? Ist er noch hier?«

Erneut huschte ein Lächeln über dessen kluges Gesicht. »Ja, der Bischof sagte mir schon, dass er Ihnen noch ein Exklusivinterview schuldet. Ich darf Ihnen ausrichten, dass er zu Ihrer Verfügung steht – sobald er selbst seine Aussagen zu den Vorkommnissen in Laimburg abgeschlossen hat. Auch Prälat Tommaso Buonpane ist geständig. Beide Berichte sind sehr erhellend. Vielen Dank auch für die Empfehlung Ihres Kommissionskollegen, Signore Scarletti, ein fähiger Mann. Ich werde eine separate Kommission einsetzen, um die Kongregation der Evangelisierung der Völker neu zu ordnen. Es sind in Jahrzehnten gewachsene Strukturen, ähnlich dem IOR. Diesen Augiasstall auszumisten geht nicht von einem Tag auf den anderen. Aber es geschieht.«

»Das führt mich zu meiner nächsten Frage, Heiligkeit. Wie geht es mit Kardinal Finzi-Contini weiter? Seine Rolle und sein Beitrag zu den Ereignissen sind Ihnen hinlänglich bekannt, wie Sie vorhin selbst erwähnten.«

Neben ihr sog Lukas scharf die Luft ein. Offenbar fand er, dass dies nicht die Art war, wie man mit dem Papst umging. Doch dieser nickte nur ernst. Zu Rabeas Verblüffung wandte er sich Whitewolf zu. »Vielleicht möchten Sie das beantworten, Herr Senator?«

Das kurze Aufblitzen von Whitewolfs zweifarbigen Augen stand für Rabea im Widerspruch zur nachfolgenden Antwort. »Sein Schicksal wird sich erfüllen.«

Rabea musterte ihr Gegenüber mit gerunzelter Stirn. »Danke für diese prophetische Antwort. Für mich ist Schicksal nur ein anderes Wort, damit *Gott* nichts erklären muss – wer immer es ist.« Sie sah kurz entschuldigend zu Papst Lorenzo, doch dieser zuckte nur mit den Achseln, und Rabea richtete ihren forschenden Blick wieder auf Whitewolf. »Irre ich mich, Senator, oder haben Sie noch ein Eisen im Feuer?«

Whitewolf lächelte kryptisch und schwieg auf seine besondere Art. Rabea erinnerte dies an ihre erste Begegnung in London. Wartete der Senator darauf, dass sie ihre eigenen Schlüsse zog? Ihr kam ein Verdacht. »Sie werden dem Schicksal doch hoffentlich nicht nachhelfen?« Nicht nur Lukas, auch Seine Heiligkeit sog nun scharf die Luft ein.

Whitewolf hingegen lachte auf. »Aber nein, wo denken Sie hin! Die Erde ist rund, Litonya Meoquanee. Alles in ihr und auf ihr ist in einem ewigen Kreislauf miteinander verbunden. Das System des Kosmos ist weit weniger komplex, als der Mensch annimmt. Alles hat einen Anfang und ein Ende, und irgendwo schließt sich immer wieder dieser Kreis. Wir können unserem Schicksal nicht entkommen. Sosehr wir auch versuchen, unsere

Wege selbst zu bestimmen oder davor wegzulaufen – früher oder später holt es uns ein. Warten Sie einfach ab und haben Sie ein wenig Geduld. Auch wenn diese nicht zu Ihrer hervorstechendsten Tugend zählt.«

»Das kann ich unterstreichen«, warf Lukas ein.

»Ich auch«, bestätigte Ryan.

»Schön, dass ihr zwei euch da so einig seid«, erwiderte Rabea aufgeräumt. Sie wandte sich erneut dem Papst zu. »Heiligkeit, was geschieht jetzt mit Massimo Trapano? Können Sie dafür Sorge tragen, dass er keinen *bedauerlichen Unfall* erleidet?« Sie hoffte, dass die Intervention des Papstes und des Senators genügte, um den Forscher davor zu bewahren, ermordet zu werden. Sie hatte sich selbst bereits bemüht, ihn im Krankenhaus besuchen zu dürfen, aber Trapano wurde streng abgeschirmt.

»Ich fürchte, hier sind mir die Hände gebunden, meine Tochter. Massimo Trapano befindet sich in der Obhut der italienischen Justiz. Haben Sie Vertrauen.«

Rabea war dabei das kurze Aufblitzen in seinen Augen nicht entgangen, ähnlich dem des Senators zuvor. Hatte auch der Papst noch ein Eisen im Feuer? Die Nonne, die sie bediente, verhinderte, dass sie ihn danach fragen konnte, da sie just erschien, um ihnen ihre Getränke zu servieren.

»Was ich Ihnen gern noch sagen wollte, Frau Rosenthal«, hob Papst Lorenzo an, »bei Ihren Verhandlungen mit dem Geiselnehmer haben Sie großes psychologisches Geschick bewiesen. Anfangs befürchtete ich das Schlimmste.«

»Ich auch«, sagte Lukas. Es klang wie ein Stoßseufzer.

»Ich frage mich noch immer, wie Sie das genau angestellt haben«, setzte der Papst mit einem Kopfschütteln hinzu.

»Stimmt!«, meinte Ryan. »Du hast es uns noch nicht erzählt, Rabea.«

»Och, für Rabea ist das eine leichte Übung. Der eine kann die Saiten einer Geige spielen, Rabea spielt mit der Veranlagung der Menschen. Ein Naturtalent«, meldete sich Lucie.

»Wirklich nett, Lucie, danke schön. Aber ich hatte das Glück, nicht völlig unvorbereitet in diese Situation zu geraten.« Sie sah kurz zu Ryan, der sie mit hochgezogenen Augenbrauen musterte. Auch der Papst blickte sie erwartungsvoll an. Rabea musste jetzt Farbe bekennen, ohne jedoch Jakes Handy zu nennen. »Aufgrund einer Verkettung von Zufällen hatte ich schon früher Kenntnis von Carlottas Vermächtnis.« Rabea vermied es, zu Lukas und Ryan zu sehen, deren Blicke sie beinahe körperlich spürte, und räumte weiter ein: »Ich wusste daher, dass Carlotta Vorsorge getroffen hatte, dass ihr Kreuzzug auch nach ihrem Tod fortgeführt werden würde. Als Lukas dann erpresst und wir in den Dom gelotst wurden, habe ich eins und eins zusammengezählt. Der Rest war Intuition und Improvisation.«

Dem Papst war Rabeas Unbehagen während ihrer kurzen Erklärung nicht entgangen. In einer väterlichen Geste legte er ihr seine Hand auf den Arm. »Dann lasst uns dem Herrn – und dem *Schicksal* danken, dass beide einen Teil unseres Weges gemeinsam gegangen sind! Erheben wir unser Glas auf das Leben!«, sagte er feierlich.

# Kapitel 59

»Litonya Meoquanee, wir sollten uns noch unter vier Augen unterhalten«, sprach sie der Senator an, nachdem sich der Papst zurückgezogen hatte, um eine philippinische Gesandtschaft zu empfangen.

Whitewolf und sie entfernten sich ein wenig von den anderen. An der Brüstung hielten sie inne. Der Ort erinnerte Rabea an ihr letztes Zusammentreffen in London, als sie im Hotel Savoy auf der Terrasse des Penthouse gestanden hatten und sie nicht wusste, ob Whitewolf sie am Ende töten würde. »Verraten Sie mir eines, Senator: Hätten Sie mich getötet, wenn Ihre Mutter nicht gekommen wäre?«

Der Senator lächelte sein rätselhaftes Lächeln, das sie bereits von ihm kannte. »Das treibt Sie um, Litonya? Sie wollen wissen, wie böse der Wolf wirklich ist? Die Antwort erübrigt sich. Sie leben noch. Ich wollte Ihren Mut testen, meine Mutter Ihren Charakter. Sie sagt, wir beide seien uns sehr ähnlich. Der einzige Unterschied besteht darin, dass ich mich jederzeit unter Kontrolle habe. Sie nicht. Sie tragen Ihr Herz auf der Zunge, kleine Frau.«

»Darum bin ich auch keine Politikerin.«

»Gerade deshalb würden wir uns gut ergänzen. Haben Sie über mein Angebot nachgedacht?«

»Ihrem Wahlkampfteam beizutreten? Nein.«

»Heißt das, Sie haben nicht darüber nachgedacht, oder lehnen Sie es grundsätzlich ab?«

»Beides. Aber danke der erneuten Nachfrage.«

»Schade. Doch das ist nicht der eigentliche Grund, warum ich Sie sprechen wollte, Litonya. Es geht um Jonathan Valder.«

»Jetzt wird es interessant! Was haben Sie mit ihm zu tun? Arbeitet er für die *Sieben*? Oder arbeitet er für Sie?«

»Das mag ich so an Ihnen, Ihren scharfen Verstand! Immer einen Schritt voraus. Was bringt Sie darauf, er könnte für mich arbeiten?«

»Hogansburg. Sie besitzen dort ein Casino, und Jonathan wurde dort als Kind aufgegriffen. Das ist kein Zufall. Und, arbeitet er für Sie?«

»Nein«, antwortete Whitewolf bedächtig. »Jonathan arbeitet nur für sich selbst, aber wir sind auf andere Weise miteinander verbunden. Jonathan ist mein Ziehsohn. Nachdem ich ihn damals gefunden habe, habe ich dafür gesorgt, dass er zu Sam und Rosa Valder kommt.«

»Warum diese Fürsorge für ein verwahrlostes Kind?«, hakte Rabea überrascht nach. »Verzeihung, aber bisher haben Sie sich nicht unbedingt als Menschenfreund hervorgetan.«

»Der Junge fiel mir schon früher auf, und ich fand, er hatte eine richtige Chance verdient. Er verfügte über ein besonderes Talent und verschaffte damit seinem heruntergekommenen Vater in meinen Casinos Gewinne. Wie weit seine Fähigkeiten tatsächlich gingen, stellte sich erst im Laufe der Jahre heraus.«

»Er erschien Ihnen also *nützlich*? Das erklärt einiges.« Rabeas Ton klang abschätzig. »Soll das heißen, es war alles so von Ihnen geplant? Jonathans Studium, die Anstellung bei Comcast? Das Kryptoprogramm?«

»Nein, so etwas kann man nicht planen. Aber vielleicht hat das Schicksal für uns geplant? Die Idee und der Plan wuchsen langsam, vieles entwickelte sich auch aus den nachfolgenden Ereignissen. Ich habe es Jonathan freigestellt, wie weit er gehen will. Es war seine Entscheidung.«

»Wie wir beide wissen, ist er *sehr weit* gegangen. Sicher, dass Sie ihn in dieser Hinsicht nicht ermuntert haben?«

»Sie denken, es würde zu mir passen?« In Whitewolfs zweifarbigen Augen glomm ein Funke.

Rabea blieb ihm die Antwort schuldig. Sie zuckte lediglich mit den Achseln. »Jonathan entwickelte also ESB, und Ihr Plan, der ja anscheinend kein richtiger gewesen sein soll, wurde zum *schicksalhaften* Selbstläufer? Ist *das* Ihre Erklärung?«

»Wenn Sie so wollen ...« Etwas an der Art, wie seine Augen in die ihren eintauchten, vermittelte Rabea, dass Whitewolf nicht die Absicht hatte, das Thema weiter zu vertiefen – was sie erst recht dazu antrieb. »Was mich interessiert: Haben Sie mit ESB Ihre eigenen Geheimdienste ausspioniert?«

Whitewolf seufzte. Sekundenlang taxierte er Rabeas Gesicht und gab ihr damit das Gefühl, ihren Wert abzuwägen. Rabea erwartete, dass er das Gespräch jetzt abbrach, als er ihr überraschend antwortete. »Nein, natürlich nicht. Warum sollte ich das tun?« Whitewolfs rechte Augenbraue hatte sich gehoben und signalisierte ihr, dass er eine Antwort erwartete. Die richtige Antwort. Nur dann würde sie weitere Informationen erhalten.

»Weil Sie Patriot sind und alles nur für *Ihr* Land tun?«, sagte Rabea, ohne zu zögern. »Und der Zweck heiligt dabei jedes Mittel?«

»Nicht jedes, nein, aber Sie sind auf der richtigen Spur. *Ich bin Patriot.* Mein Motiv und mein Anliegen sind mein Land und zuallererst die Menschen, die dort leben. Darum bekämpfe ich deren Ausbeutung durch Gruppierungen wie die *Sieben*, die, unter anderem, auch Comcast kontrollieren.«

»Spannend! Bisher weist jedoch alles darauf hin, als würden Sie seit Jahren mit den *Sieben* kollaborieren. Oder sind Sie längst ein Mitglied der geheimen Wirtschaftsmafia geworden, Senator? Van Kampens Nachfolger vielleicht?« Rabea erwartete keine Antwort. Umso erstaunter war sie, als sie doch eine erhielt.

»Nein!« Whitewolf stieß ein halbes Knurren aus. »Typisch

Journalistin, beißt sich sofort fest. Und um eines klarzustellen: Das hier ist kein Interview, kleine Frau.«

»Schade, ich kam gerade so richtig in Fahrt.« Rabea überspielte ihre Enttäuschung mit einem Lächeln.

Whitewolf erwiderte es. »Das habe ich gemerkt.«

»Gut, sprechen wir über Jonathan, schließlich haben Sie ihn vorhin selbst ins Spiel gebracht. Warum hat er sich an Lucie herangemacht?«

»*Heranmachen* ist der falsche Ausdruck. Jonathan hat eine Variante von ESB speziell für meine Freunde von den *Sieben* entwickelt – sie enthält einen Trojaner, ein Tor, durch das er jederzeit schlüpfen konnte. Dadurch erfuhren wir, dass sich die *Sieben* neuerdings sehr für die Familie von Stetten interessierten. Es ging um eine geplante Erpressung und den Nachlass von Carlotta van Kampen.«

»Immer wieder Carlotta van Kampen! Manche Menschen sollten niemals geboren werden«, sagte Rabea düster.

»Sie irren sich, Litonya, ihre Existenz und ihr Tod haben eine Kettenreaktion ausgelöst, die genau das Gegenteil von dem bewirkt hat, was diese Frau zeitlebens anstrebte.«

Rabea blinzelte. »Auf diese Erklärung bin ich gespannt.«

»Sie hat Beweise gegen die *Sieben* gesammelt, um sie zu erpressen. Diese Beweise sind nun in meiner Hand. Mithilfe Ihres Freundes Lafitte konnten wir zudem Trapanos Inselversteck in der Bretagne ausfindig machen. Dort wurden aufschlussreiche Unterlagen und eine Micro-SD mit Videodateien gefunden, die die *Sieben* bei mehreren Sitzungen zeigen. Und die folgenschwerste Machenschaft von allen: Carlotta van Kampen hat kurz vor ihrem Tod den Papst zum Rücktritt gezwungen. Doch an seine Stelle trat Papst Lorenzo. Er ist vermutlich als Einziger imstande, die katholische Kirche zu reformieren.«

»Weil er Ihr Freund ist?«

»Nein, weil er stark ist, ehrlich und wahrhaftig. Die Menschen liegen ihm am Herzen. Er hat mir erlaubt, Ihnen zu verraten, dass er in absehbarer Zeit plant, alle geheimen Dokumente der Öffentlichkeit zugänglich zu machen.«

Rabea nutzte sofort ihre Chance. »Auch *Das Evangelium der Liebe*?«

»Nein, das Evangelium ist ein Sonderfall. Papst Lorenzo ist hier meiner Meinung: Die Welt ist noch nicht bereit für die ganze Wahrheit. Sie würde eine Eruption auslösen, die der Kirche mehr Schaden zufügen könnte als Nutzen. Zunächst liegt der Fokus von Papst Lorenz darauf, die Kirche zu stärken.«

»Damit haben Sie mir immerhin gerade bestätigt, dass das Evangelium im Besitz des Vatikans ist. Wer hat es aus der Wohnung gestohlen? War es Kardinal F-C?«

»Ja. Und damit schließt sich der Kreis, kleine Frau. Carlotta van Kampens Rachefeldzug hat nur eines bewirkt: Die katholische Kirche geht mit diesem neuen Papst an der Spitze gestärkt daraus hervor.«

»Trotzdem fällt es mir schwer nachzuvollziehen, was das mit Jonathans persönlicher Einmischung zu tun haben soll?«

»Uns fehlten zum damaligen Zeitpunkt Einzelheiten. Worum es genau ging und was die *Sieben* planten. Da ich kein ordentliches Mitglied war, war ich nicht in alle Aktionen eingeweiht. Deren Datenverkehr wies nichts Konkretes aus.«

»Es drehte sich also alles um Carlottas Schließfach! Jonathan sollte herausfinden, was darin ist!«

»Ja, ihm ging es dabei primär um das Freie-Raumenergie-Projekt. Code: *Orgon*. Jonathan war den seit 1943 verschollenen Tesla-Unterlagen auf der Spur.«

»Die Papst Lorenzo nun Ihnen überlassen hat?«

»Ja, sie sind Teil meines Vorhabens, Amerikas Zukunft neu zu gestalten.«

»Jetzt geht mir ein Licht auf! Jonathan hat die Unterlagen zu seinem Raumenergie-Projekt absichtlich bei sich herumliegen lassen. Lucie sollte sie finden! Unter Jonathans Führung sollte sie Magali darauf ansprechen, ob ihr etwas dazu aus ihrem Erbe bekannt war. Jonathan hat sich als eine Art Heiratsschwindler in die Familie von Stetten eingeschleust – um Magali über Lucie ausspionieren zu können! Netter Charakter.«

»Nein, kleine Frau, Sie irren sich. Jonathan liegt wirklich etwas an Lucie von Stetten.«

»Ach, daher weht der Wind«, sagte Rabea spöttisch. »Der Ziehsohn ein Heiratsschwindler, und Sie selbst betätigen sich als Heiratsvermittler, Senator?«

»Ein altes indianisches Sprichwort sagt: *Der Weg zur Quelle führt immer gegen den Strom.*« Der Senator lächelte sie an und entfaltete dabei seinen ganzen machiavellistischen Charme. Mehr denn je erinnerte er Rabea an den Wolf, dessen Namen er trug.

»Mir persönlich sagt der Spruch, dass *der gute Jäger wartet, bis der Wolf zu ihm kommt*, mehr zu.«

»Sind Sie auf der Jagd, Litonya?« Samt hatte sich über seine Stimme gelegt.

»Nur auf der Jagd nach Informationen, Senator.« Rabea überkam eine seltene Verunsicherung. Hatte sie den Senator unbewusst animiert, mit ihr zu flirten? Wollte sie das? Das Schweigen dehnte sich sekundenlang zwischen ihnen aus, füllte sich auf Rabeas Seite mit Verlegenheit, während der Senator vollkommen sachlich klang, als er weitersprach. »Ihnen dürfte klar sein, dass nichts von unserem Gespräch nach außen dringen darf.«

»Weil Sie mich dann doch noch töten müssten?«

»Vielleicht«, der Senator wirkte belustigt, »aber nicht heute Abend.«

»Mein Ableben käme mir auch an jedem anderen Abend ungelegen.«

Der Senator lachte erneut auf, und das Lachen spiegelte sich in seinen Augen wider – den Augen eines Raubtiers. »Ich bitte Sie um Diskretion«, sagte er nun wieder ernst. »Mein Engagement bei den *Sieben* ist seit heute Geschichte. Nicht immer heiligt der Zweck die Mittel. Ich kann es nicht länger verantworten, mit dem Feuer zu spielen. Diese Leute provozieren Konflikte rund um den Globus. Sie sind das Synonym für Verschwörung, Machtmissbrauch und Korruption – eine Gefahr für die amerikanische Außenpolitik und für den Frieden. Nach all der Zeit habe ich endlich genug Material gegen dieses Syndikat in der Hand, um es endgültig zu zerstören. Ihrem DIA-Freund, Director Clayton, wird in den nächsten Stunden das entsprechende Material zugespielt werden.«

»Ausgerechnet Director Clayton?«

»Sie klingen verwundert …«

»Ich dachte nicht, dass Sie beide so … kompatibel sind.«

»Weil er mich für den großen bösen Wolf hält und meinen Pelz an seine Wand nageln will?«

»Sie wissen davon?«

»Natürlich. Ich weiß, was Sie von mir denken. Die Wahrheit hat viele Facetten, Litonya. Als Journalistin müssten Sie das wissen. Schließlich spielen Sie jeden Tag damit, wie Sie den Lesern *Ihre* Wahrheit am besten suggerieren. Aber die Wahrheit ist – wie die Realität – eine Illusion. Sie existiert nicht. Drückte das nicht so ähnlich der deutsche Philosoph Nietzsche aus?«

»Oh bitte, kommen Sie mir jetzt nicht mit *Philosophie*«, brauste Rabea auf. »Hier geht es weder um Facetten oder Suggestion. Sie vergessen, dass ich die Wahrheit kenne! Sie waren der Stratege der *Sieben*, Operation *Zwei Flüsse*, und der Börsencrash von 2000 geht auf ihr Konto! Es war *ihr* teuflischer Plan, der zur Ermordung von Patrick MacKenzie, meiner Freundin, der Journalistin Linda Farraday und einem ganzen Zug Soldaten führte. Und wer weiß, wie viele Sie und ihre skrupellosen Partner noch auf dem Gewissen haben, nur damit ihr Weg für die Präsidentschaft frei ist? Was zum Beispiel ist mit dem Flugzeugabsturz von Kennedy Jr. oder 9/11? Fragen Sie die Angehörigen der Opfer, ob Tod und Trauer für sie eine Illusion sind!«, schloss sie aufgebracht. Sie machte eine Bewegung, als wolle sie gehen, doch Whitewolf griff nach ihrem Arm und hielt sie fest.

»Ich stelle fest, Director Clayton hat geplaudert«, sagte er ruhig. Rabea biss sich auf die Lippen. Sie hatte sich hinreißen lassen und zu viel verraten. Dabei hatte ihr Clayton in London extra einen Maulkorb verpasst.

Whitewolfs zweifarbige Augen versenkten sich in ihre grünen Tiefen. »Geben Sie es zu, Litonya. Sie mögen mich. Sehr. Ihre Reaktion verrät Sie. Sie sind enttäuscht.«

»*Enttäuscht* trifft es nicht ganz. Ich halte Sie für einen Mann, der für seine Ziele über Leichen geht«, presste sie hervor.

»Manchmal muss man mit den Wölfen heulen, um das Rudel zu schlagen, kleine Frau.«

»Nein, es existiert kein Handeln jenseits von Gut und Böse! Das Schicksal von Vielen über das Einzelner zu stellen zeugt von maßloser Selbstüberschätzung. Sie sind nicht Gott, aber Sie haben Gott gespielt! Weiß Papst Lorenzo eigentlich, was Sie für ein Mensch sind?«, fragte sie mit all der Verachtung, deren sie fähig war.

Whitewolfs Züge zeigten keinerlei Regung, als er antwortete. »Gut, machen wir reinen Tisch und erlösen Sie aus Ihren Qualen, Litonya. Der Börsenchrash: schuldig. Damit wollte ich die *Sieben* treffen. Mit den Morden an MacKenzie, Farraday und den Soldaten habe ich jedoch nichts zu tun. Das hatte ich Ihnen schon in London erklärt, kleine Frau. Clayton hat meine Beteiligung falsch interpretiert. Ebenso, was 9/11 angeht und John Kennedy jr. Ich hatte im Gegenteil noch versucht, den jungen Kennedy zu warnen, aber er hat es ignoriert. Genau diese Warnung hat Clayton überhaupt erst auf meine Spur gebracht. Ich treffe mich nächste Woche erstmalig mit dem Director der DIA. Es gibt einiges an Missverständnissen auszuräumen. Haben wir unseres ausgeräumt?«

Rabea wich seinem Blick aus. Neben ihrer Wut fühlte sie erstmals Unsicherheit. Sie fragte sich, weshalb dem Senator so daran lag, das Bild, das sie von ihm hatte, zurechtzurücken? Warum wollte er, dass sie ihm traute? Es stimmte, er war Papst

Lorenzos Freund. Würde ein Mann wie Papst Lorenzo mit einem Mann wie Whitewolf befreundet sein, wenn ihre Vorwürfe zutrafen? Würde der Papst nicht das Böse in ihm fühlen? Dieser Papst war klug. *Vielleicht heulte auch der Papst mit den Wölfen?* Nein, Papst Lorenzo war selbst ein Leitwolf. Sie hatte seine Kraft gespürt. Er war Whitewolf ebenbürtig. Der Gedanke rang ihr fast ein Lächeln ab. Was sie aber verstand, war, dass Whitewolf sie herausgefordert, mit ihr gespielt hatte. »Warum tun Sie das, Senator, mich manipulieren?« Sie hatte lauter gesprochen als beabsichtigt. Es war ihr auch egal, dass sie längst die Aufmerksamkeit am Tisch erregt hatten. Alle sahen zu ihnen hinüber.

Whitewolf winkte beschwichtigend in Richtung ihrer Freunde ab und wandte sich wieder Rabea zu. »Vielleicht mag ich das grüne Feuer Ihrer Augen, wenn Sie wütend sind?«

»Ist das jetzt ein Flirt nach Wolfsart? Erst der Nackenbiss und dann ein zweifelhaftes Kompliment?« Sie war noch immer zornig auf ihn. Er hatte sie herausgefordert, jetzt forderte sie ihn heraus.

Whitewolf ließ sein seltenes Lächeln sehen. »Der Nackenbiss ist eine verführerische Vorstellung, Litonya.«

»Jetzt wollen Sie mich verlegen machen.«

»Auch das ist eine angenehme Vorstellung.« Er setzte nun seinen ganzen, nicht unbeträchtlichen Charme bei ihr ein. Rabea fiel beinahe zu spät auf, wie sehr sie Gefallen daran fand, mit ihm die Klingen zu kreuzen. Kurz sah sie das Bild zweier Wölfe vor sich, die sich auf einer Lichtung gegenseitig beschnüffelten. Das, fand Rabea, war des Guten zu viel, sie würde sich ganz sicher nicht von dem weißem Wolf einwickeln lassen. Leider war ihr gerade der beste Schutz vor Bestien jeglicher Couleur abhandengekommen: ihre Wut. Sie wechselte das Thema, bevor sie sich zu etwas hinreißen ließ, das sie später vielleicht bereuen würde. »Was haben Sie mit Massimo Trapano vor?«

Whitewolfs rechte Augenbraue hob sich. »Warum fragen Sie mich das? Soviel ich weiß, wird er noch heute in ein italienisches Militärkrankenhaus verlegt.«

»Sicher, aber das war nicht meine Frage. Da Ihnen und Ihrem *Ziehsohn* die Freie-Energie-Forschung am Herzen liegt, gehe ich davon aus, dass Sie ihn und seine Kenntnisse brauchen. Massimo Trapano mag zwar auf seine Weise verrückt sein, aber er ist ein genialer Wissenschaftler.«

»Sicher ist er das«, antwortete ihr Whitewolf und ließ offen, welche ihrer beiden Feststellungen er bejahte. »Leider kann ich Ihren Wissensdurst nicht stillen. Aber wie mein Freund, Papst Lorenzo, vorhin sagte, haben Sie Vertrauen, Litonya Meoquanee. Kehren wir nun zu den anderen zurück. Ihre Freunde vermissen Sie schon.«

»Eine letzte Frage hätte ich noch.« Seit Whitewolf das *Tor* erwähnt hatte, welches Jonathan in sein ESB-Programm eingebaut hatte, nagte ein Verdacht an Rabea. Die Vorgehensweise erinnerte sie an jemand Bestimmten. »Sagen Sie, Senator, ist Ihnen zufällig jemand namens Jake bekannt?«

Whitewolf musterte sie einen langen Moment, doch bis auf ein argloses Schulterzucken blieb er ihr eine Antwort schuldig. Er wandte sich mit einer Geste, ihr zu folgen, ab und kehrte zu den anderen zurück. Rabea mochte vielleicht weniger Whitewolf trauen, aber sie vertraute ihrem Instinkt. Sie war sich ihrer Sache fast sicher, dass Whitewolf auch hier seine Hände im Spiel gehabt hatte. Es würde zu ihm passen.

Sie zog das Jake-Handy aus ihrer Tasche, das Jules ihr am Morgen zurückgegeben hatte, und strich über das Display. Das brennende Auge kam aus dem schwarzen Nichts auf sie zu; zunächst nur ein kleiner flammender Punkt, wuchs es an, bis es das gesamte Display ausfüllte. Für sie hatte sich gerade ein weiterer Kreis geschlossen. Sie schaltete das Handy ab und entnahm ihm SIM-Karte und Akku.

Sauron und sein Auge hatten ausgedient.

## Kapitel 60

### *Rom / Krankenhaus Santa Maria*

Nach dem Treffen mit dem Papst und Whitewolf machten sich die fünf auf, um Magali im Krankenhaus zu besuchen.

Heinrich von Stetten war noch am Morgen zurück nach Nürnberg geflogen. Er würde die Maschine zurückschicken, sobald Magali die Erlaubnis der Ärzte hatte, zur Weiterbehandlung nach Hause zurückzukehren. Zunächst bat die Stationsschwester ihre Besucher aber zu warten, weil Magali gerade erneut untersucht würde.

Lukas, Lucie, Rabea, Ryan und Jules hatten das Wartezimmer für sich, da Ryan kurzerhand die Tür geschlossen hatte. An Jules gewandt, sagte er: »Du bist uns noch die Erklärung schuldig, wie du Yussuf so schnell losgeworden bist. Oder war das nur ein kurzes Gastspiel, um das römisch-katholische Christentum zu retten?«

»Ja, das würde mich auch interessieren«, sagte Lukas, dem der darauffolgende Blick, den Jules Rabea zuwarf, nicht entging. Er zog sofort den richtigen Schluss. »So ist das«, meinte er mit schmalen Augen. »Ihr beide wart das also zusammen? Dann wundert es mich nicht, wenn Yussuf den Kürzeren gezogen hat. Wie habt ihr es angestellt?«

»Sagen wir so: Yussuf ist über seine eigene Schlauheit gestolpert«, begann Rabea. »Er hat mich in Berlin besucht und meine Handydaten kopiert, vorgeblich, um Hinweise auf Jules darauf zu finden. Sein eigentliches Ziel war es aber, mir eine Software aufzuspielen, die automatisch den Zugriff auf meine Hardware ermöglichte. Laptop, I-Pad, alles. Womit er nicht gerechnet hatte, war, dass ich den Spieß umdrehen würde und er sich damit sozusagen selbst verseucht hat – eine Tür, die nach beiden Seiten aufschwang. Ich hatte fortan Zugriff auf alle seine Daten.«

»Das heißt, du konntest Yussuf genauso ausspionieren wie er dich?«

»Ja, mit dem Unterschied, dass ich Bescheid wusste und ihm nur jene Informationen zukommen ließ, von denen ich wollte, dass er sie bekam.«

»Und was hat das mit seinem … äh, Ableben zu tun?«

An dieser Stelle übernahm Jules. »Yussuf hat seine eigenen Leute im großen Stil betrogen. Ich habe seine Handykontakte angezapft und einige belastende Informationen an die richtigen Leute weitergeleitet.«

»Um was genau ging es dabei?«, zeigte sich Ryan plötzlich sehr interessiert.

»Yussufs Hawala-Geschäfte. Yussuf hat für eine Reihe einflussreicher Gönner aus der arabischen Welt Gelder transferiert. Meist für die Ausrüstung von Allahs Kriegern.«

»Ja, die typische Inkonsequenz von Fanatikern! Sie rufen den heiligen Krieg gegen den Westen aus, finden Fortschritt *haram*. Aber gleichzeitig nutzen sie unsere Technik, vom Smartphone bis zum Sturmgewehr – und sie fahren unsere Autos. Die lieben BMW! Wer soll bitte ihre Luxusgüter produzieren, wenn sie uns alle weggebombt haben?«, warf Lucie erregt ein.

»Lucie«, schmunzelte Rabea.

»Ist doch wahr! Diese Knallköpfe sind genauso verstrahlt wie militante Abtreibungsgegner, die angeblich Leben schützen wollen und dann Ärzte und Schwestern ermorden.«

»Yussuf«, bestätigte Jules, »trat wie ein Bilderbuchmuslim auf, aber er war dem westlichen Luxus verfallen. Dafür hat er sich bereichert und Geld verschwinden lassen – von Leuten, die dafür wenig Verständnis haben. Wir«, er nickte Rabea verschwörerisch zu, »haben diese Leute davon in Kenntnis gesetzt, wo sich das Loch befand, durch das ein Teil ihrer Millionen versickerte. Der Rest ergab sich von selbst.«

»Wie kam er um?«, fragte Ryan.

»Das wissen wir nicht genau. Aber es geht das Gerücht, dass es seine eigenen Söhne waren. Sie gelten als radikal islamisiert.«

»Ich möchte die Beweise sehen«, verlangte Ryan.

»War mir klar«, antwortete Jules. »Aber nicht jetzt und hier. Wir reden später. Okay?«

»Okay, aber ich komme bald darauf zurück«, willigte Ryan widerstrebend ein.

»Jules, bedeutet das im Klartext, dass du frei bist und nach München zurückkehren kannst?« Lucie sah ihren Freund erwartungsvoll an.

»Genau das heißt es. Yussuf ist Geschichte!«

»Hurra, ich habe meinen Freund zurück!«, jubelte sie.

In diesem Moment stieß jemand die Tür auf. Sie durften endlich zu Magali.

Lukas und Lucie waren die Ersten und trafen eine lächelnde Magali an. Sie berichtete ihnen, dass die Ärzte mit ihrem Zustand zufrieden seien und sie schon am nächsten Tag das Krankenhaus verlassen und zur weiteren Behandlung nach Hause fliegen dürfe.

»Kommt mal, Rabea und Ryan!«, rief Jules am Abend desselben Tages. Er fläzte sich auf der Wohnzimmercouch und zappte durch die Programme, während Rabea und Ryan ihre Mails am Küchentisch checkten. Alle drei warteten darauf, dass Lucie endlich für das gemeinsame Abendessen ausgehfertig wäre. Lukas war noch im Krankenhaus bei Magali. Er würde später zu ihnen stoßen.

»Was ist los?«, fragte Rabea. Jules deutete auf den Bildschirm. Darauf war ein Gefangenentransporter zu sehen, eingekreist von blinkenden Einsatzfahrzeugen der Polizei und Carabinieri.

»Wie es aussieht, ist Massimo Trapano auf dem Weg ins Militärkrankenhaus verschwunden«, berichtete Jules.

»Wie, verschwunden?«, fragte Rabea aufgeregt.

»Offenbar ist er entführt worden oder befreit. Wie man's nimmt.«

»Einfach so?«

»Ja. Laut Fernsehbericht wurde dabei niemand verletzt. Die begleitenden Beamten wurden betäubt im Transporter gefunden. Von Trapano, heißt es, fehle jede Spur.«

Ein Grinsen huschte über Rabeas Gesicht. *Whitewolf, jede Wette!* »Na, das ist doch einmal eine gute Nachricht.«

»Was ist eine gute Nachricht?« Lucie kam in High Heels und auf einer Wolke Parfüm ins Wohnzimmer geschwebt.

»Dass du endlich fertig bist«, sagte Rabea und hakte ihre Freundin unter. »Auf geht's, ich habe Hunger!«

## Kapitel 61

### *Berlin – zwei Monate später*

»Was machst du?« Lucie hatte sich spontan für ein Wochenende bei Rabea einquartiert. Nachdem sie auf Lucie-Art ausgepackt hatte, indem sie den Inhalt ihrer Reisetasche auf Rabeas Bett kippte, war sie hinter ihrer Freundin aufgetaucht und starrte auf deren Laptop, auf dem nur eins zu sehen war: Schuhe.

»Ich schrei vor Glück«, äffte Rabea einen Werbeslogan nach, wobei sie ihn konterkarierte, da sie weder schrie noch auch nur annähernd glücklich schien. »Ich brauche dringend neue rote Schuhe für mein Papst-Interview. Witzig, oder? Wir beide tragen dann rote Schuhe.«

»Du shoppst Schuhe im *Internet*?« Lucie klang, als hätte sie ihre Freundin dabei ertappt, wie sie sich Drogen oder illegales Elfenbein beschaffte.

»Ja, warum nicht? Wie du weißt, gehört Geschäfte abklappern nicht gerade zu meinen Lieblingsfreizeitbeschäftigungen.«

»Aber man shoppt doch keine Schuhe im Internet!«, ereiferte sich Lucie.

»Wieso? Ich dachte, du machst das auch?«

»Ich? Gott bewahre! Ich bestelle grundsätzlich nichts zum Anziehen im Internet. Das ist absolut unsinnlich. Ich muss meine Beute anfassen und fühlen können, sonst weiß ich doch nicht, ob sie zu mir passt«, sagte sie im Brustton der Überzeugung. »Außerdem habe ich kürzlich einen Bericht über Internet-Kaufverhalten und seine Folgen gelesen. Ehrlich, der war richtig gruselig – wie der Konsument da sofort in seine Berechenbarkeiten zerlegt wird.« Lucie schüttelte ihre kurzen blonden Locken. »Ich formuliere es mal drastisch: Stell dir vor, ich kaufe mir Zwölf-Zentimeter-High-Heels. Sofort rattert irgendwo ein Programm, dass ich damit ein Kandidat für mindestens eine oder zwei Hüft-OPs werde – und die Hüftgelenk-Industrie schraubt ihre Produktion rauf. Gleichzeitig, in einer Art Gegenbewegung, schraubt auch die Hämorrhoidensalben-Industrie ihre Produktion nach oben, weil die sich ausrechnen, dass jemand in solch hohen Schuhen mehr sitzen als laufen wird – ebenso die Hühneraugenpflaster-Industrie, weil solche Schuhe ja drücken müssen. Ich will ganz sicher nicht für eine solch fatale Kettenreaktion verantwortlich sein.«

»Oh Lucie, du bist wirklich unbezahlbar. Besser hätte ich es auch nicht beschreiben können. Komm«, Rabea stand auf, schnappte sich ihre Tasche und hakte ihre Freundin unter. »Gehen wir also auf eine sinnliche Shoppingtour. Ich brauche neue Schuhe. Und zwar schicke.«

»Hurra!«, jubelte Lucie und schrie vor Glück. »Ich warte schon mein ganzes Leben darauf, dass du das einmal zu mir sagst!«

Vier Stunden später chauffierte Rabea ihre Freundin erschöpft zurück zu ihrer Wohnung. »Unfassbar, ich weiß nicht, wie du das machst, Lucie«, meinte Rabea, als sie ihren Wagen parkte. »Es gibt nichts, was mich mehr schafft als Shoppen, und du wirkst, als hätte dir jemand eine Ampulle Adrenalin gespritzt.«

»Es lenkt mich ab, weißt du«, sagte Lucie mit plötzlich kleiner Stimme, und Rabea wusste, dass sie gerade an Jonathan dachte. Sie drückte ihrer Freundin einen Kuss auf die Wange. Beide stiegen aus, und Rabea öffnete den Kofferraum, der vollgestopft mit Einkaufstüten war. Lucie hatte die Gunst der Stunde genutzt und Rabea zu einem kompletten Outfit für ihre in Nürnberg anstehende Geburtstagsparty überredet – und sich selbst auch gleich eingedeckt. Sie griff nach einer der Taschen, als ihr ein dunkelblauer Mercedes Hybrid auf der gegenüberliegenden Straßenseite auffiel. Lucie kniff die Augen zusammen, als die Tür aufschwang und sie den Fahrer erkannte. Sie konnte nicht verhindern, dass ihr Herz einen Satz machte. *Jonathan!* Er war wirklich hartnäckig, das musste sie ihm lassen ... Seit zwei Monaten ignorierte sie seine Anrufe und Mails. Sie wollte nicht mit ihm sprechen. Es war alles gesagt. Er hatte sie belogen und benutzt. Basta. Tapfer klammerte sie jenen Teil von sich aus, der lieber stehen bleiben wollte, schnappte sich zwei Tüten und wandte Straße und Jonathan entschlossen den Rücken zu. Rabea hatte ihren Freund ebenfalls entdeckt.

»Sieh an, da ist Jonathan!« Sie verfolgte, wie er mehrere Fahrzeuge vorbeiließ und dann die Fahrbahn überquerte. Lucie strebte bereits dem Eingang zu. »Schnell, schließ auf, Rabea, und wimmel ihn ab. Ich will ihn nicht sehen.«

»Warum sprichst du nicht wenigstens mit ihm?«, meinte Rabea zur Überraschung ihrer Freundin.

»Was? Das sagst ausgerechnet du, die kaltherzige Königin der Verweigerung?«

»Du musst ja nicht meine früheren Fehler wiederholen. Hör dir wenigstens an, was er zu sagen hat.«

Lucie geriet in einen Zwiespalt. Einerseits hatte sie sich hoch und heilig geschworen, nie wieder ein Wort mit Jonathan zu wechseln, andererseits konnte sie das verräterische Herzklopfen, das sein Anblick bei ihr ausgelöst hatte, nicht verleugnen. Es war ungerecht. Ihr Verstand sagte Nein, ihr Herz Ja. »Das muss ich jetzt wohl. Du lässt mir ja keine Wahl«, murmelte sie.

Jonathan hatte sie leicht atemlos erreicht und verharrte jetzt einen Moment lang unschlüssig vor ihnen. Rabea registrierte mit Genugtuung, dass Mr Perfect sein Vorhaben nur bis zu diesem Punkt der Begegnung geplant zu haben schien. All seine frühere Sicherheit schien verflogen, er wirkte vielmehr befangen, rang um die passenden Worte. Sein äußeres Erscheinungsbild entsprach durchaus seiner offensichtlichen Gemütsverfassung. Sein Anzug sah zerknittert aus, sein Träger wirkte kaum weniger mitgenommen, er war blass und sah irgendwie verloren aus. Rabea fand ihn durchaus charmant, diesen unperfekten Mr Perfect …

»Hallo, Rabea«, rettete er sich über die ersten Sekunden hinweg und wandte sich dann zögernd Lucie zu. »Hallo, du«, sagte er schüchtern. Ein vorsichtiger Seitenblick streifte die Taschen in ihrer Hand. Er schien zu fürchten, dass Lucie ihm damit eins überbraten könnte. Was durchaus im Bereich des Möglichen lag.

»Was …« Lucie musste sich räuspern. »Was willst du?« Sie ärgerte sich über sich selbst; ihre Stimme hörte sich nämlich weit weniger unwirsch an als von ihr beabsichtigt. Es fiel ihr schwer, an ihrer Wut auf Jonathan festzuhalten, jetzt, da sie ihm erstmals seit Hisarlik wieder gegenüberstand.

»Dich sehen und mit dir über alles reden. Es ist …«, auch Jonathan musste seine Stimme kurz durch ein Räuspern festigen, »es ist nicht alles nur schwarz-weiß, Lucie. Bitte gib mir wenigstens die Chance, es dir zu erklären.«

Rabea bekam nun fast Mitleid mit Jonathan. Dieser Mann litt echten Liebeskummer. Wer, wenn nicht sie, wusste, wie weh das tat und was er mit einem anstellen konnte, wenn man nicht wenigstens die Gelegenheit bekam, sich auszusprechen. Für sie war es wie ein langer schmerzhafter Schwelbrand gewesen. Und sie brauchte nur ihre Freundin anzusehen, um zu wissen, dass auch sie noch Gefühle für Jonathan hegte. »Warum geht ihr beiden heute Abend nicht zusammen essen?«, schlug sie vor. »Du, Lucie, suchst das Restaurant aus. Neutraler Boden – du kannst gehen, wann immer du möchtest. Im Gegenzug verspricht dir Jonathan, deine Entscheidung – sollte es ein Nein sein – endgültig zu akzeptieren und dich künftig nicht mehr zu kontaktieren.« Jonathan blickte sie für ihre Worte dankbar an, Lucie vernichtend.

»Danke, Freundin«, zischte sie. Sie fühlte sich von ihr überrumpelt.

»Jetzt gib dir einen Ruck«, sagte Rabea unbeeindruckt.

»Bitte, Lucie. Ein Abendessen ist alles, um was ich dich bitte. Wenn du willst, bring die Taschen mit, du kannst sie mir dann immer noch über den Schädel ziehen.« Jonathans Lächeln war steinerweichend.

»Also gut«, gab Lucie widerwillig nach. »20:00 Uhr, bei *Tim Raue*, da wollte ich immer schon mal hin. Du kannst dich bei Rabea dafür bedanken, nachdem ich *ihr* die Taschen übergezogen habe.«

# Kapitel 62

Jonathan war schon gegen sieben im *Tim Raue* gewesen. Noch nie im Leben war er so nervös gewesen. Was, wenn Lucie es sich anders überlegt hatte? Der Zeiger seiner Uhr kroch quälend langsam weiter, mehrmals dachte er, sie sei stehen geblieben. Je länger er wartete, umso unsicherer wurde er, dass Lucie kommen würde. Es wurde acht, dann Viertel nach acht, halb neun. Seine Augen brannten, weil er sie starr auf den Eingang gerichtet hielt. Neben der Tür wachte ein Angestellter des Restaurants.

Er selbst hatte für sich und Lucie einen der Tische im hinteren Bereich gewählt. Als er sah, wie der Kellner die Tür für Lucie öffnete, sprang er vor Erleichterung so heftig auf, dass er seinen Stuhl umstieß. Er lief Lucie entgegen. Sie sah sich verwirrt um, wunderte sich sichtlich, warum um diese Zeit keine anderen Gäste anwesend waren.

»Du hast das ganze Lokal gemietet?«, sagte sie anstatt einer Begrüßung. »So war das nicht abgemacht! Ich wollte mich mit dir ganz bewusst an einem öffentlichen Ort treffen!«

*Oh, oh, das fängt nicht gut an*, dachte Jonathan. Er hatte ihr ein Kompliment über ihr zauberhaftes Aussehen machen wollen, eine Bemerkung über ihr Kleid, hatte schon den Mund geöffnet, als er erst richtig ihre Aufmachung registrierte. Lucie trug alte Flickenjeans und ein formloses Shirt, auf dem ein Frosch mit Sprechblase (»Quak, quak«) saß, dazu ausgetretene Turnschuhe ohne Schnürsenkel. Und was hatte sie mit ihrem schönen blonden Haar angestellt? Es sah wie ein Vogelnest aus.

Er biss sich auf die Lippe. Wenn sie wüsste, wie umwerfend er sie fand, wie absolut unwiderstehlich! Und wie grausam. Sie hielt sein Herz in der Hand, folterte es seit Wochen, hatte daraus einen pochenden schmerzenden Klumpen in seiner Brust gemacht. Wie gerne hätte er sie jetzt in die Arme genommen, ihren wunderbar eigensinnigen Mund geküsst, ihr seine Liebe in tausendundeinem Wort gestanden, mit ihr die Sterne bewundert und sie ihr alle geschenkt. Alles Dinge, die er nicht tun durfte, weil er sie damit nur noch weiter verschrecken würde. Also unterdrückte er den jähen Drang, sich ihr zu Füßen zu werfen, da sie es scheinbar darauf angelegt hatte, ihm heute auf jede erdenkliche Art zu beweisen, dass für sie dieses Treffen keinerlei Bedeutung hatte, es lediglich eine lästige Pflicht war. Stattdessen riss er sich zusammen, wunderte sich, dass seine Stimme beinahe normal klang, als er sie begrüßte: »Ich freue mich, dass du gekommen bist, Lucie. Und so richtig allein sind ja wir nicht.«

Er rückte ihren Stuhl zurecht und winkte den Kellner heran. »Ich dachte bei der Reservierung an dein Temperament. Darf ich dir ein Glas Champagner anbieten?« Er lächelte beinahe scheu, was ihn sehr anziehend machte, doch Lucie war dafür nicht empfänglich. Sie hatte ein Bollwerk der Ablehnung um sich errichtet, an der sein Charme wirkungslos abprallte. Aber natürlich verstand sie seine Anspielung auf die fliegenden Gläser von Hisarlik.

»Nein, *heute* ist mir nach stillem Wasser«, sagte sie akzentuiert. »Das ist deine Party, Jonathan. Du redest, ich höre zu. Mehr nicht.« Fehlte nur noch, dass sie die Arme verschränkte.

»Möchtest du gar nichts essen?«

»Nein, danke. Ich weiß nicht, wie lange das hier dauert.«

*Und es ging nicht gut weiter …*

Nachdem Jonathan für sie beide Wasser bestellt hatte, sagte er: »Danke, dass du bereit bist, mich anzuhören.«

Lucie nickte knapp.

»Alles, was ich dir über mich erzählt habe, Lucie, entspricht der Wahrheit«, begann er, »ich habe dich nie belogen. Was du mir vorwerfen kannst, ist, dass ich dir nicht alles gesagt habe. Zum Beispiel, was den Mann betrifft, der sich meiner als kleiner Junge angenommen und mir so das Leben gerettet hat. Deine Freundin Rabea hat dir von meiner Verbindung mit Senator Whitewolf erzählt.« Es war mehr eine Feststellung als eine Frage, die Lucie mit einem stummen Neigen des Kopfes bejahte.

»Es stimmt, unsere Begegnung in Istanbul war auf eine Initiative des Senators zurückzuführen. Doch ich hätte mich niemals darauf eingelassen, wenn wir uns nicht schon früher einmal begegnet wären. Damals wusste ich nicht, wer du warst, aber als der Senator mir ein Bild von dir zeigte, kehrte meine Erinnerung sofort zurück. So flüchtig die Begegnung war, schon damals hattest du einen tiefen Eindruck bei mir hinterlassen, und ich habe mir gewünscht, dich kennenzulernen. Ich sah in dem Vorschlag des Senators ein Zeichen.«

Lucie sah ihn mit einem Ausdruck an, der zwischen Misstrauen und Ungläubigkeit schwankte. »Was erzählst du da für einen Unsinn? Ich bin sicher, dass wir uns noch nie zuvor gesehen haben«, sagte sie voller Abwehr.

»Es war vor zwei Jahren in Rom, im Caffè Greco. Ich saß damals mit einem Geschäftspartner an der Bar. Du warst mit deiner Freundin Rabea da. Ihr habt euch angeregt mit einer Gruppe junger Leute unterhalten. Damals bist du mir das erste Mal aufgefallen. Du warst so voller Leben, aber gleichzeitig fiel mir auf, dass du dich um deine Freundin sorgst. Ich habe noch niemanden beobachtet, der gleichzeitig so ernsthaft und so lebendig sein konnte. Und dein Lachen hat mich einfach umgeworfen.«

»Ach, und warum hast du mich nicht gleich angesprochen? Warte, du warst damals noch schüchtern!«, sagte sie, und ihr beißender Spott traf ihn. Ein weiterer schmerzhafter Pfeil in seinem Herzen.

»Es war nicht der richtige Moment«, entgegnete er und fand seine Erklärung selbst schwach. Das lief wirklich nicht gut, Lucie entglitt ihm immer mehr.

»Und der richtige Moment war gekommen, als du mich im Namen deines Gönners ausspionieren solltest?«

»Nein, natürlich nicht!«, beeilte er sich zu sagen. »Außerdem hat mich Senator Whitewolf nicht darum gebeten, dich auszuspionieren. Es ging darum …«

»Dann war es also deine eigene Idee?«, fiel ihm Lucie erbost ins Wort. »Umso schlimmer! Das reicht, ein Gespräch hat keinen Sinn. Leb wohl.« Sie stand auf.

Jonathan war sofort auch auf den Beinen und griff nach ihrer Hand. »Nein, bitte bleib! Hör mich nur noch einen Augenblick an«, beschwor er sie.

Lucie fühlte sich entzweigerissen. Sie konnte nicht leugnen, dass die Berührung seiner Hand ihre Herzfrequenz nach oben hatte schnellen lassen. Es wurmte sie, dass Jonathan noch so viel Macht über sie hatte. Warum waren Gefühle nur so verdammt hinterhältig? So abgekoppelt von Willen und Verstand? In diesem Moment erschien der Kellner mit einem Tablett. Das gab den Ausschlag zugunsten Jonathans. Lucie ließ sich langsam auf den Stuhl zurücksinken, ahnte, dass ein impulsiver Abgang auch sie unbefriedigt zurücklassen würde. Immerhin war sie ja heute hierhergekommen, um ihr Verhältnis mit Jonathan abschließend zu klären. Dann könnte sie vielleicht auch wieder ruhig schlafen, anstatt sich grübelnd im Bett zu wälzen und abwechselnd ihre Dummheit und ihre Gefühle zu verfluchen.

Sie warteten, bis der Kellner Brotkorb, Butter und ein Schälchen mit Kräuterquark auf dem Tisch abstellte, ihnen eingeschenkt hatte und zurück in die Küche verschwand.

Jonathan war dem Mann mit den Augen gefolgt, bis die Tür sich hinter ihm geschlossen hatte, erst dann nahm er das Gespräch wieder an der Stelle auf, an der Lucie ihn unterbrochen hatte. »Nachdem wir erfahren hatten, dass eure Familie ins Visier der *Sieben* geraten war, war dem Senator klar, dass wir handeln mussten. Allerdings benötigten wir dazu unbedingt mehr Informationen, wollten herausfinden, was die *Sieben* genau planten.«

»Blöderweise hatten die Chinesen, oder vielmehr ihr Handlanger, dieser Kardinal Finzi-Contini, die gleiche Idee. Du und Andrea, ihr habt mich wie eine Ware an der Spionagebörse gehandelt. Was glaubst du, wie ich mich dabei fühlen muss?«, konterte Lucie.

»Bei Andrea di Fulvio mag es so gewesen sein. Ich hingegen wollte …«

»Oh bitte, verkauf mich nicht für dumm«, fuhr ihm Lucie erneut in die Parade. Sie verspürte nicht die geringste Lust auf weitere Lügen. »Laut Rabea ist es dir und deinem feinen Senator um Carlotta van Kampens Nachlass gegangen. Du hast meine Gefühle für ein paar Patente eingetauscht! Für dich zählt allein dein Business.«

Wieder warf Jonathan einen Blick auf die Tür zur Küche. Er rang ein paar Sekunden mit sich, ob er Lucie die ganze Wahrheit offenbaren sollte, und entschied sich dafür. Er war Lucie die Wahrheit schuldig. Mit gesenkter Stimme sagte er: »Es ging uns nicht nur um die Patente, Lucie, sondern auch um die Beweise, die Carlotta van Kampen gegen die *Sieben* gesammelt hatte.«

»Was erzählst du da? Dein Senator und Magalis Mutter gehörten doch selbst zu diesem Verein!«

»Der Senator war niemals Mitglied, sondern hielt sich nur in deren Dunstkreis auf, um dieser Wirtschaftsmafia irgendwann das Handwerk legen zu können.«

»Mir kommen gleich die Tränen«, höhnte Lucie. »Eure hehren Motive nehm ich euch nicht ab! Selbst wenn, das entschuldigt in keinster Weise dein Vorgehen. Spionage bleibt Spionage. Und du hast mich ausspioniert, Jonathan. Wie wäre es, wenn du endlich so ehrlich wärst und es zugibst?«

»Ja, ich gebe es zu, aus deiner Warte betrachtet, ist das tatsächlich so gewesen. Und ich bitte dich dafür erneut um Verzeihung. Ich wollte niemals deine Gefühle verletzen, alles, was ich wollte und will, ist, dich zu beschützen! Nachdem der Senator und ich erfahren hatten, dass deine Schwägerin bereits in Zürich überfallen worden war, mussten wir damit rechnen, dass der Gegner im zweiten Anlauf ein Mitglied der Familie als Druckmittel benutzen würde.«

»Du dachtest, man könnte mich entführen?« *Nicht schon wieder*, ergänzte sie im Stillen.

»*Sie* wollten den Inhalt des Schließfachs. Und wer wäre – außer Magali und seinem Sohn – die Person, für die Lukas *alles* tun würde?«

Da Lucie den Gedanken schweigend verarbeitete, sprach Jonathan hastig weiter: »Diese Verbrecherorganisation geht seit Jahrzehnten über Leichen. Sie sind das Synonym für den militärisch-industriellen Komplex, vor dem bereits Präsident Eisenhower in seiner Abschiedsrede gewarnt hat. Carlotta hat die *Sieben* genauso erpresst, wie sie Papst Sixtus erpresst hat. Als Mitglied der *Sieben* hatte sie schwerwiegende Beweise gegen sie sammeln können. Der Senator wollte nicht nur den Kirchenstaat schützen, er wollte auch van Kampens Beweise gegen die Wirtschaftsmafia, um unsererseits gegen sie vorgehen zu können.«

Lucie schüttelte den Kopf. »Den Vatikan stürzen? Unfassbar, wie verrückt diese Frau war.«

Jonathan nickte. »Eine Fanatikerin und blind vor Rache. Der Senator hatte sie schon länger im Auge.«

Lucie sah Jonathan mit schmalen Augen an. »Ach, und deshalb hast du beschlossen, dem Senator behilflich zu sein, Carlottas Kreuzzug ein Ende zu bereiten? Indem du mit meiner Hilfe an Carlottas Erbin herankommst, weil du davon ausgehen konntest, dass mein Bruder, genau wie seine Frau, alle Einzelheiten kannte? Ich sag dir was, Jonathan, ob Patente oder Kirchenmachenschaften, das ist mir piepegal. Was mir nicht piepegal sein kann, ist dein Verhalten. Warum hast du mir nicht einfach davon erzählt? Warum hast du mir nicht vertraut?«

Ihr Blick und ihr Ton verunsicherten Jonathan. Wie konnte er Lucie seine Motive nahebringen? »Lucie, so einfach ist das nicht. Zu viel Wissen kann gefährlich sein. Carlotta van Kampen war nicht nur eine verrückte Kirchenhasserin, sie hatte Informationen über geheime Konten, mit denen die *Sieben* Terroranschläge gegen unser Land finanzierten – nur um dann an den Waffenlieferungen der folgenden Militäreinsätze zu verdienen. Mit ihren Machenschaften beuten sie nicht nur Amerika, sondern die gesamte Welt aus.«

»Und das soll dich und alles entschuldigen? Ihr Amerikaner«, stieß Lucie, wie Rabea in ihren besten Zeiten, verächtlich aus. »Immerzu spielt ihr euch als Kindermädchen dieser Welt auf. Wann kapiert ihr endlich, dass ihr sie mit euren Methoden erst zugrunde richtet? Lasst die Welt einfach in Frieden. Dann findet diese Welt auch irgendwann selbst zum Frieden. Ganz ohne amerikanische Hilfe.«

Jonathan lehnte sich zurück. So kam er nicht weiter. Dabei konnte er Lucie verstehen. Er würde an ihrer Stelle vermutlich genauso argumentieren. Er hatte sich unter einem falschen Vorwand in ihr Leben geschlichen, und ihre Reaktion war nur natürlich. Er setzte alles auf eine Karte. »Ja, ich gebe es zu, ich bin ein Mistkerl. Aber ein Mistkerl, der dich liebt! Meine Motive mögen nicht ganz ehrlich gewesen sein, aber meine Gefühle für dich sind es! Ich kann dich nur um Verzeihung bitten, Lucie. Und darauf hoffen, dass du mir mein Handeln irgendwann vergibst. Meinst du, du kannst das? Denn ich werde auf dich warten, solange es dauert.«

Lucie hielt ihren Blick auf die Tischdecke gerichtet, versuchte, sich an ihrer Wut festzuhalten, die sie bisher wie auf einer Welle getragen hatte. Jonathans Geständnis hatte ehrlich geklungen. Was sollte sie tun? Wie reagieren? Ein Teil von ihr wünschte sich, dass alles wieder gut wurde, aber ihr Stolz hielt sie davon ab, ihm so einfach in die Arme zu sinken, nur weil er die berühmten drei Worte gesagt hatte. Sie flüchtete sich daher in Sarkasmus, etwas, das sie sich bei Rabea abgeschaut hatte. »Meine Güte, ich hoffe, du hast deine kleine Ansprache nicht aus einer Telenovela geklaut.«

Ein Ausdruck von Betroffenheit zeigte sich auf Jonathans Gesicht ab. »Anscheinend bin ich gut im Täuschen, versage aber, wenn es darum geht, echte Gefühle zu zeigen.«

»Nein, das war gar nicht einmal so schlecht.«

»Heißt das, ich kann hoffen? Ein klein wenig?« Er klang kleinlaut, beinahe ängstlich, Facetten, die sie bisher nicht an ihm vermutet hätte. Doch sie würde es ihm nicht einfach machen. Das Geschehene war noch zu frisch, sie konnte es nicht so leicht verwinden, dass er ihre Begegnung in Istanbul bewusst herbeigeführt, sie mit seinem Charme absichtlich betört hatte. Und sie mit Pauken und Trompeten auf ihn hereingefallen war. Wie sollte sie sich da nicht hintergangen fühlen? Er hatte ihr Vertrauen und ihre Gefühle missbraucht. »Du verstehst nicht oder willst es nicht verstehen, Jonathan«, hob sie an. »Mir ist bewusst, dass ich bei meiner Geburt Glück hatte, mir hat es nie an etwas gefehlt. Liebe, Geborgenheit, Wohlstand, ich hatte alles. Bis mein älterer Bruder Alexander starb und ich auch die Schattenseiten des Lebens kennenlernte. Seitdem ist viel geschehen. Ich habe mich nie richtig verliebt, auch wenn ich das manchmal geglaubt habe. Und das war gut so, denn die Männer, die vorgaben, mich zu lieben, waren entweder nur an Sex interessiert oder wollten mein Geld. Sie haben mich ausgenutzt. So wie du. Ich bin kein junges Mädchen mehr, nächste Woche werde ich dreißig. Ich bin es einfach leid, ausgenutzt zu werden. Ja, ich gebe zu, ich hatte starke Gefühle für dich, und ich war nahe daran zu glauben, du wärst der Eine. Und dann stellt sich heraus, dass auch du mich nur ausgenutzt hast. Du hast es kaputt gemacht, Jonathan. Nach allem, was geschehen ist, kannst du nicht erwarten, dass ich das einfach so vergessen kann und in deine Arme sinke. Die Fallhöhe ist einfach zu hoch. Und das Leben ist nun einmal keine Telenovela.« Eine einzelne Träne hatte sich aus Lucies Auge gelöst. Sie wischte sich beinahe trotzig über ihre Wange. *Verflixte hinterhältige Gefühle …*

»Nun ja«, sagte Jonathan, und in seinem Gesicht blitzte kurz das freche Lächeln auf, in das sie sich schon in Istanbul verliebt hatte, »immerhin kannst du mir nicht vorwerfen, dass ich an deinem Geld interessiert wäre. Ich bin selbst ein bisschen reich. Am Sex mit dir hingegen bin ich sehr interessiert …«

Dafür bedachte ihn Lucie mit einem erbosten *Du hast noch lange nicht gewonnen*-Blick.

Jonathan griff nach ihrer Hand und drückte ihr einen zarten Kuss darauf. »Es ist gut, Lucie, ich verstehe dich. Und ich verspreche dir, dass ich dich nicht weiter drängen werde. Trotzdem sollst du wissen, wann immer du mich brauchen solltest, werde ich für dich da sein. Ich kann mein Herz nur einmal verschenken, und es gehört dir. Und nein, das habe ich auch nicht aus einer Telenovela«, fügte er mit einem Lächeln hinzu, das gleichzeitig Liebe und Traurigkeit ausdrückte.

»Ach«, hauchte Lucie. Verwundert starrte sie auf den Berg Krümel vor sich, konnte sich nicht erinnern, wie das Brot in ihre Hände gelangt war.

»Freunde?«, setzte Jonathan vorsichtig nach.

Lucie suchte in seinen Augen nach ihrer Antwort. Ihr Groll war noch da, er füllte sie aus wie ein Ballon, in dem sich noch immer die Enttäuschung über seinen Verrat ausdehnte. Sie hatte ihm freigiebig geschenkt, was den Menschen Lucie ausmachte: ihre Liebe und ihr Vertrauen. Beides hatte er sich unter falschen Voraussetzungen genommen. Sie dachte an ihren Bruder, der die wundervolle Gabe besaß, verzeihen zu können. Aus ihr erwuchs das Gute, sie schenkte inneren Frieden. Sie wollte ihren inneren Frieden zurück, und heute konnte sie den ersten Schritt dafür tun.

»Freunde«, antwortete sie.

»Gut«, antwortete Jonathan, und in diesem kleinen Wort lagen so viel ehrliche Erleichterung und Gefühl, dass es Lucie mehr als alle seine Worte zuvor davon überzeugte, dass er es ernst mit ihr meinte. Er hielt weiter ihre Hand. »Meinst du, wir zwei Freunde könnten in dieser angenehmen Umgebung ein gutes Abendessen genießen?«

Lucie sah ihn noch immer an. Nahm sein Gesicht in sich auf, seine beredten Augen, die von Liebe sprachen, spürte ihre Hand in seiner und die Wärme, die von ihr ausging. Und ganz plötzlich war die Leichtigkeit zurück, und auf ihrem Fuße folgte Zuversicht. Sie konnten vielleicht nicht von vorn beginnen, aber vielleicht war es ihnen möglich, auf dieser Basis eine echte Freundschaft aufzubauen. Und wer wusste schon, was die Zukunft für sie beide noch bereithielt?

Sie entzog ihm ihre Hand, bevor seine Berührung sie noch mehr verwirren konnte, und fragte: »Wo ist die Karte?«

Weit nach Mitternacht sperrte Lucie Rabeas Wohnungstür auf. Rabea war extra aufgeblieben, und als sie Lucie sah, stieg Freude in ihr auf. Das Leuchten in Lucies Augen war zurück! Lucie warf sich in die Arme ihrer Freundin und flüsterte ihr nur ein Wort ins Ohr: »Danke.«

Wenig später kündigte Rabeas Handy eine WhatsApp-Nachricht an. Es war Jakes Smiley! Sie tippte es an. Es war das zweite Danke dieses Tages. Unterschrieben war es nicht mit Jake, sondern mit … Jonathan!

Rabea lächelte still in sich hinein. Sie hatte es gewusst!

# Epilog I

Kardinal Finzi-Contini saß an seinem angestammten Platz in einem abgeschirmten Teil seines Lieblingsrestaurants. Wie so oft aß er allein. Er fand, dass Geschwätz nur das gute Essen verdarb. Das Fenster gegenüber ging auf die belebte Piazza del Popolo hinaus. Doch er sah durch die vielen Menschen ebenso hindurch wie durch dic Scheibe. Er war dabei, die Ereignisse der letzten Tage zu rekapitulieren und die möglichen Folgen. Zwar war nichts so gelaufen, wie er es geplant hatte, sein Freund Tommaso hatte ihn bitter enttäuscht, aber es war ein Rückschlag, den er verkraften konnte. Das Wichtigste war, er war noch im Rennen!

Nach wie vor hing er der Überzeugung an, dass das Pontifikat des Spaniers nur noch eine Frage der Zeit sein würde, und dann endlich würde er den Fischerring tragen, der ihm vorbestimmt war. Dann würde seine Ära beginnen, die Ära von Papst Petrus I. Ja, er würde sich Petrus I. nennen, denn er war der Fels, auf dem die Kirche ihre Zukunft bauen konnte.

Er nahm sein Glas, betrachtete sinnierend, wie sich der blutrote Inhalt im Gegenlicht spiegelte, und prostete sich dann selbst zu. Auch wenn der neue Papst noch so sehr Armut und Schlichtheit predigte, er würde sich seinen Genuss ganz sicher nicht von diesem spanischen Banausen verbieten lassen.

Er gönnte sich einen langen Schluck seines bevorzugten Rotweins, rollte ihn in seinem Mund und kostete die samtigen Aromen aus, die seinen Gaumen umschmeichelten. Wahrlich ein guter Tropfen, aber das konnte er für den stattlichen Preis, die ihn die Flasche kostete, auch verlangen. Leise murmelte er vor sich hin: »Fisch muss dreimal schwimmen, im Wasser, im Öl, im Wein.« Es klang fast wie ein Gebet.

Der Kellner näherte sich ihm nun mit dem Hauptgang, einem Loup de Mer, in Salzkruste gebacken, auf einem Bett von Spinat und kleinen, in Butter und Petersilie geschwenkten Kartoffeln. Der Kardinal hatte Hunger, ihm lief schon beim Anblick des appetitlich arrangierten Gerichts das Wasser im Mund zusammen.

»Eure Eminenz, buon appetito«, sagte der Kellner und zog wie üblich die Schiebetür zu, die den hinteren Teil des Lokals vom vorderen trennte, damit Seine Eminenz ungestört speisen konnte.

Der Kardinal ergriff das Besteck, der Fisch war seinen Wünschen gemäß schon tranchiert worden. Er schnitt ein tüchtiges Stück ab und schob es sich gierig in den Mund. Er kaute kurz und schluckte das zarte Fleisch hinunter. Sofort spürte er die Gräte in seinem Hals.

Er schluckte, er hustete, schluckte wieder. Ein schmerzhafter Stich in der Kehle zeigte ihm, dass sie sich zwar bewegte, dennoch weiter feststeckte. Er griff nach dem Rotwein, leerte das Glas in einem Zug, um die Gräte auf diese Weise hinunterzubefördern – ohne Erfolg. Ein verzweifeltes Keuchen stieg in ihm auf, die Leere in seiner Brust wurde unerträglich! Schnell schob er den Finger in den Mund, würgte, dass ihm die Tränen kamen. Die Gräte rührte sich nicht vom Fleck. Er versuchte, um Hilfe zu rufen, doch aus seiner Kehle drang nur ein schwaches Krächzen. Luft, er brauchte Luft! Die schiere Panik überkam ihn nun. Er stemmte sich mit letzter Kraft hoch, grelle Blitze tanzten vor seinen Augen. Er schwankte auf die Schiebetür zu, doch er war nicht nah genug, taumelte, verlor den Halt und stürzte schwer zu Boden. Während die Welt um ihn herum in einem Strudel aus roten Blitzen und tiefer Schwärze versank, schwebte wie aus weiter Ferne die melodische Stimme der

Schamanin auf ihn zu, wie sie in ihrem französisch gefärbten Englisch prophezeite:

*»Your ring with the fish …«*

Mit plötzlicher Erkenntnis begriff er, dass er einem simplen Irrtum aufgesessen war, der Wunsch Vater des Gedankens gewesen war. Die Frau hatte nicht von einem Ring gesprochen, sondern dass er mit einer Gräte ringen würde! Tatsächlich hatten ihre Worte gelautet: *»You'll wring with the fish«*.

Und er starb. Sein Schicksal hatte sich erfüllt.

# Epilog II

## *Washington / D. C. / USA versus Berlin / Deutschland*

*»I, Jefferson Delano Whitewolf, do solemnly swear that I will faithfully execute the Office of President of the United States, and will to the best of my ability, preserve, protect and defend the Constitution of the United States. So help me god – whoever it is.«*

»Ich, Jefferson Delano Whitewolf, schwöre, dass ich das Amt des Präsidenten der Vereinigten Staaten getreulich ausführen und die Verfassung der Vereinigten Staaten nach besten Kräften wahren, schützen und verteidigen werde. So wahr mir Gott helfe – wer immer es ist.«

Gemeinsam mit ihren Kollegen verfolgte Rabea im großen Konferenzraum der BBCo. live den Amtseid des neuen, 45. Präsidenten der Vereinigten Staaten von Amerika, dem ersten aus dem Urvolk Amerikas, vom Stamme der Mohawk.

Sofort nach dem letzten Wort schoss Hans Stickler aus seinem Sessel hoch. »Leute, hat *er* das gerade tatsächlich gesagt?«, rief er völlig aus dem Häuschen. »Los, los, spult das sofort zurück!«

Gebannt lauschten alle der Wiederholung. »Er hat es gesagt, Winnetou hat es wirklich gesagt!«, rief Stickler aufgeregt. »*Wer immer Gott ist!* Na, der weiße Wolf traut sich was. Jetzt fällt die religiöse Meute über ihn her. Ich danke Gott für seine Wahl! Halleluja!« Er klatschte in die Hände. »Und für morgen haben wir unseren Leitartikel! Rosenthal«, sagte er zu ihr, »das ist Ihre Show! Ran an den Speck! Überschrift: *Wer ist Gott?*«

Was für eine Steilvorlage! Rabea eröffnete ihren Leitartikel mit einem Zitat, das dem französischen Politiker und Schriftsteller André Malraux zugeschrieben wurde, der Präsident de Gaulle zehn Jahre als Kulturminister gedient hatte und mit Jacqueline Kennedy befreundet gewesen war: *Das 21. Jahrhundert wird religiös sein, oder es wird gar nicht sein.*

Die korrekte Übersetzung aus dem Französischen lautete zwar »mystisch« anstatt »religiös«, aber in diesem Fall umging Rabea diese Zimperlichkeit.

Sie stellte in ihrem Artikel eine dritte These auf: *Wäre die Welt ohne Religion ein friedlicher Ort?*

Sie hatte mit Stickler zäh um jedes Komma gerungen, bis sich die Chefredakteurin, Marlboro-Oma-Marquardt, eingemischt und ihren Segen mit den Worten »Ich will verdammt sein, wenn ich mich nicht traue, das zu drucken!« erteilt hatte.

Gleich nach der Veröffentlichung stiegen die Online-Klicks ins Astronomische, und Rabeas Telefon stand nicht mehr still. Sie stellte es nach kurzer Zeit ab, um sich auf ihre nächste Arbeit zu konzentrieren: einen Artikel, in dem sie das Freihandelsabkommen TTIP zwischen USA und EU durch den Fleischwolf drehte und Amerika und seinen Lobbyisten Betrug an der eigenen Demokratie vorwarf. Sie sah erneut Kämpfe mit Stickler voraus. Und freute sich darauf.

Wie heraufbeschworen stand der Chef vom Dienst plötzlich vor ihr. »Sind wir uns inzwischen zu fein, um ans Telefon zu gehen, Rosenthal?«

»Haben Sie inzwischen anschleichen geübt, Stickler?«

»Nein, aber Ihren Telefondienst übernommen. Hier, Anruf.« Er streckte ihr das Telefon entgegen, Rabea nahm es widerstrebend. Sie hielt die Hand vor den Hörer. »Wer? Die Marquardt?«

Stickler schüttelte den Kopf und lächelte rätselhaft.

»Rosenthal, hallo?«, rief sie hinein. Eine weibliche Stimme sagte *»One moment, please«*, es klickte und eine männliche Stimme sagte auf Englisch: »Ihr Artikel gefällt mir, Litonya Meoquanee. Besonders der Satz, dass die Erfindung der Religion ein

Geniestreich der Menschheit war – das ideale Instrument für Machtmissbrauch.«

»Senator Whitewolf? Äh, Mister President?«, korrigierte sie sich. »Gratuliere zur Wahl, Sie haben es geschafft!« Derweil suchte sie mit Grimassen und Gestik, die rasch anwachsende Traube von Kollegen um sich herum zu verscheuchen. Ohne Erfolg. Sie stand auf und schlenderte in Richtung Sticklers Büro, die Truppe, angeführt von Stickler selbst, trippelte ihr hinterher. Bevor Stickler sichs versah, war Rabea mit einem Satz in seinem Büro, hatte die Tür abgesperrt und die Jalousien herabgelassen. In Entgegnung auf Whitewolfs Ergänzung des Amtseids fügte sie jetzt noch hinzu: »Danke schön. Sie haben mich dazu inspiriert.«

»Im Gegenteil, Sie haben mich in Rom inspiriert, als Sie sagten, Schicksal wäre nur ein anderes Wort dafür, dass Gott nichts erklären muss ...«

»... wer immer es ist«, ergänzte Rabea.

»Ja, vielleicht ist es an der Zeit, dass der Mensch begreift, dass es mehrere Wahrheiten gibt. Dass sie alle miteinander koexistieren können. Friedlich. Alles, was es dazu braucht, ist der menschliche Wille – nicht Gottes Wille.«

»Ihr Freund, Papst Lorenzo, würde Ihnen da sicher widersprechen.«

»Immerhin haben beide Parteien bisher versagt. Kläglich. Die Welt versinkt in Krieg und Chaos.«

»Dazu hat Amerika einen nicht unerheblichen Beitrag geleistet«, hielt Rabea entgegen.

»Diese Antwort habe ich vorausgeahnt. Sie könnten einen Beitrag leisten, unser Außenbild zu korrigieren. Sie träumen von einer heilen Welt? Dann tun Sie was dafür!«

»Oh, ich steigere mich! Erst der Vatikanstaat und jetzt die Vereinigten Staaten? Planen Sie etwa auch eine Ethik-Kommission, Mister President? Oder manipulieren Sie mich etwa schon wieder?«

»Nennen Sie mich Jeff, Litonya. Wie sieht es aus, haben Sie über mein Angebot nachgedacht?«

»Helfen Sie mir! Welches Angebot meinen Sie genau?«

»In London hatte ich Sie gebeten, in meinen Stab einzutreten, in Rom habe ich das wiederholt. Ich könnte Sie mir gut als Botschafterin vorstellen, entweder in der UNO oder zum Beispiel auch in Israel. Suchen Sie es sich aus.«

»Eine politische Karriere? Sie vergessen, dass ich es unter Bush jr. bereits in ein amerikanisches Militärgefängnis geschafft habe. Und ich bin noch nicht einmal Amerikanerin!«

»Das eine spricht längst für Sie, und was das andere betrifft: Ich bin sicher, ein gewisser Ryan MacKenzie würde Sie gern dazu machen.«

Rabea stieß ein raues Lachen aus. »Abgesehen davon, dass ich bisher keine Ambitionen in dieser Hinsicht verspüre, dürfte Ihnen mein größtes Manko für eine diplomatische Karriere hinreichend bekannt sein.«

»Als da wäre?«

»Mangelnde Impulskontrolle. Hat Papst Lorenzo Sie nicht gewarnt?«

Jetzt lachte Whitewolf. »Im Gegenteil, mein Freund, der Papst ist der gleichen Meinung wie ich. Gerade das gefällt uns so an Ihnen. Die Politik braucht wieder Menschen, die ihre Meinung ehrlich vertreten, keine weich gespülten Diplomaten, die sich ergebnislos im Kreis drehen. Es gibt zu viele Politiker, die politische Arbeit mit einem Spektakel verwechseln. Der Bürger erkennt, wer die Wahrheit sagt. Ich brauche Menschen wie Sie, Litonya. Kommen Sie an Bord. Ich bin überzeugt, gemeinsam können wir viel erreichen.«

Rabea überlegte nur kurz, tatsächlich verspürte sie den Reiz, ein neues Kapitel in ihrem Leben aufzuschlagen. »Ich sage Ihnen etwas, Jeff. In London sagten Sie zu mir, Sie wollen den Konflikt im Mittleren Osten entschärfen. Tun Sie das! Stoppen Sie die Gewalt in Palästina. Dieser Konflikt ist militärisch nicht zu lösen. Bertha von Suttner sagte einst: *Krieg ist die Folge menschlichen Irrwahns.* Beenden Sie diesen Irrwahn, Mister President, Jeff. Sorgen Sie dafür, dass wieder verhandelt wird. Ernsthaft. Und ich denke über Ihr Angebot nach – vorausgesetzt, ich muss deshalb nicht gleich heiraten …«

»Sie sind eine harte Verhandlungspartnerin, Rabea. Gut, diese Angelegenheit steht sowieso auf meiner Agenda.«

»Der Konflikt oder dass ich ohne eine Hochzeit davonkomme?« Rabea musste es unbedingt noch einmal hören. Sie wollte, dass Whitewolf Wort hielt.

»Beides. Versprochen. Sie hören von mir. Ich soll Ihnen übrigens auch Grüße von unserem gemeinsamen Freund, Director Clayton, ausrichten.«

»Ach, Sie sind jetzt Freunde?«

»Allianzen wechseln, Litonya.«

»So nennt man das in der Politik. Immerhin muss ich mich bei Ihnen beiden bedanken. Sie haben meinen Freund Ryan wieder auf Kurs gebracht.«

»Sie meinen, seine Ambitionen beizulegen, die Mörder seines Bruders eigenhändig zur Strecke bringen zu wollen? Dieser Verdienst gebührt Clayton. Er hat unserem Heißsporn klargemacht, dass die *Sieben* nicht seine Kragenweite sind, sondern er die Sache uns überlassen muss. Und es sind nicht die *Sieben* allein. Es ist eine Hydra. Wir haben viel Arbeit vor uns. So, und jetzt warten Vertreter des Jüdischen Weltkongresses auf mich, danach eine erzkatholische Delegation. Es geht los.«

»Ich verstehe. Beide wollen Sie wegen Ihres Amtseids in die Mangel nehmen?«

»Ja, sie haben ein neues Feindbild. Endlich sind die sich einmal einig«, sagte Whitewolf aufgeräumt. »Sie denken über mein Angebot nach?«

»Das werde ich. Jeff?«, setzte sie nach.

»Ja?«

»Richten Sie Massimo Trapano einen schönen Gruß von mir aus.«

Die Antwort bestand lediglich in einem Lachen, Whitewolf stritt nicht direkt ab, dass er über dessen Verbleib Bescheid wusste. »Und Sie«, sagte er, »richten Ihrem Freund von Stetten aus, es gäbe einen Netzhaut-Spezialisten an der Johns Hopkins. Professor Samuel Schnyder. Er hat sehr gute Ergebnisse erzielt.«

»Bei wem? Trapano?«

»Bis bald, Litonya!« Er legte auf.

*ENDE*

# Nachbemerkung und Danksagung

Liebe Leser,

wer meine bisherigen Bücher gelesen hat, weiß, am Ende wird es immer intim. Das Buch ist der Autor, das Buch bin ich. Und manchmal treibt es mich in den Wahnsinn. Immer dann, wenn ich um das perfekte Wort, den perfekten Satz ringe. Ich weiß genau, es muss sie für diese Szene geben, und ich habe keine Ruhe, bis ich sie gefunden habe. Freilich kann es nur die Perfektion sein, wie ich sie als Autor empfinde. Die Idee zu einer Geschichte hat viele Wurzeln, sie wächst mit den Gedanken, Erlebnissen und Begegnungen, Gefühlen, Emotionen und in der Zwiesprache mit den Protagonisten.

Mit Rabea habe ich wieder intensiv diskutiert, und Lukas musste ich hier und da in den Hintern treten. Ich weiß, pädagogisch wenig wertvoll, aber es hat genutzt – ich finde, er hat sich gut geschlagen. (Wenn nicht, schlagt mich.) Jules ist sowieso ein Selbstläufer, und Magali ist und bleibt Lukas' Frau. (Ja, schlagt mich.) Wenn ein moralisch integrer Mann wie Lukas seine schwangere Frau verlassen hätte, würde das manchem auch nicht gefallen haben, oder? Und Magali sterben zu lassen, so grausam wollte ich nicht sein. Die Welt da draußen ist schrecklich genug.

Dafür, dass ich Lucie auf eine Achterbahnfahrt der Gefühle, mehrere unkontrollierte Loopings inklusive, geschickt habe, habe ich so oder so schon Prügel von meinen Testlesern bezogen.

Und auch im vierten Band der Reihe erweise ich J. R. R. Tolkiens *Herr der Ringe* meine Reverenz. Meine Lieblingsstelle, entnommen Sam und Frodo auf ihrer gefährlichen Reise durch Osgiliath. Zitat:

Frodo: »*Woran sollen wir glauben, Sam?*«

Sam: »*Es gibt etwas Gutes in der Welt, Herr Frodo, und dafür lohnt es sich zu kämpfen!*«

Damit ist die Reihe abgeschlossen, jetzt heißt es Abschied nehmen von Rabea, Lucie, Lukas und Jules. Ich sage es gleich, ich werde nicht schwach werden und es wird keinen fünften Band geben. Aber sicherlich irgendwann ein Spin-off. Wer weiß?

Zum Schluss folgt das Dankeschön an alle Geburtshelfer. Wie immer hoffe ich, dabei niemanden zu vergessen.

Meinem Mann danke ich weiterhin für seine Geduld, Unterstützung und die unzähligen Cappuccini und Dickmanns, die den Weg zu mir in den Keller fanden. Ja, ich schreibe im Keller! Immerhin mit dem Schreibtisch zum Fenster, mit Blick auf eine mit Blumen bepflanzte Abböschung. Ab dem Frühjahr summt es in den Blüten, und ich bekomme häufig Besuch von einem Eichhörnchen. Ich weiß, dass es männlich ist, denn da ich ja sozusagen unter ihm sitze, während er auf dem Fensterbrett spazieren geht, kann ich seine kleinen … Aber ich drifte ab. Schon gut.

Zurück zu meinem Mann. Am Beginn meiner Autoren-Laufbahn begann er mit Schach. Inzwischen ist er ein Meister und trägt den schwarzen Dan. Könnte aber sein, dass ich hier etwas verwechsele.

Dann muss ich mich natürlich bei meinen Kampfleserinnen und -lesern, den »*Seelenfischer*-Jünger(innen)«, bedanken: meiner Mami und meinen Freundinnen und Freunden Christine, Ro, Ramona, Ludwig, Andreas, Tine, Eva, Caroline, Schneeflöckchen. Eure permanente Unterstützung, Aufmunterung und Kritik bedeutet mir alles.

Besonders konnte ich mich auch wieder auf Myriam und Heike stützen. Die *Seelenfischer*-Jünger sind die Zutaten, Myriam und Heike sind das Gewürz. Die beiden wissen genau, was dem Leser schmeckt. Eine Miniatur-Duden-Myriam sitzt beim Schreiben auf meiner rechten Schulter und flüstert mir zu: »Plusquamperfekt, Hanni, Apposition, Hanni, das ist jetzt nicht dein Ernst, Hanni?«

Und Heike? Oje. Sie hat sich wieder als unentbehrliche Textdomina erwiesen und die Kommentar-Peitsche geschwungen. Autsch! Myriam und Heike, ich kann es euch nicht oft genug sagen, ihr seid genial!

Bei meinem technischen Berater, Prof. Dr. rer. nat. Claus W. Turtur, bedanke ich mich, dass er jede meiner Fragen mit unendlicher Geduld und Ausdauer beantwortet hat, mögen sie ihm noch so abstrus und laienhaft erschienen sein.

Mein Dank gilt auch Peter Lindemann, D. Sc. und CEO Clear Tech, Inc., der mir seine Gedanken zum Thema *Freie Raumenergie* im Text und im Nachwort freundlicherweise zur Verfügung gestellt hat.

Bei Dottore Alberto Spinetti, Storico dell'Arte, bedanke ich mich für die Führung durch die Vatikanischen Museen und fachlichen Beistand bei Fragen rund um den Vatikan. Und da ist auch meine wunderbare Agentin Lianne Kolf, auf deren Ermunterung und Unterstützung ich Tag und Nacht zählen kann. Keine Ahnung, wann diese Frau schläft.

Mein Dank gilt auch Patrizia di Stefano, deren unerschöpflicher Kreativität das wunderschöne Cover zu verdanken ist.

Unbedingt erwähnen muss ich auch meine Piper-Lektorinnen, Julia Eisele, Christine Neumann und Kerstin von Dobschütz, die alle zur Fertigstellung der *Seelenfischer*-Reihe beigetragen haben und sich jederzeit meinen Fragen stellten. Alle in diesem Buch enthaltenen Fehler gehen natürlich auf meine Kappe.

Und natürlich DANKE ich vor allem meinen Lesern, die

mich durch die *Seelenfischer*-Reihe begleitet haben. Ihr seid zauberhaft! Ich schreibe und brenne für euch.

Eure H. M. Münzer, im Mai 2017

# Nachwort

## *von Dr. Albert Zweifels*

Dieses Buch ist eine fiktive Geschichte. Doch für mich ist sie ganz nah an der Realität. Ich selbst komme in diesem Buch vor, weil sich die Journalistin Rabea Rosenthal-Kennedy für meine Forschungen interessiert und mich um ein Interview bittet. Denn ich habe eine Vision: *die künftige Energieversorgung der Menschheit durch »Freie Raumenergie«*.

Eine einfache Erklärung, wie Sie sich die Natur der Raumenergie vorstellen können, finden Sie in diesem Buch (Forumsdiskussion: Beitrag *Manpower*).

Ich selbst bin Physiker und Forscher und lehre Physik an der Rheinischen Hochschule für Angewandte Wissenschaften. Meine Forschungsarbeiten zur Nutzbarmachung der Nullpunktsenergie des Quantenvakuums, kurz *Raumenergie*, haben mich in Wissenschaftskreisen bekannt gemacht. Bereits 2009 wurde der theoretische und praktische Nachweis dieser neuen Energiequelle erbracht (siehe Links im Anhang). Meine Forschungen finanziere ich privat. Eine staatliche Förderung erfolgte bisher nicht.

Diese Wissenschaft ist keine Utopie. Es ist Physik.

Wenn Sie die Wahl hätten zwischen **a)** konventioneller teurer Energieversorgung wie Öl, Gas, Kohle und Atomkraft und **b)** einer Energie, die praktisch nichts kostet, die frei und unbegrenzt für alle Menschen zur Verfügung steht und weder Mensch, Tier noch Umwelt belastet, welche Möglichkeit würden Sie wählen?

**a)** oder **b)**?

Die gute Nachricht ist: **b) ist längst realisierbar!** Denn diese Energieform existiert, es ist eine saubere und günstige Alternative, wir müssten sie nur nutzen. Aber warum tun wir das nicht? Warum halten wir an der herkömmlichen Energieversorgung fest, beuten die Erde aus und zerstören damit unseren eigenen Lebensraum? Warum nehmen wir die Erderwärmung in Kauf, verwüsten ganze Landstriche bei der Gewinnung von Öl, Gas, Kohle, riskieren Katastrophen wie in Fukushima?

Die Antwort darauf ist die schlechte Nachricht. Es gibt *vier Mächte*, die die Gewinnung der Freien Raumenergie bis dato verhindern. Neben den drei bereits in diesem Buch abgehandelten Superreichen, Regierungen und Betrügern sind das wir, die Bürger und Menschen. Wir sind die *Vierte Macht*. Aber noch sind wir zu sehr unserem eigenen Denken verhaftet. Wir erkennen scheinbar mit Leichtigkeit Selbstsucht, Neid und Gier in den anderen, doch die gleichen niederen Instinkte wirken auch in uns. Hand aufs Herz: Wollen wir nicht lieber andere kontrollieren, als selbst kontrolliert zu werden?

Ich sehe die Freie Raumenergie als Ausdruck göttlicher Fülle. Sie könnte der Motor der Wirtschaft einer aufgeklärten Gesellschaft werden, in der das Verhalten der Menschen aus freien Stücken durch gegenseitigen Respekt und Toleranz geprägt ist – christliche Werte, menschliche Werte zu leben, die uns *nicht* neidvoll auf das Hab und Gut des Nachbarn schielen lassen. Das Aufkommen Freier-Energie-Technologien markiert den Beginn eines wahrhaft zivilisierten Zeitalters, *eines Zeitalters des Friedens.*

Doch nichts fürchten die Gegner der Freien Raumenergie mehr, als dass eine Bewegung in Gang gesetzt wird, die anderen Gutes tut. Noch bleibt deshalb diese friedliebende Gesellschaft eine Utopie, aber durch Internet und soziale Medien haben wir, *die vierte Macht*, die Chance, den vereinten Anstrengungen der anderen drei Mächte entgegenzuwirken. Wir stehen unmittelbar vor der letzten großen Auseinandersetzung. Die Saat ist ausgebracht, werden Sie ein Teil dieser Bewegung! Für Ihre Kinder.

Falls Sie also zufällig einen altruistischen, nachhaltig denkenden Multimillionär kennen, der sich mutig der ersten und zweiten Macht entgegenstellt, sagen Sie ihm, er soll mich anrufen. Frau Münzer hat meine Nummer.

Ihr Prof. Dr. rer. nat. Albert Zweifels*

P. S. http://de.wikipedia.org/wiki/Liste_der_gr%C3%B6%C3%9Ften_Unternehmen_der_Welt

Zum besseren Verständnis: Der Link führt zur Liste der größten Unternehmen der Welt, Stand: 31. 03. 2012.

Unter den ersten sechs befinden sich nicht weniger als fünf Öl- und Gas-Riesen. Es finden sich kaum Unternehmen darunter, die nichts mit Energie oder Geld/Versicherungen zu tun haben. Die Top 100 entlarven, warum Autos noch immer mit Benzin laufen. Die Energiekonzerne beherrschen die Welt.

*Zitate entnommen mit freundlicher Genehmigung des Urhebers Peter Lindemann: http://www.free-energy.ws

# Literaturnachweise/Links

## *Betrifft alle Bücher der Tetralogie*


Stefan Kiechle: *Ignazio von Loyola – Leben – Werk – Spiritualität*, Echer Verlag, 2001

Peter C. Hartmann: *Die Jesuiten*, C. H. Beck, 2001

Hans-Christian Huf: *Das Bibelrätsel, Geheimnisse der Heiligen Schrift*, Econ Verlag, 2005

Alfred Mechtersheimer: *Handbuch Deutsche Wirtschaft*, Unser Land – Wissenschaftliche Stiftung für Deutschland e.V., 2003/2004

Christoph Hennig: *Wilde Wege, stille Dörfer – Wanderungen in den Abruzzen*, Rotpunktverlag, 2007

Ekkehart Rotter, Roger Willemsen: *Abruzzen – Molise, Romanische Abteien, trutzige Kastelle und Barockkirchen zwischen Hochgebirge und Adriaküste*, Dumont Kunstreiseführer, 2. aktualisierte Auflage, 2006

Giacomo Casanova: *Liebe und Abenteuer – Aus der Geschichte meines Lebens*, Parkland Verlag, 2004

Wolfgang Behringer: *Hexen – Glaube, Verfolgung, Vermarktung*, C. H. Beck, 2002

Gabriele Amorth: *Ein Exorzist erzählt*, Christiana Verlag, 2001

Evelyn Lever: *Madame de Pompadour*, Piper Verlag, 2008 (mein absolutes Lieblingswerk. Jeanne Antoinette Poisson, Madame de Pompadour, war eine ganz außergewöhnliche Frau – sehr empfehlenswert!)

Olivier Bernier: *Ludwig XIV. – Eine Biographie*, Droemersche Verlagsanstalt Th. Knaur Nachf., 1993

Olivier Bernier: *Ludwig XV. – Eine Biographie*, Benzinger Verlag 1986
Robert Dallek: *John F. Kennedy – Ein unvollendetes Leben, Fischer TB, 2005*
Donald Spoto: *Das Leben der Jacqueline Bouvier-Kennedy-Onassis*, Europa Verlag, 2000
Bob Woodward: *Geheimcode Veil: Reagan und die geheimen Kriege der CIA*, Droemer-Knaur, 1987
Rainer Stephan: *Gebrauchsanweisung für den Vatikan,* Piper 2009
Hannes Hintermeier: *Ein Dorf wird Papst*, Carl Hanser Verlag, 2006
Prof. Dr. rer. nat. Claus W. Turtur: *Freie Energie für alle Menschen*, Kopp-Verlag, 2014
Gianluigi Nuzzi: *Vatikan AG (Vaticano S.p.A.)* Chiarelettere editore srl, 2009 *(= italienische Ausgabe)*
Avro Manhattan: *Vatican Billions*, Chick Publications Inc., U.S., 1983 (= englische Ausgabe)
Margaret Cheney: *Nikola Tesla. Eine Biographie.* Omega, Düsseldorf 2001

## Film

*»Thelma & Louise«*, mit Susan Sarandon, Geena Davis, Brad Pitt, USA 1991
*»Thrive: What on Earth will it take«* von Foster Gamble, Erbe von Procter & Gamble: http://www.youtube.com/watch?v=lEV5AFFcZ-s

# Links:***

http://www.buergerstimme.com/Design2/2013–03/raumenergie-als-forschungs-und-buergeraufgabe-interview-mit-professor-dr-claus-turtur/

Webpage von Peter Lindemann, D.Sc., CEO Clear Tech, Inc.: http://www.free-energy.ws

http://www.rockefeller-news.com/30898/groses-interesse-an-anfrage-i-s-freie-raumenergie-an-bundeskanzlerin-merkel/

http://www.gaia-energy.org/gaia_

http://www.tagesspiegel.de/politik/stromabwaerts-altmaier-schwimmt-die-energiewende-davon/7960464.html

http://peswiki.com/index.php/Special:Search?search=hidden+patent&go=Go

Achtung: http://www.lutec.com.au/
Diese Website verschwindet von Zeit zu Zeit und taucht irgendwann wieder auf. Rekonstruktion möglich über Wayback-Maschinen (das Internetarchiv), zum Beispiel: http://archive.org/web/web.php

*** Diese Liste enthält Links zu externen Webseiten Dritter, auf deren Inhalte ich keinen Einfluss habe. Dito Verlagspublikationen. Sie dienten mir lediglich zur Recherche. Ich führe das deshalb so explizit aus, weil es immer Schlauberger gibt, die Recherche mit Gesinnung verwechseln, um für ihr eigenes Weltbild Stimmung zu machen. Als Autor lebe ich von der Freiheit des Wortes. Für diese fremden Inhalte wird daher keine Gewähr übernommen. Für die Inhalte der verlinkten Seiten ist stets der jeweilige Anbieter oder Betreiber der Seiten verantwortlich. Eine permanente inhaltliche Kontrolle der verlinkten Seiten ist jedoch ohne konkrete Anhaltspunkte einer Rechtsverletzung nicht zumutbar. Bei Bekanntwerden von Rechtsverletzungen wird der betreffende Link umgehend entfernt.

# BUCHEMPFEHLUNG

**Ab 1. Juni 2017 als Taschenbuch in Ihrem Buchhandel:**

**Band 4 der »Seelenfischer-Reihe«**
**»Das Hexenkreuz«:**

**Die historische Vorgeschichte zu »Die Seelenfischer«**

Das Buch spielt ab 1767 in Italien und Frankreich zur Zeit der Aufklärung und erzählt die Vorgeschichte der Familie von Stetten – der Roman ist in sich abgeschlossen und kann unabhängig von den anderen gelesen werden.

*Rom 1767*

Die Allmacht der Kirche hat ihren Zenit überschritten – der Kampf ums Überleben hat begonnen.

Aufklärer, Freimaurer und Illuminaten und auch die Herrscher Europas, die Bourbonen, haben den Untergang der wichtigsten Stütze von Kirche und Papst beschlossen: *dem Jesuitenorden.*

Droht ihm das gleiche Schicksal wie einst dem Templerorden? Das Gerücht, die Jesuiten hätten den Schatz der Templer gefunden, hält sich hartnäckig.

Das Geschwisterpaar Emilia und Emanuele di Stefano gerät in den Sog von dunklen Machenschaften: Der geheimnisumwitterte Herzog von Pescara begehrt Emilia zur Frau. Unterstützt von der Bruderschaft des alten römischen Kultes Sol Invictus, schickt er sich an, nach der Macht im Kirchenstaat zu greifen.

Emilias Zwillingsbruder Emanuele wird Jesuit und bringt es bis zum Assistenten des Generaloberen seines Ordens, Lorenzo Ricci. Emanuele erfährt viele Kirchengeheimnisse, darunter ist eines, das die Grundfesten seines Glaubens erschüttert.

Als der Untergang des Ordens unvermeidbar scheint, erteilt Ricci seinem Sekretär einen gefährlichen Auftrag. Er stürzt Emanuele damit in einen schweren Gewissenskonflikt. In seiner Verzweiflung vertraut sich Emanuele seiner Zwillingsschwester an und löst damit die Katastrophe aus …

## Weitere Bücher der Autorin

**»Honigtot« – Band 1 der »Honigtot-Saga«**

Der Spiegel-Bestseller mit bis dato
über 700 000 Lesern in 14 Ländern

*Kann eine tiefe, alles verzehrende Liebe*
*die Generationen überdauern und alte Wunden heilen?*

**Kurzbeschreibung**

Als sich die junge Felicity auf die Suche nach ihrer Mutter macht, stößt sie dabei auf ein quälendes Geheimnis ihrer Familiengeschichte. Ihre Nachforschungen führen sie zurück in das dunkelste Kapitel unserer Vergangenheit und zum dramatischen Schicksal ihrer Urgroßmutter Elisabeth und deren Tochter Deborah. Ein Netz aus Liebe, Schuld und Sühne umfing beide Frauen und warf über Generationen einen Schatten auf Felicitys eigenes Leben.

Für Ihren Kindle: http://www.amazon.de/dp/B00Q2OSUKU

**Alle Bücher von Hanni Münzer als**
**e-book/Taschenbuch/Hörbuch in Ihrem Buchhandel**

## BUCHEMPFEHLUNG

**»Marlene« – Band 2 der »Honigtot-Saga«**

Die lang ersehnte Fortsetzung
des Spiegel-Bestsellers »Honigtot«.

**Kurzbeschreibung**

München 1944: Erschüttert steht Marlene vor dem ausgebombten Haus am Prinzregentenplatz. Ihre Freundin Deborah und deren kleinen Bruder Wolfgang wähnt sie tot. Doch das kann ihre Entschlossenheit zum Widerstand nicht brechen. Todesmutig stürzt sie sich in den unheilvollen Strudel des Krieges, immer wieder riskiert sie ihr Leben und wird zu einer der meistgejagten Frauen im Deutschen Reich. Sie schließt ungewöhnliche Freundschaften und lernt einen ganz besonderen Mann kennen. Einen Mann, dem das eigene Leben nichts gilt, der aber alles für die Kinder tut, die er unter seinen Schutz gestellt hat. Bald sieht sich Marlene vor der größten Entscheidung ihres Lebens: Sie erhält die Chance, den Verlauf des Krieges zu ändern, vielleicht Millionen Menschen zu retten. Doch dafür müsste der Mann, den sie liebt, sterben …

Für ihren Kindle: https://www.amazon.de/dp/B0186oTROK

**Alle Bücher von Hanni Münzer als**
**e-book/Taschenbuch/Hörbuch in Ihrem Buchhandel**

# Inhaltsverzeichnis